中　国　儿　童　文　学
博　　士　　文　　库

朱自强 著

"儿童本位"的文学

作家出版社

图书在版编目（CIP）数据

"儿童本位"的文学 / 朱自强著. -- 北京：作家出版社，
2023.11

（中国儿童文学博士文库）

ISBN 978-7-5212-1281-5

Ⅰ. ①儿⋯ Ⅱ. ①朱⋯ Ⅲ. ①儿童文学理论 – 文集 Ⅳ.
①I058-53

中国版本图书馆CIP数据核字（2021）第003685号

"儿童本位"的文学

作　　者：朱自强
策　　划：左　眩
责任编辑：邢宝丹　桑　桑
特约编辑：苏傀君
装帧设计：康　健
出版发行：作家出版社有限公司
社　　址：北京农展馆南里10号　　邮　　编：100125
电话传真：86-10-65067186（发行中心及邮购部）
　　　　　86-10-65004079（总编室）
E-mail:zuojia@zuojia.net.cn
http://www.zuojiachubanshe.com
印　　刷：中煤（北京）印务有限公司
成品尺寸：148×210
字　　数：470千
印　　张：15.875
版　　次：2023年11月第1版
印　　次：2023年11月第1次印刷
ISBN 978-7-5212-1281-5
定　　价：60.00元

"儿童本位"的文学
——我的儿童文学观

　　2021年，是我从事儿童文学研究的第四十个年头。在那一年，又恰好是我六十四岁生日的那一天，国际格林奖评奖委员会通知我获得第十八届国际格林奖。"国际格林奖"与"国际安徒生奖"一起被誉为两大世界性儿童文学的最高奖项。与奖励儿童文学创作的国际安徒生奖不同，国际格林奖奖励儿童文学学术研究。这一奖项每两年评选一届，每届全世界范围内只评选出一位学者予以奖励。在我从事儿童文学研究整整四十年之际，获得国际格林奖，是对自己儿童文学研究的莫大的肯定和鼓励。

　　检验一个学者的学术研究的品质，主要不是看其文字数量有多大，论文发表的刊物级别有多高，获得的项目有多少，获得的奖项有多高，而是看其有没有独到而重要的学术发现，有没有系统性的理论建构，有没有广泛而持久的学术影响。对于儿童文学学者来说，最重要的检验标准，就是看其是否建构出明晰的、系统的、具有实践有效性的儿童文学观。

　　在国际格林奖评奖委员会的颁奖词中，对我的儿童文学学术研究作了这样的概括——"践行以儿童为本位的思想理念和研究方法，是他的学术研究的特质。"读这句话，我有如遇知音、如逢甘霖之感。四十年来，"儿童本位"的思想和方法，不仅成为我的学术根基，而且弥散到我的每一篇文章，浸润进我的每一句言辞，甚至是潜意识之中。在这个意义上，我在作家出版社出版的这本《"儿童本位"的文学》，是我至今为止出版的十余种文集中最为重要的一部，因为它系统地、全方位地呈现了我在四十年里殚精竭虑地建构起来的儿童文学观——"'儿童本位'的文学"。

早在1997年，我就在《儿童文学的本质》一书中说："'儿童本位的文学'是我所选择的理想地表述了儿童文学本质的简洁用语。"①研究科学方法论的科学家修·高奇归纳说："一般的方法论原理涉及演绎逻辑和归纳逻辑、概率论、简约性和对假设的检验。"他特别指出："简约的模型经常能够得出更高的准确性……"②作为一个想在方法论上努力会通自然科学与人文科学的学者，我认为，"'儿童本位'的文学"就是一个具有更高准确性的"简约模型"。能否简约表述，是思想是否清晰的表征，也是更可能具有科学性的一个验证。虽然我经常在自己的著述中论述儿童文学是"'儿童本位'的文学"这一观念，甚至有论文的题目就是"儿童文学：儿童本位的文学"，但是，想到以"'儿童本位'的文学"作为本文集书名的那一刻，还是有一种思想被透彻照亮的感觉。"'儿童本位'的文学"，它不仅是对迄今为止自己最看重的一本文集的命名，而且也是对作为儿童文学学者的我自己的一次身份命名。

"儿童本位"论是贯穿于中国儿童文学百年历史的最重要的本土儿童文学理论，它源自于五四时期的周作人等人的阐发，经过当代一批学者的理论诠释和作家的创作实践，已经成为儿童文学研究和创作中最有影响力的儿童文学思想。当然，在不同的学者那里，对"儿童本位"论有不尽相同的阐释。在儿童文学学术领域，我本人可以说是当代"儿童本位"论的大声疾呼者、全力建构者。学者眉睫就有这样的评价："朱自强等理论家重提'儿童本位论'，并赋予了它新的意义和内涵。……尤其可贵的是，朱先生

---

① 朱自强：《儿童文学的本质》，少年儿童出版社，1997年，第16页。
② ［美］修·高奇：《〈科学方法实践〉前言》，《科学方法实践》，清华大学出版社，2005年。

将周作人的儿童本位论注入了自己的理解和新解，形成了自己独特的'儿童本位论'。"①

"儿童本位"论不仅是具有中国主体性的理论，而且在国际儿童文学学术领域，"儿童本位"论也应该具有非常有效的阐释力。以我个人为例，《佩里·诺德曼的误区——与〈儿童文学的乐趣〉商榷》《儿童文学的人生观及其方法论》这两篇与西方知名学者对话、辩驳的论文，就都用了"儿童本位"的儿童文学理论作为批判的武器。

在这部文集中，开篇的《引言》是10卷本《朱自强学术文集》的自序，构成我的"儿童本位"的儿童文学观形成和发展的整体背景；第一辑是对中国儿童文学历史上的"儿童本位"论的钩沉和梳理；第二辑呈现的是我本人建构的当代"儿童本位"的儿童文学理论；第三辑是我运用"儿童本位"理论进行的儿童文学批评，可以证明"儿童本位"理论在实践中的有效性。史论、理论、批评这三大领域几乎涵盖了儿童文学的全部学术版图。我希望读者能够感受到，我的"儿童本位"的儿童文学观，已经全面而深入地渗透到了我的史论、理论、批评的字里行间。如果抽去"儿童本位"的思想和方法，我的儿童文学学术研究将不复成立。

下面，我想从"政治"、历史、哲学这三个维度来阐述我的"儿童本位"论的学理依据。

儿童文学的重中之重的工作，就是要处理好作为儿童文学创作者、研究者、给予者的成人与作为儿童文学接受者的儿童之间的权力关系。在这一"政治"维度上，我主张儿童文学是"儿童本位"的文学。

在中国，有学者认为，强调"儿童本位"，容易造成单方面的对儿童的顺应，也有学者认为，"本位"总是以排除"对象"的存在价值为前提和标志。但是，在我所阐释的"儿童本位"论中，成人并不是单方面地顺应儿童，成人与儿童并不是相互对立和"排除"的关系，而是融合的

---

① 眉睫：《近六十年儿童文学观的演变》，《文学报》2013 年 12 月 26 日。

关系和相互馈赠的关系。归根到底，我以"儿童文学"来实现人生的理想，对成人与儿童可以形成和谐互赠的关系持有信心。因此，我也不能同意杰奎琳·罗丝的"儿童文学是一种殖民（或破坏）儿童的方式"①、佩里·诺德曼的"儿童文学代表了成人对儿童进行殖民统治的努力"②这两个内涵一致的全称式判断。在这样的判断里，成人彻头彻尾地成了儿童的压迫者。

儿童文学为什么要以儿童为本位？因为"儿童是最为弱小的存在，他们的命运完全掌握在大人的手里。儿童无法像妇女发动一场女权运动那样，为自己发动一场童权运动。也就是说，儿童与成人之间，有着其他任何人际关系都没有的特殊关系。因为生命的不同存在形式，儿童的解放并不能由儿童自己，而要由成人来帮助其完成。成人社会要完成这一解放儿童的事业，唯有以儿童为本位，这是由迄今为止的历史所充分证明了的"③。

从历史的维度来探讨儿童文学观，我主张任何国家的儿童文学都是"现代"文学，而不是"古已有之"。探究儿童文学的发生，可以看清儿童文学的本质。在中国，儿童文学是在从古代传统社会向现代社会转型的清末民初这一历史时代孕育、出生、成长起来的，其发生的标志，就是以周作人为代表的以儿童为本位的儿童文学观念的出现。

"现代性"是至今为止的儿童文学的重要属性，在中国，其最为重要的思想就是"儿童本位"的儿童观。自二十世纪六十年代后现代主义兴起，"现代性"成了这种理论企图超越的对象。但是，"我对于哈贝马斯将'现代性'视为'一项未竟的事业'，抱有深切同感。现代性思想的相当大部分，依然适合中国的国情。在中国这个正在建构'现代'的具体的历史

---

① ［英］杰奎琳·罗丝：《〈彼得·潘〉案例研究：论虚构儿童文学的不可能性》，明天出版社，2022年，第41页。
② ［加］佩里·诺德曼、梅维丝·雷默：《儿童文学的乐趣》，少年儿童出版社，2008年，第149页。
③ 朱自强：《论"儿童本位"论的合理性和实践效用》，《中国海洋大学学报》2014年第3期。

语境里，或者用哈贝马斯的话说，在中国儿童文学的'现代性'还是'一项未竟的事业'的时代里，我们只能、只有先成为现代性的实践者。不论在现在，还是在将来，这都具有历史的合理性、合法性。至少，我们也得在自己的内部，使'现代'已经成为一种个人传统之后，才可能对其进行超越，才有可能与'后现代'对话、融合"①。

从哲学维度来探讨儿童文学观，我认为，儿童文学是一种被建构出来的观念。儿童文学是一种观念，而不是一个实体（一个个作品构成的实体）。作为观念的儿童文学就是一种世界观，是关于人生的价值观的言说。儿童文学言说的可能是真理，也可能是谬误，关键取决于论者主张的是何种形态的儿童文学观。

实体论儿童文学观是一种具有本质主义色彩的思维方式。我反对本质主义，主张的是建构主义的本质论。在建构主义的本质论看来，没有绝对的、固定不变的真理，只有历史的真理。"'儿童本位'论就是历史的真理。'儿童本位'论在实践中，依然拥有马克思所说的'现实性和力量'。不论从历史还是从现实来看，对于以成人为本位的文化传统根深蒂固的中国，'儿童本位'的儿童文学观，都是端正的、具有实践效用的儿童文学理论。它虽然深受西方现代思想，尤其是儿童文学思想的影响，但却是中国本土实践产生的本土化儿童文学理论。它不仅从前解决了，而且目前还在解决着儿童文学在中国语境中面临的诸多重大问题、根本问题。作为一种理论，只有当'儿童本位'论在实践中已经失去了效用，才可能被'超越'，反之，如果它在实践中能够继续发挥效用，就不该被超越，也不可能被超越。至少在今天的现实语境里，'儿童本位'论依然是一种真理性理论，依然值得我们以此为工具去进行儿童文学以及儿童教育的实践。"②

---

① 朱自强：《儿童文学理论：在"现代"与"后现代"之间》，《当代作家评论》2015年第3期。
② 朱自强：《论"儿童本位"论的合理性和实践效用》，《中国海洋大学学报》2014年第3期。

    总而言之，从"政治"维度、历史维度以及哲学维度对儿童文学的本质进行学理上的思考之后，我必然会怀着自信，走向"儿童本位"论这一儿童文学观。

朱自强

2023 年 2 月 16 日

于中国海洋大学国际儿童文学研究中心

目录

Contents

『三十』自述

引言

　　1982年1月，我于东北师范大学中文系毕业，留校从事儿童文学教学和研究工作，至今刚好是三十年。作为学术生命，三十年恐怕远不是所谓"三十而立"的"年龄"，即使还没有"知天命"至少也过了"不惑"之年。叙述三十年的学术生命历程，如果重回那些早起的晨曦和不眠的夜晚，并不像"弹指一挥间"那么轻松、简单，所以，引言以"'三十'自述"为题，表示其为一种学术自传。

　　这三十年不仅对我个人的学术生命而言具有历史感，而且也与中国儿童文学学术开展的一个十分重要的历史阶段重合在一起。在这三十年里，尽管还很不如人意，儿童文学学科依然有了前所未有的发展，而我通过儿童文学理论、中国儿童文学史论、中国儿童文学批评、日本儿童文学研究以及儿童文学视角的语文教育研究、儿童教育研究，参与到儿童文学事业的建设中来，可谓尽心尽力地挑过几篮子土。我亲历和见证了中国儿童文学学术近三十年的发展历程。对我个人学术的总结，从某种意义来说，也是对这三十年儿童文学学术开展的一个角度的描述。我希望这一自述，能对已经逝去的中国儿童文学三十年的研究，贡献一点儿有用的历史资料。

　　我满怀感慨地回想往昔，深为能与儿童文学学术界的几代同仁一路同行感到欣慰。在自述中，如果不是与我的学术研究有直接关系，对界内同仁的成果则不作提及。这只是由于"自述"这一体裁所限。事实上，我对界内同仁的成果历来十分看重，这有我的论著时常提起为证。在近三十年的儿童文学的学术星空上，我们每一个人都是一颗星星，并且一直交相辉映，这也包括曾经彼此论争的对方。

在编学术文集的过程中，我想起过岳飞的诗句："三十功名尘与土，八千里路云和月。"我绝不是想标榜自己有什么"功名"，三十年里，挑来拣去，只编成十本册子，算不上有什么功名。何况儿童文学研究有其特殊的难度，心不能及、力所难逮，亦是我时常品味的体验。我只是想记录自己一路认真走来的足迹以及沿途看到的风景，以此作为学术生命和真实人生的一个纪念；我只是想总结自己过去的工作，以便更好地踏上新的学术起点……

一、1982年—2012年：学术成长的历程

如果把一个研究者的学术生命与人类生命的过程作类比，我的儿童文学成果的"怀胎期"可能所用时间稍长。1982年3月，我留校任教后，即到北京师范大学，参加全国高校儿童文学教师进修班，学习了一个学期。此前我对儿童文学的认知几乎就是一张白纸，这次进修可以说是一次启蒙。坦率地说，返校以后，有一段时间，我并没有对儿童文学研究凝神聚力。究其主要原因，一是参加学校的出国留学外语培训，分去了很多时间，二是当时所读到的儿童文学理论研究和儿童文学作品没能引起我的浓厚兴趣。

随着外语能力的提高，我开始阅读日本儿童文学作品和理论著述，眼前出现了儿童文学的一种新的风景，再加上融入思想解放潮流的中国儿童文学充满变革热情，已经在创作和理论批评方面，开始陆续催化出令人眼睛一亮的成果，我终于兴致勃勃地背起了行囊，加入到了新时期儿童文学学术研究的队伍中来了。

1. 1986年至1990年：对中国儿童文学传统的批判与被批判

与文学创作一样，看一个文学研究者的原点即最原始的起点，往往能够看到其"娘胎里带来的东西"。局限也好，潜质也好，一个研究者的学术本性往往蕴含其中。

1986年，我发表了第一篇论文《论少年小说与少年性心理》（《当代文艺思潮》1986年第4期）。我把这篇论文看作自己的学术原点。我愿意不避自夸之嫌地说：儿童本位的立场（当时完全是出于本能，而不是自觉），重视"思想革命"（取自周作人五四时期倡言的"语言革命"和"思想革命"），通过对作品文本的细读发现问题并阐发理论，个性化的反思批判精神，是这篇一万五千字的论文所具有的学术特质。可以说，这些学术特质，后来持续地呈现在我的儿童文学研究的展开之中。

《论少年小说与少年性心理》一文发表之后，立刻引起了儿童文学研究者的注意。评论家周晓先生在为《少女少男心理小说选》①所作的序文《少女少男心灵的歌与泪》中这样评价说："我想首先提一提东北师范大学教师朱自强的一篇题为《论少年小说与少年性心理》的长篇学术论文（见于《当代文艺思潮》1986年第4期）。我认为这是一年前《儿童文学选刊》和《文学报》分别选载了《今夜月儿明》《柳眉儿落了》并发起讨论以来，理论研究上的一个值得重视的收获。此文从心理学、教育学和儿童文学功能论、创作论等多种角度，对论题的阐发颇多建树。仅以文章对《今夜月儿明》的分析而言，它精辟地指出这篇小说勇敢地开风气之先，但也未能完全摆脱旧传统的羁绊，'沉溺——教育——改悔'的模式化的说教意味，是小说的明显的不足。论文作者引用了一个少女来信提及她为'处在那种感情的状态中自己怎么不觉得害臊'而羞耻，敏锐地从这一读者反馈中察觉到小说的副作用，指出'产生早恋这种感情是不应该的，可耻的'这种

---

① 《少女少男心理小说选》，宁夏出版社，1987年。

想法，最有可能使少年对自己的品质发生怀疑从而导致对自己的否定。应该说，这是道人之所未道，是很有见地的。"平生第一篇论文，能得到自己所尊敬的师长辈分的批评家周晓先生的鼓励，心中动力频生。

在《论少年小说与少年性心理》之后，我陆续发表了《呼唤自由的审美意识——对少年小说创作的思考》（《文艺评论》1987年第3期）、《论中国当代儿童文学的儿童观》（《东北师大学报》1988年第4期）、《用"生命气息吹嘘过的"〈早恋〉——兼谈变革儿童文学观念的紧迫性》（《当代文坛报》1988年第10期）、《儿童观——儿童文学的原点》（《文艺报》1988年11月12日）、《中国儿童文学传统批评与新时期儿童文学介绍》（［日本］《中国儿童文学》第8号，日文撰写）、《张天翼童话创作再评价》（《中国现代文学研究丛刊》1990年第4期）等论文、评论。

正如周晓先生的评论以及上述论文题目所透露的，"摆脱旧传统的羁绊"，"变革儿童文学观念"，是我学术起步阶段的强烈的问题意识，其语境是改革开放后的思想解放运动。对中国儿童文学的教训主义传统进行反思和批判，"呼唤自由的审美意识"是上述文章的共同问题意识，沿着儿童观这一问题展开学术思考，是这些文章的共同方法。

"……决不是说我国没出现过优秀的作家和出色的作品，但是，五六十年代的'教育儿童的文学'，给人的总体感觉是：作家为儿童之'纲'，君临儿童之上进行滔滔不绝的道德训诫甚至政治说教，仿佛儿童都是迷途的羔羊，要等待着作家来超度和点化。在儿童文学中得到满足的常常不是儿童的合理欲望和天性，倒是儿童文学作家的说教欲。儿童文学作家十分虔诚地相信自己尊奉的教育观念的正确性，一心坚决而又急切地要把儿童领入成人为他们规定好的人生道路。这是一种带有强制和冷酷色彩的儿童观。历史已经令人感到可悲地证明了两点：一是我们的作家们过去所信奉的许多教育观念是错误的，二是在作家们高高在上的道德训诫和说教之下，遭到压抑甚至扼杀的是儿童们合理的欲望和宝贵的天性。"这是《论中国当代儿童文学的儿童观》一文中的一段话。就当时来看，不仅算得上

"深刻"，而且还非常超前。

我在这篇文章中还说："1976年，中国政治局势的突变，给在'文革'中濒临绝境的儿童文学带来了转机，但是仍然不能过于乐观。在儿童文学缓慢地复苏和发展过程中，旧的儿童观仍有着很强的惯性，表现出不容忽视的力量。"这句话说出不久就应验了。就在《儿童观——儿童文学的原点》一文在《文艺报》上发表刚好一年的1989年11月11日，鲁兵在《文艺报》上发表了《原点在哪里》一文，对我的这篇文章进行了尖锐的批判。随后，《儿童文学研究》1990年第5期上发表了署名"亦古"的文章《当代意识和历史眼光——兼与朱自强同志商榷》，从批评的立场对我的上述观点进行了回应。需要说的是，鲁兵的文章，与那个特殊时代的语境有关，有些观点已经超出了正常的学术讨论。

我在前面说，我的审视、批判中国儿童文学的教训主义传统的姿态"非常超前"，这是有依据的。我对中国儿童文学传统的批判，如"张天翼童话创作再评价""中国儿童文学传统批判"这样的题目所示，是围绕经典作家、作品展开的。这显然是对当时已经建构起来的中国现当代儿童文学史的重新审视，有着鲜明的"重写文学史"的色彩。但是，我的这种从"思想革命"的层面，批判中国儿童文学的历史传统的声音，在当时是非常孤寂的。

比如，我在1988年发表的《论中国当代儿童文学的儿童观》这篇具有"重写文学史"姿态的反思和批判文章，并没有进入在当时很年轻的新锐批评家方卫平的思想视野。他的《中国儿童文学理论批评史》一书对这篇"重新发现"中国儿童文学另一种面貌的具有"思想革命"性质的论文只字未提。还是到了23年后的2011年，我才听到方卫平也开始说中国传统儿童文学存在着压抑儿童这一倾向（方卫平用了"与童年为敌"这一更为激烈、刺激的表述），到了24年后的2012年，我才在方卫平的《从"事件的历史"到"述说的历史"——关于重新发现中国儿童文学的一点思考》一文中读到"不少作品怀着教育儿童的动机和'自信'，总是把儿童设定为一个被质疑、被否定的对象，作品中所潜藏、体现的童年观，也总是表现出一种否定性的而非建设性的价值判断和情感取向——'与童年为敌'，成为历史上许多原创儿童文学所呈现给我们的一种基本的文化姿态"这样的文字。其主要观点和主要的语言表述与我当年的论文几乎如出一辙。

我之所以在介绍方卫平的文章时，明确标示"23年后""24年后"这一时间，是因为读到了钱淑英的《2012年儿童文学研究：困境与希望并存》和王侃的《哗变的学术——论方卫平的儿童文学研究》这两篇文章，惊讶地看到了他们误解中国新时期儿童文学学术史的客观事实的观点。

钱淑英在文章中说："在《从'事件的历史'到'述说的历史'——关于重新发现中国儿童文学的一点思考》一文中，方卫平依据自身的历史观念以及来自文本阅读的直接经验，提出了'重新发现中国儿童文学'的迫切性问题。早在1993年，方卫平就在新历史主义观念的指引下，完成了对于中国儿童文学批评史的建构。'重新发现中国儿童文学'，实际上是方卫平在《中国儿童文学理论批评史》中完成学理性的历史叙述之后，通过《儿童文学名家读本》《中国儿童文学分级读本》这两套读本'重新发现'和'重新解读'中国儿童文学文本的过程，发现了重新评价中国儿童文学进而重新梳理、建构中国儿童文学史的意义和价值。"①我认为，说方卫平"提出了'重新发现中国儿童文学'"是提出了一个"迫切性问题"，说他"发现了重新评价中国儿童文学进而重新梳理、建构中国儿童文学史的意义和价值"，这样的评价是违背历史事实的。我认为，方卫平所说的"'与童年为敌'成为历史上许多原创儿童文学所呈现给我们的一种基本的文化姿态"这一问题，对于当前的中国现当代儿童文学史研究，早已不是一个"迫切性问题"了，因为至少在我这里，如前述二十几年前的一系列论文所示，如我于十几年前的2000年出版的《中国儿童文学与现代化进

---

① 钱淑英：《2012年儿童文学研究：困境与希望并存》，《文艺报》2013年2月1日。

程》一书所示，"重新评价中国儿童文学进而重新梳理、建构中国儿童文学史"，这是早就有人提出过并进行了较为系统的学术研究，取得了一系列成果的学术问题，而且更为重要的是，所谓"与童年为敌"，这已经是新时期里，中国儿童文学大体解决了的问题，所谓"迫切性"的说法是难以成立的。

而王侃教授的《哗变的学术——论方卫平的儿童文学研究》一文，由于他对近三十年中国儿童文学整体学术研究的生疏和隔膜（包括对方卫平本人的理解偏差），以及被方卫平编儿童文学选本时所谓"重新发现中国儿童文学"所误导，竟然认为"这个编选思想其实是二十多年前在中国现当代文学研究领域提出的'重写文学史'之学术主张的余绪，是这一主张迟至二十多年后在儿童文学研究领域的回响"。将在儿童文学领域"重写文学史"这一工作上，方卫平一人的姗姗来迟，误判为中国儿童文学学术整体的第一次学术行为，说"这'二十多年'可直接视为儿童文学学科在学术上落后于中国现当代文学学科的直观距离"①。一笔就把其他学者"二十多年"来重写中国儿童文学史的努力和成绩抹杀掉了。事实上，在"重写文学史"这个问题上，儿童文学学科并没有落后于中国现当代文学学科"二十多年"，而几乎就是同步的。上个世纪出版的王泉根的《现代儿童文学的先驱》（1987年）、班马的《中国儿童文学理论批评与构想》（1990年）、孙建江的《二十世纪中国儿童文学导论》（1995年）、我的《中国儿童文学与现代化进程》（2000年）都是非常明晰的从不同角度重写文学史的著作。如果真如王侃所说，他对儿童文学这个学科有着"由衷的敬意"，我希望他不要只读一人，而要关注、了解整体，然后再来臧否儿童文学学科。像现在这样，通过评价"重写文学史"这一研究，指责"儿童文学学科在学术上落后于中国现当代文学学科""二十多年"，如果不予以指出，以后再有人以讹传讹，对儿童文学学科的伤害，将是非常大的。

---

① 王侃：《哗变的学术——论方卫平的儿童文学研究》，《文艺争鸣》2012年第10期。

文学史研究当然是一种"述说",含有个人对历史的主观阐释。但是，文学史研究依然需要保有客观性，而不是想怎么说就怎么说地恣意"建构"。尤其是涉及"事件的历史"时，如果遮蔽掉（不管是有意无意）早已真实发生过的同类"事件"，而用"迫切性""发现了"这类词语来评价二十几年后又发生的同类"事件"，甚至把后发的同类"事件"当成首创（如王侃所做的），这种历史"述说"打造出的无疑是一种伪历史。

为了在儿童文学学科提倡严谨学风、维护学术规范，更为了对三十年来的中国儿童文学学术发展史有一个客观的认识和描述，作为当事人，我觉得有必要，甚至有义务站出来，作上面这样一个澄清。我认为，这才是对历史负责，对儿童文学学科负责的态度，因为这并不是事关个人的小问题，而是关系到改革开放后的三十年里，中国儿童文学学术的丰富性和复杂性的大问题，关系到如何客观描述新时期儿童文学学术进程和走向的大问题，关系到新时期中国儿童文学学科水准的大问题。

2. 1990年至1993年：对"新潮"儿童文学的批判与被批判

在那个时期，希望改革开放之后的中国儿童文学有一个长足的发展，并希望通过自己的理论研究和批评，为这一发展尽微薄之力，是对学术兴致勃勃、孜孜以求的我的重要心态。

所以，在八九十年代之交，我一方面反思中国儿童文学创作的历史传统，一方面考察中国儿童文学的创作现状，为的是探索一条健康的发展之路。当时，我对存在争议的班马的创作是强烈质疑的，而对曹文轩、刘健屏、常新港几位颇受好评的年轻作家，当我怀着期待认真阅读他们的作品时，却发现在思想和艺术上与自己的儿童文学审美标准颇有不符，于是1990年，我在《当代作家评论》第4期上发表了《新时期少年小说的误区》（一万四千字删节稿，全文一万八千字发表于《儿童文学研究》1991年第2期），对这些问题进行讨论。

这篇文章刚一发表，就引起了轩然大波。1990年10月，一个规模很大的儿童文学国际会议在上海举行。当时，我正作为客座研究员，在大阪国际儿童文学馆从事研究。日本著名学者鸟越信先生是我的导师，也是该馆的学术领导。他从上海会议回来后跟我讲，我的一篇论文成了热议的话题。鸟越先生不通汉语，不能很具体地了解当时的状况，只能以寥寥数语告诉我，所以，我还不能想见当时是什么具体情形。12年后，我读到了梅子涵教授的具体描述："《新时期少年小说的误区》写于1990年4月，我见到是10月份，那时候，一个规模很大的儿童文学研讨会在上海举行。在宾馆的大厅里，在房间里，乃至电梯里，都有人在说这篇文章。宾馆在我所在的大学边上，叫上海教育国际交流中心，我就跑去学校的图书馆，把文章复印了来。"[1]

对《新时期少年小说的误区》一文，在与我同代的儿童文学研究者那里，基本是呈现一边倒的批判态势。《儿童文学研究》杂志在1991年第2期上发表《新时期少年小说的误区》的全文之后，紧接着就在第3期和第6期上刊载了吴其南的《错位的批评——读〈新时期少年小说的误区〉》、金燕玉的《批评武器和批评方法的双重失误——评〈新时期少年小说的误区〉》两篇全面否定的批评文章。

方卫平在《中国儿童文学理论批评史》一书中，对这场讨论作了这样的评论："这场讨论的话题涉及如何认识和评价新时期少年小说领域一批青年作家在艺术探索和创新方面所作的开拓性贡献和取得的成就，如何认识和把握少年小说的艺术特征、审美个性及其具体审美形态的多样性，如何认识当代少年儿童读者的审美接受能力和如何调整、重建当代少年小说的期待视野，如何看待少年小说作家的自我倾向和艺术个性，如何看待少年小说的艺术世界与作家主体世界的复杂关系，等等。当然，这场讨论也提出了理论批评自身态度、方法和策略中的一些值得重视和思考的问题，例如，批评者对批评对象的创作、理论观点应有更全面、深入的了解和把

---

[1]　梅子涵:《朱自强教授》,《中国儿童文学》2002年第1期。

握，批评的概念、尺度应与批评对象相互契合，批评的勇气与批评的科学精神应更好地结合起来，等等。"①

方卫平的这段不明说的话，对于不详细了解争论内容和背景的一般读者而言，是有些暧昧的。但是，对我而言，不论是当时，还是现在，我都从这一评论里，明白看出方卫平对我的《新时期少年小说的误区》一文所持的否定立场和态度。比如，他说"这场讨论的话题涉及如何认识和评价新时期少年小说领域一批青年作家在艺术探索和创新方面所作的开拓性贡献和取得的成就"，言外之意是我抹杀了"一批青年作家在艺术探索和创新方面所作的开拓性贡献和取得的成就"，他说"批评的勇气与批评的科学精神应更好地结合起来"，言外之意是我的批评是不符合"科学精神"的。总之，我的批评是错误的。

为什么方卫平对我的文章持否定立场，我在很长的时间里不解其原因。后来，到了2006年，我读到方卫平的《方卫平儿童文学理论文集》的《自序》，才醒悟到，我对新时期少年小说误区的批评，是依据我由《汤姆·索亚历险记》《哈克贝利·费恩历险记》等世界"儿童文学精品"的阅读体验建立起来的儿童文学的艺术标准（我在文章中明确说明了这一点），而方卫平在《中国儿童文学理论批评史》中对这篇文章之所以否定，深层原因是因为他的"儿童文学阅读趣味和评判尺度"来自的系统与我所依据的系统完全不同。方卫平自己就说，他参与《新语文读本·小学卷》的主编工作，自2000年12月起，"在长达整整一年的""地毯式地收集、阅读""儿童文学精品的过程中"，"我业已形成的儿童文学阅读趣味和评判尺度也经受了一次革命性的打击和洗礼"。②为什么阅读"儿童文学精品"竟然会对"业已形成的儿童文学阅读趣味和评判尺度"造成"革命性的打击"？由这句话，我才注意到，方卫平文章里的"清算"

---

① 方卫平：《中国儿童文学理论批评史》，江苏少年儿童出版社，1993年，第394—395页。
② 方卫平：《方卫平儿童文学理论文集》（卷一），明天出版社，2006年，"自序"。

一语，其实意味深长。我理解，方卫平这是在从根本上反思自己"业已形成的儿童文学阅读趣味和评判尺度"的可靠性，想站到世界"儿童文学精品"这一价值系统上来。我还认为，前述方卫平在2011年、2012年论述的"重新发现中国儿童文学"这一意识，也是他的儿童文学价值观发生转向的一种学术结果。

对《新时期少年小说的误区》一文，方卫平的评价和态度后来发生了较大的转变。2000年11月，梅子涵、曹文轩、方卫平、彭懿和我，我们五个人在新蕾出版社的召集下，在天津远洋宾馆进行"中国儿童文学5人谈"，在"关于批评"版块里，方卫平说："我们今天的工作由于它都是匆忙的，由于是歌颂性的，所以人们无暇也没有耐心来进行一些深层次的美学理性的梳理。所以这个也就导致我们今天的批评在丧失它的独立性的时候也丧失了它的思想的、美学的、发现的和创造的能力。我想起了朱自强在九十年代初以来所做的一些很有意义的工作，当然不是他坐在我们的对面我们恭维他，我们也想逮机会来痛骂他一下。我在想他1990年开始发表《新时期少年小说的误区》，大概是1991年（应为1993年——作者注）发表的《新时期儿童文学理论的误区》，一直到近年来的一些批评，在某种程度上表明了在批评精神丧失的这个时代，我们少数批评家身上依然保留了那些很可贵的批评勇气和品质。"这里讲到朱自强当年的壮举，我现在回顾起来，还怀念他当时的那一种举动，还是在感谢他那种举动。他的文章具体方面我觉得是可以讨论的，有一些批评方法我觉得也是可以讨论的，但是当人们对新时期的一些有成就有地位的中青年作家一致说好的时候，他用自己独特的声音、独特的视角、独特的观点，来进行自己独特的分析和批评，我觉得这种批评家的精神、勇气和素养、素质是非常可贵的。"[1]

在同代学人中，就我所见到的文字而言，似乎唯有梅子涵对《新时期少年小说的误区》的观点，在当时就是赞成和肯定的。梅子涵曾说："他

---

[1]　梅子涵等：《中国儿童文学5人谈》，新蕾出版社，2001年，第237—240页。

研究儿童文学是很学者化的，为自己构造了一个很纯粹的状态，阅读、思考，把属于自己的认识真实、完整地表达出来。这和他生活在长春那样一个比较远离中心的城市有一点关系，但更主要的是他自己的生活和研究姿态。他把自己放在事情的距离之外，这反倒使他更加看得清那些事情。热闹有时是会很表面和肤浅的，站在冷清的位置上，倒恰好又可能正是站在了事情和思想的前沿。1990年，我读他的《新时期少年小说的误区》时，心里就闪出过这样的感慨。他的那个批评，不说我们这些当时的前沿人物都没有那样的精神，首先是我们都没有那样的思想。整个八十年代的儿童文学热热闹闹，莺歌燕舞，形势一天比一天好，我们就没有想到要去推敲写作中可能的失误。我们那时也是举着批评的旗帜的，但是只朝着明显陈旧的命题和观念挥动，而对于新的，敏感就显得差了。我不说别人，只说自己，整个八十年代，就完全没有想过，作为儿童文学作家，我的写作，我的那些成就里，有些什么是可以批评和修改的，是可以颠覆和毁去的；有些什么倒又真的值得坚持，合乎儿童文学方向。没有想这些。"①

　　梅子涵还这样分析、评价《新时期少年小说的误区》一文（以及《儿童文学的本质》）的批评方法："朱自强是一个非常重视文本的批评家、理论家，他不空说。他肯定或者否定，探讨原理或者方式，一定是把文本铺开了，例子在手，才开始进行。他在意和擅长分析作品，讲情节，不放过细节，解构作者的用心，如果否定叙事的角度，那么会提出新的进入，考察人物心理和行为的可靠性，如果是不可靠和生硬、做作的，那么是什么原因……他是真真实实把作家的创作读得熟了，才来认认真真做他评论家的事的；他是认认真真把一部书读得熟了，才提取书里的智慧或是弊端来推论逻辑、证实原理。他真是一个遵守技术和规矩的人。"②

　　研究中国儿童文学的日本学者河野孝之在《中国儿童文学批评的火热时代——体验的中国儿童文学批评史》（载于《儿童文学批评·滥觞》，日

① 梅子涵：《朱自强教授》，《中国儿童文学》2002年第1期。
② 同上。

本发现大陆出版社，2002年）一文中，在介绍了上述在我身上发生的批判"传统"又被"传统"所批判，批判"新潮"又被"新潮"所批判这两个事件之后，这样说道："就是这样，朱自强先是被老资格作家批判，接着又成了年轻作家的敌对。可是，对此应该作这样的理解——朱自强的批评不是左顾右盼、犹疑不决的，它避免了'文革'似的政治的、情感的对立，将学术讨论的氛围带到了整个儿童文学界。"

对《新时期少年小说的误区》一文，我自己曾作过反思和自我批评："回想起来，九十年代初我写那篇文章的时候，草率和鲁莽这一点是可以肯定的，虽然那里边的很多观点我至今还没变，我坚持，但是从行文的一些语气、用语上，还有包括那篇文章的写法上，因为毕竟涉及了四个作家，在那样一篇篇幅比较长、有一万七八千字的文章里，我觉得还是应该对一个作家搞一篇作家论，对这个作家创作的整体进行比较深入的研究，在这个基础上再做出结论可能更好一些。"①

对于我在《新时期少年小说的误区》一文中存在的对被批评的作家的成绩肯定不足、语气过于激烈这些偏颇，几位当事作家给予了极大的理解和宽容，我们也因此后来都成了很好的朋友。常新港在2008年回顾自己三十年的创作时说："那几年，自己的创作看起来一切似乎都很顺利。1993年（实为1990年），朱自强先生在《当代作家评论》上发表了震动了当时儿童文学界的著名文章《中国少年小说的误区》（'中国'应为'新时期'）。他列举了当时很活跃的儿童文学作家的名字，用犀利的笔点出了他们的'误区'。他在文中着重客观批评了曹文轩、刘健屏和我。可想而知，对于在那时听惯了赞美的青年作者来说，这种不同的声音和严厉的批评，带给我的震动会让我经营了多年的儿童文学大楼摇晃起来。多年之后，我不得不佩服朱自强先生的眼光和文学视野，他作为一个学者的真知灼见，让我冷静下来，可以看清自己儿童文学的'局限'。"②

---

① 梅子涵等：《中国儿童文学5人谈》，新蕾出版社，2001年，第259页。
② 常新港等：《回眸儿童文学30年》，《中国图书商报》2008年6月17日。

需要说明一点，我指出常新港的创作中的问题，并不代表我否定其文学才能。撰写《儿童文学的本质》一书，我就对他的《独船》给予了高度评价。我说："《独船》之所以具有很高的儿童文学价值，就在于使少年读者感悟到石牙在生活的困苦磨难面前的崇高尊严和抗争的力量，从而产生自尊自强的精神。正因如此，描写了不幸甚至死亡的《独船》的美学价值才是高层次的，即不是一种悲哀，而是一种悲壮。"①2000年以后，经过沉思和蓄电的常新港强力回归儿童文学创作，其作品因为构思和表现上的独特创意，成为我的重点关注对象。2004年至2010年，我为春风文艺出版社的"21世纪中国文学大系"编儿童文学年度选本，几乎每本都选入常新港的作品。我为台湾编选的《东北少年小说选》，其中的一本《黄金周末》，书名就取自所收录的常新港的小说。2005年，我曾针对当时长篇作品创作的艺术凝练度不足的问题说道："在一些长篇作品中，作者不加思虑地往里面塞进去一大堆未经筛选、组织、整合的材料，用材料的罗列取代了艺术的结构和立意。我想，如果是一个经过短篇艺术修炼的作家，大约不会出手这样的作品。比如，作品被收入这个选本里的常新港和彭学军，其长篇作品的高艺术水准难道与他们锲而不舍地打造短篇艺术没有内在联系吗？"②

我之所以用这么长的篇幅，介绍围绕《新时期少年小说的误区》发生的讨论、争论，一方面固然是因为此事对于我的学术成长意义重大，另一方面还因为，它所涉及的也是事关新时期儿童文学创作以及理论走向的大问题。

由此，我想引出一个一直未被揭示的重大学术问题——我以个人的体验感觉到，在1980年代成长起来，目前已经成为中国儿童文学学术界知名人物的人们那里，实际上以对"儿童本位"论的态度、立场为分水岭，在

---

① 朱自强：《儿童文学的本质》，少年儿童出版社，1997年，第131页。
② 朱自强：《"短篇"精神——一种需要张扬的艺术精神》，朱自强选编：《2004年儿童文学》，春风文艺出版社，2005年。

儿童文学的艺术评价标准以及为建立这一标准而采用的参照系方面，存在着极大的差异，并且显现出并不同质的两大学术脉流。我认为，这一当代儿童文学学术史的重要面貌，在很多对当代儿童文学学术状况的言说中，基本是被遮蔽着的，在个别评论中，甚至是被歪曲着的（比如，王侃在《哗变的艺术——论方卫平的儿童文学研究》一文中，做出的方卫平"一直以来坚执'儿童本位'"这一评判，就有违客观事实）。但是，这一学术事实尽管被遮蔽，甚至被歪曲，它却不以人的意志为转移地存在着，因而今后的中国儿童文学理论研究，也就可能依然受到这已经存在的两大理论脉流的影响。清醒地认识并指出这一点，对今后进一步建构"真实的"儿童文学学术史是非常必要的。

今天回忆《新时期少年小说的误区》所引发的讨论、争论，难免心生感慨。当年那么多人对儿童文学事业的肩负责任的关注以及认真的学术争鸣的局面，在今天已经难以出现。那是一个令人深深怀念的时代。

1993年，我发表了可以视为《新时期少年小说的误区》的姊妹篇的《新时期儿童文学理论的误区》（《儿童文学研究》1993年第1期）。这篇论文的副标题是"吴其南的儿童文学观质疑"。我的这篇文章，尽管具体讨论的是吴其南的儿童观、儿童文学观，但涉及的却是八十年代偏重少年文学，轻视幼儿文学的重大问题（今天图画书的崛起，其实是对八十年代这一偏颇的一种矫正），以及某些儿童文学理论家思想深层存在的成人本位意识的问题。

在论文中，我认为，八十年代以来出现了"儿童文学创作和理论偏重于少年小说、偏重于少年读者中的高年龄层这一滑坡现象"，并指出："在欧美、日本等儿童文学发达的国家里，童年文学尤其是低幼文学历来受到重视，水平很高，儿童文学的三个层次有着科学合理的布局，协调着发展。儿歌、故事、童话等'走向衰落的迹象'本该是令儿童文学界忧心忡忡的事，因为正是这里聚集着嗷嗷待哺的至少占三分之二的读者。"但是，吴其南却"对少年小说占儿童文学的主导地位这一趋向表示出欢迎和赞赏，称为是'非常有力地兴起一场少儿文学文学化运动'"。

我在论文中，引用吴其南的"同是六岁的幼儿，有的缠着奶奶讲狼外婆，有的自己看图画书，有的还在吃奶，有的，如宗璞，已能背诵整本的唐诗"等说法，分析他在"缠着奶奶讲狼外婆"的幼儿和"已能背诵整本的唐诗"的六岁"宗璞"之间，贬前者而褒后者，"这种对待儿童阅读现象的价值观是偏离儿童文学精神的"。我进一步指出，吴其南之所以膜拜"整本的唐诗"（成人文学），看不起"狼外婆"（儿童文学），是因为其"儿童观上的重大错位"。"吴其南曾在多篇文章中反复强调论述成为他的儿童观核心的一个观点：儿童的审美能力处于低水平。比如：'最易受到大众欢迎的恰恰不是那些美学价值最高，最具有创造精神的作品，而是那些读者熟悉，符合人们审美经验，难度不大的创作。……儿童文学的读者年龄小，审美能力普遍偏低，这种现象更为明显。''越是在文化层次较低的读者那儿，如少儿文学，这些非审美的功用所占的比例就越大。''少儿文学的读者作为一个整体毕竟属于社会审美能力较低的一个层次。''我们常说读者是文学发展的推动力，其实，从另一方面看，读者也会成为文学前进的阻力。斗胆说句冒犯小读者的话，少儿读者较低层次的审美能力就是少儿文学走向较高水平的最大包袱。我们不能完全摆脱这个包袱，否则少儿文学就不存在了。'"针对吴其南的这些观点，我批评说："吴其南的上述话语，虽然是在要提高儿童文学的文学性的前提下所讲的，但是，由于他那种否定儿童的儿童观，提高儿童文学的文学性已是一纸空谈。他的话中的逻辑关系透露着吴其南的理论观点的真意——'小读者也会成为文学前进的阻力'，因为'少儿读者较低层次的审美能力'作为'最大包袱'，阻碍着'少儿文学走向较高水平'。'不能完全摆脱这个包袱'的少儿文学也便'不能完全'走向较高水平'。归根结底一句话，儿童文学命中注定的是一种较低水平的文学。"

在文章的结尾，我告诫说："总之，我们只有像尊重《战争与和平》一样尊重《三只熊》，像尊重'整本唐诗'一样尊重'奶奶讲的狼外婆'，即只有我们像尊重成人文学那样尊重儿童文学，从而彻底消除了潜意识中的儿童文学劣等感，我们才有可能真正提高儿童文学的文学性。"

令人欣喜的是，大约自二十世纪九十年代中后期以来，特别是近年来，"儿歌、故事、童话等'走向衰落的迹象'"明显得到了遏制，给幼儿和小学儿童的作品越来越被儿童文学作家和评论家所重视，儿童文学的整体格局正逐渐走向平衡。

3. 1994年至1997年：《儿童文学的本质》
——建构"儿童本位"的儿童文学观

前面回顾1986年至1993年这段时间，我用"对中国儿童文学传统的批判与被批判"和"对'新潮'儿童文学的批判与被批判"来概括，但是，这期间，我的研究并不只是在做"批判"工作，同时还发表了《儿童文学中的人道主义》（《儿童文学研究》第23辑，1986年）、《论儿童文学与成人文学的差异》（《东北师大学报》1987年第4期）、《鲁迅的儿童观：儿童文学视角》（《东北师大学报》1989年第5期）、《作家对儿童文学的精神需求》（《社会科学探索》1991年第6期）、《论儿童文学的特质》（东北师大学报》1993年增刊）等论文，表现出儿童文学本质论研究的学术趋向。前辈学者蒋风先生显然看到了我的这一学术趋向，他在主编《儿童文学教程》（希望出版社，1993年6月）时，就是邀请我来撰写"儿童文学的本质"这一章的。

现在有必要对我的日本留学经历作一下交代。我曾经三次作为访问学者，去日本从事儿童文学研究，时间分别为1987年10月至1988年12月（东京学艺大学、大阪国际儿童文学馆）、1990年4月至1991年4月（大阪国际儿童文学馆）、1997年10月至1998年10月（大阪教育大学）。

日本留学这一学术经历，对我个人的学术发展至关重要。择主要的说来，一是获得了治学方法、态度方面的启示；二是获得了在世界性学术视野下，以西方（包括日本）儿童文学经典为参照系，从事儿童文学研究这一重要意识；三是获得了大量西方（包括日本）的儿童文学资料。

我特别想提及的是，有幸师事已故的日本著名学者鸟越信先生，对我的儿童文学学术研究产生了深刻影响，带来了珍贵的资源。鸟越先生博览群书，记忆超群，治学严谨。在先生的指导下做研究，既有压力，也有动力。鸟越先生对弟子在学术方面要求很严格。1988年12月，鸟越先生、日本著名作家阿万纪美子女士和我，在大阪中央图书馆有一场讲演、对谈会。我深为自己的日语口语水平担心，但是，鸟越先生闭口不谈请翻译的事情。我知道，在鸟越先生的意识里，在日本留学的儿童文学研究者就要用日语讲演，这是学术常识。所以，自己只能殚精竭虑、用心准备。1989年，鸟越先生约我为《大阪国际儿童文学馆学报》撰稿，也不谈翻译问题。我就知道，这是要求我直接用日文撰写。正是在鸟越先生的严格要求和不断施压之下，我的学术能力和日语水平才有了更大的进步的可能性。

在日本儿童文学研究方面，1994年以前，我发表了《战后日本儿童文学的变革》（《东北师大学报》1991年第6期）、《中日儿童文学学术语异同比较》（《东北师大学报》1993年第5期）、《我的日本儿童文学观》（日文撰写，《大阪国际儿童文学馆培育会会报》第15期）、《日本的"阿信"与中国的"阿信"》（日文撰写，《国际儿童文学馆学报》第6号）、《〈买手套〉论》（日文撰写，《宫泽贤治与新美南吉比较研究》，文溪堂1994年）等论文。1994年以后，除了继续发表一些论文，我还出版了《日本儿童文学面面观》（湖南少年儿童出版社，1994年5月，与张锡昌合著）、《日本儿童文学论》（山东文艺出版社，2007年1月）。这些成果都给我思考儿童文学的本质问题带来了很大的帮助。

在儿童文学研究的初期，我在写作《论儿童文学与成人文学的差异》的时候，就已经有了建构儿童文学独特的价值观和批评标准这一理论意识，而且最初的学术论文中的思考，就已经在不知不觉之间，朝着儿童本位的方向迈进。对中国儿童文学传统和"新潮"儿童文学的批判，就是在运用处于建构之中，并不很成熟的儿童文学批评标准。这两次讨论、争论，变成了我自觉地建构清晰、完整、系统的儿童文学观的动力。正如我在《儿童文学的本质》的"后记"里所写的："自从我进入儿童文学研究领域，无论是对创作现象还是理论问题，总是褒贬分明，并且率真而言。我的几篇批评文章也受到了一些学术同仁的反批评。这些学术问题的争论最后往往都归结到一个根本处：'儿童文学究竟是什么？'我知道，争论只是一种手段，通过争论形成并逐步完善各自的儿童文学观才是最终目的。因此，对与我持有不同理论观点的学术同仁，我内心怀着尊敬和谢意，因为他们的思考从独特的角度给我以启发，并激励我在儿童文学本质论方面不断求索。"

1994年至1997年，除了陆续发表论文，我的主要学术工作是撰写学术专著《儿童文学的本质》（少年儿童出版社，1997年11月）。写这样一本儿童文学本体理论的书，我是有着清醒而自觉的意识的。

本质论是儿童文学本体理论，对于儿童文学理论建设是重中之重。我在《儿童文学的本质》中这样论述本质论对于儿童文学研究个体的意义："对儿童文学研究个体来说，儿童文学本质观不是一朝一夕所能建立起来的，而且一旦建立起来的儿童文学本质观也会随着创作的发展、时代和自身的变化而重新建构。但是，不管怎样，一个儿童文学研究者，应该具有探索儿童文学本质的自觉意识，力求尽早和尽可能完善地建立起自己的儿童文学本质观。因为没有一个具有理论性、系统性、科学性的儿童文学观来观照，儿童文学的各方面研究，就会因为缺乏统一的价值系统而陷入盲目性、摇摆性和混乱性，从而使研究失去学术品格。事实上，我们的儿童文学研究中曾经存在、正在存在着这样的问题。"

我在《儿童文学的本质》一书里较为系统地建构起了"儿童本位"的儿童文学观这一理论形态。这一儿童文学观当然汲取了以周作人为代表的现代"儿童本位"论的理论资源，也吸收了外国儿童教育哲学、心理学、文学、儿童文学的相关成果，不过整体的思想观点以及整体的理论框架则是我个人的一种原创。我在书中说："希望读者看到，我的'儿童本位'的儿童文学观更是蕴含着当代思考、发现和诠释的理论成果。"

在《儿童文学的本质》一书中，我的儿童本位的儿童文学观的建构有两个支点，一个是儿童观研究，一个是儿童文学名著研究。这也是我建构儿童文学的本质的两个方法。儿童观研究的目的，是想将儿童从普遍人群（也可以说是成人）那里分离出来；儿童文学名著研究的目的，是想将优秀的儿童文学从一般的儿童文学以及成人文学那里分离出来。在我本人的"儿童分化"和"儿童文学经典化"过程中，《儿童文学的本质》一书的撰写，是最为重要的一项工作。

我在书中说："正如对于文学艺术，人是至关紧要的一样，对于儿童文学，儿童则是至关紧要的。在儿童文学理论问题上，尤其是在儿童文学本质论上，对儿童的认识是最为根本的出发点。在儿童文学的本质与儿童观之间，存在着衡定而又紧密的因果逻辑。因此，探求儿童文学的本质，无可避免地要去探求儿童的本质，探求儿童的本质与儿童文学的关系，进而在这种关系之中，把握儿童文学本质的脉搏。"我甚至说："儿童这一存在对儿童文学的本质具有决定性，即是说，开启通向儿童文学本质大门的钥匙紧握在儿童的手中。"

仅从这本书章节的题目，就能看到我要将儿童观研究落到实处的良苦用心："第二章 儿童观与儿童文学"、"第三章 童年人生的珍贵价值"、"第四章 儿童·成人：人生的两极"、第四章之"二、儿童：独特文化的拥有者"、第七章之"一、儿童的审美能力评价"、第八章之"二、成熟的'儿童'：自我表现的特异性"。这本书的章节题目也显示着"在儿童文学的本质与儿童观之间，存在着衡定而又紧密的因果逻辑"："第二章 儿童观与儿童文学"、"第五章 感性的儿童与感性的儿童文学"、"第六章 动态成长的儿童与儿童文学"、"第七章 纯粹的审美能力与纯粹的艺术"、第八章之"三、作家·儿童：秘密结盟的团伙"。

我将儿童文学名著的研读作为《儿童文学的本质》一书的支点，是

"因为我相信，'任何一种特定事物的定义也就是那一类中的好事物的定义，因为一件事物在它那一类中是好的事物，它就只能是具有那一类特性的事物'。我的儿童文学本质论是企图建立在对好的儿童文学作品的体验之上的"①。

正因为《儿童文学的本质》在本质论所应有的丰富的层面上展开对经典名著的研读，在后来的儿童阅读推广运动中，为了帮助社会提升对儿童文学的认知，该书才以《经典这样告诉我们》（明天出版社，2010年4月）这一书名得以再版。

我很感谢逻辑思辨很敏锐的梅子涵教授洞悉了《儿童文学的本质》一书的独特性和原创性。他说：《儿童文学的本质》"很完整地表达了他对儿童文学的认识，对儿童的认识，对儿童文学作家的认识。这是三位一体的三个方面，相互牵涉，互为因果。这是一本阅读起来可以兴致勃勃的书，对于研习、写作儿童文学的人，你可以读到通常教程里根本没有的思想、见解、引例、阐述"。"《儿童文学的本质》可以让人读得兴致勃勃，重要的原因就是他阐述的魅力。这是我国儿童文学理论中很成功很重要的一部著作，我是四处推荐，我的研究生们人手一本。"②赵大军在其博士论文中说："朱自强先生在九十年代先后推出《中国儿童文学与现代化进程》和《儿童文学的本质》两本著作，把'儿童本位的儿童文学'理论阐述得系统而透彻。如果说周作人当年提出'儿童本位的文学'是山泉出岫，那么到《儿童文学的本质》已经是泱泱大河，一种至今对我们的文化仍属某种程度上的异质的文化完整地展现出来。"③"泱泱大河"这溢美之词，在周作人面前我绝不敢当，不过，对周作人的"儿童本位"思想，我一直在努力继承并想发扬光大，这倒是真的。

想起来，我真的很幸运，当时无师自通地从儿童观做起，沿着儿童

---

① 朱自强：《儿童文学的本质》，少年儿童出版社，1997年，第11页。
② 梅子涵：《朱自强教授》，《中国儿童文学》2002年第1期。
③ 赵大军：《儿童文学理论的基本问题与方法》，博士学位论文，东北师范大学，2008年。

观，又去探寻、建构儿童文学的本质，从而建立起了儿童本位的儿童文学观。对我个人而言，《儿童文学的本质》是我的儿童文学理论的奠基之作。此后，我的儿童文学研究，基本是以此书所建构的儿童文学观为理论根底来展开。由于写作这本书，我找到了统摄自己后来的儿童文学理论、史论、评论的灵魂——儿童本位的儿童文学观。不仅如此，后来我的语文教育、儿童教育研究，也是以"儿童本位"思想为原点的。

据我所见，在我的著作里，《儿童文学的本质》是被引用次数最多的著作之一。在有的大学，它还是博士学位、硕士学位的考试参考书。

近年来，有的儿童文学研究者片面接受西方后现代主义理论的影响，发出了反本质论（有时打着反本质主义的旗号）的批判声音。虽然没有点名道姓，但是，我的本质论研究也在被批判之列。甚至毋宁说，由于我写了《儿童文学的本质》一书，理所当然地首当其冲。我自认为，自己的研究尽管含有一定的普遍化、总体化思维方式，但是，并不是本质主义研究而是本质论研究，努力采取的是一种建构主义的姿态。我在《儿童文学的本质》中就说，"我也在'选择'。我曾经想把书名冠以'我的儿童文学的本质'。但是，它有些不像书名"。也就是说，我承认也有"你的"儿童文学的本质。我并不认为儿童文学具有超历史的、永恒不变的一个本质。这本书的结语或许可以作为证明——

这本对儿童文学的本质进行探寻的小书至此是结束了。

但是，动态发展的儿童文学仍然处在建构自身本质的路途之上。只要儿童的本质是一个不断建构的动态的过程，儿童文学的本质也就是一种暂时的、后延的、有待发生的东西，因而对儿童文学的本质的阐释就永无止境，永无结束。

本书所做的儿童文学本质的研究工作只是在"现在"这个特定的时点上对儿童文学的本质所作出的有限的诠释，它在下面一个个历史时点将逐渐被改变。

　　但我希望，即使被改变，作为构成历史的一个小小的时点，它还能够具有一种自身存在的意义和价值，我希望它曾描述出儿童文学本质生成的一段历史。

　　我当然知道，绝对正确、没有瑕疵的文学理论是没有的。不过，我又坚信，历史地来看，对于有着漫长历史的以成人为本位的文化传统的中国，儿童本位的儿童文学观，是端正的、具有实践价值的儿童文学观。它虽然深受西方现代思想，尤其是儿童文学思想的影响，但却是中国本土实践产生的本土化儿童文学理论，不仅从前解决了，而且目前还在解决着儿童文学在中国语境中面临的诸多根本问题。

　　由于盲目而片面追随西方后现代的某些理论，近年反本质论立场的儿童文学研究，由于同时缺失凝视、谛视、审视这三重学术目光，出现了十分不良的学术后果，值得我们深思。对此，我在《儿童文学的本质》一书的增补文字中已经有所论述。

4. 2000年：《中国儿童文学与现代化进程》
——"重写"的文学史

　　我的脑海里曾经闪过这样的念头：假设哪一天，我需要重评教授职称，但是只能送审一部学术代表著作，我一定会在《中国儿童文学与现代化进程》《儿童文学的本质》《儿童文学概论》这三本书之间，久久地犹豫不决。这三本书，一本是史论，一本是本体论，一本是基础理论，但都是我作为学者的立身之本，很难取舍。

　　虽然《中国儿童文学与现代化进程》的文字写作时间只有半年，但是，它基本是打好"腹稿"了的，而且用了十多年的时间来打"腹稿"。本书的思考起源应该追溯到《儿童文学中的人道主义》《论中国当代儿童文学的儿童观》《鲁迅的儿童观：儿童文学视角》《张天翼童话创作再评价》等论文。作为整体框架的雏形，则形成于1993年申报国家社会科学基金项目的思考、论证过程之中。

1994年，我师从东北师范大学的孙中田教授，攻读中国现当代文学博士学位。在孙老师的同意、支持下，我将项目课题研究与博士论文写作这两项工作合为一体。因为研究"中国儿童文学与现代化进程"这一课题之初，我就想把现代儿童文学置于整个现代文学的格局中进行阐述，所以用了较长的时间调查、研读《新青年》《小说月报》等新文学报刊以及周作人、鲁迅、叶圣陶、冰心、沈从文等现代作家的著作。孙中田教授是国内著名的茅盾研究专家，虽然当时已经年近七十，但是，在学术上充满与时俱进、锐意求新之青春活力。记得孙老师馈赠我的《〈子夜〉的艺术世界》一书的后勒口上就写着：不断地超越自己，是多么快乐的事情。孙老师这句话常常警醒我：不能不断地超越自己，一定是十分痛苦的事情。孙老师充满思想和创见、富于激情和雄辩的授课以及组织的博士生的学术研讨，把我从儿童文学领域引向了更为广阔和深远的学术天地，进一步强化了我将儿童文学与现代文学融为一体进行研究的意识。与去日本留学的经历相近，攻读博士学位的过程，是对我的学术成长和进步的莫大馈赠。顺便说一句，在中国大陆，我应该是以儿童文学论文获得博士学位的第一人（1999年获得博士学位）。

作为一个自足、完整的学科，儿童文学与一般文学一样，也拥有文艺学、文学史、文学批评、文献书志学这四大研究领域。文艺学可以说是关于文学的哲学，文艺学研究的宗旨是对文学的本质和原理进行理论的、系统的探究，从学理上讲，文艺学具有为一切文学研究提供理论依据的作用。所以，如果一定要按照学术逻辑和规范，在文艺学和文学史研究之间排一个顺序，我会选择先作理论，后作史。

韦勒克、沃伦在《文学理论》一书说："材料的取舍，更显示对价值的判断……"[①]否则"文学史于是就降为一系列零乱的、终至于不可理解

---

① ［美］韦勒克、沃伦：《文学理论》，刘象愚等译，三联书店，1984年，第32页。

的残篇断简了"①。钱锺书评夏志清的《中国现代小说史》说:"文笔之雅,识力之定,迥异点鬼簿、户口册之论,足以开拓心胸,澡雪精神,不特名世,亦必传世。"②文学史家面对的文学史不是一个"自然"时间,而是"价值"时间。所以,要依据理性的"价值判断"来进行"材料的取舍",要以"识力之定"来"开拓心胸,澡雪精神",如此写成的文学史才不是"点鬼簿、户口册之论"。

韦勒克、沃伦所言"价值的判断",钱锺书所言"识力之定",是文学史家必备的能力,而这种能力一是来自具有洞察力的历史观,二是来自具有通透性的文学观。

我庆幸自己走的是先作理论,后作史这样一条路。如果我没有在《儿童文学的本质》一书中,对儿童文学的本质进行过较为清晰、深入的思考,没有建构起儿童本位的儿童文学观,《中国儿童文学与现代化进程》一书就不是今天这个面貌。还可以说,如果我没有写《儿童文学的本质》,就很难写出《中国儿童文学与现代化进程》,因为正如北方的谚语所说:"人不能隔着锅台上炕。"

我对已有的某些中国现代儿童文学史和当代儿童文学史著述的最大不满,是缺乏明晰、统一的儿童文学观和历史观。它们没有发现或者说阐释出历史变化的轨迹和内在的规律。也可以说,它们缺少德国汉学家顾彬所说的文学史著述所应有的"一根一以贯之的红线",它们不能像写《中国现代小说史》的夏志清那样,"从现代文学混沌的流变里,清理出个样式与秩序"。在文学史观问题上,我对某些激进的后现代理论无条件地反对文学史研究采用宏大叙事的观点,持质疑的态度。

所以,我撰写《中国儿童文学与现代化进程》时,学术考察和思考的焦点是:以西方这一维度为参照,在人类社会的现代化进程中,找到中国

---

① [美]韦勒克、沃伦:《文学理论》,刘象愚等译,三联书店,1984年,第35页。
② 钱锺书语,见[美]夏志清:《中国现代小说史》封底,刘绍铭等译,复旦大学出版社,2005年。

儿童文学史的起点、走向及其动力和阻力，探寻出中国儿童文学起落消长的规律及其因由。为了达到这个目的，我以在《儿童文学的本质》一书中建构的儿童本位的儿童文学观为价值尺度，以现代性的展开为主轴，建立起了五个体现儿童文学现代价值观的坐标点，勾勒现代化进程中的中国儿童文学的历史走向以及其中的起落消长。在这个坐标系中，正能量、正方向是解放、发展儿童生命的儿童本位的儿童文学，负能量、反方向的则是压抑、束缚儿童生命的"教训主义"以及其隐秘的变种的"规范""框范"论。

撰写《中国儿童文学与现代化进程》一书，是继《论中国当代儿童文学的儿童观》《张天翼童话创作再评价》等论文之后，有规模地"重写文学史"的一项重要工作。所以，当我看到王侃教授撰文说，方卫平于2011年撰文提出"重新发现中国儿童文学"，是在率先呼吁"重写文学史"，颇不以为然。

我知道这一课题研究还有没有做足的学术工作，还有需要进一步推敲的学术观点，不过，《中国儿童文学与现代化进程》作为博士论文完成以后，专家学者们对它的充分肯定，还是给予我很大的鼓舞和自信。吴福辉教授在博士论文的通讯评议中说："……由'现代化'出发考察中国儿童文学，理论观点上突破性大。我最觉得有分量的突破是：中国儿童文学不是'古已有之'，是只有'现代'，没有'古代'的；两个'现代'说，指出中国儿童文学发展中的基本矛盾线索；周作人、鲁迅在中国现代儿童文学形成中的真正作用及互相影响关系。""本文的学术开拓性是毋庸置疑的。关于中国儿童文学的'现代化'进程，以及它在获得'现代性'时所存在的矛盾性、复杂性和总体的前行性，迄今为止，只有此篇论文给人一种全新的感觉。它本身又是一篇全面的史论，从中国儿童文学的现代发生，直到今天新时期的儿童文学状况，全部摄入作者的宏大视界。因此，本文也是一篇足够填补学术空白的、有深度、有历史宽阔度的优秀论文。它几乎是中国儿童文学史的一个雏形。相信它会对今后的此类研究产生影响。"论文答辩委员会委员郭铁成研究员认为：论文"通过研究中国'外源型'现代化对儿童文学的特殊影响，发现并提出了中国儿童文学的'两个现代'问题，这一理论的提出，打破了以往儿童文学历史研究中的单一阐释，也揭示了中国儿童文学现代化过程的矛盾性和复杂性，同时对我国一般的文学史研究也具有启迪意义"。我的导师孙中田教授认为："全文以翔实的材料和辨析的精神，展示了儿童文学现代化与社会现代化的互动关系，在史实的推演中，提出了许多具有创造性的见解。这对儿童文学研究来说，不仅具有学术上的突破性，同时也具有使这一学科更加丰富的价值。"

《中国儿童文学与现代化进程》于2000年12月出版（浙江少年儿童出版社）后，王确、谈凤霞、俞义等学者曾撰写书评，给予了较高的评价。作为与我同代的儿童文学学者，梅子涵更是慷慨地给予《中国儿童文学与现代化进程》一书好评。梅子涵说："他今年出版的博士论文《中国儿童文学与现代化进程》是他承袭着这些年的扎实研究和认识积累的又一个很硕厚的成果。资料丰富，思想丰富。资料是客观的，可是需要思想去整理、推敲和识辨；思想是主体的，但是资料可以触动、拂掠和推进。学术人的智慧是不是充沛，这两者结合之后的亮度是完全不一样的。我在阅读《进程》的时候和在阅读《本质》的时候一样，都有一种佩服的心情：朱自强这两个方面是双健的。二十年的时间二十年的努力已水到渠成地给了他一个大气和潇洒的理论形象。"[1]

"具有使这一学科更加丰富的价值"，"相信它会对今后的此类研究产生影响"，可以说，博士论文评审专家的这些预测在某种程度上是应验了的。自《中国儿童文学与现代化进程》出版以来，得到了年轻学者的普遍关注，特别是成了很多儿童文学方向博士论文写作的参考文献和引用资料，以我所见，就有侯颖的《论儿童文学的教育性》、李学斌的《儿童文

---

[1]　梅子涵：《朱自强教授》，《中国儿童文学》2002年第1期。

学的游戏精神》、谈凤霞的《20世纪初中国儿童文学的审美进程》、王黎君的《儿童的发现与中国现代文学》、陈恩黎的《轻逸之美——对儿童文学艺术品质的一种思考》、李利芳的《中国发生期儿童文学理论本土化进程研究》、李丽的《生成与接受：中国儿童文学翻译研究（1898 — 1949）》、杜传坤的《中国现代儿童文学史论》、王蕾的《安徒生童话与中国现代儿童文学》、陆霞的《走进格林童话——诞生、接受、价值研究》等博士论文。能与担负着发展中国儿童文学学术之重任的更年轻的学者们，以这样的方式进行学术沟通和交流，于我是深感快慰的事情。

5. 2006年至2009年："仍旧专注于国内儿童文学纵深面研究"

2003年，我从东北师范大学调出，来到中国海洋大学工作至今。自2005年至2010年，我担任文学院以及后来的文学与新闻传播学院院长工作，尽一份应尽的社会责任。学院行政工作占去了我的相当一部分时间和精力，但是，我始终不忘自己的学者身份和学术职责，只要能挤出时间，就会投入更为珍惜的学术研究工作之中。

好像是在2002年，新蕾出版社在北京主办了一次关于《中国儿童文学5人谈》一书的研讨会。我在会上的简短发言的题目是"《中国儿童文学5人谈》与成长的中国儿童文学"，我说了这样的话："我们五个人或者在创作领域，或者在理论、评论领域，可以说不仅是新时期中国儿童文学发展过程的见证人，而且也为这场建设挑过一两筐子泥土。我们都是在新时期这一充满生机的时代里'成长'起来的。现在，每当看到这本书，我心里想得更多的是，自己学术的青春时代已经逝去，身处学术的壮年时期，我能否既挽留住一些青春的活力，又收获壮年的一份成熟。说白了，就是自己的学术能否继续'成长'的问题，就是再过若干年，假设还能有幸参加类似'五人谈'这类工作，自己来谈什么的问题。"这番话里，蕴含着我对自己新的学术创造的要求和期待。

这一阶段的论文研究，值得一提的有两个成果：一是指出了当下儿童文学的"困境和出路"，二是提出了"分化期"这一文学史分期的观点。

在《文艺争鸣》2006年第2期上，我发表了《新世纪中国儿童文学的困境和出路》一文。这是一篇考察儿童文学创作思潮，具有反思和批判精神的文章。

在这篇文章中，我重提在2002年第六届亚洲儿童文学大会的发言中的观点："在儿童生命生态令人堪忧的今天，儿童文学缺乏'忧患''思考''深度''凝重'，是十分可疑的现象。虽然秦文君写了《一个女孩的心灵史》，但是，这种姿态似乎是无人喝彩、无人追随。这个时代，多么需要卢梭的《爱弥儿》、塞林格的《麦田里的守望者》式的作品。如果众多儿童文学作家退出关注、思考教育问题的领域，对儿童心灵生态状况缺乏忧患意识，儿童文学创作将出现思想上的贫血，力量上的虚脱。这样的儿童文学是不'在场'的文学，它难以对这个时代以及这个时代的儿童负责。"我指出："在破坏童年生态的功利主义、应试主义的儿童教育面前，相当数量的作家患了失语症，创作着不能为儿童'言说'的儿童文学。导致这种状况，与作家人生痛感的丧失，思想的麻木甚至迷失有关。"

"如何解读时代，为儿童'言说'？""'儿童'何时能成为思想的资源？""中国儿童文学何时成为感性儿童心理学？""真正走向'儿童本位'这条路！"从这几篇文章的小标题，大略可以了解我的儿童文学批评中一以贯之的儿童文学理念。

儿童文学作家张洁在谈论她读那段时间的儿童文学创作和评论的感受时，说过这样的话："不得不说的一个人：朱自强。平凡主题，深邃思考，独到见解，激情表述，得当铺陈——这是我对朱自强作品的感受，《中国儿童文学的困境和出路》恰切地点到了中国儿童文学既普遍又被忽视的问题。他是目前为数不多仍旧专注于国内儿童文学纵深面研究的专家，他的研究对中国儿童文学的积累和发展都有很大作用。"[1]

---

[1]　张洁：《中国儿童文学1/4——大约在冬季》，《学生导报》2005年3月7日。

如果说，《儿童文学的本质》是理论建树，《中国儿童文学与现代化进程》是文学史专论，《日本儿童文学论》是外国文学研究，那么，张洁对我的"是目前为数不多仍旧专注于国内儿童文学纵深面研究的专家"这一评价，针对的是我所做的儿童文学批评工作。可以说，三十年来，我在儿童文学学科的理论、史论、批评这三大园地，都持续地进行着耕耘。

在《新世纪中国儿童文学的困境和出路》一文中，我说："我认为，文学理论和批评也应该是一种理想，一种预言，文学理论和批评应该运用'心'的想象力，揭示出当下还不是显在，但是不久将成为巨大问题的隐含状态。"这句话表达的是我对批评家这一身份的理解。《新时期少年小说的误区》和《新时期儿童文学理论的误区》，在"儿童文学热热闹闹，莺歌燕舞，形势一天比一天好"的情势下，指出"新潮"潜藏的"误区"，《新世纪中国儿童文学的困境和出路》中，对"困境"和"出路"的阐述，以及稍后我在其他文章中提出的"分化期"观点，都是我作为批评家，试图运用"'心'的想象力"的一种努力。

2000年，我曾经在《中国儿童文学与现代化进程》一书中，指出并论述了二十世纪"八十年代"是"向文学性回归"的时代，"九十年代"是"向儿童性回归"的时代。对中国儿童文学在"新世纪"这十来年的开展，应该如何进行价值时间的阐释呢？

触发对这一重要问题的思考的契机，是2006年《文艺报》的刘颋约我撰写一篇宏观论述新世纪儿童文学状况的文章。为此，我写下了《新世纪中国儿童文学的发展走向》（《文艺报》2006年10月17日）一文，开启了对"分化"问题的思考和研究。此后，又陆续发表《论中国儿童文学的后现代和产业化问题》（《中国海洋大学学报》2008年第3期）、《论"分化期"的中国儿童文学及其学科发展》（《南方文坛》2009年第4期）等论文。这些论文指出，中国儿童文学在新世纪里，进入了"史无前例"的"分化期"，以此厘清了"纷繁复杂、混沌多元"的现象背后的共性特征，也完成了我对近三十年中国儿童文学历史进程的完整阐释。

　　我所谓"分化"，是指"新世纪的中国儿童文学正在出现这样几个'分化'趋势：幻想小说从童话中分化出来；图画书从一般幼儿文学中分化出来；儿童文学分化出语文教育的儿童文学；通俗（大众）儿童文学从作为整体的儿童文学中分化出来"①。我指出："分化使儿童文学由单一结构变成多元、复合的结构，由执行单一功能，变成执行多元功能（分化出的新形态的儿童文学分枝，执行各自的功能），是儿童文学发展的必然规律。因此，目前中国儿童文学发生的分化，是一种多元的、丰富的、均衡的发展状态，是走向发展、成熟所应该经历的一个过程。"②

　　对于这一十分重要的文学史分期的成果，学术界给予了较高的评价。

　　2009年，在"全国儿童文学理论研讨会"上，我发表了论文《论"分化期"的中国儿童文学及其学科发展》，进一步明确提出，"中国儿童文学正处于史无前例的'分化期'"。"分化期"这一理论观点引起了与会者的高度重视，而且，文章马上被与会的《南方文坛》杂志主编、评论家张燕玲约去发表。曹文轩教授对大会进行学术总结，在归纳会议研讨中的重要议题时，第一个讲的就是我所论述的"当下的儿童文学正面临着前所未有的分化"。他指出——

　　　　如何界定当下的中国儿童文学已经变得十分困难。从前的儿童文学，形态比较稳定和单一。何为"儿童文学"，在相当漫长的岁月中，是一个不证自明的问题。就说文学的体裁，小说、童话、诗歌、散文，一直是分得清清楚楚的，几乎是用不着去加以辨别的，然而，现在的情况却大不一样了。在很短的时间内，儿童文学出现了许多新的形态。朱自强的论文就分化现象做了很有学理的分析。"幻想小说从童话中分化出来，作为一种特有的文

---

① 朱自强：《论中国儿童文学的后现代和产业化问题》，《中国海洋大学学报》2008年第3期。
② 朱自强：《论"分化期"的中国儿童文学及其学科发展》，《南方文坛》2009年第4期。

学体裁正在约定俗成，逐渐确立；图画书从幼儿文学概念中分化
出来，成为一种特有的儿童文学体裁。"除了体裁的变化，"在与
语文教育融合、互动的过程中，儿童文学正在分化为'小学校里
的儿童文学'即语文教育的儿童文学；在市场经济的推动下，儿
童文学分化出通俗（大众）儿童文学这一类型"。①

　　陈恩黎这样评价我所提出的"分化"概念："此论文（指我的《论中
国儿童文学的后现代和产业化问题》一文）和作者的《新世纪中国儿童文
学的发展走向》（2006）一文构成了描述当下中国儿童文学状态的较为完
整的学术视野。作者提出的'分化'概念大大拓宽了儿童文学的研究空
间，其前瞻性和开放性不容置疑。"②

　　赵霞在《历史·现实·本土化——关于中国儿童文学研究走向的思
考》一文中，也论述到了我所提出的中国儿童文学的分化问题。她说：
"在发表于2009年《南方文坛》第4期的《论"分化期"的中国儿童文学
及其学科发展》一文中，朱自强针对中国儿童文学在'分化期'所出现的
'纷繁复杂、混沌多元'的现象，提出了五个需要着力解决的理论问题，
分别关乎'通俗儿童文学理论''儿童文学的文化产业研究''儿童文学的
儿童阅读理论''语文教育的儿童文学研究'以及'图画书理论'的进一
步建构。这是针对当下中国儿童文学发展现状所提出的五个十分具有现实
意义和研究价值的理论话题，它们也已经开始引起一部分研究者的关注。
可以想见，如果能够就这些话题展开扎实、系统、深入的研究，中国儿童
文学批评将获得一次重要的理论丰富与提升，而这些本土话题也将为建构
中国儿童文学理论的本土话语，提供重要的学术机遇。"③

---

① 曹文轩：《关于"全国儿童文学理论研讨会"》，《南方文坛》2009年第4期。
② 陈恩黎：《2007年度中国儿童文学研究的双重速局》，《浙江师范大学学报》2008年第6期。
③ 赵霞：《历史·现实·本土化——关于中国儿童文学研究走向的思考》，《文艺报》2010年2月
　　24日。

　　我对新世纪儿童文学的"分化期"的发现和命名，从性质来说，做的既是批评家的工作，同时也是一个文学史家的工作。我想起了韦勒克说的话："文学研究不同于历史研究之处在于它不是研究历史文件而是研究有永久价值的作品。……研究文学的人能够考察他的对象即作品本身，他必须理解作品，并对它做出解释和评价；简单说，他为了成为一个历史学家必须先是一个批评家。……除非我们想把文学研究简化为列举著作，写成编年史或纪事。"①

　　重视对作品的阅读，是我的儿童文学研究的一个特点，也是一个研究路数。不管我运用了多少跨学科的理论、方法，我的一切观点都建立在对作品文本的细读之上。如果不仅从"写什么"，而且从"怎么写"的角度，深入进行文本分析，理论的触角自然会延伸到文体论研究。这话也可以这么说，不会文学文本细读和分析的人，很难成为文体家，因而也就很难被称为批评家。文学，正如苏联被文学界公认为"短篇小说大师"的安东诺夫所言，"是个细腻的东西"。

　　我想罗列一些成果：《小说童话：一种新的文学体裁》（这篇论文第一次明确将fantasy作为一种文学体裁来确立）、《中国幻想小说论》（专著，与何卫青合著）、《人类幻想精神的家园——论童话的本质》、《论幻想小说与童话的文体区别》、《日本的大众儿童文学》、《从动物问题到人生问题——论沈石溪动物小说的艺术模式与思想》、《〈疯狂绿刺猬〉的文体意味》、《一部作品与一种文体》、《"成长故事"与儿童小说艺术》、《新世纪以来中国新原创图画书的萌动》、《亲近图画书》（专著）……可见，对童话、幻想小说、动物小说、成长小说、图画书等儿童文学的重要体裁，我都做过文体论研究，对大众儿童文学这一类型也做过探讨。正是因为有这些文体论研究，后来撰写《儿童文学概论》一书，我才拿出了与以往的儿童文学概论式著作所迥然不同的文体划分。

----

① ［美］韦勒克：*Concepts of Criticism*（New Haven）第15页，转引自［美］夏志清：《中国现代小说史》，刘绍铭等译，复旦大学出版社，2005年，第329—330页。

回到"分化期"这一事情上来。我能发现"分化期"并为之命名也不是什么神秘之事。说穿了，这只不过是因为我认真作过"分化"所涉及的文体的研究，对艺术儿童文学和大众儿童文学这两种类型进行过思考（如上述成果所示，又如我主持并与翻译家林少华联袂翻译的日本通俗儿童文学名著"活宝三人组"系列作品所示），持续对小学语文教育进行着儿童文学视角的研究（如《小学语文文学教育》《朱自强小学语文教育与儿童教育讲演录》两书所示），对中国儿童文学演化的历史作过整体的把握（如《中国儿童文学与现代化进程》一书所示），对西方（包括日本）已经发展到哪个阶段了，大体心中有数（如《日本儿童文学论》一书所示），当然，最后还要加上在香港教育学院做访问教授时，于某个早晨被阳台上的小鸟唤醒，脑海里突然闪出的一点灵感。

可以说，我所提出的"分化期"一说，已经得到了一些学者的关注和认同，作为一个历史分期的概念，我期待着更多学者对"分化"形态作出更多的具体、扎实、深入的研究。

6. 2009年：《儿童文学概论》——儿童文学学科基础理论建设

一个学科成熟与否，其中一个重要标志就是这门学科的基础理论是否深厚。2009年，我在高等教育出版社出版的四十万字的《儿童文学概论》，是一部重要的基础理论著作，它体现出我对儿童文学这一学科的全方位的思考和把握。

自蒋风先生出版个人撰写的《儿童文学概论》（湖南少年儿童出版社，1982年5月）以后的三十年间，出版了很多主编的、集体写作的概论式著作，而个人独立撰写的概论著作，我这本《儿童文学概论》应该是唯一的一种。对于个人独立撰写概论式著作的学科建设意义，我在接受《中华读书报》记者的访谈时曾说："原创的、学术性的教材，当然也可以产生自一两人主编、多人撰写这种编著形式，不过，我认为，如果著作者是当行专家，个人撰写的教材可能更有利于进行贯通全著作的体系性建构，给教材一个统摄性灵魂，有利于将具有整体性的价值观和学术、知识体系落实到每一章节，以至于渗透到字里行间，使之形成有机的呼应，使教材成为一个生气贯通的生命整体。自1982年蒋风先生出版个人撰写的《儿童文学概论》以来，难见个人撰写的儿童文学概论著作出版。而具有原创性的个人撰写的概论式著作，对于学科建设具有不可或缺的重要意义和价值。尤其对学科的历史尚浅、基础较弱的儿童文学而言，迫切需要从'编者'时代，跨入'著者'时代。"①

对《儿童文学概论》一书，谈凤霞在《基础理论个性化的深度建构——评朱自强的〈儿童文学概论〉》一文中评论说："从上世纪九十年代起，冠之以'概论''原理''教程'等的儿童文学基础理论著作迭出。但总体看来，不少著作的理论观点乃至框架结构都存在不同程度的重复，而且有些理论分析显得相对表层和普泛，甚至已经有些滞后。随着近些年中国学界对儿童文学认识的质的飞跃，儿童文学理论也需要有新的提升。朱自强先生的《儿童文学概论》（高等教育出版社，2009年）在这方面作出了有力的突破。""独立写作一部学科基础理论的著作，要推陈出新极需功力，著者依托于几十年兢兢业业、扎扎实实的儿童文学的教研，实践了学术著述的一个重要原则——厚积薄发！该著作体现出鲜明的厚重感：丰厚的阅读积累、深厚的专业学养、雄厚的理性思辨以及宽厚的学术胸襟。著者立足于广阔的国际视野来发现问题和讨论问题，在论述中旁征博引，涉及的理论包括文学、文化学、心理学、教育学、阅读学、美学、哲学等，充分证明了儿童文学研究并不是肤浅单薄的'小儿科'，而是一门复杂、深厚的学问。"②

我认为，《儿童文学概论》在理论体系架构和文体分类方面作出了新

---

① 朱自强、《中华读书报》记者：《儿童文学学科：亟需从编者时代跨入著者时代》，《中华读书报》2010年5月14日。

② 谈凤霞：《基础理论个性化的深度建构——评朱自强的〈儿童文学概论〉》，《中国儿童文学》2010年第2期。

探索。

全书分为上下两编："儿童文学原理"和"儿童文学文体论"。在"儿童文学原理"一编，我拿出全书近三分之一的篇幅，用五章来充分讨论问题。儿童文学本质论、发生原理论、读者论、作家论、研究方法论，这些论题都是儿童文学原理的核心问题，基本涵盖了整个问题领域。我相信这个设计，不仅是阐释儿童文学原理的一个新的结构性框架，而且也是十分有效和优化的理论结构。

本概论在探究儿童文学原理问题时，提出了一些新的观点和讨论问题的方法或角度。仅以第一章为例，"儿童文学本质论"是儿童文学理论最为核心的问题，我用了近四万五千字的篇幅进行重点探讨，其中有新意的是，明确以儿童研究作为儿童文学研究的前提，设专节进行"儿童研究"，是对以往教材的一个突破；建立并强调"儿童本位"的儿童文学观，给教材一个统领全体的灵魂；从"现代性""故事性""幻想性""成长性""趣味性""朴素性"这六个方面阐释儿童文学的特质，在整体上是一种新的见解。

在"儿童文学文体论"一编，我在借鉴国外特别是日本的经验的基础上，提出一个新的儿童文学文体分类模式。

我对儿童文学的文类进行重新分类的设想由来已久。2003年5月，东北师范大学王确教授主编小学教育专业教材《文学概论》（人民教育出版社）时，很有眼光地列出"儿童文学"一章，并邀请我来撰写。在第三节"儿童文学的分类及分类的目的"里，我提出了一个新的儿童文学分类体系，划分出了"韵语儿童文学""幻想儿童文学""写实儿童文学""纪实儿童文学""科学文艺""动物文学"和"图画书"这七大文类。

在撰写《儿童文学概论》时，我基本依据2003年发表的文体分类表进行了论述，只在章内作了个别微调，比如，在纪实儿童文学一章中，把游记放在了散文里，在科学文艺一章中，对"科学小品"概念提出质疑，并将其置换成了"科学美文"，在动物文学一章，在动物小说、动物故事之后，增加了动物散文。

我认为《儿童文学概论》的这一"儿童文学文体分类方法，更清晰、更准确地勾画出了儿童文学在文类上不同于成人文学的独特面貌，有助于读者认识、感受儿童文学的特殊魅力"①。

我个人是十分看重自己的这部著作的，也可以说是"敝帚自珍"吧。我在该书的"前言"中说："我想以撰写概论式教材的形式，对自己已在26年的儿童文学教学、研究中形成的儿童文学理念和知识体系，进行全面总结，以此为儿童文学教材建设提供一种新的形式和风格，为中国的儿童文学学科建设添上一块对我个人来说是最为重要的砖瓦。"

当然，在这本书的写作过程中，我也感受到了自身的局限。对此，我在"前言"里也有所交代："因为只懂日语，在西方儿童文学言说方面，我的局限已经日渐明显。我知道自己的这种西方儿童文学研究的模式终究不过是一种过渡形态，所以期待着英语、德语、法语、西班牙语等不同语种儿童文学的研究专家的早日出现。"

7. 2010年至今：儿童文学与中国现代文学一体化研究

2010年7月，我卸去了院长这一行政职务，得以全身心地投入到教学和学术研究中来。近三四年来，我思考最多的学术问题，一个是儿童文学与中国现代文学的一体化研究，再一个就是小学语文儿童文学教学方法研究。

我对儿童文学与中国现代文学的一体化问题的思考由来已久。写作《中国儿童文学与现代化进程》时，就已经具有把现代儿童文学放入现代文学的整体格局中加以把握的研究意识。我在书中说："五四时期的中国儿童文学作为五四新文学的有机组成部分，其孕育和生成得之于整个新文学所谋求和创造的思想、文化、艺术的土壤。"②"如果我们将'自扫门前

---

① 朱自强：《儿童文学概论》，高等教育出版社，2009年，"前言"，第5页。
② 朱自强：《中国儿童文学与现代化进程》，浙江少年儿童出版社，2000年，第156页。

雪'的现代文学研究和儿童文学研究打通起来，一方面研究儿童文学时将其放在现代文学的整体格局中进行，一方面，研究现代文学时，将儿童文学也收入视野之中，那么，无论是儿童文学研究还是现代文学研究，都会出现新的研究领域，产生新的理论发现。比如，导入儿童文学视角，我们可以更容易感受到周作人在五四之后所谓'厌世冷观'态度后面的炎炎之火；如果我们体悟到鲁迅的'儿童本位'的儿童观中的童心崇拜的因子，就会发现鲁迅的《故乡》《社戏》的儿童←——→成人的对比观照模式以及鲁迅小说创作中的亮色，发现鲁迅创作《朝花夕拾》，除了向逝去的童年寻求心灵的慰藉，还获得了一种批判封建思想和文化的武器；如果我们知道西方浪漫主义在儿童文学发展史上发挥的巨大作用，就会对五四时期是现实主义的文学研究会发起了'儿童文学运动'，而浪漫主义的创造社除郭沫若而外，几乎没有对儿童文学发生影响的现象感到疑惑，并被这疑惑引出中国浪漫主义与西方浪漫主义质地不尽相同的发现。"[1]

2010年以来，我所做的儿童文学与中国现代文学一体化研究，其实是对《中国儿童文学与现代化进程》所开启的研究的一个接续。

2010年，我在《中国文学研究》杂志第1期上发表了论文《"儿童的发现"：周氏兄弟思想与文学的现代性》。我在文章中指出，"儿童的发现"对于作为五四新文学领袖的周氏兄弟的现代思想与文学，具有十分重要的意义："正是因为'儿童'的发现处于'人'的发现的终端，对'儿童'的发现的程度，才标示出社会思想的现代性水准。在中国现代文学的发生期，'儿童'的发现是一件具有决定意义的历史事件。周氏兄弟能够超出他人，分别站在理论和创作的前沿，成为五四新文学的领袖，一个重要原因是他们发现了'儿童'，从而获得了深刻的现代性思想。"

在发表于《东北师大学报》2010年第1期上的《"儿童"：鲁迅文学的艺术方法》一文中，我指出：鲁迅文学的世界是丰富而复杂的，"儿童"

---

[1] 朱自强：《中国儿童文学与现代化进程》，浙江少年儿童出版社，2000年，第154—155页。

"童年"当然只是其中的一个表现维度，但是，它却弥足珍贵。在艺术上，"儿童"（童年）不仅是鲁迅文学的描写、表现的对象，而且更是鲁迅文学的一种方法。在鲁迅的作品中，"童年"成为作品的结构和立意的支撑；"儿童"成为小说的重要的叙述视角；"儿童"成为塑造人物性格的一个重要元素。如果没有"儿童""童年"这一维度的存在，鲁迅文学的思想和艺术都会贬值，鲁迅文学的现代性也将不能达到现有的高度。

2012年6月，在中国海洋大学与美国得克萨斯农工大学合办的"中美儿童文学高端论坛"上，我发表了论文《"儿童的发现"：周作人的"人的文学"的思想源头》。我在论文中指出：五四新文学的思想是在颠覆封建专制的"三纲"这一基础上建立的。可是，周作人在《人的文学》中表达的现代文学观，却主要是在颠覆"父为子纲""夫为妻纲"，而"君为臣纲"却并没有作为批判对象。考察其原因，主要是周作人认为"三纲主义""其根柢则是从男子中心思想出来的"，周作人的反对封建专制，是以颠覆"男子中心思想"为第一要务。这一立场显示出周作人的现代思想的独特之处。"儿童的发现"是"人的文学"的思想源头之一，在周作人的整个思想体系中，具有十分重要的核心地位。作为思想家的周作人，在"儿童的发现"上，他的道德家、教育家、学问家这三个身份，起到了根本的、合力的作用。因为兼备这三种身份，使周作人在"发现儿童"这一思想实践中，走在了时代的最前端。

最近，我又完成了《从感性到理性：中国现代文学史的写作方法——以夏志清和顾彬的文学史写作为参考》《论新文学运动中的儿童文学》两篇论文。前者体现出我进入中国现代文学研究的努力，后者主要是把儿童文学置于新文学运动之中，研究《新青年》《小说月报》以及文学研究会所进行的"儿童文学运动"。

儿童文学研究是中国现代文学史研究的题中之义。没有儿童文学视野的中国现代文学史是不完整的，这一认识已开始进入中国现代文学学者的学术视野。2012年出版的由魏建、吕周聚两位教授主编的《中国现代文学新编》一书，我也是作者之一。他们邀请我参与，是因为最初设想列出儿童文学专章并由我撰写。虽然后来因为一些客观原因，最终在我撰写的"为人生的文学"一章里，只将"儿童文学"作为一节，但是，教材毕竟明确体现出了对儿童文学在一定程度上的重视。主编在"前言"中就说："为了追求文学史书写的客观性，本教材尽可能弥补了此前部分中国现代文学史教材的缺失，例如对儿童文学创作的相对忽视等。"①

2012年10月27日至28日，作为国家重点学科的山东师范大学中国现当代文学学科在济南举办了"现代中国文学史编写"高层论坛，我受邀在会议上发言。本来我提交的论文是《从感性到理性：中国现代文学史的写作方法——以夏志清和顾彬的文学史写作为参考》，可是，会议主办方特别希望我就儿童文学研究作一发言，于是我的论文发言成了《论儿童文学与中国现代文学的一体性》。这也可见，会议主办方是关注、重视儿童文学研究的。

以我的上述体验来看，在中国现代文学史研究方面，儿童文学研究是有新的学术空间的，融入整个现代文学的儿童文学研究，将为中国现代文学史研究提供新的视野，是会大有作为的。

8. 1988年至今：图画书——我的儿童文学观的启蒙恩物

"二十年前，我在东京学艺大学留学时，选修了我的导师根本正义教授讲授的《幼儿的文学教育》这门课。每次上课，根本教授都用一个包袱皮包一大摞图画书，将它们介绍给学生。这是我的图画书认知的第一次或者说真正的启蒙。虽然在此之前，我也看过中国的图画书，但是从这门课上我却得到了一种不同的图画书概念。由这门课开始，我开始关注图画书，并购读了日本图画书研究专家松居直的《绘本是什么》《看绘本的眼睛》以及其他学者关于图画书的论述。在清风家庭图书馆的两个月的体

---

① 魏建、吕周聚主编：《中国现代文学新编》，高等教育出版社，2012年，"前言"。

验，也加强了我的一种实感：幼儿文学基本就是由图画书构成的，图画书是幼儿文学的代名词。

1988年12月我回国时带回了十几个纸箱的书，其中有数百册是西方、日本的图画书。1981年，日本出版了《精选世界绘本100种》一书，其中所收入的百种图画书名著中，有二十多种我当时已经拥有（顺便说一句，《中国儿童文学5人谈》里'图画书'一章里所介绍的外国图画书名著的封面照片，都是拍自我收藏的图画书）。回国后，我选出了其中的十种，如《白兔子和黑兔子》、《一棵大树》（即希尔弗斯坦的《爱心树》）、《在森林里》、《蓝孩子和黄孩子》、《哈罗德的奇异冒险》（即《阿罗房间要挂画》）等进行翻译，并带着这些图画书跑了长春、沈阳等几家儿童出版社联系出版。几乎所有编辑都觉得这些图画书真好，但是，有的认为成本太高，没有市场而放弃，有的提出可以把四幅画面压缩到一页来出版，而遭到了我的拒绝。想到今天儿童读物出版的图画书热，我深感新的事物的产生是多么有赖于成熟的社会条件。

从九十年代初开始，我在东北师大为本科生和研究生上儿童文学课，图画书都是专门讲授的内容。另外，我也曾经到幼儿园去给孩子讲图画书。

"因为认定图画书的价值，图画书在儿童文学中特殊重要的位置，而且心里一直有着图画书的情结，2000年作'中国儿童文学5人谈'对谈时，我提出了'图画书'这一议题，并在对谈中预测：图画书将是二十一世纪中国儿童文学的一个非常大的生长点。至于说现在这样一个发展速度与我当时的预期是否契合，我只能说，图画书的出版的热度，特别是引进作品的出版数量和质量应该说还是令人鼓舞的……"

上述文字是2007年12月16日，蓝袋鼠亲子文化网对我采访时，我说过的一段话。这篇采访文字，后来收入了我的《童书的视界——文学·文化·教育》（接力出版社，2010年5月）这本文集之中。这段文字显示出，我接触图画书、研究图画书始于二十五年前的1988年。

前面说到，我撰写《儿童文学的本质》一书，重视对经典的阐释，并以此建构儿童文学的价值观。我在该书中，对《大萝卜》、《蓝孩子和黄孩子》（后来出版时，彭懿将书名译为《小蓝和小黄》）、《古利和古拉》、《小猫吃了什么》等图画书经典作品作了细致的分析、论述。在第七章"纯粹的审美能力与纯粹的艺术"中，我在质疑班马的"儿童期还未能真正进入到人的审美境界，毕竟还在一种前审美的阶段"，吴其南的"儿童文学的读者年龄小，审美能力普遍偏低"这样的观点时，举出的证据除了美学家、文学家的观点，就是幼儿对图画书进行审美阅读的实例。

　　由于班马和吴其南对儿童的审美能力持贬低的态度，导致他们对给予儿童特别是幼儿的文学的审美品质的怀疑。班马认为：在幼儿文学中，"真正文学的含义是让位于无处不在的教育性。考察所有形式的幼儿文学各种样式，便可从中看到，几乎都是一种传达声、光、形、色等等的外部世界知识，传达伦理和训诫等等的人生社会知识，甚至是传达生理、卫生、食宿等等的生存知识。'寓教于乐'的出发点仍是教化思想"[①]。吴其南则说：儿童"一般较为欣赏浅显的、故事性强的作品，而这些作品在美学上并不属于较高层次"[②]。我在书中引用了班马和吴其南的上述观点后，反驳说："进入我视野中的幼儿文学作品是《小黑孩桑布》《脏狗哈里》《小猴子乔治》《大手套》《我到森林去散步》《三个好心的强盗》《彼得的椅子》《白兔子和黑兔子》《三只小猪》《古利和古拉》等一大批在世界范围内公认的图画故事名著。能代表幼儿文学，体现幼儿文学本质的，是这样的作品。熟悉这些作品的读者都知道，它们与非审美的功利主义是绝缘的，它们是真正的、纯粹的审美的结晶。"[③]我猜测，班马所谓"考察所有形式的幼儿文学各种样式"，肯定没有包括考察我所举例的那类世界经典图画书。

　　我想强调的是，如果缺失了对给幼儿的经典图画书的认知，对儿童文

① 班马：《中国儿童文学理论批评与构想》，湖北少年儿童出版社，1990年，第70页。
② 蒋风主编：《儿童文学教程》，希望出版社，1993年，第246页。
③ 朱自强：《儿童文学的本质》，少年儿童出版社，1997年，第274页。

学本质的阐释就很可能出现根本的失误。围绕儿童的审美能力是否处于"低水平",围绕儿童文学是不是纯粹的艺术这一涉及儿童观和儿童文学观的重大问题的讨论,给予我最大学术自信的并不是给高年龄儿童的少年小说之类的作品,而是给年幼孩子的图画书。在这一点上,我要怀着感谢地说,图画书是我的恩物,因为它给了我极为重要、极为根本的儿童文学理念上的启蒙。我认为,2000年以后,某些重要的儿童文学研究者的儿童文学艺术价值观所以出现转向,也与图画书对他们的启蒙有重要关系。

2002年,我参与东北师范大学王确教授主编的小学教育专业教材《文学概论》(人民教育出版社,2003年5月)一书的写作,我撰写"儿童文学"一章,在第三节"儿童文学的分类及分类的目的"里,我提出了一个新的儿童文学分类体系。出于对图画书在儿童文学中的重要价值和地位的重视,我将图画书列为儿童文学的七大文类之一。在2009年出版的《儿童文学概论》一书中,我如愿以偿地将图画书辟为专章,进行了图画书文体理论的探讨。2011年出版的《亲近图画书》,则主要是以论评的方式,对图画书进行了研究。

对图画书,除了进行文体研究、作品评论,我还翻译了河合隼雄、松居直、柳田邦男的图画书对谈著作《绘本之力》以及赤羽末吉、五味太郎、宫西达也、长谷川义史、高楼方子、木村裕一、秋山匡等日本著名图画书作家的数十种优秀图画书。日本的图画书(绘本)处于世界一流水平,对其优秀作品的翻译,值得一记。

9. 2002年至今:"童年生态"研究

近十年来,站在"儿童本位"思想的立场上,关注"童年生态"、张扬儿童文化、批判应试教育,是我的一项重要学术工作。这是我重视"思想革命"的儿童文学研究的一个必然延伸,它为我的学术工作打上了一个有别于其他研究者的特殊标记。我在文集《儿童文学论》里设置的"儿童教育哲学",在文集《童书的视界——文学·文化·教育》里设置的"儿童文学与周边"这样的栏目，在一定程度上，呈现了这方面的研究工作。

长期以来，我对儿童教育的思考，一直隐含在儿童本位的儿童观和儿童文学观的整个建构过程之中。不过自2002年以后，通过关注童年生态，思考儿童教育问题成为我的一个显在的研究。十年里，我陆续发表了《童年和儿童文学消逝以后……》（《中国儿童文学》2002年第1期）、《儿童文学与童年生态》（《中国儿童文学》2003年第1期）、《童年的诺亚方舟谁来负责打造——对童年生态危机的思考》（《中国儿童文化》第一辑，2004年12月）、《童年的身体生态哲学初探——对童年生态危机的思考之二》（《中国儿童文化》第二辑，2005年12月）、《儿童教育的当代危机及其应对》（《中国德育》2006年第9期）、《"童年"：一种思想的方法和资源》（《中国图书评论》2006年第6期）、《自由与儿童的自我意识的生成》（《中国儿童文化》第三辑，2007年2月）、《和谐的儿童教育要尊重童年》（《中国教育报》2007年6月14日）、《儿童与成人：冲突的两种文化》（《出版人》2006年第13期）、《在童心中寻找精神家园》（《中国教育报》2008年12月11日）、《身体生活：儿童教育的根基和源泉》（《江苏教育》2009年第6期）等论文和文章。

2004年底，我应山东教育电视台之邀，为"教育时话"节目作了儿童教育系列讲座（该系列讲座于2005年2月间播出，之后又反复重播，文字整理在《朱自强小学语文教育与儿童教育讲演录》一书中）。这十讲的内容，体现了我对儿童教育问题的一些思考。"儿童的心灵不是一张白纸""早期知识教育的陷阱""儿童是独特文化的拥有者""让孩子的心灵去闲逛""我们现在怎样做'父亲'""孝道与亲情""把学习的快乐还给孩子"，这些讲座的题目，既体现出现实的针对性，也透露出我的儿童本位的教育思想。

我将儿童文学视为一种世界观、人生观。我曾经在《儿童文学的本质》一书中说过："对儿童观和儿童文学本质的探寻，不能仅仅从纯学问的立场出发，把它作为谋生的饭碗或者智力的操演形式，而是应该上升到通过对儿童文学本质的思考，追问自身的生存哲学的层次，即把自己的生命和灵魂投入到研究之中，在儿童文学的本质与自身的生存哲学或曰人生观之间寻找到沟通之路。我相信，超然物外、隔岸观火的冷漠的研究态度，只能使研究者远离儿童文学本质的真髓。"①在现实生活中，我也是努力在保持学术思想和生活实践的一元性、一致性。我在《童年的诺亚方舟谁来负责打造——对童年生态危机的思考》一文中讲述过在儿子的成长过程中，我和妻子所奉行的快乐教育和解放教育的实践。我深深感谢儿童文学赋予我们的这种人生智慧。

由于我和儿子亲身体验着功利主义的应试教育对人性的压迫，并且一起抵抗着这种压迫，所以对当下破坏童年生态的应试教育现状充满了压抑不住的愤怒："一个孩子，一个生气勃勃的生命来到这个世界，本来应该是为了享受自由、快乐的生命，体验丰富多彩的生活的，但是，孩子的生命的蓝天，却竟然被几本教科书给遮黑了。周一至周五，从早到晚学习，周六还要到学校补课，周日安排家教，寒暑假也不能休息。教科书上的知识学习不仅成了中学生的几乎全部生活，而且这种学习生活已经蔓延到了小学甚至幼儿园里。在我所居住的城市里的一所幼儿园，从孩子两三岁开始就让他们学习汉字，教师夸耀地说，到上小学之前，可以让孩子学会两至三千个汉字，这样孩子就可以更早地读书、学习了。据说，这样的做法还是一个早期教育研究的科研项目。不是为了'存在'而学习，而是为了学习而'活着'，学习不是为了给生命带来精神充实和快乐，而是将生命变成了单纯学习的机器，这就是应试教育下的'学习'的本质。""多年以来，我是带着深深的对'生'的困惑，思考着儿童、童年、儿童文学、儿童教育、儿童文化诸问题。也许永远是一种理想，我希冀通过对这些对象的思考来探寻自身'生'的路径。近两年，这样一种'生'的追寻将我引

---

① 朱自强：《儿童文学的本质》，少年儿童出版社，1997年，第14页。

到了一个使我心怀恐惧的问题面前。我的眼前常常出现绿水断流、草木枯萎、蓝天遮蔽、翠鸟不飞的场景。这不是自然生态的景观，而是人类生命中的童年生态的景观。我知道，这只是我的一场梦魇，但是，我又是多么害怕，一场大梦醒来，眼前是与梦魇一样的现实。……在朱小鹤的成长过程中，我对功利主义的应试教育对童年生态的破坏有了真切的实感，而我耳闻目睹的其他许多孩子的生存状态又使我看到童年生态遭普遍破坏的灾难性。'儿童是祖国的未来'不能是一句空喊的口号。我不相信压抑儿童生命力、剥夺儿童生命实感的功利主义的应试教育能承诺给我们的民族一个生气勃勃、创造无限的未来。这并非耸人听闻——被破坏的童年生态里，潜藏着我们这个民族将面临的严重的精神危机。功利主义的应试教育的大洪水还在一浪一浪地汹涌而来，童年可以避难的诺亚方舟谁来负责打造?!"[1]

我还将批判应试教育的思想，主张解放儿童的教育思想，创作成了这样的歌词——

> 书本知识
>
> 我不是一只容器
> 我本是一片大地
> 能开花结果
> 能绿荫满地
>
> 我不是一只鸭子
> 我本是一只天鹅
> 能一飞冲天
> 能引吭高歌

---

[1] 朱自强：《童年的诺亚方舟谁来负责打造——对童年生态危机的思考》，《中国儿童文化》第一辑，2004年12月。

书本知识
装装装
把我变成容器
书本知识
塞塞塞
把我变成鸭子

让鸟儿失去了蓝天
让种子失去了大地
这是一种什么
这是一种什么教育?!

弟子规

小儿郎上学堂
一头撞到了南墙上
小儿郎把家归
回家还要背弟子规

"没有规矩
不成方圆"
他们给我
一只圆规

我画画画
我画画画
画来画去

我墨守成规

我描描描
我描描描
描来描去
成了缩头乌龟

念了弟子规
我不知道我是谁
念了弟子规
我已经无家可归

2010年起，我和妻子左伟一起创作出版了系列儿童成长故事《属鼠蓝和属鼠灰》（四册，获得山东省文学艺术最高奖"泰山文艺奖"），用文学形象表达了我们呼唤生态性的童年的教育思想。

为了抵抗崇拜书本知识的应试教育，我在《童年的身体生态哲学初探——对童年生态危机的思考之二》一文中强调了"童年生命的身心一元性"，"童年的身体生活是生态的成长（学习）方式"，主张"身体教育先于书本教育"，进而从根本上否定应试教育："今天，都市里的孩子，享受着优裕的物质生活，却被困在逼仄的应试教育的栅栏里。在功利主义的应试教育生活中，童年并非一点儿游戏、身体教育都没有，但是，它们往往不仅是半途而废的，而且不是作为童年人生的目的，而是作为锻炼身体、调节情绪的手段来认识的。取消童年的身体游戏这一滋润精神的本真生活，是我们这个时代价值观迷失的一种根本表现。"

我自己认为，上述两篇思考童年生态危机的论文，不仅切中了我们这个时代的儿童教育的根本弊病，而且也是有一定思想的原创性和学术深度的，它们（也包含其他一些文章）所发出的声音是独特而珍贵的。

　　持着"儿童本位"的儿童观,我一直把"儿童""童年"看作一种珍贵的思想资源。我在《"童年":一种思想的方法和资源》一文中写道:"在西方,有着关注儿童,并通过儿童来思考人性的人文传统。自西方进入现代社会,'发现'儿童以后,'儿童''童年'成为社会思想的宝贵资源。从'发现儿童'的卢梭,到吟咏'儿童是成人之父'的华兹华斯;从在'快乐原则'与'现实原则'间作犹疑、痛苦选择的弗洛伊德,到将儿童命名为'本能的缪斯'的布约克沃尔德,从通过'童年'建立'梦想的诗学'的巴什拉,到把儿童尊奉为哲学家的费鲁奇,许多思想者面对人类的根本问题时,总是通过对'儿童'的思想,寻找着走出黑暗隧道的光亮。""在中国的历史上,也曾经出现过尊崇'赤子''童心'的思想。老子说:'抟气致柔,能如婴儿乎?'老子的人生目标即见素抱朴,'复归于婴儿'。庄子所说的'童子''婴儿'与老子的'婴儿'是旨趣相通的。追求赤子之心的道德飞跃,老庄可谓一脉相承。主张性善论的孟子说:'孩提之童,无不知爱其亲者,及其长也,无不知敬其兄也。''大人者,不失其赤子之心者也。'明代的王畿更明确提出保童真勿失的主张:'赤子之心,纯一无伪,无智巧,无技能,神气自足,智慧自生,才能自长,非有所加也。大人通达万变,惟不失此而已。'受其影响的李贽则进一步提出了童心说:'夫童心者,绝假纯真,最初一念之本心也。若失却童心,便失却真心;失却真心,便失却真人。人而非真,全不复有初矣。'令人遗憾的是,这些将儿童、童年作为生命哲学的思考根基的珍贵思想,在当时的社会上,不过是吉光片羽、空谷足音,都没有像在西方那样,形成具有推动社会变革力量的社会思潮。"

　　在"发现儿童"方面,古代如此,那么当代如何呢?我曾经指出:"在中国当代学术界、思想界,与五四时期相比,在'儿童'意识、'童年'意识上也存在着较为明显的退化现象。尼尔·波兹曼和大卫·帕金翰等学者论述、描绘的'童年的消逝''童年之死'现象在当下中国也正在露出端倪,不仅如此,由于奉行功利主义的应试教育,中国还出现了自身特有的童年生态危机。'童年'生态的被异化是最为深刻的教育问题和社会问题之一，也是民族的危机所在。已经成为民族未来的隐忧的童年生态问题，必须是全体社会给予最大关注和应对的问题。""但是，中国思想界、学术界对'童年'生态遭到根本性破坏这一现实不仅十分麻木，甚至有所遮蔽。不能不遗憾地说，'童年'几乎没有成为当代思想文化界的精神资源（虽然我也注意到了张炜、刘晓东、吴亮、葛红兵等作家、学者尊崇儿童的言论），而且，与五四当年的思想者相比，今天的思想界面对童年生态面临的危机（也是我们民族面临的危机），既迟钝、麻木，又缺乏责任感。"①

　　我所说的"今天的思想界"，也包括儿童文学学术界。因此，当我看到王侃教授的《哗变的学术——论方卫平的儿童文学研究》一文，不禁哑然失笑。王侃教授又一次误读（不是哈罗德·布鲁姆在《影响的焦虑》中提出的那种文学文本阅读意义上的"误读"）了方卫平。他把方卫平的"与童年为敌"这一对中国历史上的儿童文学创作状况的定性描述，错误地理解成是方卫平对当下儿童教育现状、儿童生存环境作出的定性描述。他说："显然，方卫平对当代中国儿童文学、对由儿童文学参与其间的文化环境有清醒、客观和尖锐的认识。"并对他所臆想出来的方卫平对当下"与童年为敌"的社会环境的抵抗姿态，作出了高之不能再高的评价："……当我颓然于拼斗（指王侃与"与童年为敌"的儿童教育环境的拼斗——本书作者注）的挫败感时，他却可能像阿基米德那样在寻找一个可以撬动地球的杠杆，最后，他会带着这副杠杆，站到这个'与童年为敌'的时代面前。某种意义上说，因为这'与童年为敌'的时代与环境，使得方卫平的存在和意义变得醒目和突出。时代和环境越恶劣，他手持杠杆的形象就越夺目。"②

---

① 朱自强：《"童年"：一种思想的方法和资源》，《中国图书评论》2006年第6期。
② 王侃：《哗变的学术——论方卫平的儿童文学研究》，《文艺争鸣》2012年第10期。

王侃所描画出的方卫平"手持杠杆"的"夺目"形象，纯属一种毫无根据、一厢情愿的凭空臆想。这一形象，会让那些熟悉方卫平的学术思想的人，感到十分滑稽可笑。方卫平的儿童文学研究在某些方面，是取得了不错的成绩，但是，在与这个时代的"与童年为敌"的教育进行抗争这方面，却并没有什么作为。事实上，王侃在上述文章中，也并没有列举出方卫平批判当下童年生态惨遭破坏的社会现实的只言片语。这不是王侃忘记了列举，而是实在举不出来。我相信，中国儿童文学界绝对没有一个人，会将这样一个"手持杠杆"（那可是阿基米德杠杆啊！）的伟大思想家的形象与任何人联系在一起，因为当下的儿童文学界，还没有出现这样的思想家。

10.　1999年至今：走向实践性——小学语文教育与儿童教育研究

对作为学科的儿童文学，我将其归纳出两大学科属性：跨多学科性和实践应用性。儿童文学的实践应用性，指的是儿童文学是小学语文教育、幼儿园教育和家庭教育的珍贵资源和重要方法。实现儿童文学的实践应用性，需要研究者将学术研究贯彻在行动性之中。

儿童文学包含着语文教育、儿童教育，语文教育、儿童教育包含着儿童文学——不论是儿童文学学科，还是语文教育、儿童教育学科，这都应该是学科建设的题中之义。我曾经在一篇总结、梳理新世纪以来儿童文学发展走向的文章中，指出儿童文学分化出"语文教育的儿童文学"这一趋向，并认为，这是儿童文学学科走向丰富和成熟的表征。

自1999年起，我开辟了自己学术的一块新的园地：小学语文教育研究。这一研究是从做教育部的一个项目开始，但是，已经早有两个因由：一是，我在1987年第一次日本留学时，就从日本儿童文学学者那里看到，他们有人同时在进行着儿童文学视角的语文教育研究（比如，我在东京学艺大学访学时的导师根本正义教授），从而对儿童文学与语文教育的关系有所体认；二是，我当时任职的东北师范大学具有语文教育的学科基础和学术资源。

1999年底，我所申报的研究课题《小学语文文学教育》（虽然成果的用途是教材，但我是将其作为重要学术问题来研究的）获教育部师范教育司教材项目立项。这是教育部为全面推进素质教育，提高教育素质而实施的"中小学教师继续教育工程"中的教材建设的一个项目。当时，我应要求，带着申报课题的论证材料赶赴北京，当面接受教育部师范教育司邀请的专家评审。语文教育学科的评审专家是中国教育学会副会长李吉林和中国教育学会小学语文教学专业委员会理事长崔峦。十分荣幸，《小学语文文学教育》所提出的"文学教育"这一小学语文教育理念及其操作方法得到了两位专家的高度评价。在"审查意见"中，专家写道——

> 该大纲鲜明提出"文学教育"的重要性，并初步构建了较为完整的理论体系。
>
> 一、针对性：现行小学阅读教材中的文学作品及文学色彩较浓的课文约占90%，而广大小学语文教师在阅读教学中普遍缺乏文学教育的理念和操作。"文学教育"的提出，会引起小学语文老师对阅读教学新的思考，形成新的认识。
>
> 二、创新性：该大纲"文学文本阅读理论""文学文体与语言教育"以及"文学教材的阅读教学"等方面的理论，颇为新颖，为小学老师通过"文学教育"，促进儿童思想、道德、情感以及智慧的发展提供了理论依据，具有创新性。
>
> 三、科学性：从"文学教育"入手，可以在小学阅读教学中，有效地实施素质教育，因为"文学教育"符合儿童身心发展以及学习语言的规律，符合小学阅读教学的规律。

2000年一整年，我竭尽全力，潜心写作，完成了《小学语文文学教育》一书，由东北师范大学出版社于2001年2月出版。在该书中，我所倡导的小学语文"文学教育"的理念和方法，其资源就是儿童文学。这是一本主要以儿童文学为视角和方法，将儿童文学与小学语文教育相融合的小学语文教育研究著作。我个人认为，在我国的小学语文教育研究领域，不仅其理念和方法是位于学术前沿的，而且也开了风气之先。

如果说，《小学语文文学教育》一书是在我们国家施行素质教育国策的背景下产生的成果，那么，2002年以来，我所从事的以儿童文学为视角和方法进行的小学语文教育研究（包括讲演活动），则是拜新一轮的语文教育改革，特别是新课标重视儿童文学教学、课外阅读所赐。

2002年起，我应山东文艺出版社之稿约，花费近两年时间完成了《快乐语文读本》（小学·12卷，山东文艺出版社，2004年）的编著工作。这套语文读本，从选文、单元设计到导读，特别是每单元后面的互动阅读的问题设计，均出自我一人之手。据我所见，这是唯一一套由一个人编著的小学课外语文读本。我之所以放下了手中的所谓纯学术研究，一个人全心全意做这项工作，是因为，一方面，我认为语文读本的编撰，也是语文教育研究的一种特殊形式，具有很高的学术含量，通过编著读本，既可以检验，更能够提高自己的语文教育研究的水准；另一方面，语文读本的编著，给我带来了深度的心理愉悦和精神享受。

编著《快乐语文读本》，使我进一步认清、认定小学语文教育要走儿童文学化这条路。针对目前小学语文教育现状，我以这套读本贯彻了我在儿童文学、语文教育研究中一直大声主张的以儿童为本、以兴趣为本的理念，所选作品力求符合趣味性、艺术性、思想性、语文教育价值这四个标准。在以《把学习的快乐还给孩子》为题的序中，我对"快乐教育""快乐学习"作了这样的诠释："《快乐语文读本》所主张的'快乐'不是单纯的感官娱乐，而是一种心灵愉悦、精神满足的状态。快乐不是对学习的消解，而是对学习的深度激活；快乐也不是思考的对立面，因为思考本身就是一种快乐，而快乐本身也能够成为一种思考。《快乐语文读本》蕴涵的'快乐'是多元的：游戏性、幽默感、驰骋想象、心灵感动、人生智慧、知识探求等等，都是这套读本的快乐的元素。"

《快乐语文读本》出版之初，坊间有大量的语文读本，经过几年时间的筛选，现在仍然在市面流通的只剩下为数不多的几种，而《快乐语文读本》即是其中之一。究其缘由，我想主要是因为它是一套有自己的理念和方法的儿童文学化的读本。

小学语文教育需要以儿童为本位，需要儿童文学化，这是我所倡导的中国的小学语文教育应该变革、进步的方向。这一主张体现在《朱自强小学语文教育与儿童教育讲演录》、《小学语文教材七人谈》、《儿童本位：小学语文教材的基石》、《儿童文学：小学语文教育的主体性资源》等著作和论文中，已经在小学语文界产生了较为广泛的影响。

近年来，对小学语文教育的批判已经成为社会性话题。由于我的观点的影响力和重要性，2011年，《中国教育报》为我开设了"小学语文教材批判引发的系列思考"专栏，用较大篇幅连续发表了我的五篇文章，引起了较多关注。

自2001年至2010年，我参与或主持完成了三部对谈著作，它们是《中国儿童文学5人谈》（新蕾出版社，2001年）、《中国儿童阅读六人谈》（新蕾出版社，2008年）、《小学语文教材七人谈》（长春出版社，2010年）。从"儿童文学"到"儿童阅读"，再到"小学语文"，这三部著作反映了这十年里，中国社会的儿童文学理论与儿童教育、语文教育实践逐渐紧密结合的发展趋势，也反映了我个人学术研究的跨度。

我通过对培养儿童的健全人性和语言能力的小学语文教育、儿童教育的研究，以及将学术落实于教育现场的实践行动，来表达我对中国社会进步的关怀。这是一份令我深深感受到生命存在价值的学术工作。

二、未来：一个现代性实践者的学术反思

没有反思意识和能力的研究者是不会持续不断地产生学术创造力的。我愿意不断地对学术自我进行反思。目前，我对自身的反思性思考，与对现代性理论的反思，与对后现代理论的思考联系在一起。

如果进行自我评估，我在至今为止的著述之中，表现出来的学术形象大体上应该是一个现代性理论的实践者。从《中国儿童文学与现代化进程》这样的书名，到儿童文学是"现代"文学，它只有"现代"，没有"古代"这样的观点，都在很大程度上显现出现代性思想、立场以及方法。我认为，研究在社会现代化进程中产生的儿童文学，现代性意识和现代性理论话语，是不可回避的也是十分有效的研究方法。缺失现代性意识和现代性理论话语的儿童文学理论、史论、批评，都可能在重大的、根本的问题上语焉不详、言不及义。

不过，我对后现代理论也并非没有作过吸收和借鉴。就拿我视为"儿童文学研究的前提"的"儿童研究"来说，我在《儿童文学概论》中就作过后现代色彩的阐述："我们这里讨论的'儿童'，不是生物学的概念，而是人类社会进入一个特定的历史阶段后创造出来的一个概念，是历史的概念。'儿童'是在社会变迁的历史中，被文化所建构出来的意识形态。作为历史的概念，每一种形态的'童年'，都是某个历史时代的制式在具体的儿童生命、生活上的映现，是成人社会对'童年'的普遍假设。"[①]在本质论研究方面，我在《儿童文学的本质》里也说："我们应该将儿童文学的本质看作儿童文学在其发展过程中的不断扬弃和创造。从这个意义上讲，儿童文学的本质不是先天给定的，而是历史生成的。儿童文学的本质蕴藏于儿童文学的历史发展中，生成于自身不断变革更新之中。审视儿童

---

① 朱自强：《儿童文学概论》，高等教育出版社，2009年，"前言"，第5页。

文学的本质需要建立一个历史之维。当我们把儿童文学交还历史之时，我们与其说是在诘问儿童文学的本质为何物，莫如说是在求索儿童文学的本质生成为何形。"①上述观点，已经在摆脱假定儿童文学具有超历史的、永恒不变的本质这种形而上学的本质主义，正在靠近建构性后现代主义理论。

我对于哈贝马斯将"现代性"视为"一项未竟的事业"，抱有深切同感。现代性思想的相当大部分，依然适合中国的国情。在中国这个正在建构"现代"的具体的历史语境里，或者用哈贝马斯的话说，在中国的"现代性"还是"一项未竟的事业"的时代里，我只能、只有成为现代性的实践者。不论在现在，还是在将来，这都具有历史的合理性、合法性。至少，我也得在自己的内部，使"现代"已经成为一种个人传统之后，才有可能与"后现代"对话、融合。这体现出人的"局限"，但是也可以看作一种规律。

2000年，我在《中国儿童文学与现代化进程》一书中，将"解放儿童的文学"预设为"新世纪的儿童文学观"，当然是把"现代性"当作"一项未竟的事业"，当然不愿意让激进的、否定性的后现代理论来阻止我所预设的这一现代性计划。但是同时，我也愿意自觉地从建设性的后现代主义那里汲取资源，让其帮助我更有效地思考乃至修正（部分地）这一现代性计划。

现代社会以及人类的思维方式和精神结构正在发生重大的变化，某些后现代思想理论就是对这一变化的一种十分重要的反映。后现代理论关注、阐释的问题，是人的自身的问题，对于知识分子，对于学术研究者，更是必须面对的问题。从某种意义、某些方面来看，后现代理论是揭示人的思维和认识的局限和盲点的理论。与这一理论"对话"，有助于我们看清既有理论（包括自身的理论）的局限性。我在《儿童文学的本质》的"后记"里说：我"所做的儿童文学本质的研究工作只是在'现在'这个

---

① 朱自强：《儿童文学的本质》，少年儿童出版社，1997年，第10页。

特定的时点上对儿童文学的本质所作出的有限的诠释",现在,我则想说,就是这"有限的诠释"本身,也不是"有限的诠释"的全部,而只是部分,并且存在着局限。

后现代理论中具有开拓性、创造性和批判性的那些部分,对我有着极大的吸引力。我知道,后现代理论中有我所需要的理论资源。不过,如同"现代性是一种双重现象"(吉登斯语)一样,后现代主义理论也存在着很多的悖论。我的基本立场,正如写作《后现代理论——批判性的质疑》一书的道格拉斯·凯尔纳和斯蒂文·贝斯特的立场:"我们并不接受那种认为历史已经发生了彻底的断裂,需要用全新的理论模式和思维方式去解释的后现代假设。不过我们承认,广大的社会和文化领域内已经发生了重要变化,它需要我们去重建社会理论和文化理论,同时这些变化每每也为'后现代'一词在理论、艺术、社会及政治领域的运用提供了正当性。同样,尽管我们同意后现代对现代性和现代理论的某些批判,但我们并不打算全盘抛弃过去的理论和方法,不打算全盘抛弃现代性。"[1]

在我眼里,在某些理论问题上,现代性与后现代不是敌人,是一种爱恨交织的复杂关系。两者之间虽然充满了矛盾,却是互为证明的存在,共同构成了巨大的思想张力。所以,我今后可能将采取将现代性理论与后现代理论进行融合、互补的理论立场和姿态。尽管极有难度,但是我愿意努力尝试,争取使自己的儿童文学学术研究能出现新的景观,学术思考能产生更大的思想张力。

自觉地进行学术反思,在我有着学术现实的迫切性。我的儿童文学本质论研究和中国儿童文学史论研究,在一些重大的、根本的问题上,面临着一些学者的质疑和挑战,它们是我必须面对的问题,也是我愿意进一步深入思考的问题。其中最为核心的是要回答本质论(不是本质主义)的合理性和可能性这一问题,而与这一问题相联系的是中国儿童文学的历史起

---

[1] [美]道格拉斯·凯尔纳、斯蒂文·贝斯特:《后现代理论——批判性的质疑》,张志斌译,中央编译出版社,2011年,第35页。

源即儿童文学是不是"古已有之"这一问题。这两个问题，是儿童文学基础理论建设和学科建设上的重大问题，需要研究者进一步重视，充分地展开思想的碰撞和学术的讨论。

近年来儿童文学界出现了反本质论的学术批评。其中，吴其南是有一定代表性的学者。他在《20世纪中国儿童文学的文化阐释》一书中说："……这些批评所持的多大（大多）都是本质论的文学观，认为现实有某种客观本质，文学就是对这种本质的探知和反映；儿童有某种与生俱来的'天性'，儿童文学就是这种'天性'的反映和适应，批评于是就成了对这种反映和适应的检验和评价。这种文学观、批评观不仅不能深入地理解文学，还使批评失去其独立的存在价值。"[1]

"本质主义的文学理论不是文学本质论的代名词，不是所有关于文学本质的理论阐释都是本质主义的。本质主义只是文学本质论的一种，是一种僵化的、非历史的、形而上的理解文学本质的理论和方法。""建构主义不是认为本质根本不存在，而是坚持本质只作为建构物而存在，作为非建构物的实体的本质不存在。"[2]但是，吴其南的上述论述是将本质论和本质主义不加区分地捏合在了一起，他要否定的是所有"本质论的文学观"。从"儿童有某种与生俱来的'天性'，儿童文学就是这种'天性'的反映和适应"这样的语气看，他似乎连"儿童有某种与生俱来的'天性'"这一事实也是否认的。吴其南是经常操着后现代话语的学者，他的反本质论立场，我感觉更靠近的是激进的后现代理论。但是，我依然认为，吴其南积极借鉴后现代理论，探求学术创新的努力是值得肯定的。

尽管我依然坚持儿童文学的本质论研究立场，但是，面对研究者们对本质主义和本质论的批判，我还是反思到自己的相关研究的确存在着思考的局限性。其中最重要的局限，是没能在人文学科范畴内，将世界与对世

---

[1] 吴其南：《20世纪中国儿童文学的文化阐释》，中国社会科学出版社，2012年，第6页。
[2] 陶东风：《文学理论：建构主义还是本质主义？——兼答支宇、吴炫、张旭春先生》，《文艺争鸣》2009年第7期。

界的"描述"严格、清晰地区分开来。

理查德·罗蒂说："真理不能存在那里，不能独立于人类心灵而存在，因为语句不能独立于人类心灵而存在，不能存在那里。世界存在那里，但对世界的描述则否。只有对世界的描述才可能有真或假，世界独自来看——不助以人类的描述活动——不可能有真或假。""真理，和世界一样，存在那里——这个主意是一个旧时代的遗物。"① 罗蒂不是说，真理不存在，而是说真理不是一个"实体"，不能像客观世界一样"存在那里"，真理只能存在于"对世界的描述"之中。正是"对世界的描述"，存在着真理和谬误之分。

著述《语言学转向》的罗蒂对真理的看法，源自他的"语言的偶然"这一观点："……如果我们同意，实在界（reality）的大部分根本无关乎我们对它的描述，人类的自我是由语汇的使用所创造出来的，而不是被由语汇适切或不适切地表现出来，那么我们自然而然就会相信浪漫主义'真理是被造而不是被发现的'观念是正确的。这个主张的真实性，就在于语言是被创造的而非被发现到的，而真理乃是语言元目或语句的一个性质。"② 其实，后结构主义也揭示过"所指"的"不确定性"。用德里达的话说："意义的意义是能指对所指的无限的暗示和不确定的指定……它的力量在于一种纯粹的、无限的不确定性，这种不确定性一刻不息地赋予所指以意义……"③

连批判过后现代理论的伊格尔顿也持着相同的观点。他说："任何相信文学研究是研究一种稳定的、范畴明确的实体的看法，亦即类似认为昆虫学是研究昆虫的看法，都可以作为一种幻想被抛弃。""从一系列有确定不变价值的、由某些共同的内在特征决定的作品的意义来说，文学并不存

---

①　[美]理查德·罗蒂：《偶然、反讽与团结》，徐文瑞译，商务印书馆，2003年，第13—14页。

②　[美]理查德·罗蒂：《偶然、反讽与团结》，徐文瑞译，商务印书馆，2003年，第16页。

③　转引自[美]道格拉斯·凯尔纳、斯蒂文·贝斯特：《后现代理论——批判性的质疑》，张志斌译，中央编译出版社，2011年，第23页。

在。"①其实，伊格尔顿是说文学作为一个"实体"并不存在，文学只作为一种建构的观念存在。这一观点的哲学基础是语言不是现实的反映，而是对现实的虚构。语言里没有现实的对应实物，只有对现实的概念反映。

虽然作为"实体"的儿童文学不存在，但是作为儿童文学的研究对象的文本却是存在的，尽管其范围模糊并且变化不定，因人而异。面对特定的文本，建构儿童文学的本质的时候，文本与研究者是一种什么关系呢？吴其南说："'现实作者'和'现实读者'是在文本之外的。而一篇（部）作品适合不适合儿童阅读，是不是儿童文学，主要是由文本自身决定的。"②这仍然是把儿童文学的文本当作具有"自明性"的实体，是带有本质主义思维色彩的观点。本质论研究肯定不是脱离作为研究对象的文本的凭空随意的主观臆想，但一部作品"是不是儿童文学，主要是由文本自身决定的"这一说法，从反本质主义的建构主义观点来看，恐怕是难以成立的。文本无法"自身决定"自己"是不是儿童文学"，因为文本并不天生地、先在地拥有儿童文学这一本质。

作品以什么性质和形式存在，是作家的文本预设与读者的接受共同"对话"、商谈的结果，建构出的是超越"实体"文本的崭新文本。在这个崭新文本的建构中，读者的阅读阐释起着至关重要的作用。我读某位作家的一篇文章，将其视为描写作家真实生活的散文，可是，作家在创作谈中却说，是当作小说来写的。假设我永远读不到那篇创作谈，在我这里，那篇作品就会一直作为散文而存在。可见，一篇文章是什么文体，并不"主要是由文本自身决定的"。再比如，安徒生童话并不天生就是儿童文学。试想一个没有任何儿童文学知识和经验的成人读者，读安徒生的童话，阅读就不会产生互文效果，自然也不会将其作为儿童文学来看待。一部小说，在某些读者那里，可能被看作历史文本。一部历史著作，在某些读者

---

① ［英］特里·伊格尔顿：《当代西方文学理论》，王逢振译，中国社会科学出版社，1988年，第27页。

② 吴其南：《20世纪中国儿童文学的文化阐释》，中国社会科学出版社，2012年，第2页。

那里，也可能被看作小说文本。本质并不是一个像石头一样的"实体"，可以被文本拿在手里。本质是一个假设的、可能的观念，需要由文本和读者来共同建构。在建构本质的过程中，特定的文本与研究者之间，肯定不是吴其南所说的"'现实读者'是在文本之外"这种关系，而是在社会历史条件下，在文化制约中，研究者与文本进行"对话"、碰撞、交流，共同建构某种本质（比如儿童文学）的关系。

我相信，持上述建构主义的本质观，能够将很多从前悬而未决，甚至纠缠不清的重要学术问题的讨论发展、深化下去。比如，关于中国儿童文学史发生问题研究上，出现的是否"古已有之"这一争论，到目前为止，主张中国的儿童文学"古已有之"的王泉根（观点见《中国儿童文学现象研究》）和方卫平（观点见《中国儿童文学理论批评史》）与主张儿童文学是"现代"文学的我本人（观点见《中国儿童文学与现代化进程》）之间的讨论，可以说是彼此都不同程度地陷入了本质主义思维的圈套，从而处于一种解不开套的困局的状态。但是，如果引入建构主义的本质理论，就可以走出山穷水尽，步入柳暗花明。

目前，我已经运用建构主义的本质理论，开始进行这方面的研究，写出的论文《"儿童文学"的知识考古——论中国儿童文学不是"古已有之"》已收入学术文集之中。

在这篇论文中，我指出："依据建构主义的本质论观点，现在我认为，作为'实体'的儿童文学在中国古代（也包括现代）是否'古已有之'这一问题已经不能成立！剩下的能够成立的问题只是，在中国古代，作为建构的观念的儿童文学是否存在这一问题。"在研究儿童文学理念在中国古代（也包括现代）是否存在这一问题时，我引入福柯提出的历史学研究的"事件化"方法和布尔迪厄的建立"文学场"的方法，论述道："对作为观念的儿童文学的发生进行研究，要问的不是儿童文学这块'石头'（实体）是何时发生、存在的，而是应该问，儿童文学这个概念是在什么时候，在什么样的历史条件（语境）下，出于什么目的建构起来的，即把儿童文学概念的发生,作为一个'事件'放置到特定的历史语境中进行知识考古,发掘这一概念演化成'一整套社会机制'的历史过程。而且,如果如罗蒂所言,'只有对世界的描述才可能有真或假',那么,我对儿童文学这一理念的现代发生的描述,和一些学者对儿童文学这一理念的古代发生的描述,两者就很可能一个是'真'的,另一个是'假'的。"

最后,我想以我在即将出版的《"分化期"儿童文学研究》一书的"前言"里说的一段话,作为这个总结历史的"自述"的结束,也作为新的学术出发的开始——

> 学术研究也需要想象力和激情。中国儿童文学的这一"分化期"将深化到什么程度?将延续到什么时候?当"分化期"这一历史时期结束,中国儿童文学将步入一个什么样的新的时代?想到这些问题,我禁不住兴致勃勃地想打点行囊,为自己的下一个儿童文学史论的学术行程去做好准备。

2013年4月6日凌晨
于中国海洋大学浮山校区寓所

(此文原载于《朱自强学术文集》(10卷)第1卷,二十一世纪出版社,2015年。原题为《"三十"自述——兼及体验的当代儿童文学学术史》)

『儿童本位』论的历史形态

第一辑

鲁迅的儿童观：儿童文学视角

　　鲁迅的儿童观的研究并非未经开垦的处女地。但是，在有关鲁迅儿童观的问题中，鲁迅对"儿童本位论"的态度有重新评价的必要，而鲁迅的儿童观与日本童心主义儿童文学的比较，则似乎未曾有人涉足。本文便从这两个方面作一初步探讨，试图在人生哲学的层次上描述鲁迅的儿童观。

一、鲁迅与周作人的"儿童本位论"

　　在我国儿童文学理论界，有一种鲁迅批判过"儿童本位论"的说法。比如，有的学者说："鲁迅先生和其他进步的儿童文学作家，都曾对'儿童本位论'作过某些必要的批判，并在自己的作品中摆脱这种儿童文学理论的影响。"[1]这种观点在儿童文学界影响是比较普遍的。但是令我感到疑惑的是，在鲁迅的著作中，很难找出直接批判"儿童本位论"的字样，相反，倒是可以找到鲁迅支持"儿童本位论"的言论。"儿童本位论"是我国五四文学革命时期提出的崭新的儿童文学理论。与其他提倡过"儿童本位论"的人如胡适、郑振铎等相比，周作人对"儿童本位论"作了更积极、更广泛、更系统的传播。周作人主张的"儿童本位论"的精髓是反对不承认儿童的独立人格和个性的封建儿童观。周作人说："中国向来对于儿

---

[1] 《〈中国现代儿童文学史〉绪论》，《浙江师范大学学报》1986年儿童文学专辑。

童，没有正当的理解"，"不是将他当作缩小的成人，拿'圣经贤传'尽量的灌下去，便将他看作不完全的小人，说小孩懂得甚么，一笔抹杀，不去理他"。①鲁迅也说过极为相似的话："中国似向未尝想到小儿也"②，"往昔的欧人，对于孩子的误解，是以为成人的预备；中国人的误解，是为缩小的成人"③。周作人站在人道主义的立场，激烈抨击虐杀儿童的封建主义"父为子纲"的儿童观，提出"我们对于教育的希望是把儿童养成一个正当的'人'"，凡是"违反人性"的虐杀儿童精神的"习惯制度"都应加以"排斥"。他强调必须尊重儿童的社会地位与独立人格："儿童在生理心理上，虽和大人有点不同，但他仍是完全的个人，有他自己的内外两面的生活。"鲁迅对"父为子纲"的封建儿童观的攻势也极为凌厉。1918年《狂人日记》中"救救孩子"的呼喊不久便发展为切实的内容："此后觉醒的人，应当先洗净了东方古传的谬误思想，对于子女，义务思想须加多，而权力思想却大可切实核减，以准备改作幼者本位的道德。"④

鲁迅的儿童观与周作人的"儿童本位"的儿童观，不仅表现在反封建的思想内容的一致上，而且在儿童心理的特殊性方面也取得了相近的认识。周作人认为，儿童文学应当"顺应满足儿童之本能的兴趣与趣味"，"顺应自然，助长发达，使各期之儿童得保其自然之本相"。鲁迅也曾说，"直到近来，经过许多学者的研究，才知道孩子的世界，与成人截然不同，倘不先行理解，一味蛮做，便大碍于孩子的发达。所以一切设施，都应该以孩子为本位"⑤。鲁迅十分痛恨封建专制文化对儿童天性（即周作人所说的"自然之本相"）的摧残和扼杀，他在回忆童年生活时说："我的小同学因为专读'人之初性本善'读得要枯燥而死了，只好偷偷地翻开第一页，看那题着'文星高照'四个字的恶鬼一般的魁星象，来满足他幼稚的

① 王泉根：《周作人与儿童文学》，浙江少年儿童出版社，1985年。本文引用的周作人语均见王泉根编《周作人与儿童文学》一书。
② 《鲁迅书信集》（上卷），人民文学出版社，1976年，第216页。
③ 鲁迅：《我们现在怎样做父亲》。
④⑤ 同上。

爱美的天性。昨天看这个，今天也看这个，然而他们的眼睛里还闪出苏醒和欢喜的光辉来。"①为了不让儿童的天性在"人之初"一类封建教条中闷死，鲁迅提出了"完全的解放"的教育思想。

以儿童为本位，必然把儿童的心灵和儿童生活的特殊性强调到至高的地位。周作人从来不主张文学急功近利，但是他说过："我们对于教育的希望是把儿童养成一个正当的'人'。"如果儿童文学具有这样的教育功能，周作人还是会认可的。周作人一直反对的是"太教育的，即偏于教训"的儿童文学，因为这种"偏于教训"的儿童文学"不承认儿童的世界"。鲁迅虽然在文学的功利性上与周作人的观点有分歧，但他也反对用儿童文学来教训儿童："这几年来，向儿童们说话的刊物多得很，教训呀，指导呀，鼓励呀，七嘴八舌，如果精力的旺盛不及儿童的人，是看了要头昏的。"②可以认为，周作人的忧虑肯定不是儿童文学会产生教育儿童的作用，而是怕明确的功利意图会带来"教训"的坏文学，即庸俗的功利主义文学。鲁迅主张文学在一定历史时代的阶级功利，但他仍然一直反对狭隘庸俗的功利主义，反对简单化地给作品贴上时髦的政治标签，他的文学创作就并不给人以强烈的功利性的感觉。

在儿童文学能否直接反映政治斗争、群众运动这一问题上，周作人是持激烈的反对态度的。绝对地、无条件地反对儿童文学反映政治内容，使周作人的理论带上了割裂儿童与社会生活的联系的色彩，这反映了周作人思想和世界观的局限。不过我们也应该看到，当时确实曾经出现过不考虑儿童特点，不注重儿童文学的文学性，教条地、机械地以儿童文学来反映政治斗争、群众运动的现象。周作人曾经批评过这种现象："现在《小朋友》又大吹大擂的出国货号，我读了那篇宣言，真不解这些既非儿童的复非文学的东西在什么地方有给小朋友看的价值。"很显然周作人是把儿童文学的文学自律性和儿童的特殊性放在首位的。儿童的世界与成人的世界

---

① 鲁迅：《朝花夕拾·二十四孝图》。

② 鲁迅：《且介亭杂文末编》附集。

不同，儿童文学较之成人文学离具体的阶级斗争、政治运动远一些，这是由儿童的特点所决定的。这一点鲁迅似乎也是承认的。鲁迅译完俄国盲诗人爱罗先珂的童话《狭的笼》之后说："通观全体，他于政治经济是没有兴趣的，也并不藏着什么危险气味；他只有着一个幼稚的，然而优美的纯洁的心……"鲁迅说这段话是在1921年，到了1929年，他在《〈小彼得〉译本序》中说："作者所被认为'真正的社会主义作家'者，我想，在这里，有主张大家的生存权（第二篇），主张一切应该由战斗得到（第六篇之末）等处，可以看出，但披上童话的花衣，而就遮掉些斑斓的血汗了。"鲁迅还是觉得阶级斗争的内容写进童话时，有些东西是要被"遮掉"的。到1935年，鲁迅仍然非常重视儿童的特殊性。当有些人用"古时候曾有十几岁突围请援，十四岁上阵杀敌的奇童"来"教训"儿童爱国时，鲁迅说："这些故事，作为闲谈来听听是不算很坏的，但万一有谁相信了，照办了，那就会成为乳臭未干的吉诃德。""请援，杀敌，更加是大事情，在外国，都是三四十岁的人们所做的。他们那里的儿童，着重的是吃，玩，认字，听些极普通，极紧要的常识。中国的儿童给大家特别看得起，那当然也很好，然而出来的题目就因此常常是难题，似如飞剑一样，非上武当山寻师学道之后，决计没法办。"①可见，鲁迅还是反对不问儿童特点、儿童的能力，硬把儿童"没法办"的大人的事写进儿童文学来"教训"儿童的。

我们将鲁迅与周作人的言论加以比较之后，不难发现，两者的儿童观或者有些地方完全相同，或者有些地方非常相近。对周作人"儿童本位"思想中的合理因素，鲁迅都曾给予过支持。似乎现在下这样的结论并不显得过于轻率：从总体上看，鲁迅一直是五四时期的"儿童本位论"的支持者和同情者，而不是反对者和批判者。澄清鲁迅与"儿童本位论"的关系，不仅可以使我们重新勾画出鲁迅儿童观的一个侧面，而且对于我国儿

① 鲁迅:《且介亭杂文·难行和不信》。

童文学史上的重大问题的评价，对于今后儿童文学理论的发展建设都有重要意义。

"儿童本位论"从五四时期产生到新中国成立，在我国儿童文学理论界的影响很大。但是，应该看到，它一直作为空洞的理论被束之高阁，儿童文学创作并没有按照这一理论图式营造工程，而到了新中国成立后的五十年代，"儿童本位论"随着文艺界对胡适、周作人的批判，就被彻底否定了。大约从1985年起，有人开始重新评价"儿童本位论"，但仍认为它有着很大消极性，认为鲁迅是"儿童本位论"的批判者。其实鲁迅作为伟大的思想家、文学家，曾对我国现代文学史上出现的各种反动文艺思潮流派进行过批判，但是对"儿童本位论"却是采取承认和同意的态度的，这是否该引起我们的深思：在反对封建主义的时代，儿童本位论作为吸取了资产阶级教育思想而形成的一种理论，就一定是谬误的吗？

二、鲁迅与日本童心主义儿童文学

当鲁迅研究给人们以极限感之后，一些有智识的鲁迅研究者便把目光投注到鲁迅与外国文学的比较研究上。鲁迅与日本白桦派作家有岛武郎在思想与文学观上的密切关系，是国内外鲁迅研究者们早已谈论过的。但是从儿童文学研究的视角看，作为儿童文学的关心者的鲁迅，与作为日本童心主义儿童文学的代表作家的有岛武郎，仍然有相似之处。

鲁迅于1919年10月写下了《我们现在怎样做父亲》一文，在这之后两日，鲁迅在有岛武郎《著作集》里看到了《与幼者》这篇随笔（鲁迅看作小说）。对有岛武郎的《与幼者》，鲁迅"觉得很有许多好的话"，并在以《与幼者》为题的读后感里将其引用。鲁迅极为赞同有岛武郎的《与幼者》中发挥的关于长者与幼者关系的观点。我们把鲁迅的《我们现在怎样做父亲》与有岛武郎的《与幼者》加以比较，就会轻易地发现两者表现了近乎一致的儿童观。

有岛武郎是日本童心主义儿童文学的代表作家之一。所谓童心主义，既是一种文学思想，也表现为一种儿童观，即在儿童纯真的童心里寻找人生的最高价值，崇尚儿童的自由想象的世界里的生活。鲁迅的儿童观便与童心主义有许多契合之处。比如鲁迅曾经高度地评价过儿童的心灵世界："孩子是可以敬服的，他常常想到星月以上的境界，想到地面下的情形，想到花卉的用处，想到昆虫的言语；他想飞上天空，他想潜入蚁穴……"鲁迅翻译了爱罗先珂的童话之后说："我觉得作者要叫彻人间的是无所不爱，然而不得所爱的悲哀，而我所展开他来的是童心的，美的，然而有真实性的梦。这梦，或者是作者悲哀的面纱罢？那么，我也过于梦梦了，但是我愿意作者不要出离了这童心的美的梦，而且还要招呼人们进向这梦中，看定了真实的虹，我们不至于是梦游者。"①鲁迅认为爱罗先珂"只有一个幼稚的然而纯洁的心"，他"深感谢人类中有这样的不失赤子之心的人与著作"②。鲁迅的这些话是对童心的重要评论。鲁迅对于有着"真实性"的童心的梦的高度崇尚是无须稍加解释的。

童年的生活，对于大多数人来说，都是永志不忘，回想起来便感到亲切的。但是对崇尚童心的人来说，却不仅如此。他们总是想把儿童的纯真在一个更高的阶梯上再现出来，让人的可贵性格在儿童的天性中纯真地复活。鲁迅便也是这样的人："他具有如何的一个童年的心，他是如何纯洁而真诚，简直像火焰一样照耀在我们面前。"（欧阳凡海语）"胸中燃着少年之火，他是一个'老孩子'！"（茅盾语）

崇尚童心的成人作家几乎都以自己的作品珍视、怀恋着童年。翻开鲁迅的小说、散文，对童年的怀恋频频可见。对随着逝去的童年而一道失掉的人类初始保有的可贵品质，鲁迅与有岛武郎都怀着惋惜的心情。鲁迅曾沉痛地说："……孩子长大，不但失掉天真，还变得呆头呆脑，是我们时时看见的。"有岛武郎在他的《儿童的世界》一文里惋惜地写道："我们随

---

① 鲁迅：《〈爱罗先珂童话集〉序》。
② 鲁迅：《〈狭的笼〉译后附记》。

着长大，逐渐远离了儿童的心灵。……我们明显地不能和儿童一样来思考和感受。"当他们用笔来回忆童年时，其心境如此相似——

> 可是，我最喜欢的那位好老师却不知到什么地方去了。虽然我知道再也不能和她相见，但我还是希望如果她至今还活着的话，该有多好呵。一到秋天，一串串葡萄依然染上紫色并挂满了美丽的白霜，我却在哪儿也见不到那托着葡萄的大理石一样洁白而美丽的手。
>
> ——有岛武郎《一串葡萄》

> 真的，一直到现在，我实在再没有吃到那夜似的好豆——也不再看到那夜似的好戏了。
>
> ——鲁迅《社戏》

将鲁迅的《故乡》《社戏》等作品与有岛武郎的《一串葡萄》《溺水的兄妹》等儿童小说进行比较，我们会发现，其叙述方式也是相同的。他们对儿童生活的描绘，不仅都带有一定的自叙传色彩，而且都是站在成人的立场，取回顾的姿态。这种叙述方式，很自然地给作品造成了儿童—成人的比较格局。不论在鲁迅那里，还是在有岛那里，童年与成年都是两个色彩反差极大的世界，他们对童年的依恋和向往，蕴含着对成人世界的阴影的否定。

如果我们把握了鲁迅崇尚童心的儿童观，会给我们带来对鲁迅文学世界的新的认识。冷峻、深沉是鲁迅文学风格的主要方面，但是鲁迅作品在总体冷峻的色调中，也常常透露出几抹亮色，给作品带来明朗甚至是欢快的暖色调。需要说明一句，这里所谈及的亮色，不是鲁迅自己所说的"删削些黑暗，装点些欢容，使作品比较的显出若干亮色"中的亮色，即不是"在《药》的瑜儿的坟上平空添上一个花环"，而是鲁迅以崇尚童心的儿童观来"时时反顾"童年生活时所必然具有的结果。可以肯定地说，鲁迅文学世界的亮色与鲁迅的儿童观有着密切因果关系。我们不了解鲁迅儿童观的崇尚童心的一面，就或者容易忽略了亮色这一鲁迅文学世界的重要存在，或者虽然看到却难以作出合理的解释。

《故乡》几乎通篇笼罩着悲凉昏暗的阴云，但是，唯独童年的回忆却像一缕阳光穿透阴云，给作品点染上一些明媚的色彩。《故乡》明暗色调的反差后面是一种对比：儿童时心灵的沟通—成人后心灵的隔绝。"我"与闰土童年的友谊何其纯真无邪，但三十年后相见，闰土恭敬地叫出一声"老爷"，就在两人之间隔起了"一层可悲的厚障壁"。鲁迅后来明确地意识到这是久远的封建制度对人性的残害："别人我不得而知，在我自己，总仿佛觉得我们人人之间各有一道高墙，将各个分离，使大家的心无从相印。这就是我们古代的聪明人，即所谓圣贤，将人分为十等，说是高下各不相同。"[1]鲁迅与"厚障壁"这种封建的社会病相对抗而取的人际关系的道德标准却来自儿童的世界，来自童心。天真纯洁的儿童是不愿受这种封建等级观念束缚的。当年的迅哥儿和闰土亲密无间，他们的后辈宏儿与水生也"还是一气"。作者所真诚希望的是"有新的生活"来保护童心所体现出的美好的人际关系。

在鲁迅的小说中，基调最明朗舒畅的便是《社戏》。许多评论者津津乐道的是小说中对少年儿童心理的逼真刻画，但我总是从小说结尾那一声无限惋惜的叹息（"真的，一直到现在，我实在再没有吃到那夜似的好豆——也不再看到那夜似的好戏了"）中，体味到人生哲学的沉重分量。童年时的"社戏"和"罗汉豆"后面是儿童那种和谐的人际关系，以及无拘无束、自由活泼的天性，而这一切却随着步入布满封建罗网的成人世界而永远消逝了。鲁迅的散文集《朝花夕拾》对童年生活痛痛快快地作了一次回忆。如何解释鲁迅这种创作心境，我认为鲁迅是以这些散文，向逝去的童年寻求心灵的慰藉和暂时的解脱。《朝花夕拾》中回忆儿时生活的散文，对于鲁迅毋宁说是一块远离尘嚣的成人世界的绿草坪，在这里，疲惫、孤

---

① 鲁迅：《俄文译本〈阿Q正传〉序及著者自叙传略》。

独、寂寞的鲁迅歇息下来，舔舐着自己伤口的血痕，"在纷扰中寻出一点闲静来"。鲁迅的这种心境和抉择，与有岛武郎是比较相近的。有岛武郎所以在自杀前的两三年里，以自己的童年经历为素材，写起儿童文学来，就是因为在现实斗争中，他经过多次冲突和曲折，思想上正处于极度的疲惫、苦闷之中。当然，有岛武郎最后陷入虚无、绝望，以情死的方式，宣告了自己追求的失败，而鲁迅在写《朝花夕拾》之始就曾说过：虽然"实在困倦极了，很想休息休息"，但是，"此后我还想仍到热闹地方，照例捣乱"①，并没有放弃现实斗争的想法。鲁迅与有岛武郎的返回童年，一个积极，一个则比较消极。历史的事实表明，鲁迅在这场童年回忆里，获得的是勇气和力量，是一种批判封建思想和文化的武器。

鲁迅上述作品中美的事物、美的理想都是与童心联系在一起的。鲁迅所崇尚的童心，具有憎恶、抗恶的本能，对人和事能够提供一个合理的价值标准，它虽然是朴素的，直感的，却也是鲜明的和正确的。这种儿童观与日本童心主义儿童观十分神似。日本的童心主义儿童文学代表作家小川未明便相信，质朴的儿童心灵是感受性敏锐、正义感极强的，他曾说："只有儿童时的心灵才能自由地张开翅膀……用纯情的儿童的良心来裁判什么是善，什么是恶，这是只有这种艺术（指童心主义儿童文学——引者注）才具有的伦理观。"②

通过对鲁迅与有岛武郎的比较，我认为鲁迅的儿童观与日本童心主义的儿童观在人生哲学的层次上是比较一致的。但是，必须指出的是，不同的国情为两者涂上了不同的色彩。日本的童心主义具有一定的脱离社会、缺乏社会性的软弱病；鲁迅崇尚童心的儿童观，却成为他猛烈抨击封建思想和文化的锐利武器。

（载于《东北师大学报》1989年第5期）

---

① 鲁迅1926年6月17日致李秉中信。
② ［日］菅忠道：《日本的儿童文学》（日文版），第104页。

两个"现代"

——论中国儿童文学的矛盾性与复杂性

在中国儿童文学史研究中，中国儿童文学"古已有之"，是一个被普遍认可的观点，但是，这一观点却实在是对儿童文学的本质，对儿童文学的生成与人类社会发展进程之间的逻辑关系的根本误识。儿童与儿童文学都是历史的概念。从有人类的那一天起便有儿童，但是，在相当漫长的历史时期里，儿童并不能作为"儿童"而存在。在人类的远古时代，儿童被看成小猫、小狗那样的存在。在中世纪的欧洲，成人对于儿童的误解，是以为成人的预备；在封建社会的中国，成人对儿童的误解是以为缩小的成人。在人类历史上，儿童作为"儿童"被发现，是在西方进入现代社会以后才完成的划时代创举。而没有"儿童"的发现作为前提，为儿童的儿童文学是不可能产生的。因此，儿童文学只能是现代社会的产物。儿童文学与一般文学不同，它没有"古代"而只有"现代"。儿童文学是"现代"文学。

中国儿童文学的受动性现代发蒙

中国儿童文学的产生之所以不是能动的而是受动的，根本原因在于中国社会的现代化的性质。最早进入现代化进程的西方国家的现代化都属于"内源型"，而走入现代化进程的最初的诱发和刺激主要来自外部世界的生存挑战和现代化示范的国家的现代化，则属于"外源型"。毫无疑问，中国属于后者。

"外源型"现代化当然是在"内源型"现代化的文化传播中进行的。中国的现代化的真正启动是在十九世纪下半叶，如果说，仅靠西方的现代化示范还不足以彻底打破清王朝的中国文化中心主义大梦的话，那么1840年广东海面上的英国战舰的炮声则令中国的有识之士清醒。在中国的现代化启动上，民族的生存挑战是更为重要的原因。

"外源型"中国社会现代化的性质，不能不对中国儿童文学的生成体质发生根本的规定。历史的事实在说明，中国儿童文学的发生是受动的而非能动的。

在晚清的现代化启蒙思潮中，梁启超是最主要和最活跃的思想家之一。他对中国现代化进程最具影响的思想，体现在1898年维新失败以后至1903年以前在《清议报》《新民丛报》上引介西学的文章中，其中，《卢梭学案》一文直接承继卢梭的《社会契约论》里的名言"人是生而自由的"，说："彼儿子亦人也，生而有自由权，而此权，当躬自左右之，非为人父者所能夺也。"在文学传统丰厚的中国，儿童的文学之所以迟迟不能产生，根本原因是由于封建社会的"父为子纲"的儿童观的压迫。梁启超正是因为接受了在发现儿童上先声夺人的卢梭的思想，才使自己的思想中出现了现代儿童观的征兆。

现代化的根本问题还是人的问题，人的精神素质问题。清醒意识到这一点的梁启超提出了有名的"新民说"，并将文学作为手中的武器。正如梁启超《少年中国说》一文所显示的，他对少年人抱有莫大的信心，自然将希望寄托于少年人的生命形态上，因此，当他以文学"欲新一国之民"时，自然将儿童读者也纳入视野中。他的《译印政治小说序》一文、《终业式》等诗歌，还有他作为主编的《新小说》上发表的他人译出的可供儿童阅读的小说，都显露出儿童文学的前意识。虽然性质不同，但梁启超的活动还是令人想起十七世纪英国清教徒们对儿童的那种责任感。

1908年11月，孙毓修编辑的《童话》丛书由上海商务印书馆开始出版。《童话》丛书以崭新的面貌，划时期地将自己与以往的具有儿童文学要素的读物区分开来，成为中国历史上最早的儿童文学读物。

《童话》丛书具有明显的"外源"性质。在《童话》丛书历时十五年出版的102种作品中，外国（基本上是西方）儿童文学作品的编译多达64种，中国历史故事36种，疑为创作的2种。不仅在数量上，而且在质量上，编写的中国历史故事都无法与西方作品相比拟。编写的中国历史故事既不具有原生性，也缺乏西方童话那种吸引儿童读者的艺术魅力。因此，在当时尤其是日后，《童话》丛书在人们心中的印象，几乎全部被西方童话所涵盖。

《童话》丛书已经显露出中国的体质对外来的现代化形态——儿童文学的不适应性。丛书的两位主要编撰者孙毓修和茅盾往往在西方故事的后面赘上教训的尾巴，结果损害了原作；茅盾编写的中国古代故事，也存在着认同甚至宣传封建思想意识的问题。比如，宣传人固有身份高低之分，须安于"天生如此"之现状的顺民思想，这是完全悖逆于现代关于人的观念的；就是丛书中被认为是茅盾创作的《书呆子》，表现的也是因为"现在人心不古道"，所以劝谕儿童用功读书的陈腐思想。

《童话》丛书启示我们，儿童文学作为西方现代化首先创造出的新的文学样式，在传播的过程中，受容一方的内部环境的现代改造是至关重要的。对文化传统中实用、功利和载道思想浓厚的中国的儿童文学而言，对自身体质中的思想观念、教育观念、文学观念的变革，是一项长期而艰巨的任务。在现代化传播中，后进国家的外源型现代化必须发挥自身的创造力，如此才能超越模仿、照搬的层次，建设具有主体性的现代化。中国儿童文学在晚清的发蒙，基本上依靠的是西方文化的简单引进，还没能生发出自身的能动性，其主要原因是当时的社会条件还没有成熟。

主体的现代性建设

我认为，在中国的现代化进程中，五四时期是一个加速期，是一个耸起的高峰。在五四时期，以陈独秀为代表的新型知识分子群体，开始依照对现代化的理解，尝试重建中国社会的价值体系。陈独秀在五四新文化运动的主要阵地《新青年》（创刊时为《青年杂志》）第一卷第一号上"敬告青年"，唯有作为社会机体上的新细胞的青年们，既具有青年体魄，又有"新鲜活泼之价值"观念，"吾国之社会"才有"隆盛"的希望。陈独秀认为，新的价值观应该包括"六义"：在思想意识上具有以个人为本的人权平等观念；在社会、历史观上具有进化观念；在人生态度上具有进取观念；在民族观上具有开放的观念；在生活观上具有合实利观念；在知识上具有科学观念。很明显，五四启蒙思想家从一开始就将中国社会的现代化改造置于国民（尤其是青年）的人格、素质、价值观念更新的基础上。而陈独秀作为新价值观念标准所提倡的"六义"，则正是西方现代精神的思想基础。

新文学运动是五四新文化运动的重要组成部分。周作人这位五四新文学领袖明确地意识到，文学革命要分两步走，"文字改革是第一步，思想改革是第二步，却比第一步更为重要"[1]。文字改革就是废除文言文，倡导白话文。这个貌似简单的语体变革问题，其历史意义不仅超过了当时论争双方的想象，而且也能淹没近年来一些人对文字变革的指责声音。语言作为一种文化前结构，可以先定地制约使用者的情感和思维逻辑。白话文是与现代化相适应的语体。主体性中国儿童文学是在五四时期诞生的，它是新文学的一个有机组成部分。从儿童文学立场上看，白话语体之于中国儿童文学具有本体意义，因为儿童文学所要表现的儿童生活和心灵世界从来就是白话文所构筑的世界，而文言文与儿童生活和心灵世界是隔绝的。

---

[1] 周作人：《思想革命》，《每周评论》第11期，1919年3月2日。

中国儿童文学拒绝文言语言系统，就是拒绝一个不属于儿童精神甚至扼杀儿童精神的旧文学世界；呼唤白话文学，就是要拥有一个全新的属于儿童的文学话语系统。

当然，正如周作人所深刻认识到的，"思想改革是第二步，却比第一步更为重要"。在思想改革方面，周作人作出了最重要的贡献。他的"人的文学"的观念的提出，填补了胡适和陈独秀等人留下的新文学思想内容的空缺。沿着"人的文学"的思想逻辑，周作人又以《儿童的文学》一文为中国儿童文学提出了纲领性的理论架构。周作人所倡导的儿童本位的儿童观与新文学倡导的白话文，打碎了禁锢着中国儿童文学生成的"父为子纲"的儿童观和文言文这两大桎梏，是为中国儿童文学诞生所进行的文化环境的现代化改造。这种革命性的改造，虽然也是为西方现代化所推动和启示（胡适倡导文字改革，曾以西方国家的语言变革为理论依据；周作人的儿童观则深受西方儿童学、生物学上的进化论、英国浪漫派诗人和日本白桦派人道主义思想的影响），但是，也充分体现了中国新知识分子和文学家自身的创造力。

五四以前，孙毓修主编的《童话》丛书所以只停留在对西方儿童文学的编译的层次，并在编译中塞进了中国式的旧思想的教训，所以改写出的中国古代故事缺少新文学（儿童文学）的新质，根本原因就是没有对中国儿童文学所依存的社会文化环境进行创造性的改造。而五四时期由于上述思想革命和语言革命，继具有主体性的中国儿童文学理论诞生之后，具有主体性的中国儿童文学创作才终于拉开序幕。

两个"现代"：理论与创作的错位

历来的中国儿童文学史研究，都忽视了在中国儿童文学发生期和确立期存在着两个"现代"这一重大的历史事实。由于外源型现代化作用的结果，中国儿童文学不具备西方儿童文学先有创作后有理论这一文学发生、发展的常规性，而是呈现出先有西方儿童文学的翻译、介绍，次有受西方影响的中国儿童文学的理论，再次才有中国自己的儿童文学创作这一特异的文学史面貌。在中国儿童文学的发生期和确立期，以周作人为代表的儿童文学理论与叶圣陶的童话集《稻草人》、冰心的散文集《寄小读者》之间，存在着明显而重大的错位。

以周作人为代表的儿童文学理论是学习、借鉴西方的产物，其核心思想是与西方儿童文学精神同根而生的。周作人于1918年4月19日曾为北京大学文科研究所小说组作过《日本近三十年小说之发达》的讲演，他批评了梁启超们在倡导"新小说"时，对外国文学"即使勉强去学，也仍是打定老主意，以'中学为体，西学为用'"，指出："我们要想救这弊病，须得摆脱历史的因袭思想，真心的先去模仿别人。随后自能从模仿中蜕化出独创的文学来，日本就是个榜样……"①正是因为不惮以西学为体，周作人才在儿童文学理论的建设中，彻底颠覆成人本位的封建儿童观，树立了"儿童本位"的儿童文学观。

"儿童本位"中的"本位"一语，虽然是周作人从日语拿来的，但是"儿童本位"思想却毫无疑问的是西方儿童文学的思想。"儿童本位"思想经卢梭发现、浪漫主义歌吟，再由安徒生、卡洛尔、马克·吐温等人的作品加以儿童文学化之后，已确立了在西方儿童文学中的正宗地位。周作人以西学为体，移植到中国土地上的"儿童本位"思想，理应是中国儿童文学的立身之本，其现代性是无可怀疑的。

但是，何以叶圣陶和冰心的儿童文学创作会偏离"儿童本位"的现代性立场，滑到另一个"现代"基点上去呢？

其实，叶圣陶在创作儿童文学之前，曾在《晨报》副刊上连载《文艺谈》，其中已表露出"儿童本位"的儿童文学思想，而他最初的几篇童话创作也显示出了以儿童为本位的创作意欲。但是，叶圣陶的童话创作很快

---

① 周作人：《日本近三十年小说之发达》，钟叔河编：《周作人文类编》，第七卷《日本管窥》，湖南文艺出版社，1998年，第248页。

就由"梦想一个美丽的童话的人生，一个儿童的天真的国土"质变为抒写"成人的悲哀"。叶圣陶童话中的"成人的悲哀"正如郑振铎在那篇著名的《〈稻草人〉序》中所说的，是"已造极顶，即他所信的田野的乐园此时也已摧毁。最后，他对于人世间的希望便随了稻草人而俱倒"①。郑振铎在该文中将西方儿童文学作品《水孩子》（金斯莱）、《快乐王子》（王尔德）、《一个母亲的故事》（安徒生）视为与叶圣陶的童话同质，作结论说，"现代的人生就是这样"，从而无条件地肯定了叶圣陶的童话创作。

其实，不论是对"现代人生"的感受，还是童话对"现代人生"的表现，叶圣陶与金斯莱、安徒生之间都存在着本质上的不同。如果不清醒地认识到这一点，就看不到当时的西方社会与中国社会，西方儿童文学与中国儿童文学的不同性质，找不出"儿童本位"理论与以叶圣陶为代表的儿童文学创作之间发生错位的最为根本的原因。

确如郑振铎所言，金斯莱的《水孩子》描写了扫烟囱的孩子汤姆在人的社会里受到的冷酷待遇，但是，正是这个汤姆在变成水孩子，经历了一系列奇遇之后，在童话结束时，成了一名"能够设计铁路、蒸汽机、电报、步枪等等"的"大科学家"（《水孩子》的故事预示了英国儿童从童工生活走向学校生活这一历史命运的转变）。而童话大师、现代儿童文学的奠基人安徒生，虽然在自己的作品中讲述了种种人生的苦难，却仍然在苦难的人生中讴歌着希望。可是，叶圣陶面对苦难的人生却以"稻草人倒在田地中间"这一意象，表现了对希望的无法保护。再看王尔德的悲哀的《快乐王子》，其结尾是天使将快乐王子的铅心和死去的燕子带入了天国，多少还给人留下一些安慰。与之相比，叶圣陶可谓走得太远了。

儿童文学是对人生持着乐观主义精神的文学，悲观主义人生哲学与儿童文学在本质上是不相容的。在儿童文学历史上，还没有一位在自己的作品中灌注虚无绝望的人生信念而获得了成功的作家。

---

① 郑振铎：《〈稻草人〉序》，郑尔康、盛巽昌编：《郑振铎和儿童文学》，少年儿童出版社，1990年。

正确评价叶圣陶童话的性质、历史地位和作用,就不能像郑振铎那样,普泛化地谈论叶圣陶面对的"现代的人生",而必须将叶圣陶置于二十世纪二十年代初的中国社会这一具体的时代环境之中。二十年代初的中国社会,外遭帝国主义强权侵略的屈辱,内受军阀混战(叶圣陶写作《稻草人》集子里的童话的前后,便有1920年的直皖之战、1922年的第一次直奉战争、1924年的第二次直奉战争)的殃民之苦,广大民众挣扎于贫困和饥饿之中。处在这样一个看不到生活出路的时代,作为五四文学革命退潮期的中国知识分子(叶圣陶本人正是五四新文学的重要作家),叶圣陶的心中发生苦恼甚至绝望,正是自然的结果。要求"为人生"而艺术的作家叶圣陶在那样的时代,忍受着内心的痛苦,却在童话创作中强颜欢笑,是绝对不可能的。

瑞典著名的社会文明评论家、社会活动家爱伦·凯说过一句具有历史意义的名言:"18世纪是人的世纪,19世纪是妇女的世纪,20世纪是儿童的世纪。"她在1900年出版了著名的《儿童的世纪》一书,探讨儿童的权利和教育问题,并期待二十世纪能成为"儿童的世纪"。站在二十世纪的门槛上,爱伦·凯已经看到露出曙光的(西方的)"儿童的世纪"。但是,在二十世纪二十年代的中国,虽然由于五四新文学导入西方的儿童学和儿童文学,少数新文学知识分子借西方观念,发现了儿童,但是,二十年代的中国社会仍然处于非儿童的时代。广大的儿童非但不能享受在学校读书的生活,甚至于连温饱的生活都不能得到保证。这是一个没有真正的童年的时代。我们听听王统照的《湖畔儿语》,感觉一下刘半农笔下的一个幼年儿童的《饿》,便知道,儿童文学之于二十年代的中国,实在是太奢侈了。当然,在西方,二十世纪之前,儿童文学也主要是中产阶级的儿童的享用品,但是,西方不仅中产阶级的数量发展极快,而且进入了二十世纪,下层社会的儿童也很快面对儿童文学伸手可及。儿童文学的生存极大地依赖着社会现代化的程度,与经济生活有密切的联系。而二十年代的中国,很难给儿童文学作家提供一个可以滋养西方式的"儿童本位"的儿童文学的感性体验。因此，以叶圣陶为代表的具有中国主体性的儿童文学创作与以周作人为代表的西方式的"儿童本位"的儿童文学理论（它也具有主体性，但只停留于观念的层面）之间的错位，便成了一个不可躲避的命运。

再来看看冰心。与叶圣陶一样，冰心也是五四时期儿童文学的代表作家。她的《寄小读者》是一种独特的儿童文学。它的创作形态恰与冰心《离家的一年》《寂寞》《六一姊》等"写儿童的事情给大人看"的小说相反，是写大人的事情（经历和心境）给儿童看的。在成人本位的儿童观刚刚开始松动的时代，冰心的《寄小读者》敞开心扉，站在平等甚至是自谦的立场上，与儿童读者进行真挚的情感交流，表现出了对儿童的尊重。在《寄小读者》中，冰心以诗一般的抒情笔调，歌吟着童心、母爱、自然以及故国之爱，宣扬着她的"爱的哲学"。应该说，童心、母爱、自然是儿童文学历来所亲近的主题，它们与儿童生活很容易产生密切的联系。但是，这只是一般而论。以它们为主题的作品能否成为典型的儿童文学，还要看作家表现这些主题时所采取的立场。

很显然，冰心的《寄小读者》在看取童心、母爱、自然时不是"以儿童为本位"，而是选择了成人立场。《寄小读者》的"童心来复"并非在心态上重返童年，而是成人的乡愁。《寄小读者》的创作立场是以成人的乡愁之心去诠释童心、母爱和自然。如果冰心一直像写《通讯二》那样，通过比较具体的事件来表述自我情感，也许《寄小读者》对儿童读者来说，会增加一些可读性，可是，后来的通讯，多是断续的心理、情绪、心境的表现，疏远了儿童的故事性思维。

不仅在艺术表现上，而且在传达的某些内容上，《寄小读者》也有违儿童读者以及"儿童世界"专栏的要求。冰心写《寄小读者》的最初起因，是因为她有了远行游学的计划后，三位弟弟们的学友，一共十多个少年，他们都要求冰心常常给他们写信，报道沿途见闻和游学景况。在冰心动身前夕，《晨报》的"儿童世界"专栏创刊（冰心正是这个栏目的提议者），特约冰心为儿童写游记以在专栏发表，这意味着冰心的《寄小读者》将面向广大儿童读者。不过，冰心在创作时，她心中的隐含读者，却只是自己的分别为十三岁、十五岁、十七岁的弟弟以及弟弟的学友们。从通讯中，我们可以感觉到，冰心的弟弟基本是属于文学少年的。冰心自己是知道儿童读者和"儿童世界"专栏的要求的，她在《通讯一》中对小读者说："我去的地方，是在地球的那一边。""我十分的喜欢有这次远行，因为或者可以从旅游中多得些材料，以后的通讯里，能告诉你们些略为新奇的事情。"但是，在《寄小读者》中，我们几乎看不到描写"地球的那一边"的异国风土人情之"新奇"的笔墨，作家感怀叹逝的抒情文字却往往触目皆是。冰心的话似可作为总括——"小朋友，我觉得对不起！我又以悱恻的思想，贡献给你们。"（《通讯二十七》）冰心将本应是记述"新奇的事情"的游记，写成了表现个人的"悱恻的思想"的散文。

儿童文学既然是文学，就允许作家宣泄对生活、生命的个人感叹。问题在于，冰心所表现的个人的"悱恻的思想"给人以"爱上层楼，爱上层楼，为赋新词强说愁"的感觉，它们是过剩的情感；冰心将这"悱恻的思想""寄小读者"，是错误的读者选择，因为儿童文学并不是所有一切的成人思想都可以倾倒进去的"容器"。

对作为新文学作家的冰心创作的《寄小读者》，我感到怀疑的还有作品中所流露出的怀旧式的故国之恋。为此，我不禁要将《寄小读者》与冰心发表于五四运动爆发那一年的小说《去国》相对照。在《去国》中，主人公青年英士留学美国，学成归来，然而，国内黑暗的现实将他的报国热忱击得粉碎。他株守半年，无事可做，却有"恶社会的旋涡"要他"随波逐流"，英士只得落泪呼喊："祖国啊！不是我英士弃绝了你，乃是你弃绝了我英士啊！"只好再次"去国"。在小说的结尾，英士依然不改报国之心，他对同船去美国留学的芳士说："妹妹！我盼望等你回去时候的那个中国，不是我现在所遇到的这个中国，那就好了！"

冰心写《寄小读者》时，大概正是小说中的人物芳士该回国的时候。

英士只有再一次失望了——中国非但没有起色，反倒更向后退了。我们当然不能责怪冰心没有像英士那样生"去国"之心，但是，在《寄小读者》中，冰心忘记了逼英士"去国"的中国"恶社会的习气"，而生出这样的赞叹："国内一片苍古庄严，虽然有的只是颓废剥落的城垣宫殿，却都令人起一种'仰首欲攀低首拜'之思，可爱可敬的五千年的故国啊！"（《通讯十六》）也许正是由于"五千年的故国"的"苍古庄严"，冰心做留学美国的硕士学位论文时，才不是选择美国的现代文学（比如给郭沫若的《女神》以深刻影响的，"把一切的旧套摆脱干净了"的惠特曼的诗作），而是写下了《论李清照的词》（在《寄小读者》中，有时，我们便能感受到李清照词作中的"寻寻觅觅，冷冷清清，凄凄惨惨戚戚"和"只恐双溪舴艋舟，载不动许多愁"的意境。所以，郁达夫编《中国新文学大系·散文二集》时，在《导言》中评价包括《寄小读者》在内的冰心散文时说："我以为读了冰心女士的作品，就能够了解中国一切历史上才女的心情……"）。冰心留美时期，对中美两国的社会现实向小读者作了这样的评价："夜间灯下，大家（指美国家庭的主人们——引者注）拿着报纸，纵谈共和党和民主党的总统选举竞争。我觉得中国国民最大的幸福，就是能居然脱离政府而独立。不但农村，便是去年的北京，四十日没有总统，而万民乐业。"（《通讯二十一》）诚然，《寄小读者》表现了冰心强烈的爱国情思，但是，爱国之情也有境界高低之分。在中国处于内忧外患、战乱频仍、民不聊生这样的令"稻草人"绝望倒地的时代，冰心安于现实的带有怀古意绪的爱国之情，与英士尽管"去国"，却依然企盼他年的"那个中国，不是我现在所遇到的这个中国"的带有变革意志的忧国（爱国）之心相比，明显是逊色一筹的。冰心在离家去国的感伤的压迫下，爱国之情已变得十分盲目。如果对冰心的爱国之情严加分析细作品味，则不能不说，这种肯定现实的爱国之情，对处于那个时代的"小读者"的思想影响，是存在很大的消极作用的。

在《寄小读者》中，冰心对中国的传统文化基本上持着肯定的姿态。

正因如此，身在儿童文学发达的国家，作为儿童文学作家，冰心才告诫小读者："愿你们用心读古人书"（《通讯十四》），而从未生出"可喜别国的小孩子有好书读，我们独无"[①]的叹息。是否可以认为，正是因为对自家"数不尽的古诗、古文、古词"和"古人书"的痴痴迷恋，遮住了冰心领略"人家"的儿童文学的目光，抹消了学习和借鉴的意识。于是我们看到，冰心在儿童文学创作方面，不论是在艺术表现上，还是在思想观念上，并没有因游美一遭而从儿童文学正生气勃勃发展的美国汲取任何现代新质。在冰心的《寄小读者》这里，我们看到了冰心文学与西方之间的断裂。这也是冰心作为新文学作家的严重缺憾。

两个"现代"的意味

以叶圣陶的《稻草人》和冰心的《寄小读者》为代表的"现代"的出现，显示了作为外源型现代化的中国，在接受西方儿童文学传播时的"体质"的不适应性。叶圣陶的创作，深刻透露出没有儿童时代的中国社会，难以为作家提供"儿童本位"的感性体验；冰心的创作，则表明传统文化心态对作家走向"儿童本位"的严重阻碍。

理论的"现代"与创作的"现代"之间的错位，是外源型现代化发生作用的结果，这一结果显示着中国儿童文学现代化进程中的矛盾性与复杂性。中国儿童文学是受西方儿童文学的催生而产生的。西方儿童文学的现代性，是中国儿童文学自觉接收的文化传播内容。在尊重儿童的独立人格，满足儿童在文学上的需要这一层面上，"儿童本位"理论与《稻草人》和《寄小读者》的立场是基本一致的，这是它们之间共通的现代性。但是，中国儿童文学在接受西方影响时，西方儿童文学精神更容易在理念的

---

① 周作人：《希腊的神与英雄与人》，原载于1935年2月3日《大公报》，见钟叔河编：《周作人文类编》第八卷《希腊之余光》，湖南文艺出版社，1998年，第85页。

层面上进入中国儿童文学的理论的机体，而在感性的层面上进入中国儿童
文学创作时，则由于中国自身文学传统和特殊的时代生活的深刻影响，而
受到了很大的阻碍。必须分清的是，虽然叶圣陶和冰心的创作都缺失"儿
童本位"的表现，而过多地渲染属于成人世界的思想和心境，但是两者间
也存在着性质上的区别。叶圣陶的"稻草人"童话，立足于中国的社会现
实，着眼于中国的时代生活，以深切的"成人的悲哀"否定和拒绝压迫、
摧残儿童生命世界的黑暗社会，其内在的愿望无疑是在渴望和呼唤真正的
儿童时代的到来。冰心的《寄小读者》虽然体现出作家对儿童的尊重和关
爱，但是，冰心显然没有叶圣陶那种对当时的非儿童时代的社会进行批判
和变革的意识，她对传统的认同，偏离了自己作为五四新文学作家所应采
取的立场。冰心的"现代"启示我们，与成人文学相比，中国儿童文学在
现代化进程中的"思想革命"更加任重而道远。

我认为，二十世纪二十年代诞生的叶圣陶的《稻草人》和冰心的《寄
小读者》只具有文学史的意义而不具有儿童文学艺术范型的价值。但是，
令人奇怪的是一些研究者直到今天还将它们奉为艺术的"典范"和"精
品"，这种现象是值得反思的。

在中国儿童文学的发生期和确立期，先行的"儿童本位"的儿童文学
理论没能催开同根的创作花朵，但这既不能证明这一理论是偏颇的，也不
能说明中国儿童文学不需要这一理论。在二十世纪二十年代，"儿童本位"
在西方已经成为现实，但对中国而言，"儿童本位"却只能是一个美好的
理想。"儿童本位"的现代性对中国儿童文学来说，是一种超前的现代性
（虽然这一理论曾在当时发挥了作用）。在不适合它生长的中国的社会现代
化缺席或缓慢前行的历史时期里，它注定要被搁置起来，而一旦中国的社
会现代化加速时，它将重新焕发活力，并再次成为中国儿童文学的根基。
我们眼前正在发生的文学事实，就在证明着这一点。

（载于《文艺争鸣》2000年第3期）

"儿童的发现"：周氏兄弟思想与文学的现代性

一、"儿童"的发现与深刻的现代性

本文所讨论的"儿童"，不是生物学的概念，而是人类社会进入一个特定的历史阶段后创造出的一个概念，是历史的概念。"儿童"是在社会变迁的历史中，被文化所建构出来的意识形态。作为历史的概念，每一种形态的"童年"，都是某个历史时代的制式在具体的儿童生命、生活上的映现，是成人社会对"童年"的普遍假设。

儿童自古以来就存在，不以人的意志为转移，但是关于儿童的自觉观念却整整沉睡了两千多年。"儿童"作为人类文化的一道风景，需要被一双特殊的"眼睛"来发现。儿童是与成人完全不同的人种，儿童的身上具有儿童独自特有的心理、感觉和情感，对此，成年人必须给予理解和尊重——这种对于儿童的观念，在今天几乎已成为社会的普遍常识（实际行为是否一致则另当别论），但是，在人类漫长的历史上，这样的儿童观只不过萌生于两百多年前，而真正在成人社会占据普遍的支配地位，恐怕才只有一百多年的历史。也就是说，人类进化出这样一双"发现""儿童"的智慧的眼睛，用了漫长的历史过程。

"儿童"这一概念是现代社会的产物。所谓"现代"，就是人类从任何类型的强权统治，从旧的中世纪或封建主义时代的规范中解放出来，恢复

"人"的自身权威的时代，在这个时代，人、个人、个性、自我等得到尊重和保护，自由主义、民主主义、个性主义成为时代的思想。没有现代社会对"人"的发现作为前提，就不会有对"儿童"的发现。瑞典的爱伦·凯站在二十世纪的门槛时说过，十八世纪是人的世纪，十九世纪是妇女的世纪，二十世纪是儿童的世纪。她的这一对儿童地位将得到提升的预言，也表明处于社会的最底层的儿童，被解放得也最晚。

正是因为"儿童"的发现处于"人"的发现的终端，对"儿童"的发现的程度，才标示出社会思想的现代性水准。在中国现代文学的发生期，"儿童"的发现是一件具有决定意义的历史事件。周氏兄弟能够超出他人，分别站在理论和创作的前沿，成为五四新文学的领袖，一个重要原因是他们发现了"儿童"，从而获得了深刻的现代性思想。

二、"儿童的发现"：周作人的思想根基

五四新文学运动始于1917年。在这一年元旦出版的《新青年》第二卷第五号上，发表了远在太平洋彼岸留学的胡适的文章《文学改良刍议》，《新青年》主编陈独秀不失时机，立即在下一期的《新青年》推出《文学革命论》与胡适相呼应，拉开了新文学运动的序幕。接下来，《新青年》几乎每期或以专论，或以"通信""读者论坛"的形式讨论"文学改良"问题。在讨论持续了两年时，周作人在《新青年》第五卷第六号上发表了《人的文学》，使新文学运动有了重大突破。此前的讨论，胡适关注和侧重的是语言形式的革新，陈独秀虽然以"三大主义"作为"文学革命论"的具体内容，但仍然显得空泛。周作人的"人的文学"的观念一提出，似乎一下子将对新文学的内容还处于模糊认识状态的人们惊醒了。作为"关于改革文学内容的一篇最重要的宣言"（胡适语）的《人的文学》发表之后，周作人在一年内连续写出了《平民文学》（1919年1月19日《每周评论》第5期）、《思想革命》（1919年3月2日《每周评论》第11期）、《新文学的

要求》（1920年1月8日《晨报副刊》）等文章，系统地建立起了"人的文学"这一成为五四新文学的旗帜的理念。

在《人的文学》里，周作人已经反复论述到了儿童问题（还有妇女问题）。儿童的发现是"人的文学"宣言的重要组成部分。周作人认为祖先应该"为子孙而生存"，"父母理应爱重子女"，他批判封建的"父为子纲"的亲子观，认为"世间无知的父母，将子女当作所有品，牛马一般养育，以为养大以后，可以随便吃他骑他，那便是退化的谬误思想"。周作人强调的是"儿童的权利，与父母的义务"。周作人在这里谈论儿童问题，其逻辑是——不解决好成人与儿童的关系问题，"人"的发现也将不可能。

周作人"要发见'人'，去'辟人荒'"的工作是有清晰的步骤的——

> 中古时代，教会里还曾讨论女子有无灵魂，算不算得一个人呢，小儿也只是父母的所有品，又不认他是一个未长成的人，却当他作具体而微的成人，因此又不知演了多少家庭的与教育的悲剧。自从Froebel与Godwin夫人以后，才有光明出现，到了现在，造成儿童学与女子问题这两个大研究，可望长出极好的结果来。中国讲到这类问题却须从头做起，人的问题，从来未经解决，女子小儿更不必说了，如今第一步先从人说起。[1]

如果查阅全部《新青年》，那么这个时期，周作人建设新文学理念的"三级跳跃"是有迹可寻的。第一步是发现女子。他首先以译文《贞操论》（1918年5月15日《新青年》第四卷第五号）为妇女问题讨论投进了最大一块石头，震动了中国的思想界。胡适、鲁迅立即先后发表了《贞操问题》（1918年7月15日《新青年》第五卷第一号）、《我之节烈观》（1918年8月

---

[1] 周作人：《人的文学》，《新青年》1918年第5卷第6号。

15日《新青年》第五卷第二号），为妇女问题的讨论推波助澜。第二步是发现"人"以及"人的文学"，这就是前面讲的《人的文学》（其中已经包含"儿童"的发现）。第三步则是发现"儿童"以及"儿童的文学"。

1920年10月26日，周作人在北京孔德学校做了题为《儿童的文学》的讲演。讲演稿《儿童的文学》在《新青年》（1920年12月1日第八卷第四号）上发表后，有如登高一呼，应者云集。这篇宣告中国自己的儿童文学（理论）诞生的论文，成了此后相当长一段时间里的中国儿童文学理论的纲领性文件，研究儿童文学的人经常将其中的观点作为自己立论的依据。周作人在文中说："以前的人对于儿童多不能正当理解，不是将他当作缩小的成人，拿'圣经贤传'尽量的灌下去，便将他看作不完的小人，说小孩懂得甚么，一笔抹杀，不去理他。""儿童在生理心理上，虽然和大人有点不同，但他仍是完的个人，有他自己的内外两面的生活。儿童期的二十几年的生活，一面固然是成人生活的预备，但一面也自有独立的意义与价值，因为全生活只是一个生长，我们不能指定那一截的时期，是真正的生活。""我们承认儿童有独立的生活，就是说他们内面的生活与大人不同，我们应当客观地理解他们，并加以相当的尊重。"

以上周作人身上发生的事实可以说明，五四时期的新文学是包括"儿童"的发现和儿童文学的发现在内的。在五四新文学的整体中，儿童文学是有机组成部分。甚至可以这样说，最能显示五四新文学的"新"质的，也许当推"儿童"的发现和"儿童的文学"的发现。

1934年4月5日，周作人在《人间世》创刊号上发表了《五秩自寿诗》，同期还有沈尹默、刘半农、林语堂的唱和，以后又有胡适、蔡元培的和诗。周作人诗中表面闲适后隐藏的苦味却不为左翼青年所理解，在左翼青年眼里，周作人的"谈狐说鬼"成了"逃避现实"，是背叛了五四传统。但是，也有人看透了周作人经过遮掩的真实心态。曹聚仁将周作人与"淡然物外，而所向往的是田子泰、荆轲一流人物"的陶渊明相比之后说：

"周先生自新文学运动前线退而在苦雨斋谈狐说鬼，其果厌世冷观了吗？想必炎炎之火仍在冷灰底下燃烧着。"[①]

曹聚仁的感觉是对的。仅举一例为证，就在周作人写了被称为"逃避现实"的"谈狐说鬼"的五十自寿诗的同一年年底，周作人为李长之的文学论文集作跋，文中就依然保有"五四时浮躁凌厉之气"（周作人给俞平伯信中语）——

> 狂信是不可靠的，刚脱了旧的专断便会走进新的专断。我又说，只有不想吃孩子的肉的才真正配说救救孩子。现在的情形，看见人家蒸了吃，不配自己的胃口，便嚷着要把"它"救了出来，照自己的意思来炸了吃。可怜人这东西本来总难免被吃的，我只希望人家不要把它从小就"栈"起来，一点不让享受生物的权利，只关在黑暗中等候喂肥了好吃或卖钱。旧礼教下的卖子女充饥或过瘾，硬训练了去升官发财或传教打仗，是其一，而新礼教下的造成种种花样的信徒，亦是其二。我想人们也太情急了，为什么不能慢慢的来，先让这班小朋友们去充分的生长，满足他们自然的欲望，供给他们世间的知识，至少到了中学完毕，那时再来诱引或哄骗，拉进各派去也总不迟。现在却那么迫不及待，道学家恨不得夺去小孩手里的不倒翁而易以俎豆，军国主义者又想他们都玩小机关枪或大刀，在幼稚园也加上战事的训练，其他各派准此。这种办法我很不以为然，虽然在社会上颇有势力。

周作人的这段话，虽然含有对鲁迅的影射，但所批判的"欺骗小孩子"并"不让享受生物的权利"的畸形社会现实，鲁迅也是看到了的

---

① 曹聚仁：《从孔融到陶渊明的路》，原载《申报·自由谈》，见张菊香、张铁荣编：《周作人研究资料（上）》，天津人民出版社，1986年，第334页。

（"我们这些蠢才，却还在变本加厉的愚弄孩子"）。周作人保护"小朋友们"的自然天性的观点，应该能得到鲁迅的首肯。周作人自五四新文学运动起至三十年代中期止，在儿童学、儿童文学领域，一直在坚持五四精神，没有改变自己五四战士的形象。他所警惕和批判的"专为将来设想，不顾现在儿童生活的需要"的成人本位的社会思想，延续到后来，在中国历史上是产生了严重危害的。这也见出周作人的"儿童的发现"思想的深远的现代性。

三、"儿童的发现"与鲁迅文学的人生哲学

在五四时期的"儿童"发现的思潮中，鲁迅也是位于前沿，具有重大影响力的人物。鲁迅在著名的《我们现在怎样做父亲》一文中指出："往昔的欧人对于孩子的误解，是以为成人的预备；中国人的误解，是以为缩小的成人。直到近来，经过许多学者的研究，才知道孩子的世界，与大人截然不同；倘不先行理解，一味蛮做，便大碍于孩子的发达。所以一切设施，都应该以孩子为本位。"[1]在儿童文学研究者那里，大都援引这句话，尊鲁迅为倡导"幼者本位"的第一人，但是，我通过具体文献的辨识，发现在理念上的"儿童"的发现这一维度，鲁迅受到了周作人的思想的直接影响（详见拙著《中国儿童文学与现代化进程》）。

但是，即使果真事实如此，我依然认为鲁迅在发现"儿童"方面的贡献十分巨大、不可替代。因为，在文学创作上的"儿童"的发现这一维度，鲁迅的小说、散文作品横空出世，独占鳌头。而以感性化的文学创作来发现"儿童"比之于观念上发现"儿童"，显然需要更强大的原创力。

如果说，在创作维度，五四新文学的思想、艺术高度是主要由鲁迅文学标示的，而鲁迅文学的高度离不开《狂人日记》《故乡》《社戏》《孔乙

---

[1]　鲁迅：《我们现在怎样做父亲》，《鲁迅全集》第1卷，人民文学出版社，1981年，第135页。

己》《阿Q正传》等小说以及《朝花夕拾》中的散文的支举，那么是否也可以说，五四新文学的思想和艺术的高度也是依靠了上述作品中的"儿童"的发现的力量支撑？

在《故乡》《社戏》《怀旧》《风筝》《从百草园到三味书屋》等作品中，鲁迅通过对"童年"与"成年"的对比性描写，提出了来自于鲁迅人生哲学深处的一个深刻的"现代"主题——在"童年"与"成年"的冲突中，人的生命逐渐被"异化"的问题。这个主题也是人类精神发展的永恒主题。

中国现代文学学者杨义曾这样阐述《故乡》的主题思想："以时间的流逝，徐徐地展开一幅近代中国农村破产的画卷。""小说采取类似电影蒙太奇的手法，把少年闰土和饱尝艰辛的中年闰土这两组镜头有机地组接起来，产生了一种连贯、呼应、对比、暗示的综合效果，深刻地显示了这位勤苦农民的悲剧命运和他灵魂中令人战栗的变化，使人惊心动魄地体味到：多子，饥荒，苛捐，兵，匪，官绅，把闰土磨难成一个木偶人了。"[1]

我认为，《故乡》的主旨并不在揭示"多子，饥荒，苛捐，兵，匪，官绅，把闰土磨难成一个木偶人了"。在《故乡》中，对思想主题真正具有启示意味的是"我"的"悲凉""凄凉""可悲的厚障壁""气闷""非常的悲哀"这种心境，在作品中，这些词句蜿蜒、缠绕如九曲回肠；鲁迅创作《故乡》，也不是基于"展开一幅近代中国农村破产的画卷"的想法，《故乡》的内在结构和情节动力是"我"对自己这代人失去的乐园的怀恋，对水生与宏儿这一代人不再失去乐园的无力而"茫远"的守护愿望；《故乡》的真意并没有写故乡在物理上的变化，作品开头那段著名的描写其实是"我"的心理现实的移情的结果，《故乡》委婉表达的是"我"的精神的"乡愁"。

人生的乐园在哪里？鲁迅以《故乡》中那个反复闪现的"神异的图画"告诉我们——人生的乐园就在童年！鲁迅在《故乡》中委委婉婉想说

---

[1] 杨义：《中国现代小说史》（上卷），人民文学出版社，1998年，第180页。

而说不出来的其实就是这句话。正是这句没有说出来的话，使《故乡》蕴含了人类文学的一个永恒的母题，获得了征服不同时代、不同国度、不同阶层、不同年龄的读者的艺术力量。

《故乡》是一篇悲剧性作品，尽管鲁迅在小说结尾写下了点染着希望的那段名句。许多人认为，写下"路是人走出来的"这句话的鲁迅，是有着肯定而明确的信念的，但是，我觉得鲁迅是为了"听将令"而勉强写下这句话的。其实，鲁迅当时的人生观是颇为绝望和虚无的。《〈呐喊〉自序》就说：对绝望"自有我的确信"，对希望也有"我之必无的证明"。在小说中，"我"和闰土的乐园是确凿地永远失去了，而水生和宏儿的"茫远"的"新的生活"又在哪里呢？"路"又在哪里呢？我们在"悲凉"中接过来的这个"天问"恐怕是困扰人类的永恒课题。我想，这正是鲁迅思想的深邃之处吧。

在《故乡》这里，"我"的乐园是如何丧失的呢？

虽然鲁迅在作品中写到了使闰土"苦得""像一个木偶人"的生活贫困，但生活并不处于贫困线上的"我"的"气闷""悲哀"又是什么原因造成的呢？显然，鲁迅并没有把乐园的丧失仅仅归罪为经济生活的贫困（童年为快乐而生活，成年为"谋食"而在"异地"活着）。在作品中，为"我"与闰土之间"隔了一层可悲的厚障壁"的是闰土恭敬叫出的那一声"老爷"，鲁迅以"我似乎打了一个寒噤""我也说不出话"的表述来直接凸显了这一细节的重大意味。接着，鲁迅安排了两句大有深意的对话——

> "阿，你怎的这样客气起来。你们先前不是哥弟称呼么？还是照旧：迅哥儿。"　母亲高兴地说。
>
> "阿呀，老太太真是……这成什么规矩。那时是孩子，不懂事……"

鲁迅后来明确地写到这是久远的封建等级制度对人性的残害："别人

我不得而知，在我自己，总仿佛觉得我们人人之间各有一道高墙，将各个分离，使大家的心无从相印。这就是我们古代的聪明人，即所谓圣贤，将人分为十等，说是高下各不相同。"①

在《故乡》里，批判造成"厚障壁"的封建的成人文化的武器，鲁迅是从"童年"这里获得的。"松松爽爽"跟着宏儿"一路出去"的水生的态度与成年闰土形成了一个鲜明的对比。一种和谐的生命状态、人际关系，鲁迅是以所谓"不懂事"的"孩子"来呈现的。

总之，鲁迅的《故乡》是儿童文化与成人文化相撞击后的产物。是不是可以这样说，理解了鲁迅崇尚童心的儿童观，感受到《故乡》中的失乐园的心境，才能更准确地把握住《故乡》的思想和艺术的脉搏。

《社戏》与《故乡》像是孪生兄弟，只是与《故乡》相比，《社戏》更明显地采用了双层对比结构（鲁迅文学存在一种对比的模式），即成年后看京剧的体验与童年时看社戏的体验之间的对比。因为有了这一对比，小说结尾的"真的，一直到现在，我实在再没有吃到那夜似的好豆——也不再看到那夜似的好戏了"这句话才不仅具有文章写作的内在逻辑，而且还蕴含着十分丰富的人生哲学意味。

《社戏》的前一部分写"我"是如何讨厌看京剧的。不喜欢京剧，这也是现实中的鲁迅的真实态度。鲁迅与周作人都不喜欢看京剧，这也反映了周氏兄弟对传统文化的一方面的态度。"我"为什么不喜欢看京剧呢？那就是京剧本身像"冬冬皇皇之灾"，叫"我"不能"忍耐"，而"戏台下满是许多头"的剧场环境"我"也无法忍受。鲁迅很详尽地描写了两次看京剧的"挤"，从"满是许多头"以及剧场外"大概是看散戏之后出来的女人们的""一堆人"这情景，我们可以联想到鲁迅当年的"庸众"意识。所以，经常喊叫"寂寞""孤独"的鲁迅在小说中写下了意味深长的

---

① 鲁迅：《俄文译本〈阿Q正传〉序及著者自叙传略》，《鲁迅全集》第7卷，人民文学出版社，1981年，第81页。

话："后来我每一想到，便很以为奇怪，似乎这戏太不好——否则便是我近来在戏台下不适于生存了。""这一夜，就是我对于中国戏告了别的一夜，此后再没有想到他，我们也漠不关心，精神上早已一在天之南一在地之北了。"

我理解，"戏台"和"中国戏"都是象征性符号。"戏台"象征的是当时中国社会的"戏台"，"中国戏"象征的是中国的传统文化中的成人文化。鲁迅的确是一个不能适应当时的社会"戏台"和传统文化（成人文化）的人，于是，他选择了精神上的离开——去看（回忆）童年的社戏。

童年的"社戏"在鲁迅心中则完全是相反的情形。社戏所以好看，小说中明写的是因为可以"在野外散漫的所在，远远的看"。但是，潜藏着的真正原因却是因为看社戏一事发生于童年。在京剧（成人）的戏台下，"我"与身边的看客是隔绝甚至是排斥的，而在社戏（童年）的戏台下，"我"与小伙伴的关系却是亲密融合的。所以，"京剧"和"社戏"已经成了符号，看京剧与看社戏的比较，其实是两种截然不同的人生状态和境况的比较。

要说社戏倒也未必真的很好看。吸引"我"和小伙伴的也只是打斗的场面，而社戏里，老旦却要没完没了地坐着唱。可以说，"我"与小伙伴们喜欢看社戏是颇有些醉翁之意不在酒的。对他们来说，真正有趣的是看社戏的过程中的无拘无束的游戏玩耍。这种身心自由的微醺给"偷"来的罗汉豆染上了难以言传的好滋味，所以同是六一公公的罗汉豆，等到六一公公送过来吃，才"没有昨夜的豆那么好"。

鲁迅在他回忆童年生活的散文集《朝花夕拾》的"小引"中曾说道："我有一时，曾屡次忆起儿时在故乡所吃的蔬果：菱角，罗汉豆，茭白，香瓜。凡这些，都是极其鲜美可口的；都曾是使我思乡的诱惑。后来，我在久别之后尝到了，也不过如此；唯独在记忆上，还有旧来的意味留存。他们也许要哄骗我一生，使我时时反顾。"记得周作人说过，嘴并不馋的鲁迅的这段话有很大的夸张成分。我理解，与怀恋童年所吃的蔬果相比，鲁迅怀恋的更是已经远去的童年本身。由此看来,《社戏》里的罗汉豆的滋味蕴藏着的实在是人生的况味。鲁迅对罗汉豆滋味的怀想的背后,是他对一去不返的童年生命的深深怀恋,而这种感情的深处也含藏着他对成人世界的生活的厌倦和一种否定。

鲁迅与其弟周作人,毕生关怀儿童,眷恋童年。他们的文学创作的出发点都始于对儿童的表现:在周作人,是一篇半做半偷的小说《孤儿记》;在鲁迅,是原创的小说《怀旧》。周氏兄弟这样的文学出发,不是偶然,而是心性使然。在人生哲学上关怀、珍视"童年",是周氏兄弟的文学世界的一个原点。

鲁迅的《怀旧》生动地描写出九岁儿童"余"的心理、愿望和行动以及私塾秃先生对儿童天性的压抑、束缚。作品的语言形式虽然是文言,但是思想完全是现代的,如译成白话,不失为精彩的现代儿童小说。

《朝花夕拾》里的《五猖会》写的是成人对儿童的愿望和心情的打击。在七岁儿童"笑着跳着"盼望去看五猖会的当口,父亲却要他去背"一个字也不懂"的《鉴略》:"给我读熟。背不出,就不准去看会。"经这样的折腾,先前盼望的一切"对于我似乎都没有什么大意思"。文章的最后,鲁迅重重地写下一笔:"我至今一想起,还诧异我的父亲何以要在那时候叫我来背书。"儿童文化与成人文化的冲突,时过三十多年还不能消弭。

朱熹在《童蒙须知》中立规矩曰:"凡子弟须要早起晏眠。凡喧哄斗争之处不可近。无益之事不可为,谓如赌博、笼养、打球、踢球、放风禽等。"《野草》中有《风筝》一篇,写少年"我"曾经信奉上述朱熹蒙训式的教育理念,将弟弟的风筝践踏而毁(据周作人讲,文中"弟弟"应为喜爱且善糊风筝的松寿即周建人,但践踏风筝一事"乃属于诗的部分"),中年的"我"回忆此事,深为"少年老成"的自己的"糊涂"而忏悔和自责,然而,弟弟却已经全然不记得了。鲁迅叹息道:"现在,故乡的春天又在这异地的空中了,既给我久经逝去的儿时的回忆,而一并也带着无可把握的悲哀。"

不管鲁迅是否自觉，他都以《故乡》《社戏》等作品表现出了"儿童"与成人之间的不和谐关系。鲁迅文学的深层，蕴含着儿童文化与成人文化的矛盾冲突，而他的思想和情感，不仅站在了"儿童"这里，而且以此表达着自己的人生哲学，追寻着人生的理想。

对于中国现代文学，周作人以思想理念，鲁迅以文学形象发现"儿童"、发现"童年"，不仅具有文学史的意义，而且还有思想史的意义。对于中国社会的现代化进程，周氏兄弟的"儿童的发现"，不仅具有历史意义，而且具有深刻的现实意义。从这个意义上讲，我们对周氏兄弟的解读，还有待进一步的拓展和深化。

（载于《中国文学研究》2010年第1期）

"儿童"：鲁迅文学的艺术方法

动用自己过去的生活经验和体验，这几乎是小说家创作时的共同心态之一，但是，这种心态或创作方式，对鲁迅小说的意义非同小可。鲁迅是凭回忆进行创作的小说家。他在《〈呐喊〉自序》里已说过："我偏苦于不能全忘却，这不能全忘的一部分，到现在便成了《呐喊》的来由。"

鲁迅的小说并非粒粒珠玑，而是良莠杂陈。在《狂人日记》《孔乙己》《故乡》《社戏》《阿Q正传》《祝福》等精品系列中，大多是回忆性质的小说。这些小说大多有故乡这一实有的环境或往日生活中确有的事件或人物。似乎有一个规律，每当鲁迅的小说与他的童年和故乡发生深切的关系，作品往往就会获得充盈的艺术生命力。

仅仅靠回忆写小说的小说家是容易江郎才尽的。鲁迅在1926年以后就不再写现实题材的小说了。这是否与鲁迅小说的艺术定式有关呢？具有意味的是，鲁迅于1926年对自己的过去，特别是童年进行了痛快的回忆，鲁迅把这些文章结集为《朝花夕拾》。是不是因为回忆用尽，此后鲁迅就放下了写现实题材小说的笔呢（《故事新编》为历史小说）？

对小说家鲁迅来说，回忆是重要的，而对"童年"的回忆尤为重要，它不仅成了鲁迅文学的内容要素，而且也构成了鲁迅文学的一种艺术方法。

一、"童年"成为作品的结构和立意的支撑

《故乡》《社戏》都有"童年"和"成年"对比的结构，鲁迅的思绪徘徊在"童年"和"成年"之间。冷峻、沉郁是鲁迅文学风格的主要方面，但是鲁迅作品在总体冷峻的色调中，也常常透露出几抹亮色，给作品带来明朗甚至是欢快的暖色调。需要说明一句，这里所谈及的亮色，不是鲁迅自己所说的"删削些黑暗，装点些欢容，使作品比较的显出若干亮色"中的亮色，即不是"在《药》的瑜儿的坟上平空添上一个花环"，而是鲁迅以珍视"童年"的儿童观来"时时反顾"童年生活时所必然具有的结果。可以肯定地说，鲁迅文学世界的亮色与鲁迅的儿童观有着密切的因果关系。不了解鲁迅儿童观的崇尚童心的一面，就或者容易忽略了亮色这一鲁迅文学世界的重要存在，或者虽然看到却难以作出合理的解释。

《故乡》几乎通篇笼罩着悲凉昏暗的阴云，但是，唯独童年的回忆却像一缕阳光穿透阴云，给作品点染上一些明媚的色彩。《故乡》明暗色调的反差后面是一种对比：儿童时心灵的沟通与成人后心灵的隔绝。鲁迅与"厚障壁"这种封建的社会病相对抗而取的人际关系的价值标准却来自儿童的世界，来自童心，天真纯洁的儿童是不愿受这种封建等级观念束缚的。当年的迅哥儿和闰土亲密无间，他们的后辈宏儿与水生也"还是一气"。作者所真诚希望的是"有新的生活"来保护童心所体现出的美好的人际关系，尽管它很"茫远"。

与《故乡》相比，《社戏》有着更为明显的对比结构，在这一对比结构中，鲁迅把在野外看社戏的"童年"置于在京城看京戏的"成年"之后来叙述。如果借用民间故事的后出场者一定优越于先出场者这一叙事学观点，鲁迅是以这样的结构收到了抑前者而扬后者的艺术效果。

"童年"不仅是鲁迅一些作品的结构的支撑，而且对"童年"的态度还成为《狂人日记》这样的小说立意的支撑。现代文学界一般是将《狂人

日记》看作第一篇现代白话小说的。其实，在《狂人日记》之前有被胡适视为新文学"最早的同志"的陈衡哲的白话小说《一日》，可是《一日》不能享有《狂人日记》的殊荣，是因为它那流水账似的写法，不似《狂人日记》这样"有表现的深切和格式的特别"。

《狂人日记》具有深刻的立意和独特的、有创意的小说艺术形式。关于立意，鲁迅在《〈中国新文学大系〉小说二集导言》里说过，它"意在暴露家族制度和礼教的弊害"。前面已经说过，创作《狂人日记》之前，鲁迅的人生观是颇为绝望和虚无的。《狂人日记》没有写成令人绝望的作品，表面上与《〈呐喊〉自序》说的"听将令"有关（"那时的主将是不主张消极的"），深层的因由则是鲁迅还愿意将一线希望寄托在"孩子"身上，"没有吃过人的孩子，或者还有？救救孩子……"

我认为，《狂人日记》里的狂人，是鲁迅思想的画像。上引小说结尾的两句话，颇能显示鲁迅当时思想的矛盾和犹疑。有些研究者把"救救孩子"解释成是一句有力的"呐喊"，但我记得一位日本学者指出过"救救孩子"的语气的无力，对此，我也有同感。"救救孩子"虽然是鲁迅为了"听将令"而发出的"呐喊"，但是，由于鲁迅骨子里的悲观思想，他才没有使用与"呐喊"相称的惊叹号，而是选择了语气渐弱和结果不明确（没有信心？）的省略号。而且在前一句里，鲁迅对有没有"没有吃过人的孩子"这一问题，用了一个"或者"，一个问号，双重暗示出他对"救救孩子"这一结果的不能肯定。

但是，如果《狂人日记》没有"孩子"这一维度的存在，作品会是什么样的情形？更进一步，对于鲁迅的思想和文学来说，如果没有"救救孩子"这一意识，会有怎样的出路？其中还会不会有《故乡》中曾经透露过的那个属于孩子的"新的生活"，属于孩子的那个"茫远"的"希望"？可不可以把《狂人日记》之后的鲁迅的全部文学活动，在根本上看作"救救孩子"的努力？

二、"儿童"成为小说的重要的叙述视角

我以为，鲁迅的《孔乙己》虽然不及《故乡》《社戏》那样明显，但是，仍然存在着成人与儿童之间的对比意识。只要我们注意沿着小说所设定的少年视角来阅读，这一对比意识就可以体察得到。从小说的描写来看，"使人快活"的孔乙己绝不是令人讨厌的人，有些研究者的阐释过度地渲染了他性格中迂腐的一面，其结果是在一定程度上遮蔽了成人（掌柜和主顾）对孔乙己造成的精神上的折磨。其实，小说对这些成年人的冷漠、无情的人性弱点是有所评价的。这一评价，越是从少年视角望去，越是看得明白。

中国现代文学学者李欧梵曾说："《孔乙己》技巧之妙不仅在写出了主人公这一难忘的形象，还在设计了一个不可信赖的叙述者。故事是由咸亨酒店一个小伙计用某种嘲讽口气叙述的。这个人在叙述当时的情况时已经是一个成人了。当年他做小伙计的时候显然也和那些顾客一样，是鄙视孔乙己的。现在他作为成人回忆往事，岁月却并没有改变他的态度。通过这种间接的叙述层次，鲁迅进行着三重讽刺：对主人公孔乙己，对那一群嘲弄他的看客，也对那毫无感受力的代表看客们声音的叙述者。他们都显得同样可怜，同样缺乏真正衡量问题的意识。"[1]但是，细心品味小说，我却感到小说的叙述者——小伙计不仅在长大以后，而且在年少时，也并不是一直鄙视孔乙己的，他也绝不是鲁迅想要讽刺的对象，因为鲁迅写出了仅在他的身上还存有的一些对孔乙己的不幸命运的同情。让我们细读一下作品。在小说里，少年"我"对孔乙己的态度在前后是发生了变化的。在孔乙己被打断腿之前，每当掌柜和主顾这些成人揶揄、哄笑孔乙己时，"无聊"的"我"也是"附和着笑"的，但是，当被打断了腿"已经不成

---

[1]　李欧梵：《铁屋中的呐喊》，尹慧珉译，河北教育出版社，2000年，第57—58页。

样子"的孔乙己最后一次来喝酒,而掌柜和主顾"仍然同平常一样"取笑他时,"我"却不再"附和着笑"了。我感觉,"我"对孔乙己态度的变化不仅表现在这里,而且还微妙地表现在对孔乙己的服务态度上。这一次,残废了的孔乙己不是像以往那样"靠柜外站着",而是"在柜台下对了门槛坐着",而"我"在众人的哄笑声中,"温了酒,端出去,放在门槛上",完全顺从了孔乙己的意愿。以前,孔乙己要教"我"写字,"我"是"又好笑,又不耐烦,懒懒的答他","我愈不耐烦了,努着嘴走远",从这种态度,可以想见,以前"我"对孔乙己的服务态度不会好到哪里,然而这最后一次却不大一样。

对孔乙己的性格和行为,小说做了三段式的交代和描写。我注意到,这三个段落结束时,少年叙述者都表达了"快活"的感受(两次是"店内外充满了快活的空气",一次是"孔乙己是这样的使人快活")。但是,唯独在描写孔乙己最后一次来店里,"喝完酒,便又在旁人的说笑声中,坐着用这手慢慢走去"时,少年叙述者没有使用"快活"的字样,不论从孔乙己那里,还是从"旁人的说笑"中,他已经感受不到"快活"了。我认为,这是大有含义的。

我想,在孔乙己"已经不成样子"的时候,"仍然同平常一样"取笑、折磨他的掌柜和主顾们,在孔乙己被丁举人吊着打时,他们会是热心而满足的看客,在阿Q糊里糊涂地被拉去砍头时,他们也绝不会放弃欣赏的机会。所以,我认为,在思想上,《孔乙己》主要不是去讽刺封建科举制度对人的毒害,而是要揭露社会人群(成人文化)对不幸者的冷酷和无情。《孔乙己》在表现后一种思想时,小说采取的少年视角发挥了十分有效的作用。

鲁迅的学生孙伏园曾说:"我尝问鲁迅先生,在他所作的短篇小说里,他最喜欢哪一篇。他答复我说是《孔乙己》。……何以鲁迅先生自己最喜欢《孔乙己》呢?我简括的叙述一点作者当年告我的意见。《孔乙己》作者的主要用意,是在描写一般社会对于苦人的凉薄。对于苦人是同情,对于社会是不满，作者本蕴蓄着极丰富的情感。"孙伏园还介绍说，鲁迅特别喜欢《孔乙己》，是因为他认为《药》一类小说写得"气急"、逼促，而《孔乙己》则是"从容不迫"①。

鲁迅创作《孔乙己》，将"描写一般社会对于苦人的凉薄"作为目的，并且能写得那样"从容不迫"，小说中的少年视角的设定，发挥了重要的功能。

三、"儿童"成为塑造人物性格的一个重要元素

在《阿Q正传》研究中，一般都认为"精神胜利法"是阿Q性格的核心，并将其作为负面的国民性加以批判。在学术界解读阿Q的过程中，我认为有一个普遍倾向，就是研究者过于重视鲁迅自己的要"写出一个现代的我们国人的魂灵来"②的解说，甚至过度阐释了鲁迅的解说，而忽视了与鲁迅说法颇有不同的周作人、李长之等人的观点。

周作人在《关于〈阿Q正传〉》中指出了鲁迅以阿Q形象进行国民性批判的失败之处："只是著者本意似乎想把阿Q好好的骂一顿，做到临了却使人觉得在未庄里阿Q还是唯一可爱的人物，比别人还要正直些，所以终于被'正法'了，正如托尔斯泰批评契河夫的小说《可爱的人》时所说，他想撞倒阿Q，将注意力集中于他，却反将他扶了起来了，这或者可以说是著者失败的地方。"③

李长之的观点与研究者普遍持有的批判国民劣根性的观点更为相左："在往常我读《阿Q正传》时，注意的是鲁迅对于一般的国民性的攻击，这里有奴性，例如让阿Q站着吧，却还是乘势改为跪下。有快意而且惶

---

① 孙伏园：《鲁迅先生二三事》，《鲁迅回忆录》，北京出版社，1999年，第216页。
② 鲁迅：《俄文译本〈阿Q正传〉序及著者自叙传略》，《鲁迅全集》第7卷，人民文学出版社，1981年，第81页。
③ 周作人：《关于〈阿Q正传〉》，《鲁迅的青年时代》，河北教育出版社，2002年，第113页。

恐，这是在赵家被抢之后就表现着。有模糊，有残忍，有卑怯，有一般的中国人的女性观，有一般执拗而愚骏的农民意识……可是我现在注意的，却不是这些了，因为这不是作者所主要的要宣示的。阿Q也不是一个可笑的人物，作者根本没那么想。"阿Q已不是鲁迅所诅咒的人物了，阿Q反而是鲁迅最关切，最不放心，最为所焦灼，总之，是爱着的人物。""鲁迅对于阿Q，其同情的成分，远过于讽刺。"[①]

我赞同周作人和李长之的观点。在我的阅读感受里，阿Q的确是未庄里"唯一可爱的人物"，阿Q的确"不是鲁迅所诅咒的人物"，而是读者可以给予"同情"的人物。而我之所以有这样的感受，一个重要的原因是阿Q的性格中所具有的孩子气，有些时候，阿Q就像一个没能长大的孩子。

阿Q的性格中有孩子似的天真。天真的孩子往往喜欢吹牛，而在吹牛时往往有点当真，以幻想代替了现实。儿童文学作品对此有精彩的描写，比如尼·诺索夫的《幻想家》、葛西尼的《玛莉·艾维姬》一类故事。在《玛莉·艾维姬》里，男孩们都争着在女孩艾维姬面前逞能，当艾维姬夸尼古拉最会翻筋斗时，奥德说："翻筋斗？这我最在行，好多年前我就会翻了。"阿Q不是也这样吹牛吗？"我们先前——比你阔的多啦！你算是什么东西！"

年幼的儿童的思维是自我中心主义的。让·诺安的《笑的历史》里有一个三岁幼儿的故事：他住在巴黎，从乳母那里学得各种动物的叫声，被家人赞为模仿动物叫声的专家。有一天，他第一次被带到农村，遇到一群羊边叫边走，这个老资格的专家侧耳倾听，摇摇头，对其中的一只羊说：羊，你叫的不对！[②]阿Q的思维也有这种色彩，比如，他鄙薄城里人，他叫作"长凳"的，城里人却叫"条凳"，"这是错的，可笑！"油煎大头鱼，未庄加半寸长的葱叶，城里却加切细的葱丝，"这也是错的，可笑！"

儿童的天真往往表现为不会装假。阿Q也有相似的真率。比如，"他

---

① 李长之：《鲁迅批判》，北京出版社，2003年，第68—75页。
② ［法］让·诺安：《笑的历史》，果永毅、许崇山译，三联书店，1986年，第20—22页。

想在心里的，后来每每说出口来"，比如，人们去探听从城里带回很多值钱东西的阿Q的底细，"阿Q也并不讳饰，傲然的说出他的经验来。从此他们才知道，他不过是一个小脚色……"

阿Q儿童似的举止的确很多。"阿Q的钱便在这样的歌吟之下，渐渐的输入别个汗流满面的人物的腰间。他终于只好挤出堆外，站在后面看，替别人着急，一直到散场，然后恋恋的回到土谷祠……"阿Q没有输钱的深重苦恼和沮丧，这恐怕不是成人赌徒的心态，而是非功利性的儿童游戏的心态。他与王胡为什么打架，因为比不过人家，因为自己的虱子不仅比王胡的少，而且咬起来也不及王胡的响。真正的成人绝少会比这个，更绝少比得那么认真。这分明是儿童生活中的价值观。阿Q当着"假洋鬼子"的面骂出"秃儿。驴……"挨了"假洋鬼子"的哭丧棒，他的表现是："'我说他！'阿Q指着近旁的一个孩子，分辩说。"这一表现与张乐平的《三毛流浪记》里的三毛没有二致。阿Q戏弄小尼姑，"酒店里的人大笑了。阿Q见自己的勋业得了赏识，便愈加兴高采烈起来：'和尚动得，我动不得？'他扭住伊的面颊。酒店里的人大笑了。阿Q更得意，而且为满足那些赏识家起见，再用力的一拧，才放手。"这样的行为，不就像儿童常有的"人来疯"吗？

儿童的天真有时也表现为幼稚、不谙世事。阿Q也是这样。他的幼稚、不谙世事在世故的成人看来，已经近于呆傻。阿Q那直截了当的求爱，闯祸之后，面对吴妈的哭闹和赵秀才的大竹杠的慢半拍的反应，以及对后来女人躲避他的原因的茫然不知，都像是一个弱智者的所为。阿Q被抓是因为不谙世事，进了衙门，竟然爽利地告诉人家："因为我想造反。"长衫人物叫他招出同党，没有什么同党的阿Q说："什么？……他们没来叫我……"让他在可招致杀身之祸的供词上画押，他在意的是圈儿能不能画圆。只有被抬上了游街的车，看到背着洋炮的兵丁和满街的看客，才明白这是去杀头！为了看客里的吴妈，还要说一句"过了二十年又是一个"。

愚傻和天真有时只有一步之遥，鲁迅有时是在写一个愚傻的阿Q，有时又是在写一个天真的阿Q。真正的艺术正是如此复杂，混沌不清。

在阿Q的身上，存在着孩子气，存在着智力问题。这两者都与成人社会发生矛盾，成为阿Q进入其中的巨大障碍。在小说中，我们清楚地看到，阿Q一直被这两个问题深深困扰着，直至使他走进悲剧命运之中。阿Q的这一状况使小说的对国民性的批判力一方面被转向，一方面被弱化。所谓转向，是指向对"城里"和"未庄"的批判，所谓弱化，是指对阿Q更多的是"哀其不幸"，而少有"怒其不争"。阿Q是可悲的人物，但不是可恨的人物；阿Q是可叹的人物，但不是可弃的人物；阿Q是可笑的人物，但不是可耻的人物。

虽然阿Q身上有很多可笑的行为，但是，他在"未庄"终究是一个被侮辱、践踏的人物，他的死不仅令人同情，而且值得深思：这是不是险恶而虚伪的社会对一个天真、单纯、幼稚（弱智）的不谙世事的人进行的一场坑害？

自茅盾的评论起，阿Q研究大都太正经，不能游戏地看，或者太刻薄，不能宽容地看。似乎人们愿意看到鲁迅的批判，但是不愿看到鲁迅的同情。研究《阿Q正传》，研究《孔乙己》，似乎都有这一倾向。为什么在关于《阿Q正传》的整体阅读中，鲁迅对阿Q的同情被遮蔽了，被置换成对阿Q国民性的批判，而对以"未庄"和"城里"为代表的真正丑恶的国民性却轻轻地一笔带过？这是否与读者和研究者缺乏幽默感和孩子似的天真（孩子气）有关？

需要重新认识阿Q这个人物，而认识阿Q这个人物，需要一种新的心性。这一心性就是天真、单纯、质朴的孩童心性。这一心性，鲁迅是具备了的，但是，在那个时代被压抑了，所以写阿Q用了曲笔，没有这一心性的人们就更加不易察觉。

蕴含儿童心性这一要素的阿Q形象是有正面和积极意义的。在我眼里，阿Q是小说中具有生命实感，活得十分真切的人物。而且阿Q的活法是不是有其可取之处呢？让·诺安在《笑的历史》一书中对幽默级别列出了评价标准，其中最高一级是五星级："是否感情非常外露，生气勃勃，无忧无虑，可以随时随地自寻开心。"阿Q的心性是不是与此有合拍之处？我同情阿Q的苦生活，但也羡慕他经常有一份好心情，有那样一种乐观的、避害趋利的生活态度。身处阿Q那样的生活境地，换一种心性，也许会抑郁而终。阿Q的这种心性在功利主义横行的当代社会，不但不该全盘否定，反而应该汲取其正面的价值。

我这不是在诠释，而是在直陈阅读感受：就像我在狂人的身上看见鲁迅的思想一样，我在阿Q身上，也看见了鲁迅的同情。

鲁迅的文学世界是丰富而复杂的，"儿童""童年"当然只是其中的一个维度，但是，它却弥足珍贵。如果没有"儿童""童年"这一维度的存在，鲁迅文学的思想和艺术都会大大贬值，鲁迅文学的现代性也将不能达到现有的高度。

（载于《东北师大学报》2010年第1期）

"儿童的发现"：周作人的"人的文学"的思想源头

一、《人的文学》：为"儿童"和"妇女"争得做"人" 的权利

研究现代文学的人大都先是把周作人当作一位文学家，其实，周作人首先是一个思想家，其次才是一个文学家。他自己就说："我一直不相信自己能写好文章，如或偶有可取，那么所可取者也当在于思想而不是文章。""我很怕被人家称为文人，近来更甚，所以很想说明自己不是写文章而是讲道理的人，希望可以幸免……"[①]当年，钱玄同竭力鼓动周氏兄弟给《新青年》写文章，看重的也首先是他们的"数一数二"的思想。

1918年，周作人在《新青年》上发表了《人的文学》一文。虽然此前胡适发表《文学改良刍议》、陈独秀发表《文学革命论》，但是，当时人们对新文学的思想内容的认识，还处于混沌、模糊的状态。《人的文学》一出，新文学运动的大幕才算完全拉开。之后，周作人又迅速发表了《祖先崇拜》和《思想革命》两篇文章，将自己对新文学的思考，推到了现代文学思想起源的核心位置。

以往的现代文学研究在阐释周作人的《人的文学》一文时，往往细读

---

① 周作人：《苦口甘口》，河北教育出版社，2002年，"自序"。

不够，从而将"人的文学"所指之"人"作笼统的理解，即把周作人所要解决的"人的问题"里的"人"理解为整体的人类。可是，我在剖析《人的文学》的思想论述逻辑之后，却发现了一个颇有意味、耐人寻思的现象——"人的问题"里的"人"，主要的并非指整体的人类，而是指的"儿童"和"妇女"，并不包括"男人"在内。在《人的文学》里，周作人的"人"的概念，除了对整体的"人"的论述，还具体地把"人"区分为"儿童"与"父母"、"妇女"与"男人"两类对应的人。周作人就是在这对应的两类人的关系中，思考他的"人的文学"的道德问题的。周作人要解放的主要是儿童和妇女，而不是男人。《人的文学》的这一核心的论述逻辑，也是思想逻辑，体现出周作人的现代思想的独特性以及"国民性"批判的独特性。

我们虽然不能说，周作人的现代思想、"人的文学"的理念起于"儿童"，终于"儿童"，但是，周作人的关于"儿童"的思想（与关于妇女的思想等一道）构成了"人的文学"的思想源头，这应该是有事实作依据的。

我们先从《人的文学》的文本解读入手。

五四新文学思想是在颠覆封建专制的"三纲"这一基础上建立的。可是，仔细考察周作人在《人的文学》中表达的现代文学观，却主要是在颠覆"父为子纲""夫为妻纲"这两纲，尤其以颠覆"父为子纲"这一封建传统最为激烈，而"君为臣纲"却并没有作为批判对象。

在《人的文学》中，周作人简明介绍了西方发现人的历史，指出其出现了儿童学与妇女问题研究的"光明"，"可望长出极好的结果"，转而说道："中国讲到这类问题，却须从头做起，人的问题，从来未经解决，女人小儿更不必说了。如今第一步先从人说起，生了四千余年，现在却还讲人的意义，从新要发见'人'，去'辟人荒'，也是可笑的事。但老了再学，总比不学该胜一筹罢。我们希望从文学上起首，提倡一点人道主义思想，便是这个意思。"

112

对自己提倡的人道主义思想，周作人是这样解释的："我所说的人道主义，并非世间所谓'悲天悯人'或'博施济众'的慈善主义，乃是一种个人主义的人间本位主义。这理由是，第一，人在人类中，正如森林中的一株树木。森林茂盛了，各树也都茂盛。但要森林盛，却仍非靠各树各自茂盛不可。第二，个人爱人类，就只为人类中有了我，与我相关的缘故。"周作人进一步论述说："人的文学，当以人的道德为本，这道德问题方面很广，一时不能细说。现在只就文学关系上，略举几项。"而周作人所举出的"几项"是"两性的爱"即"男女两本位的平等"和"亲子的爱"即"祖先为子孙而生存"。以常理而论，周作人显然是认为这两项在"人的道德"中很重要，所以才先提出来加以论述的。

本来"如今第一步先从人说起"，要先辟人"荒"，却说着说着，又从"更不必说了"的"女人小儿"说起了。既然五四新文学思想是在颠覆封建专制的"君为臣纲，父为子纲，夫为妻纲"的"三纲"这一基础上建立起来的，那么，"辟人荒"，提倡"人的道德"，本应从"君为臣纲"这一封建伦常说起的，可是，周作人却就是偏偏不说，只是在列出的作为人的文学"不合格"的十类旧文学中，有"奴隶书类（甲种主题是皇帝状元宰相，乙种主题是神圣的父与夫）"，与"君"沾一点边，但是皇帝只与"状元宰相"并列，未见有多尊贵，却强调了"神圣"的"父与夫"（着重号为本文作者所加）。在论述"人的文学，当以道德为本"这一"人道主义"问题时，周作人批判的只是"父为子纲"和"夫为妻纲"，他是站在"神圣"的"父与夫"的对立面上，为儿童和妇女说话。

以上所说的，就是《人的文学》的思想的真实面貌和论述的真实逻辑吧。

在判别道德方面，周作人特别看重对待妇女和儿童的态度，看其是否如庄子设为尧舜问答的一句"嘉孺子而哀妇人"。比如，周作人曾说："一国兴衰之大故，虽原因复杂，其来者远，未可骤详，然考其国人思想视儿童重轻何如，要亦一重因也。"①周作人还说过："我曾武断的评定，只要看他关于女人或佛教的意见，如通顺无疵，才可以算作甄别及格……"②

其实，在《人的文学》一文中，周作人所主张的"人"的文学，首先和主要为儿童和妇女争得做人的权利的文学，男人（"神圣的父与夫"）的权利，已经是"神圣的"了，一时还用不着帮他们去争。由此可见，在提出并思考"人的文学"这个问题上，作为思想家，周作人表现出了其反封建的现代思想的十分独特的一面。

二、周作人的"人"的思想：批判"男子中心思想"，警惕"群众"压迫

我读《人的文学》，一直心怀疑问：周作人为什么在提倡"人的道德"时，只批判"三纲"中的后两纲，却偏偏没有批判居首的"君为臣纲"呢？

我在查阅相关资料和思考之后得出的结论是：在周作人的思想中，男子中心思想是"三纲"的思想根柢，"帝王之专制，原以家长的权威为其基本"（所以才有"君父"和"家天下"之说），在非人的社会里，在非人的文学里，"家长"（男人）正是压迫者。

这种思想的产生，与周作人的心性有关。作为人道主义者，周作人同情的是处于社会最底层的弱小者。早年，他的翻译和半偷半做的创作，都集中在妇女和儿童身上。《域外小说集》对"弱小民族文学"的重视，主要也是出自周作人的情感取向。在当时的中国社会，最弱小者是妇女和儿童。所以，周作人有诗云："平生有所爱，妇人与小儿。"他在文章中，也

---

① 周作人：《儿童问题之初解》，钟叔河编订：《周作人散文全集》（第1卷），广西师范大学出版社，2009年，第246页。
② 周作人：《我的杂学》，止庵校订：《苦口甘口》，河北教育出版社，2002年，第76—77页。

曾引用《庄子》里的"不敖无告，不废穷民，苦死者，嘉孺子而哀妇人"，表述自己的同情弱者的人道主义思想。

对妇女和儿童的同情和关爱，使周作人的反封建的批判（包括对"种业"，即国民性的批判）主要是从道德变革的层面，而不是从政治变革的层面出发。周作人倡导新文学，最大的动力是源自对于妇女和儿童被压迫的深切同情，源自解放妇女和儿童的强烈愿望，至于"人"（如果排除了妇女和儿童，这个"人"就是男人了），也许倒在其次。因为在周作人看来，男人本来就是作为妇女，特别是儿童的压迫者而存在的："人类只有一个，里面却分作男女及小孩三种；他们各是人种之一，但男人是男人，女人是女人，小孩是小孩，他们身心上仍各有差别，不能强为统一。以前人们只承认男人是人（连女人们都是这样想！），用他的标准来统治人类，于是女人与小孩的委屈，当然是不能免了。女人还有多少力量，有时略可反抗，使敌人受点损害，至于小孩受那野蛮的大人的处治，正如小鸟在顽童的手里，除了哀鸣还有什么法子？"[1]

1947年，周作人在《杂诗题记》中说："中国古来帝王之专制，原以家长的权威为其基本（家长在亚利安语义云主父，盖合君父而为一者也），民为子女，臣为妾妇……时至民国，此等思想本早应改革矣，但事实上则国犹是也，民亦犹是也，与四十年前故无以异。即并世贤达，能脱去三纲或男子中心思想者，又有几人？今世竟言民主，但如道德观念不改变，则如沙上建屋，徒劳无功。"[2]1948年，周作人在《〈我与江先生〉后序》中进一步把男子中心思想称为封建伦常的"主纲"："三纲主义自汉朝至今已有二千多年的寿命，向来为家天下政策的基本原理，而其根柢则是从男子中心思想出来的，因为女人是男人的所有，所生子女也自然归他所有，这是第二步，至于君与臣的关系，则是援夫为妻纲的例而来，所以算是第

---

① 周作人：《我的杂学》，止庵核订：《苦口甘口》，河北教育出版社，2002年，第51页。
② 周作人：《杂诗题记》，钟叔河编订：《周作人散文全集》（第9卷），广西师范大学出版社，2009年，第672页。

三步了。中国早已改为民国，君这一纲已经消灭，论理三纲只存其二，应该垮台了，事实却并不然，这便因为它的主纲存在，实力还是丝毫没有动摇。"[1]

可以把周作人在四十年代说的这两段话，看作为《人的文学》的思想论述逻辑所作的注释。如果说在写作《人的文学》时，周作人对"家长"、男子中心思想是"三纲"的"主纲"这一思想尚无清晰的认识，那么，这时已经洞若观火，清晰至极。

周作人的这一思考与日本诗人柳泽健原的思想几乎是相同的。1921年周作人翻译了柳泽的《儿童的世界》一文，其中有这样的话："许多的人现在将不复踌躇，承认女人与男人的世界的差异，又承认将长久隶属于男人治下的女人解放出来，使返于伊们本然的地位，是最重要的文化运动之一。但是这件事，对于儿童岂不也是一样应该做的么？近代的文明实在只是从女人除外的男人的世界所成立，而这男人的世界又只是从儿童除外的世界所成立的。现在这古文明正放在试炼之上了。女人的解放与儿童的解放——这二重的解放，岂不是非从试炼之中产生出来不可么？"[2]据周作人的翻译"附记"讲，"这一篇是从论文集《现代的诗与诗人》（1920年）中译出的"，但这一在日本是"许多的人""将不复踌躇，承认"的思想，是不是周作人通过日本，早已了解了呢？有一点是可以肯定的，周作人翻译此文，是因为他认同并且想宣传柳泽健原的思想。

将"儿童"和"妇女"的发现，作为"人的文学"这一现代文学理念的思想根基，这充分体现了周作人的独特性。需要重视的一个问题是，周作人之所以紧紧抓住"父为子纲"和"夫为妻纲"，而不去抓"君为臣纲"，除了他同情弱小，并将男子中心思想看作"三纲主义"的思想根柢

① 周作人：《〈我与江先生〉后序》，钟叔河编订：《周作人散文全集》（第9卷），广西师范大学出版社，2009年，第724页。
② 周作人译：《儿童的世界》，止庵编订：《周作人译文全集》（第8卷），上海人民出版社，2012年，第480页。

之外，在深层还与他的个人主义、自由主义思想的独特内涵有关。

自留学日本起，周氏兄弟就主张"任个人而排众数"（鲁迅《文化偏至论》），而周作人对这一个人主义思想，立场上最为坚持，态度上最为彻底。他一直将其作为反对专制、建立民主的一面旗帜。周作人在《人的文学》里特别强调："我所说的人道主义，并非世间所谓'悲天悯人'或'博施济众'的慈善主义，乃是一种个人主义的人间本位主义。"周作人的这个解释意味深长。这个"个人主义"十分重要，对中国的"思想革命"十分重要。其实，这种个人主义思想，早就萌芽于周作人的思考之中。他在1906年作《〈孤儿记〉缘起》一文时，已经说过："故茫茫大地是众生者，有一日一人不得脱离苦趣，斯世界亦一日不能进于文明。固无论强权之说未能中于吾心，而亦万不能引多数幸福之言，于五十百步生分别见也。"[1]后来的1922年，周作人因"非宗教大同盟"事件，与陈独秀等人论争，就敏感地认识到此一事件的根本性质。他在《复陈仲甫先生信》中说："先生们对于我们正当的私人言论反对，不特不蒙'加以容许'，反以恶声见报，即明如先生者，尚不免痛骂我们为'献媚'，其余更不必说了，我相信这不能不说是对于个人思想自由的压迫的起头了。我深望我们的恐慌是'杞忧'，但我预感着这个不幸的事情已经来了；思想自由的压迫不必一定要用政府的力，人民用了多数的力来干涉少数的异己者也即是压迫。"[2]这是周作人由来已久的个人主义思想的一次社会实践。可见，思考中国的"人"的问题，思考对"人"的压迫问题，与"君王""君主""政府的力"的压迫相比，周作人更为警惕的是"群众""人民"这一"多数的力"。

---

[1] 周作人：《〈孤儿记〉缘起》，钟叔河编订：《周作人散文全集》（第1卷），广西师范大学出版社，2009年，第45页。

[2] 周作人：《复陈仲甫先生信》，钟叔河编订：《周作人散文全集》（第2卷），广西师范大学出版社，2009年，第627—628页。

三、何以是周作人"发现儿童"？

周作人是中国"发现儿童"的第一人。[①]事实上，在周作人的现代思想展开的过程中（也包括周作人自己想"消极"的时候），关于"儿童"的思想的确是重要的资源之一。我曾说过："周氏兄弟能够超出他人，分别站在理论和创作的前沿，成为五四新文学的领袖，一个重要原因是他们发现了'儿童'，从而获得了深刻的现代性思想。"[②]

作为思想家的周作人，在"儿童的发现"上，他的道德家、教育家、学问家这三个身份，起到了根本的、合力的作用。因为兼备这三种身份，使周作人在"发现儿童"这一思想实践中，走在了时代的最前端，立于了时代的最高处。

周作人自己承认是个道德家。"我平素最讨厌的是道学家（或照新式称为法利赛人），岂知这正因为自己是一个道德家的缘故；我想破坏他们的伪道德不道德的道德，其实却同时非意识地想建设起自己所信的新的道德来。"[③]他在妇女问题上的道德实践可举一事为例：他与刘半农、钱玄同组成过三不会，即奉行不赌、不嫖、不纳妾。事实上，周作人对此是身体力行了的。在儿童问题上，是他第一个提出了"以儿童为本位"的思想，并且切实地"改作幼者本位的道德"（鲁迅语）。

这种通过"儿童"建立起"新的道德"的尝试，可以上溯至1906年。周作人在《孤儿记》的《绪言》中说："嗣得见西哲天演之说，于是始喻其义，知人事之不齐，实为进化之由始……呜呼，天演之义大矣哉，然而酷亦甚矣。宇宙之无真宰，此人生苦乐，所以不得其平，而今乃复一以强

① 我曾在《中国儿童文学与现代化进程》（浙江少年儿童出版社，2000年）一书中，辨析过在"发现儿童"一事上，周作人对于鲁迅的影响关系。
② 朱自强：《"儿童的发现"：周氏兄弟思想与文学的现代性》，《中国文学研究》2010年第1期。
③ 周作人：《〈雨天的书〉自序二》，止庵校订：《雨天的书》，河北教育出版社，2002年，第3页。

弱为衡，而以竞争为纽，世界胡复有宁日？斯人苟无强力之足恃，舍死亡而外更无可言，芸芸众生，孰为庇障，何莫非孤儿之俦耶？"①止庵评价《孤儿记》的这一思想时说："这样一部为弱者、为个人张目的书，出现在'天演''竞争'风行之际，视为不合时宜可，视为先知先觉亦无不可。"②我所看重的则是，周作人对将达尔文的进化论阐释成社会达尔文主义这一时代风潮的质疑，原来是来自于对"儿童"的关注。在当时，中国所了解的只是《物种起源》所代表的达尔文的前半部进化论理论，而达尔文后来在《人类的由来及性选择》中所表达的"爱""合作""道德"这一关于人类的进化论思想，却不为人知。可是，周作人以其关爱儿童的人道主义情怀，在一定程度上，无师自通地与达尔文的后半部进化论理论殊途同归。

周作人于1918年翻译的日本作家江马修的《小小的一个人》，结尾有这样的话："我又时常这样想：人类中有那个孩子在内，因这一件事，也就教我不能不爱人类。我实在因为那个孩子，对于人类的问题，才比从前思索得更为深切：这绝不是夸张的话。"对周作人翻译的这样的话，何尝不可以看作夫子自道呢。1920年周作人翻译的日本千家元麿的《深夜的喇叭》，最后一段是："我含泪看着小孩，心里想，无论怎样，我一定要为他奋斗。"周作人这种对于儿童的异乎寻常的关心，似乎可以在这段译文中找到因由。后来，周作人写关于"小孩"的诗歌，论述儿童教育、儿童文学，是践行了他翻译的两篇小说中的人物所说的话。这两篇小说中的《小小的一个人》就与《人的文学》一起，发表在《新青年》的第五卷第六号上，这恐怕不是完全的巧合吧。

周作人的"儿童的发现"始于"绍兴时代"而非北京大学时代。作为儿童文学理论的创立者，周作人的"儿童本位"思想起始于他的教育实践。1912年3月至1917年3月，周作人在家乡绍兴从事儿童教育事业，

---

① 止庵编订：《周作人译文全集》（第11卷），上海人民出版社，2012年，第649页。
② 止庵：《周作人传》，山东画报出版社，2010年，第23页。

做过浙江省视学，更在绍兴县教育会会长和中学教师位置上做了整整四年。这期间，周作人基本形成了他的独特而超前的"以儿童为本位"的儿童观、儿童教育思想，乃至儿童文学思想。这一情形，我们从他发表的《个性之教育》《儿童问题之初解》（1912年）、《儿童研究导言》（1913年）、《玩具研究（一）》《学校成绩展览会意见书》《小学校成绩展览会杂记》（1914年）等论述文章，《游戏与教育》（1913年）、《玩具研究（二）》《小儿争斗之研究》（1914年）等译文，特别是从《童话研究》《童话略论》（1913年）、《儿歌之研究》《古童话释义》《童话释义》（1914年）等论文中，可以看得清楚。比如说，周作人最早批判成人对儿童的"误解"，是在《儿童研究导言》（1913年）中："盖儿童者，大人之胚体，而非大人之缩形……""世俗不察，对于儿童久多误解，以为小儿者，大人之具体而微者也……"[1]批判"重老轻少"是在《儿童问题之初解》（1912年）中："中国亦承亚陆通习，重老轻少，于亲子关系，见其极致。原父子之伦，本于天性，第必有对待，有调合，而后可称。今偏于一尊，去慈而重孝，绝情而言义，推至其极，乃近残贼。"[2]

学问家这一身份，对于周作人"发现儿童"也十分重要。学术研究能为周作人"发现儿童"提供方法和途径，实在是因为周作人在学术兴趣上有其特殊性。

周作人称自己的学问为"杂学"。在《我的杂学》一文中，他说："我对于人类学稍有一点兴味，这原因并不是为学，大抵只是为人，而这人的事情也原是以文化之起源与发达为主。但是人在自然中的地位，如严几道古雅的译语所云化中人位，我们也是很想知道的，那么这条路略一拐弯便又一直引到进化论与生物学那边去了。"[3]可见"为人"、为了解"化中人

---

[1] 周作人：《儿童研究导言》，钟叔河编订：《周作人散文全集》（第1卷），广西师范大学出版社，2009年，第287页。

[2] 周作人：《儿童问题之初解》，钟叔河编订：《周作人散文全集》（第1卷），广西师范大学出版社，2009年，第246页。

[3] 周作人：《我的杂学》，止庵校订：《苦口甘口》，河北教育出版社，2002年，第72页。

位",是周作人学术研究的首要目的。于是,我们看见,周作人在倡导"祖先为子孙而生存"这一"儿童本位"的儿童观时,就拿了生物学来"定人类行为的标准"。

然而,对于周作人发现儿童影响最大的当是儿童学。不过,周作人的儿童学有着相当的特殊性。"我所想知道一点的都是关于野蛮人的事,一是古野蛮,二是小野蛮,三是文明的野蛮。一与三是属于文化人类学的,上文略说及,这其二所谓小野蛮乃是儿童,因为照进化论讲来,人类的个体发生,原来和系统发生的程序相同。胚胎时代经过生物进化的历程,儿童时代又经过文明发达的历程,所以幼稚这一段落,正是人生之荒蛮时期。……以前的人对于儿童多不能正当理解,不是将他当作小型的成人,期望他少年老成,便将他看作不完全的小人,说小孩懂得甚么,一笔抹杀,不去理他。现在才知道儿童在生理心理上虽然和大人有些不同,但他仍是完全的个人,有他自己内外两面的生活。这是我们从儿童学所得来的一点常识,假如要说救救孩子,大概都应以此为出发点的。"①

周作人的儿童学受美国"斯学之祖师"斯坦利·霍尔的影响很大。周作人在著述中经常谈到斯丹来霍耳(即斯坦利·霍尔)。斯坦利·霍尔运用德国动物学家、进化论学者海克尔提出的复演说(动物的个体发生迅速而不完全地复演其系统发生)来解释儿童心理发展,认为,胎儿在胎内的发展复演了动物进化的过程(如胎儿在一个阶段是有鳃裂的,这是重复鱼类的阶段);而儿童时期的心理发展则复演了人类进化过程。正是这一儿童学上的复演说,深刻地影响了周作人,使他意识到:"童话者,原人之文学,亦即儿童之文学,以个体发生与系统发生同序,故二者感情趣味约略相同。"②"照进化论讲来,人类的个体发生原来和系统发生的程序相

---

① 周作人:《苦茶——周作人回想录》,敦煌文艺出版社,1995年,第538—539页。
② 周作人:《童话略论》,钟叔河编订:《周作人散文全集》(第1卷),广西师范大学出版社,2009年,第279页。

同：胚胎时代经过生物进化的历程，儿童时代又经过文明发达的历程；所以儿童学（paidologie）上的许多事项，可以借了人类学（anthropologie）上的事项来作说明。"①

　　除了斯坦利·霍尔的复演说理论，"莉洛伊特派的儿童心理"也是周作人的儿童学的重要基础。1934年，周作人特别为1930年所作的《周作人自述》加了一段话："如不懂莉洛伊特派的儿童心理，批评他的思想态度，无论怎么说法，全无是处，全是徒劳。"后来的现代文学研究者，似乎是没有对这句话给予足够的注意和重视。这句话表明了周作人的"思想态度"中，关于儿童的思想，处于一个根本的、重要的地位。周作人所说"莉洛伊特派的儿童心理"是什么呢？他有一句话有所指明。"莉洛伊特的心理分析应用于儿童心理，颇有成就，曾读瑞士波都安所著书，有些地方觉得很有意义，说明希腊肿足王的神话最为确实，盖此神话向称难解，如依人类学派的方法亦未能解释清楚者也。"②关于心理分析学家波都安，周作人有《访问》一文，边译波都安的文章，边议论他，说他的《心的发生》"全书凡二十四章，以科学家的手与诗人的心写出儿童时代的回忆，为近代希有之作"。周作人特别译出波都安的自序中的一段话："在心理学家或教育家，他将从这些篇幅里找出一条线索，可以帮助他更多地理解那向来少有人知道的儿童的心灵。……更明白地了解在儿童的心灵里存着多少的情感，神秘与痛苦。"③应该说，波都安的这种知与情的儿童心理学研究与周作人的包括儿童观的整个思想情状是心有灵犀、一脉相通的。

① 周作人：《儿童的文学》，钟叔河编订：《周作人散文全集》（第2卷），广西师范大学出版社，2009年，第273页。
② 周作人：《我的杂学》，止庵校订：《苦口甘口》，河北教育出版社，2002年，第76页。
③ 周作人：《访问》，止庵校订：《永日集》，河北教育出版社，2002年，第54—55页。

四、结语

综上所述，在周作人于五四时期提出的"人的文学"这一新文学理念中，"儿童的发现"是重要的思想源头之一。"儿童的发现"在周作人的整个新文学思想体系中，具有十分重要的地位。周作人的"儿童的发现"这一思想（也包括妇女的发现），体现出他的批判"男子中心"（"神圣"的"父与夫"）这一现代思想的独特性。不论是在中国现代思想史，还是在中国现代文学史上，以周作人为代表的"儿童本位"这一儿童观都是值得进一步深入研究的重要课题。

（载于《中国现代文学研究丛刊》2013年第10期。发表时有删节）

周作人的"儿童本位"论的来龙去脉

一、《儿童问题之初解》解说

此文原载于1912年11月16日《天觉报》第十六号。

在这篇文章中，周作人主张儿童在人格权利上与成人平等。

在周作人的著述里，最早质疑"成人本位"的儿童观的是《儿童问题之初解》一文，因此，可以将此文看作周作人的"儿童本位"论的出发点。

周作人指出："中国亦承亚陆通习，重老轻少，于亲子关系见其极致。原父子之伦，本于天性，第必有对待，有调合，而后可称。今偏于一尊，去慈而重孝，绝情而言义，推至其极，乃近残贼。……中国思想，视父子之伦不为互系而为统属。儿童者，本其亲长之所私有，若道具生畜然。故子当竭身力以奉上，而自欲生杀其子，亦无不可。"

虽然，梁启超于1901年，在《清议报》第98、99期上发表的《卢梭学案》一文，直接承继卢梭的《社会契约论》中的名言"人是生而自由的"，说过"彼儿子亦人也，生而有自由权，而此权，当躬自左右之，非为人父者所能夺也"这样的话，不过，周作人的"原父子之伦，本于天性"，可是，后来的中国伦理却"偏于一尊，去慈而重孝，绝情而言义"这一分析，却明确显示出了儒家文化传统的倒退。

需要重视的是，在周作人第一次质疑"成人本位"的儿童观的《儿童问题之初解》一文中，他就在倡导"儿童研究"："凡人对于儿童感情可分三纪，初主实际，次为审美，终于研究。字育之事，原于本能。婴儿幼生，未及他念，必先谋所以保育之方。此固人兽同尔。有不自觉者。逮文化渐进，得以余闲，审其言动，由恋生爱，乃有赞美。终以了知个人与民族之关系，则有科学的研究，依诸问题，寻其解释。""一国兴衰之大故……视儿童重轻何如，要亦一重因也。"周作人还指出了中国历史在"儿童研究"上的贫瘠："第在中国，则儿童研究之学固绝不讲，即诗歌艺术，有表扬儿童之美者，且不可多得。"

　　周作人对"儿童研究"的上述梳理，也被鲁迅所全面接受。鲁迅任职教育部佥事及社会教育司第一科科长期间，为"全国儿童艺术展览会"所作的《儿童艺术展览会旨趣书》一文有："人自朴野至于文明，其待遇儿童之道，约有三级。最初曰育养。更进，则因审观其动止既久，而眷爱益深，是为审美。更进则知儿童与国家之关系，十余年后，皆为成人，一国盛衰，有系于此，则欲寻求方术，有所振策，是为研究。"这段话是对周作人文章的袭用。①

　　1912年时"儿童研究之学"这一说法，很快就在写于1913年的《童话略论》《儿童研究导言》两文中，被"儿童学"这一表述所取代："童话研究当以民俗学为据，探讨其本原，更益以儿童学，以定其应用之范围，乃为得之。"②"上来所述，已略明童话之性质，及应用于儿童教育之要点，今总括之，则治教育童话，一当证诸民俗学，否则不成为童话，二当证诸儿童学，否则不合于教育……"③"儿童研究，亦称儿童学。以研究儿童身体精神发达之程序为事，应用于教育，在使顺应自然，循序渐进，

---

① 具体考证见朱自强：《中国儿童文学与现代化进程》，浙江少年儿童出版社，2000年，第219—221页。

② 周作人：《童话略论》，钟叔河编订：《周作人散文全集》（第1卷），广西师范大学出版社，2009年，第276页。

③ 周作人：《童话略论》，钟叔河编订：《周作人散文全集》（第1卷），广西师范大学出版社，2009年，第281页。

无有扦格或过不及之弊。"①

　　周作人倡导"儿童研究",不论对他本人,还是对中国儿童文学,意义都十分重大。我曾指出:"作为思想家的周作人,在'儿童的发现'上,他的道德家、教育家、学问家这三个身份,起到了根本的、合力的作用。因为兼备这三种身份,使周作人在'发现儿童'这一思想实践中,走在了时代的最前端,立于了时代的最高处。"②周作人自己也说过,"……要了解儿童问题,同时对于人与妇女也非有了解不可,这须得先有学问的根据,随后思想才能正确"③。

　　由于在周作人未购买斯坦利·霍尔的 *Aspects of Child Life and Education* 一书之前所写的《童话研究》没有出现"儿童学"这一表述,可以猜测,《童话略论》《儿童研究导言》似写于购阅 *Aspects of Child Life and Education* 一书的1913年2月之后。

二、《童话研究》解说

　　此文原载于1913年8月《教育部编纂处月刊》一卷七期。

　　1912年10月2日的周作人日记里有这样一句:"下午作童话研究了。"在中国儿童文学学术史上,这是值得记忆的时刻。

　　正是在这篇用文言写作的论文里,周作人明言:"故童话者亦谓儿童之文学。"其论述的依据便是"复演说":"足知童话者,幼稚时代之文学,故原人所好,幼儿亦好之,以其思想感情同其准也。"虽然孙毓修于1909年发表的《〈童话〉序》一文,出现了"童话""儿童小说"这样的表述,

---

① 周作人:《儿童研究导言》,钟叔河编订:《周作人散文全集》(第1卷),广西师范大学出版社,2009年,第287页。
② 朱自强:《"儿童的发现":周作人的"人的文学"的思想源头》,《中国现代文学研究丛刊》2013年第10期。
③ 周作人:《论救救孩子——题〈长之文学论文集〉后》,钟叔河编订:《周作人散文全集》(第6卷),广西师范大学出版社,2009年,第413页。

但是，"儿童之文学"的说法仍然是一个大的进步。

周作人儿童文学研究的一个重要出发点是"教育"。不仅儿童文学，就是整个文学研究，周作人也导入了教育的视野。周作人于 1908 年发表的《论文章之意义暨其使命因及中国近时论文之失》一文，是对他的文学观的最早梳理。从儿童文学维度来看，周作人的这篇文章的重要之处，在于其初步形成的具有变革意志的文学观念里，已经包含着儿童文学这一要素："以言著作，则今之所急，又有二者，曰民情之记（Tolk-novel）与奇觚之谈（Marchen）是也。盖上者可以见一国民生之情状，而奇觚作用则关于童稚教育至多。"[①]"奇觚作用则关于童稚教育至多"一语所显示出的儿童教育意识，此后一直是周作人儿童文学研究的着眼点。

大约在 1911 年 7 月，周作人从日本回到绍兴家乡。1912 年 3 月，任浙江军政府教育司科长，后改任本省视学。1913 年 3 月，被选为县教育会会长，任职四年。周作人在这一时期所作文章，多关乎儿童教育问题、儿童文学研究，这当然主要出自其"想知道一点的都是关于野蛮人的事"中的所谓"小野蛮"的研究，不过与上述教育职责，似乎也颇有关联。

在《童话研究》中，周作人在论述儿童文学的教育功能时，意识是清醒的，眼光是独到的："盖凡欲以童话为教育者，当勿忘童话为物亦艺术之一，其作用之范围，当比论他艺术而断之，其与教本，区以别矣。故童话者，其能在表见，所希在享受，撄激心灵，令起追求以上遂也。是余效益，皆为副支，本末失正，斯昧其义。""凡欲以童话为教育者，当勿忘童话为物亦艺术之一"，这是周作人从文学的立场出发，对教育者的一个警示。所以，吴其南、谭旭东说以周作人为代表的儿童本位论是一种教育理论（哪怕是在最初）[②]，是完全不符合周作人自己的论述的。周作人在

---

① 周氏所谓"奇觚之谈（Marchen）"中的"Marchen"应为德语"Märchen"之误。所误应该不在周氏而是手民，因为在后来的《童话研究》一文中的表记是"Märchen"。德语的 Märchen 即是格林童话那样的作品，现通译为"童话"，周氏译为"奇觚之谈"，大体不错。

② 参见吴其南：《20世纪中国儿童文学的文化阐释》，中国社会科学出版社，2012 年；谭旭东：《寻找批评的空间》，黑龙江教育出版社，2007 年。

1940年作《童话》一文，就曾经交代其在民国前搜寻童话，出自对文学的兴趣："其实童话我到现在还是有兴味，不过后来渐偏于民俗学的方面，而当初大抵是文学的……"

周作人自己说："民国初年我因为读了美国斯喀特尔（Socudder）、麦克林托克（Maclintock）诸人所著的《小学校里的文学》，说明文学在小学教育上的价值，主张儿童应该读文学作品，不可单读那些商人杜撰的读本，读完了读本，虽然说是识字了，却是不能读书，因为没有养成读书的趣味。我很赞成他们的意见，便在教书的余暇，写了几篇《童话研究》《童话略论》这类的东西，预备在杂志上发表。"①考察《童话研究》《童话略论》等论文内容，里面的确显示出周作人将"童话"（儿童文学）运用于教育的意识和主张，但是，将其归为来自美国斯喀特尔、麦克林托克诸人的影响，有可能是周作人自己记忆有误。查他的日记，麦克林托克的 *Literature in Elementary Schools* 一书为1914年3月30日购得，斯喀特尔的 *Childhood in Literature and Art* 为1914年10月11日购得，此时《童话研究》《童话略论》等文言论文业已完成。目前还没有证据证明周作人以其他方式先期读到过麦克林托克等人的书。

《童话研究》提到了复演说，这很重要。周作人运用复演说，找到了解释童话的依据。但是，解读周作人的儿童文学理论，不能像吴其南那样，将复演说夸大成"在中国儿童文学走向自觉、独立的途中，'儿童本位论'与'复演说'是两面并列的但又常常合在一起使用的旗帜"②。周作人的儿童文学理论的基石是"儿童本位"论，复演说则又隔了一层。

三、《儿童研究导言》解说

此文原载于1913年12月15日《绍兴县教育会月刊》第三号。

---

① 周作人：《苦茶——周作人回想录》，敦煌文艺出版社，1995年，第310页。
② 吴其南：《20世纪中国儿童文学的文化阐释》，中国社会科学出版社，2012年，第81页。

前面介绍到的《儿童问题之初解》一文的主旨之一，是在人格权利上为儿童主张与成人的平等，而《儿童研究导言》的主旨则在于揭示儿童在心理、生理上与成人的不同："盖儿童者，大人之胚体，而非大人之缩形。……世俗不察，对于儿童久多误解，以为小儿者大人之具体而微者也，凡大人所能知能行者，小儿当无不能之，但其量差耳。"

儿童在人格权利上与成人平等，在心理、生理上与成人不同，周作人于1912年、1913年提出的这两点主张，就是他的"儿童本位"论——中国的"儿童的发现"的两个逻辑支点。

对于周作人"儿童本位"思想的这一历史起源，当代儿童文学理论研究者失之探求，多有不识。

方卫平在《中国儿童文学理论发展史》一书中，引用了诸多周作人的论述，但却忽视了上述周作人的"儿童本位"这一思想原点。五四时期的中国儿童文学理论是以这样的"儿童本位"的儿童观为思想根基的，而不是像方卫平所说的那样——"'五四'是一个'收纳新潮，脱离旧套'（鲁迅语）的时代。在汹涌而至的西方文化思潮和理论学说中，直接对当时的儿童文学理论建设和批评实践产生重大影响的是十九世纪以摩尔根、泰勒、安德鲁·朗为代表的西方人类学进化学派的理论和十九世纪末、二十世纪初产生的美国哲学家、教育家杜威的实用主义教育学说。这两种理论适应了当时建立现代儿童文学形态的需要，在突破囿于封建文化意识的无视儿童独立人格的传统'儿童观'，建立尊重儿童独立人格和精神需求的新型儿童文学观方面为人们提供了有力的理论支持。可以说，中国现代儿童文学批评的最初的理论框架，就是以这些学说为学术基座的。"[1]方卫平把西方人类学派和杜威的儿童中心主义的学术维度理解错了，所以也就忽视了周作人的真正的"思想革命"，忽视了周作人的具有主体性的现代儿童观。

---

[1]　方卫平:《中国儿童文学理论发展史》，少年儿童出版社，2007年，第29—30页。

　　吴其南认为，"在晚清至五四这段时间，周作人等以'复演说'这种方式发明了儿童和儿童文学，使中国儿童文学走向自觉"①，这一观点是对"儿童本位"论和"复演说"的双重误解。

　　要认清方卫平、吴其南的误解，需要弄清楚周作人的"儿童本位"思想的理论资源来自何处。

　　关于"儿童本位"思想的理论资源，儿童文学史研究似乎一直语焉不详。我认为，影响周作人"儿童本位"的儿童观的思想来源，应当主要是美国和日本的儿童学、"定人类行为的标准"的"生物学"、"个人主义的人间本位主义"，而不是西方人类学派，更不是杜威的儿童中心主义。

　　《儿童问题之初解》和《儿童研究导言》中的关于儿童的人格权利和心理、生理上的特性的主张，都是接受了美国的儿童学，特别是斯坦利·霍尔的儿童学理论。

　　在《儿童研究导言》中，出现了美国的儿童学。儿童学"今乃大盛，以美国霍尔博士为最著名，其研究分二法。一主单独，专记一儿之事，自诞生至于若干岁，详志端始，巨细不遗，以寻其嬗变之迹。一主集合，在集各家实录，比量统计，以见其差异之等"。周作人的这些介绍与斯坦利·霍尔的工作似乎是相符合的。应该说，他对斯坦利·霍尔有相当的了解。这些了解至少是来源于斯坦利·霍尔的 *Aspects of Child Life and Education* 一书（周作人将其译为《儿童生活与教育的各方面》）。查周作人日记，*Aspects of Child Life and Education* 一书为1913年2月1日从相模屋书店邮寄至绍兴家中。此后，自当月21日，日记中连续六次记载阅读该书。

　　根据周作人的著述，他得之于美国的斯坦利·霍尔的儿童学的资源相当多。周作人的著述中，至少七次论及斯坦利·霍尔及其儿童学。如按照发表的年代顺序细加琢磨，前面都是积极地汲取姿态，而到了后来，则是对中国难以引入儿童学这一状况渐渐失望了。这正与中国社会在五四以后

---

① 吴其南：《20世纪中国儿童文学的文化阐释》，中国社会科学出版社，2012年，第62页。

的复辟式"读经"有关。比如，1934年，他在《论救救孩子——题〈长之文学论文集〉后》一文中说："听说现代儿童学的研究起于美洲合众国，斯丹来霍耳博士以后人才辈出，其道大昌，不知何以不曾传入中国。论理中国留学美国的人很多，学教育的人更不少，教育的对象差不多全是儿童，而中国讲儿童学或儿童心理学的书何以竟稀若凤毛麟角，关于儿童福利的言论亦极少见，此固一半由于我的孤陋寡闻，但假如文章真多，则我亦终能碰见一篇半篇耳。据人家传闻，西洋在十六世纪发见了人，十八世纪发见了妇女，十九世纪发见了儿童，于是人类的自觉逐渐有了眉目，我听了真不胜歆羡之至。中国现在已到了那个阶段我不能确说，但至少儿童总尚未发见，而且也还未曾从西洋学了过来。"①在文中，周作人认为，要想"救救孩子"，就"要了解儿童问题"，"须得先有学问的根据，随后思想才能正确"②。周作人在批判了成人社会对儿童的"旧的专断"和"新的专断"之后，深为遗憾地说："中国学者中没有注意儿童研究的，文人自然也同样不会注意，结果是儿童文学也是一大堆的虚空，没有什么好书，更没有什么好画。"③周作人所指出的"儿童的发现"在中国的不幸命运是符合实情的。

周作人在1945年时曾说："关于儿童，如涉及教养，那就属于教育问题，现在不想来阑入，主张儿童的权利则本以瑞典蔼伦开女士、美国贺耳等为依据，也可不再重述。"④周作人明确说"主张儿童的权利"应该以"美国贺耳等为依据"。虽然是日后谈，但是，周作人当年在《儿童问题初解》《人的文学》《儿童的文学》等文章中就是这样做的。

在理解儿童与成人的不同的生理心理方面，周作人也从以研究儿童心

---

① 周作人：《论救救孩子——题〈长之文学论文集〉后》，钟叔河编订：《周作人散文全集》（第6卷），广西师范大学出版社，2009年，第413页。
② 同上。
③ 周作人：《论救救孩子——题〈长之文学论文集〉后》，钟叔河编订：《周作人散文全集》（第6卷），广西师范大学出版社，2009年，第414页。
④ 周作人：《凡人的信仰》，钟叔河编订：《周作人散文全集》（第9卷），广西师范大学出版社，2009年，第619页。

理发展为特色的美国儿童学中得到了启蒙。美国的儿童学这一资源对于儿童的"发现"非常重要。周作人就说过："大家知道欧洲的儿童发现始于卢梭，不过实在那只可算是一半，等到美国斯丹来霍耳博士的儿童研究开始，这才整个完成了。"①

值得关注的是，周作人在《儿童研究导言》一文中总结出的"应用于教育，在使顺应自然，循序渐进，无有扦格或过不及之弊"这一儿童学的教育理念，直接转化成了他的儿童文学的理念——"今以童话语儿童，既足以餍其喜闻故事之要求，且得顺应自然，助长发达，使各期之儿童得保其自然之本相，按程而进，正蒙养之最要义也。"②"顺应自然，助长发达，使各期之儿童得保其自然之本相"，这是周作人的"儿童本位"的儿童文学观的思想核心。他的这一思想理念对于中国儿童文学的健康发展极为重要。

在中国儿童文学的历史上，每当出现违反这一思想理念的"逆性之教育"风潮，周作人常常会挺身而出，猛烈批判："但是近来见到《小朋友》第七十期'提倡国货号'，便忍不住要说一句话——我觉得这不是儿童的书了。无论这种议论怎样时髦，怎样得庸众的欢迎，我以儿童的父兄的资格，总反对把一时的政治意见注入到幼稚的头脑里去。"③"旧礼教下的卖子女充饥或过瘾，硬训练了去升官发财或传教打仗，是其一，而新礼教下的造成种种花样的信徒，亦是其二。我想人们也太情急了，为什么不能慢慢的来，先让这班小朋友们去充分的生长，满足他们自然的欲望，供给他们世间的知识，至少到了中学完毕，那时再来诱引或哄骗，拉进各派去也总不迟。现在却那么迫不及待，道学家恨不得夺去小孩手里的不倒翁而易以俎豆，军国主义者又想他们都玩小机关枪或大刀，在幼稚园也加上

① 周作人：《安徒生的四篇童话》，钟叔河编订：《周作人散文全集》（第7卷），广西师范大学出版社，2009年，第110页。
② 周作人：《童话略论》，钟叔河编订：《周作人散文全集》（第1卷），广西师范大学出版社，2009年，第279页。
③ 周作人：《关于儿童的书》，钟叔河编订：《周作人散文全集》（第3卷），广西师范大学出版社，2009年，第192页。

战事的训练，其他各派准此。这种办法我很不以为然，虽然在社会上颇有势力。"①

周作人说："我写文章，往往牵引到道德上去，这些书的影响可以说是原因之一部分，虽然其基本部分还是中国的与我自己的。"②这话虽然是针对"文化人类学"的借鉴所说，但也适用于其他西方思想的借鉴。我认为，周作人的"儿童本位"论是在借鉴西方思想、理论资源的基础上，对中国以成人为本位的封建文化反思和批判的结果，其基本部分还是中国的与他自己的，是他遵守"物理人情"（周作人语）的结果。

最后，想趁便指出一个校勘上的问题。钟叔河在编订《周作人散文全集》时，在"以进化论见地论儿童之发达，推究所极，自以是为之源宿矣"这一原文的"儿童"之后，加了"学"字，变成了"以进化论见地论儿童学之发达"，逻辑不通，应为误勘。

四、《学校成绩展览会意见书》解说

此文最初发表于1914年6月20日《绍兴县教育会月刊》第九号。

对于中国的儿童教育、儿童审美文化而言，这是一篇极为重要的文章。在我的阅读视野里，这是中国的最早从审美立场精到阐述"以儿童为本位"思想的文字。虽然其具体论述的是对于学校成绩展览会上的"成绩品"的"审查之标准"，但是，却是关乎儿童教育、儿童文学、儿童文化的普遍哲学。它是继《儿童问题之初解》《儿童研究导言》之后，对"儿童本位"思想的重要补充和完善。

"故今对于征集成绩品之希望，载于保存本真，以儿童为本位，而本会审查之标准，即依此而行之。勉在体会儿童之知能，予以相当之赏识。

---

① 周作人：《论救救孩子——题〈长之文学论文集〉后》，钟叔河编订：《周作人散文全集》（第6卷），广西师范大学出版社，2009年，第413—414页。

② 周作人：《苦茶——周作人回想录》，敦煌文艺出版社，1995年，第536页。

如稚儿之涂鸦，与童子之临帖，工拙有殊，而应其年龄之限制，各致其志，各尽其力，则无不同。斯其优劣不能并较，要当分期而定之。世俗或以大人眼光评儿童制作，如近来评儿童艺术展览会者，揄扬少年（十四五岁之男子或女子）所作锦绣书画，于各期幼儿优秀之作未有论道，斯乃面墙之见，本会之所欲勉为矫正者也。"

　　每当我读到这一论述，我都会想到二十世纪末的某些中国儿童文学理论的倒退。比如，吴其南就说，"儿童文学的读者年龄小，审美能力普遍偏低"[1]。"少儿文学的读者作为一个整体毕竟属于社会审美能力较低的一个层次。"[2]在"以大人眼光"（成人本位）贬低儿童审美能力之后，吴其南进一步以少年的审美水平为标准来贬低幼儿的审美能力。我在《新时期儿童文学理论的误区》一文中曾指出，二十世纪八十年代中期以来，中国儿童文学创作和理论触到的两个暗礁之一，就是"在总的格局上，对少年小说倾注了过多的重视和努力"，却"忽略了年龄较小的儿童读者"。可是对此，吴其南非但不去担忧，反倒表示出欢迎和赞赏，称其为"非常有力地兴起一场少儿文学文学化运动"："走向较高层次的一个明显标志就是少年在少儿文学隐含读者中占了更大的比重。比如，儿歌、故事、童话的读者一般是年龄较小的儿童。这几种样式在新时期都有走向衰落的迹象。……少儿文学理论界的兴奋点也有向较高层次移动的趋向。……80年代中期以来，少儿文学领域正在发生一系列重要变化，如热闹型童话退潮，琼瑶小说走红，探索性儿童文学兴起，曹文轩、程玮、秦文君、班马、赵冰波等人的创作引人瞩目……归结到一点，就是少儿文学领域正在悄悄地，然而非常有力地兴起一场少儿文学文学化运动。"[3]

　　二十世纪九十年代的某些中国儿童文学理论，转了一大圈，又回到了八十年前周作人所否定的"大人眼光"那里，此等现象颇耐人寻味。

---

[1]　吴其南：《"热闹型"童话漫议》，《儿童文学研究》1989年第2期。
[2]　吴其南：《近年少年儿童文学中的隐含读者》，《浙江师范大学学报》1990年第4期。
[3]　同上。

吴其南这样的儿童观和儿童文学观，显然具有明显的"前现代"或曰"反现代"的性质。这当然不是他后来用后现代理论来反现代性的"反现代"，而是具有封建性的"反现代"。

用周作人当年的话来说，吴其南的这种儿童文学理论"乃面墙之见"，是中国儿童文学应该"勉为矫正者也"。所幸的是，中国儿童文学经过二十世纪九十年代的向儿童性回归，终于出现了二十一世纪的图画书（幼儿文学）的兴起。

五、《安德森的十之九》解说

《安德森的十之九》原题《随感录二十四》，原载于《新青年》杂志1918年第五卷第三号上，后来收入《谈龙集》（上海开明书店，1927年）时改为此题。

《新青年》作为新文化、新文学的大本营和策源地，理所当然地在发现"儿童"、发现儿童文学的过程中发挥着最为重要的启蒙作用。翻阅1921年以前的《新青年》杂志，里面有大量的儿童教育、儿童文学的信息和内容。由此可见，儿童文学是中国新文学的一翼。

语言为精神之相，文言构成的文学世界难以与儿童的精神世界相融合。周作人是最早发现文言表现与儿童精神水火相克的人。他在《安德森的十之九》一文中批判陈家麟、陈大镫的译本《十之九》在翻译安徒生童话时，"用古文来讲大道理"。周作人通过具体的比较，说明古文与儿童心理的格格不入——

> 又如《火绒箧》也是Brandes所佩服的——
> 一个兵沿着大路走来——一，二！一，二！他背上有个背包，腰边有把腰刀；他从前出征，现在要回家去了。他在路上，遇见一个老巫；他（女）很是丑恶，他（女）的下唇一直挂到胸

前。他（女）说，"兵阿，晚上好！你有真好刀，真大背包！你真是个好兵！你现在可来拿钱，随你要多少。"

再看《十之九》中，这一节的译文——

一退伍之兵。在大道上经过。步法整齐。背负行李。腰挂短刀。战事已息。资遣归家。于道侧邂逅一老巫。面目可怖。未易形容。下唇既厚且长。直拖至颏下。见兵至。乃诔之曰。汝真英武。汝之刀何其利。汝之行李何其重。吾授汝一诀。可以立地化为富豪。取携甚便。……

周作人指出："误译与否，是别一问题，姑且不论；但Brandes所最佩服，最合儿童心理的'一二一二'，却不见了。把小儿的言语，变了大家的古文，Andersen的特色就'不幸'因此完全抹杀。"

对白话文与古文的性质，周作人有一个形象的比喻——"白话如同一条口袋，装入那种形体的东西，就变成那种样子。古文如同一个木匣，它是方圆三角形，仅能置放方圆三角形的东西。"[1]看来儿童文学这种非方非圆非三角形的"新文学"，是绝不能装进古文这个"木匣"里的。

五四新文学运动确立白话文在文学中的正宗地位，这对中国儿童文学意义极为重大。但是，白话文运动之于中国儿童文学的意义，在历来的研究中或遭到忽视，或被仅仅说成白话文为儿童文学找到了一种通俗浅显，易为儿童接受的语言工具，使儿童文学在语言形式上向儿童读者接近了一大步。其实，五四新文学倡导白话文，对中国儿童文学的确立和发展具有本体意义，它为儿童文学的思想变革提供不可或缺的契机。白话文与"儿童本位"的儿童观成为中国儿童文学走向现代化进程的双轨。

在这个意义上，《安德森的十之九》作为语言革命的一个文献，在中国儿童文学理论批评史上，具有特殊重要的价值。

---

[1] 周作人：《死文学与活文学》，原载1927年4月15日至16日《大公报》，见陈子善、张铁荣编：《周作人集外文》下集，海南国际新闻出版中心，1995年，第210页。

六、《人的文学》解说

此文原载于1918年12月《新青年》第五卷第六号。

"1918年，周作人在《新青年》上发表了《人的文学》一文，对于新文学运动大幕的完全拉开，意义重大。但以往的研究者在阐释《人的文学》时，往往细读不够，从而将'人的文学'所指之'人'作笼统的理解，即把周作人所要解决的'人的问题'里的'人'理解为整体的人类。可是，我在剖析《人的文学》的思想论述逻辑之后，却发现了一个颇有意味、耐人寻思的现象——'人的文学'里的'人'，主要的并非指整体的人类，而是指'儿童'和'妇女'。在《人的文学》里，周作人的'人'的概念，除了对整体的'人'的论述，还具体地把'人'区分为'儿童'与'父母'、'妇女'与'男人'两类对应的人。周作人就是在这对应的两类人的关系中，思考他的'人的文学'的道德问题的。周作人要解放的主要是儿童和妇女，而不是男人。《人的文学》的这一核心的论述逻辑，也是思想逻辑，体现出周作人的现代思想的独特性以及'国民性'批判的独特性。"

"五四新文学思想是在颠覆封建专制的'三纲'这一基础上建立的。可是，仔细考察周作人在《人的文学》中表达的现代文学观，却主要是在颠覆'父为子纲''夫为妻纲'这两纲，尤其以颠覆'父为子纲'这一封建传统最为激烈，而'君为臣纲'却并没有作为批判对象。"

"在《人的文学》中，周作人为什么在提倡'人的道德'时，只批判'三纲'中的后两纲，却偏偏没有批判居首的'君为臣纲'呢?"

"在周作人的思想中，男子中心思想是'三纲主义'的思想根柢，'帝王之专制，原以家长的权威为其基本'（所以才有'君父'和'家天下'之说），在非人的社会里，在非人的文学里，'家长'（男人）正是压迫者。"

"1948年，周作人在《〈我与江先生〉后序》中进一步把男子中心思想称为封建伦常的'主纲'：'三纲主义自汉朝至今已有二千多年的寿命，向来为家天下政策的基本原理，而其根柢则是从男子中心思想出来的，因为女人是男人的所有，所生子女也自然归他所有，这是第二步，至于君与臣的关系，则是援夫为妻纲的例而来，所以算是第三步了。中国早已改为民国，君这一纲已经消灭，论理三纲只存其二，应该垮台了，事实却并不然，这便因为它的主纲存在，实力还是丝毫没有动摇。'可以把周作人在四十年代说的这段话，看作为《人的文学》的思想论述逻辑所作的注释。如果说在写作《人的文学》时，周作人对'家长'、男子中心思想是'三纲'的'主纲'这一思想尚无清晰的认识，那么，这时已经洞若观火，清晰至极。"

"其实，在《人的文学》一文中，周作人所主张的'人'的文学，首先和主要是为儿童和妇女争得做人的权利的文学，男人（'神圣的父与夫'）的权利，已经是'神圣的'了，一时还用不着帮他们去争。由此可见，在提出并思考'人的文学'这个问题上，作为思想家，周作人表现出了其反封建的现代思想的十分独特的一面。"

以上引用的几节文字，均出自我的《"儿童的发现"：周作人"人的文学"的思想源头》①一文。正如论文题目所示，在《人的文学》这一新文学理念的宣言式文章中，"儿童的发现"（当然还包括"妇女的发现"）成为周作人的"人的文学"的思想源头。正是因此，我曾经指出："五四时期的新文学是包括儿童文学在内的。在五四新文学的整体中，儿童文学是有机组成部分。甚至可以这样说，最能显示五四新文学的'新'质的，也许当推'儿童'的发现和'儿童的文学'的发现。"②

在此，我不能不纠正吴其南对中国现代儿童文学性质的一个错误判断。吴其南说："……专指意义上的启蒙，即人文主义与封建主义的冲突，

---

① 载于《中国现代文学研究丛刊》2013年第10期。
② 朱自强：《中国儿童文学与现代化进程》，浙江少年儿童出版社，2000年，第153—154页。

人的个性的觉醒，属于思想革命的较深层次，儿童文学的内容较为清浅，思想情感不十分分化，适合表现具有普遍意义的内容而非较深的更具个性化的内容，在一个启蒙思想不是普遍受到推崇而是遭受到压抑、打击的环境里，往往更难表现出来。这样，一个看起来与儿童生活距离很近的文化思潮却在20世纪儿童文学很少得到表现和关注，也就不难理解了。"①吴其南认为，"20世纪中国文化经历了三次启蒙高潮。……前两次，从戊戌维新到五四新文化运动，中国儿童文学尚处在草创阶段，启蒙作为一种文化思潮不可能在儿童文学中有多大的表现……只有新时期、80年代的新启蒙，才在儿童文学内部产生影响，出现真正的启蒙主义的儿童文学。"②

针对吴其南的这一观点，我在《"反本质论"的学术后果——对中国儿童文学史重大问题的辨析》③中作了以下批评——

"'儿童文学的内容较为清浅，思想情感不十分分化'，在这里，吴其南再一次流露出他贬抑儿童文学的价值观。由于看不到儿童文学的现代性价值，他忽略了五四启蒙运动时期，位于思想革命的最高处的周作人，在儿童文学领域以'儿童本位论'所进行的最为彻底的现代性启蒙。

"周作人此后发表的《儿童的书》《关于儿童的书》《〈长之文学论文集〉跋》等文章对抹杀儿童、教训儿童的成人本位思想的批判，都是深刻的思想启蒙，是吴其南所说的'专指意义上的启蒙，即人文主义与封建主义的冲突'。周作人的这些'思想革命'的文字，对规划中国儿童文学的发展方向至为重要。

"吴其南认为'只有新时期、80年代'才'出现真正的启蒙主义的儿童文学'，其阅读历史的目光显然是被蒙蔽着的。造成这种被遮蔽的原因

---

① 吴其南：《20世纪中国儿童文学的文化阐释》，中国社会科学出版社，2012年，第166页。
② 吴其南：《20世纪中国儿童文学的文化阐释》，中国社会科学出版社，2012年，第166—167页。
③ 载于《中国海洋大学学报》2013年第5期。

之一，就是对整体的历史事实，比如对周作人的'人的文学'的理念，对周作人儿童本位的儿童文学思想的全部面貌，没有进行凝视、谛视和审视，因而对于周作人作为思想家的资质不能作出辨识和体认。"

七、《儿童的文学》解说

此文原载于1920年12月1日《新青年》第八卷第四号。

《儿童的文学》是一篇讲演文。10月26日，是中国文学史上值得大书一笔的日子，因为在这一天的下午，周作人在北京孔德学校作了题为《儿童的文学》的讲演。这场讲演与《圣书与中国文学》（1920年11月30日在燕京大学文学会讲演）、《新文学的要求》（1920年1月6日在北平少年中国学会讲演）一起被人们并称为周作人"三大文学讲演"。根据周作人"声音细小""照稿宣读"的讲演风格推测，也许场上效果并不见得多好。但是，讲演稿《儿童的文学》在《新青年》上发表后，却有如登高一呼，应者云集。自此之后的两三年间，题目冠以"儿童文学"云云的文章、书籍开始不断出现，可以猜测是受到了周作人的《儿童的文学》一文的影响。比如，严既澄发表于1921年的《儿童文学在儿童教育上之价值》一文，未加注释地大段袭用了《儿童的文学》中的重要观点；魏寿镛、周侯予出版于1923年的《儿童文学概论》一书，也未加注释地袭用了《儿童的文学》的两段重要文字。由此可知，他们都读到了周作人的文章并深受其影响。

周作人曾说："我来到北京之后，适值北京大学的同人在方巾巷地方开办孔德学校——平常人家以为是提倡孔家道德，其实却是以法国哲学家为名，一切取自由主义的教育方针，自小学至中学一贯的新式学校，我也被学校的主持人邀去参加，因此又引起了我过去的兴趣，在一九二〇年十月二十六日乃在那里讲演了那篇《儿童的文学》。这篇文章的特色就只在于用白话所写的，里边的意思差不多与文言所写的大旨相同，并没有什么新鲜的东西……"①周作人的这段话里既有自谦成分，也有记忆不确之处。

我以为，在《儿童的文学》里，周作人的儿童文学理论有新的重要的发展。这主要表现在三个方面：

第一，更清晰、深入地阐述了"儿童本位"的儿童观的内涵；

第二，直接借鉴麦克林托克和斯喀特尔等美国学者的"小学校里的文学"教育的观点，论述了"小学校里的正当的文学教育"诸问题；

第三，从文体的角度，梳理小学校的文学教育的儿童文学资源，呈现了更加完整的儿童文学的文体面貌。

《儿童的文学》是中国儿童文学理论宣言式文章，对它的解读可以牵连出儿童文学理论、儿童文学史研究的许多重大、重要问题。

1.《儿童的文学》是中国首次出现"儿童文学"这一词语（概念）表述的文献

在中国，第一次使用"儿童文学"这一词语（概念）的是周作人。

在周作人的著述中，"儿童文学"这一概念的形成过程大致是，先是于1908年发表的《论文章之意义暨其使命因及中国近时论文之失》一文中，提出"奇觚之谈"（即德语的"Märchen"，今通译为"童话"），将其与"童稚教育"联系在一起，随后于1912年写作《童话研究》，提出了"儿童之文学"（虽然孙毓修于1909年发表的《〈童话〉序》一文，出现了"童话""儿童小说"这样的表述，但是，"儿童之文学"的说法仍然是一个进步），八年以后，在《儿童的文学》一文中，提出了"儿童文学"这一词语。

在我的阅读视野中，《儿童的文学》不仅是中国第一篇最为系统地论述儿童文学的论文，而且还应该是中国首次用"儿童文学"这一词语来表述儿童文学这一概念的文献。

---

① 周作人：《苦茶——周作人回想录》，敦煌文艺出版社，1995年，第310—311页。

2014年6月，中国海洋大学与美国南卡罗来纳大学在哥伦比亚市共同主办第二届中美儿童文学论坛。我在论坛上发表的《论周作人的"儿童文学"观念的发生——以美国影响为中心》一文，考证了周作人撰写《儿童的文学》一文，从他所购读的麦克林托克的 Literature in Elementary Schools 和斯喀特尔的 Childhood in Literature and Art 两书中受到的影响，指出："在麦克林托克的 Literature in Elementary Schools 一书中多次出现了 literature for children 这一词语。这个词语的意思是专门给孩子的文学，即儿童文学。在斯喀特尔的 Childhood in Literature and Art 一书中多次出现了 literature for children 和 books for children 这样的词语。在《儿童的文学》一文中，周作人笔下的'儿童文学'很可能直接来自麦克林托克和斯喀特尔笔下的 literature for children 一语。"

2. 更加清晰、深入地阐述了"儿童本位"的思想内涵

《儿童的文学》虽然文中没有出现"儿童本位"这一字样，但却是更加清晰、深入地论述"儿童本位"思想的文章。这里之所以用"更加"这一说法，是因为周作人在《儿童问题之初解》（1912年）、《儿童研究导言》（1913年）、《学校成绩展览会意见书》（1914年）、《小学校成绩展览会杂记》（1914年）、《玩具研究（一）》（1914年）、《人的文学》（1918年）等文章中，都论述过"儿童本位"的思想。

到了写《儿童的文学》，周作人将此前的"儿童本位"的儿童观与关于"儿童的文学"的论述整合了起来。在文中，他不仅继续批判封建的儿童观（"以前的人对于儿童多不能正当理解，不是将他当作缩小的成人，拿'圣经贤传'尽量的灌下去，便将他看作不完全的小人，说小孩懂得甚么，一笔抹杀，不去理他。"），而且还深入揭示儿童的心灵世界："儿童在生理心理上，虽然和大人有点不同，但他仍是完全的个人，有他自己的内外两面的生活。儿童期的二十几年的生活，一面固然是成人生活的预备，但一面也自有独立的意义与价值，因为全生活只是一个生长，我们不

能指定那一截的时期，是真正的生活。""我们承认儿童有独立的生活，就是说他们内面的生活与大人不同，我们应当客观地理解他们，并加以相当的尊重。""我们又知道儿童的生活，是转变的生长的。因为这一层，所以我们可以放胆供给儿童需要的歌谣故事……"这样，周作人建立起了儿童具有与成人对等的人格，儿童具有"与大人不同"的内面生活这样两个支撑自己的现代儿童观的基本观点。

3. 对儿童文学的教育功能做了明晰的阐释

周作人阐述儿童文学的教育功能时，是直接借鉴麦克林托克 *Literature in Elementary Schools* 一书中的观点——"小学校里的正当的文学教育，有这样三种作用：（1）顺应满足儿童之本能的兴趣与趣味；（2）培养并指导那些趣味；（3）唤起以前没有的新的兴趣与趣味。"

周作人所引述的上述麦克林托克的观点，也对郑振铎的儿童文学观产生过很大的影响。郑振铎在《〈儿童世界〉宣言》《儿童文学的教授法》两篇文章中，都曾加以引用。

4. 对儿童文学的文体把握更为系统、完整

周作人在绍兴时期发表的那组儿童文学研究文章，文学体裁主要限于"童话"和"儿歌"，但是，在《儿童的文学》里，他的文学体裁上的视野一下子打开了，论述里出现了"诗歌""传说""天然故事""写实的故事""滑稽故事""寓言""戏曲"等文学体裁，这使周作人描画的"儿童文学"的疆域更加开阔了。

我认为，出现这种学术上的发展，很可能是因为周作人借鉴了美国麦克林托克等人研究"小学校里的文学"的著作。比如，周作人1914年购读的麦克林托克的 *Literature in Elementary Schools* 一书，就有"文学种类及小学阶段的文学元素"一节论述，后面还列专节讨论了"故事""民间传说""童话""神话""写实主义小说""寓言""诗歌""戏剧"等。

周作人还按照"儿童学上的分期","将各期的儿童的文学分配起来"。虽然各期的文体划分值得推敲,但是这种划分意识显然是有眼光的。

5. 在对周作人的"儿童本位"论的认识上,有几个重要的问题需要辨析

(1)"儿童本位"论与杜威的儿童中心主义的关系

在中国儿童文学史研究上,一直存在着周作人的"儿童本位"论,是受杜威的"儿童中心主义"影响而产生这种观点。"解放前,以杜威的'儿童中心主义'和整个资产阶级的'自由教育论'的教育理论为基础的儿童文学理论,都认为儿童文学就是用儿童本位组成的文学……"(蒋风:《儿童文学概论》)"周作人认为'儿童的文学只是儿童本位的,此外更没有什么标准',儿童文学应当'顺应满足儿童之本能的兴趣与趣味','顺应自然,助长发达,使各期之儿童得保其自然之本相'。不难看出,周作人的这些观点明显地受到了杜威'儿童本位论'的影响。"(王泉根语,见蒋风主编《中国现代儿童文学史》)"'儿童本位论'是'儿童中心主义'的中国化了的理论表述和用语。"(方卫平:《中国儿童文学理论批评史》)"众所周知,'儿童本位论'是周作人等在借用杜威实用主义教育观的基础上提出来的,其原意是'儿童中心主义',它促动了儿童教育的现代化,但在解读儿童文学本体审美特征方面是乏力的。"(谭旭东:《寻找批评的空间》)"杜威的儿童本位论主要是一种教育—教学理论,在五四时的中国,经过周作人、胡适等鼓吹推演,与文化人类学、'复演说'相融合,才变成一种儿童文学理论。"(吴其南:《20世纪中国儿童文学的文化阐释》)

上述说法流布甚广,但却是违背儿童文学史的客观事实的(对这一观点,我曾在《中国儿童文学与现代化进程》一书中予以否定)。理由主

要有两点。第一，周作人的"儿童本位"论属于文化批判理论、文学理论，它在血统上不是源于杜威的儿童中心主义这一教育理论，而是受到了斯坦利·霍尔、高岛平三郎等人的儿童学、生物学上的进化论、人道主义和个人主义思想的影响。此间影响关系，细读周作人的著作即可了解。第二，从史料来看，周作人从没有与杜威的儿童中心主义理论发生过交集。没有交集也就谈不到受其影响。对杜威这个人，周作人似乎也是不以为然，未予赞赏的。周作人共有七篇文章提到过杜威，但几乎都没有好印象。这与周作人反复撰文赞美给他以思想影响的霭理斯形成了鲜明的对比。

周作人的"儿童本位"的儿童观，明显接受的是儿童学的直接影响。关于美国儿童学对周作人的影响，我在《儿童研究导言》的解说里已经谈过。关于来自日本儿童学的影响，周作人曾自述："在东京时，得到高岛平三郎编的《歌咏儿童的文学》及所著《儿童研究》，才对于这方面感到兴趣……"①

吴其南认为周作人等人使用的"儿童本位"中的"'本位'原是一个金融学用语"②，其实是不对的。我曾说周作人使用的"儿童本位"来自于日语语汇③，这是有事实依据的。

首先，在语言表述上，从周作人等人所使用的"本位"一词的意义来看，它应该取自日语语汇。

查日语《学研国语大辞典》，对"本位"（日语表记与汉语完全相同）一词的解释是——

> 本位：（名词）①原来的位置。以前的位置。②成为（思想和行为的）中心的基准或标准。作为结尾词，也接在名词后面使

① 周作人：《苦茶——周作人回想录》，敦煌文艺出版社，1995年，第539页。
② 吴其南：《20世纪中国儿童文学的文化阐释》，中国社会科学出版社，2012年，第77页。
③ 朱自强：《中国儿童文学与现代化进程》，浙江少年儿童出版社，2000年，第166页。

用，表示将其作为思想和行为的中心。

而查汉语的《现代汉语词典》，对"本位"一词的解释是——

> 本位：①货币制度的基础或货币价值的计算标准：金～｜银～｜～货币。②自己所在的单位；自己的工作岗位：～主义｜做好～工作。

可见，周作人等人的"儿童本位"一语的用法，不是《现代汉语词典》所说的任何一种用法，而是《学研国语大辞典》里说的第二种用法。在明治时代，周作人所欣赏的日本文豪夏目漱石就使用了"本位"一语。上述《学研国语大辞典》里，解释"本位"词条时，作为例句，引用了夏目漱石于1909年在春阳堂出版的《文学评论》中的一句："我感到，这一倾向似乎正在成为著述的本位……"所以，说周作人的"儿童本位"论的"本位"一词的语源是日语，这是符合逻辑的。

其次，从文献上的直接影响来看，我查阅到，高岛平三郎所著《应用于教育的儿童研究》（即周作人所说的《儿童研究》）一书的目录和正文里，都出现了"儿童本位"一语。完全可以猜想，周作人所用"儿童本位"这一表述，很可能就来自高岛平三郎的这部著作。

（2）"儿童本位"论与"西方人类学派"的关系

方卫平在《中国儿童文学理论批评史》一书中，以《西方人类学派与现代中国儿童文学理论建设》为题，用力地论述了他的"西方人类学派"给予周作人"儿童本位"的儿童文学理论以根本影响这一观点。

方卫平说："他的儿童文学观的直接理论来源主要也是由这一学派提供的。……不了解人类学派学说对周作人的影响，也就不可能了解周作人儿童文学观的真实面貌，而不了解周作人儿童文学观的真实面貌，也就不可能把握现代中国儿童文学理论初期的生成状态及其历史特征。"①将这句话引申一下也可以说，如果将"人类学派学说对周作人的影响"阐释错了，"也就不可能了解周作人儿童文学观的真实面貌"，进而"也就不可能把握现代中国儿童文学理论初期的生成状态及其历史特征"。

方卫平认为，"西方人类学派"给予周作人儿童文学观的影响"最集中地表现在三个方面"："首先，人类学派为周作人确立具有新的时代内容和思想特征的'儿童观'提供了有力的理论支持，这一儿童观为他的儿童文学观念的展开找到了一个建筑在近代科学精神基础之上的逻辑起点。""第二方面，人类学派为周作人的儿童文学观提供了许多具体的理论阐说；这些阐说是支撑周作人儿童文学观念体系的最基本的理论构件。""西方人类学派对周作人儿童文学研究影响的第三个方面，表现在研究方法的运用上。"②

方卫平所认为的上述三个影响，后两个影响也有一定的值得讨论的问题，但是，他所谓第一个影响，却是完全不能成立的。

我们先看方卫平提出的一个重要依据："他还明确承认：'我们对于儿童文学的有些兴趣这问题，差不多可以说是从人类学连续下来的。'于是，周作人儿童文学观念的酝酿与建构，便始终是在西方人类学派学说的理论笼罩之下进行的。"③（着重号为本解说文作者所加。）连周作人自己都说对于"儿童文学"的兴趣直接来自"人类学"，事情还会有假吗？但是，方卫平对周作人的自述的引用出了错误，他将周作人所说的"儿童学"，误认成了"儿童文学"，所以便差之毫厘谬以千里，形成了"于是，周作人儿童文学观念的酝酿与建构，便始终是在西方人类学派学说的理论笼罩之下进行的"这一错误判断。

据方卫平的《中国儿童文学理论批评史》的"注"，周作人的这段话引自"周作人：《我的杂学》"。根据我的记忆，周作人的这段话应该出自《我的杂学》之十《儿童文学》一文。后来这篇文章构成了《知堂回想录》

---

① 方卫平：《中国儿童文学理论批评史》，江苏少年儿童出版社，1993年，第150页。
② 方卫平：《中国儿童文学理论批评史》，江苏少年儿童出版社，1993年，第155—158页。
③ 方卫平：《中国儿童文学理论批评史》，江苏少年儿童出版社，1993年，第154页。

中的"儿童文学"一节。

方卫平之所以生出"周作人儿童文学观念的酝酿与建构，便始终是在西方人类学派学说的理论笼罩之下进行的"这一错误判断，是因为对《儿童文学》一文的解读出了问题。

《儿童文学》开篇即说道："民国十六年春间我在一篇小文中曾说，我所想知道一点的都是关于野蛮人的事，一是古野蛮，二是小野蛮，三是文明的野蛮。一与三是属于文化人类学的，上文略说及，这其二所谓小野蛮乃是儿童。"这段话毫无理解上的歧义，在周作人的理解中，他想知道的"儿童"，并不属于文化人类学的研究范畴。

那么要想了解"儿童"，应该汲取何种理论资源呢？依然是在《儿童文学》一文中，周作人作了明确的交代："我在东京的时候得到高岛平三郎编《歌咏儿童的文学》及所著《儿童研究》，才对于这方面感到兴趣，其时儿童学在日本也刚开始发达。斯丹来霍耳博士在西洋为斯学之祖师，所以后来参考的书多是英文的，塞来的《儿童时期之研究》虽已是古旧的书，我却很是珍重，至今还时常想起。以前的人对于儿童多不能正当理解，不是将他当作小形的成人，期望他少年老成，便将他看作不完全的小人，说小孩懂得甚么，一笔抹杀，不去理他。现在才知道儿童在生理心理上虽然和大人有点不同，但他仍是完全的个人，有他自己内外两面的生活。这是我们从儿童学所得来的一点常识，假如要说救救孩子，大概都应以此为出发点的。"[1]可见，作为周作人的儿童文学理论之原点的"儿童本位"的儿童观并非来自西方人类学派，而是来自于儿童学。

在《儿童文学》一文中，周作人明确承认的是，"我们对于儿童学的有些兴趣这问题，差不多可以说是从人类学连续下来的"。是"儿童学"，而不是"儿童文学"，因此，我们可以说的只能是"周作人儿童文学观念的酝酿与建构"，"始终是在西方""儿童学"的"理论笼罩之下进行的"。

---

[1] 周作人：《儿童文学》，钟叔河编订：《周作人散文全集》（第9卷），广西师范大学出版社，2009年，第211—212页。

那么，"西方人类学派"对于周作人的儿童文学理论具有什么影响作用呢？

我在《中国儿童文学与现代化进程》一书中指出："西方（包括日本）在儿童文学发展的早期，也都将人类学的方法运用于儿童文学研究上，可以说，这是儿童文学走向现代化的必经环节。周作人第一个将这一方法移植到中国，显示了敏锐的理论目光。"[①]对其给周作人的影响，我则作了这样的阐释："由安德鲁·朗格等人的人类学理论，周作人得到了'童话者，原人之文学'的解释。仅此，似还不能使周作人与儿童文学发生直接联系。可是，由于人类学，周作人开始对儿童学发生了兴趣：'我们对于儿童学的有些兴趣这问题，差不多可以说是从人类学连续下来的。'"[②]前面所引"我在东京的时候得到高岛平三郎编《歌咏儿童的文学》及所著《儿童研究》，才对于这方面感到兴趣……"云云的"这方面"，指的就是"儿童学"，有了"儿童学"，才有了周作人对于"儿童文学"进行理论研究的兴趣。周作人在《童话略论》中还有过这方面的交代："则治教育童话，一当证诸民俗学，否则不成为童话，二当证诸儿童学，否则不合于教育……"[③]周作人此处所言"民俗学"即人类学。将童话应用于教育，是儿童文学发生期的一个重要环节。可以说，在这一环节中，"证诸儿童学"比"证诸民俗学"更具有对于儿童文学成立的决定性。

方卫平在《中国儿童文学理论发展史》中也说及"儿童学"对周作人的儿童文学理论有影响，但是没有具体的论述，而在《西学东渐与传播》一节，有大段"儿童学"在中国的介绍，却没有出现周作人的名字。正是因为没能认识到"儿童学"之于周作人儿童文学理论的根本性、重要性这一问题，才出现了我在《儿童研究导言》解说中已经指出过的重大失误，

---

① 朱自强：《中国儿童文学与现代化进程》，浙江少年儿童出版社，2000年，第255页。
② 朱自强：《中国儿童文学与现代化进程》，浙江少年儿童出版社，2000年，第253页。
③ 周作人：《童话略论》，钟叔河编订：《周作人散文全集》（第1卷），广西师范大学出版社，2009年，第281页。

即将西方人类学进化学派的理论和美国哲学家、教育家杜威的儿童中心主义教育学说看成了"这两种理论适应了当时建立现代儿童文学形态的需要，在突破囿于封建文化意识的无视儿童独立人格的传统'儿童观'，建立尊重儿童独立人格和精神需求的新型儿童文学观方面为人们提供了有力的理论支持。可以说，中国现代儿童文学批评的最初的理论框架，就是以这些学说为学术基座的"①。

对儿童观的认识，对儿童观是儿童文学的原点这一问题的认识，对周作人的"儿童本位"儿童观的认识，对周作人的这一儿童观是其儿童文学理论的原点这一问题的认识，是中国儿童文学史（包括理论批评史）研究的一个重要立论基础。如果这一基础出现了倾斜，中国儿童文学史（包括理论批评史）的建构也必然是倾斜的。

（3）"儿童本位"论与复演说的关系

吴其南认为："在晚清至五四这段时间，周作人等以'复演说'这种方式发明了儿童和儿童文学，使中国儿童文学走向自觉……"②

在我的理解和认识中，"发明了儿童和儿童文学"的不是"复演说"，而是"儿童本位"论，"复演说"恐怕也难以称作"儿童本位"论的基础。"儿童本位"论是"思想革命"，是文化批判，用周作人自己的话说，其"出发点"是要"救救孩子"，即把儿童从"野蛮的大人的处治"下解放出来。可是，"复演说"并无这一"思想革命"的指向。"复演说"主要解决的是对童话进行解释的"门路"："盖个体发生与系统发生同序，儿童之宗教亦犹原人……综上所言，足知童话者，幼稚时代之文学，故原人所好，幼儿亦好之，以其思想感情同其准也。"③

---

① 方卫平：《中国儿童文学理论发展史》，少年儿童出版社，2007年，第30页。
② 吴其南：《20世纪中国儿童文学的文化阐释》，中国社会科学出版社，2012年，第62页。
③ 周作人：《童话研究》，钟叔河编订：《周作人散文全集》（第1卷），广西师范大学出版社，2009年，第264—265页。

（4）"儿童本位"论可否被超越

"儿童本位"论是贯穿于中国儿童文学百年历史的最重要的儿童文学观，它产生于五四时期，经过当代的理论诠释和创作实践，已经成为儿童文学创作和研究中最有影响力的儿童文学思想。但是，近年来，儿童文学学术界有学者提出了以"主体间性"来超越"儿童本位"论这一理论主张。①对此，我撰文指出：试图以"主体间性"超越"儿童本位"论的理论主张，没有真正理解"儿童本位"的本义，没有认识到在儿童文学这个世界里，儿童与成人之间，有着其他任何人际关系都不具有的特殊关系。在现阶段，"儿童本位"论依然是远比"主体间性"更具有历史和现实实践之有效性的一个方案。作为历史真理，"儿童本位"论在实践中，依然拥有马克思所说的"现实性和力量"。②

八、《儿童的世界》（译文）解说

此文为译文，原载于1922年1月1日《诗》第一卷第一号，日文作者为日本的柳泽健原。

此文虽然是译文，但是，不仅对于理解周作人的儿童本位论的内涵非常重要，而且还可以从中看出周作人的"儿童本位"论的建构过程中，来自日本的一个思想资源（另一个思想资源是美国的儿童学）。

周作人有诗云："平生有所爱，妇人与小儿。"这是周作人作为新文化运动、新文学运动领袖所特有的强烈情感。他的《人的文学》要解放的，不是"神圣的父与夫"，而是"妇人与小儿"。周作人倡导新文学，最大的动力是源自对于妇女和儿童被压迫的深切同情，源自解放妇女和儿童的强烈愿望，至

---

① 杜传坤：《中国现代儿童文学史论》，中国社会科学出版社，2009年；吴其南：《20世纪中国儿童文学的文化阐释》，中国社会科学出版社，2012年。
② 参见朱自强：《论"儿童本位"论的合理性和实践效用》，《中国海洋大学学报》2014年第3期。

于"人"（如果排除了妇女和儿童，这个"人"就是男人了），也许倒在其次。

就在翻译《儿童的世界》的两个月之前，周作人写下了《小孩的委屈》。他在文中说："人类只有一个，里面却分作男女及小孩三种；他们各是人种之一，但男人是男人，女人是女人，小孩是小孩，他们身心上仍各有差别，不能强为统一。以前人们只承认男人是人，（连女人们都是这样想！）用他的标准来统治人类，于是女人与小孩的委屈，当然是不能免了。女人还有多少力量，有时略可反抗，使敌人受点损害，至于小孩受那野蛮的大人的处治，正如小鸟在顽童的手里，除了哀鸣还有什么法子？"[1]

周作人的这一思考与日本诗人柳泽健原的思想几乎是相同的。《儿童的世界》一文有这样的话："许多的人现在将不复踌躇，承认女人与男人的世界的差异，又承认将长久隶属于男人治下的女人解放出来，使返于伊们本然的地位，是最重要的文化运动之一。但是这件事，对于儿童岂不也是一样应该做的么？近代的文明实在只是从女人除外的男人的世界所成立，而这男人的世界又只是从儿童除外的世界所成立的。现在这古文明正放在试炼之上了。女人的解放与儿童的解放——这二重的解放，岂不是非从试炼之中产生出来不可么？"

可见，周作人翻译《儿童的世界》是"六经注我"之选择。

《儿童的世界》还有这样的话："大人在本质上不能再还原为儿童，是当然的了。……大人所见的儿童的世界必不会是儿童所见的儿童的世界。这样的纯粹的儿童的世界的事情，只一切交与儿童的睿智与灵性便好了；大人没有阑入其间的必要，也没有这个资格。大人对于儿童应做的事，并不是去完全变成儿童，却在于生出在儿童的世界与大人的世界的那边的'第三之世界'。"

周作人在译后"附记"中说，"这篇小文里有许多精当的话"。我想这"许多精当的话"，就应该包括这一段。就在翻译《儿童的世界》的同一年，

---

[1] 周作人：《小孩的委屈》，钟叔河编订：《周作人散文全集》（第2卷），广西师范大学出版社，2009年，第388页。

周作人在与赵景深就童话作书信讨论时，使用了"第三之世界"这一用语："安徒生与王尔德的童话的差别，据我的意见，是在于纯朴（Naive）与否。王尔德的作品无论哪一篇，总觉得很是漂亮，轻松，而且机警，读去极为愉快，但是有苦的回味，因为在他童话里创造出来的不是'第三的世界'，却只在现实上覆了一层极薄的幕，几乎是透明的，所以还是成人的世界了。安徒生因了他异常的天性，能够复造出儿童的世界，但也只是很少数，他的多数作品大抵是属于第三的世界的，这可以说是超过成人与儿童的世界，也可以说是融合成人与儿童的世界。……我相信文学的童话到了安徒生而达到理想的境地，此外的人所作的都是童话式的一种讽刺或教训罢了。"①

借鉴柳泽健原的观点而提出的"融合成人与儿童"的"第三的世界"，是周作人"儿童本位"论的重要内涵之一。可见周作人的"儿童本位"论所主张的并不是放弃"成人"这个世界，只要"儿童"这一个世界。但是，在当代的儿童文学研究者那里，对此却颇多误解。比如，"方卫平于1988年发表了《儿童文学本体观的倾斜及其重建》一文。正如题目所示，他在文中将以周作人为代表的现代'儿童本位'论视为'倾斜'的儿童文学本体观，认为'在这里，儿童心理不仅成了儿童文学活动的唯一出发点和归结点，而且被看成是儿童文学观念性本体的唯一构成物，或者说，它成了唯一制约、统摄儿童文学活动的力量'。方卫平对'儿童本位'论的这种判定，完全不符合周作人的'儿童本位'论的实际内涵。"②

译文后的"附记"寥寥数语，却句句掷地有声，可谓数语泄露了"天机"，颇值得品味——"大抵在儿童文学上有两种方向不同的错误：一是太教育的，即偏于教训；一是太艺术的，即偏于玄美。教育家的主张多属前者，诗人多属后者；其实两者都是不对，因为他们都不承认儿童的世界。"周作人的这段指摘，让我想起二十世纪五六十年代的"教育儿童的

---

① 周作人：《童话讨论四》，钟叔河编订：《周作人散文全集》（第2卷），广西师范大学出版社，2009年，第593页。
② 朱自强：《论"儿童本位"论的合理性和实践效用》，《中国海洋大学学报》2014年第3期。

文学"（鲁兵语）和八十年代的一部分追求"文学性"的探索儿童文学。前者即"太教育的，即偏于教训"，后者即"太艺术的，即偏于玄美"，"其实两者都是不对，因为他们都不承认儿童的世界"。

所以我想说，在儿童文化、儿童文学方面，周作人的思想和学术依然是需要我们时时挖掘的宝贵矿藏。

九、《阿丽思漫游奇境记》解说

此文原载于1922年3月12日《晨报副镌》。《阿丽思漫游奇境记》是英国作家刘易斯·卡洛尔创作的一部世界儿童文学名著。1922年1月，商务印书馆出版了赵元任翻译的《阿丽思漫游奇境记》。此文为周作人为赵元任译本所写的书评。

以今天的眼光看来，名家名著、名家翻译（赵元任后来有"汉语言学之父"这一美誉）、名家评论，阵容相当奢华。连《阿丽思漫游奇境记》这一书名都是胡适帮赵元任命名的。这些都可以见出当年是哪些大人物在从事儿童文学的工作，当时儿童文学的水准，受重视的程度。

这篇文章涉及了一个非常重要的儿童文学的文类——"有意味的'没有意思'"的文学。

对这篇文章所说的"有意味的'没有意思'"，王泉根是这样解释的："所谓'无意思'，即作品内容并无多大思想意义，但其流贯其中的幻想、夸张、幽默等特质却能丰富小读者尤其是低幼儿童的想象世界与感情性格；而这，本身就是有价值的。"[1]

其实，周作人所说的"没有意思"，对应的就是英文的"nonsense"，它不是"并无多大思想意义"，而是压根就没有意义，所以，周作人才引用了英国政治家辟忒（Pitt）的话："你不要告诉我说一个人能够讲得有意

---

[1] 王泉根评选：《中国现代儿童文学文论选》，广西人民出版社，1989年，第894页。

思；各人都能够讲得有意思。但是他能够讲得没有意思么？"也就是说，nonsense文学是极难创作的一种文学类型，精品少之又少。

要理解周作人对"nonsense"儿童文学的看法，可以将《儿童的书》一文的这一段话对照着来读——"其实艺术里未尝不可寓意，不过须得如做果汁冰酪一样，要把果子味混透在酪里，决不可只把一块果子皮放在上面就算了事。但是这种作品在儿童文学里，据我想来本来还不能算是最上乘，因为我觉得最有趣的是有那无意思之意思的作品。安徒生的《丑小鸭》，大家承认它是一篇佳作，但《小伊达的花》似乎更佳；这并不因为他讲花的跳舞会，灌输泛神的思想，实在只因他那非教训的无意思，空灵的幻想与快活的嬉笑，比那些老成的文字更与儿童的世界接近了。"[①]

对于nonsense文学的价值，周作人的评价极高。他说："我相信这书的文学的价值，比莎士比亚最正经的书亦比得上，不过又是一派罢了。"这一评价"实在很使我佩服"。

直到今天，在中国儿童文学中，极难找到nonsense文学。在这样意义上，周作人的《阿丽思漫游奇境记》一文仍然具有重要的意义和价值。

另外，"我们姑且不论任何不可能的奇妙的空想，原只是集合实在的事物的经验的分子综错而成，但就儿童本身上说，在他想象力发展的时代确有这种空想作品的需要，我们大人无论凭了什么神呀皇帝呀国家呀的神圣之名，都没有剥夺他们的这需要的权利，正如我们没有剥夺他们衣食的权利一样。""我相信对于精神的中毒，空想——体会与同情之母——的文学正是一服对症的解药。"这些话语至今读起来依然意味深长。

十、《〈土之盘筵〉小引》解说

此文原载于1923年7月24日《晨报副镌》。

[①] 周作人：《儿童的书》，钟叔河编订：《周作人散文全集》（第3卷），广西师范大学出版社，2009年，第77页。

这篇文章虽然很短，却是非常重要的文字。"儿童的文学只是儿童本位的，此外更没有什么标准。"（《儿童的书》）此文是对这一"儿童本位"的一种精到阐释。

周作人说，儿童文学"这些东西在高雅的大人先生们看来，当然是'土饭尘羹'，万不及圣经贤传之高深，四六八股之美妙，但在儿童我相信他们能够从这里得到一点趣味。我这几篇小文，专为儿童及爱儿童的父师们而写的，那些'蓄道德能文章'的人们本来和我没有什么情分"。这是对儿童文学的真见识。后来的儿童文学创作既颇有"蓄道德"的作品，亦不乏"能文章"的作品。后来的儿童文学理论，也有以成人文学为本位的价值立场和观点，比如吴其南的褒奖"整本的唐诗"（成人文学），贬损"狼外婆"（儿童文学）[1]。可见，周作人的思想，现今也没有过时。

在文章中，周作人把儿童游戏的沙堆看作与成人的"圣堂"一样，这是"儿童本位"论者的典型的价值观。周作人在《〈陀螺〉序》中，还把三岁的侄儿的游戏，看作"不但是得了游戏的三昧，并且也到了艺术的化境。这种忘我地造作或享受之悦乐，几乎具有宗教的高尚意义，与时时处处拘囿于小主观的风雅大相悬殊：我们走过了童年，赶不着艺术的人，不容易得到这个心境，但是虽不能至，心向往之……"[2]但是，当代的儿童文学研究者方卫平却认为，由于"顺应儿童"，"于是，儿童文学的创作视野狭小了，意蕴肤浅了；胸中块垒，无以抒发，深沉博大，何敢奢求！"[3]两相比较，看取儿童生活和心性的目光是多么的不同。

令人动容的还有《土之盘筵》的第二篇"附记"里的这句话："即使我们已尽了对于一切的义务，然而其中最大的——对于儿童的义务还未曾

---

[1] 参见朱自强：《新时期儿童文学理论的误区——吴其南的儿童文学观质疑》，《儿童文学研究》1993年第1期。

[2] 周作人：《〈陀螺〉序》，钟叔河编订：《周作人散文全集》（第4卷），广西师范大学出版社，2009年，第211页。

[3] 方卫平：《儿童文学：在创作者与接受者之间》，《文艺报》1987年5月16日。

尽，我们不能不担受了人世一切的苦辛，来给小孩们讲笑话。"①曹聚仁曾将周作人与"淡然物外，而所向往的是田子泰、荆轲一流人物"的陶渊明相比，说："周先生自新文学运动前线退而在苦雨斋谈狐说鬼，其果厌世冷观了吗？想必炎炎之火仍在冷灰底下燃烧着。"②我想，周作人念念不忘的"对于儿童的义务"，就是"冷灰底下"的"炎炎之火"吧。

（以上十篇解说均载于朱自强著《现代儿童文学文论解说》，

海豚出版社，2014年）

---

① 周作人译：《乡间的老鼠和京都的老鼠》"附记"，钟叔河编订：《周作人散文全集》（第3卷），广西师范大学出版社，2009年，第281页。
② 曹聚仁：《从孔融到陶渊明的路》，张菊香、张铁荣编：《周作人研究资料》（上），天津人民出版社，1986年，第334页。

郭沫若与"儿童本位"论
——读《儿童文学之管见》

此文原载于《民铎》月刊第二卷第四号。

关于这一期《民铎》的出版日期，即《儿童文学之管见》的发表日期，一些重要的学术选本的说法不一。王泉根评选的《中国现代儿童文学文论选》[①]标为"本文写于 1922 年 1 月 11 日，现选自人民文学出版社出版的《沫若文集》，第十卷"。这意味着《儿童文学之管见》肯定发表于"1922 年 1 月 11 日"之后；盛巽昌、朱守芬《郭沫若和儿童文学》[②]，原论文中有"（1921 年 1 月 11 日）"字样，编者标注"原载《民铎》月刊第 2 卷第 4 期"；蒋风主编、方卫平和章轲编选的《中国儿童文学大系·理论（1）》[③]标注"原载《创造周刊》1922 年，选自《沫若文集》第 10 卷"。

《儿童文学之管见》最初到底发表于何时？我查阅了《民铎》月刊第二卷第四号，其出版日期标示为"民国十年正月十五日出版"。"民国十年"是 1921 年。因此，王泉根的"本文写于 1922 年 1 月 11 日"这一说法显然是错误的。蒋风选本的"原载《创造周刊》1922 年"也不是初次发表日期。不过，细心的读者当可发现，盛巽昌、朱守芬所编论文中的"（1921 年 1 月 11 日）"这一写作时间（事实上，郭沫若发表于《民铎》上的文章标注的写作时间是"一月十一日草"），实在是据"民国十年正月

---

① 广西人民出版社，1989 年。
② 少年儿童出版社，1990 年。
③ 希望出版社，2009 年第 2 版。

十五日"这一发表时间太近了。1921年1月11日，郭沫若尚在日本，而据说自1918年迁至上海出版的《民铎》若来得及发表郭沫若的这篇文章，就只有两个可能，一是"正月"是指农历一月，二是实际出版日期在标示出版日期之后。

这里还有需要说明的一个重要情况，就是在上述三个选本中，《儿童文学之管见》（盛巽昌、朱守芬所编本为《儿童文学的管见》）一文与《民铎》上最初发表的《儿童文学之管见》存在着相当大的不同。比如，它们共同缺失了《民铎》上的《儿童文学之管见》中开头的一句话："国内对于儿童文学，最近有周作人先生讲演录一篇出现，这要算是个绝好的消息了！"除此之外，还有大量的改动，而且有些改动，与最初发表的文章的含义相去甚远。比如，初发表文章的"是故儿童文学底提倡对于我国彻底腐败的社会，无创造能力的国民，最是起死回春的特效药……"一语，在上述三个选本中，都变成了"是故儿童文学的提倡对于我国社会和国民，最是起死回春的特效药……"删去"彻底腐败的""无创造能力的"这两个分别对中国社会和国民定性的定语，郭沫若所主张的儿童文学"起死回春"的作用，便没有了依据，更重要的是，这篇文章的具有重要价值的现实批判性就被消除了。

"国内对于儿童文学，最近有周作人先生讲演录一篇出现，这要算是个绝好的消息了！"这句话也非常重要。依此可以推测，郭沫若很快就读到了发表于1920年12月1日《新青年》第八卷第四号上的《儿童的文学》一文，并受这一"绝好的消息"鼓舞，马上挥笔写下了《儿童文学之管见》一文，对周作人给予回应。于此，中国现代文学史上的两位重量级作家，在儿童文学这里会合了，这给中国现代儿童文学增添了耀眼的光彩。

从"儿童与成人，在生理上与心理上的状态，相差甚远。儿童身体决不是成人的缩影，成人心理也决不是儿童之放大"这种论述，从郭沫若和周作人一样，为儿童文学的建设开出了"收集"和"翻译"这两种方法，可以看出，郭沫若具体接受了《儿童的文学》一文的影响。我们完全可以想象，郭沫若写作《儿童文学之管见》时，案头就放着载有《儿童的文学》的《新青年》杂志。

王泉根认为，"在现代儿童文学史上"，郑振铎的《儿童文学的教授法》"第一次给儿童文学下了明确界说"[①]，这是不准确的。最早的儿童文学的明确界说出自郭沫若的这篇文章："儿童文学，无论采用何种形式（童话、童谣、剧曲），是用儿童本位的文字，由儿童的感官以直塑于其精神堂奥，准依儿童心理的创造性的想象与感情之艺术。"这一定义不仅发表时间比郑振铎的《儿童文学的教授法》早，而且内涵上也比郑振铎的定义（"儿童文学是儿童的——便是以儿童为本位，儿童所喜看所能看的文学"）要复杂和深邃。

郭沫若虽然是在儿童文学理论文字中最先提出"儿童本位"字样的人，但是，由于"儿童本位"的儿童观的精髓周作人已经阐述在先，而且在五四时期，郭沫若的理论观点也远没有周作人的儿童文学理论影响巨大和深远，因此，在儿童文学史上，周作人的"儿童本位"的儿童文学观更具有代表性。

但是，郭沫若的《儿童文学之管见》仍然具有重要的开创性。这是一篇论述儿童文学的艺术本质的文章，与周作人的《儿童的文学》相得益彰。其观点的新意在于强调儿童文学的"创造"。郭沫若阐述了儿童文学创作的特殊艺术规律，以及儿童心理的创造性想象与感情的艺术价值，这成为他对五四儿童文学理论的独特贡献。

阅读此文，我特别在意以郭沫若为领袖的创造社这一背景。在文中，郭沫若引用华兹华斯的《童年回忆中不朽性之暗示》一诗中的诗句，然后说："这种天光，这种梦境，是儿童世界的衣裳，也正是儿童文学的衣裳。"这是很有见地的。郭沫若所持有的浪漫主义的儿童文学观（"重感情和想象"），与叶圣陶等文学研究会作家所实践的现实主义儿童文学观

---

① 王泉根评选：《中国现代儿童文学文论选》，广西人民出版社，1989年，第219页。

念殊为不同，对于中国儿童文学是极其重要的。

直到1940年代，郭沫若依然不改"儿童本位"的儿童文学创作论之初衷，而且论述上还有所深化。他在《本质的文学》一文中说："人人都有过儿童时代的，一到成了人，差不多每一个人都把儿童心理丧失得非常彻底。人人差不多都是爱好儿童的，但爱好的心差不多都是自我本位，而不是儿童本位。大概就是因为这些原故，所以世界上很少有好的儿童文学，而在我们中国尤其是这样。中国在目前自然是应该尽力提倡儿童文学的，但由儿童来写则仅有'儿童'，由普通的文学家来写也恐怕只有'文学'，总要具有儿童的心和文学的本领的人然后才能胜任。"①为获得"好的儿童文学"，郭沫若提出的"儿童本位"这一方案，蕴含的依然不是单一的"儿童"或单一的"文学"（成人?），而是融合了"儿童的心"和"文学的本领"这两个世界。

（载于朱自强著《现代儿童文学文论解说》，原题：《郭沫若：〈儿童文学之管见〉》，海豚出版社，2014年）

---

① 郭沫若：《本质的文学》，盛巽昌、朱守芬编：《郭沫若和儿童文学》，少年儿童出版社，1990年。

郑振铎与"儿童本位"论

——读《〈稻草人〉序》

此文原载于1923年10月15日《文学周报》第92期，又收入1923年11月商务印书馆出版的《稻草人》。

这是一篇不能作简单解读的重要文章。它具有儿童文学理论和儿童文学史论上的双重价值。

要谈论、评价郑振铎的《〈稻草人〉序》，不能不与评价叶圣陶的童话集《稻草人》结合起来。

叶圣陶是具有主体性的中国儿童文学创作的开山者，他的《稻草人》（1923年）是中国第一部短篇童话集，是打上了深刻的时代烙印和鲜明的作家个性的儿童文学，它们标示出了中国儿童文学创作的现代性起点。剖析《稻草人》，可以帮助我们看清中国儿童文学创作的现代性起点的矛盾性纠结。

王泉根认为，叶圣陶的童话是现实主义童话，它们"直面人生，扩大题材，把现实世界引进童话创作的领域"[①]。的确，叶圣陶的《稻草人》不像讲述国王、王后、王子、公主、神仙、妖魔的传统童话那样，把读者的视线引向一个邈远、虚幻的世界，而是将身边的现实生活展现于读者的眼前。

下面我们看叶圣陶在《稻草人》集中所传达的成人的观念（思想性）

---

① 王泉根：《现代中国儿童文学主潮》，重庆出版社，2000年，第253页。

所存在的问题。

叶圣陶曾经这样回顾童话集《稻草人》的创作:"《稻草人》这本集子中的二十三篇童话,前后不大一致,当时自己并不觉得,只在有点儿什么感触,认为可以写成童话的时候,就把它写了出来。我只管这样一篇接一篇地写,有的朋友却来提醒我了,说我一连有好些篇,写的都是实际的社会生活,越来越不像童话了,那么凄凄惨惨的,离开美丽的童话境界太远了。经朋友一说,我自己也觉察到了。但是有什么办法呢?生活在那个时代,我感受到的就是这些嘛。所以编成集子的时候,我还是把《稻草人》这个篇名作为集子的名称。"①可见,对《稻草人》童话集中的一些作品的转变,在发表的当初就有质疑声,而叶圣陶显然是自觉地坚持了自己的创作方法。

对于叶圣陶童话创作的转变,郑振铎在《〈稻草人〉序》中给予了有力的支持。他说:"圣陶最初动手写作童话在我编辑《儿童世界》的时候。那时,他还梦想一个美丽的童话的人生,一个儿童的天真的国土。……然而,渐渐地,他的著作情调不自觉地改变了方向。他在去年一月十四日写给我的信上曾说,'今又呈一童话,不识嫌其太不近于'童'否?'在成人的灰色云雾里,想重现儿童的天真,写儿童的超越一切的心理,几乎是个不可能的企图。圣陶发生的疑惑,也是自然的结果。我们试看他后来的作品,虽然他依旧想用同样的笔调写近于儿童的文字,而同时却不自禁地融化了许多'成人的悲哀'在里面。"

郑振铎很清楚,叶圣陶"融化了许多'成人的悲哀'在里面"的这种创作会遭到质疑,他以攻为守,说:"有许多人或许要疑惑,像《瞎子和聋子》及《稻草人》《画眉鸟》等篇,带着极深挚的成人的悲哀与极惨切的失望的呼声,给儿童看是否会引起什么障碍;幼稚的和平纯洁的心里应否即投入人世间的扰乱与丑恶的石子。这个问题,以前也曾有许多人讨论

---

① 叶圣陶:《我和儿童文学》,叶圣陶等:《我和儿童文学》,少年儿童出版社,1980年。

过。"针对自己所设想的上述质疑，郑振铎毫不犹疑地回答说："我想，这个疑惑似未免过于重视儿童了。把成人的悲哀显示给儿童，可以说是应该的。他们需要知道人间社会的现状，正如需要知道地理和博物的知识一样，我们不必也不能有意地加以防阻。"

对郑振铎的"未免过于重视儿童了"这一观点，如果与此前他在《〈儿童世界〉宣言》《儿童文学的教授法》中所表达的用于儿童教育的儿童文学应以儿童的"兴趣"为本位这一观点相比较，会清楚地觉察到郑振铎的儿童观、儿童文学观在发生着转变。同样，叶圣陶的《稻草人》《瞎子和聋子》《克宜的经历》等童话创作与他在《〈文艺谈〉之七》所倡导的"对准儿童内发的感情而为之响应，使益丰富而纯美"这种创作思想也是发生了转变的。

我认为，叶圣陶和郑振铎的这种转变，都与文学研究会的成立有关。他们两人均为文学研究会的发起人，而且又是主张"为人生"的写实主义（现实主义）的茅盾的好友。苏雪林就指出，叶圣陶的转变"则一半是受新文坛潮流的鼓荡，一半是由于他朋友茅盾的感染，而有左倾色彩"[1]。（在郑振铎这里，在编了一年的《儿童世界》之后，从1923年开始，接替茅盾去编《小说月报》这一成人刊物，也许是转变的一个原因。1921年新改革的《小说月报》第十二卷第一期上发表的《改革宣言》，就明言"然就国内文学界情形言之，则写实主义之真精神与写实主义之真杰作实未尝有其一二，故同人以为写实主义在今日尚有切实介绍之必要"。茅盾后来也在《小说月报》上不断倡导现实主义："新派以为文学是表现人生的……现在热心于新文学的，自然多半是青年，新思想要求他们注意社会问题，同情于第四阶级，爱'被损害者与被侮辱者'……"[2]茅盾曾说："当时文学研究会被称为文艺上的'人生派'。文学研究会这集团并未

---

① 苏雪林：《叶绍钧的作品及其为人》（节录），刘增人、冯光廉编：《叶圣陶研究资料》（上），知识产权出版社，2010年，第122页。
② 茅盾：《自然主义与中国现代小说》，《小说月报》第十三卷第七号，1922年7月。

有过这样的主张。但文学研究会名下的许多作家——在当时文坛上颇有力的作家，大都有这倾向，却也是事实。"①

儿童文学（包括童话）"为人生"这绝没有错，儿童文学（包括童话）表现成人的情感也没有错。童话集《稻草人》和《〈稻草人〉序》的问题在于，其主张表现的人生和"成人的悲哀"的绝望性。儿童文学不是任何的成人观念和情感都可以投注进去的容器。

《稻草人》《瞎子和聋子》《克宜的经历》，这些童话没有鼓励儿童走进人生（哪怕是苦难的人生）的欲望。这是问题的关键所在。正因为是面对苦难的人生，儿童文学作家才更应该给予儿童以走进人生的力量，即如顾城的诗句所说的，"黑夜给了我黑色的眼睛，我却用它寻找光明"（《一代人》），至少也要像说出"安得广厦千万间，大庇天下寒士俱欢颜"的杜甫，不失意志和希望。可是，叶圣陶笔下的苦难形象，特别是那个稻草人，是一个面对苦难不能有任何作为的形象，而叶圣陶本人就是这个稻草人——郑振铎就说，"最后，他对于人世间的希望便随了稻草人而俱倒"。

在儿童文学历史上，还没有一位在自己的作品中灌注虚无绝望的人生信念反而获得了成功的作家。德国优秀的儿童文学作家、国际安徒生大奖得主凯斯特纳说得好："在我们当前这个世界里，只有对人类持有信心的人才能对少年儿童有所帮助。他们还应当对诸如良知、榜样、家庭、友谊、自由、怀念、想象、幸福与幽默……的价值有所了解。所有这些就像恒星一样在我们上空闪耀，并一直存在于我们当中。谁能把它们展现给儿童并讲给儿童听，谁也就引导儿童从沉寂中走出来，跨入充满友爱的世界。"②

我想举一个成人文学作家面对人生苦难的例子。周作人在《俺的春天》一文中介绍过的小林一茶的俳句③："露水的世，虽然是露水的世，虽

---

① 茅盾：《中国新文学大系·小说一集》导言（影印本），上海文艺出版社，2003年。
② 转引自韦苇：《外国童话史》，江苏少年儿童出版社，1991年，第412页。
③ 见钟叔河编订：《周作人散文全集》（第3卷），广西师范大学出版社，2009年。

然是如此。"这是小林一茶为伤悼一岁即死去的女儿聪女而写的诗。一茶虽然是表达"无论怎样达观，终于难以断念"这一心境，但是，我从诗句中感受到的却是，一岁的生命虽然如朝露般短暂，但是依然有其应该存在的生命价值。我想说的是，在苦难的社会里，悲哀也不是只有一种情状的，怎样面对苦难，怎样将这苦难"显示给儿童"，这是一个需要儿童文学探究的大问题。

关于《〈稻草人〉序》，我还想指出，郑振铎所说的"在描写儿童的口吻与人物的个性方面，《稻草人》也是很成功的"，这个判断也存在一定的问题。以我的评价，童话集《稻草人》的前后作品，都存在着以成人的观念代替儿童心理的表现，并没有"重现儿童的天真"。最典型的例子就是所谓表现"儿童的天真"的《小白船》。"芳香就是善，花是善的符号。""因为我们纯洁，惟有小白船合配装载。"这都不是孩子的心思，而是成人的观念。（倒是在《一课》《小铜匠》这样的儿童小说中，叶圣陶对儿童形象作了鲜活的描写，似乎完全化作了孩子。）

还有，我读《〈稻草人〉序》，感觉到这篇评论的价值观似乎是分裂的，即把思想和艺术割裂开来。虽然郑振铎说得很肯定："把成人的悲哀显示给儿童，可以说是应该的。"明确主张把大人的悲哀写给孩子。可是，在"谈谈圣陶的艺术上的成就"时，郑振铎喜欢并列举的《稻草人》中的"完美而细腻的描写"文字都与"成人的悲哀"相反，与对于人生的绝望相反。因为对自然景物的描写，是叙述者的心境的投射。这种内在的矛盾，说明郑振铎并没有整理好自己对于人生的感受和价值观。

周作人一直没有评价过《稻草人》，为什么？原因当然是只能猜测了。据我的一位研究生考证，《稻草人》童话集前后的变化，可能与那一时期叶圣陶阅读王尔德童话有关，她还考证了叶圣陶的《稻草人》主要接受的不是安徒生童话而是王尔德童话的影响。[①]在周作人看来，王尔德的"童

---

① 王晓：《论叶圣陶童话创作对王尔德童话影响的接受》，硕士学位论文，中国海洋大学，2014级。

话是诗人的，而非儿童的文学"①。"只是在现实上覆了一层极薄的幕，几乎是透明的，所以还是成人的世界了。"②也许，对叶圣陶的《稻草人》，周作人也是同样的看法。周作人曾问过自己的孩子，对《儿童世界》和《小朋友》这两个杂志，"喜欢哪一样"，"他说更喜欢《小朋友》"，周作人分析原因说："因为去年内《儿童世界》的倾向稍近于文学的，《小朋友》却稍近于儿童的。"③这是一个非常重要的信息——要知道，所谓"去年内"，就是叶圣陶的《稻草人》集中的童话连篇累牍地发表于《儿童世界》的1922年。周作人是否也认为叶圣陶的童话也是"稍近于文学"而不是"稍近于儿童"的呢？

周作人说过："即使我们已尽了对于一切的义务，然而其中最大的——对于儿童的义务还未曾尽，我们不能不担受了人世一切的苦辛，来给小孩们讲笑话。"④这样的周作人，恐怕不会赞同叶圣陶将"成人的悲哀"交给小孩来"担受"这种童话创作吧。还有一点，似乎也支持我这一猜测，那就是与周作人的儿童文学理念有很多神似之处的台湾儿童文学作家林良，他的散文集《小太阳》完全是成人视角的叙述，表现一个成人作家面对生活的感悟，其中也写到人生的艰辛："不久，妈妈也回来了，尽管一天的劳碌很可能已经在她脸上刻上了一道皱纹，但是现在她用那道皱纹来笑。"（《金色的团聚》）林良的这种对人生的表现与叶圣陶的《稻草人》等童话，完全是异质的。为儿童的成长计，我们究竟应该选择哪一个呢？

1932年，贺玉波在《叶绍钧的童话》一文中，对叶绍钧的童话作了较

① 周作人：《王尔德童话》，钟叔河编订：《周作人散文全集》（第2卷），广西师范大学出版社，2009年，第543页。
② 周作人：《童话的讨论四》，钟叔河编订：《周作人散文全集》（第2卷），广西师范大学出版社，2009年，第593页。
③ 周作人：《关于儿童的书》，钟叔河编订：《周作人散文全集》（第3卷），广西师范大学出版社，2009年，第192页。
④ 周作人：《〈乡间的老鼠和京都的老鼠〉附记》，钟叔河编订：《周作人散文全集》（第3卷），广西师范大学出版社，2009年，第281页。

为全面的研究。他发表了一个很有意思的观点："固然，他的大部作品所含的灰色的悲哀太重，不适合于幼小的儿童阅读，但是给一般将近成年的儿童去看，也未尝不可。因为他们对于人世间的真相已经渐渐明白了；黑暗，丑恶，痛苦与悲哀，他们已经开始领略了。""……叶绍钧的童话，并不是普通一般的童话，它们像这篇小说一样，对于社会现象有个精细的分析；虽然还保存着童话的形式，却具有小说的内容，它们是介于童话和小说之间的一种文学作品，而且带有浓烈的灰色的成人的悲哀。所以，我们与其把它们当作童话读，倒不如把它们当作小说读为好。"①应该说，叶绍钧的那些表现"灰色的成人的悲哀"的童话可以"给一般将近成年的儿童去看"这一观点具有合理之处，叶绍钧的童话是"介于童话和小说之间的一种文学作品"，应该"把它们当作小说读"这一艺术分析也很有创见。不过，循着贺玉波这一艺术分析的观点看去，我看到的恰恰是叶绍钧这些童话在艺术上出现的缺陷。我曾在《中国幻想小说论》一书中，指出过这种缺陷："《稻草人》里的童话大多是拟人体童话，本身幻想力就比较贫弱，当那些拟人体形象进入现实世界时，幻想的色彩在相当大的程度被冲洗褪色了。关于这一特点，我们读一读《画眉》《玫瑰和金鱼》特别是《稻草人》这样的童话就能得到验证。其次，叶圣陶的童话在建立现实维度时，并没有采用小说的方法。《稻草人》中的很多童话呈现的不是小说结构而是故事结构。熟悉民间故事的人都知道，'三'是民间故事最喜欢用的一个数字，它大都采用三段式的展开：有一家有三个儿子（或者三个女儿），国王有三个王子（或者三个公主），主人公要回答三个难题，或者要经受三次考验等等。叶圣陶的很多童话就基本上属于'三段式'故事。一粒种子要经国王、富翁、商人这三个人之手并且遭遇了相同命运以后，才会被农夫种进地里（《一粒种子》）；一个人要听到了孩子、青年、女郎三个人的愿望诉说，才会选择邮递员的工作，然后，他要为姑娘、孩

① 贺玉波：《叶绍钧的童话》，王泉根评选：《中国现代儿童文学文论选》，广西人民出版社，1989年，第780—781页。

子、野兔送三次信，才会失去自己的工作（《跛乞丐》）；稻草人要目睹老妇人、渔妇、赌徒妻子这三个人的凄惨遭遇之后，才会昏过去，'倒在田地中间'（《稻草人》）。这种三段式故事结构的使用，强化了作品类型化功能，弱化了作品典型化功能，这就使作品失去了小说所具有的现实的真实感。"①

叶绍钧童话的幻想力贫弱和非小说的类型化方式，就使得《稻草人》集在处理现实问题时，文学表现显得非常简单化、概念化。比如，《克宜的经历》就太简单化了，城市一切都不好，乡村一切都很美好。在艺术表现上，这一观点并没有升华为文学的形象，而只是一个干巴巴的概念。问题不在于观点的正确与否，而是这种简单化、概念化、绝对化地表现"现实生活"的方式需要审视。

因为持有上述观点，所以，我对《〈稻草人〉序》中，郑振铎所提出的"在艺术上，我们实可以公认圣陶是现在中国二三个最成功者当中的一个"这一观点怀着保留态度，虽然我也认为，作为创作童话的开山作品，《稻草人》集也有可圈可点之处。

我认为，至今为止的中国儿童文学史研究、中国儿童文学批评史研究，对于童话集《稻草人》和作家、作品批评的《〈稻草人〉序》，都存在着浅尝辄止、盲目赞美的倾向。

比如，对《稻草人》这篇童话，杜传坤认为，"其艺术上的成熟也是毋庸置疑的"，"此篇中的描写都是'儿童化'的"，"既有趣味又容易被理解"，"对于稍微了知人事的儿童来讲，是非常具有情感震撼力的"②。与杜传坤的高度好评相反，刘绪源认为，"我感到整本集子里，真正失败的，恰恰是这一篇"③。"《稻草人》这样有明显'意图伦理'（即有预设

---

① 朱自强、何卫青：《中国幻想小说论》，少年儿童出版社，2006年，第98—99页。
② 杜传坤：《中国现代儿童史论》，中国社会科学出版社，2009年，第142—143页。
③ 刘绪源：《中国儿童文学史略（1916—1977）》，少年儿童出版社，2013年，第23页。

的观念，并有很强的说明性）"的创作，"可说是那一时代中国儿童文学发展的主潮和缩影"①。刘绪源对《稻草人》这篇童话所代表的传统，进行了大胆的否定："叶先生写不下去了，这样的写法却留存下来，并发扬开去。我想，这本身，也和《稻草人》结局相似，这也是一个文学上的悲剧。"②

对《〈稻草人〉序》这篇评论，王泉根认为："本文不仅是认识、理解叶圣陶早期童话创作的重要批评文字，而且是中国现代儿童文学史上坚持儿童文学社会批评与教育作用的'社会学派'的重要理论纲领，对于促进'五四'以来的儿童文学高张直面人生、反映社会生活的现实主义方向具有重要的意义。"③方卫平也认为："此文（指《中国儿童读物的分析》——朱自强注）与同一作者的另一篇作家作品专论《〈稻草人〉序》一起，堪称现代儿童文学理论批评之'双璧'，其理论分析及所阐述的观点，就是今天也难以为人们所超越。"④方卫平将《〈稻草人〉序》比喻为"双璧"之一，可见赞誉是非常高的了。

我在《中国儿童文学与现代化进程》一书中指出："历来的中国儿童文学史研究，都忽视了中国儿童文学发生期和确立期存在着两个'现代'这一重大的历史事实。"⑤我所说的两个"现代"，是指先行的以周作人为代表的"儿童本位"的儿童文学理论，与随后出现的以叶圣陶、冰心为代表的儿童文学创作。我在书中论述了这两个"现代"之间存在着相当大的错位。

现在，我想指出的是，郑振铎的《〈稻草人〉序》，与他本人此前的儿童文学观，特别是与以周作人为代表的"儿童本位"的儿童文学观之

① 刘绪源：《中国儿童文学史略（1916—1977）》，少年儿童出版社，2013年，第25页。
② 刘绪源：《中国儿童文学史略（1916—1977）》，少年儿童出版社，2013年，第23页。
③ 王泉根评选：《中国现代儿童文学文论选》，广西人民出版社，1989年，第726页。
④ 方卫平：《中国儿童文学理论批评史》，江苏少年儿童出版社，1993年，第228页。
⑤ 朱自强：《中国儿童文学与现代化进程》，浙江少年儿童出版社，2000年，第182页。

间，也存在着一定程度的错位。这种错位，同样显示着中国儿童文学理论在现代性的展开中所具有的矛盾性和复杂性。

说到这里，我看重《〈稻草人〉序》并选入本书的原因已经不言自明。

（载于朱自强著《现代儿童文学文论解说》，原题《郑振铎：
〈稻草人〉序》，海豚出版社，2014年）

论周作人的"儿童文学"观念的发生
——以美国影响为中心

在中国的儿童文学学术界，儿童文学是"古已有之"，还是"现代"文学，一直存在着巨大的争议。至今为止的争论，基本都是想指认所谓儿童文学作品是在哪个时代出现的。争论双方都把儿童文学当作一个像石头那样的客观"实体"，如果它存在，就明明白白地摆在那儿，人人都应该看得见、摸得着。其实，这种思维方式具有本质主义的色彩。我现在想确立的是一种建构主义的本质论，即主张儿童文学不是一种具有自明性的客观实体，而是一个在历史中被建构的观念。持着这种建构主义的本质论来讨论儿童文学的起源问题，要做的工作就不是寻找作为一块"石头"的儿童文学存在于历史的何处，而是考察作为一种历史观念的儿童文学在人们的意识中的形成过程为何形。

周作人是中国儿童文学理论的先驱和奠基人。可以说，考察周作人的"儿童文学"观念的发生过程，能够使我们看到中国的"儿童文学"观念发生的主要源头。本文在作这样的考察时，将以周作人所接受的美国影响为中心来展开论述。

一、从"奇觚之谈（Marchen）"到"儿童之文学"

乔纳森·卡勒在《文学理论入门》中说："如今我们称之为文学的是二十五个世纪以来人们撰写的著作，而文学的现代含义才不过二百年。

1800年之前，文学（literature）这个词和它在其他欧洲语言中相似的词指的是'著作'，或者'书本知识'。"①乔纳森·卡勒指出的是文学（literature）一词含义的历史演变。周作人的文学概念的形成就有着西方的文学概念的直接影响。

周作人于1908年发表的《论文章之意义暨其使命因及中国近时论文之失》一文，是对他的文学观的最早梳理。那时，周作人不是以"文学"，而是用"文章"来指称"literature"："原泰西文章一语，系出拉体诺文 Litera 及 Literatura 二字，其义杂糅，即罗马当时亦鲜确解。"②周作人已经了解到 literature 一词含义甚广："且若括一切知识，凡传自简册者悉谓之文章，斯其过于漫延而无抉择，又可知已。"③周作人指出这种"文章"（文学）观的三个"缺点"之后，介绍"美人宏德（Hunt）之说"："宏氏《文章论》曰：'文章者，人生思想之形现，出自意象、感情、风味（Taste），笔为文书，脱离学术，遍及都凡，皆得领解（Intelligible），又生兴趣（Interesting）者也。'"④周作人认为，宏氏观点"言至简切，有四义之可言"，并对其"四义"进行了"敷陈"。

周作人的这篇文章的重要之处，在于其初步形成的具有变革意志的文学观念里，已经包含着儿童文学这一要素："以言著作，则今之所急，又有二者，曰民情之记（Tolk-novel）与奇觚之谈（Marchen）是也。盖上者可以见一国民生之情状，而奇觚作用则关于童稚教育至多。"⑤周氏所谓"奇觚之谈（Marchen）"中的"Marchen"应为德语"Märchen"之误。所

---

① ［美］乔纳森·卡勒：《文学理论入门》，李平译，译林出版社，2013年，第22页。
② 周作人，《论文章之意义暨其使命因及中国近时论文之失》，钟叔河编订：《周作人散文全集》（第1卷），广西师范大学出版社，2009年，第94页。
③ 同上。
④ 周作人，《论文章之意义暨其使命因及中国近时论文之失》，钟叔河编订：《周作人散文全集》（第1卷），广西师范大学出版社，2009年，第96页。
⑤ 周作人，《论文章之意义暨其使命因及中国近时论文之失》，钟叔河编订：《周作人散文全集》（第1卷），广西师范大学出版社，2009年，第115页。

误应该不在周氏而是手民，因为在后来的《童话研究》一文中的表记是"Märchen"。德语的 Märchen 即是格林童话那样的作品，现通译为"童话"，周氏译为"奇觚之谈"，大体不错。

《论文章之意义暨其使命因及中国近时论文之失》一文表明，早在1908年，Märchen（童话）就已经是周作人所阐释的文学的重要组成部分。在该文中，周作人将"奇觚之谈（Marchen）"与"童稚教育"联系在一起，透露出其最初的儿童文学意识就重视儿童文学的实践功用。

1912年10月2日的周作人日记里有这样一句："下午作童话研究了"。在中国儿童文学历史上，这是值得记忆的时刻。正是在这篇用文言写作的论文里，周作人明言："故童话者亦谓儿童之文学。"其论述的依据是，"足知童话者，幼稚时代之文学，故原人所好，幼儿亦好之，以其思想感情同其准也。"①虽然孙毓修于1909年发表的《〈童话〉序》一文，出现了"童话""儿童小说"这样的表述，但是，"儿童之文学"的说法仍然是一个进步。

周作人在1913年发表的《童话略论》中，再一次论及"儿童之文学"："童话者，原人之文学，亦即儿童之文学，以个体发生于系统发生同序，故二者感情趣味约略相同。"②值得注意的是，在此文中，周作人第二次依据复演说，明确地将"原人之文学"的"童话"与"儿童之文学"的"童话"联系在了一起。

周作人自己说："民国初年我因为读了美国斯喀特尔（Socudder）、麦克林托克（Maclintock）诸人所著的《小学校里的文学》，说明文学在小学教育上的价值，主张儿童应该读文学作品，不可单读那些商人杜撰的读本，读完了读本，虽然说是识字了，却是不能读书，因为没有养成读书的

---

① 周作人：《童话研究》，钟叔河编订：《周作人散文全集》（第1卷），广西师范大学出版社，2009年，第265页。
② 周作人：《童话略论》，钟叔河编订：《周作人散文全集》（第1卷），广西师范大学出版社，2009年，第279页。

趣味。我很赞成他们的意见，便在教书的余暇，写了几篇《童话研究》《童话略论》这类的东西，预备在杂志上发表。"①考察《童话研究》《童话略论》等论文内容，里面的确显示出周作人将"童话"（儿童文学）运用于教育的意识和主张，但是，将其归为来自美国斯喀特尔、麦克林托克诸人的影响，有可能是周作人自己记忆有误。查他的日记，麦克林托克的 Literature in Elementary Schools 一书为 1914 年 3 月 30 日购得，斯喀特尔的 Childhood in Literature and Art 为 1914 年 10 月 11 日购得，此时《童话研究》《童话略论》等文言论文业已完成。目前还没有证据证明周作人以其他方式先期读到过麦克林托克等人的书。

二、从"儿童之文学"到"儿童文学"

儿童文学学术界对于"儿童文学"这一词语（概念）出现于何时何处，似乎一直语焉不详。茅盾在《关于"儿童文学"》一文中曾说过："'儿童文学'这名称，始于'五四'时代。"②但也没有具体指出最早的出处。我以为，对"儿童文学"出处的探寻，关系到儿童文学理念的形成历史，是一项很有意义的学术工作。

在周作人的著述中，"儿童之文学"最早出现于 1912 年写作的《童话研究》一文，八年以后，在《儿童的文学》一文中，出现了"儿童文学"这一词语。在我的阅读视野中，《儿童的文学》不仅是第一篇最为系统地论述儿童文学的论文，而且还应该是中国首次出现"儿童文学"这一概念表述的文献。

周作人在《儿童的文学》中说："据麦克林托克说，儿童的想象如被迫压，他将失了一切的兴味，变成枯燥的唯物的人；但如被放纵，又将变

---

① 周作人：《苦茶——周作人回想录》，敦煌文艺出版社，1995 年，第 310 页。
② 茅盾：《关于"儿童文学"》，王泉根评选：《中国现代儿童文学文论选》，广西人民出版社，1989 年，第 396 页。

成梦想家,他的心力都不中用了。所以小学校里的正当的文学教育,有这样三种作用:(1)顺应满足儿童之本能的兴趣与趣味;(2)培养并指导那些趣味;(3)唤起以前没有的新的兴趣与趣味。这(1)便是我们所说的供给儿童文学的本意,(2)与(3)是利用这机会去得一种效果。"①(本文重点号均为引者所加。)麦克林托克说的话,由于到"他的心力都不中用了"这里用了句号,所以,我一直为"三种作用"是麦克林托克的观点,还是周作人的原创而踌躇不决,后来,在郑振铎的《儿童文学的教授法》②一文中,读到了这样的介绍——"在Macclintock所著《小学校的文学》一书里,他以为教授儿童文学有三个原则,一要适合儿童乡土的本能的趣味和嗜好,二要养成并指导这种趣味和嗜好,三要引起儿童新的或已失去的嗜好和趣味。"这才知道"三种作用"是麦克林托克的主张。在《儿童的文学》里,周作人第二次使用"儿童文学"一语,也与麦克林托克的著述有关——"麦克林托克说,小学校里的文学有两种重要的作用:(1)表现具体的影象;(2)造成组织的全体。文学之所以能培养指导及唤起儿童的新的兴趣与趣味,大抵由于这个作用。所以这两个条件,差不多就可以用作儿童文学的艺术上的标准了。"③我由此猜测,周作人在《儿童的文学》里开始使用"儿童文学"一语,很可能是由阅读美国的麦克林托克的著作而得到了直接触发。

在麦克林托克的 *Literature in Elementary Schools* 一书中,的确能够找到周作人和郑振铎介绍的那段话——"In literature then, as in the other subjects, we must try to do three things: (1) allow and meet appropriately the child′s native and instinctive interests and tastes; (2) cultivate and direct these; (3) awaken in him new and missing interests and tastes." 应该说,两个人对英文的解读

---

① 周作人:《儿童的文学》,钟叔河编订:《周作人散文全集》(第2卷),广西师范大学出版社,2009年,第275页。
② 郑振铎:《儿童文学的教授法》,载于《时事公报》1922年8月10日至12日。
③ 周作人:《儿童的文学》,钟叔河编订:《周作人散文全集》(第2卷),广西师范大学出版社,2009年,第279页。

基本是准确的。①

　　周作人曾说："我来到北京之后，适值北京大学的同人在方巾巷地方开办孔德学校——平常人家以为是提倡孔家道德，其实却是以法国哲学家为名，一切取自由主义的教育方针，自小学至中学一贯的新式学校，我也被学校的主持人邀去参加，因此又引起了我过去的兴趣，在一九二〇年十月二十六日乃在那里讲演了那篇《儿童的文学》。这篇文章的特色就只在于用白话所写的，里边的意思差不多与文言所写的大旨相同，并没有什么新鲜的东西……"②这段话里既有自谦成分，也有记忆不确之处。我以为，在《儿童的文学》里，周作人的新的贡献在于三个方面：第一，更清晰、全面地阐述了"儿童本位"的儿童观的内涵；第二，直接借鉴麦克林托克和斯喀特尔等美国学者的"小学校里的文学"教育的观点，论述了"小学校里的正当的文学教育"的诸问题；第三，从文体的角度，梳理小学校的文学教育的儿童文学资源，呈现了更加完整的儿童文学的文体面貌。

　　周作人的《儿童的文学》与美国发生了十分紧密的交集。有意味的是，两者的身份都是大学教授，都是面对小学校教育，这样的相同很重要，它可能促成了周作人对麦克林托克等人的观点的直接借鉴，可能决定了《儿童的文学》一文的应用研究意识——从小学校的文学教育的角度论述儿童文学。不过，周作人在儿童文学的属性上从一开始就有清醒的认识。他在《童话研究》一文中说："盖凡欲以童话为教育者，当勿忘童话为物亦艺术之一，其作用之范围，当比论他艺术而断之，其与教本，区以别矣。故童话者，其能在表见，所希在享受，撄激心灵，令起追求以上遂也。是余效益，皆为副支，本末失正，斯昧其义。"③

　　在《儿童的文学》中，不只是在学术研究的问题意识和思想观点上，

---

① MacClintock, Porter Lander. *Literature in the Elementary School,* CHICAGO: THE UNIVERSITY OF CHICAGO PRESS, 1907, p.18.

② 周作人：《苦茶——周作人回想录》，敦煌文艺出版社，1995年，第310—311页。

③ 周作人：《童话研究》，钟叔河编订：《周作人散文全集》（第1卷），广西师范大学出版社，2009年，第264页。

周作人受到了麦克林托克等美国学者的著作的影响，在"儿童文学"这一表述上，也似乎是直接的借取。在麦克林托克的 *Literature in Elementary Schools* 一书中多次出现了 literature for children 这一词语。这个词语的意思是专门给孩子的文学，即儿童文学。在斯喀特尔的 *Childhood in Literature and Art* 一书中多次出现了 literature for children 和 books for children 这样的词语。在《儿童的文学》一文中，周作人笔下的"儿童文学"很可能直接来自麦克林托克和斯喀特尔笔下的 literature for children 一语。

三、"儿童本位"的儿童观、儿童文学观与美国的儿童学

其实，周作人在《儿童的文学》一文中明确使用"儿童文学"这一概念时，其"儿童本位"的儿童观已经在民国初年形成，只是散见于多篇文章之中。

在周作人的著述里，最早质疑"成人本位"的儿童观的是《儿童问题之初解》一文。"中国亦承亚陆通习，重老轻少，于亲子关系见其极致。原父子之伦，本于天性，第必有对待，有调合，而后可称。今偏于一尊，去慈而重孝，绝情而言义，推至其极，乃近残贼。……中国思想，视父子之伦不为互系而为统属。儿童者，本其亲长之所私有，若道具生畜然。故子当竭身力以奉上，而自欲生杀其子，亦无不可。"[1]在成人与儿童之关系问题上，第一次提出"儿童本位"则是在《玩具研究（一）》中："故选择儿童玩具，当折其中，即以儿童趣味为本位，而又求不背于美之标准。"[2]在《学校成绩展览会意见书》中，进一步提出"赏识"的"儿童本位"观："故今对于征集成绩品之希望，在于保存本真，以儿童为本位，而本会审查

---

[1] 周作人：《儿童问题之初解》，钟叔河编订：《周作人散文全集》（第1卷），广西师范大学出版社，2009年，第246—247页。

[2] 周作人：《玩具研究（一）》，钟叔河编订：《周作人散文全集》（第1卷），广西师范大学出版社，2009年，第322页。

之标准，即依此而行之。勉在体会儿童之知能，予以相当之赏识。"①

就在周作人第一次质疑"成人本位"的儿童观的《儿童问题之初解》一文中，他就在倡导"儿童研究"："凡人对于儿童感情可分三纪，初主实际，次为审美，终于研究。""第在中国，则儿童研究之学固绝不讲，即诗歌艺术，有表扬儿童之美者，且不可多得。"②

1912年时"儿童研究之学"这一说法，很快就在写于1913年的《童话略论》《儿童研究导言》两文中，为"儿童学"这一表述所取代："童话研究当以民俗学为据，探讨其本原，更益以儿童学，以定其应用之范围，乃为得之。"③"上来所述，已略明童话之性质，及应用于儿童教育之要点，今总括之，则治教育童话，一当证诸民俗学，否则不成为童话，二当证诸儿童学，否则不合于教育……"④"儿童研究，亦称儿童学。以研究儿童身体精神发达之程序为事，应用于教育，在使顺应自然，循序渐进，无有扞格或过不及之弊。"⑤由于未购买霍尔的 *Aspects of Child Life and Education* 一书之前所写的《童话研究》没有出现"儿童学"这一表述，可以猜测，《童话略论》《儿童研究导言》似写于购阅 *Aspects of Child Life and Education* 一书的1913年2月之后。

《童话略论》引入"儿童学"的观点一事值得我们重视。周作人了解的儿童学的研究范围中，是包含童话和儿歌的。他曾说："美国儿童学书，自体质知能的生长之测量，以至教养方策，儿歌童话之研究，发刊至多，任之者亦多是女士，儿童学祖师斯丹来霍尔生于美国，其学特盛……"⑥

---

① 周作人：《学校成绩展览会意见书》，钟叔河编订：《周作人散文全集》（第1卷），广西师范大学出版社，2009年，第369页。

② 周作人：《儿童问题之初解》，钟叔河编订：《周作人散文全集》（第1卷），广西师范大学出版社，2009年，第247页。

③ 周作人：《童话略论》，钟叔河编订：《周作人散文全集》（第1卷），广西师范大学出版社，2009年，第276页。

④ 周作人：《童话略论》，钟叔河编订：《周作人散文全集》（第1卷），广西师范大学出版社，2009年，第281页。

⑤ 周作人：《儿童研究导言》，钟叔河编订：《周作人散文全集》（第1卷），广西师范大学出版社，2009年，第287页。

⑥ 周作人：《女学一席话》，钟叔河编订：《周作人散文全集》（第8卷），广西师范大学出版社，2009年，第498页。

周作人将"儿歌童话之研究"也归诸"儿童学"，可见其儿童文学研究直接受到美国的儿童学，特别是斯坦利·霍尔的儿童学的影响。

前面介绍到的《儿童问题之初解》一文的主旨之一，是在人格权利上为儿童主张与成人的平等，而《儿童研究导言》的主旨则在于揭示儿童在心理、生理上与成人的不同。周作人于1912年、1913年提出的这两点主张，就是他后来的"儿童本位"论——中国的"儿童的发现"的两个逻辑支点。而这两点主张，都与美国的儿童学有关。

"以前的人对于儿童多不能正当理解，不是将他当作小形的成人，期望他少年老成，便将他看作不完全的小人，说小孩懂得甚么，一笔抹杀，不去理他。现在才知道儿童在生理心理上虽然和大人有点不同，但他仍是完全的个人，有他内外两面的生活。这是我们从儿童学所得来的一点常识，假如要说救救孩子，大概都应以此为出发点的。"[①]周作人所说的"一点常识"，正是他在《人的文学》《儿童的文学》等新文学的重要理论文献中表述的"儿童本位"的儿童观，这一儿童观是他所主张的"人的文学"和"儿童的文学"的思想根基。

在《儿童研究导言》中，出现了美国的儿童学。儿童学"今乃大盛，以美国霍尔博士为最著名，其研究分二法。一主单独，专记一儿之事，自诞生至于若干岁，详志端始，巨细不遗，以寻其嬗变之迹。一主集合，在集各家实录，比量统计，以见其差异之等"[②]周作人的这些介绍与斯坦利·霍尔的工作似乎是相符合的。应该说，他对斯坦利·霍尔有相当的了解。这些了解至少是来源于斯坦利·霍尔的 *Aspects of Child Life and Education* 一书（周作人将其译为《儿童生活与教育的各方面》）。查周作人日记，*Aspects of Child Life and Education* 一书为1913年2月1日从相模屋书店邮寄至绍兴家中。此后，自当月21日，日记中连续六次记载

---

① 周作人：《儿童的文学》，钟叔河编订：《周作人散文全集》（第9卷），广西师范大学出版社，2009年，第212页。
② 周作人：《儿童研究导言》，钟叔河编订：《周作人散文全集》（第1卷），广西师范大学出版社，2009年，第288页。

阅读该书。

　　周作人的"儿童本位"的儿童观，明显接受了儿童学的直接影响：他先是"在东京时，得到高岛平三郎编的《歌咏儿童的文学》及所著《儿童研究》，才对于这方面感到兴趣……"①吴其南曾认为"儿童本位"中的"本位"一语是金融学语汇，其实是不对的。我说周作人使用的"儿童本位"来自于日语语汇，是有事实依据。高岛平三郎所著《应用于教育的儿童研究》（即周作人所说的《儿童研究》）一书的目录和正文里，都出现了"儿童本位"一语，完全可以猜想，周作人所用"儿童本位"这一表述，很可能就来自高岛平三郎的这部著作。

　　根据周作人的著述，他得之于美国的斯坦利·霍尔的儿童学的资源当更多。周作人的著述中，至少七次论及斯坦利·霍尔及其儿童学。如按照发表的年代顺序细加琢磨，前面都是积极地汲取姿态，而到了后来，则是对中国难以引入儿童学这一状况渐渐失望了。这正与中国社会在五四以后的复辟式"读经"有关。比如，1934年，他在《论救救孩子——题〈长之文学论文集〉后》一文中说："听说现代儿童学的研究起于美洲合众国，斯丹来霍耳博士以后人才辈出，其道大昌，不知道何以不曾传入中国？论理中国留学美国的人很多，学教育的人更不少，教育的对象差不多全是儿童，而中国讲儿童学或儿童心理学的书何以竟稀若凤毛麟角，关于儿童福利的言论亦极少见，此固一半由于我的孤陋寡闻，但假如文章真多，则我亦终能碰见一篇半篇耳。据人家传闻，西洋在十六世纪发见了人，十八世纪发见了妇女，十九世纪发见了儿童，于是人类的自觉逐渐有了眉目，我听了真不胜歆羡之至。中国现在已到了那个阶段我不能确说，但至少儿童总尚未发见，而且也还未曾从西洋学了过来。"②在文中，周作人认为，要

---

① 周作人：《苦茶——周作人回想录》敦煌文艺出版社，1995年，第539页。
② 周作人：《论救救孩子——题〈长之文学论文集〉后》，钟叔河编订：《周作人散文全集》（第6卷），广西师范大学出版社，2009年，第413页。

想"救救孩子",就"要了解儿童问题","须得先有学问的根据,随后思想才能正确"。①周作人在批判了成人社会对儿童的"旧的专断"和"新的专断"之后,深为遗憾地说:"中国学者中没有注意儿童研究的,文人自然也同样不会注意,结果是儿童文学也是一大堆的虚空,没有什么好书,更没有什么好画。"②周作人所指出的"儿童的发现"在中国的不幸命运是符合实情的。

周作人在1945年时曾说:"关于儿童,如涉及教养,那就属于教育问题,现在不想来阑入,主张儿童的权利则本以瑞典蔼伦开女士美国霍耳等为依据,也可不再重述。"③周作人明确说"主张儿童的权利"应该以"美国霍耳等为依据"。虽然是日后谈,但是,周作人当年在《儿童问题初解》《人的文学》《儿童的文学》等文章中就是这样做的。

在理解儿童与成人的不同的生理心理方面,周作人也从以研究儿童心理发展为特色的美国儿童学中得到了启蒙。值得关注的是,周作人总结出的"应用于教育,在使顺应自然,循序渐进,无有扞格或过不及之弊"这一儿童学的教育理念,直接转化成了他的儿童文学的理念——"今以童话语儿童,既足以餍其喜闻故事之要求,且得顺应自然,助长发达,使各期之儿童得保其自然之本相,按程而进,正蒙养之最要义也。"④"顺应自然,助长发达,使各期之儿童得保其自然之本相",这是周作人的"儿童本位"的儿童文学观的思想核心。他的这一思想理念对于中国儿童文学的健康发展极为重要。在中国儿童文学的历史上,每当出现违反这一思想理念的"逆性之教育"风潮,周作人常常会挺身而出,猛烈批判:"但是近

---

① 周作人:《论救救孩子——题〈长之文学论文集〉后》,钟叔河编订:《周作人散文全集》(第6卷),广西师范大学出版社,2009年,第413页。
② 周作人:《论救救孩子——题〈长之文学论文集〉后》,钟叔河编订:《周作人散文全集》(第6卷),广西师范大学出版社,2009年,第414页。
③ 周作人:《凡人的信仰》,钟叔河编订:《周作人散文全集》(第9卷),广西师范大学出版社,2009年,第619页。
④ 周作人:《童话略论》,钟叔河编订:《周作人散文全集》(第1卷),广西师范大学出版社,2009年,第279页。

来见到《小朋友》第七十期'提倡国货号',便忍不住要说一句话——我觉得这不是儿童的书了。无论这种议论怎样时髦,怎样得庸众的欢迎,我以儿童的父兄的资格,总反对把一时的政治意见注入到幼稚的头脑里去。"①"旧礼教下的卖子女充饥或过瘾,硬训练了去升官发财或传教打仗,是其一,而新礼教下的造成种种花样的信徒,亦是其二。我想人们也太情急了,为什么不能慢慢的来,先让这班小朋友们去充分的生长,满足他们自然的欲望,供给他们世间的知识,至少到了中学完毕,那时再来诱引或哄骗,拉进各派去也总不迟。现在却那么迫不及待,道学家恨不得夺去小孩手里的不倒翁而易以俎豆,军国主义者又想他们都玩小机关枪或大刀,在幼稚园也加上战事的训练,其他各派准此。这种办法我很不以为然,虽然在社会上颇有势力。"②

结　语

综上所述,周作人的"儿童文学"观念形成于西方(包括日本)的现代文化进行世界性传播的过程之中。如果仔细索解周作人著述中的儿童文学观念发生的来龙去脉,就会清晰地看到来自美国的具体而微,然而又是重要而深刻的影响。这些影响可以大致归纳为两个方面:一是周作人借鉴以斯坦利·霍尔为代表的美国儿童学的观点,"主张儿童的权利",强调"儿童在生理心理上""和大人有点不同",进而发展出"顺应自然,助长发达,使各期之儿童得保其自然之本相"这一"儿童本位"的儿童文学观。二是直接借鉴麦克林托克、斯喀特尔等美国学者的应用研究成果,从小学校的文学教育的角度论述儿童文学,从文体的角度,梳理小学校的文

① 周作人:《关于儿童的书》,钟叔河编订:《周作人散文全集》(第3卷),广西师范大学出版社,2009年,第192页。
② 周作人:《论教救孩子——题〈长之文学论文集〉后》,钟叔河编订:《周作人散文全集》(第6卷),广西师范大学出版社,2009年,第413—414页。

学教育的儿童文学资源，呈现了更加完整的儿童文学的文体面貌。

需要指出的是，来自美国的上述两方面影响是相互交叉的，其原因在于麦克林托克、斯喀特尔等人的儿童文学的文学教育研究，也是以儿童学研究作为立论依据之一的。麦克林托克主张的"小学校里的正当的文学教育"要"（1）顺应满足儿童之本能的兴趣与趣味；（2）培养并指导那些趣味；（3）唤起以前没有的新的兴趣与趣味"，与周作人的"顺应自然，助长发达，使各期之儿童得保其自然之本相"这一儿童文学观念是一脉相通的。

最后需要说明的是，在周作人的"儿童本位"的儿童文学观念的形成过程中，来自日本的影响也非常重要。对此，我在《中国儿童文学与现代化进程》一书和《"儿童的发现"：周作人"人的文学"的思想源头》等文章中有所论述。由于本文的写作题旨所限，对日本影响的详细梳理只好暂付阙如了。

（载于《中国海洋大学学报》2015年第2期）

周作人的"儿童文学"观念的发生

——以日本影响为中心

中国儿童文学的发生与西方不同，它不是儿童文学创作先行，儿童文学理论跟随其后，而是首先出现对西方儿童文学的翻译，接着是受西方影响而产生的儿童文学理论，最后才有了中国原创的儿童文学作品。这一特异的文学史面貌，使得中国儿童文学史研究对关于"儿童"的观念以及儿童文学的观念之发生的考察变得尤为重要。

周作人是中国儿童文学理论的开拓者和奠基人，他"别求新声于异邦"，如普罗米修斯，从西方盗来了孕育儿童文学的现代思想的火种。关于周作人在"儿童"的发现和"儿童文学"的发现上所受到的西方影响，笔者曾经发文讨论周作人所受的美国的影响[①]，这里笔者尝试梳理来自日本的重要影响。

一、"儿童文学"：是实体还是观念?

讨论儿童文学的发生，需要辨析"儿童文学"这一词语的内涵。在中国儿童文学学术界，很多学者是将"儿童文学"当作一个实体来看待。在中国儿童文学史研究中，存在着两种截然不同的观点：一种认为，中国儿童文学"古已有之"，另一种认为，中国儿童文学是"现代"文学。

[①] 朱自强：《论周作人的"儿童文学"观念的发生——以美国影响为中心》，《中国海洋大学学报》2015 年第 2 期。

持中国儿童文学"古已有之"这一观点的王泉根认为："中国的儿童文学从古代起始，有着悠久的传统"，他提出了"中国古代儿童文学""古代的口头儿童文学""古代文人专为孩子们编写的书面儿童文学"等概念 。[1]另一位主张中国儿童文学"古已有之"的学者方卫平指出：在中华民族的几千年文明史中，儿童文学作品及其理论批评一直或隐或现，或消或长，是一个不可分离和忽视的组成部分。[2]笔者反对中国儿童文学"古已有之"论，主张中国儿童文学是"现代"文学。儿童文学不是一个实体，而是一种观念，这个观念有其发生的历史。就中国的儿童文学这一观念的发生来说，它不是在古代社会的任何时期，而是在中国由传统社会向现代社会转型的时期，具体来说，就是在清末民初，才出现了明晰可辨的儿童文学观念。

笔者在前文将周作人称作中国儿童文学理论的开拓者和奠基人，正是他第一次提出了表述一种崭新的文学观念的"儿童文学"这一词语。在周作人的著述中，"儿童文学"这一概念的形成过程大致是，先是在发表于1908年的《论文章之意义暨其使命因及中国近时论文之失》一文中，提出"奇觚之谈"（即德语的"Märchen"，今通译为"童话"），将其与"童稚教育"联系在一起，随后于1912年写作《童话研究》，提出了"儿童之文学"，再于1920年在《新青年》上发表《儿童的文学》一文，明确提出了"儿童文学"这一词语。

二、周作人的"儿童本位""儿童文学"词语的来源

周作人对于中国儿童文学的重要性不仅在于他是中国儿童文学理论的先行者，而且更在于他提出了具有厚重历史感的"儿童本位"论。这一理论对中国儿童文学产生了深远的影响。周作人的"儿童本位"论在中国儿

---

① 　王泉根：《中国儿童文学现象研究》，湖南少年儿童出版社，1992年。

② 　方卫平：《中国儿童文学理论批评史》，江苏少年儿童出版社，1993年。

童文学发生之初，"筚路蓝缕，以启山林"，在其后的发展过程中，作为历史的真理，依然显示着它的实践价值和现实力量，而在改革开放后的时代里，更是被朱自强、刘绪源等继承，发展成为中国当代最有影响的一种儿童文学理念。

既然"儿童本位"论，在中国儿童文学的发生、发展中如此重要，考察"儿童本位"这一词语的源头，就非常具有学术意义。笔者曾在《中国儿童文学与现代化进程》①一书中，提出周作人使用的"儿童本位"这一词语来自于日文语汇的观点，在此就这一问题作进一步的实证性说明。

在笔者的阅读视野里，中国最早将"儿童"与"本位"建立联系并作表述的是周作人。1914年，周作人在《玩具研究（一）》中说："盖小儿如野人然，喜浓厚之正色者也。故选择儿童玩具，当折其中，即以儿童趣味为本位，而又求不背于美之标准。"②同年，周作人又在《学校成绩展览会意见书》《小学校成绩展览会杂记》两篇文章中分别说道："故今对于征集成绩品之希望，在于保存本真，以儿童为本位。而本会审查之标准，即依此而行之，勉在体会儿童之知能，予以相当之赏识。如稚儿之涂鸦，与童子之临帖，工拙有殊，而应其年龄之限制，各致其志，各尽其力，则无不同。斯其优劣不能并较，要当分期而定之。世俗或以大人眼光，评儿童制作，如近来评儿童艺术展览会者，揄扬少年（十四五岁之男子或女子）所作锦绣书画，于各期幼儿优秀之作，未有论道。斯乃面墙之见，本会之所欲勉为矫正者也。"③"今倘于此不以儿童为本位，非执者于实利，则偏主于风雅，如此制作，纵至精美，亦犹匠人之几案，画工之丹青，于艺术教育之的，去之已远。"④

在以上三篇文章中，周作人所使用的"本位"一词的语义，不是取自

① 朱自强：《中国儿童文学与现代化进程》，浙江少年儿童出版社，2000年。
② 周作人：《玩具研究（一）》，钟叔河编订：《周作人散文全集》（第1卷），广西师范大学出版社，2009年，第322页。
③ 周作人：《学校成绩展览会意见书》，钟叔河编订：《周作人散文全集》（第1卷），广西师范大学出版社，2009年，第369页。
④ 周作人：《小学校成绩展览会杂记》，钟叔河编订：《《周作人散文全集》（第1卷），广西师范大学出版社，2009年，第375页。

汉语的"本位",而是取自日语的"本位"。

在周作人使用"本位"一词的1914年之前的中国古代典籍中"本位"有两个解释:一个是本来的官位,比如,《左传·昭公二十七年》有"复位而待",晋杜预注:"复本位待光命";另一个是本来的座位,如《宋书·礼志一》有"四厢乐作,百官再拜。已饮,又再拜。谒者引诸王等还本位"。"本位"这一词语的内涵在现代发生了很大改变。《现代汉语词典》这样解释"本位"一词:

> (1)货币制度的基础或货币价值的计算标准:金~│银~│~货币。
>
> (2)自己所在的单位;自己的工作岗位:~主义│做好~工作。[1]

查日语《学研国语大辞典》,对"本位"(日语表记与汉语完全相同)一词的解释是:

> (名词)(1)原来的位置。以前的位置。(2)成为(思想和行为的)中心的基准或标准。作为结尾词,也接在名词后面使用,表示将其作为思想和行为的中心。[2]

很显然,周作人的"本位"一词的语用意义,既不是古代汉语的本来的官位、本来的座位,也不是现代汉语的"自己所在的单位",而是对应《学研国语大辞典》"本位"语义的第二个解释,即"将其作为思想和行为的中心"。

周作人使用的"儿童本位"一语的语源在哪里?吴其南认为周作人使

---

① 中国社会科学院语言研究所词典编辑室:《现代汉语词典》,商务印书馆,1979年。
② 吴其南:《20世纪中国儿童文学的文化阐释》,中国社会科学出版社,2012年,第77页。

用的"儿童本位"中的"'本位'原是一个金融学用语"①，方卫平则认为"'儿童本位论'是'儿童中心主义'的中国化了的理论表述和用语"②。这两种看法，既不符合语用学、语义学的逻辑，也没有文献学上的依据，难以取信。

笔者一直猜测，周作人使用的"儿童本位"一语来自日语语汇。语言表达的是思想和观念。所以，笔者关注周作人与日本在儿童观方面的交集。周作人曾说："我在东京的时候得到高岛平三郎编《歌咏儿童的文学》及所著《儿童研究》，才对于这方面感到兴趣，其时儿童学在日本也刚开始发达……"③儿童学在周作人发现"儿童"上具有重要作用，而日本儿童学的开山者正是这位高岛平三郎。周作人读过的高岛所著的《儿童研究》，日文为『教育に応用したる児童研究』（《应用于教育的儿童研究》）该书出版于明治四十四年。查阅该书，其目录和正文里都出现了"儿童本位"一语。据此几乎可以断定：周作人笔下的"儿童本位"这一表述，就来自高岛平三郎的这部著作。

周作人在1923年写作《歌咏儿童的文学》一文时曾说："高岛平三郎编，竹久梦二画的《歌咏儿童的文学》，在1910年出版，插在书架上已经有十年以上了，近日取出翻阅，觉得仍有新鲜的趣味。"④周作人留学日本于1911年夏天回国，如果周作人前述"我在东京的时候得到高岛平三郎编《歌咏儿童的文学》……"这一回忆是准确的，那么，得到这本书就应在1911年夏天之前，这一时间也与"插在书架上已经有十年以上"吻合。从"近日取出翻阅，觉得仍有新鲜的趣味"中的"仍有"和"新鲜"两词来推断，周作人从前应该认真读过这本书，感受过书中的"趣味"。在周作人的评论中，书有"趣味"是最高的评价。在这本书中，高岛平三郎分六编，分别辑录了表现儿童的短歌、俳句、川柳、俗谣、俚谚和随笔。

① ［日］金田一春彦、池田弥三郎编：《学研国语大辞典》，学习研究社，1978年。
② 方卫平：《中国儿童文学理论批评史》，江苏少年儿童出版社，1993年，第180页。
③ 周作人：《我的杂学》，止庵校订：《苦口甘口》，河北教育出版社，2002年，第75页。
④ 周作人：《歌咏儿童的文学》，钟叔河编订：《周作人散文全集》（第3卷），广西师范大学出版社，2009年，第37页。

　　高岛平三郎在《歌咏儿童的文学》一书中说："我想我国之缺乏西洋风的儿童文学，与支那之所以缺乏，其理由不同。在支那不重视儿童，又因诗歌的性质上只以风流为主，所以歌咏儿童的事便很稀少，但在我国则因为过于爱儿童，所以要把他从实感里抽象出来也就不容易了。支那文学于我国甚有影响，因了支那风的思想及诗歌的性质上，缺少歌咏儿童的事当然也是有的；但是这个影响在和歌与俳句上觉得并不很大。"对这段话，周作人曾加以引用，并说其很有道理。

　　查阅日文版《歌咏儿童的文学》，周作人引用的那段话出自高岛平三郎为该书写的《序》，出现在著作的第14至15页。其中周作人译为"西洋风的儿童文学"，日文写作"西洋風の児童文学"，"儿童文学"一语的日语表记与当时繁体字汉语表记几乎完全一样。《歌咏儿童的文学》这样一本让周作人长时期感到"新鲜的趣味"，其中他很赞赏的高岛平三郎的那段话中的"儿童文学"一语，很可能在当时就引起了他的注意。"儿童文学"一语不仅在《序》中，而且在书中也多次出现，因此，如果说早就读过此书，并感到有"新鲜的趣味"的周作人没有予以注意，反倒是有违常情的。

　　周作人阅读《歌咏儿童的文学》一书早于阅读麦克林托克、斯喀特尔等人的书籍，而且比之英文的"literature for children"，与汉语表记相同的日文的"儿童文学"一语，显然更容易转为汉语的"儿童文学"。因此，周作人在《儿童的文学》一文中使用的"儿童文学"这一概念，更可能是直接取自高岛平三郎的《歌咏儿童的文学》一书。甚至可以猜想，周作人于1914年用文言文撰写的《童话研究》《童话略论》两篇论文中出现的"儿童之文学"，也是"儿童文学"的文言的表述。

　　对于中国儿童文学的发生，"儿童本位""儿童文学"，都是具有根本性的关键词语，也可以说是两个重要观念。这两个重要观念，周作人在使用之前，其所阅读并予以重视的两本日文书籍《应用于教育的儿童研究》（周作人谓之《儿童研究》）、《歌咏儿童的文学》都曾经出现，这不可能纯粹是一种巧合，而是有着必然的因由。因此，中国儿童文学的发生期的研究，有必要重新估价来自日本的影响。

三、"情"：周作人的儿童文学精神结构中的日本影响

周作人首次论述的"儿童本位""儿童文学"这两个观念如果是接受了日本的直接影响，那么，周作人的这两个观念的内涵，就应该与日本的关于儿童的文化和文学存在着密切的联系，也就是说，周作人的儿童文学精神结构中，应该有着日本的直接影响。

人类的健全的精神结构是一种什么样的状态？周作人对这一问题的回答恐怕是六个字——"合于物理人情"。"合于物理人情"，这既是周作人的主张，也是他本人的精神追求。1944年，周作人在《我的杂学》一文中说：有人夸他的文章，"自然要感谢，其实也何尝真有什么长处，至多是不大说诳，以及所说多本于常识而已。假如这常识可以算是长处，那么这正是杂览应有的结果，也是当然的事……"[1]他很重视他的杂学："我的杂学如上边所记，有大部分是从外国得来的，以英文与日本文为媒介，这里分析起来，大抵从西洋来的属于知的方面，从日本来的属于情的方面为多，对于我却是一样的有益处。"[2]周作人列举了自己的十八项杂览，其中有中国的三项，印度的一项，西洋的九项，日本的六项（儿童文学和外国语为西洋和日本所共有），并且分门别类地说："我从古今中外各方面都受到各样影响，分析起来，大旨如上边说过，在知与情两面分别承受西洋与日本的影响为多，意的方面则纯是中国的，不但未受外来感化而发生变动，还一直以此为标准，去酌量容纳异国的影响。"[3]大致说来，周作人所说的"杂览"或"杂学"，神话学、文化人类学、儿童学、性心理学、生

---

[1] 周作人：《我的杂学》，止庵校订：《苦口甘口》，河北教育出版社，2002年，第58页。
[2] 周作人：《我的杂学》，止庵校订：《苦口甘口》，河北教育出版社，2002年，第90页。
[3] 周作人：《我的杂学》，止庵校订：《苦口甘口》，河北教育出版社，2002年，第96页。

物学等，属于西方的"知"，乡土研究与民艺、江户风物与浮世绘、川柳落语与滑稽本、俗曲与玩具以及日本语，属于日本的"情"。

在"儿童"和"儿童文学"的发现这一问题上，周作人主要从日本所接受的"情"，与主要从西洋所接受的"知"各处于什么样的位置呢？周作人的《儿童问题之初解》（1912）一文提供了重要参考——"凡人对于儿童感情，可分三纪。初主实际，次为审美，终于研究。字育之事，原于本能。婴儿幼生，未及他念，必先谋所以保育之方。此固人兽同尔。有不自觉者。逮文化渐进，得以余闲，审其言动，由恋生爱，乃有赞美。终以了知个人与民族之关系，则有科学的研究，依诸问题，寻其解释。"①在儿童问题上，字育、审美、研究三件事依次排列，而对儿童的审美在儿童文学的发现上具有不可或缺的重要性乃至前提性。动物行为学家劳伦兹对动物研究尚且认为，没有对动物的爱的情感，研究不了动物行为学，研究儿童的文学，就更离不开对于儿童的"由恋生爱，乃有赞美"了。

如果成人缺乏对于儿童的爱，则儿童的文学难以产生，对这件事周作人是有明确认识的："……中国缺乏儿童的诗，由于对于儿童及文学的观念的陈旧，非改变态度以后不会有这种文学发生，即使现在似乎也还不是这个时候。据何德兰在《孺子歌图》序上说北京歌谣中《小宝贝》和《小胖子》诸篇可以算是表现对于儿童之爱的佳作，但是意识的文艺作品就极少见了。"②

周作人从日本都接受了哪些具体的"情"的影响呢？

周作人最早读到小林一茶的歌咏儿童的俳句，是在高岛平三郎所编《歌咏儿童的文学》中，时间是在1910年至1911年夏天之间。在1916年，周作人说，"俳句以芭蕉及芜村作为最胜，唯余尤喜一茶之句"③，表露出

---

① 周作人：《儿童问题之初解》，钟叔河编订：《周作人散文全集》（第1卷），广西师范大学出版社，2009年，第247页。
② 周作人：《歌咏儿童的文学》，钟叔河编订：《周作人散文全集》（第3卷），广西师范大学出版社，2009年，第38页。
③ 周作人：《日本之俳句》，钟叔河编订：《周作人散文全集》（第1卷），广西师范大学出版社，2009年，第487页。

对小林一茶超乎寻常的喜爱。周作人看重的是小林一茶俳句中的"人情"："他的俳谐是人情的，他的冷笑里含着热泪，他的对于强大的反抗与对于弱小的同情，都是出于一本的。"①

在小林一茶俳句的"人情"里，最能唤起周作人共鸣的是"对于弱小的同情"。著名俳句"露水的世，虽然是露水的世，虽然是如此"是一茶为伤悼年仅一岁便夭折了的女儿所作，周作人译出这首俳句，并赞叹说："一茶是净土宗的信徒，但他仍是不能忘情，'露水的世'一句，真是他从心底里出来，令人感动的杰作。"②周作人还翻译了一茶的俳句"不要打哪，苍蝇搓他的手，搓他的脚呢！"然后反省自己写作的将苍蝇视为"美和生命的破坏者"的诗，说"我读这一句，常常想起自己的诗觉得惭愧"③。

小林一茶的俳句深深吸引周作人的除了"对于弱小的同情"，再有就是"孩子气"。对一茶的俳句，周作人如此评价，"他的特色是在于他的所谓小孩子气。这在他的行事和文章上一样明显的表示出来，一方面是天真烂漫的稚气，一方面却又是倔强皮赖，容易闹脾气的：因为这两者本是小孩的性情，不足为奇……"④

一茶的"孩子气"和"对弱小的同情"这两个精神气质，表现在俳句创作上，就是写了大量"歌咏儿童"的作品，仅在高岛平三郎编的《歌咏儿童的文学》中，就收录了数十首之多。周作人的新诗集《过去的生命》共收入三十多首诗作，其中题为《小孩》的诗就有五首，另外还有一首《儿歌》，一首《对于小孩的祈祷》，我们完全可以猜想，这里面有着以小林一茶为代表的日本诗文"歌咏儿童"这一情感倾向、审美倾向的影响。

---

① 周作人：《一茶的俳句》，钟叔河编订：《周作人散文全集》（第2卷），广西师范大学出版社，2009年，第462页。
② 周作人：《一茶的俳句》，钟叔河编订：《周作人散文全集》（第2卷），广西师范大学出版社，2009年，第466页。
③ 周作人：《苍蝇》，钟叔河编订：《周作人散文全集》（第3卷），广西师范大学出版社，2009年，第449页。
④ 周作人：《俺的春天》，钟叔河编订：《周作人散文全集》（第3卷），广西师范大学出版社，2009年，第44页。

1923年，周作人与鲁迅合译、出版了《现代日本小说集》。周作人为这本书作序，说："至于从文坛全体中选出这十五个人，从他们著作里选出这三十篇，是用什么标准，我不得不声明这是大半以个人的趣味为主。但是我们虽然以为纯客观的批评是不可能的，却也不肯以小主观去妄加取舍；我们的方法是就已有定评的人和著作中，择取自己所能理解感受者，收入集内……"①单从周作人的译作来看，他所"以个人的趣味为主"，"择取自己所能理解感受"的小说，都是什么作品呢？

《现代日本小说集》里共收入30篇小说，其中鲁迅翻译11篇，周作人翻译19篇，而在周作人翻译的19篇中，竟有8篇小说是以儿童或少年的生活为题材，周作人的这种选择是发人深思的。这些现代日本小说，迎合了周作人"个人的趣味"，也是周作人多年阅读、翻译的积累，一定对他（还有鲁迅）的"救救孩子"的儿童文学的思想和实践发生了重要的影响。

千家元麿的《蔷薇花》，写小孩儿的无邪给大人带来的愉悦。"那孩子不当这个作坏事看呢。""只有小孩对于自己所做的事毫不为意，我觉得是非常的美。"②这些小说中成人人物说的话，正是周作人所说的"由恋生爱，乃有赞美"。1918年，周作人翻译江马修的《小小的一个人》并发表在《新青年》上。"我又时常这样想：人类中有那个孩子在内，因这一件事，也就教我不能不爱人类。我实在因为那个孩子，对于人类的问题，才比从前思索得更为深切：这决不是夸张的话。"③对经由周作人翻译的小说中的这样的话，何尝不可以看作周作人的夫子自道呢。译文《小小的一个人》就与倡导新文学理念的《人的文学》一起，发表在《新青年》的第五卷第六号上，这恐怕不是完全的巧合吧。1920年周作人翻译的日本千家元麿的《深

---

① 周作人：《现代日本小说集·序》，钟叔河编订：《周作人散文全集》（第2卷），广西师范大学出版社，2009年，第622—623页。
② ［日］千家元麿：《蔷薇花》，止庵编订：《周作人译文全集》（第8卷），上海人民出版社，2012年，第316—319页。
③ 江马修：《小小的一个人》，止庵编订：《周作人译文全集》（第8卷），上海人民出版社，2012年，第325页。

夜的喇叭》，最后一段是："我含泪看着小孩，心里想，无论怎样，我一定
要为他奋斗。"①周作人对于儿童、儿童文学的异乎寻常的关心，似乎可以
在这段译文中找到因由。就在出版《现代日本小说集》的同一年，周作人
编辑、翻译了儿童文学作品集《土之盘筵》，在儿童剧《乡间的老鼠和京都
的老鼠》译文的《附记》中，周作人说："即使我们已尽了对于一切的义务，
然而其中最大的——对于儿童的义务还未曾尽，我们不能不担受了人世一切
的苦辛，来给小孩们讲笑话。"②这句话与千家元麿小说中"我含泪看着小孩，
心里想，无论怎样，我一定要为他奋斗"，简直是同气相求。可以说，后来周
作人写关于"小孩"的诗歌，论述儿童教育、儿童文学，是践行了他翻译的
《小小的一个人》《深夜的喇叭》这两篇小说中的人物所说的话。

《现代日本小说集》中收入的白桦派作家有岛武郎的《与幼小者》是鲁迅
翻译的，但是，周作人与有岛武郎神交已久，对《与幼小者》也早就情有独钟。

《与幼小者》这篇作品是有岛以写给孩子们的遗书的形式写成的，其
中有这样的话：

> 时光不停地流逝。等你们长大时，你们的父亲在你们的眼里
> 是什么样的人，这是难以想象的。大概像我现在嗤笑可怜将过去
> 的时代一样，你们也会嗤笑可怜我的陈腐的心思吧。为了你们，
> 我希望你们这样想。
>
> 如果你们不是毫不客气地以我为台阶，超越我而前行到更高
> 更远的地方，那便是错误的。
>
> ……
>
> 我爱过你们，并且永远爱你们。这爱并非为了从你们那儿得

---

① ［日］千家元麿：《深夜的喇叭》，止庵编订：《周作人译文全集》（第8卷），上海人民出版社，2012年，第315页。
② 周作人：《乡间的老鼠和京都的老鼠·附记》，钟叔河编订：《周作人散文全集》（第3卷），广西师范大学出版社，2009年，第281页。

到作为父亲的报酬。对于教会我爱你们的你们，我的要求只不过是接受我对你们的感谢。……你们那年轻的力量，不要被已经走下坡路的我所拖累。像吃尽死去的父亲，贮存起力量的小狮子一样，你们舍弃掉我，强壮勇猛地走上人生之路就是了。

有岛武郎的《与幼小者》作于1918年。周作人在1921年8月，用日语写下《对于小孩的祈祷》一诗，发表在日本白桦派杂志《生长的星群》第一卷第七号上。同年，周作人将其译成汉语，又发表在《新青年》第九卷第五号上。后来，周作人将这首诗收入诗集《过去的生命》时又重新进行了翻译："小孩呵，小孩呵，我对你们祈祷了。你们是我的赎罪者。请赎我的罪罢，还有我所未能赎的先人的罪，用了你们的笑，你们的喜悦与幸福，用了能成为真正的人的矜夸。在你们的前面，有一个美的花园。从我的上头跳过了，平安的往那边去罢。而且请赎我的罪罢——我不能够到那边去了，并且连那微茫的影子也容易望不见了的罪。"

流淌于《与幼小者》和《对于小孩的祈祷》中的共同思想感情，是对孩子的深挚的爱，将希望寄托于孩子身上的热切期待以及让孩子超越父辈的心愿。倾倒于白桦派文学的周作人，收藏了有岛武郎的许多作品。《与幼小者》得之于1919年3月，而周作人读到它也许更早一些："有岛君的作品，我所最喜欢的是当初登在《白桦》上的一篇《与幼小者》。"[1]周作人创作《对于小孩的祈祷》时，受到他"所最喜欢的"有岛武郎的《与幼小者》的影响是极其自然的。

有岛武郎不仅是白桦派的重要作家，而且在大正期的日本儿童文学史上还占有重要位置。他在1920年至1922年为儿童创作了六篇作品，数量不多但却粒粒珠玑，其中的《一串葡萄》已成为大正童心主义儿童文学的重要收获。这些作品后来结集出版，题为《一串葡萄》（周作人于1922年

---

① 周作人：《有岛武郎》，钟叔河编订：《周作人散文全集》（第3卷），广西师范大学出版社，2009年，第182页。

9月得到这本集子)。正如有岛武郎成为儿童文学作家不是偶然的一样,周作人与同时身为儿童文学作家的有岛武郎的神交也不是偶然的。

四、结语:周作人儿童文学观念的中国主体性

通观周作人的儿童文学观念的形成过程,作为核心概念的"儿童本位"和"儿童文学",其语言的本源最有可能来自日语语汇,这一重要的影响关系是中国儿童文学史研究者所应该记取的。

最后,我想指出的是,周作人在接受包括日本在内的西方影响时,一直保持着自身的主体性,保持着中国的本土性,即如他自己所言,"意的方面则纯是中国的,不但未受外来感化而发生变动,还一直以此为标准,去酌量容纳异国的影响"。

在"知情意"三者之中的"意",用周作人自己的话解释就是"以生之意志为根本的那种人生观"[1]。周作人还解释了他身上的"意"的主体性:"这个主意既是确定的,外边加上去的东西自然就只在附属的地位,使他更强化与高深化,却未必能变化其方向。我自己觉得便是这么一个顽固的人,我的杂学的大部分实在都是我随身的附属品,有如手表眼镜及草帽,或是吃下去的滋养品如牛奶糖之类,有这些帮助使我更舒服与健全,却并不曾把我变成高鼻深目以至又有牛的气味。"[2]周作人的"生之意志"既包括周作人所谓的"儒家精神"即儒家的"中庸"思想,更包括他本人的生命根性,如此才称得上是"生之意志"。周作人的这个生命根性,笔者理解就是热爱自由和同情弱小,即后来发展成的个人主义和人道主义。

周作人说:"我写文章,往往牵引到道德上去,这些书的影响可以说是原因之一部分,虽然其基本部分还是中国的与我自己的。"[3]这话虽然是

---

[1] 周作人:《我的杂学》,止庵校订:《苦口甘口》,河北教育出版社,2002年,第96页。
[2] 周作人:《我的杂学》,止庵校订:《苦口甘口》,河北教育出版社,2002年,第96—97页。
[3] 周作人:《我的杂学》,止庵校订:《苦口甘口》,河北教育出版社,2002年,第72页。

针对"文化人类学"的借鉴所说，但也适用于周作人对其他西方思想、文化的借鉴。总而言之，周作人的"儿童本位"的儿童文学理论，是在借鉴包括日本在内的西方思想、文化资源的基础上，对中国以成人为本位的封建文化反思和批判的结果，其基本部分还是中国的与他自己的，是他遵奉"物理人情"的结果。

（载于《兰州大学学报》2019年第6期）

『儿童本位』论的理论建构

第二辑

"大狗"叫，"小狗"也叫
——论儿童文学与成人文学的文学差异

> 有大狗，有小狗。但小狗无须因大狗的存在而惶惑。所有的
> 狗都叫，但都按照上帝给予它的声音去叫。
>
> ——契诃夫

一、"小狗"的"惶惑"

在我国，长期以来，儿童文学与成人文学相比，就像一个衣衫褴褛的孩子站在衣冠楚楚的大人身旁，无论是创作还是理论都受到不公平的待遇。我们仅以几个数据来证明，这样比喻并非不实之词。

在设施上，1949年至今，专业儿童剧院竟少得可怜，上演的剧目也乏传世精品，儿童剧的演出难以登上成人剧场的"大雅之堂"。虽然当今世界上专设儿童剧场的国家不多，但是儿童剧目却可以在成人剧院里上演。挪威有一部儿童剧《豆蔻镇的居民和强盗》在挪威首都的国立剧院、国家剧场上演几百次，在瑞典首都的皇家歌剧院、在冰岛首都的国家剧场、在罗马尼亚首都的罗马尼亚国家剧场坦达里加，均上演了上百或者数十场。

在创作上，过去儿童文学作家的门前，一到春季的三四月，约稿者就会找上门来，但儿童节刚过就会门庭冷落。故而儿童文学作家自嘲搞的是"六一集合，六二解散"的文学。近几年涌现出一批儿童文学刊物，境况才有了改观。

理论方面，截至1985年，全国仅有《儿童文学研究》一家刊物，每年最多出四期。儿童文学理论文章难以在成人刊物上发表。全国没有一个儿童文学教授，仅有的三个副教授还都是现代文学专业含儿童文学方向。

这些事实表明，儿童文学曾经是一只畏缩在角落里的少人疼爱的"小狗"。儿童文学非但不被重视，反而常被人指贬为"小儿科""下脚料"。我国儿童文学所处的地位，对一个以现代化为前进目标的国家来说，是非常不幸的。当然，也应看到，进入文学新时期后，特别是近几年来，儿童文学自身在发展，从社会的各个方面投来的目光也变得温和一些了。但是，我国经济状况的落后，还难以照顾到儿童文学，人们对儿童文学长期轻视所形成的定式，也无法马上挣脱；就是儿童文学自身，从待惯了的角落里走到阳光照耀的大街上，一时也不能理直气壮地昂起头来，甩掉几近成为性格了的"惶惑"。

我们在发了一顿怨天尤人的牢骚后，也不得不回过头来反思，儿童文学受到低下的待遇就没有自身的原因吗？我认为，我们的儿童文学理论有不可推卸的一部分责任。与欧美国家、日本的儿童文学理论研究相比，我们的儿童文学理论是抬不起头来的。就是在我国当代文学的格局中，儿童文学理论也显得那么迟钝、落后，远远没有跟上时代的文学大潮。比如，对1985年的文学研究方法热，儿童文学理论几乎没作出任何真正的反应，进入1986年，在文学观念激烈变革的势头面前，儿童文学理论似乎也无动于衷。如果儿童文学理论不从改变自我形象做起，要想摆脱"惶惑"感是不可能的。

过去的儿童文学理论研究，大都不是说什么儿童文学关系到下一代的成长，因而非常重要；就是拿着儿童心理学、儿童教育学的观点来解释儿童文学，结果或者变为口号式的宣传，或者流于简单的因果证明，千篇一律，缺少新意和立体化的角度。这种成为惯例的单一的研究方法，不可能为我们建立起多侧面、多角度的立体化儿童文学理论。

儿童文学作为文学的一个独立分支，肯定有其独特的文学机能。以往我们研究儿童文学的特点，最容易停留在对主题鲜明、情节生动、结构完整这些表层现象的阐述上。研究儿童文学有别于成人文学的特殊性，还有没有其他途径？我们是否可以把兴奋点暂时从儿童的身上转移一下，将目光投注到成人的身上。因为一个明显的事实就是，儿童文学拥有许多成人读者，儿童文学作者都是成人。是什么原因使这些成人读者对成人文学不感到满足，却要对儿童文学寄予"厚爱"，成人作者写作儿童文学难道仅仅是为了儿童，自己就丝毫不能从中获得精神上的满足？我想通过对这些问题的探寻，或许可以窥见到儿童文学与成人文学的某些方面的文学差异。

二、"幼儿期是文学期"

我们都有这样的体验——儿时的往事虽然已经成为遥远的过去，但却总是经久不忘、记忆犹新；相反，长大成年后的事情虽然时隔不久，却很快就淡忘得难以回味。十九世纪的俄国无政府主义者克鲁泡特金在他七十多岁时写的随笔中，说过这样的话："我五岁时，在生身故乡的街角上，看到过粗糙的黑白幻灯，那画面的美丽，我无论如何也不能忘记。那时所受到的感动，到了今天这个年纪还生动地留在我的心里。而且在那以后，看到过许多美丽的东西，但是，每次我都想：不，等一下！还有比这更美的呀！记忆中浮现出来的，总是幼年时所受到的感动。那最为美丽的画面，永远永远也不能从我心中消失。"[①]

的确如克鲁泡特金所说的，儿童的情感园田里能够种植上终生不灭的东西。儿童心灵的这一特殊性，就是如实的文学状态。这一文学状态显然与成人的不同。在文学的天平上，作品的价值功能是靠读者的条件来加重砝码的。儿童文学正是借儿童心灵的特殊性产生了深远的文学感动。在这个意义上，儿童文学对一个人的一生来说，甚至比成人文学更为重要。

---

① ［日］花冈大学：《幼年文学についての走り書き的覚え書》，大阪教育図書株式会社，1974年。

虽然儿童在文学修养和艺术欣赏能力方面不如成人，但是，成人阅读文学作品时的感动，常常是保持着一定距离的审美状态，而儿童却虔诚地走进了作品之中。在儿童的认识里，作品所表现的一切，简直就与现实生活重合在一起，是真实可信的（年龄越小，越信得虔诚）。比如，演出儿童剧《英雄少年刘文学》时，许多小观众与剧中人一块儿宣誓；困难时期，演《以革命的名义》，一个小观众看过剧后，用篮子装上自己心爱的兔子，找到演员秦琨，让她杀了吃，并且说："瞧你饿得多可怜哪！"文学作品的艺术感动力量，对成人的思想、观念有一定的调节和修正作用，但仅此还不足以彻底改变成人已经选择的世界观和生活道路。然而，文学之于儿童，却能够指引他们。许多人在儿时读过并深深为之感动的作品，对其一生的道路产生了深远的影响，具体如职业的选择，抽象如人格的完善，都自觉或不自觉地服从了文学对其灵魂的召唤。

也许正是看到了儿童心灵的这种特殊的文学状态，日本的羽仁说子说："幼儿期是文学期。"

三、"恍惚回到自己童年的光辉时代"

别林斯基说："儿童读物可以而且应当写。但是，只有当它不仅能使儿童，而且也能使成年人感兴趣，为成年人所喜爱，而且不是作为一种儿童作品，而是作为一种为所有人而写的文学作品出现的时候，它才称得上是优秀的、有益的作品。"他在这里为我们制定了儿童文学作品所应该具有的格调："也能使成年人感兴趣，为成年人所喜爱。"当然，这绝不是说儿童文学作家在创作过程中可以不考虑儿童读者的特殊性，而只是为了强调优秀的儿童文学也应该具有可供成年人享受的文学价值。

事实上，许多儿童文学作家在创作时，不仅照顾到儿童读者的特殊需要，而且也同时把成年人考虑进自己作品的读者范围。世界著名的童话巨匠安徒生就说过："我用我的一切感情和思想来写童话，但是同时我也没有忘记成年人。当我写一个讲给孩子们听的故事的时候,我永远记住他们的父亲和母亲也会在旁边听,因此,我也得给他们写一点东西,让他们想一想。"①我国著名的现代文学作家茅盾就很爱读安徒生的作品,"常常在睡觉以前读一篇安徒生的'童话'",他认为这是"轻松而有趣的书","谁读了安徒生,谁都能感到他的有趣"。

正像茅盾爱读安徒生是因为他的童话"轻松而有趣"一样,许多成人读者爱读儿童文学也是被其中的儿童情趣所吸引。虽然成人文学作品中也会偶尔闪现出儿童情趣的火花,但毕竟如昙花一现,稍纵即逝;而儿童文学中的儿童情趣,却是作家着意栽种的四季常开的花朵,可供成人读者随时欣赏享用。在这一点上,儿童文学的确成了某些成人读者不可多得的恩物。

在儿童文学中,富有儿童情趣的作品呼之即来,俯拾皆是。童话如意大利的科洛迪的《木偶奇遇记》、我国张天翼的《大林和小林》,小说如苏联盖达尔的《丘克和盖克》、班台莱耶夫的《表》,故事如德国埃·拉斯伯的《吹牛大王历险记》,都有极为精彩的儿童情趣。我们想从另外的作品里试举两例。

苏联儿童文学作家尼古拉·诺索夫的中篇小说《马列耶夫在学校和家里》是一部优秀的儿童文学,曾获得斯大林文学奖。小说中有一段描写四年级小学生马列耶夫和他的同学席什金训练小狗洛布吉克认数字的情景——

> "它不懂,"席什金大声地说,他心烦死了,"我们非惹恼它不可。我知道了!"
>
> "我不教它,而来教你。这样它要学得快一点。"
>
> "教我!亏你说得出!"

---

① 金燕玉:《儿童文学初探》,花城出版社,1985年。

　　"是的，你用手和膝盖趴在地上叫。它看着你，就学会了。"

　　于是，我用手和膝盖趴在洛布吉克的旁边。

　　"那么回答吧，这儿有几块糖?"席什金问。

　　"汪——汪!"我大声叫着回答。

　　"好狗!"席什金拍拍我的头，塞了一块糖在我嘴里。我咯吱咯吱地嚼着糖，拼命弄出响声来，好让洛布吉克眼馋。洛布吉克看着我，口水都流出来了。

　　我们再来看马克·吐温的《汤姆·索亚历险记》中的一段。汤姆经常挨姨妈打，这天他挨了一顿冤枉揍，非常委屈。虽然姨妈知道真相后，已经后悔，并渴望汤姆原谅她，但汤姆不肯理睬。马克·吐温以深入儿童心灵的笔写道——

　　他暗自幻想着自己躺在床上，病得快要死了，他的姨妈在他身边弯着腰，恳求他稍说一句简单的饶恕的话，可是他偏要转过脸去向着墙，不说这句话就死去。呵，那时候姨妈的心里会觉得怎样呢?他又幻想着自己淹死了，被人从河边抬回来，头发浸得透湿，他那伤透了的心可是得到安息了。姨妈会多么伤心地扑到他身上，像下雨似的掉眼泪，嘴里不住地祈祷上帝把她的孩子还给她，说她永远永远也不再打他骂他了!可是他却冷冰冰地、惨白地躺在那儿，毫无动静……他这样拼命地拿这些梦想中的悲伤激动自己的感情……

　　每个成年人读到以上两段文字，都将露出会心的微笑。儿童文学就有这种成人文学所缺少的"特异功能"——它使每一位成年读者仿佛回到故乡古老的小胡同里，每当拐过墙角，随时都可能遇到一个流鼻涕的小男孩儿，或者梳着羊角辫的小姑娘，而这正是童年的自己。由于阅读儿童文学作品而产生的遥远而又温馨的回忆，是一份多么美好、珍贵的感情。这样的文学感受，恐怕是难以从成人文学中得到的。

童年是令人怀恋的，童年也是值得怀恋的。没有回忆，我们将没有对生命的感受，而越是对遥远过去的回忆，便越使人感到"生命原来是一条滚滚的河流"。因此，也可以说没有回忆，就不可能有表现生命形态的文学。童年对于文学来说，极为珍贵。因为童年是美好的，即使是苦难的童年，回味起来，也是一种亲切、甜蜜的忧伤。回忆童年的感情，对于一个走到人生中途，或者将走完人生全部旅途的人非常重要。许多人在白首暮年，望着夕阳西下回顾自己的一生，恐怕会感到唯有童年最富有欢乐和光彩。就像王蒙在他的小说《蝴蝶》中写的："童年的欢乐是不可逾越的高峰。"我们可以找出许多文学作品来印证这种看法。鲁迅的《故乡》通篇笼罩着悲凉昏暗的阴云，但是童年的回忆却像一缕阳光，穿透阴云，给作品点染上一些明媚的色彩。"我"回到别了二十余年的故乡，看到的故乡却"没有一些活气"，使人的心"禁不住悲凉起来"。其实，故乡并没有变化，变化的只是"我"的心境。当"我"的母亲提起了童年的伙伴闰土，"我这儿时的记忆，忽而全都闪电似的苏生过来，似乎看到了我的美丽的故乡了"。可见故乡的美丽，全是因为童年。《故乡》无疑写的是鲁迅的人生感受。不仅《故乡》，鲁迅的其他作品，如《从百草园到三味书屋》《社戏》都表现出对童年的怀恋、向往和珍视。

儿童文学可以满足人类回忆、怀恋童年这一重要的文学需要。别林斯基就曾说过："凡是写得好的儿童文学作品都可以让成人也能够心满意足地读完，并且他读完便恍惚回到自己童年的光辉时代。"

四、"若失却童心，便失却真心；失却真心，便失却真人"

回忆和怀恋童年，是只有入世较深的成年人才会有的心理要求。如果与少年急于告别童年的心理相比较来考虑，成人的怀旧带有光阴难再、余年可数的感伤意味。但是儿童文学给成年读者带来的对童年的回忆和怀恋，在本质上与怀旧的感伤有极大的区别。虽然怀旧也是心理上的一种补偿，但是，儿童文学始终在帮助成人读者保持或者寻回曾经失落的一颗"童心"。在这颗"童心"里，蕴藏着人生的哲学价值。

这样说，并非夸大其词。这里的"童心"并不是指儿童对小猫小狗蹲下来说话的天真，而是如明代思想家李贽所说的："夫童心者，真心也。若以童心为不可，是以真心为不可也。夫童心者，绝假纯真，最初一念之本心也。若失却童心，便失却真心；失却真心，便失却真人，人而非真，全不复有初矣。"童心与做人融合为一体。童心的人生哲学意蕴艺术地表现在儿童文学作品中，便赋予儿童文学独特而又高度的审美价值。

马克·吐温的《哈克贝利·费恩历险记》是十九世纪美国文学中最富有意义的作品之一，受到很高的评价，并享有广泛的国际声誉，已经被纳入世界文学的宝库。但是，《哈克贝利·费恩历险记》是一部地道的儿童文学作品，它紧承吐温的《汤姆·索亚历险记》，开世界少年冒险小说的先河。少年哈克贝利作为小说的中心人物，以独特的冒险经历，对南部黑暗、落后、枯燥的社会生活以及蓄奴制进行了全面的否定。让一个未成年的孩子完成如此重大的使命，是因为在马克·吐温看来，"成年人"恰恰是呆板和僵化的化身，他们往往囿于偏见、墨守成规。因此，在马克·吐温的作品中，无论是谈吐高雅的"上等公民"，还是粗俗无聊的市民阶级，向来是遭贬斥的。而与此相反，在儿童身上体现出来的总是天真纯洁和自由浪漫的气质，展示出的总是一个美好的世界。正因如此，他塑造的形象"哈克"才毫无成年人的偏见和世故，敢于对以成年人为代表的蓄奴制社会勇敢地提出挑战。

以儿童形象来表现人生价值和哲学意蕴的并非马克·吐温一人。安徒生曾以童话《皇帝的新装》对皇帝和整个统治集团进行了辛辣的嘲讽和深刻的揭露。虚伪和自私结合在一起，便驱使皇帝、大臣以及全城百姓指无为有，颠倒是非，上演了一出再滑稽不过的人间丑剧。最后，正是一个小孩子叫了出来："可是他什么衣服也没有穿呀！"在显而易见的真理面前，世俗的利害、胆怯的自私成了成年人难以逾越的高山，而纯洁天真的孩子却能不假思索，脱口而出。由此，我想起了日本儿童文学理论家浜野卓也教授对日本儿童文学作家丰岛与志雄的评论。浜野卓也认为丰岛童话中经常出现的醉汉，"象征着不受既成的道德观念和习俗束缚的自由人"，"对丰岛来说，童话只能是天真烂漫的自由精神的产物"[①]。不论是马克·吐温、安徒生，还是丰岛与志雄，他们对"童心"的认识以及以作品对此所作的评价，都是这般一致。

　　童心，也凝聚了我国许多作家的人生理想。郑振铎曾这样评价泰戈尔的《新月集》："它把我们从怀疑、贪婪的罪恶世界带到秀嫩天真的儿童的新月之国里去。"当代女作家张洁在散文《梦》中写道："我最想留住的，还是那永远没有长大、永远没有变老的心呵！只有它，才使我的心里永远充满了诚挚和热爱！只有它，使我过去从一次又一次的失望里，不止一千次地得到重生！"我们从何立伟的小说《白色鸟》，从顾城、梁小斌的诗作中也都可以感到他们对儿童世界的推崇。

　　作家拿起为儿童而创作的笔，除了一种高尚的责任感，还有没有来自另一个方向的引力？以日本的儿童文学作家有岛武郎为例，可以肯定地说，他也是出于"自爱的本能"，才加入了儿童文学作家的行列。有岛武郎以长篇小说《叶子》确立了他在日本文坛的地位。像他这样出色的成人文学作家，为什么在他自杀前的两三年里，写起儿童文学来了呢？儿童文学因为什么对他竟显得如此重要？有岛武郎的短暂一生，经历了多次思想上的冲突和曲折，尤其在他自杀前的几年里，思想上正处于极度的苦闷之中。他在《儿童的世界》一文中不无惋惜地写道："我们随着长大，逐渐远离了儿童的心灵。……我们明显地不能和儿童一样来思考和感受。"[②]可以看出，他已经产生了向往天真无邪的儿童时代的心境。他的这种心境正

---

① 　[日]浜野卓也：《童話をみる近代作家の原点》，樱枫社，1984年。
② 　[日]西本鸡介：《児童文学の創造》。

好与当时日本的童心主义儿童文学思想相吻合，即崇尚儿童自由想象的世界里的生活，在儿童纯真的童心里寻找人生的最高价值。在痛苦的尘世间寻求奔波得疲惫而又绝望了的有岛武郎，找到了儿童文学这片绿色的草地，坐了下来。儿童文学创作给他苦闷压抑的心理带来了一种慰藉和解脱。他写下了以《一串葡萄》为代表的六篇儿童小说，其中大都很少虚构，以自己童年的经历为依据，他几乎回到了童年的心境。但是，现实中的失望与悲哀却来扯住他的衣角，因而使他的作品不免时而流露出流水落花的怀旧感伤。请看《一串葡萄》中的"我"对童年时所敬爱的老师的怀念——

> 可是，我最喜欢的那位好老师却不知到什么地方去了。虽然我知道再也不能和她相见，但我还是希望如果她至今还活着的话，该有多好呵。一到秋天，一串串葡萄依然染上紫色并挂满了美丽的白霜，我却在哪儿也见不到那托着葡萄的大理石一样洁白而美丽的手。①

类似这种感慨，我们在鲁迅的小说《社戏》中也可以见到："真的，一直到现在，我实在再没有吃到那夜似的好豆——也不再看到那夜似的好戏了。"不论在有岛那里，还是在鲁迅那里，童年与成年都是两个色彩反差极大的世界。他们对童年的依恋和向往蕴含着对成人世界的阴影的否定因素。鲁迅的《故乡》也明显地揭示着此种对比：儿童时心灵的沟通；成人后心灵的隔绝。"我"与闰土童年的友谊何其纯真无邪，但三十年后相见，闰土恭敬地叫出一声"老爷"，就在两人之间隔起了"一层可悲的厚障壁"。人生的这种"悲哀"，绝不仅仅在鲁迅的时代才存在，而是人生的一种永恒的不幸。

_____

① ［日］有岛武郎：《一房の葡萄》，岩波书店，1984年。

在现代社会，人的异化既有普遍性，也有必然性。人类始终在与自身的异化进行着抗争，文学也在不断呼唤人性的复归。文学中的人道主义的旺盛生命力，正存在于异化与反异化的矛盾斗争之中。把培养人道主义精神作为要素的儿童文学一直对儿童与成年读者发挥着反异化的作用。尤其对于那些在茫茫尘海漂泊得疲惫了的、在异化的风雨中遍体鳞伤了的成年人，儿童文学简直可以说是其人生航程中的避风港湾。在儿童文学的世界里，成人读者的心灵将得到净化，他们将把内心深处的污浊之气吐出去，吸进新鲜纯净的空气。儿童文学将努力把成人布上尘埃的心灵擦拭得再一次光洁照人。

有句俗语："当局者迷，旁观者清。"本文便试图取成人（成年读者和作家）对儿童文学的艺术需要这一旁观的角度，来考察儿童文学的特殊文学品貌。即使是在"幼儿期是文学期"那部分里，我们也是把儿童文学的作用定位在读者的整个人生过程中来评价的。需要声明，以上论述，并没有扬此抑彼之意，我们并不讳言成人文学同样有着许多儿童文学所缺少的文学性，不过，对这方面的研究，不想在本文进行。

儿童文学的特殊性是一个深奥而又复杂的问题。在儿童文学研究的不算太短的历史中，这个问题一直没有穷尽其解。探讨这一课题，对这篇短文来说无疑是绠短汲深的，我只有一个愿望，那就是以上对儿童文学的认识，"叫"出的是一两声"上帝给予它的声音"。

（载于《儿童文学评论》，辽宁少年儿童出版社，1988年）

论中国当代儿童文学的儿童观

中国当代儿童文学长期处于落后状态，这在目前的儿童文学界已经成为定论。毫无疑问，是多方面的合力阻碍了中国当代儿童文学的发展。但是，在这些力量中，总有一股最强大的、规定方向的力量。寻找这股力量，应该成为儿童文学理论的自觉意识。

在儿童文学创作中，儿童观是一个必然的客观存在。可是，儿童观问题却一直是中国儿童文学理论研究的盲区。对儿童观问题不应该有的忽视绝不仅仅因为儿童文学理论的蒙昧和愚钝，根本原因在于掌管创作和理论的成人们面对儿童时的居高临下的姿态和傲慢自大的心理，持着这种姿态和心理，必然对儿童观问题不屑一顾。我认为，审视当代儿童文学的儿童观，对于探寻中国当代儿童文学落后的根本原因，即使不能切中肯綮，也将给人以启示。

儿童观是一种哲学观念，它是成年人对儿童心灵、儿童世界的认识和评价，表现出成人与儿童之间的人际关系。持有什么样的儿童观，决定着儿童文学作家的创作姿态。

在人类文化史上，曾出现过多种不同形态的儿童观，而进入现代社会以后，主要有两种对立的儿童观，那就是如同日本著名的儿童文学作家、理论家秋田雨雀所说的："一种观点是成人把成人的世界看成是完善的东西，而要把儿童领入这个世界；另一种观点是，意识到自己的生活的不完善和不能满足，而不想让下一代人重蹈覆辙。""从前一种观点出发，便产生了强制和冷酷；从后一种观点出发，便产生了解放和爱。"①

中国当代儿童文学在很长时期内便持着秋田雨雀说的第一种儿童观。这绝不是说我国没出现过优秀的作家和出色的作品，但是，五六十年代的"教育儿童的文学"，给人的总体感觉是：作家为儿童之"纲"，君临儿童之上进行滔滔不绝的道德训诫甚至政治说教，仿佛儿童都是迷途的羔羊，要等待着作家来超度和点化。在儿童文学中得到满足的常常不是儿童的合理欲望和天性，倒是儿童文学作家的说教欲。儿童文学作家十分虔诚地相信自己尊奉的教育观念的正确性，一心坚决而又急切地要把儿童领入成人为他们规定好的人生道路。这是一种带有强制和冷酷色彩的儿童观。历史已经令人沮丧地证明了两点：一是我们的作家们过去所信奉的许多教育观念是错误的；二是在作家们高高在上的道德训诫和说教之下，遭到压抑甚至扼杀的是儿童合理的欲望和宝贵的天性。这两种不幸，存在于五六十年代的许多儿童文学作品中，甚至有些获奖的"优秀"作品也未能幸免。小说《蟋蟀》（获第二次全国少年儿童文艺创作评奖一等奖）中的赵大云是作家着意肯定、褒扬并寄予期望的少年形象。他小学毕业不参加中学考试，回到农业社铁心务农，他认为割稻、犁田这些原始式的劳动便是"学习"。有的评论者赞扬《蟋蟀》以一个小角度来反映一个大的主题，真正是寓教于"乐"的。但是，人为地把游戏与工作对立起来，进而取消对少年儿童来说也是"最正当的行为"——游戏，就谈不到"寓教于乐"，而把不屑于参加中学考试，却对割稻、犁田这些笨重原始的劳动一往情深的赵大云树立为少年儿童的楷模，则是多么愚昧落后的教育思想！

儿童小说《罗文应的故事》（获第一次全国少年儿童文艺创作评奖一等奖）是目前仍被儿童文学界奉为经典的作品。小说写的是，小学生罗文应因为贪玩总是耽误时间，影响学习，后来在同学们的帮助下和解放军叔叔的期待下，他管住了自己，养成了遵守时间的习惯。小说的确把罗文应

---

① ［日］秋田雨雀：《作为艺术表现的童话》，见《日本儿童文学大系》，三一书房，1966年。

玩时的心理写得活灵活现，罗文应的可爱之处正在这里。糟糕的是，小说把这些都看成是造成他耽误时间影响学习的缺点，他必须丢掉那些欲念和游戏，才能像解放军叔叔希望的那样："你自己管得住自己"，成为一个规规矩矩的好孩子。事实上，这篇小说使人很难过地看到罗文应最后是丢掉了对一个儿童来说最为宝贵的东西。据说罗文应这一儿童形象成为推动生活中千千万万"罗文应"改正缺点的力量。非得这样来教育孩子们改正缺点吗？——缺点改了，可爱、活泼的孩子也成了非礼勿视、非礼勿动的小夫子。其实在罗文应贪玩这所谓缺点里，已经透露出他的强烈的好奇心和丰富的想象力以及在某方面的兴趣。苏联教育家苏霍姆林斯基说过："如果一个学生到了十二三岁还没有在某方面显示出自己的兴趣，那么，教育者就应当为他感到焦虑，坐立不安。"心理学研究也表明，人（尤其是儿童）的内在禀赋的发展机遇瞬息即逝，我们很难做到把这种机遇像某种物品一样在保险箱里长久保存下去。在科学文献中有大量确定无疑的事实证明：人的语言、思维、创造能力都有其产生、发展和完善的特定的相应年龄阶段。《罗文应的故事》显然只看到了罗文应"贪玩"的表面，而没有看到"贪玩"的深层已显示出罗文应在某方面的特殊兴趣和天赋能力。这一偏颇是由不当的儿童文学观念造成的，即作家只对教育观念负责，当"遵守时间"这一教育观念胜利后，罗文应的个性和兴趣作家就都甩手不管了。从小说来看，罗文应的内在禀赋和兴趣极有可能遭到阻止和延缓。

　　不知何故，儿童文学作家往往人为地将儿童的欲望和天性与教育理想对立起来。落后儿童经过教育成为模范儿童，这是许多儿童文学作品的模式。儿童文学作家非常喜欢这样的标签：《骄傲的小××》（××处可填上公鸡、花猫、蝴蝶等等）、《××国历险记》（××处可填上任性、说谎、肮脏等等）。这类作品显然是挑儿童毛病的。不是说儿童的缺点不能批评，问题是这类训诫作品的大量出现，将对儿童心理造成一种压抑。儿童文学总是过分注意、强调或夸大儿童的弱点、缺陷、错误，这对儿童心理健康不利。对儿童所作的心理测量清楚地表明，当一个疲惫的孩子受到赞扬时，他会产生一种明显的新的向上力量；相反，当孩子得不到赞赏或受到批评时，他们现有的体力也会戏剧性地减退。由此可见，儿童需要在早年生活中就体验到成功，感觉到自己的价值。但是，我认为，面对我们的简直可以称为"羞耻文学""过失文学"的那些儿童文学作品所描绘的儿童形象，儿童极易产生自卑感，沮丧，失去自信，从而降低自己的能力，在身心发展过程中出现障碍。

五六十年代的儿童文学，很少以赞赏和鼓励的目光来看待、描写儿童。儿童文学作家们似乎认为，对少年儿童稍稍放松教育，他们就会步入歧途，走上邪路。儿童的心灵和世界真的如此令人悲观、沮丧吗？儿童真的生来就是迷途的羔羊吗？现在我们看看另一类人对儿童世界所作出的评价。

苏联著名教育家克鲁普斯卡娅曾经指出："马克思、恩格斯、列宁都是怀着深切的敬意来看待儿童的：他们把儿童看作未来。"①，马克思在《政治经济学批判·导言》中说："一个成人不能再变成儿童，否则就变得稚气了。但是，儿童的天真不使他感到愉快吗？他自己不该努力在一个更高的阶梯上把自己的真实再现出来吗？在每一个时代，它的固有的性格不是在儿童的天性中纯真地复活着吗？为什么历史上的人类的童年时代，在它发展得最完善的地方，不该作为永不复返的阶段而显示出永久的魅力呢？"在这段话里，赞美儿童之意溢于言表。

鲁迅在五四时期就曾提出"儿童本位"的儿童观以及"彻底解放"的儿童教育思想。虽因急遽的社会斗争，鲁迅未能专门给儿童进行创作，但他却以《故乡》《社戏》以及散文集《朝花夕拾》中的一些作品对儿童的心灵世界作出了评价。鲁迅所崇尚的童心，天然地具有憎恶的本能，能对人和事提供一个合理的价值标准。它虽然是朴素的、直感的，却也是鲜明的和正确的。可以说，鲁迅崇尚童心的儿童观成为他猛烈抨击封建思想和文化的锐利武器。

---

① ［苏］克鲁普斯卡娅：《论儿童读物》，周忠和编译：《俄苏作家论儿童文学》，河南少年儿童出版社，1983年，第205页。

歌德对儿童的尊崇更是来得彻底，他甚至说："小孩子是我们的模范，我们应当以他们为师。"①英国诗人华兹华斯也说："儿童是成人之父。"②

我们再来看心理学科提供的答案。被称为世界心理学的第三思潮的马斯洛心理学，在西方评论界被认为是人类了解自己过程中的又一块里程碑。马斯洛的人本主义心理学反对弗洛伊德学派仅以病态的人作为研究对象，提出心理学家应该研究人类中的出类拔萃之辈——即"自我实现的人"。马斯洛认为自我实现的人的许多优秀之处是与儿童的天性一致或相似的。比如自我实现的人有着一种谦虚态度，这种谦虚态度也可以表述成一种孩童般的单纯与不自大——孩童往往具有这种不带成见，不过早下结论地听别人意见的能力。孩童们张着天真的不带批评的眼睛看世界，只注意事情的本来面目，既不争辩，也不坚持事情是别的样子。同样，自我实现的人也这么看待自己与别人身上的人性。再比如，创造性是自我实现的人的普遍特点。马斯洛认为，这些人的创造性与孩童还没有学会害怕别人的嘲讽，仍能带着新鲜的眼光毫无成见地看待事物时所表现出来的创造性是相似的。马斯洛相信，当人们长大时，这一特点常常丧失了，而自我实现的人不会失去儿童这种新鲜天真的观察能力，即使失去了，也能在后来的生活中找回来。③评论界认为马斯洛人本主义心理学巩固了对人性的信念，强调了人的尊严。我认为这一评价与马斯洛人本主义心理学对作为人类未来的儿童的天性所作出的肯定甚至崇尚是分不开的。

上述思想家、作家、心理学家所描绘的儿童形象显然与我国五六十年代的儿童文学所描绘的儿童形象截然不同。我总觉得，五六十年代的相当数量的儿童文学从总体上看，给儿童带来的不是解放而是压抑。我国五六十年代

---

① 转引自韦苇：《郭沫若用诗为我国现代儿童文学拓荒》，《浙江师范大学学报》1985年儿童文学专辑。
② 转引自［美］黛安·E.帕普利，萨莉·W.奥尔兹：《儿童世界——从婴儿期到青春期》上册，人民教育出版社，1981年，第7页。
③ 见［美］弗兰克·戈布尔：《第三思潮：马斯洛心理学》，吕明、陈红雯译，上海译文出版社，1987年，第27—28页。

的儿童文学所以没有产生具有世界影响的作品，就是因为太小看儿童，太压抑儿童。世界优秀的儿童文学作品，如安徒生的《皇帝的新装》、马克·吐温的《哈克贝利·费恩历险记》，其中的儿童形象，或者是成人不敢正视的真理的代言人，或者是黑暗腐朽的蓄奴制的勇敢挑战者。再如当代世界著名儿童文学作家、瑞典的阿斯特丽德·林格伦，她的《长袜子皮皮》《淘气包艾米尔》《小飞人三部曲》都以赞赏的笔墨描写儿童的淘气、顽皮，从而解放了儿童那狂野的幻想天性。而我们的儿童文学恰恰与此相反，欣赏的是循规蹈矩的道德儿童形象，一本正经、听话懂事的小大人形象。这些形象缺少个性，缺少生气和活力，这恰好成了我国五六十年代儿童文学精神面貌的写照。

1976年，中国政治局势的突变，给在"文革"中濒临绝境的儿童文学带来了转机，但是仍然不能过于乐观。在儿童文学缓慢的复苏和发展过程中，旧的儿童观仍有着很强的惯性，表现出不容忽视的力量。

在创作方面，幼儿文学中以说教来压抑儿童天性的作品还屡见不鲜。很多人一提笔写低幼文学便自然而然地为了寻找儿童的毛病而操起了"放大镜"。什么"贪吃的河马""肮脏的小猪""任性的小狗"，乃至吹牛的什么、撒谎的什么等等，这些作品所指出的儿童缺点，有的是为了教训儿童而杜撰出来的，有的则是指美为丑，歪曲了儿童的美好天性。虽然有的作品确实发现了儿童的问题，但其教育模式又往往是儿童（作品中的小动物）受到某种惩罚后知过改悔。

在少年文学中，宣扬错误思想甚至封建道德观念的作品也时有出现。少年小说《今夜月儿明》《少年的心》就是突出的例子。传统道德观念势力之强大，在《失踪的女中学生》这部影片中表现得最为突出。这部影片以同情美化少年早恋感情开始，以牺牲少年的人格尊严和权利告终。影片的这种结局并非编导的本意，但是，她毕竟承受不了拍片过程中来自上上下下的压力。《失踪的女中学生》的妥协说明了我们的孩子还没有一个作为完全的人的资格，在教育者（家长、教师）和孩子之间，有时人格是不平等的，当发生矛盾冲突时，受到伤害、委屈的往往是孩子。《失踪的女中学生》的命运表明，无论怎样强调儿童文学的文学自律性，也无法否认教育观念对它的强大制约力、统摄力。因此，我们前面否定了儿童文学作家君临儿童之上的教育姿态及其错误的教育思想，本意绝不是主张儿童文学不要教育，而是试图寻求一种新的教育姿态和正确的教育思想。

新时期的儿童文学理论，在某些方面也遗留着旧儿童观的基因。新时期儿童文学理论在意识到儿童文学不应该是教育学的翻版，不应该是苍白的教育学讲义之后，更加强调儿童文学要"寓教于乐"。应该说，这也是一个进步。从一般意义说，"寓教于乐"并不错，但是儿童文学理论常常把教育与趣味性（乐）解释成目的与手段的关系。署名中国少年儿童出版社的一篇题为《关于少年儿童读物的特点问题》的文章就说："趣味不是我们的目的，而是我们为了达到一定教育目的所采取的手段。"①仅仅把趣味性看作手段不符合作品实际和儿童的接受情况。很多作品并不想达到什么教育目的，给儿童以情趣和欢乐就是它的目的。比如迪士尼的动画片《米老鼠和唐老鸭》便是。从儿童接受情况来看，即使有思想教育意义的作品，儿童也恐怕不会接受了思想内容之后，就把趣味扔掉，儿童可能会再三回味作品的情趣，从中得到享受和满足。我们甚至敢说，有的孩子也许会绕过作品的主题、思想什么的，直奔作品中的情趣，享受一番转身就走，而对主题什么的不加关心。从某种意义上说，儿童文学是快乐的文学。把"乐"仅仅看作完成教育目的的手段，这种观念，说得轻一些是对儿童欲望、天性缺乏了解，说得重一些，是对儿童的心灵和精神需求缺乏尊重。

儿童文学界目前还普遍地持有一种理论，即"白纸"说。一些著名的儿童文学作家、理论家也说过类似儿童的心灵是一张白纸的话。"白纸"说实际上是对儿童心灵的片面认识，是一种错误的儿童观。儿童文学界的这种"白纸"说与心理学上的"白板直观感觉"论是一致的。主张"白板"说的心理学家洛克认为，在人的意识中没有先天的思想和观念，儿童

---

① 《出版工作》1987年第18期。

一诞生，其心灵像一张白纸，可以无限地发挥环境、教育的威力。

"白纸"说只看到儿童心灵的受动性的一面，即受客观外在事物制约的一面，而忽视了儿童心灵的能动性一面，是错误的机械决定论。瑞士著名心理学家皮亚杰的发生认识论认为："一个刺激要引起某一特定反应，主体及其机体就必须有反应刺激的能力。"按皮亚杰的学说，任何外在刺激要引起人的神经反应，必须与大脑中已有的"图式"发生"同化"作用，外来刺激如果不能被纳入固有的"图式"不能被"同化"，人就不能作出相应的反应。苏联著名学者科恩有一段话也表达了相近似的观点："人的'自我'的本质不仅是由制约它和'进入'它的东西（心理生理素质、社会条件和教育等等）规定，而且还由'出自'它的东西，它的创造积极性所创造的东西规定。"①根据上述观点，儿童文学对儿童来说就永远不是像面对一张白纸那样从外面灌进去的，而是要包含着儿童心理的积极开展，包括着儿童从心理内部开始的有机的同化作用。儿童文学对儿童不是单方面的作用，而是双向活动过程，不是一种灌输，而是一种激活。

如果比喻的话，我想把儿童心灵比喻成一颗种子。儿童文学作家面对一颗种子不能像面对一张白纸那样，以为可以单方面随心所欲地书写，他也受到制约，必须考虑到要激活这颗种子的潜在生命力所必需的合适的土壤、阳光和养料。如果再打一个比喻，儿童的心灵不是一张白纸，而是一首诗篇的"初稿"。"初稿"这一比喻是苏联作家、哲学博士科夫斯基用来形象说明儿童复杂的精神世界的。苏霍姆林斯基就十分赞赏"初稿"之喻。他认为成人不能用自己笨拙而漠不关心的手把这个"初稿"本身所具有的能力、气质、爱好和才华这些好的东西给损坏了，而要精心地润色、修饰，使这"初稿"变成一篇美好的诗歌。

如果把儿童心灵看成白纸，必然对童心的可贵之处视而不见。阿·托尔斯泰曾说："旧时代的教育家把儿童看作一张白纸，他们可以在上面任

---

① ［苏］科恩：《自我论》，佟景韩、范国恩、许宏治译，三联书店，1986年，第8页。

意涂写一条条抽象的哲理和僵死的道德箴言。说也奇怪，这种教育家有的竟然活到了今天。他们对儿童自己也能够反过来教会教育家一些东西，感到不能理解，甚至有时还感到愤怒。"①儿童文学创作和理论把儿童看作一张白纸，很容易忽视童心世界的人生哲学价值，抹杀儿童心灵的丰富性和复杂性，从而夸大教育的力量，导致主观随意性，由于习惯而又不知不觉地君临儿童之上。

以上，我们指出了新时期儿童文学的儿童观中存在的问题。我们也不能不看到，新时期里，许多儿童文学作家的思想观念有了很大变革。特别是青年儿童文学作家们那些探索和创新的作品，显示着中国儿童文学的儿童观正在悄然变化。稍感遗憾的是，儿童文学理论对当代儿童文学的儿童观出现的这种变化还比较麻木。我们的儿童文学理论家应该及时捕捉住儿童文学创作中进出的火花，点燃手中理论的火把。如果儿童观问题能成为儿童文学创作者、理论工作者在理论上的自觉意识，无疑将加快中国儿童文学发展的进程。

（载于《东北师大学报》1988年第4期）

---

① ［苏］阿·托尔斯泰：《论儿童文学》，周忠和编译：《俄苏作家论儿童文学》，河南少年儿童出版社，1983年，第266页。

新时期儿童文学理论的误区

——吴其南的儿童文学观质疑

首先需要申明的是，我继拙文《新时期少年小说的误区》^①之后，又写下这篇论新时期儿童文学理论的误区的文章，丝毫没有将新时期儿童文学取得的发展与成就加以抹杀的意思，恰恰相反，我始终认为，中国新时期儿童文学发展至今，无论是创作还是理论都呈现了向高水平发展的大趋势。我所要论述的"误区"是发展中出现的一种偏颇，而且这种偏颇属局部情况。但是因其近几年在儿童文学研究和创作中所处的地位以及产生的影响，可以认定，如果对此不及时地进行反思、讨论，便会影响中国儿童文学更加健康更加长足地发展。本文的副标题虽然为"吴其南的儿童文学观质疑"，但并非针对吴其南一人，不过是因为吴其南的儿童文学观在这种流派中具有一定影响力和代表性。另外，因为吴其南曾以《错位的批评》^②一文对我的文章中的观点进行了针锋相对的批评，出于对批评的坦诚回应，一方面为了我的论述有所依附，取得根据而不至于空指空言，于是便选择了吴其南的儿童文学观作为展开论述的直接对象。

---

① 载《当代作家评论》1990年第4期（删节稿）。全文发表于《儿童文学研究》1991年第2期。
② 吴其南：《错位的批评——读〈新时期少年小说的误区〉》，《儿童文学研究》1991年第3期。

一、"少年在少儿文学隐含读者中占了更大的比重"
——读者观念上的战略失误

整个新时期的儿童文学理论研究与创作一样是呈向前发展趋势的。人们对儿童文学的理解、认识越来越具有开放的世界性。1986年王泉根发表了《论少年儿童年龄特征的差异性与多层次的儿童文学分类》一文，率先（我所知范围内）借鉴国外的儿童文学研究方式和成果，系统地论述了将儿童文学一分为三（幼年文学、童年文学、少年文学）的必要性、合理性，并以此有效地回答了一些处于争论中的问题。比如关于"成人化"与"儿童化"，王泉根认为"成人化""如果出现在幼儿文学、童年文学，那是不适当的"，"与此相反，少年文学倒是需要有一点成人化的因素"。可以说王泉根提倡的将儿童文学一分为三的方法，是一个很大的进步，推动了儿童文学理论研究的发展。如果说文章稍有不足的话，那就是幼年文学、童年文学、少年文学虽然各自具有不同的特征，但它们作为儿童文学与成人文学相对而言又有着共同的整体特点，对此文章似乎略有忽视。

"一分为三"的观点提出以后，很快便得到了儿童文学界的认可。"儿童小说实际上是少年小说"的说法便是少年文学自身意识的回归的表现。少年文学（主要是少年小说）的创作出现了深化，涌现出不少出色的作品。但是这种深化、发展，一开始便面临着触碰两个暗礁的危险。一个是，将少年文学的读者年龄上限定至十几岁；另一个是，与成人文学相邻的少年文学，其作为儿童文学的总体特征正逐渐淡化，其读者对象的少年因学习负担及社会活动的增加以及其他原因，阅读文学作品的人数（机会）相对在减少。

现在看来，二十世纪八十年代中期以来，少年小说创作与少年小说评论的一部分，是触到了上述的两个暗礁。第一，有些作家，其中还包括十分出色的作家，少年小说的读者年龄越写越大，从十一二岁逐渐涨至十七八岁。然而儿童文学理论一般是将儿童文学的读者上划至十四五岁的处于青春期的儿童（统称）的。少年小说的读者年龄区域一般被认为是从十一二岁至十四五岁（当然这样的大致划分不包括那些早熟或发展迟缓的儿童所带来的特殊情况）。触到第二个暗礁的表现是创作和研究在总的格局上，对少年小说倾注了过多的重视和努力。然而正如前所述，由于少年文学的儿童文学特征逐渐淡化，被阅读的机会正在减少，过于偏重少年文学，作为整体的儿童文学的个性就会趋向模糊，儿童文学的读者总和就会减少。

但是，吴其南是如何评价儿童文学创作和理论偏重于少年小说、偏重于少年读者中的高年龄层这一滑坡现象的呢？他在《近年少年儿童文学中的隐含读者》〔以下简称《隐含读者》，《浙江师范大学学报》（社会科学版）1990 年第 4 期〕中这样论述道："走向较高层次的一个明显标志就是少年在少儿文学隐含读者中占了更大的比重，比如，儿歌、故事、童话的读者一般是年龄较小的儿童。这几种样式在新时期都有走向衰落的迹象。热闹型童话热闹过一阵，目前已无太大反响，更不用说回到 50 年代童话在少儿文学中独占鳌头的局面。80 年代少儿文学中占主导地位的文学形式毋庸置疑的是小说。而小说，如一些同志所说，其读者主要是少年。……少儿文学理论界的兴奋点也有向较高层次移动的趋向。…… 80 年代中期以来，少儿文学领域正在发生一系列重要变化，如热闹型童话退潮，琼瑶小说走红，探索性儿童文学兴起，曹文轩、程玮、秦文君、班马、赵冰波等人的创作引人瞩目……归结到一点，就是少儿文学领域正在悄悄地，然而非常有力地兴起一场少儿文学文学化运动。曹文轩、程玮等作家的作品中的隐含读者都有较高的文学修养，或称文学少年。"（本文着重号均为本文作者所加。）

这里有必要指出上面论述中的一些有误处：1.琼瑶小说正如也曾在中学生（主要是高中生）中走红的武侠小说一样，不属于儿童文学（少年小说），而是少年从成人大众文学那里索取的代偿品。在少年中发生走红情况，原因之一，恐怕正是艺术的儿童文学在质量上（吸引读者的生动性）出现了问题。因此"琼瑶小说走红"恰好否定了吴其南所赞赏的"少儿文学文学化运动"。另外，将热闹型童话退潮与琼瑶小说走红作为一反一正的论据，也是立论上的矛盾。因为这两种文学虽然性质不同，但在吸引读者方面都与探索性文学迥然有别。2.曹文轩与程玮虽然在我看来是层次不同的作家，但都不能说其作品的读者（吴其南称为"隐含读者"。但他的这篇借用了接受理论的著名学者伊瑟尔的"隐含读者"一词的文章，却似乎没有很好地从儿童文学这一特殊研究立场消化这一理论术语，至少在该文中对隐含读者与现实读者的关系没有阐述清晰，行文中两者混为一谈之处不少）是"有较高的文学修养"的"文学少年"。如果换上班马等作家那些难解的探索性作品似还勉强。

很明显，吴其南对少年小说占儿童文学的主导地位这一趋向表示出欢迎和赞赏，称其为"非常有力地兴起一场少儿文学文学化运动"；但是我的评价与吴其南有所不同。

众所周知，儿童文学的自身特点越是在年龄小的儿童那里，越是表现得突出，从幼儿至儿童至少年，是呈逐渐淡化的趋势。因此，儿童文学忽略了年龄较小的儿童读者，把兴奋点过多地放在少年读者那里，无疑是读者观念上的战略失误。而进一步偏重少年中的高年龄层，以及把兴奋点放在少数"文学少年"那里，则更是舍本逐末了。在欧美、日本等儿童文学发达的国家里，童年文学尤其是低幼文学历来受到重视，水平很高，儿童文学的三个层次有着科学合理的布局，协调着发展。儿歌、故事、童话等"走向衰落的迹象"本该是令儿童文学界忧心忡忡的事，因为正是这里聚集着嗷嗷待哺的至少占三分之二的读者。就是吴其南所赞赏的少年小说中的那场"文学化运动"，恐怕读者意识中的也只是少数有较高的文学修养的"文学少年"，如果这样本末倒置地追求"文学化"，有三亿多儿童的中国的儿童文学的读者剩下的必然是极少数。我曾批评过班马等作家的探索作品有无视儿童读者的倾向，对此，吴其南曾提出反批评。但是，在此我想指出，吴其南的研究中也存在着忽视读者的倾向。比如他说"热闹型童话退潮"，"热闹型童话热闹过一阵，目前已无太大反响"。但是，事实上广大儿童（包括少年）还是在喜爱、阅读着"热闹型童话"的。对于这一事实，可以举出"热闹型童话"的代表性作家郑渊洁的个人童话作品专刊《童话大王》为证。《童话大王》至1990年第6期，五年间出版30期，累计印数逾1000万册，平均每期发行量在33万册以上，在中国儿童文学出版界，这显然是一个值得夸耀的数字。广大少年儿童对郑渊洁的压倒性狂热欢迎至1991年似乎仍然不减，从1991年第10期起，应广大儿童读者的要求，《童话大王》已改为月刊发行。从上述情形来看，吴其南的结论显然是脱离儿童的阅读实际状况。所谓"热闹型童话退潮"，"热闹型童话热闹过一阵，目前已无太大反响"，这恐怕只是发生在像他那样的将兴奋点"向较高层次移动"的研究者那里。这也恰恰反映了吴其南追求儿童文学"文学化"的研究过程中的一种重大失误。我想任何怀着满足各年龄阶段的儿童读者的文学需求的强烈责任感的儿童文学工作者，都不会对"儿歌、故事、童话""这几种样式在新时期都有走向衰落的迹象"感到心安理得，更不会对此喜形于色。

那么，是基于什么样的儿童文学观，才导致吴其南在评价少年更主要的是文学少年在儿童文学读者中占了过多比重这一趋向时，价值判断发生严重错位的呢？

二、"六岁的宗璞""已能背诵整本的唐诗！"
——偏离儿童文学的读者意识

吴其南在《隐含读者》一文中这样批评了以往的包括将儿童文学一分为三的儿童文学理论在研究儿童读者、研究儿童文学特点时采用的方法："人们常说：'儿童好奇，所以儿童文学一定要有故事，要有引人入胜的情节'；'儿童喜欢幻想，所以童话采用怪诞、夸张、变形的手法'；

'儿童理解能力较差，所以儿童文学要结构单纯，主题鲜明'……这儿的'儿童'显然是一种高度抽象化了的儿童期待视野。问题是，这种抽象的依据是什么？据我们看，它依据的是少年儿童的中常个体，即从所有少年儿童中抽出的最一般的平均数，最小公分母，由此确定少年儿童的阅读视界。""我们认为，恰恰是这种求平均数，求中常个体，从中常个体的阅读视界定义少儿文学的思维方法导致了少儿文学读者观念的最重大失误，一定意义上也是长期以来许多少儿文学作品总是陷在浅层化一般化的困境里不能自拔的症结所在。"吴其南指出："近年少儿文学读者观念的最大变化就是在挣脱、否定求平均数、从中常个体设计少儿文学隐含读者观念以后，看到文学不是和抽象的单一的中常个体对话而是和具体的有个性的隐含读者对话，转而设计、创造有包容性又有自己个性的隐含读者形象。"

虽然引文已经很长，但仍然无法完全再现吴其南的观点的全貌，限于篇幅也只能暂且如此。我与上述观点的根本分歧的焦点在于"从中常个体的阅读视界定义少儿文学的思维方法"是否具有科学性上面。其实这是一个并不复杂的问题，不是从普遍的规律中提取出来的定义恐怕是不存在的。拿儿童文学研究来讲，不仅我国而且国外的儿童文学学者也是将千千万万儿童（个性）所共通的普遍性特点作为自己立论的依据和出发点的。比如，在欧美成为关心、研究儿童书籍的人们所必读之名著的法国波尔·阿扎尔的《书籍·儿童·成人》，以及与这本书一起被称为儿童文学理论著作之双璧的加拿大利丽安·史密斯的《儿童文学论》，都是采用这种方法。因为考虑到这两本名著分别出版于1932年和1953年，也许有人会提出它们的研究方法是否已经陈旧了的疑问，那么我们再举一本二十世纪八十年代的儿童文学理论著作为证。1981年由剑桥大学出版局出版的英国大学教授尼克拉斯·塔卡的《儿童与书籍》，被认为是一本运用新方法研究儿童文学的力作。身为文学、心理学学者的塔卡将心理学的解释精到地融入儿童文学的研究。他所运用的心理学便有弗洛伊德的精神分析学，而更主要的则是皮亚杰的心理学研究。吴其南认为皮亚杰的发生认识论被运用于我国的儿童文学研究，提高了人们对儿童文学的认识，对此我完全同意。但是，吴其南忽略了一个重要事实，即皮亚杰的心理学研究，实际上恰恰是对推断出儿童在理解周围事物时所共同具有的思维方法怀着最大的兴趣，而环境上、个性上的因素对独自的世界观、生活态度的形成、发展所具有的影响，并不是皮亚杰主要关心的事情。因此，运用皮亚杰心理学方法的塔卡也将自己的着眼点主要放在共通性（吴其南所说的平均数、中常个体）上："人们对文学的反应在各个方面存在着不同，这是通常事。但是，同时，对故事（指叙事型文学——本文作者注）的各个方面的反应具有不变的极其根本的类似性，根据这些类似性，我们有时便能够对人与书这两者有相当深入的认识。皮亚杰关于这方面的提倡和主张另当别论，不过，所有的人看来都被某种给世界上的文学增加效果的相似的幻想左右着心神。这也是事实。因此，在文学中散藏着原型式的情节和幻想这种情形便证明在最能吸引刺激想象力的要素中，有着某种同一性。"[1]最为有效地利用儿童们对文学的兴趣，先决的事情就是要把握容易左右各个年龄阶段的儿童们对文学的反应的一些普遍要素。"[2]那么塔卡"求平均数，求中常个体，从中常个体的阅读视界"出发研究儿童文学时所选择的作品"陷在浅层化、一般化的困境里"了吗？塔卡主要列举了《小熊温尼·普》、《阿丽丝漫游奇境记》、《快乐的河边》、多立德医生系列作品、《爱弥尔和侦探们》（中译本为《德国小豪杰》）、"指环故事"系列作品、《鲁滨孙漂流记》等作品。对世界儿童文学发展史有所了解的人都知道，这些作品大都不仅在当时是最畅销书，而且至今仍超越时空，保持着吸引众多儿童读者的艺术魅力。几乎可以肯定地说，如果这些作品也是"浅层化、一般化"的作品，那么高品位的儿童文学就不存在了。当然的确如吴其

---

[1] ［英］尼克拉斯·塔卡：《儿童与书籍》（日文版），玉川大学出版部，1986年，第15页。
[2] ［英］尼克拉斯·塔卡：《儿童与书籍》（日文版），玉川大学出版部，1986年，第354页。

南所说，在我国新时期儿童文学创作中存在许多"浅层化、一般化"的作品，但是，我认为这绝非"从中常个体的阅读视界定义少儿文学的思维方法"造成的。

我们承认儿童读者的阅读兴趣和体验在存在着共通之处的同时，还会存在个体间的差异，因此，我们也主张应该将个别或曰少数儿童读者的特殊需求纳入视野。在这个意义上，吴其南的文章并非一点启发性都没有。但是儿童文学的产生、发展，正是根基于儿童共通的心理特点和共通的对文学的需求之上，这乃是不可争辩的客观事实。因此，儿童文学创作和研究"求平均数，求中常个体，从中常个体的阅读视界定义少儿文学的思维方法"是不应该也是无法否定的。

否定了以普遍的儿童为中心来发展儿童文学的思维方法之后，吴其南必然将兴奋中心移向特殊的儿童。吴其南这样论述儿童不同的期待视野："同是六岁的幼儿，有的缠着奶奶讲狼外婆，有的自己看图画书，有的还在吃奶，有的，如宗璞，已能背诵整本的唐诗！我们显然不能从中常个体出发，将六岁的宗璞的期待视野和另一个还在吃奶的六岁幼儿的期待视野纳入到同一个框架上。"这里我想指出，吴其南的这段话存在着概念上的混乱。能背下整本唐诗的六岁宗璞与吃奶的六岁幼儿，不能构成具有不同阅读视野的比较对象。因为六岁的宗璞就算能背下更多的唐诗，她也同样是六岁的幼儿，而且也许她也正在吃奶，相反，吃奶的六岁幼儿，未必就不能背诵整本唐诗。客观上，这种概念上的混淆，具有造成六岁的幼儿个体之间的阅读视界有极大不同的错觉的效果。不管怎么讲，出现这样的概念错误，说明吴其南并没有在六岁幼儿中寻找到两个阅读视界有很大不同的实例。问题主要还不在这里。在上述话语中我们已能感觉到吴其南对六岁便能背诵整本唐诗的宗璞的赞叹（如果联系《隐含读者》的全文旨意，这种感觉就更清楚、强烈）。然而，我却认为这种对待儿童阅读现象的价值观是偏离儿童文学精神的。别林斯基在论儿童文学创作时曾说："凡事各有其序。勉强的、过早成熟的儿童——是精神上的畸形儿。任何过早的成熟都不啻是对童贞的破坏。"①那些浅显、语调优美的古诗如骆宾王的《鹅》、孟浩然的《春晓》并非绝对不能让六岁幼儿记诵，不过六岁而能背"整本唐诗"，恐怕还是"勉强""过早"，这并不能说明这样的儿童已具有超出一般儿童的阅读能力。在我看来，倒是"缠着奶奶讲狼外婆""自己看图画书"的幼儿才是生活于正常健康的读书环境中。对这样的显然是占绝大多数的儿童，我们从事儿童文学的人可以安心，而对能背诵整本唐诗的极少数幼儿却值得担心，有必要改变其读书（包括听的方式）环境，让他听听狼外婆，看看图画书。

虽然吴其南也说到"他们的期待视野都应该得到尊重"，但是在吴其南那里，"缠着奶奶讲狼外婆""自己看图画书""还在吃奶"的儿童的期待视野显然低于"已能背诵整本的唐诗"的"宗璞"。

我感到吴其南持着一种偏离儿童文学的读者意识。这不仅表现在他对"已能背诵整本的唐诗"的幼儿的赞赏，而且更表现在他对《鱼幻》那样的作品的"少年"读者的褒扬。他在批评我的观点的《错位的批评》一文中这样说道："在我看来，'班马们'一些作品的隐含读者并非一般的儿童，甚至也非一般的少年，而是一些文学修养较高、有相当的文学欣赏经验的读者，有些已处在和成人相邻的边缘上。《误区》拿一般儿童的标准去要求它，错位自然在所难免。这批读者在少年儿童中虽然人数不多，但却以较高的文学欣赏力代表着少年儿童审美需求的方向，少儿文学对此不应忽视。否则，少儿文学不仅会由于顾此失彼而失去整体上的平衡，而且还会因为放弃对较高品位文学性的追求而走向艺术的退化。"②我相信，读过我的那篇不无纰漏的文章的读者都会承认，我并没有拿"一般儿童的标准"去要求"班马们"的作品，我只是因为那些作品不仅少年看不懂甚至连专门从事少儿文学工作的成人也看不懂，而否定那些作品的。因此，我

① ［俄］别林斯基：《新年礼物 霍夫曼的两篇童话和伊利涅依爷爷的童话》，周忠和编译：《俄苏作家论儿童文学》，河南少年儿童出版社，1983年，第4页。
② 吴其南：《错位的批评——读〈新时期少年小说的误区〉》，《儿童文学研究》1991年第3期。

与吴其南的根本分歧在于吴其南所谓的"有较高的文学欣赏力""已处在和成人相邻的边缘上"的"人数不多"的"文学少年"是否能代表少年儿童审美需求的方向，换句话说，写给这样的少年的《鱼幻》等作品能否称得上是具有"较高品位文学性"的儿童文学（少年文学）。

还是让吴其南自己的文学感觉来否定他自己的观点吧——"我对《误区》所说的某些少年小说不仅少年看不懂甚至连专门从事少儿文学工作的成人也看不懂的现象也有同感。但是我不同意因此而全盘否定这些作品，看不到这些作品在突破旧的创作范式、提高少儿文学艺术品位方面所作的有开拓意义的贡献，更不同意以'三亿儿童嗷嗷待哺'为由干脆对这些作品都亮起红灯。"①说心里话，我至今对这种理论逻辑大惑不解。既然吴其南也承认"某些少年小说不仅少年看不懂甚至连专门从事少儿文学工作的成人也看不懂"，那么，还有半点根据可以认为"这些作品"是提高了"少儿文学艺术品位"吗？还能说这样的作品所面对的读者——"人数不多"的"文学少年"的"文学欣赏力代表着少年儿童审美需求的方向"吗？经常谈论接受美学的吴其南，忘记了当文本不能为读者接受时，它的价值便无法实现。我不明白，对儿童甚至连研究儿童文学的成人都读不懂的作品为什么不能"全盘否定"？为什么不能以"三亿儿童嗷嗷待哺"为由亮起红灯？我曾说过，对《鱼幻》等失败的作品的讨论，有助于我们吸取经验教训，提高对儿童文学的认识，如果《鱼幻》等作品有积极的意义也只是在这里。

就在吴其南承认"《误区》所说的某些少年小说"少年读者读不懂这一事实后，却马上指责拙文的批评："'班马们'的作品其实并不都存在着阅读上的阻隔。""当我们认为某些作品少年儿童看不懂时，是否有可能反映着我们自己对某些新的表现方式的不适应而在少年儿童那里其实并无太大的困难？"因为"对某些现代艺术的欣赏，青少年显然不比上了年纪的人差"②。然而说此话时，吴其南显然是忘记了自己在另外的场合刚刚

---

① 吴其南：《错位的批评——读〈新时期少年小说的误区〉》，《儿童文学研究》1991年第3期。
② 同上。

说过:"儿童文学的读者年龄小,审美能力普遍偏低。"①"少儿读者较低层次的审美能力就是少儿文学走向较高水平的最大包袱。"②这种论证问题的方法,不能不令人联想起古时候那个既卖矛又卖盾的人的故事。在重大问题上,在根本性观点上出现这种多重的矛盾,难道不说明着他的理论本身的非合理性吗?

吴其南的理论框架给我以这样的感觉,写给年龄小的读者的作品其文学性低于写给年龄大的读者的作品,写给大多数读者的作品,其文学性低于写给少数文学少年的作品。比如,与缠着奶奶讲狼外婆的幼儿相比,他赞叹的是能背诵整本唐诗的宗璞;比如,他对儿歌、故事、童话走向衰落而唯独少年小说(其中又主要为斑马式作品)走向"兴盛"这一大趋势报以掌声(认为是文学化运动);比如,他认为:"一些文学性较高的作品不会成为少儿文学的主要组成部分,而一些热闹型童话尽管粗糙甚至低劣却会拥有大量读者。"③"'热闹型'童话即是儿童文学中的通俗文学。"④这里的"主要组成部分"与"拥有大量读者"显然是同义语。我觉得吴其南在下如此论断时似乎是没有将整个世界儿童文学发展史所证实了的一些事实纳入理论思维的视野的。比如恰恰是文学性较高的儿童文学作品才有可能成为大多数儿童读者的阅读对象(当然为大多数儿童所阅读的作品未必文学性都高,比如日本战时那些好战的大众少年小说)。另外,把"热闹型童话"一概称为通俗文学,认为其"粗糙甚至低劣"这并不正确。因为热闹派童话虽然的确存在需要提高的问题,但是其代表作家郑渊洁、周锐等人的作品总体上并不是通俗儿童文学,也并不那么"粗糙甚至低劣",粗糙低劣的只是某些亚流的追随、模仿者的作品。退一步讲,即使"热闹型"童话属于通俗儿童文学,也不能因其通俗便认定不如那些写给"文学修养较高"的少年的作品(艺术儿童文学)。不管是通俗的,还是艺术的,

① 吴其南:《"热闹型"童话漫议》,《儿童文学研究》1989年第2期。
② 吴其南:《近年少年儿童文学中的隐含读者》,《浙江师范大学学报》1990年第4期。
③ 同上。
④ 吴其南:《"热闹型"童话漫议》,《儿童文学研究》1989年第2期。

只要能给读者以健康的人生体验，强烈吸引读者的心灵，便是好作品。艺术的儿童文学有一流二流之分，通俗的儿童文学也有一流二流之分，以为艺术的作品就一定高于通俗作品，这才是真正的用一个尺度去衡量儿童文学作品，这样做才会"顾此失彼而失去整体上的平衡"，才真正会放弃艺术作品的对"较高品位文学性的追求而走向艺术的退化"。我倒是觉得目前我们更应该首先深入地研究热闹型童话，提高热闹型童话的文学性而不应该像班马的《鱼幻》等作品那样以少数"已处在和成人相邻的边缘上"的文学少年为对象去提高文学性。因为儿童文学是"平民"的，而非"贵族"的。儿童文学是为了帮助所有儿童体验、认识人生以将其培养成健全的人，而不是为少数"文学少年"办的"作家培训班"或者"文学讲习所"。尤其是我国目前的作家队伍还较薄弱，出版力与儿童人口相比还极低，家长的经济购买力也有限，在这种状况下，即使在绝大多数儿童与极少数儿童之间，存在着审美需求的不同，我们需要做的也应该是"雪中送炭"而非"锦上添花"。即使假设广大少年儿童的审美能力处于低水平，但是要提高其审美水平，也只能用面向这些"低水平"的读者的作品来提高，那些面向极少数"已处在和成人相邻的边缘上"的"文学少年"的作品写得再多也于提高"低水平"的读者无济于事。尤其像《鱼幻》式的作品其实非但不能提高少年儿童的审美能力，反而只会使其审美的水平（假设而言）越来越低。因为《鱼幻》式的作品极可能使广大儿童失去读书兴趣，而失去读书兴趣的儿童是极容易与《长袜子皮皮》《汤姆·索亚历险记》等高品位儿童文学失之交臂的。我相信，真正具有高度文学性的儿童文学作品，比如给幼儿的《小黑孩桑布》《三只小猪》等图画故事，给儿童的《木偶奇遇记》《长袜子皮皮》等童话，给少年的《哈克贝利·费恩历险记》《宝岛》等小说，这些作品才能真正提高儿童的审美能力。因为它们既能"雪中送炭"同时又能"锦上添花"，就是说它们既会获得大多数所谓"审美能力低"的儿童读者的喜爱也会获得"有文化修养"的读者的喜爱，所不同的只是他们从作品中接收的信息在质与量上有别罢了。

应该承认，吴其南这样的理论，《鱼幻》这样的作品，其要提高儿童文学的文学性这一主观动机是值得充分肯定的，但作为客观效果，由于过于将自己封闭于狭窄的艺术思维空间而使其主张缺乏合理性与可行性。这种艺术思维空间的狭窄表现为对儿童读者的读书状况了解不足（当然这一点也是整个中国儿童文学研究的薄弱之处），对中国的特别是世界的儿童文学发展的历史缺乏借鉴意识，对儿童文学传统中优秀的部分不够重视（比如对故事情节在儿童文学创作中的重要价值轻视甚至是否定），对世界儿童文学宝库中的传世珍品缺乏认真的分析研究，其儿童文学的价值观显然不是建立在这些深受广大儿童喜爱而且文学性极高的儿童文学名著之上。儿童文学研究者绝不能忽视感性的重要作用。没有对儿童文学的真正感悟而进行理论研究是很难可靠的，而这种真正的感悟，便是要建立在具体作品其中又特别是名著的阅读（理解）之上。

我觉得在思考儿童文学的本质时，下面一些研究者和作家的话值得我们重视和深思。波尔·阿扎尔说："我喜爱忠实于艺术的本质的书。那就是诉之于直观，能够直接地给予儿童以感受事物的能力的书，即是连儿童们读了也能马上理解的那种具有朴素平易之美的书。读了它的儿童们由于深深的感动而身心受到震撼，他们将一生把这种记忆收藏于心中。"①利丽安·史密斯说："不管采用这个世界上的何种强制，都无法硬让孩子去读他们不想读的书。孩子们以了不起的巧妙和顽强来保卫自己在选择上的自由。当然，对孩子们来说，恐怕并不知道自己为什么拒绝这本书而紧紧捧着那本书不放。这是因为孩子们的判断力很少是分析式的。但是这种判断力却深深植根于一种纯粹的东西即乐趣之中。"②而图画故事作家海因利希·霍夫曼博士的话更为形象而精练："儿童图书是为了被翻破而存在的。"③

---

① ［法］波尔·阿扎尔：《书籍·儿童·成人》（日文版），纪伊国屋书店，1986年，第61页。
② ［加］利丽安·史密斯：《儿童文学论》（日文版），岩波书店，1987年，第6页。
③ ［瑞士］贝蒂娜·修丽曼：《儿童书籍的世界——三百年的历程》（日文版），福音馆书店，1974年，第1页。

三、"小读者""就是儿童文学走向较高水平的最大包袱"
——儿童观上的重大错位

在第二部分，我分析、阐述了吴其南的儿童文学观存在的偏离儿童文学的重大缺陷。造成这种偏离的原因，是吴其南的作为儿童文学观原点的儿童观出现了重大错位。

吴其南曾在多篇文章中反复强调论述成为他的儿童观核心的一个观点：儿童的审美能力处于低水平。比如："最易受到大众欢迎的恰恰不是那些美学价值最高，最具有创造精神的作品，而是那些读者熟悉，符合人们审美经验，难度不大的创作。……儿童文学的读者年龄小，审美能力普遍偏低，这种现象更为明显。"[1]"越是在文化层次较低的读者那儿，如少儿文学，这些非审美的功用所占的比例就越大。""少儿文学的读者作为一个整体毕竟属于社会审美能力较低的一个层次。""我们常说读者是文学发展的推动力，其实，从另一方面看，读者也会成为文学前进的阻力。斗胆说句冒犯小读者的话，少儿读者较低层次的审美能力就是少儿文学走向较高水平的最大包袱。我们不能完全摆脱这个包袱，否则少儿文学就不存在了。"[2]

虽然吴其南曾经反对"从中常个体的阅读视界定义少儿文学的思维方法"，但是从他的上述观点中，可以清楚地看出他自己恰恰在运用着这种方法（科学研究不可能回避这种方法），他所说的审美能力较低的"少儿读者"明白无误地是"中常个体""平均数"。这种不断出现的在重大理论观点上的矛盾，不能不说明他的理论观念处于混乱和分裂的状态。关键的问题还不在于论辩时的这种出尔反尔，而是在于他的令人怀疑的儿童观。

吴其南的上述话语，虽然是在要提高儿童文学的文学性的前提下所讲

---

[1] 吴其南：《"热闹型"童话漫议》，《儿童文学研究》1989年第2期。
[2] 吴其南：《近年少年儿童文学中的隐含读者》，《浙江师范大学学报》1990年第4期。

的，但是，由于他那种否定儿童的儿童观，提高儿童文学的文学性已是一纸空谈。他的话中的逻辑关系透露着吴其南的理论观点的真意——"小读者也会成为文学前进的阻力"，因为"少儿读者较低层次的审美能力"作为"最大包袱"，阻碍着"少儿文学走向较高水平"。"不能完全摆脱这个包袱"的少儿文学也便"不能完全""走向较高水平"。归根结底一句话，儿童文学命中注定的是一种较低水平的文学。

　　了解了吴其南的这一儿童文学观的真意，我们就不会对吴其南在"缠着奶奶讲狼外婆"的六岁幼儿与"已能背诵整本唐诗"的六岁"宗璞"之间，在"读者一般是年龄较小的儿童"的"儿歌、故事、童话"与"读者主要是少年"的少年小说之间，在一般少年与"已处在和成人相邻的边缘上"的"文学少年"之间，在"拥有大量读者"的"热闹型童话"（以郑渊洁为代表）与"不会成为少儿文学的主要组成部分"的"一些文学性较高的作品"（以班马的《鱼幻》一类作品为代表）之间，抑前者扬后者的评价感到意外和奇怪了。吴其南的儿童文学理论的基本姿势便是，总是试图要"摆脱"（背离）小读者，总是试图要"摆脱"（背离）儿童文学。也许吴其南要反驳说，他始终是在观照小读者的意识下从事儿童文学研究的。是的，我们不想埋没以下这些对吴其南有利的论述："一味提高隐含读者的阅读视界对少儿文学不一定全是福音。创作要表现自我，要写得'有劲'，但也不能完全忘记读者。"但是，如果据此认为吴其南是要作家照顾儿童读者的特点而写出受他们欢迎的高水平作品，那就大错而特错了。因为吴其南的下一句话就是"我们常说读者是文学发展的推动力，其实从另一方面看，读者也会成为文学前进的阻力。斗胆说句冒犯小读者的话……"云云。这样一来不啻于是向儿童文学作家泼的一瓢冷水——"你要表现自我，要写得'有劲'吗？"看看你的审美能力处于较低层次的小读者吧，他们就是你的作品"走向较高水平的最大包袱"。如果进一步分析吴其南看似提醒作家关心小读者的话中的潜台词，"不一定全是福音""不能完全忘记读者""不能完全摆脱这个包袱"，这些话既显露出他要在相当程度上（我理解"不能完全"的言外之意便是可以在相当程度上）"摆脱"（背离）儿童读者的姿势，也于无意中承认了的确儿童文学创作中存在着"一味提高隐含读者的阅读视界""完全忘记读者""完全摆脱这个包袱"的倾向。吴其南虽然对这种倾向作了提醒，但是"不能完全忘记读者"与"完全忘记读者"，"不能完全摆脱这个包袱"与"完全摆脱这个包袱"不过是五十步与百步的区别，其实都是偏离儿童读者偏离儿童文学的，都对儿童文学发展不利。而且比较而言那种"完全忘记小读者"，"完全摆脱这个包袱"（向成人文学靠拢）的倾向容易被人们觉察和克服，而吴其南这种偏离儿童文学的理论的非合理性则具有隐蔽性。

儿童的审美能力果真是低水平的吗？我们的看法与吴其南根本不同。儿童的审美能力不是处于低水平，而是正在发展之中。处于这个年龄阶段的儿童的审美能力有自己的特点。儿童的审美能力像一粒饱满健壮的种子，有着无限发展的自身生命力，儿童文学作品便是不断地激活这种生命力。任何得到真正发展的现代人是不会在六十岁时笑话自己六岁时看的书幼稚，因而也就不会认为自己在六岁时审美能力处于低水平的。也正如小学一年级的老师不会认为自己的学生"文化层次较低"一样，儿童文学工作者也不该认为儿童读者的"文化层次低"，儿童只不过处于自己各自的发展阶段上。也就是别林斯基所说的"凡事各有所序"。认为儿童读者审美能力较低，不过是拿成人世界的审美价值观来衡量、要求儿童的审美能力。但是许多心理学家、儿童教育家、儿童文学作家都认为不能用成人世界的价值观来看待儿童。

为世界的儿童教育作出了巨大贡献的儿童教育家蒙台梭利认为，童年期不单纯是通向成年的一个阶段，而是"人的另一极地"。我们不应当只是把童年期和成年期作为人生相衔接的两个阶段，而应当把儿童和成人看作人的生命的两种不同形态，二者互相影响，同步发展。①

---

① ［美］波拉·波尔克·里拉德：《现代幼儿教育法》，刘彦龙、李四梅译，明天出版社，1986年，第35页。

利丽安·史密斯认为："儿童是人生经验与成人不同的特殊的人。儿童的世界是一个另外的世界。在这个世界里，价值是用儿童的次元来表现，而不是用成人世界的语言来表现的。"①

在我国的儿童文学理论的建立上具有巨大功绩的周作人激烈地批判过那种用成人的价值标准看待儿童的"成人本位"的儿童观："以前的人对于儿童多不能正当理解，不是将他当作缩小的成人拿'圣经贤传'尽量的灌下去，便将他看作不完全的小人，说小孩懂得甚么，一笔抹杀，不去理他。……儿童期的二十几年的生活，一面固然是成人生活的预备，但一面也自有独立的意义与价值，因为全生活只是一个成长，我们不能指定那一截的时期，是真正的生活。"②

西德的获国际安徒生奖的世界著名少年小说作家凯斯特纳曾经说过一段令我深深感动的话：幼儿因为自己的布娃娃摔坏而哭泣，与他长大一些以后，因为失去了自己的朋友而哭泣，这两者是相同的。在这人生里，重要的绝不是因为什么而悲伤，而只是在怎样地悲伤。孩子的眼泪绝对不比大人的眼泪小，相反，孩子的眼泪比大人的眼泪沉重的时候也并不鲜见。③凯斯特纳经常在呼吁人们不要忘记自己的童年时说类似这样的话。正是因为对儿童世界价值的基于深刻情感的这种真知灼见，凯斯特纳本人在《孩子·文学·儿童文学》等评论中批判了认为写作儿童的书是品位低下的事情的这种偏见，并在以后出版的书的扉页上写下了："给孩子和有识者。"④

就像以成人的价值标准来看待幼儿因布娃娃摔坏而流眼泪，便会得出其幼稚可笑其眼泪轻的结论一样，以成人的审美水平为本位来看待儿童的

① ［法］波尔·阿扎尔：《书籍·儿童·成人》（日文版），纪伊国屋书店，1986年，第10页。
② 周作人：《儿童的文学》，见王泉根编：《周作人与儿童文学》，浙江少年儿童出版社，1985年，第41页。
③ 译自日本学者鸟越信于1991年2月25日在日本NHK电视台教育节目上所作的"凯斯特纳专题讲座"。
④ ［日］高桥健二：《凯斯特纳的生涯》（日文版），骎骎堂1981年，第167—168页。

书和儿童的审美水平，也会得出儿童的审美水平是低下的这种结论。凯斯特纳的"在这人生里，重要的绝不是因为什么而悲伤，而只是在怎样地悲伤"，这句话对认识评价儿童文学与成人文学各自所具有价值具有深刻的启示意义。比如列夫·托尔斯泰创作了《战争与和平》这样的给成人的"大作品"，也创作了《三只熊》这样的给儿童的"小作品"。如果以成人读者的期待视野即成人的审美需求来评价这两部作品，显然要将其文学性看成有天壤之别。然而深谙儿童文学本质的托尔斯泰却认为：《三只熊》等幼儿故事"在我的作品中所占的地位，是高出于其他一切我所写的东西的"。幼儿阅读《三只熊》这样的优秀幼儿话故事所获得的文学上的满足感，并不低于成人读者阅读《战争与和平》时所获得的文学上的体验和满足感。

事实上，整个世界儿童文学的历史已经表明，儿童的审美能力并非处于不能欣赏高品位儿童文学的低水平。这里所说的高品位作品是指经过时间检验的那些世界儿童文学名著。波尔·阿扎尔的《书籍·儿童·成人》一书便认为，世界上的孩子有着无限发展的可能性，指出了孩子们一直在看透本质地选择书籍这一事实，主张给予儿童以适合他们那种能够无限发展的能力的书籍。近年来在儿童文学研究中，接受美学是被经常运用的理论。从接受美学的立场上看，整个一部世界儿童文学发展史，便是由作家与儿童读者共同创造的。当我们打开世界儿童文学宝库，面对那些光彩照人的珍品，我们不能不惊叹儿童读者洞察儿童文学真髓的超然卓识的审美目光。美的存在需要有发现美的眼睛。没有儿童这种健全的审美能力，那些世界儿童文学名著是不会获得一代又一代的艺术生命而流传至今的。

总之，我们只有像尊重《战争与和平》一样尊重《三只熊》，像尊重"整本唐诗"一样尊重"奶奶讲的狼外婆"，即只有我们像尊重成人文学那样尊重儿童文学，从而彻底消除了潜意识中的儿童文学劣等感，我们才有可能真正提高儿童文学的文学性。

在结束这篇用几近是不容争辩的语气写成的文章之前，我想说的是，我深知世界是复杂而多样的,唯一的、绝对正确的理论是不存在的,我们所能做到的不过是进行选择罢了。比如,当我选择了皮亚杰的心理学观点时,其实又何尝不知,皮亚杰的心理学研究也在遭到某些学者的怀疑和批判。尽管如此,我还是必须进行选择,因为没有选择,一种具有相对合理性的理论便无法获得。而且我认为中国儿童文学今后也将在对多种理论模式的选择过程中发展。从这个意义上讲,吴其南的那种非合理性远远大于合理性的儿童文学观给中国儿童文学提供了一个比较、分析、判断、选择的机会,对提高我们对儿童文学本质的理解和认识有积极作用。我个人也正是出自提高自身对儿童文学的认识水平才草此文章的。有不当之处,望吴其南及诸位同行指正。

(载于《儿童文学研究》1993年第1期)

儿童文学的人性观

一、信任儿童本性：儿童文学的人性观

人类认识自身是一个痛苦而又漫长无尽的过程。关心人类的灵魂的哲人苏格拉底发出的"认识你自己"这一著名的醒世呼喊回荡了两千年后，莎士比亚依然排遣不开对人类的认识迷惘，他借李尔之口道出自己理不尽的痛苦："谁能告诉我：我是谁？"又过了五百年，人类对自身认识依然不见"柳暗花明"——法国后印象派画家高更的不朽之作《我们从哪里来？我们是谁？我们到哪里去？》，其题名正是整个现代主义文艺的心境象征。

人类对自身本质的种种认识和思考，最终往往归结于一个古老的哲学命题"人性论"之上。人性善恶成为数千年来中外哲学家、伦理学家聚讼争议的一大悬案。

对人性取何种态度，历来是人类构建社会和人生的根本点。一般而言，若采取性善说，便喜欢自由的社会，因为这样的社会可以直接发现并发展人的善的本性。反之，若采取性恶论，便不免倾向于重视统治，原因在于必须抑止人性的恶。从人性论与宗教的关系来看，"言性恶则乞灵于神明，言性善则立于人定"①。欧洲的文艺复兴运动已证实钱锺书的这种

---

① 钱锺书：《钱锺书论学文选》（第1卷），花城出版社，1990年，第56页。

说法。至于人性善恶参半的观点，则会促使人们建立扬善惩恶的社会。

对于关注并表现人的心灵世界的文学家来说，人性问题正是他们必须进行思考和选择的价值领域。意大利当代作家卡尔维诺的小说《一个分成两半的子爵》写了这样一个故事：在一次战争中，子爵梅达尔被炮弹击中，将他刚好从额头到脸部、胸部以至整个身躯劈成左右两半。这两个半身人先后被医生救活，他们各自回到故乡却成了两个截然不同的人，右半身专门作恶，他因自己只剩了残缺的半身而要把世上的一切劈成两半；左半身则刚好相反，专门为善，他因自己体验到了半身的痛苦而努力使世上有缺陷的人与事变得完整和美好。后来，这两个人同时爱上了一个姑娘，因之而发生决斗。决斗中恰好互相把对方的伤口劈开，于是医生又把两个半身人缝合为一体，恢复了子爵原来的面貌。这篇带有寓言性质的小说，简直可以视为人性善恶参半观点的一种形象化注释。

《莎乐美》是英国唯美主义作家王尔德根据《圣经·新约全书》中的《马太福音》里记载的故事，经改编后创作的一部戏剧。犹太王希律的女儿莎乐美，从小就仰慕施洗者约翰，并数次主动追求，但约翰不为所动。莎乐美发誓此生非要吻到约翰的嘴唇。当她随母亲进入王室，成了犹太公主后，便唆使希律砍下约翰的头，终于吻到了她立誓追求的至爱。希律则因此陷于狂躁，命令卫士杀死了莎乐美。这出悲剧令人惊骇地看到，一种人性美的渴望却又与人性恶的欲念扭结在一起。

与王尔德的激越相比，中国作家沈从文对人性的表现则显现出外柔内刚的平和。也许可以把沈从文看作比较典型的宣扬性善论的作家。他的《边城》等小说对人的美善品行的表现是那样普遍，令人感到沈从文对人性的本质怀有莫大的信心。沈从文对性善的张扬绝不是幼稚的、脱离现实的一种乌托邦空想。事实上，他深刻地发现，在现实社会中，人的善良的本质不仅在逐渐减弱，而且还可以变得丑恶。在"人性的治疗者"沈从文看来，残破的道德标准，虚伪狡诈的都市"文明"，不合理的社会制度，都是毒害人类善良本性的病灶，对它们必须不断地进行揭露和剜治。

儿童文学也是文学，它与成人文学一样，也有着自己关于人类生存的哲学，有着自己在人性论上的独到观点。儿童文学的人性观点其实也是儿童文学的儿童观的一个有机组成部分，因为人性的源头正发生自人的幼年、童年的心理积淀之中。

儿童文学的人性观有着一段发生、发展、变化的历史过程。英国是世界上儿童文学发源最早的国家。在这个国家，最早送到儿童手中的是清教徒们为拯救儿童"罪恶"的灵魂而出版的带有浓厚宗教色彩的教训性书籍。毫无疑问，这种书籍的底层流淌着传统基督教的原罪观的浊流。在英国儿童文学历史上，为改变原罪观作出了至关重要的贡献的是法国思想家卢梭和英国浪漫派诗人们。当启蒙的人文主义者陷入把人性看作"白板"的经验理性的陷阱时，卢梭拨开历史的迷雾，通过逻辑还原，张扬人类内心的自然状态——天赋良知。而英国浪漫派认为"儿童是成人之父"，将儿童的想象力和新鲜的感受性与人类精神的自由解放紧密相连的儿童观正是一种性善论的观点。

进入二十世纪，信任儿童的本性可以说已经成为世界儿童文学的共识。在二十年代初，即使是在压抑人性的封建道德十分顽固的中国，像周作人这样的儿童文学先知也说道："我们相信人的一切生活本能，都是美的善的，应得完全满足。凡有违反人性不自然的习惯制度，都应排斥改正。"[①]并提出儿童文学应"顺应自然，助长发达，使各期之儿童得到保其自然之本相"[②]的主张。

信任儿童本性的儿童文学，必须直面性恶论者的诘难。十九世纪的叔本华，在论述人性恶时，激奋地认为幼儿心性具有残忍的特质："没有一个动物，只为折磨而折磨另一个动物，但人却如此，正是这种情形，构成

---

① 周作人：《人的文学》，王泉根编：《周作人与儿童文学》，浙江少年儿童出版社，1985年，第22页。
② 周作人：《童话略论》，王泉根编：《周作人与儿童文学》，浙江少年儿童出版社，1985年，第76页。

人类性格中的残忍特质，这种残忍特质比纯粹兽性更坏。……例如，如果两条小狗一起玩耍——看到这种情形是多么的令人愉快，多么可爱——如果有个三四岁的小孩加入它们，小孩一定会用鞭子或棍子打它们，因此，即使在那种小小年纪，就表现出自己是 'Lanimal me charrt Pare Xcel-lence'。"[1]创作《胡萝卜须》的法国作家勒纳尔也曾在《日记》中写道："维克多·雨果和其他许多人把儿童这一存在看作天使。实际上这些家伙是凶暴而极坏的。首先，有关儿童的文学，只要不站在这一观点上，就决不能进行革新。"[2]

儿童文学无法在人性恶的哲学层次上同意叔本华关于幼儿心性残忍的观点。儿童文学当然承认，在现实中并非没有幼儿"虐待"小狗等小动物的现象，但是幼儿在天性上是同情、爱护小动物的。用竹竿捅破蜜蜂的巢穴，掐断捉到的蜻蜓的翅膀，这几乎是自然中的每个儿童都做过的事情。这种行为完全受儿童的强烈的好奇心和旺盛的行动力驱使，它与罪恶的欲望无关，因为在儿童"残忍"行为的刹那间，是完全超越了善恶这一伦理范畴的。日本的童谣诗人北原白秋就指出：儿童的这种"残忍""不是根本的残忍。它只是成长力的一种变异，是美和诗。将它只看成是恶，这不过是成人那不纯的道德观念"[3]。

生活中儿童的某些"残忍"行为，本质上可以说是一种无邪。当代小说家余华以其对现实的冷酷描写而引人注目。他的中篇小说《现实一种》写到四岁的皮皮如何因惊喜于襁褓中堂弟的哭声而不断"虐待"（打耳光、卡喉咙）堂弟使其放声大哭的情景，最后，皮皮竟因感到抱着的堂弟的沉重，而将手松开，以致堂弟摔死在地。余华深知幼儿的心灵世界与成人不同，在他的笔下，皮皮对自己的行为的"残忍"始终是浑然不觉，因而，读者也便不应对其行为作伦理道德上的裁决。有的成人文学评论家认为余

---

① 叔本华：《人生的智慧》，张尚德译，黑龙江人民出版社，1987年，第106页。
② 转引自安藤美纪夫：《儿童与书的世界》（日文版），角川书店，1981年，第61页。
③ 北原白秋：《童谣论》（日文版），日本青少年文化中心，1973年，第53页。

华这是"描写了儿童与罪恶的关系","提醒成年人在成长过程中不断有意识地戒除那些几乎与生俱来的犯罪冲动"[1]。这种观点是否也是因"成人那不纯的道德观念"而造成的文本"误读"呢?

至于说到勒纳尔的批评,它虽然对克服把儿童看作纯洁无瑕的天使的童心主义的消极一面具有积极的意义,不过,"这些家伙是凶暴而极坏的"这一说法,依然值得商榷。

二、人性观检验:《蝇王》《麦田里的守望者》比较论

的确有通过儿童描写来表现人性恶的作家。我指的是1983年诺贝尔文学奖获得者英国作家威廉·戈尔丁。这位因第二次世界大战中一部分人类的野兽行径而改变了对人类存在状况的乐观主义态度的小说家,以各种难以应付的人类困境(比如身陷大海中的孤岛)为作品的故事框架,表现人类因文明社会的束缚的消解而暴露出的真正的本性。戈尔丁的最著名的小说《蝇王》便是一部描写儿童的人性恶的哲学寓言式小说。

某次战争期间,一群英国学童乘坐的飞机失事,坠落于一座荒岛上。幸免于难的孩子们选出拉尔夫当头头,而杰克则被拉尔夫分配管理"唱诗班"的孩子。但是,杰克对自己未被选中当头头耿耿于怀,并且在是"按规矩办事"以期得救,还是任性打猎和捣乱的选择上,与拉尔夫发生了根本分歧。拉尔夫、猪仔、西门和一些幼小儿童继续生起因杰克擅离职守(去打猎)而熄灭的求救篝火,而杰克则带领他的一班人身居洞穴,建立了以自己为首领的"野人"部落。西门误入杰克部落的"猎手"们模拟围猎的舞蹈圈子,被发狂的孩子们用乱棍"拼命敲打,动嘴啮咬,用手拉扯"而杀死。猪仔也在与拉尔夫一起向杰克一伙讨要自己的眼镜并与其商谈篝火的事时,被杰克部下推落的巨石砸死。就在拉尔夫被杰克这伙"野

---

[1] 郜元宝:《匮乏时代的精神凭吊者——60年代出生作家群印象》,《文学评论》1995年第3期。

人"围捕追杀的危险关头，一艘快艇上的海军军官发现求救篝火，登上荒岛从而使他绝处逢生。

据说，《蝇王》"这部小说现已成为英美大中学校文学课的必读书"[1]。戈尔丁获诺尔贝尔文学奖时任瑞典文学院常任秘书的拉尔斯·吉伦斯顿，在为戈尔丁颁奖致辞时说："威廉·戈尔丁因他的第一部长篇小说《蝇王》（1954）而一举成功，其世界性的声誉一直保持至今。到现在这部小说可能已拥有几亿读者。换句话说，这是一本被当作消遣性惊险故事或儿童读物来阅读的畅销书。"[2]尽管"英美大中学校"一语里的"中学"是指初中部还是高中部（年龄的限定对这个问题的研究十分重要）我还不甚了了，但是，拉尔斯·吉伦斯顿的话却很清楚，《蝇王》是"被当作消遣性惊险故事或儿童读物来阅读的"，这即使不是对儿童阅读事实的描述，至少也是吉伦斯顿的价值判断。

《蝇王》对儿童人性恶的描写是否符合儿童心性的本质？《蝇王》是否可以算作儿童文学作品？或者是否适合儿童读者阅读？这曾是一直缠绕了我多年的困惑。后来，我读到了美国作家塞林格的小说《麦田里的守望者》，将阅读这两部小说的感受进行对比、分析之后，心头的上述疑云似乎消散了许多。

《麦田里的守望者》以主人公自述的方式，描写了十六岁的中学生霍尔顿·考尔菲德被学校开除后（此次是第四次），为了让歇斯底里的母亲有个对坏消息的消化时间而暂不回家，去纽约"逍遥"的一天两夜中的经历和心理历程。原本希望纽约"逍遥"能使自己"心情好转"的霍尔顿遇到的仍是一连串的失望：昔日女友令他不快；找来的妓女让他损财后又遭毒打；虔诚信教的修女也使他心寒不已；最后，当他向唯一敬佩的一位老师安多里尼寻找庇护时，老师竟好像是个搞同性恋的"伪君子"。霍尔顿改变了回家的想法，"决计远走高飞"，"到西部去"。然而，就在他向深深

---

① 建钢等编译：《诺贝尔文学奖获奖颁奖演说全集》，中国广播电视出版社，1993年，第692页。
② 同上。

喜爱的妹妹菲苾告别时，菲苾以孩子特有的方式感化并拦阻了他。霍尔顿在生了一场病后，重新尝试进入新的生活。

《麦田里的守望者》1951年出版后，当即引起了社会各界的强烈争议。少数评论家严厉批评此书；有些家长要求图书馆和学校把此书列为禁书，而且果真有少数图书馆和学校照此办理。的确，表面看来，《麦田里的守望者》很像一本"坏书"。少年主人公精神颓废，满嘴脏话，不思读书，几次被学校开除，小小年纪便抽烟酗酒，甚至还叫来妓女！但是社会各层的读者很快读出了这部小说的真意，尤其是青少年读者，更是对其赞赏有加，认为它道出了自己的心声。

还是回到《蝇王》与《麦田里的守望者》的比较上来。《蝇王》采用的是儿童文学惯用的历险模式（戈尔丁正是从英国作家R. M. 巴兰坦的荒岛历险小说《珊瑚岛》获得了创作灵感，《蝇王》中的两个最重要的主人公的名字拉尔夫和杰克均直接取自《珊瑚岛》。但是两者关于儿童人性的哲学思想却截然不同），故事情节波澜起伏，扣人心弦，矛盾主线突出，进展明显；在叙述语言上，简洁明快，动作性极强。而《麦田里的守望者》故事情节平淡无奇，语言叙述多内部心理而少外部动作。从儿童文学的立场看，显然在外部形式上，前者棋胜一着，比后者更具儿童文学性。但是一部作品的成败并非仅仅由外部形式定夺，而是全凭内部思想与外部形式间的天衣无缝式的融合。虽然，塞林格成名不久便隐居乡间，被西方一些评论家称为"遁世"作家，但是，就我个人阅读《麦田里的守望者》的感受而言，这是一部外冷内热，表层看起来消极遁世，本质上积极入世的作品。霍尔顿其实是一位保持着善良心性的少年。他认为，学校"要你干的就是读书，求学问，出人头地，以便将来买辆混账的凯迪拉克"，于是以学习上的不用功来反抗美国现行教育制度中的弊端，但一旦被学校开除，他依然有愧对父母之情。当他诉说想做一个"麦田里的守望者"的愿望时，当他出于爱妹妹之心而放弃出走计划，留下来承受生活的压力时，我都有种情动于衷，泪热于眼的感受。对这一位少年，塞林格越是渲染他的冷嘲热讽、玩世不恭，表现他的"颓废"和"垮掉"，越是激起人们对扭曲和"异化"这位少年心灵的现代文明社会中的不合理处、荒诞处的厌恶和反思。尽管《麦田里的守望者》通篇笼罩着压抑气氛，直到最后，读者也看不到生活对改变霍尔顿的命运作出任何承诺，但是，作家对霍尔顿真诚善良的心性的肯定性发掘，表明了他对人性的一种信任之心；而霍尔顿本人的重新面对生活，也显示着少年心灵生命力之顽强。小说结尾的霍尔顿已不是小说开篇的霍尔顿，经历过一连串的磨难，我感到他已经成长起来，并获得了超越更大困难的力量。《麦田里的守望者》本质上并不悲观绝望，而是顽强追求健全人生的蕴含希望的作品。

　　与《麦田里的守望者》的比较暧昧的结局相比，《蝇王》的结尾采用的倒是在儿童文学作品中具有普遍性的大团圆性结局。但是，戈尔丁安排的这种大团圆性或光明性结局在生活的本质和艺术的真实这两个层面上不具有内在逻辑。我这样讲，不是由于那位前来营救的海军军官在拉尔夫命悬一线时出现所具有的偶然性（偶然性不论在生活中还是在文学作品中，都是重要的存在。恩格斯说："在历史的发展中，偶然性起着自己的作用。"而巴尔扎克则说："偶然是世界上最大的小说家。"），而是指戈尔丁人性恶的悲观哲学思想与《蝇王》艺术构思和整体表现之间存在着的内在矛盾。

　　前边已经讲过，戈尔丁正是因第二次世界大战中一部分人类的野兽行径，即现代文明社会的一部分现实，才由乐观主义者变为悲观主义者的。戈尔丁在现实社会中发现了人性恶，他创作《蝇王》把一群孩子从现实社会中剥离出来，送到了自然之中。虽然，这些十一二岁的儿童，身上有着从文明社会带来的基因，但是，置身于与文明社会隔绝的自然之中，儿童的天然本性的确少了许多束缚，接近了可以自然袒露的状态。也许在主张教育就是维持儿童心中的自然的卢梭那里，这些孩子们离开受核战争威胁的文明社会，流落荒岛，正是让孩子们回归自然本性，把被文明社会破坏了的纯洁、珍贵的儿童天性归还给儿童同时也是归还给人类的好时机。

（其实，我们也不必借助于这种假设来说明问题，马克·吐温的不朽名作《哈克贝利·费恩历险记》已经告诉我们：正是近于自然的儿童才是不持有金钱欲、权势欲、迷信、偏见和兽性的出色的人。）受核战争威胁的文明社会，与二战期间希特勒法西斯兽性横行的文明社会恐怕不会有什么本质区别。因此，即使是对戈尔丁而言，从这样的文明社会来到自然之中，也不失为一个机遇。在戈尔丁笔下，荒岛上的两伙儿童的矛盾冲突实质上是自然、野蛮（以杰克为代表）与社会文明（以拉尔夫、猪仔为代表）之间的矛盾冲突。前者是恶的代表，后者是善的化身。如果我理解得不错的话，那么《蝇王》这个故事的潜台词是：一旦离开文明社会，归于自然之中，甚至孩子也会出现"纯真的泯灭"，走向"人心的邪恶"，而一旦文明社会（以登岛的海军军官为代表）介入自然，孩子间的"暴力"和"谋杀"会即刻停止。小说结尾的最后一句话是海军军官"转过身去，让孩子们有个时间来恢复镇定。他等待着，目光就停留在远处那艘整洁的快艇上"。（我注意到，《蝇王》对杰克的用泥彩涂抹花脸式的"肮脏"和拉尔夫尽量想保持的"整洁"，是极为关注的，"整洁""肮脏"在表达文明与野蛮的冲突这一主题上是颇具功能的概念性语汇。）戈尔丁为拯救善良、扼制邪恶开出的药方是——搭乘整洁的快艇，返回文明社会。但是，这就出现了矛盾：返回令戈尔丁成了悲观主义的儿童人性恶论者的文明社会，孩子心中的邪恶（假如存在的话）就会消失吗？事实难道不正是文明社会的某些现实在向天真的孩子灌输邪恶的思想吗？（日本儿童文学作家乾富子在长篇童话小说《树荫之家的小人们》里塑造的森田信这一在战争中受军国主义教育毒害的少年形象可以做文学上的证人。）《蝇王》的大团圆结局在哲学上是矛盾而又软弱无力的，它并不能帮助戈尔丁进行拯救人性的哲学思考。既然落荒于自然，儿童的邪恶本性会从"潘多拉的匣子"中释放出来，而返回文明社会，更会身遭成人社会邪恶人性的包围和污染，那么《蝇王》对戈尔丁以及所有儿童人性恶论者来说，就只能是一部展示悲观和绝望的走投无路的作品。

应该说，戈尔丁对儿童人性恶的哲学思考是具有相当的理论启示性的；更进一步，戈尔丁将这种哲学思考寓言式地写成小说作品也无可非议（尽管出现了前面分析过的内在矛盾）。但是，如果将《蝇王》纳入儿童文学范围来评价，这些就不能不成为具有质的规定性的问题。我很清楚，在儿童文学与成人文学的临界处，并没有像国界那样清晰的一条线。位于临界区域的少年阅读的文学作品，有些就难以作快刀斩乱麻的简单处理。但是，这些复杂性、模糊性并不能成为我们不负责任地放弃儿童文学边界的理由。对《蝇王》这样的作品如果丧失领土主权的原则，很可能会导致儿童文学本质在很大程度上的消解。我认为，《蝇王》在一些艺术表现方式上，如故事情节模式、写实主义的人物性格塑造、叙述语言的行动性等方面是具有儿童文学性的，但是作品整体所蕴含的儿童人性恶的悲观主义人生哲学思想却是违背儿童心灵本质和儿童文学的人生哲学思想的。在人生哲学层面上，《蝇王》是越过儿童文学边界的入侵者。戈尔丁的儿童人性恶的哲学思想本身可以引起我的兴趣（在理性上），但是，表现这一哲学思想的《蝇王》却不能在情感上给我以文学的感动。相反，《麦田里的守望者》尽管在艺术表现上有一些令儿童文学感到陌生之处，尽管在作品的前半部分霍尔顿身上的少年气不多，不明显，但是，由于它对少年真诚善良心性的肯定以及对人性的信任与儿童文学的人生哲学思想达到了共识，再加上小说越向后发展，霍尔顿身上的少年气（纯朴、善良）便渐次加强，从而成了受到儿童文学欢迎的亲密朋友。

三、"给这个世界再次带来信任和希望"：儿童文学的使命

儿童纯真的天性具有向善的能动性。是否对儿童的天性怀有肯定和信任，是衡量儿童文学作家之优劣的首要标准。也许还可以说，对儿童天性善良这一点持否定论和怀疑论的人，很难获得从事儿童文学事业的资格。当然，生活的真理并不止一个，正如欧洲那一句古老的格言：乐观主义说

瓶子的一半还满着，悲观主义则说瓶子的另一半已经空了。性善论、性恶论，都是人生哲学的选择结果。需要说明的是儿童文学选择乐观主义的人性观，绝不是为照顾儿童心理承受能力的一种策略性考虑，如果是那样便成了伪人生哲学。乐观主义原本就是那些真正的儿童文学作家们的人生哲学，事情的逻辑是他们由于具有乐观主义心性才成为儿童文学作家，而不是相反。儿童文学是一种乐观、前瞻的文学，悲观主义人生哲学与儿童文学无缘。在儿童文学历史上，还没有一位在自己的作品中灌注虚无绝望的人生信念反而获得了成功的作家。德国优秀的儿童文学作家、国际安徒生大奖得主凯斯特纳说得好："在我们当前这个世界里，只有对人类持有信心的人才能对少年儿童有所帮助。他们还应当对诸如良知、榜样、家庭、友谊、自由、怀念、想象、幸福与幽默……的价值有所了解。所有这些就像恒星一样在我们上空闪耀，并一直存在于我们当中。谁能把它们展现给儿童并讲给儿童听，谁也就引导儿童从沉寂中走出来，跨入充满友爱的世界。"[1]在凯斯特纳眼里，成人已没有改善之可能，唯有儿童才是人类得以拯救的某种保证，因为天真的儿童身心没有沾染世俗的丑习恶德——他们才是有希望被培养成理想人类的人。

信任人性，寄希望于未来，并非主张可以回避社会中的恶和人类的丑行，掩饰生活中不断出现的悲剧。穷究人类本性的童话作家安徒生就不是一位战栗于寒风中，却硬说自己满身温暖的伪善者，他以《丑小鸭》《皇帝的新装》《卖火柴的小女孩儿》等童话坦率地展示出人生中恶的问题。但是，洞悉人生本质的安徒生并不因为生活中存在着苦难便丧失生存的勇气。苦难只是生活的一部分，当人们只知道这生活的半个真实时，他才痛苦。了解人生的全部真实的安徒生深信爱是比痛苦、忧伤更强大的力量，它能创造出人间的一切奇迹。正是由于心怀炽热的爱，安徒生才在自己的肖像画上写道："人生是所有故事中最美丽的一个故事。"

---

[1] 转引自韦苇：《外国童话史》，江苏少年儿童出版社，1991年，第412页。

当我试图作出儿童文学是持乐观主义人生哲学的文学，儿童文学的乐观主义精神正来自于它对儿童人性的肯定性评价这些论断时，给予我以最有力支持的莫过于法国文学史家、比较文学学者波尔·阿扎尔在那本被誉为儿童文学研究者必读之名著的《书籍·儿童·成人》中所说的一段话——

> 儿童们阅读安徒生的美丽的童话，并不只是度过愉快的时光，他们也从中自觉到做人的准则，作为人必须承担的重大责任。虽说是孩子，但也仍然非体味痛苦的滋味不可。由于玩具娃娃的死，他们也会遭受到不可言喻的悲伤的打击。对恶，尽管模糊，他们也会感觉到。恶的东西，既存在于他们的周围，也被感受于他们的内心。但是，这种活生生的苦恼和疑惑都不过是一时的东西。他们无论遇到什么事情都不会失去心中的光明。生存于这个世上的他们的使命，就是给这个世界再次带来信仰和希望。如果人类的精神不能经常被这一充满自信的年轻力量而唤醒，这个世界会成为什么样子呢？我们的后继者走过来了。孩子们再次开始美丽地装饰这片土地。一切都重返青春、映照着绿色，人生的价值被重新发现。在安徒生诗情充沛的童话里，浸透着梦想更加美好的未来的坚强信仰。这一信仰使安徒生的灵魂和孩子们的灵魂直接融合在一起。安徒生就是这样倾听着潜藏于儿童们心底的愿望，协助他们去完成使命。安徒生和儿童们一起，并依靠儿童们的力量，防止着人类的灭亡，牢牢地守护着导引人类的那一理想之光。①

（载于《东北师大学报》1996年第1期）

---

① ［法］波尔·阿扎尔：《书籍·儿童·成人》（日文版），纪伊国屋书店，1986年，第154—155页。

儿童文学：儿童本位的文学

当阿基米德发现杠杆原理时，他曾经兴奋地说："给我一个支点，我能撬动整个地球。"在一门学科的研究中，寻找理论的根本支点也是至关重要的，这一努力应该成为理论研究的兴奋中心。

儿童文学的最根本的立足点是什么？有几个？不少理论研究者都有意识地把目光投注于寻找这个根本支点上。不知我这样归纳是否合适，在班马看来，儿童文学只有一个根本立足点："儿童性"即"'前审美'形态从根本上解释了儿童文学相对独立于成人文学的根据"；在方卫平看来，尽管本体论观念可以处于不同层次，但儿童文学"不同于成人文学的美学意味和审美特征"，"是儿童文学生存魅力的最根本的立足点"；似乎（我明显变得小心翼翼，因为我并没找到绪源兄的原话，如果不幸我推断有误，责任当在我。）在刘绪源看来，"文学性"与"儿童性"或曰"儿童特征"是儿童文学本质的两个根本支点。

我赞同儿童文学的最根本的立足点只有一个的观点。那么，这个立足点究竟该靠落于何处呢？班马有一句话说得十分敏锐而到位："中国儿童文学理论界的重大盲区之一就是没有自己的哲学立足点。"而且班马进一步指出由于没有自己的哲学立足点，中国的儿童文学"正势必导入'精神性'方向的成人文学艺术价值的靠泊"。我把班马的两篇文章，尤其是后一篇《开发自身本体的"儿童美学"艺术价值》看作他的儿童文学独立宣言。

在方法论上，我自认为与班马是同道。我认为儿童文学必得以儿童哲学为自己的根本立足点。但这里说的儿童哲学不是柏拉图、笛卡尔、黑格尔式的形而上学哲学，而是叔本华、尼采、狄尔泰式的重视主体感性的诗化哲学，因此也可以说是诗化的儿童生命哲学。我曾在1988年撰文用"儿童观——儿童文学的原点"这样的语言来表述我对儿童文学本体定位的构想。近来读到上述三位学术同仁富于启发性、鼓舞性的文章，很想就儿童文学的本体理论建设问题谈谈我与三位同仁的一些相同和不同的看法。

一

应该说，班马多年致力于"儿童美学"研究，是在这个较少有人涉足的学术领域中耕耘最多、收获最多的学者。他的"儿童美学"中有触目可及的理论发现，这些见解无疑为此后整个学术界的"儿童美学"研究打下了一定的基础。尤其是他提出的以"儿童美学"（我用"诗化的儿童生命哲学"或"儿童观"来表述）为儿童文学的本体定位，在方法论上不仅正确无疑，而且意义重大。不过我以为班马的"儿童美学"的具体化概念"儿童性""'前审美'形态"本身存在着很大疏忽，有着令人生疑的理论内涵。

"儿童性"与"儿童美学"并不同质同构。关于"儿童性"作为儿童文学的本位根基的失格问题，方卫平的文章已有精到论述。我赞同方卫平"儿童文学的本体构成都应是成人世界与儿童世界相互碰撞、辩证统一的整体"的说法，因此，我进一步坚定了"儿童观是儿童文学的原点"的设想，因为儿童观正是成人与儿童这两个生命体相撞击、相融合的结晶。

班马提出的"'前审美'形态"这一概念所以令我生疑，除了因为它与"儿童美学"不是同质同构外，更是因为他使用的那个"前"字。"前"意指某事物产生之前，比如"前科学"指科学产生之前，"前资本主义"指资本主义产生之前。"前××"意味着××事物的未成熟未分化状态。

如果这种对"前××"一类词的解释可以成立，那么我们不禁要问：儿童的审美是未成熟、未分化的审美吗？是如班马所说，儿童的审美"不是纯粹'审美'"吗？这一疑问势必把我们逼到儿童生命哲学即儿童观的层面上来回答。

我觉得儿童文学理论界应该反思一个问题，即对儿童文学理论而言，皮亚杰的发生认识论是否具有整体移植或套用的合理性？（我绝对承认其重大的参考借鉴价值。）皮亚杰在《发生认识论原理》一书的引言中说："发生认识论的特有问题是认识的成长问题：从一种不充分的、比较贫乏的认识向在深度、广度上都较为丰富的认识的过渡。"我们不应忘记，皮亚杰的发生认识论探讨的只是"认识的成长问题"。当我们从文学、艺术的角度探讨儿童的身心发展问题时，关注的核心内容应该是情感和想象（感性思维），而不是认识（理性思维）。在人的一生中，情感和想象（感性思维）并非像认识（理性思维）那样呈线性进化的态势。儿童所具有的情感和想象这些浑然一体的生命的感性能力，在其走向成人的过程中有可能因得到艺术的守护而发展，也有可能因理性、概念的遮蔽或侵蚀而退化。因此皮亚杰认识论的"前运演思维"这种"前"的用法是不宜置换到审美理论中来的。

如果不是以成人的审美形态为本位，即不是将成人的审美看作最高完成态的话，你得承认儿童（包括幼儿）的审美形态也是一种纯粹的审美形态。这当然需要实证。篇幅所限，我仅举几个例证。儿童在雪地上撒尿，他会用尿流浇出一个怪异耸起的小雪堆，然后想象成是自己建造出的一个城堡；如果是在土坡上撒尿，他又会想象成自己的河流将蚂蚁、枯叶冲决而下，势不可当。在这种行为表现中，儿童会感到生命的创造性快乐。儿童的思维是文学性（审美）思维。看到大人用刀切菜，他会说"刀在走路"；看到夜雨中手电筒发出的光束，他会说"光被雨淋湿了"；看到上蹿摆动的火苗，他会惊叹"多么好看的手啊"！儿童的这种思维方式，我们只在一小部分成人身上才能看到，而他们就叫作"诗人"或"艺术家"。

可见儿童的世界是直接与文学的世界、审美的世界相通的。相反，倒是在被合理主义的理性束缚的成人那里，在审美时，心理常常出现障碍。动画片《黑猫警长》有这样一个精彩场面：黑猫警长追捕仓皇逃窜的老鼠"一只耳"，并向他射出一枪，"一只耳"已经拐过墙角，可是那子弹却跟着它拐弯，一直穷追不舍，终于击中了它。对这一情节，曾有人认为不合乎知识和情理，会给幼儿一种不正确的知识。对此观点，动画片《黑猫警长》的导演在电视中（1995年5月25日中央电视台节目）反驳说，虽然现在的手枪子弹不能拐弯，但是不是已经有追踪导弹了吗？因此，这个情节是将来会实现的科学幻想，对幼儿是无害的。我却认为，两者都是站在艺术的门外讨论问题。其实知识也好，科学幻想也好，都是与子弹拐弯风马牛不相及的事情。与心灵僵硬的成人不同，幼儿可以径直奔入艺术的殿堂，因为在幼儿的心理体验中，愿望的世界往往比现实的世界更为真实。（艺术在本质上不正是愿望世界的表现吗？）是幼儿这种独特的心理给那颗子弹施了魔法，使它像格林童话中那根自己会从口袋里跳出来惩罚人的棍子一样，随心所欲战无不胜。对幼儿来说，黑猫警长射出的子弹不会拐弯才是咄咄怪事。我想，成人在面对《米老鼠和唐老鸭》这样的集荒诞、幻想之大成的艺术品时，也会不时尴尬地出现艺术欣赏障碍。

我曾在东北师大实验保育院给幼儿们讲过图画故事名著《大萝卜》。在我讲到"小老鼠拽着小猫，小猫拽着小狗，小狗拽着小孙女，小孙女拽着老奶奶，老奶奶拽着老爷爷，老爷爷拽着大萝卜，拔呀，拔呀——"时，有的孩子不禁伸出手，身体伴随着我道出的"拔呀，拔呀"的节奏做出用力拔东西的动作。（孩子们表现出的文学理解，帮助我悟出"拔呀，拔呀"这简单的节奏所具有的意味和魅力，并进而感受到整个故事的内在呼吸节奏。）这恐怕就是班马所说的"身心一元"的感动吧。我当然把这称为艺术的感动，而不是"前艺术"的感动。仍然是《大萝卜》这本图画故事书，我在给坐在我膝上的四岁的儿子讲述时，当我照着文字讲完"萝卜终于拔出来啦！"（文字的最后一句）之后，儿子仍然在期待着，看我不再往下讲，他抬头催促我，"讲啊！"我只好说，"讲完啦。"可是儿子说，"你还没讲小老鼠他们都很高兴呢。"（这时我才真正注意到那只很小的老鼠用尾巴缠住大萝卜的根须，在萝卜上面手舞足蹈。）文字上没有的内容，孩子通过画面发现出来并细腻地感受到了。如果把《大萝卜》看作堂堂正正的艺术品的话，我只能惭愧地说，对它的欣赏，有些地方我的审美能力不及儿童。当然，如果评论起来，成人会比儿童说得头头是道，但是把对作品审美的原体验相比较，你很难说成人一定就比儿童质量高。善于分析的成人在深化对作品的审美理解的同时，难道没有加进一些不自然、不真实的解释在其中吗？这是否也是成人的一种自欺欺人的非纯粹审美因素呢？

我认为，如果把儿童的审美看作"前审美""非纯粹审美"的话，肯定会动摇我们的儿童文学是一种纯粹的艺术、真正的艺术这一自信，肯定会影响到我们对儿童文学所进行的纯粹的、真正的艺术追求。如果真是这样，刘绪源的"儿童文学渐渐远离了文学"的担忧，就会不幸成为现实。

二

我认为，应该把儿童看作独特文化的拥有者，应该在承认儿童在成长的路途上与成人世界存在着紧密联系的同时，最大限度地划清儿童与成人之间的界限，建立起相对独立的儿童王国，这种划分对儿童文学研究来说，不仅是必要的，而且是必须的，它尤其是儿童文学本质论（本体论）所无法超越的一个重要理论环节。从根本而言，儿童文学的本体论只有在区别而不是联系中才能建立。虽然前面我对班马的两个重要概念提出了疑问，但是我仍然要再一次认同班马的方法论。因此我下面的讨论将会显示出与刘绪源的强调儿童文学与成人文学、儿童与成人的联系，淡化儿童文学与成人文学、儿童与成人的区别的理论主张之间的分歧。需要说明，我所用的"淡化"一词不是指刘绪源的研究行为，在行为上他恰恰重视对儿童特征的实证性研究，以求说明与成人的区别。我所指的是他的理论意识和理论内涵具有"淡化"区别的倾向。

比如刘绪源说："在解决儿童文学的审美本质的问题时，我们发现了过分强调儿童文学的特殊性所带来的危害；现在，在解决儿童文学的儿童特征时，也同样要防止过分强调儿童与成人间的区别，因为这也会造成另一种危害。儿童与成人的确有区别，这区别正是我们要花大功夫去研究的。但我感到，在班马的猜想里，似乎有将这一区别神秘化的倾向。儿童期终究只有短短的十余年，在出生之初，儿童尚不能思维；稍大，又缺少思维和体验的积累；在儿童逐步形成自己特别眼光的过程中，与成人间的距离却又越缩越小了……因此，儿童的心灵是既复杂又单纯的，是充满神秘却又并非不可解的，是有别于成人而又在本质上与成人相通的。"

我认为儿童虽然与成人存在联系，但又在本质上与成人相区别。需要取消一个纠缠性的实际是没有意义的提问，同作为人，儿童与成人在本质上不是相通的吗？需要限定"成人"概念的内涵——这里的"成人"不是年龄意义的成人，而是心性意义的成人，它不包括某些葆有儿童心性的成人，或者不包括成人保留的儿童心性的因素。

儿童是与成人完全不同的人，儿童与成人是人生的两极，儿童是与成人不同的人种，思想家卢梭、教育家蒙台梭利、儿童文学理论家利丽安·史密斯如是说。语言为精神之相，当人类（当然是成年人自己）将这样一群处于人生的早期阶段的人，既不称作"人"，也不称作"男人"或"女人"，而是称作"儿童"时，成年人一定已经意识到这是一群与成人判然有别的人种。由于人类社会长期以来并未揭示儿童生命世界与成人生命世界在本质上的不同，儿童一直没有得到特殊的对待。近代以来，精神科学的发展，为探究儿童不同于成人的本质特征提供了一些证据，儿童获得了市民权，有关儿童的设施也出现了，儿童文学便是其中之一。尽管如此，对儿童生命世界的研究仍然步履维艰。儿童生命能力的一个重要侧面——理性认识，由于心理学的研究，如上述皮亚杰的发生认识论，已经得到了相当科学的证明，但是儿童生命的另一个重要侧面——感性世界，却依然混沌一团。在揭示儿童感性世界这方面，儿童文学作家，包括像苏童、余华这样的成人文学作家所作的努力，要比心理学家的工作更有成效。儿童文学理论工作者也承担着这一责任。班马以《中国儿童文学理论批评与构想》一书在这方面已做出过出色的工作，刘绪源恐怕也已开始了对儿童特征的实证研究。我认为随着这类研究工作的开展，人们是会认同儿童与成人间存在本质的区别这一观点的。

当然，我现在就必得面对这样的诘问：你该不会是凭空臆想出儿童与成人具有本质的区别这一观点的吧？请拿出证据来！我很惭愧，证据当然是有一些，但我对这个问题的认识恐怕更多的来自直觉和感悟。阐述儿童与成人的本质区别是困扰整个人类的大难题，以我的学力来应对，实在如蚂蚁搬山。但我想我可以从零做起，可以一步步尝试。

我认为，儿童具有独特的存在感觉——

> 1995年7月某日，我家中。妻子的小侄女左旭（四岁零十个月）·听到楼下有许聪（七岁男孩，左旭的游戏伙伴）的说话声，便突然问我："二姑夫，你小时候跟许聪玩过吗？"
>
> 1990年某月某日早晨，我家中。那段时间，我儿子朱小鹤（五岁多）经常尿床，这天他又画了张"地图"，我很不满地对他说："你看，又得给你晒褥子！"儿子马上接过话说："等我长大了，我就会自己晒褥子啦！"

这样的事例表明了五岁左右的儿童对时间的理解和感觉与成人完全不同。在成人的时间概念中，我小的时候，当然许聪还没有出生，朱小鹤长大了，自然不再尿床，也就用不着他自己晒尿湿的褥子。但是五岁左右的儿童不懂时间的这种相对性。对生活中儿童表现出的这种天真，成人从自身本位出发往往将其看作无知，最好的是说声"可爱"便一笑置之。其实在儿童打破时间的相对性概念之后，是完成了自己对生活的独特把握的，在左旭发出那句天真的发问之时，她那小小的脑袋中，难道不曾闪过小时候的二姑夫与许聪一起游戏的情景吗？从儿童文学的立场看，三十几年前的我与今天的许聪一起游戏，绝对是富于创造性的本色的幻想故事。

儿童的空间感也与成人大不相同。相信很多成年人都有这样的体验：童年时代自己嬉戏的一片草地是那么辽阔，草丛是那么高那么密，可是成年后故地重游，你却惊讶地发觉，这片草地原来如此狭小，草丛也只高及膝间。儿童与成人这种空间感的迥然相异，并非仅仅因为身体比例和视角的不同，更根本的原因是儿童丰富的感受性和生动的想象力扩大了物理的空间。

儿童对空间的变化是十分敏感的，他们常常主动创造出空间的变化，以使自己拥有一个崭新的天地。我曾见过一个七岁男孩喜欢钻进桌子底下向外看世界，我还听说过一个十岁男孩喜欢爬上冰箱，从上面向下看世界。这两个孩子得到的那种乐趣，日本儿童文学作家古田足日曾在他那本再版上百次的杰作《壁橱里的冒险》中生动描写过。我家的影集里有一张儿子小时候的照片，他两腿叉开，头朝下，弯下腰，双手扶着地板，从两腿之间向后看。（这是儿子在那个时期常用的动作，他的姨夫觉得露在开裆裤外面的小屁股很可爱，便抢拍了这个动作。）我想，儿子一定是在自己颠倒过来的世界中找到了正常世界所没有的乐趣。后来，我果然在读《玛丽·波平斯阿姨回来了》一书的"颠倒先生"一章时，进一步证实了我的这一想法。

日本的儿童文化研究者本田和子在她的《儿童所在的宇宙》一书中指出，儿童感觉到的生活世界是一个"现实"与"非现实"共存的世界。对儿童来说，他所搭建的积木，既是不可攀越的险峻的城堡，同时（除了极幼小的幼儿）他也明白，这高度一步就可跨过。本田和子认为判断哪个是真哪个是假是毫无意义的，因为这两者都既是虚假的，同时又是真实的。儿童看待世界的这种双重目光使现实与非现实、理性与情感、时间与空间都浑然一体地凝缩于自己的身心之中。本田和子慨叹成人的这种"双重视力"已极度衰弱，渐渐失去了自由往来于现实与非现实之间的超越本领，而片面地陷入了难以挣脱的合理主义的束缚之中。

不仅在生存感觉上，而且在价值观上，儿童与成人也常常发生根本的矛盾、冲突。篇幅所限，我仅举一例。当代作家韩少功的散文《我家养鸡》写"我"上小学不久遇上粮食困难时期，全家人都填不饱肚子，后来，妈妈从乡下带回来的四只鸡也在"我"无济于事的抗争中一只只被杀掉了，最后只剩下一只黄色的母鸡，它"孤零零的"，"哪儿也找不到它的朋友。直到放学时分，才有我来给它喂食，对它说话，把它抚摸。它对别人似乎都有些畏惧，见人就惊慌地躲避，但对我十分亲热温顺，似乎已熟悉我。我压它低头，它就久久地低头，我压它蹲伏，它就久久地蹲伏，非常听话。眼睛老投注于我，好像看我还有什么吩咐。有时候发出低低的'咕咕咕'，似感激，似撒娇，又似不安地诉求什么"。当全家饿慌了，把黄母鸡的口粮取消后，"我"忍着饥饿，"每餐饭我都在自己的碗里留一口，去小院里拨给它"。但是，最揪心的事情终于发生了——

> 我放学回来，见小院子里空荡荡的，只剩下那个沾满糠粉的鸡食盆，而厨房里飘来一丝鸡肉的香味。我明白了，我知道无能为力，我再也忍不住，跑到房里扑倒在床上，伤心地大哭起来。我在哭泣中突然明白了一个道理：大人们是很坏的，而我终究也要变成大人，我也会变坏。这个想法使我恐惧。
>
> 几块鸡肉被夹到我的碗里，是母亲特意留给我的。一餐又一餐，它被热了一次又一次，但我还是没有去碰它。

从鸡"养大就是让人吃，就要杀"这一成人社会的生存法则看，杀掉黄母鸡的大人并非"是很坏的"，甚至毋宁说"我"的感情用事倒十分幼稚。但是，儿童的世界毕竟与成人世界不同，它很文学化，有着太多与现实原则根本冲突的价值观。我们不该对"我"的泪水和拒食鸡肉的骨气有半点轻视之意，就像我们不该漠然看待"不食周粟"，饿死于首阳山上的伯夷、叔齐一样。

与成人相比，儿童持有独特的人生态度。成人（包括许多心理学家、教育学家）往往认为十五岁以前的儿童不谙世事，还没有形成自己的人生观。如果把人生观仅仅限制在理性范畴的话，这种看法也许成立。但是，正如狄尔泰可以在他的生命哲学中把诗的世界观合法化一样，我们也可以说，正是因为品尝着生命早年果实的美好滋味的儿童还没有受到太多的现实原则的束缚，才可能保持一种独特而健全的人生态度。对这一点，我想仅仅举出人们熟知的《汤姆·索亚历险记》和《哈克贝利·费恩历险记》就可以证明。（关于儿童与成人的本质区别的例证，本文就此打住。我正在写作的《儿童文学的本质》一书中有专章论述，如能付梓，请诸位同行赐教。）

毫无疑问，应该重视儿童世界与成人世界的联系，因为儿童毕竟是动态成长的，但是相比较而言，重视儿童世界与成人世界的区别有着更为重要的理论意义。理由之一是，如果将儿童世界与成人世界存在密切联系这一观点极端化（"过分强调"），那么，"儿童"与"成人"这两个作为两极对立才能存在的分类就很可能消失，如此一来，儿童文学也便失去了存在的根据。理由之二是，儿童文学的创造者是成人，过于强调儿童世界与成人世界的联系，很容易强化成人世界既成价值观和成人的生命需求、审美意识，而忽视儿童世界的价值观和儿童自身的生命需求、审美意识。在儿童文学史上，为了成人规定的"将来"而牺牲儿童自身的具有价值的"现在"的许多教训我们应该还记忆犹新。理由之三是，建立起相对独立的儿童王国，有助于我们认识到，作为两种不同的生命形态，不仅成人世界对儿童的成长产生着深刻的影响，而且儿童世界也会对成人社会的发展施加影响，给予启示（就像马克·吐温在《哈克贝利·费恩历险记》中，巴内特在《小公子》中，斯比丽在《小夏蒂》中，米切尔·恩德在《毛毛》

中所描写的那样），即两者不是一方对另一方的施舍，而是双方面的相互赠予。站在这个事实上，我们就有理由说，儿童文学不是浅薄的"小儿科"，而是可以与成人文学比肩而立的有关人类前途和命运的大写的文学。

如果儿童与成人具有本质区别这一观点可以成立，如果儿童世界中除了应该建立一个与成人世界相联系的通道外，更应该建立一个与成人相区别的独立王国的话，我只有说，儿童文学作家、儿童文学理论工作者的儿童观应该以儿童为本位。（注意，我没有在儿童本位上画引号，意在避免与历史上的如周作人"儿童本位"的儿童观相混同。）不是把儿童看作未完成品，然后按照成人自己的人生预设去教训儿童（如历史上的教训主义儿童观），也不是仅从成人的精神需要出发去利用儿童（如历史上的童心主义儿童观），而是从儿童自身的原初生命欲求出发去解放和发展儿童，并且在这解放和发展儿童的过程中，将自身融入其间，以保持和丰富人性中的可贵品质，我将这种形态的儿童观称为儿童本位的儿童观。在这种儿童观观照下产生的儿童文学是儿童本位的文学。以儿童为本位的儿童文学是走进儿童生命空间、表现儿童的生存感觉、价值观和人生态度，并承认儿童生命蕴含着高度人生价值的文学。以儿童为本位的儿童文学作家应该是特殊的人种，是成熟的"儿童"。在作品中进行"自我表现"的作家与儿童是结成"同谋"的"团伙"，他站在儿童利益的根本立场上，引领着儿童去"谋"取生命的健全成长和发展。

如果我们承认儿童与成人间不是量的不同而是质的区别，我们将会修正前述刘绪源的话语述说方式：儿童期尽管只有短短的十余年，但却具有不可替代的珍贵的人生价值，年幼的儿童虽然不能进行理性思维，但却有鲜活的感受，稍大，虽然缺乏理性思维和经验的积累，但却拥有丰富的感性和细腻的体验能力。在与成人间的距离越缩越小的过程中，儿童有可能逐步丧失了自己特别的眼光。

守护儿童心性中不可替代的珍贵的人生价值，守护儿童永远不丧失自己特别的眼光，这正是以儿童为本位的儿童文学肩负着的任重而道远的伟大使命，这正是以儿童为本位的儿童文学在人类发展进程中所作的独特的历史性贡献。

我有一种预感，如果关于儿童文学本体理论建设的学术探讨能引起儿童文学界的普遍关注和参与，并在大范围内深化下去，中国儿童文学理论研究很可能出现历史性的新的突破。

（载于《儿童文学研究》1997 年第 1 期）

"解放儿童的文学"：新世纪的儿童文学观

我认为，"解放儿童的文学"将成为新世纪的儿童文学观。

了解中国儿童文学观念的演变的人大概会从我特意加的引号想到，我的"解放儿童的文学"这一说法是套用了鲁兵的著名的"教育儿童的文学"一说。我这样做为的就是在新世纪到来之际，旗帜鲜明地提出一种与"教育儿童的文学"相对立的儿童文学观。

在推翻教育工具论的整个八十年代，儿童文学与教育之间的关系问题一直不断地成为理论探讨的话题，而鲁兵在六十年代初提出、在七十年代末强调的儿童文学是"教育儿童的文学"，是"教育工具"的观点，不断地被许多儿童文学作家和理论工作者所批判，鲁兵本人也曾修正过自己的这一观点。但是，进入九十年代，甚至直到今天，也不能说整个儿童文学界都摆正了儿童文学与一般教育的关系，认清了儿童文学肩负的是一种怎样的教育功能。比如鲁兵就在九十年代初，不仅还在说，"教育性是儿童文学的本质"，而且依然固执地将"教育儿童的文学"赫然作为自己儿童文学评论的总结性集子的题名；而八十年代成长起来的，眼下已经是中坚力量的儿童文学理论家中，也有人认为，"人无疑是要经过整合和框范的，儿童尤其是这样"，所以儿童文学要"按成人的价值观对少年儿童的情感进行规范"[1]。

---

[1] 吴其南：《评"复演说"——兼谈儿童文学和原始文学的比较研究》，《温州师院学报》1990年第1期。

我以为，中国儿童文学在改革开放的近二十年中的发展，显示出向文学性回归和向儿童性回归这两大走向（关于两大走向的看法，我与白冰、孙建江不谋而合），而上述"教育性是儿童文学的本质"、儿童文学要对儿童进行"框范"和"规范"这种儿童文学观在九十年代的出现，说明中国儿童文学在理念上仍然需要进一步向文学性和儿童性回归，以使儿童文学真正成为"解放儿童的文学"。

一、"儿童文学是文学"——教育本质论与教育功能论之争

二十世纪八十年代，是中国儿童文学在理念上否定"教育工具"论，向文学的本体回归的时期。据我所见，最早提出并强调"儿童文学是文学"这一观点的是评论家周晓写于 1980 年 3 月的《儿童文学札记二题》[1]一文，较早公开否定"教育工具"论的是子扬发表于 1984 年 4 月的《也谈儿童文学和教育》（载于《儿童文学研究》第 16 辑）一文，而 1984 年 6 月由文化部在石家庄主持召开的全国儿童文学理论座谈会和 1985 年 11 月在贵州花溪召开的全国儿童文学创作座谈会，则在与"教育工具"论的对峙中取得了压倒性优势。石家庄理论会议发表的会议"纪实"说，"'教育儿童的文学'和'教育的工具'这两个口号是在 50 年代受了'左'的影响而提出来的，因此今后不宜再重复使用"[2]。花溪创作会议上，年轻的小说作家曹文轩理直气壮地宣称："儿童文学是文学，不是别的。""它只能根据生活，塑造出一具具活着的艺术形象，而不能强行让它成为教育的工具……"[3]"儿童文学是文学"这一周晓率先提出的观点，经具有变革意识的一代年轻作家的代表人物之一的曹文轩振臂一呼，很快引起了八方响应。花溪会议上，作家刘厚明的发言对教育之于儿童文学的位置的认识是最为清醒和

---

① 周晓：《周晓评论选》，少年儿童出版社，1992 年。
② 见《儿童文学研究》第 19 辑，1985 年 5 月。
③ 曹文轩：《儿童文学观念的更新》，《儿童文学研究》第 24 辑，1986 年。

深刻的。他说："这里，我愿再冒一次'不谈教育'的非议，鼓吹一下'益智'和'添趣'。"①"益智""添趣"取自刘厚明早在四年前就提出来的表述儿童文学功能的"八字诀"——"导思、染情、益智、添趣"。这有名的"八字诀"与后来人们主张的审美、教育、认识、娱乐这一功能说，是意味有别的，那就是淡化了"教育"意识。

儿童文学向文学的本体回归，就必须摆正自己与教育的关系。整个八十年代，关于儿童文学与教育关系问题的讨论几乎就没有停止过，而在八十年代末，这一儿童文学重要的理论问题的探讨进入了更深的层次。1987年6月4日，著名儿童文学作家陈伯吹先生在《解放日报》上发表了《卫护儿童文学的纯洁性》一文，论述儿童文学的教育性："文学的高贵处，不仅在于让读者全身心地获得愉快的美的享受，更重要的在于以先进的思想启示人生道路，促使人做出道德范畴内的高尚行为，推动社会前进。"时隔半年，陈伯吹先生又在1988年第1期《儿童文学研究》上发表《儿童文学与儿童教育》一文，指出："'文学即教育'，特别在儿童文学的实质上透视，就是如此。"陈伯吹的文章引来了方卫平和刘绪源的不同看法。方卫平并不怀疑儿童文学具有教育功能，但是，他认为，"把教育作用当成我们儿童文学观念的出发点，在客观上却造成了儿童文学自身文学品格的丧失"②。刘绪源则认为，陈伯吹先生在论述"文学的高贵处"时，"以'更重要'三字作为两层意思间的递进。这就完全符合了'教育儿童的文学'这一基本定义"。刘绪源一下子抓住了澄清问题的关键之处："文学的审美作用与教育作用、认识作用，其实并不处在同一平面上，三者并不是并列的。"他重视审美（文学性）的本位作用，强调审美（文学性）的整合性与统摄力。"美感一经产生，总是包含着极其丰富的内容，包含着近乎无限的转化的可能性。凡美感，总是积极的，向上的，总能净化人的心灵，潜移默化地将你引入一种新的境界。相反'道德范畴'却未必总是积极的，

---

① 刘厚明：《路，越走越宽》，《儿童文学研究》第24辑，1986年。
② 方卫平：《近年来儿童文学发展态势之我见——并与陈伯吹先生商榷》，《百家》1988年第3期。

我们不就能时时感到封建的旧道德的严重束缚么？'教育'也不总是积极向上的，先进的与落后的东西，都可能经过教育的方式灌输给下一代。所以，强调审美作用，恰恰是保证而不是降低了文学的价值。"①刘绪源的思考标志着在儿童文学的审美与教育的关系问题上和向文学回归的方向上，新时期儿童文学理论所达到的最高点。方卫平与刘绪源的文章发表后引起了比较广泛的注意，《文汇报》《新民晚报》《报刊文摘》《新华文摘》《中国百科年鉴》等报刊先后摘介、报道、转载了有关观点或文章。这一方面说明儿童文学与教育的关系的确是重要而复杂的理论问题，另一方面也呈现出具有深厚的"文以载道"的文学传统的中国儿童文学的独特的现代化进程。

二、"解放儿童的文学"——质疑"规范"论

在八十年代出现的与传统的"教育儿童的文学"相对立的"儿童文学是文学"这一儿童文学观念，反对的只是将"教育"当作儿童文学的"本质"或"实质"，而并不否认儿童文学具有"教育"的功能。因此，直到九十年代末，就整体而言，"儿童文学是文学"论者并没有对儿童文学的"教育"的性质和内涵进行深入、根本的研究。对儿童文学的"教育"问题思考的这种不彻底性，便导致了在九十年代，在新生代儿童文学理论家中，也会有人主张儿童文学是"现世社会"对儿童进行"文化规范"的文学②，是"按成人的价值观对少年儿童的情感进行规范""框范"的文学。这种作为儿童文学观的"规范""框范"论，不但没有受到批评，反而被人赞扬为是"从更宽阔的文化视角立论"，"正在撰写的这方面专著将对儿童文学界提供新的理论思维与成果"③。

---

① 刘绪源：《对一种传统的儿童文学观的批评》，《儿童文学研究》1988年第4期。
② 王泉根：《共建具有自身本体精神与学术个性的儿童文学话语空间》，《儿童文学研究》1996年第4期。
③ 王林、徐永泉：《开拓与建构》，《中国儿童文学》2000年第2期。

　　"规范""框范"论的提出表明，正如在如何看待儿童文学的艺术性问题上存在着集体无意识的自卑一样，在儿童文学的"教育"问题上，也存在着一个文化的"原始模型"。早在五四时期，鲁迅就曾经为批判这个文化的"原始模型"，在《我们现在怎样做父亲》一文中提出了"幼者本位"的儿童观，他说："父母对于子女，应该健全的产生，尽力的教育，完全的解放。"鲁迅的"完全的解放"儿童并不是放任儿童，他甚至强调要"尽力的教育"。但是，鲁迅的教育思想是反对"规范""框范"儿童的，他说："时势既有改变，生活也必须进化；所以后起的人物，一定尤异于前，决不能用同一模型，无理嵌定。"

　　儿童观是儿童文学的原点。每一位儿童文学作家和研究者都应该不断审视自己的儿童观。如果想验证自己作为儿童文学作家或研究者的优劣，我们可以在日本童话作家秋田雨雀指出的现代社会存在着的两种不同的儿童观面前对号入座。秋田雨雀说："一种观点是成人把成人的世界看成是完善的东西，而要把儿童领入这个世界；另一种观点是，意识到自己和生活的不完善和不能满足，而不想让下一代重蹈覆辙。""从前一种观点出发，便产生了强制和冷酷；从后一种观点出发，便产生了解放和爱。"

　　我认为，"规范""框范"论是一种具有明显的成人本位色彩的儿童文学观，这种儿童文学观既有背离文学精神的一面，也有背离儿童生命世界的一面。文学是对人类的心灵进行关怀和抚慰的，它在本质上是给人类的精神生命以解放和爱，而绝不是什么"规范""框范"。即使是对人类自身的某些丑行进行揭露的文学，比如批判现实主义文学，其作用也只是在于唤起人类的变革意志和人性中的良知，想要"规范""框范"某些人的行为也是无能为力的，在这个意义上看，真可以说文学是无用的。要想使文学具有"规范""框范"人的功能，文学就必然走向异化，这是被文学史上的铁的事实所证明了的。

　　"儿童文学是文学"，它也必须遵循文学的全部艺术规律。不过，儿童文学又是"儿童的文学"，所以，它一定还有属于自己的性格特征。由于儿童乃是处于心灵正在迅速成长的阶段，所以，儿童文学是以其审美力量将儿童引导、培育成健全的社会一员的文学。显而易见，成长中的儿童与成人相比，从文学中受到的影响要大许多，因此，儿童文学工作者才比成人文学工作者更重视自己所操持的文学的"教育"功能。

拙著《儿童文学的本质》表述过这样的观点，儿童文学的"教育"是具有文学自主性的大写的"教育"。在这样的教育中，成人（作家）与儿童（读者）应该是一种什么样的关系呢？

首先，成人（作家）与儿童（读者）之间不是单向的教育与被教育的关系。

在儿童文学中，"作家既不能做君临儿童之上的教训者，也不能做与儿童相向而踞的教育者，而只能走入儿童的生命群体之中，与儿童携手共同跋涉在人生的旅途上"[1]。成人（作家）应该"不是把儿童看作未完成品，然后按照成人自己的人生预设去教训儿童（如历史上的教训主义儿童观），也不是仅从成人的精神需要出发去利用儿童（如历史上童心主义的儿童观），而是从儿童自身的原初生命欲求出发去解放和发展儿童，并且在这解放和发展儿童的过程中，将自身融入其间，以保持和丰富人性中的可贵品质……"[2]

其次，成人（作家）不是发展中的儿童生命的创造者，而只是具有发展潜力的儿童生命的引导者和激发者。

儿童并非赤手空拳地来到这个世上，在儿童的先在心灵结构中，已经蕴藏着丰富的人性资源和发展的潜能，因此，必须重视儿童的内在价值和潜力，让儿童在爱和自由的环境中发展他的能力，这样一种关于儿童心灵和生命状态的认识和儿童教育思想，经卢梭发现，由裴斯泰洛齐、福禄培尔和蒙台梭利等教育思想家继承和发展，已经成为最具科学性和影响力的现代教育思想。

---

① 朱自强：《儿童文学的本质》，少年儿童出版社，1997年，第16页。
② 朱自强：《儿童文学的本质》，少年儿童出版社，1997年，第16—17页。

　　蒙台梭利的观点对我们思考儿童文学的"教育"具有直接而深刻的启示意义。她认为，儿童教育中经常出现的症结就是成人把儿童假设成一个空的容器，等待成人去向他们灌输知识和经验，而不是把儿童当作一个必然有着发展自己生命潜力的人来看待。"在与儿童的关系上，成人是一个自我中心主义者，不是利己，但是以自我为中心，他总是从自己的角度出发来考虑一切，因此常常会误解儿童。正是由于站在这个立场上，他才会认为儿童是空的容器，是懒惰的、无能的，内心是盲目的，因而成人必须向他灌输知识，为他做一切事情，引导他一步步往前走。直到最后，成人自认为是儿童的创造者……"①但是，"成人必须认识到，他仅处于一个次要地位，他应竭尽全力地去理解儿童，支持和帮助儿童发展其生命，这应成为母亲和教师的奋斗目标。如果需要帮助而得以发展的是儿童的个性，而儿童的个性较弱，成人的个性较强，因此成人就必须抑制自己，不要对儿童好为人师，而要以能够理解和追随儿童的成长为荣。"②由蒙台梭利所批评的把儿童看作"空的容器"的观点，人们会联想起在卢梭时代之前，约翰·洛克提出的"白板"说。如果在教育领域，"空的容器""白板"说这种导致成人采用单方面灌输的教育方式的教育思想都是错误的，那么在儿童文学领域，主张"规范""框范"儿童的文学思想，又有多少合理性可言呢？

　　我一直认为，任何儿童文学理论和主张，必须建立在对儿童文学作品尤其是经典作品的阅读体验和儿童文学的历史事实之上。从我个人的视野看去，还没有发现有一位因为要"规范""框范"儿童而获得了成功的儿童文学作家，也没有看到有一种要"规范"儿童的儿童文学创作思潮产生过久远的影响力和生命力。在世界儿童文学名著中，即使是教育性最为鲜明、突出甚至含有教训意味的科洛迪的《木偶奇遇记》，皮诺曹最终由一

---

① ［美］波拉·波尔克·里拉德：《现代幼儿教育法》，刘彦龙、李四梅译，明天出版社，1986年，第97页。
② ［美］波拉·波尔克·里拉德：《现代幼儿教育法》，刘彦龙、李四梅译，明天出版社，1986年，第98页。

个木偶变为（成长为）一个真正的孩子，也并不是"规范""框范"的结果，而是因为皮诺曹内心深处所蕴藏着的想成为一个善良、正直、勇敢的孩子这一强烈的意愿，正是由于有了这一向善的愿望并愿意为此付诸行动，皮诺曹才无论多么幼稚，无论受到什么样的引诱，无论走过多少弯路，最终使自己的生活出现了奇迹。"规范"儿童的创作思潮在世界儿童文学发展史上也是存在的。十七世纪，英国清教徒们所持的儿童观是得到加尔文派支持的传统基督教的观点，即认为儿童生来就已带有原罪痕迹，只能靠无情抑制其欲望和使其服从父母及教会长老才能得到拯救。为此，他们创作了许多用意在压抑、规范儿童的书籍，可是这些书籍无一不是短命的。十八世纪也是儿童文学的教训主义的时代，但时间的潮水犹如大浪淘沙，这些作品不久便彻底地从孩子们的书架上消失了踪影。

也许我们把目光投注于中国改革开放三十多年中的儿童文学创作出现的飞跃性变化上，就更能清晰地看到中国儿童文学逐渐走向"解放儿童"的足迹。我认为，八十至九十年代的儿童文学创作在向儿童性回归时显示出从"童心"到成长、从教训到解放、从功利主义到游戏精神、从严肃到幽默、从观念到心灵、从"白纸"说到种子说等一系列大趋向。在这些创作观念转型中，任溶溶、高洪波等人的儿童诗，郑渊洁、孙幼军、周锐、彭懿、葛冰、汤素兰等人的童话，陈丹燕、秦文君、程玮、梅子涵等人的少年小说，或营造出解放儿童心灵的艺术境界，或塑造出具有内在生命潜能和动力的生机勃勃、坚韧不屈、向上成长的儿童形象。可以说，中国儿童文学从来没有像今天这样充满了旺盛的生命意志，在上述那些优秀儿童文学作家的创作上，我是无论如何也找不到一点"规范""框范"儿童的意图的。

九十年代末，中国儿童文学涌现出两个声势不同凡响的创作潮流，这就是以浙江少年儿童出版社推出的"中国幽默儿童文学创作丛书"为代表的幽默儿童文学创作，以二十一世纪出版社策动的"大幻想文学"丛书（已出两辑）为代表的幻想文学创作。我将这两股创作潮流称为中国儿童文学的"跨世纪现代性追求"，我深信，幽默文学与幻想文学的创作，是支举中国儿童文学水准上升的两个有力的千斤顶，它们将成为新世纪的中国儿童文学的两个最大的、最有前途的生长点。尽管幽默文学与幻想文学各有不同的特质，但是，两者仍有一个共同的本质特征，那就是都具有强大的"解放"心灵的力量。我认为，在幽默文学和幻想文学这两个创作领域内，作家的儿童文学心性和才情受到的是最严峻的考验，想用自己的作品"规范""框范"儿童的作家只有被清除出局这一个结局。

面向新世纪，中国正在深化教育体制的改革，实施素质教育已经成为教育国策之一。素质教育的根本应该置于激活、发展儿童的想象力和创造力之上。我想，如果我们不把素质教育矮小化为狭义教育甚至功利性教育的话，那就可以说，是该轮到儿童文学理直气壮、挺身而出的时候了，因为"解放儿童的文学"也就是解放和发展肩负着中华民族未来的儿童的想象力的文学。

三、"教育成人的文学"——儿童文学的人文关怀

我的"教育成人的文学"这一说法也是针对"教育儿童"以及"规范""框范"儿童的观点提出来的。如果"教育儿童的文学"的说法是错误的，从语法逻辑上讲，"教育成人的文学"的说法也是错误的。我知道自己是在矫枉过正，但依然认为有必要这样做。

我有一个很大的疑惑，或者说有一个很大的不满，这就是为什么人们一讲到儿童文学的教育功能时，教育的目标总是指向儿童，而从不指向成人自己呢？我们读安徒生的《皇帝的新装》，当听到一个孩子戳穿全城的大人自编自演的自欺欺人的骗局时，你能说安徒生是在教育儿童吗？其实，许多世界儿童文学名著，如马克·吐温的《汤姆·索亚历险记》和《哈克贝利·费恩历险记》、巴内特的《小公子》、斯比丽的《小夏蒂》、埃克苏佩里的《小王子》、米切尔·恩德的《毛毛》、凯斯特纳的《两个小洛特》等

等，从中应该受"教育"的并不是儿童而是成人，可是为什么从来不见我
们的某些儿童文学作家和研究者说儿童文学是"教育成人的文学"呢？我
想原因大概在于某些儿童文学作家和研究者并没有将自己看作与儿童一起
跋涉、探索于人生道路上的同伴，没有意识到在儿童文学中（当然也在生
活中），成人作家与儿童是在作双方面的相互赠予，而是把自己当成了"教
师"，以为成人在创作儿童文学时可以像学校教师在教室里教小学生一加一
算式一样，能够随时把一切人生的大道理教导给儿童。如果不是持着这种
"教师"心态，怎么会在那里不厌其烦地大讲"教育儿童"呢？

　　成人作家的确应该通过儿童文学来"教育"（我更愿意用帮助、引导、
激发这些语汇）儿童。但是，这可与教师在教室里教给小学生知识这种教
育有本质的不同，因为对人生的真知灼见的获得并不以年龄和经验来保证。
儿童文学作家在用儿童文学教育儿童之前，必须首先"教育"自己。无论
是儿童文学创作还是儿童文学研究，都绝不是仅仅知道道德上的几个观念、
儿童心理上的几个常识，而对生活的真义却一知半解的人可以随便伸手操
持的。儿童文学正因为面对的是天真纯朴的儿童，"教育"者（作家）才越
要谨慎小心，莫让儿童文学这块有珍贵价值的璞玉毁在自己手里。从这个
意义上讲，我认为，儿童文学作家和研究者今后可少谈"教育儿童"，而多
去"教育"自己。当你真的经历了"成长"的风霜雨雪的磨炼，经历了颠
沛坎坷的人生的摸爬滚打，从中获取了丰富的人生智慧和经验，能够真实
地观照人的本质和生活的本质，对它们有了真正的迷惘或清醒时，你肯定
会放弃"教育儿童"这一教师的立场，而愿意把自己看作与儿童共同探索
人生的朋友或同路人。而恰在你不想"教育"（与鲁兵的"教育"相同）儿
童的时候，你的文学成了"教育"（与鲁兵的"教育"不同）儿童的文学，
即对儿童心灵的成长具有帮助、引导、激发作用的文学。

　　我们常常能从人们对儿童文学的态度（比如，儿童文学研究在大学中
的境遇）中感到，儿童文学是被视为"小儿科"（贬义）的。我想，这一
方面是由于此等人的蒙昧无知，另一方面也是由于许多儿童文学创作在思

想上的贫弱授人以口实。中国儿童文学诞生期的叶圣陶的悲天悯人式的人文关怀精神，长期以来并没有得到真正的发扬光大。儿童文学本来拥有的"教育全人类"的丰富的人文精神，在只知道"教育""规范""框范"儿童的羊肠小路上不断地流失了。我认为，要想从根本上治理、恢复、优化儿童文学的人文精神环境，使其作为大写的文学，为人类的精神发展前景增添一道亮丽的景观，就应该首先从"解放儿童""教育成人"做起。

我们不能将儿童期仅仅看作向成人发展的过渡阶段，其实，如蒙台梭利指出的，儿童与成人是人生的两极，是人的生命的两种不同的形态，两者相互影响，同步发展。研究、介绍蒙台梭利教育思想的波拉·波尔克·里拉德说："童年期是人生的另一极，这在今天来说也是一个重要原则。我们的社会不顾一切地以急剧的步伐进行着生产和制造，迫切需要平衡，这种平衡也就是儿童眼中所看到的世界。儿童像一切生物一样，有他自己的自然法则，认识这些法则，按照这种法则调整我们的步调是于成人有益的，因为成人已经在很大程度上失去了自然的生物节奏。尊重儿童的需要，将会帮助我们重新发现自己，并使我们反过来对老年人的需要采取更宽容的态度。这样，人类的整个生命周期都会更加充满尊重和相互理解。如果我们像蒙台梭利所建议的那样，更经常地把目光注视着儿童，我们就不会对儿童、对自然、对别人和对自己做出种种缺乏人性的事情了。"①

苏联作家阿·托尔斯泰说过的下面一段话在今天仍有意义："旧时代的教育家把儿童看作一张白纸——他们可以在上面涂写一条条抽象的哲理和僵死的道德箴言。说也奇怪，这种教育家有的竟然活到了今天。他们对于儿童自己也能够反过来教会教育家一些东西，感到不能理解，甚至有时还感到愤懑。"②成人应该向儿童学习，这是儿童文学是"教育成人的文学"这一观点的逻辑基点。成人应该向儿童学习什么？一句话，学习儿童

---

① ［美］波拉·波尔克·里拉德：《现代幼儿教育法》，刘彦龙、李四梅译，明天出版社，1986年，第135页。
② ［苏］阿·托尔斯泰：《论儿童文学》，周忠和编译：《俄苏作家论儿童文学》，河南少年儿童出版社，1983年，第266页。

的缪斯精神。在心性上，儿童是缪斯性存在。如果说，儿童与成人是不同文化的拥有者，那么，儿童文化就是缪斯文化，这一文化中的自由的想象力、鲜活的审美力以及广博的同情心和正义感正是成人文化所严重缺失的。

人类的存在是一种关系性存在。人与自然之间的关系，人与人自身之间的关系，囊括了人类存在的全部。今天已经可以看得很清楚，成人社会还没有学会处理好这两方面的关系。远的不说，1998年的长江大洪水和2000年春季肆虐于北京的沙尘暴就是长期遭破坏的大自然对我们的警告，而1999年的波黑战争更显示出西方成人社会在处理人际关系时是多么愚蠢和无能。这样的成人社会真该听一听来自儿童世界的呼声——

　　自从那个夏天我和"王—阿—勒"跟它的小海獭交上朋友以后，我没有再杀过海獭。我有一件海獭披肩，一直用到破旧也没再做一件新的。我也没有再杀过鸬鹚，取它们美丽的羽毛，尽管它们的脖子又细又长，互相交谈起来发出一种难听的声音。我也没有再杀海豹，取它们的筋了，需要捆扎东西的时候，我就改用海草。我也没有再杀过一条野狗，我也不想再用镖枪叉海象了。

　　乌拉帕一定会笑我，其他人也会笑我——特别是我父亲。但对于那些已经成为我朋友的动物，我还是有这种感情。即使乌拉帕和我父亲回来笑话我，我还是会有这种感情的，因为动物、鸟也和人一样，虽然它们说的话不一样，做的事不一样。没有它们，地球就会变得枯燥无味。

　　我在面包店里／看见一个心形大面包／热乎乎，香喷喷，／于是我想到：／"如果我有一颗面包做的心，／多少孩子可以吃个够！／给你，我挨饿的朋友，／还给你，给你，给你……／我这面包做的心啊，请来吃一口。" / 对一个挨饿受冻的孩子， / 光说"我爱你"还不够， / 碰到流泪的孩子， / 不能只说一声 "可怜的朋友"。 / 如果我有一颗面包做的心， / 多少孩子可以吃个够！ / 你是一个当权的人， / 为什么不用面包做炸弹， / 请问什么碍着你这么办？ / 这样，到了战争结束的时候， / 每个士兵快快活活 / 带回家一大篮 / 味道芳香、皮子焦黄、 / 金色的炸弹。 / 然而，这只是梦罢了， / 我那挨饿的朋友， / 他的眼泪还在流着。 / 啊，但愿我的心是面包做的！

前者是儿童小说《蓝色的海豚岛》中的一段文字，表述了生活在孤岛上的印第安少女卡拉娜的自然观、动物观；后者是意大利一个名叫安娜·索尔迪的十一岁女孩写的一首诗《一颗面包做的心》。正如诗人、评论家高洪波所说的："成人世界的生活准则对于孩子来说，未必都是金科玉律，孩子有孩子们自己评定是非善恶的标准，我以为孩子们的标准更接近诗的领域。"[1]

评论家朱大可在"缅怀浪漫主义"时，曾用诗人的语言写道："在北欧阴郁而寒冷的车站，安徒生的容貌明亮地浮现了。这个用鹅毛笔写作童话的人，是浪漫主义史上最伟大的歌者之一，所有的孩童和成人都在倾听他。在宇宙亘古不息的大雪里，他用隽永的故事点燃了人类的壁炉。"[2]如果可以将安徒生的童话视为儿童文学的象征的话，我们就应该自信地说，儿童文学这团温暖的炉火就燃烧在人类的身边。

在人类历史的发展中，儿童变得越来越重要。从约翰·洛克、卢梭、英国浪漫派诗人、弗洛伊德等人身上，我们看到，每当人类的探索走进黑暗的隧道，只要把目光投向儿童，就能找到前方召唤的亮光。我曾在《儿

---

①　高洪波：《略论金近的童话》，《鹅背驮着的童话——中外儿童文学管窥》，安徽少年儿童出版社，1987年，第74页。
②　朱大可：《逃亡者档案》，学林出版社，1999年，第60页。

童文学：儿童本位的文学》一文中写道："守护儿童心性中不可替代的珍贵的人生价值，守护儿童永远不丧失自己特别的眼光，这正是以儿童为本位的儿童文学肩负着的任重而道远的伟大使命，这正是以儿童为本位的儿童文学在人类发展进程中所作的独特的历史性贡献。"①我相信，具有这种独特人文关怀的儿童文学，在新世纪里将越来越成为成人社会思考人类终极命运的需要。

在我充满自信地表述"解放儿童的文学"这一新世纪的儿童文学观时，给我以最大支持的莫过于法国的文学史家、比较文学学者波尔·阿扎尔在描述儿童时说过的这样一段话："生存于这个世上的他们的使命，就是给这个世界再次带来信仰和希望。如果人类的精神不能经常被这一充满自信的年轻力量而唤醒，这个世界会成为什么样子呢？我们的后继者走过来了。孩子们再次开始美丽地装饰这片土地。一切都重返青春、映照着绿色，人生的价值被重新发现……"②

解放儿童，放飞儿童的生命就是放飞人类的希望！

（载于《中国儿童文学》2000年第4期）

---

① 载于《儿童文学研究》1997年第1期。
② ［法］波尔·阿扎尔：《书籍·儿童·成人》（日文版），纪伊国屋书店，1986年，第154—155页。

童年和儿童文学消逝以后……
——问题的提起与思考

　　儿童文学的本质不是先天给定的，而是历史生成的。儿童文学的本质蕴藏于儿童文学的历史发展中，生成于自身不断变革更新之中。基于这一认识，我在五年前写作《儿童文学的本质》一书的"结语"时说道："动态发展的儿童文学仍然处在建构自身本质的路途之上。只要儿童的本质是一个不断建构的动态的过程，儿童文学的本质也就是一种暂时的、后延的、有待发生的东西，因而对儿童文学的本质的阐释就永无止境，永无结束。"坦率地讲，当时我还没有认真思考儿童文学的消逝问题。虽然早在1988年，我就在日本学者本田和子撰写的被称为"儿童书籍解体学"的《儿童这一主题》一书中，了解到作者怀着儿童文学将走向终结的预感；在1990年读到了美国记者玛丽·雯的在美国社会引起巨大反响的《失去儿童时代的孩子们》一书，并且我自己也一直在思考残酷的应试教育对儿童时代的剥夺问题。但是，我当时仍然认为，只要儿童存在，儿童文学就不会消逝。

　　1997年底，我在日本读了美国纽约大学教授尼尔·波兹曼于1982年出版的《儿童的消逝——对教育和文化的警告》（日文版），受到强烈震撼，因为此书无法买到便将其全部复印了下来。1998年底，又在大陆买到了台湾出版的这本书的中译本《童年的消逝》。那时，我正在为国家社会科学基金项目《中国儿童文学与现代化进程》作撰写准备，波兹曼的这本著作（还有1990年我在日本读到的菲力浦·阿利斯的《"儿童"的

诞生》一书）对我的中国儿童文学的发生问题的研究影响较大。由于
《中国儿童文学与现代化进程》一书所研究的问题的性质和范围，我只借
鉴了波兹曼的《童年的消逝》一书的第一篇"童年的发明"中的观点，
而对第二篇"童年的消逝"所提出的问题的思考，我放在了自己的这一
课题之外。

儿童研究先于儿童文学研究，这一儿童文学理论最重要的方法论，在
我这里经过近好几年的潜意识中的流动，终于在八十年代末浮出意识海
面，明确成为我的儿童文学研究的一个重要根基。这一方法论的建立，一
方面为我指点了许多曾经缠绕不清的理论迷津，另一方面，也给我带来了
新的更深的理论困惑，因为儿童研究是至难的大学问，在它面前，我经常
像是一只迷途的羔羊。

儿童研究是中国儿童文学理论的"阿喀琉斯腱"。与西方相比，中国
儿童文学理论滞后的根本原因之一是儿童研究的落后。如果追究的话，这
个责任应该由整个学术社会来承担。我们既没有具有主体性的体系化的儿
童审美学、儿童心理学、儿童教育哲学，也没有得到展开的关于童年的家
庭学、社会学和历史学。

童年历史学对中国的儿童文学理论研究尤其是儿童文学史研究将越来
越重要。阿利斯的《"儿童"的诞生》、波兹曼的《童年的消逝》告诉我
们，"儿童"是一个历史的概念，即童年不是一个生物学上的概念，而是
人类社会进入一个特定的历史阶段后创造出的一个概念。加拿大学者培
利·诺德曼在二十世纪九十年代出版的《阅读儿童文学的乐趣》是一部充
满新方法和新观念的著作，在这本书中，培利·诺德曼明显借鉴了阿利斯
的观点，把童年概念解释为成人意识形态中的"普遍假设"。

由于没有自己的童年历史学而又没有导入西方的童年历史学，从而建
立童年是一个历史的概念这一观念，因此，在中国儿童文学的发生问题
上，儿童文学理论界一直存在着中国的儿童文学确是"古已有之"，有着
悠久的传统这种儿童文学史观。我注意到，持着这种儿童文学史观的学者

的儿童文学史研究一论及所谓的"古代儿童文学",往往笔下就会出现无"史"的窘迫,为了自圆其说,只好造出了"古代的口头儿童文学"这样的概念,拉来民间文学充作儿童文学,而在评价"古代儿童文学"作品时,也会出现放弃儿童文学的现代性价值标准,而把具有明显封建思想毒素的作品作为优秀的儿童文学来称道的问题。

儿童文学不是"自在"的,而是"自为"的。面对中国儿童文学的产生这一重大文学史事件,我们不能采取对细部进行孤证的做法,即不能在这里找到了一两首适合儿童阅读,甚至儿童也许喜欢的诗,如骆宾王的《咏鹅》,在那里找到了一两篇适合儿童阅读,甚至儿童也许喜欢的小说,如蒲松龄的《促织》,就惊呼发现了儿童文学。中国儿童文学绝不是在上述那些平平常常的日子里,零零碎碎地孤立而偶然地诞生出来的。古代封建社会的"父为子纲"的儿童观对儿童的沉重压迫,使中国儿童文学这个胎儿的出生变得格外艰难,需要整个社会来一场轰轰烈烈的变革来助产(正如欧洲关于"人"的真理的发现,需要启蒙运动来帮助擦亮眼睛一样),因而中国儿童文学呱呱坠地的那一天,就成了中国历史上的重大节日。不过,我所说的这个节日并不是生活感觉中的某一天,而是历史感觉中的一个时代,在这个时代里,中国儿童文学诞生的证据在整个社会随处可见:在思想领域有旧儿童观的风化,新儿童观的出现;在教育领域有教育体制、教育内容、教育方法的革新;在文学领域有为儿童所喜闻乐见的新的表现方法的确立;在出版领域有成批的儿童文学作品问世;等等。这样一个儿童文学的诞生已成瓜熟蒂落之必然趋势的时代,只能出现于中国社会的现代化进程之中。

总之,与西方社会一样,在中国,如果没有童年概念的产生(或曰"假设"),儿童文学也是不会产生的。归根结底,儿童文学与人类通过儿童对自身进行的预设和"自为"有直接关系。

既然儿童文学可以随着童年概念的产生而产生,那么,它当然也可以随着童年概念的消逝而消逝。

问题是,童年概念真的会消逝吗?波兹曼在《童年的消逝》一书中就提出了令人饶有兴趣而又忧心忡忡的观点：人类的童年，正像恐龙一样，也在迈向绝迹的命运。波兹曼透过敏锐的观察力，举证说明了印刷传播媒体怎样制造了童年概念，而电子传播媒体又如何正在逐渐消灭童年概念。波兹曼认为，在美国现代社会，在语言、衣着、游戏、品位、兴趣、社会活动倾向、犯罪率与残暴程度等方面，儿童的行为表现与成人日趋一致，儿童与成人的分野日渐模糊，这些和传播科技的发展息息相关。不管波兹曼在眼下是否列举出足以让人信服的根据，从逻辑上讲，童年作为历史的概念，它终将走向消逝。

对我这样的儿童文学研究者来说，波兹曼在《童年的消逝》中所指出的问题和提出的观点是令人震惊和惶恐的。作为宣扬儿童本位的儿童文学观的研究者，我一方面认为人的童年蕴含着珍贵的人性价值，所谓人的发展应该立足于童年这一根基；另一方面，我信奉弗洛伊德的童年代表着压抑发生前的一个较为幸福的时期的观点，在心境上像鲁迅的小说《故乡》一样，把童年看作人生的乐园。可以说，《童年的消逝》给我带来的是一种"失乐园"的惶恐。

海德格尔曾经借用荷尔德林的诗句——"人充满劳绩，但还/诗意地安居于这块大地之上"，来阐述他的"诗首先让人的安居进入它的本质"的存在主义人生哲学。人如何能诗意地安居于大地上？在与存在主义有着渊源关系的浪漫派诗人之一的华兹华斯眼里，儿童时代就像自然中横贯天宇的彩虹一样，是一个巨大的灵魂，是人性的根本。华兹华斯曾在诗中表示，自己是一个迷途者，但是在朴素的儿童时代里找到了伟大人性的根基。1997年，挪威的音乐学教授布约克沃尔德在中国出版了一本肯定令中国读者耳目一新的书：《本能的缪斯——激活潜在的艺术灵性》。在书中，布约克沃尔德将儿童称作"本能的缪斯"，指出以儿童为代表的缪斯文化与以成人为代表的学校文化间存在着激烈的冲突，并探讨使儿童的缪斯文化得以延续的途径。我不知道华兹华斯和布约克沃尔德这样的人，如果意识到了童年消逝的历史可能，还会不会在儿童这块田园上种植人类的希望？

儿童文学是继续存在，还是走向消逝，儿童文学是独立于成人文学之外，还是与成人文学融合，其结果如何，都取决于我们对童年概念的假设。而童年概念的假设作为一种意识形态，它又受到社会生活的根本制约。我只希望童年的消逝——儿童与成人间的界限消失，是整个人类社会合理化、理想化的结果，但是，眼前发生的童年消逝的一部分现实让人感受到的却是失望和忧虑。

比如，童年正在从学校里消逝。回顾童年史，学校曾经是培育童年概念的最大温床之一。童年是现代社会发现的一个概念，在这一发现的过程中，必须将成人与儿童隔离开来，学校便担当了最重要的隔离任务。我们翻看世界教育的历史，就会看到一个明显的事实，较早发现童年概念的国家，比如，英国、德国、法国，都是学校教育发展迅速的国家。那时，只要有学校，童年的概念就能快速成长。日本的教育学者坂元忠芳这样概括儿童时代的确立过程："儿童曾经在很长时期里作为缩小的成人，从属于成人的生活。儿童独立的世界没有得到承认。儿童到了六七岁，就被拉进大人的劳动中，在这里，没有发展儿童能动性的余地。但是，近代以后，儿童从参加大人的劳动这种生活中渐渐地被解放出来，通过学校接受系统的教育。如今，尤其是所谓发达诸国的儿童，可以把他们的几乎全部时间花在游戏和学习上。"[1]日本的儿童文学作家古田足日也说过："我们一直认为儿童的生活就是上学读书，放学以后，则做游戏、学习、帮家里干活。在我是孩子的时候，大人们常说'好好学习，好好游戏'这句话，儿童自身也认为孩子就该是这样的。"[2]可见，学校这一制度，与儿童时代的确立有着不可分割的联系。其次，现代学校制度的建立，不仅标志着儿童有了应该属于自己的时代，而且开始培养了儿童文学的真正读者。儿童们在学校，通过识字，获得阅读儿童文学的能力（当然，只会识字，而无想象力还不能欣赏儿童文学），而一些儿童文学作品又通过编入教材，而

---

① ［日］古田足日：《重新审视看待儿童的目光》（日文版），偕成社，1975年，第216页。
② 同上。

获得最广泛的阅读效应。也许正因为这些原因，美国的斯喀特尔和麦克林托克才把儿童文学称为"小学校里的文学"。

但是，"成也萧何，败也萧何"，至少在中国，今天的学校反而成了消释童年概念的一大敌人。如果说过去的学校是"保护"童年时代的一个场所，今天的实行残酷的应试教育的学校则几乎单纯成了做成人的"预备"的地方。学校与家长勾结起来，为了成人的"将来"，不惜牺牲儿童的"现在"。游戏与学习再也不是并行不悖的两种生活了，大多数儿童在学习中再也享受不到乐趣，学习变成了一种受难。王朔在小说《动物凶猛》中写道："我感激我所处的那个年代，在那个年代学生获得了空前的解放，不必学习那些后来注定要忘掉的无用的知识。我很同情现在的学生，他们即使认识到他们是在浪费青春也无计可施。"这段话语中显然的偏激，正是出自对扼杀童年的学校应试教育的强烈义愤。

我当然看到政府已经提出了以素质教育取代应试教育的教育国策，但是，在教育的现场，素质教育只是喊一喊的口号。参与当前中小学语文教学改革的王富仁教授就指出了素质教育不得实施的一个重要原因："假若我们实际地考察当前中小学教学改革的情况，我们就会看到，当前中小学'减负'的阻力并不主要来自中小学教师，而更来自学生的家长。家长作为成年人所感到的生存压力越大，他们对自己的孩子的前途越关心；他们对自己孩子的前途越关心，他们越会强制自己的孩子更快更充分地满足当前社会对一个成人的要求，而不得不牺牲自己孩子当下的幸福。"[1]可见要给儿童"减负"，首先要给作为成人的家长"减负"，即减去他们的生存压力（还要减去教师们的生存压力），就是说，当社会不能为成人提供广泛的就业机会，提供轻松的生活环境时，孩子的童年就无法逃脱"被牺牲"的命运。

童年彻底"被牺牲"之日，就是儿童文学消逝之时。就像波兹曼所指出的"童年的消逝"是一场"社会灾难"一样，儿童文学如果不是寿终正

---

[1] 王富仁：《呼唤儿童文学》，《中国儿童文学》2000年第4期。

寝，而是半路夭折，无疑就是人类的灾难。由于童年和儿童文学的存在，我成为一个人生的乐观主义者，那么，童年和儿童文学的半路夭折是否会使我成为一个人生的悲观主义者呢？尽管这个问题在我的生涯之内，只能是一个假设的问题，但是，对它的思考，却成为我的生命中的真实的重负。

在人类发展的历史上，许多好的东西消逝了。我告诫自己，离虚无主义远一些，对童年和儿童文学的命运的忧患意识，应该转化为对童年和儿童文学的研究意识、保存意识、发展意识。即使童年和儿童文学终将消逝，现在就来准备凭吊还为时尚早。向现代死亡教育观学习，我们应该充分地享受儿童文学的所有阶段的生命乐趣，并尽可能完整地记录下儿童文学辛酸而幸福的历史，以儿童文学这面镜子为人类历史的发展或衰落作证。

没有人能预言儿童文学将在哪一天早晨消逝，我们只能明确地说：儿童文学从发生到消逝的历史既十分漫长又非常短暂。也许法国科学家里夫对人类历史的描述能使我要表达的意思更清晰——里夫把地球大约46亿年的历史压缩成一天：在这一天的前四分之一，地球上还是一片死寂；清晨6点时，最低级的藻类出现在微有暖意的水中，而直到晚上8点，软体动物才开始在海洋与湖沼中蠕动；恐龙于晚上11点30分匆匆登场，十分钟后谢幕而去；哺乳动物则在最后二十分钟出现并迅速地分化，而灵长类的祖先于晚上11点50分出场，它们的大脑在最后两分钟里扩大了三倍。

对童年和儿童文学的消逝的思考是一个极为复杂而神秘的问题，探讨这个问题牵涉到儿童学、教育学、心理学、历史学、哲学、社会学、科学、文学等众多领域，在这个问题面前，我只有自惭形秽，这篇短文只不过是我困惑、迷茫心境的涂鸦而已。

谁能告诉我，童年和儿童文学消逝以后，人类的生活是一幅怎样的景象呢？

（载于《中国儿童文学》2002年第1期）

"童年": 一种思想的方法和资源

"谁能告诉我,童年和儿童文学消逝以后,人类的生活是一幅怎样的景象呢?"

这是我在 2002 年发表的《童年和儿童文学消逝以后》一文的最后一句话。在那篇心境迷茫的文章中,我还写道:"波兹曼在《童年的消逝》中所指出的问题和提出的观点是令人震惊和惶恐的。作为宣扬儿童本位的儿童文学观的研究者,我一方面认为人的童年蕴含着珍贵的人性价值,所谓人的发展应该立足于童年这一根基;另一方面,我信奉弗洛伊德的童年代表着压抑发生前的一个较为幸福的时期的观点,在心境上像鲁迅的小说《故乡》一样,把童年看作人生的乐园。可以说,《童年的消逝》给我带来的是一种'失乐园'的惶恐。……由于童年和儿童文学的存在,我成为一个人生的乐观主义者,那么,童年和儿童文学的半路夭折是否会使我成为一个人生的悲观主义者呢?尽管这个问题在我的生涯之内,只能是一个假设的问题,但是,对它的思考,却成为我的生命中的真实的重负。"

毫无疑问,"童年的消逝"这一问题,事关人类的终极命运。它绝不仅仅是从事儿童方面研究的人关心的事,而是所有人文学科都不该绕过的大课题。但是,在中国,迟至今天,还没有一部童年史,没有得到展开的儿童哲学(似乎只有一部刘晓东著《儿童精神哲学》)、儿童美学研究,即使是在关注儿童精神世界的儿童文学界,"童年的消逝"也并没有成为普遍的问题意识。

就像中国很多的儿童问题研究都需要借鉴西方思想来启蒙一样，"童年的消逝"这一警告也来自西方的思想界、学术界。

在西方，有着关注儿童，并通过儿童来思考人性的人文传统。自西方进入现代社会，"发现"儿童以后，"儿童""童年"成为社会思想的宝贵资源。从"发现儿童"的卢梭，到吟咏"儿童是成人之父"的华兹华斯；从在"快乐原则"与"现实原则"间作犹疑、痛苦选择的弗洛伊德，到将儿童命名为"本能的缪斯"的布约克沃尔德；从通过"童年"建立"梦想的诗学"的巴什拉，到把儿童尊奉为哲学家的费鲁奇，许多思想者面对人类的根本问题时，总是通过对"儿童"的思想，寻找着走出黑暗隧道的光亮。

在中国的历史上，也曾经出现过尊崇"赤子""童心"的思想。老子说："抟气致柔，能如婴儿乎？"老子的人生目标即见素抱朴，"复归于婴儿"。庄子所说的"童子""婴儿"与老子的"婴儿"是旨趣相通的。追求赤子之心的道德飞跃，老庄可谓一脉相承。主张性善论的孟子说："孩提之童，无不知爱其亲者，及其长也，无不知敬其兄也。""大人者，不失其赤子之心者也。"明代的王畿更明确提出保真勿失的主张："赤子之心，纯一无伪，无智巧，无技能，神气自足，智慧自生，才能自长，非有所加也。大人通达万变，惟不失此而已。"受其影响的李贽则进一步提出了童心说："夫童心者，绝假纯真，最初一念之本心也。若失却童心，便失却真心；失却真心，便失却真人。人而非真，全不复有初矣。"令人遗憾的是，这些将儿童、童年作为生命哲学的思考根基的珍贵思想，在当时的社会上，不过是吉光片羽、空谷足音，都没有像在西方那样，形成具有推动社会变革力量的社会思潮。

儿童是一个历史概念，是成年社会对"童年"的普遍假设。每一种形态的"童年"，都是某个历史时代的制式在具体的儿童生命、生活上的映现。儿童是与成人完全不同的人种，儿童的身上具有儿童独自特有的心理、感觉和情感，对此，成年人必须给予理解和尊重，这种对于儿童的观念，在今天几乎已成为社会的普遍常识。但是，在人类漫长的历史上，这样的儿童观只不过萌生于两百多年前，而真正在成人社会占据普遍的支配地位，恐怕才只有一百多年的历史。

1960年，法国历史学家菲力浦·阿利斯出版了震动西方史学界的著作《"儿童"的诞生》。在这部著作中，阿利斯指出，在中世纪欧洲，特别是在法国，人们并不承认儿童具有与大人相对不同的独立性，而是把儿童作为缩小的成人来看待，人们只承认短暂的幼儿期的特殊性，要求儿童尽早和成人一起进行劳动和游戏，这样，儿童便从小孩子一下子成了年轻的（虚假的）大人。"中世纪没有儿童""中世纪没有儿童时代"是这部著作的一个观点。下面将要讨论的《童年的消逝》《童年之死》的作者就都从阿利斯的《"儿童"的诞生》受到启发和影响。

2004年和2005年，纽约大学教授、著名媒体文化学者尼尔·波兹曼的名著《童年的消逝》（广西师范大学出版社）、美国学者大卫·帕金翰的著作《童年之死》（华夏出版社）相继在中国出版中译本。我愿意相信，翻译上的选择是思想、学术动态的一种反映。在西方进行了二十多年的"童年的消逝"问题的讨论，能否以这两部重要著作的中译本出版为契机，而在中国拉开历史序幕呢？

波兹曼的《童年的消逝》出版于1982年，是"童年消逝"问题讨论的发轫之作。帕金翰的著作《童年之死》出版于2000年，作者似乎扮演了二十余年"童年消逝"问题讨论、争议的评判者角色，并进而提出了具有前瞻意义的建构性意见。阅读这两部关于童年消逝问题的重要著作，我感到，在书中，"童年"既是研究的对象，也成为一种思想的方法，通过童年研究来寻找解决人类根本问题的路径。比如，波兹曼就说："儿童是我们发送给一个我们看不见的时代的活生生的信息。""童年的概念是文艺复兴的伟大发明之一，也许是最具人性的一个发明。"面对"童年的消逝"，波兹曼发出的是"失乐园"的哀叹："不得不眼睁睁地看着儿童的天真无邪、可塑性和好奇心逐渐退化，然后扭曲成为伪成人的劣等面目，这是令人痛心和尴尬的，而且尤其可悲。"而帕金翰则不无信心地说："我们再也不能让儿童回到童年的秘密花园里了……儿童溜入了广阔的成人世界——一个充满了危险与机会的世界，在这个世界中电子媒体正在扮演着日益重要的角色。我们希望能够保护儿童免于接触这样世界的年代是一去不复返了。我们必须有勇气准备让他们来对付这个世界，来理解这个世界，并且按照自身的特点积极地参与这个世界。"在人生观的意义上，如果简单评说，赞同"将时钟拨回去"的波兹曼是一位悲观主义者，而主张"积极地参与这个世界"的帕金翰则是一位乐观主义者。

《童年的消逝》和《童年之死》在论述童年的消逝这一问题时，都十分注重电子影像传媒即视觉文化对童年的影响作用。"视觉文化处于主控地位"，在后现代主义者的修辞中，这是一再出现的语汇。也就是说，这两部著作都探讨了童年的消逝与后现代社会的关系问题。波兹曼说："童年的概念，我相信，长远来看它一定会成为当今科技发展的牺牲品。"《童年的消逝》主要论述的是电子影像传媒对童年的销蚀作用，如果联系作者在另一部著作《娱乐至死》（广西师范大学出版社2004年版）中的警告，波兹曼对后现代社会的重要文化载体——电子媒体的态度显然是批判性的。而帕金翰在《童年之死》中，面对电子媒体，既没有波兹曼那么悲观，也没有认为使用新科技的"孩子们正在建立一种新文化"的泰普史考特那么乐观。用帕金翰自己的话说，"我的立场是比较温和的建构主义"。帕金翰对裹挟电子媒体而来的后现代社会的态度，是迎上前去，接受它的挑战。

阅读《童年的消逝》和《童年之死》，我的最强烈的感受是西方思想界、学术界对"儿童"和"童年"的重视。其实，在人类思想、学术史上，凡是有关儿童的研究都产生较晚，比如，哲学中的儿童哲学，心理学里的儿童心理学，医学里的小儿科，等等，就是说，只有人类思想智慧和认识能力达到相当的水平，关于儿童的研究才会出现并发展起来。西方关于"儿童""童年"研究的兴盛,体现了人类学术和思想的水平进入了更高的阶段。

其实,"儿童""童年"作为一种思想的方法和资源,也是被中国现代思想史、文化史上的一个特殊重要的时期所证明了的。这个时期就是五四新文化、新文学运动时期。

在人类思想史上,对"儿童""童年"的发现是人类认识自己的最伟大的进步之一。由于固守这一判定,当学术界出现否定五四时期的思想革命、文学革命的声音时,我对其本能地产生怀疑,因为,正是在五四时期,中国才开始真正在思想上和文学上发现了"儿童"和"童年"这个世界。

五四思想革命的核心和根本在于"人"的发现。但是,没有"儿童"(当然还有妇女)的发现,"人"的发现是既不完整,也不深刻的。周作人之所以能超越胡适的侧重语言形式的文学"改良"论和陈独秀暧昧、空泛的"三大主义",提出"人的文学"这一理念,从而成为新文学的领袖,是因为在那个时代,他对"人"的认识包含着对妇女和儿童的发现。由于将"童年"作为一种思想的方法和资源,周作人关于"人"的思想才最为完整和深刻。周作人在那篇"关于改革文学内容的一篇最重要的宣言"(胡适语)的《人的文学》中就表述了其思想革命的明确步骤:"人的问题,从来未经解决,女子小儿更不必说了,如今第一步先从人说起……"如果查阅全部《新青年》,那么这个时期,周作人建设新文学理念的"三级跳跃"是有明显标记的,其最后一跳,即达到新文学理念的最高峰的就是以同样堪称"最重要的宣言"的《儿童的文学》为代表的对"儿童"的发现。

五四时期的新文学是包括儿童文学在内的。在五四新文学的整体中,儿童文学是有机组成部分。甚至可以这样说,最能显示五四新文化、新文学的"新"质的,当推"儿童"的发现和"儿童的文学"的发现。

我们再看新文学创作上的领袖鲁迅的文学世界,他的《狂人日记》,特别是《故乡》《社戏》,能够成为五四新文学的代表和巅峰,无不因为其中对"童年"的深邃表现。比如《故乡》，它的内在结构和情节动力就是"我"对自己这代人失去的乐园的怀恋，对水生与宏儿这一代人不再失去乐园的无力而"茫远"的守护愿望。人生的这个乐园在哪里？鲁迅以小说中那个反复闪回的"神异的图画"告诉我们——人生的乐园就在童年！鲁迅在《故乡》中委委婉婉想说而不说出来的其实就是这句话。正是这句没有说出来的话，使《故乡》蕴含了人类文学的一个永恒的母题，获得了征服不同时代、不同国度、不同阶层、不同年龄的读者的艺术力量。可见，"童年"也是鲁迅的文学世界和鲁迅的人生哲学的一种方法和资源。

从五四时期开始，现代文学中曾经出现过不少的"发现"童年的思想、创作脉流。郭沫若、冰心、郑振铎、王统照、丰子恺、沈从文都曾经虔敬地赞美"童心"。"童心在人类生命中消失时，一切意义即全部失去其意义。"沈从文的这句话可以作为那些思想和文学的注脚。

经过二十世纪五十年代至七十年代的沉寂以后，进入八十年代，"儿童""童年"又成为中国文学，特别是小说创作中的十分活跃而重要的艺术要素。对这一文学现象，青年学者何卫青的《小说儿童——1980—2000：中国小说的儿童视野》（中国海洋大学出版社2004年版）一书作出了系统、深入的研究。不过，从总体而言，"童年"还只是这类小说的一种叙述策略，而没有成为思想的资源和方法。也可以说，"童年"在这些小说中并没有发挥全部的价值功能，在一定意义上，是被矮小化了。

在中国当代学术界、思想界，与五四时期相比，在"儿童"意识、"童年"意识上也存在着较为明显的退化现象。尼尔·波兹曼和大卫·帕金翰等学者论述、描绘的"童年的消逝""童年之死"现象在当下中国也正在露出端倪。不仅如此，由于奉行功利主义的应试教育，中国还出现了自身特有的童年生态危机。"童年"生态的被异化是最为深刻的教育问题和社会问题之一，也是民族的危机所在。已经成为民族未来的隐忧的童年生态问题，必须是全体社会给予最大关注和应对的问题。

但是，中国思想界、学术界对"童年"生态遭到根本性破坏这一现实不仅十分麻木，甚至有所遮蔽。不能不遗憾地说，"童年"几乎没有成为当代思想文化界的精神资源（虽然我也注意到了张炜、刘晓东、吴亮、葛红兵等作家、学者尊崇儿童的言论），而且，与五四当年的思想者相比，今天的思想界面对童年生态面临的危机（也是我们民族面临的危机），既迟钝、麻木，又缺乏责任感。我们经常能够看到：有的教育专家甚至会说，对儿童来说，读儒家经典比唱诵儿歌更能变得优秀，因为"小耗子，上灯台"一类儿歌里什么价值都没有；有的被人褒义地称为"思想的狂徒"的哲学家会武断地把由于成人社会的责任所造成的儿童的厌学、离家出走、沉溺网吧，甚至犯罪（比如徐力杀母）等儿童问题，反过来归咎于是孩子自身本能欲望的膨胀而导致的道德沦丧造成的，进而反对"解放孩子""尊重孩子"，说"这种说法虽然表面上没错，却非常不明事理"；也有的学者，采取文学和教育二元论的立场，一方面主张儿童文学的独特价值，另一方面却对强制的学校和家庭教育大开绿灯；还有的学者用自己童年时代物质匮乏的痛苦来遮蔽、否定今天的孩子精神上无路、彷徨的更深重的痛苦。

"儿童"是否曾经有过一个幸福的时代？怎样的童年才算幸福？这个幸福由谁来定义？这些都是需要深入研究的复杂问题。这里，我只能确定地说，在破坏童年的生命本性和生态性的时代，不管孩子们的物质生活得到怎样好的保护，他们一定是不幸福的。游戏性的身体生活，心灵可以"闲逛"的时间，给生命带来充实感和扩充感的读书的快乐，当这些滋养儿童精神成长的生态性"食粮"被功利主义的应试教育剥夺之后，童年的幸福就只能是天方夜谭。

"童年"的问题，包括"童年"的消逝问题，童年生态的守护问题，何时能进入中国的主流思想界、学术界的视野，在中国，"童年"何时能够成为一种思想的方法和资源，这已经成为衡量中国社会发展水平的一个标准，成为对中国的思想界、学术界能力的一种考验。

（载于《中国图书评论》2006年第6期）

新世纪中国儿童文学的困境和出路

一、用眼睛看不清的困境

新时期以来，中国儿童文学的突飞猛进的发展有目共睹。眼下，作为儿童文学的两翼的幻想文学和成长文学都被自觉意识到，作品正在被创作；儿童文学的重要而独具特色的"绘本"也正在被倡导和创作；儿童文学作品出版数量正在逐渐升高，我们已经拥有一批优秀的儿童文学作家和出色的儿童文学作品……在这样一派形势大好的气象里，中国儿童文学的"困境"在哪里？这是不是一个夸大的题目，是不是哗众取宠、危言耸听？是不是以偏概全，一叶障目不见泰山？

当我写下本文题目时，我知道自己很可能面对这样的诘问，而且我没有忘记，自己在论著中不断地肯定新时期以来中国儿童文学取得的成就。但是，埃克苏佩里的《小王子》中的狐狸说的一句话一直萦绕在我耳边，挥之不去："只有用心才看得清事物的本质。实质性的东西用眼睛是看不见的。"我认为，文学理论和批评也应该是一种理想，一种预言，文学理论和批评应该运用"心"的想象力，揭示出当下还不是显在，但是不久将成为巨大问题的隐含状态。

眼睛永远没有心灵走得远。中国儿童文学的真正困境是在眼睛的视线之外，在心灵感应的区域之内。所以，我不想谈当下眼睛看得清的显在的困境，比如，映像文化对文字媒体的冲击，升学考试对文学阅读的冲击，读书市场的需求大于供给对原创造成的压力，即作家疲于奔命，没有休耕期，难以进行艺术的深加工而出现的思想和艺术的稀释化，甚至萝卜卖得快了就不洗泥等等。我想论述的是用眼睛看不清的困境，是中国儿童文学欲作新一轮的艺术攀升时，就会出现，就会面临的困境。

二、如何解读时代，为儿童"言说"？

儿童文学是一种必须在儿童教育上选择、站定立场，并且有所作为的文学。记得二十世纪八十年代，中国儿童文学曾经在儿童教育的领域努力为儿童"言说"。作家们几乎是蜂拥而上，面对教育观念、儿童的生存现状进行思考，为儿童代言。《上锁的抽屉》《黑发》《今夜月儿明》《三色圆珠笔》《我要我的雕刻刀》等一大批作品以及相关评论，记载了那段思想、激情和良心燃烧的历史。在我眼里，今天的教育中的儿童生存现状并不好于二十世纪八十年代，但是，我却隐约地感到，与二十世纪八十年代相比，今天的儿童文学关注儿童教育现实的热情减退了，思考儿童教育本质的力量减弱了，批判儿童教育弊端的锋芒变钝了。正像有的研究者描述的，儿童文学正在从"忧患"走向"放松"，从"思考"走向"感受"，从"深度"走向"平面"，从"凝重"走向"调侃"。针对这种状况，我在2002年第六届亚洲儿童文学大会的论文发言中曾指出："在儿童生命生态令人堪忧的今天，儿童文学缺乏'忧患''思考''深度''凝重'，是十分可疑的现象。虽然秦文君写了《一个女孩的心灵史》，但是，这种姿态似乎是无人喝彩、无人追随。这个时代，多么需要卢梭的《爱弥儿》、塞林格的《麦田里的守望者》式的作品。如果众多儿童文学作家退出关注、思考教育问题的领域，对儿童心灵生态状况缺乏忧患意识，儿童文学创作将出现思想上的贫血，力量上的虚脱。这样的儿童文学是不'在场'的文学，它难以对这个时代以及这个时代的儿童负责。"①

我认为，在破坏童年生态的功利主义、应试主义的儿童教育面前，相当数量的作家患了失语症，创作着不能为儿童"言说"的儿童文学。导致这种状况，与作家人生痛感的丧失，思想的麻木甚至迷失有关。

我们前所未有地处于一个容易使生命"存在"迷失的时代。我们今天的文化正处于危机之中。这种文化的危机性正如1954年诺贝尔和平奖获得者史怀泽所指出的，"它的物质发展过分地超过了它的精神发展，它们之间的平衡被破坏了"②。提出"敬畏生命"的伦理学观点的史怀泽认为，文化的本质并不是物质方面的成就，物质成就反而会给文化带来最普遍的危险：由于生活条件的改变，人大量地从自由进入不自由的状态。史怀泽说，"决定文化命运的是信念保持对事实的影响"，对此，他作了十分准确的比喻："航行的出路不取决于船开得快慢，它的动力是帆或蒸汽机，而是取决于它是否选择了正确的航道和它的操纵是否正确。"③

我们的被物质主义、功利主义迷雾遮住双眼的文化大船出现了生命"存在"的精神迷失，它正在现代的核动力的推动下，迅速地远离荷尔德林所吟咏的可以"诗意地安居"的"大地"。（抵抗物质主义、功利主义是全球性任务，更是急切走在发展路途中的中国的紧迫任务。）在这样一个时代走向里，童年生态正在被异化，被破坏。

这一代的儿童正处在人生的困惑和迷惘之中。当孩子们沉迷于网吧、厌学、失学甚至犯罪，从根本而言，这不是儿童自己的问题，而是成人社会的问题，成人社会的责任。儿童文学作家要在这个时代里，通过自己的作品为儿童"言说"，必须具有解读时代的能力。

我曾读到过著名学者王富仁先生的文章《呼唤儿童文学》，深深为王

---

① 朱自强：《儿童文学与童年生态》，见越郁秀主编：《当代儿童文学的精神指向》，辽宁少年儿童出版社，2002年，第128页。
② ［法］阿尔贝特·史怀泽：《敬畏生命》，陈泽环译，上海社会科学院出版社，1996年，第44页。
③ ［法］阿尔贝特·史怀泽：《敬畏生命》，陈泽环译，上海社会科学院出版社，1996年，第45页。

富仁先生关注、关怀儿童文学的精神以及文章中表现出的对儿童文学的极高悟性而钦佩。不过，在谈到学校教育问题时，王富仁先生却表达了与儿童文学精神相对立的立场和价值观。他认为，"学校教育注定有其强制性，注定不会也不可能达到使儿童在身心上完全自由的发展程度"。说到家庭教育，他说，"家长作为成年人所感到的生存压力越大，他们对自己的孩子的前途越关心；他们对自己孩子的前途越关心，他们越会强制自己的孩子更快更充分地满足当前社会对一个成人的要求，而不得不牺牲自己孩子当下的幸福"。王富仁先生承认这种"强制"教育的合理性，总结说："总之，不论是学校教育，还是家庭教育，只要是教育，就带有强制性。"①我能够理解在儿童教育和儿童文学之间，采取二元价值观立场的王富仁先生的苦衷，但是不能同意他的"强制"教育论的观点。如果儿童文学的思想是正确的，那么，这种思想在学校教育、语文教育领域也应该是正确的。为了成年的将来，而牺牲童年的幸福的"强制"教育，是违反受教育儿童的根本利益的，因而也是背离真正教育的本质的。

我特别理解王富仁先生使用的"不得不"这样的词语，它显示出王富仁先生在现实面前的无奈。问题恰恰在这里，一个文学研究者"不得不"放弃改革现实、超越现实这一儿童文学的立场，"不得不"归顺以童年的幸福作为牺牲的不合理的教育现实，清晰地昭示了儿童的"困境"以及儿童文学的"困境"。

我认为，从总体而言，当下的儿童文学创作，对教育的现状、童年生态的现状是有所遮蔽的，而且遮蔽的正是不能被遮蔽的本质之相。也就是说，儿童文学对童年生态危机缺乏敏感，疏于应对。"童年"的被异化是最为深刻的教育问题和社会问题之一，也是民族的危机所在。已经成为民族未来的隐忧的童年生态问题，必须是全体儿童文学给予最大关注和应对的问题。

---

① 王富仁：《呼唤儿童文学》，《中国儿童文学》2000年第4期。

我不禁思考，"成长小说"被呼唤了好几年，但是，却没有收获很好的创作实绩，是不是就与创作"成长小说"的作家对当前儿童的真实精神生存状态失去思想的能力，作家自己不能进入人生的"寻路"状态有根本的关系。我还想到，为什么明显宣扬"弱肉强食"这一社会达尔文主义的动物小说会在评论界一再得到赞扬，这是不是在残酷的竞争压力下，作家和评论家的人生观、价值观已经在随波逐流中迷失的结果。在西方，摇滚乐，垮掉的一代的文学，都是帮助青少年寻找精神之路的。当鲍勃·迪伦反复唱着"这感觉如何/这感觉如何/独自一人感觉如何/没有家的方向感觉如何"时，他为摇滚乐注入了灵魂；当塞林格写下《麦田里的守望者》时，在精神上完成了对将要跌落悬崖的孩子们的守望。中国的儿童文学正需要鲍勃·迪伦、塞林格这样真正与人生对决的作家。

中国儿童文学即使不能为面对人生困惑、迷惘的儿童同时也是为自己搭起引航的灯塔，至少该去探索迷雾中的路！

三、"儿童"何时能成为思想的资源？

儿童文学是儿童的文学。儿童是儿童文学的出发点和归宿。

在西方，自进入现代社会，"发现"儿童以后，"儿童"就成为社会思想的宝贵资源。从"发现儿童"的卢梭到吟咏"儿童是成人之父"的华兹华斯；从在"快乐原则"与"现实原则"间作犹疑、痛苦选择的弗洛伊德，到将儿童命名为"本能的缪斯"的布约克沃尔德；从通过"童年"建立"梦想的诗学"的巴什拉，到把儿童尊奉为哲学家的费鲁奇……每当这些思想者面对人类的根本问题时，总是通过对"儿童"的思想，寻找着走出黑暗隧道的光亮。

在西方儿童文学史上，许多经典、优秀之作，是作家们通过"儿童"进行思想的结晶。能够自然感受人生真义的儿童出现在许多作家的笔下。安徒生《皇帝的新装》里那个说出皇帝什么都没穿的孩子，使所有的成人的虚伪露出了马脚；马克·吐温笔下的哈克贝利，这个在蓄奴制时代里，只听凭自然、健康的本能而行动的少年，正是人类真正道德的化身；塞林格在揭露现代文明的荒诞时精心创造的"麦田里的守望者"这一保护儿童不跌入悬崖的意象，就是出自少年霍尔顿的愿望。完全可以认为，霍尔顿在时代生活面前的迷惘，显示出的恰恰是超越那些在物质主义生活面前"对酒当歌"的成人们的一种清醒。还有巴里的彼得·潘、恩德的毛毛、林格伦的皮皮、凯斯特纳的洛蒂和丽莎，这些儿童形象都会给成人带来深刻的人生启迪。

儿童文学是大巧若拙、举重若轻的艺术，但是，中国的很多作家没有举起儿童文学的思想和艺术的力量，其根本原因在于，在当代中国，"儿童"还没有成为成人社会的思想的资源。在通过儿童进行人生思考这一点上，中国社会几乎是在退化。在二十世纪的二三十年代，还有一些作家，如冰心、丰子恺、周作人等来大声地赞美童心，其中最深刻、最艺术化地表现出儿童生命的绿色生态性的当属鲁迅的作品。鲁迅的小说名篇《故乡》，通过"失乐园"的一声长长的喟叹，来隐含对人类精神"故乡"的追寻的心境。鲁迅在《故乡》中表现的"童心"，不仅发出灵魂深处的肉搏的震颤，而且沾着自身生活的摸爬滚打的泥土。人生的乐园在哪里？鲁迅以《故乡》中那个反复闪回的"神异的图画"告诉我们——人生的乐园就在童年！鲁迅在《故乡》中委委婉婉想说而说不出来的其实就是这句话。正是这句没有说出来的话，使《故乡》含蓄地蕴藉了人类文学的一个重大而永恒的母题。由于人类目前非但没能解决成人自身的童年乐园的丧失问题，反而又造成了儿童自身的"童年的消逝"，因此，鲁迅的《故乡》就更应该属于今天这个时代。然而，鲁迅以《故乡》发出的这一"天问"，在中国有几位作家在继续思考以期回答呢？

中国社会的不成熟的重要表现之一，是没有学会向儿童学习，没有通过思考"儿童"来获取富于生气与活力的思想资源。儿童文学界在谈到儿童时，也是习惯于只把儿童看作受教育者，说到儿童文学的教育性，则只把教育看作教育儿童，而忽略了用儿童文学教育成人自身。儿童文学并不只属于儿童，而是属于全人类。表现儿童的儿童文学常常于不动声色之中，深刻揭示整个人类生活的本质，成为开启时代心性的一把钥匙。迪士尼根据英国民间故事《三只小猪》创作的同名卡通影片在大萧条时期的美国轰动一时。片中描写勤劳的小猪由于盖了一座砖石的房屋，免于被饿狼吞噬。这个故事和片中那首动人的歌曲"谁怕那只大恶狼？不是我们！不是我们！"对当时的美国人来说，意味着对经济危机的挑战。用迪士尼的广告词来讲：《三只小猪》给经济萧条的美国社会带进了一股活力和希望。在鲍姆的《绿野仙踪》这部童话名著里，铁皮人想得到的心灵，稻草人想要的头脑，狮子想获得的勇气，正是十九世纪与二十世纪之交的美国人想要寻求的精神财富。像这类及时而准确地把握时代脉搏，为社会发展进程提供思想坐标的作品，我们还可以想起马克·吐温的《哈克贝利·费恩历险记》、诺顿的《地板下的小人》、恩德的《时间窃贼》、克吕斯的《出卖笑的孩子》等等。

以中国的教育现状和童年生态的现状而言，中国儿童文学尤其迫切地需要思想型的作家，需要作家用儿童文学来思考、处理这个时代所面临的重大的和根本的问题。

四、中国儿童文学何时成为感性儿童心理学？

心理学是从哲学分支出来的一门年轻的科学，在短短的百年时间里，这门学科获得了快速的发展，原因就在于，它为人类认识自己的心灵世界开辟了一条柳暗花明的坦途。心理学特别是儿童心理学的成果，无疑给当代的儿童文学作家认识儿童的心灵提供了诸多的启示，不过，也必须认识到，儿童心理学并没有为我们展示儿童心灵世界的全部，可以说，包容着情感、想象的儿童心灵世界，在儿童心理学这里，还是一个没有完全被打开的"黑箱子"。另一方面，儿童文学也可以为心理学研究提供宝贵的资源，因为正如勃兰兑斯所说，文学史就其最深刻的意义来说，是一种心理学。与成人文学相比，儿童文学更是具有心理学的特征，我将儿童文学的这种心理学称为感性儿童心理学。

虽然儿童文学中有以成人或动物为主要描写对象的作品，但是，仍然可以说，儿童文学基本是描写、表现儿童心灵世界的文学。从儿童文学史和心理学史的事实来看，儿童文学先于儿童心理学理论，已经建立起了一种感性的儿童心理学：一方面，儿童文学在儿童心理学研究比较忽视的想象力和感情这一纯粹主观的人性方面发掘出了丰富的矿藏，沿着马克·吐温、巴内特、斯比丽、凯斯特纳、林格伦等优秀的儿童文学作家挖掘的坑道，我们得以深入地走进儿童那隐秘的内心世界。另一方面，儿童心理学所揭示出的儿童心理发展过程，比如，第一反抗期、第二反抗期、自我同一性、性意识、快乐原则与现实原则的冲突等，在《彼得·潘》《玛丽·波平斯阿姨回来了》《红发安妮》《拉蒙娜和妈妈》《艾尔韦斯的秘密》《我是我》等作品中得到了生动形象的展现。这些作品绝不是儿童心理学成果的图解，恰恰相反，它们所描写的儿童心灵生活正是那些心理学理论阐释得以成立的依据。在儿童文学作品中，儿童是完整、生动、个性化的生态生命，而实证主义的儿童心理学则往往将儿童分解成诸多可以测量的要素，两者的不同，正可以在我们认识儿童时形成互补。

正是因为儿童文学是先于儿童心理学的感性儿童心理学，才会有贝托海姆的《魔法的用途》、雪登·凯许登的《巫婆一定得死》、山中康裕的《绘本和童话的荣格心理学》、河合隼雄的《儿童的宇宙》这样的通过研究儿童书籍来作心理学理论发现和阐释的心理学名著或优秀之作。

我们考察杰出的儿童文学作家，比如尼古拉·诺索夫、林格伦、凯斯特纳、玛利亚·格里珀、贝弗莉·克利林、葛西尼、杰奎琳·威尔逊等人，就不能不说，他们都是杰出的感性儿童心理学家。波尔·阿扎尔在其名著《书籍·儿童·成人》中曾说："毫不夸张地讲，仅凭儿童书籍，就能够重新建起一个英国。"同样可以说，凭着英国的儿童文学作品，就可以建立起完整的感性儿童心理学。中国儿童文学当然有自己的优秀作家和作品，但是相比之下，能够称得上感性心理学家的人却寥若晨星，凭现有的儿童文学作品也恐怕难以建立起完整的感性儿童心理学。

儿童文学创作走向感性儿童心理学，就可以消解说教，可以避免观念化和概念化，可以防止故事的生编硬造和人物性格的虚假，可以消除成人化，可以从拟似的儿童表现走向本真的儿童表现……总之，儿童文学作家掌握了感性儿童心理学，就有了金刚不坏之身或包治百病的灵丹妙药。

建立完整的感性儿童心理学是中国儿童文学应该走通的路，应该达到的目标。

五、真正走向"儿童本位"这条路！

新时期儿童文学呈现出两大走向，一是走向文学，一是走向儿童，并因此继二十世纪五十年代之后，打造出儿童文学的又一个黄金时代。在走向儿童的过程中，曾遭到批判的五四时期以周作人为代表的"儿童本位"理论得到重新评价。这一理论行为，推举着儿童文学迈上了现代化的更高一层台阶。但是，在我看来，人们对"儿童本位"理论的重新评价以及对其进行的当代阐释中，存在着深层的问题，这些问题将给儿童文学的新一轮艺术攀升造成相当大的阻力。我所说的真正走向"儿童本位"这条路里的"真正"，就是对此而言。

重新评价周作人的儿童本位论时，很多人采取的姿态是：一方面承认其具有积极的意义，另一方面批评其反对儿童文学的教育功利性与社会功能。我认为人们的批评是因为没有读懂周作人的文学思想，没有读懂周作人所处的那个时代，尤其是没有读懂成人文化与儿童文化之间存在的冲突。"顺应满足儿童之本能的兴趣与趣味"，"顺应自然，助长发达，使各期儿童得保其自然之本相"，这样的儿童本位主张，不仅在当时，就是在今天，也是切中肯綮之论。

　　再好的理论，在时代的更迭中也是要向前发展的，因此对儿童本位论必须进行具有超越性的当代诠释。我认为，在建立新时代的儿童本位理论时，存在着肤浅阐释以及认识停滞的问题。比如，将儿童本位解释成是以儿童文学的服务对象与接受对象的儿童为中心；将儿童本位观解释成是对少年儿童的人格独立性、自主性、自尊心、自信心的理解与尊重。儿童文学以自己的服务对象与接受对象的儿童为中心，儿童文学要对少年儿童的人格独立性、自主性、自尊心、自信心给予理解与尊重，这样的观点本身没有任何问题，但是，用来作为儿童本位论的当代诠释，则将儿童本位理论矮小化了。这种矮小化了的"儿童本位论"并不能把中国儿童文学引向阳关大道。

　　建立真正的儿童本位的儿童文学观，应该是自卢梭以来，通过"儿童"进行思想的思想家、教育哲学家那里汲取理论的资源。比如，卢梭就认为，儿童之所以重要，不是因为儿童仅仅是实现目的的手段，而是因为儿童本身就是重要的，儿童时代绝不只是迈向成人的一个台阶，而是具有自身的价值，儿童代表着人的潜力的最完美的形式。与将儿童比喻成白纸的约翰·洛克截然不同，卢梭将儿童看作自然中的植物。在洛克那里，成人将白纸填满，便是成熟；而卢梭所要做的是使儿童避免受到文明中病态东西的污染，有机地、自然地成长。福禄培尔说，儿童与教育者的关系，就像葡萄藤和园丁的关系一样，给葡萄藤带来葡萄的不是修剪、施肥的园丁而是葡萄藤本身。蒙台梭利在说明儿童的自我建设过程时指出，在出生之前，儿童已经具有了自己内在特定的心理发展模式。她把这种先天的心理实体称为"精神胚胎"，这种"精神胚胎"与形成人体的受精卵是一样的。这颗精神受精卵并不等于一个成人的雏形，但是却包含了其发展的预定蓝图。尼采设计的完成自我超越、获得完美人生的路径是：先做一只骆驼，去忍耐遇到的困难；然后变成一只狮子，充满勇气地去战斗；最后，就要变成一个幼儿，天真无邪地开创一切。而意大利哲学家、心理学家皮耶罗·费鲁奇则对儿童给成人带来的人生启示深怀感恩之心："怎样才能唤起我们心中的爱意，唯一的答案就是：与孩子们在一起。我看过许多人被愁云惨雾笼罩，但在孩子面前就能暂时抛开凄苦，融化于爱，回归于心。这种爱能在我们觉得寒冷的时候给予我们温暖，僵硬的时候使我们软化，阴郁的时候照亮我们面前的道路。"①

所以，真正的儿童本位的儿童文学，就不仅是服务于儿童，甚至不仅是理解与尊重儿童，而是更要认识、发掘儿童生命中珍贵的人性价值，从儿童自身的原初生命欲求出发去解放和发展儿童，并且在这解放和发展儿童的过程中，将成人自身融入其间，以保持和丰富自己人性中的可贵品质。也就是说要在儿童文学的创造中，实现成人与儿童之间的相互赠予。

儿童生命中珍贵的人性价值是什么呢？那就是敏锐的感受性、真挚的情感、丰富的想象力和旺盛的生命活力。而这一切的一切，不正是绝大多数成年人在所谓"成熟"的路途上已经遗忘或失去的财富吗？在这个意义上，儿童文学不仅是解放、发展儿童的文学，而且还是教育、引导成人的文学。

中国儿童文学的阳关大道就是走向儿童，与儿童携手，共同跋涉，探索人生。

最后，我想引用我所深爱的波尔·阿扎尔描述儿童的一段话："生存于这个世上的他们的使命，就是给这个世界再次带来信仰和希望。如果人类的精神不能经常被这一充满自信的年轻力量而唤醒，这个世界会成为什么样子呢？我们的后继者走过来了。孩子们再次开始美丽地装饰这片土地。一切都重返青春、映照着绿色，人生的价值被重新发现……"②

以这样的儿童为本位，岂止是儿童文学，整个人类社会都将充满希望！

（载于《文艺争鸣》2006年第2期）

---

① ［意大利］皮耶罗·费鲁奇：《孩子是个哲学家》，陆妮译，海南出版社，2002年，第167—168页。
② ［法］波尔·阿扎尔：《书籍·儿童·成人》（日文版），纪伊国屋书店，1986年，第154—155页。

儿童文化：如何建构？建构什么？

　　2014 年 5 月 18 日至 19 日，厦门城市职业学院与全国师范院校儿童文学研究会共同举办"海峡两岸儿童文化教育与研究高峰论坛"，陈世明教授嘱我为会议论文集《当代儿童文化新论》作序，恰好我自身对于儿童文化建设也有迫切之感，于是欣然将写作这篇序文当作一个学习和思考的好机会。

　　论文集分为"儿童文化研究""儿童文学研究""儿童文化教育研究""儿童戏剧教育研究"四个栏目，论文则基本上分为理论研究和实践应用这两种类型。也许是由于我个人的偏好，阅读这些论文，激发了我对儿童文化理论建构的学术思考。

　　儿童文化这一概念的内涵大体包含三个方面。1. 儿童自身拥有或创造的文化，如游戏、绘画、演剧、音乐活动、写作文、写诗、办板报墙报，甚至报纸、杂志等等；2. 成人社会为儿童创造的文化，其中又包含儿童文学、儿童音乐、漫画、动画等精神文化产品，以及图书馆、儿童馆、儿童公园、游乐园（如迪士尼乐园）、幼儿园、学校、影剧院、玩具、服饰等物质设施文化；3. 成人社会对儿童生命这种独特的精神文化形式进行诠释时所作的思想建构。

　　对儿童文化研究来说，成人社会对儿童生命这种独特的精神文化形式进行的思想建构十分重要。这个层面的研究水准，在相当程度上，影响着其他两个层面的研究水准。也可以说，这个层面的研究对另两个层面的研究具有重要的指导性。

儿童文化的建构需要理论。中国的儿童文化研究尤其迫切地需要理论。什么是理论？乔纳森·卡勒说："一般说来，要称得上是一种理论，它必须不是一个显而易见的解释。这还不够，它还应该包含一定的错综性……一个理论必须不仅仅是一种推测：它不能一望即知；在诸多因素中，它涉及一种系统的错综关系；而且要证实或推翻它都不是件容易事。"①"理论常常是常识性观点的好斗的批评家。"②"正因为它给从事其他领域研究的人以启迪，并且已经被大家借鉴，它才能成为理论。"③

按照乔纳森·卡勒对理论的说法，在这本集子里，杜传坤的《"捍卫童年"：必要的界限与弱化差异》、吴其南的《校园与人的身体建构》、常立的《"国学热"表象下的儿童教育问题》、郑伟的《当代写作学人本主义转向的缺失——基于童年视角的考察》等论文都是具有深入思考和理论建构性的成果。其中杜传坤和吴其南运用后现代理论来建构儿童文化的一些内涵，给我带来了很大的理论辨析空间。这两位学者的论文启发我思考，我们应该用什么样的方法来建构儿童文化，我们需要建构什么样的儿童文化？

杜传坤的《"捍卫童年"：必要的界限与弱化差异》是一篇很有思考深度的论文。正如乔纳森·卡勒所说的，它"不是一个显而易见的解释"，而是"涉及系统的错综关系"，具有鲜明的理论色彩。这篇论文的"错综关系"来自于后现代理论与现代性话语之间的碰撞和激荡。

在我的理解中，杜传坤的《"捍卫童年"：必要的界限与弱化差异》是对她的《中国现代儿童文学史论》一书的"余论"的一种续写。她在那部著作中对儿童文学的"儿童本位"论这一现代性思想进行了批判，认为"五四儿童本位的文学话语是救赎，也是枷锁"④，而在《"捍卫童年"：

---

① ［美］乔纳森·卡勒：《文学理论入门》，李平译，译林出版社，2013年，第3页。
② ［美］乔纳森·卡勒：《文学理论入门》，李平译，译林出版社，2013年，第5页。
③ ［美］乔纳森·卡勒：《文学理论入门》，李平译，译林出版社，2013年，第7页。
④ 杜传坤：《中国现代儿童文学史论》，中国社会科学出版社，2009年，第340页。

必要的界限与弱化差异》这篇论文中，批判（解构）的则是包括西方在内的"儿童的发现"这一现代儿童文化的思想："从历史上来看，'儿童的发现'未必就是一种福音。"

下面，我们就对杜传坤的具体观点和论述进行辨析。

杜传坤的论文一开头就对在儿童认识方面的现代社会的性质进行了解构。她说："任何社会任何时代都不会无视儿童与成人的区别，只是对区别的内容、造成区别的原因、这种区别有何意义、童年应持续多久等问题往往有不同的看法。"因为有"任何社会"这一表述，杜传坤的这一判断显然是把古代封建社会也纳入其中。我认为，说"任何社会"都有对儿童、童年的观念是成立的，但是，说"任何社会都不会无视儿童与成人的区别"，却是需要商榷和讨论的。我几乎条件反射似的想起了周氏兄弟说过的话。鲁迅说："往昔的欧人对于孩子的误解，是以为成人的预备；中国人的误解，是以为缩小的成人。直到近来，经过许多学者的研究，才知道孩子的世界，与成人截然不同；倘不先行理解，一味蛮做，便大碍于孩子的发达。"[1]从鲁迅的话中我们知道，在现代，"知道孩子的世界，与成人截然不同"是因为"经过许多学者的研究"。那么在中国，这种将儿童与成人相区别的研究发端于何时呢？周作人于1912年写了《儿童问题之初解》一文，明确指出："凡人对于儿童感情可分三纪。初主实际，次为审美，终于研究。……第在中国，则儿童研究之学固绝不讲，即诗歌艺术，有表扬儿童之美者，且不可多得。今所存者，但有医术保育之书。而遍视民间，对其儿童，亦仅禽育而兽爱之，其所予求，但及实际问题而止。"[2]我还想起宋代著名教育家朱熹在《蒙童须知》中说的话："凡喧哄争斗之处不可近。无益之事不可为。谓如赌博、笼养、打球、踢球、放风禽等事。"朱熹给蒙童立这样的规矩，就是因为他"无视儿童与成人的区别"。

① 鲁迅：《我们现在怎样做父亲》，《鲁迅全集》（第1卷），人民文学出版社，1981年，第135页。
② 周作人：《儿童问题之初解》，钟叔河编订：《周作人散文全集》（第1卷），广西师范大学出版社，2009年，第247页。

我认为，杜传坤上述观点的要害在于消解了"现代性"在儿童认识方面的历史真理性和实践价值，因为将儿童与成人鲜明地区别开来，正是人类进入现代之后的切实努力。

杜传坤进一步质疑现代教育："西方十六七世纪中产阶级就开始将儿童与青少年从成人世界中隔离出来，安置到学校中，这种隔离影响重大，也预示了此后几个世纪儿童与成人关系的走向。儿童从此作为'无知''弱小''易受伤害'的存在物，走上了被持续监督、远离成人世界并接受严格规训的漫漫长路。"

"被持续监督""并接受严格规训"——这是对现代学校教育中的儿童与成人关系的十分负面的定性。我认为，这又是一个值得商榷的学术观点。虽然现代教育中存在着诸多的问题，但是作为一个长期的历史过程，成人与儿童的关系基本呈现着从"监督"到合作，从"严格规训"到自由、解放这种大的趋势和走向。恐怕与现代教育相比，更是古代教育把儿童看作"无知"的人，与现代学校相比，更是古代的私塾对儿童进行了"严格规训"。如夏山学校所采取的自由主义教育，是现代社会里才有的一种教育实践。总而言之，现代社会的儿童教育正是摆脱杜传坤所说的状况的一个过程。

杜传坤转述式地引用了台湾学者熊秉真在《童年忆往》一书中的观点："因为从历史上来看，'儿童的发现'未必就是一种福音，它会造成对孩子的许多不必要的关注和约束，这些重视和认定可能比漠视或误解更糟糕，并且这往往还是对童年的许多破坏性措置的开始。"杜传坤并没有引用熊秉真的原话，而原话是这样说的："另一方面，更让人忧喜交杂的是一旦大家逐渐'发现儿童'以后，整个近代社会在态度上反而对孩子生出不少要不得的关注与约束，而这些'经营管理之道'可能比原来的漠视或误解更糟糕，因为特殊的重视与认定——以他的观点来看——反而常是另一些破坏性措施的启端。"①很显然，杜传坤将熊秉真的面对"发现儿童"的"忧喜

① 熊秉真：《童年忆往——中国孩子的历史》，麦田出版，2000年，第15页。

交杂"改成了她自己的"未必就是福音",以强化她对"儿童的发现"的质疑和负面评价。熊秉真说的是"一旦大家逐渐'发现儿童'以后,整个近代社会"云云,可是,杜传坤却将其改为"儿童的发现""会造成"怎么怎么样的后果。熊秉真没有举出事实来证明自己言之有据,我们只能判定她所说的"破坏性措施"是"整个近代社会"干的。而杜传坤说得很明确,"破坏性措施"就是"儿童的发现"干的。熊秉真的说法的问题在于一竿子全都打倒,不顾"整个近代社会"里还有许许多多人,面对儿童成长时采取了"建设性措施"。杜传坤的说法的错误在于,说现代的"儿童的发现"比从前的"漠视或误解更糟糕",完全是缺乏历史观的态度。从中国的"历史上来看","儿童的发现"者周作人恰恰针对"关注和约束"儿童,针对对儿童采取"破坏性措施"的旧的读经和新的读经展开了毫不留情的持续的批判。

杜传坤继续否定式地评价"儿童的发现"这一现代思想。她说:"近现代以来对于儿童的发现,起始于对其'原始人''小野蛮'的身份认定,其背后的意识形态设定却是:原始人和儿童都是天真的或愚蠢的,他们无法照顾自己。……原始与纯真的童性不但使成人得以'沉溺于对未开化状态的怀旧之中',也使儿童有别于成人的理性,因而也'理所应当'拥有比成人更少的权力。"

杜传坤的这段论述中包含着一个事实的和逻辑的错误:对"原始与纯真的童性"处于"沉溺"和"怀旧"这种精神状态的人,是不会独尊"成人的理性",进而使儿童"拥有比成人更少的权力"的,这些人通常所做的恰恰与此相反。也就是说,在事实和逻辑上,上述对"儿童的发现"的否定是不成立的。

我们需要把问题的讨论具体化、实例化。也许是我孤陋寡闻,近现代以来的"儿童的发现"者里,有谁说过或者暗示过"原始人和儿童都是天真的或愚蠢的,他们无法照顾自己"这一类观点吗?著名的"儿童的发现者"卢梭是这样说的:"大自然希望儿童在成人以前就要像儿童的样子。如果我们打乱了这个次序,我们就会造成一些早熟的果实,它们长得既不丰满也不甜美,而且很快就会腐烂:我们将造成一些年纪轻轻的博士和老态龙钟的儿童。儿童是有他特有的看法、想法和感情的;如果想用我们的看法、想法和感情去代替他们的看法、想法和感情,那简直是最愚蠢的事情……"①福禄培尔在《人的教育》这一名著中,以葡萄是葡萄藤所生,而非因园丁修剪而生这一比喻,说明儿童成长的根本动力来自儿童生命本身。他不是使儿童"拥有比成人更少的权力",而是这样限制成人的权力:"葡萄藤应当被修剪。但修剪本身不会给葡萄藤带来葡萄,相反地,不管出自多么良好的意图,如果园丁在工作中不是十分耐心地、小心地顺应植物本性的话,葡萄藤可能由于修剪而被彻底毁灭,至少它的肥力和结果能力被破坏。"②把儿童称为"小野蛮"的周作人,对这"小野蛮"更是赞赏有加:"昨天我看满三岁的小侄儿小波波在丁香花下玩耍,他拿了一个煤球的铲子在挖泥土,模仿苦力的样子用右足踏铲,竭力地挖掘,只有条头糕一般粗的小胳膊上满是汗了,大人们来叫他去,他还是不歇,后来心思一转这才停止,却又起手学摇煤球的人把泥土一瓢一瓢地舀去倒在台阶上了。他这样的玩,不但是得了游戏的三昧,并且也到了艺术的化境。这种忘我地造作或享受之悦乐,几乎具有宗教的高上意义,与时时处处拘囚于小主观的风雅大相悬殊:我们走过了童年,赶不着艺术的人,不容易得到这个心境,但是虽不能至,心向往之;既不求法,亦不求知,那么努力学玩,正是我们唯一的道了。"③卢梭、福禄培尔、周作人这些"儿童的发现"者为我们描绘的儿童生命形象,在精神上哪里找得到半点"愚蠢""无法照顾自己"的影子。

那么,到底是什么人把儿童看作"愚蠢"的、"无法照顾自己"的人的呢?杜传坤自己在该论文的另一处似乎道出了实情:"但直到20世纪中期旧式的童年思维仍占据主流,儿童仍被视为'不完全的有机体',成人的'准备期'。"原来,负面看待童年、儿童的并不是"儿童的发现"者

---

① [法]卢梭:《爱弥儿》,李平沤译,商务印书馆,1978年,第91页。
② [德]福禄培尔:《人的教育》,孙祖复译,人民教育出版社,2001年,第10页。
③ 周作人:《〈陀螺〉序》,钟叔河编订:《周作人散文全集》(第4卷),广西师范大学出版社,2009年,第211页。

们，而是"仍占据主流"的"旧式的童年思维"。杜传坤的思辨出现了张冠李戴的逻辑混乱。

在否定了以将儿童与成人相区别为前提的"儿童的发现"这一现代性思想之后，杜传坤提出了这样的儿童文化建设方案："现在，是否可以尝试着做一些改变，因为捍卫童年必定是以童年的特殊性为前提的，必定是以儿童与成人之间的差异与分隔为着眼点的，是否可以弱化这种所谓的本质差异，在更多的共性之中展开对话，寻求一种新型的儿童—成人关系？这就意味着，我们不必再处心积虑地去'捍卫童年'。"

我赞成儿童与成人间的融合，但是融合的前提是放弃"成人本位"，走向"儿童本位"。我反对人为地、一厢情愿地"弱化儿童与成人间的'本质'差异"，而主张进一步深入研究（或曰建构）"儿童与成人间的'本质'差异"。我们的话语（或曰研究）所建构的"儿童与成人间的'本质'差异"肯定具有局限性，但是，有意地去"弱化""儿童与成人间的'本质'差异"却是从一开始就不是"建构"而是"虚构"了。就算以前对于"儿童与成人间的'本质'差异"的某些建构出现了"强化"这一偏颇，现在要来"弱化"，犯的也是同样的错误。即使"建构"具有主观性，可是"儿童与成人间的'本质'差异"毕竟是客观存在的现象，不是任由我们成人随意来"弱化"（包括"强化"）的玩偶。

杜传坤说："弱化儿童与成人间的'本质'差异，也不意味着成人可以放弃教育责任。只是我们要做一个更平等的教育者，一个更清醒的建构者。"我觉得这话有点说反了。在我看来，要"做一个更平等的教育者，一个更清醒的建构者"，恰恰需要更加充分地认识、承认"儿童与成人间的'本质'差异"，而不是"弱化儿童与成人间的'本质'差异"。历史的经验告诉我们，成人看不清（也可以说是"弱化"）"儿童与成人间的'本质'差异"之日，就可能是儿童不能获得与成人的平等权利之时。因为说到底，一切儿童文化设施都是成人设计、制造出来的，看不清"儿童与成人间的'本质'差异"，就只能按照成人的标准来要求孩子了，于是不要说"更平等"，连基本的"平等"都没有了。儿童与成人的关系是最为特殊的一种人际关系。它甚至不同于妇女和男人的关系。妇女受了压迫，还可以搞一场女权主义运动来争取平等，可是儿童受了压迫，却不可能自己起来搞一场争取平等的"童权"运动，而只能等待那些以儿童为本位的成人来为自己伸张正义。在争取儿童与成人的平等方面，如果杜传坤的这种"弱化儿童与成人间的'本质'差异"的主张就是所谓"后现代理论"，那可就比周作人式的"儿童本位"这一现代理论差得远了。当今日的中国儿童被剥夺了与大自然接触的权利，被剥夺了游戏的权利，甚至被剥夺了身体成长所需要的足够睡眠的权利的时候，杜传坤却告诉我们"不必再处心积虑地去'捍卫童年'"，这实在是我所难以理解和接受的。

很显然，在《"捍卫童年"：必要的界限与弱化差异》一文中，杜传坤盲目地抓来后现代理论来解构"儿童的发现"这一现代思想，从而对当下的"捍卫童年"这一儿童文化建设意识进行了相当程度的消解。

我在想，杜传坤的论述所出现的问题，是不是与她的论辩方法和论辩逻辑有着内在关系。《"捍卫童年"：必要的界限与弱化差异》一文给我的感觉是：作者先预设甚至是虚构出一个个关于"童年"的观点，并把这些观点安在"儿童的发现"者的头上，然后运用后现代理论的术语逐一进行批判。我说她"预设甚至是虚构"，是因为她从来不对她批判的"儿童的发现"这一思想作具体介绍，而且她也从不引用她所批判的观点的具体论述文字，不指出"严格规训""破坏性措施"的具体做法。她的论文中所引用的都是拿来支持自己观点的言论。因为这种论述问题的方式，便导致了她即使弄错了对象，即使张冠李戴，却并不自知。

这种论述方式也涉及学术规范的问题。对所批判的人不实名点出，对所批判的观点不作任何引用，这好比对一个本来可以到场的人有意不作"传唤"，而进行缺席"审判"。一个被缺席审判的人，是无法进行反驳的。庭审中的观众（读者）也无从判断"审判"是否依据事实，"审判"结果是否公正。对所批判的人、所批判的观点进行"缺席审判",这是不是也是一种"霸权",也是一种"独裁"。(恐怕不是偶然或巧合,儿童文学界操持后现代理论来批判现代性理论的人不约而同地都愿意采取"缺席审判"这种论述方式,比如吴其南,比如谭旭东。)

后现代理论重视"权力"问题。在福柯看来,"知识"与"权力控制"不可分开。杜传坤和吴其南都接受了福柯的这一理论。杜传坤说:"成人凭借知识占有的优势获得'立法权',或者说凭借权力而界定了自身所具有知识的价值而贬斥了儿童知识的价值,'权力与知识'的这种共生关系迫使儿童接受'被立法'的角色,走进一个安排好的制度化世界。儿童的时间被严格划分,几乎所有活动都被纳入成人严密的监视与安排之中。"而吴其南的《校园与人的身体建构》一文,集中论述的就是"校园"这一"制度化世界"对儿童进行的"身体建构"。

在论文中,吴其南对"校园"是这样比喻的:"教学楼类似工厂的车间,产品的生成主要是在这儿进行的。""将学校的不同年级比作一条流水线,教室是车间,教师是一线工人,班主任是车间主任,学生是生产线上被生产着的产品。"刚读到这样的比喻时,我以为吴其南接下来会对这样的教育进行批判,可是后来却发现,这比喻就是吴其南的主张,因为他在论文的结尾说:"人是一种社会存在,成长离不开被修剪被规训,离不开格式化网络化,离开格式、网络谈成长是痴人说梦。正确的做法不是幻想离开格式、网络而是在格式、网络中找到自己的合适位置,并随格式、网络的运动不断地改变自己。"吴其南下结论说:"所以,问题不在学校要不要对学生进行格式化、网络化、苗圃化,而在怎样格式化、网络化、苗圃化。"也就是说,他认为学校教育中,有着正确的、理想的"格式化、网络化、苗圃化"。但是,福禄培尔说:"……在作为人类一员和上帝儿女的每一个人身上包含着并体现着整个人性,但它在每个人身上是以完全固有的、特殊的、个人的、独一无二的方式被表现、被塑造的,并且应当在每个人身上以这种完全特殊的、独一无二的方式被表现,借此人们能够感知人类和上帝的无限而永恒的、丰富多样的本质……"①我信奉福禄培尔这一现代教育思想,尽管它还只是一种难以实现的理想。我认为教育中的任何"格式化、网络化、苗圃化"都是可疑的,都不是"人"的教育,而是"物"的教育,"学生是生产线上被生产着的产品"更是"物"的教育,都需要对其进行反思和批判。我相信,真正的后现代理论对此是持有批判目光的。

我这里必须指出吴其南在讨论儿童成长的关键、重要的问题时,出现的一个根本性错误。他说:儿童们"只能按从自己身上获得的经验去推想外面的世界,产生自我中心的想法,并按这种想法对经验中的外物进行扭曲。这种思维便是所谓的童话思维,童话思维中的世界不可能是真实的世界。要真实地了解、认识世界,就必须从这种童话思维中走出来"。其实,"自我中心的想法"与"童话思维"根本不是一回事。因此,"要真实地了解、认识世界,就必须从这种童话思维中走出来"这一说法也是不对的。要"走出来"的只是"自我中心的想法",而不是"童话思维"。对儿童的成长,甚至对成人社会,"童话思维"是价值永存的。个中道理,贝特尔海姆的《童话世界与童心世界》、艾伦·奇南的《秋空爽朗——童话故事与人的后半生》等著作说得很清楚。

如何看待"童话思维",这是一个原则问题。"童话思维"是什么?我认为就是在人与世界万物之间建立交感的思维。童话思维是使世界"附魅"的思维,在现代社会里,世界所以被"祛魅","走出"童话思维正是原因之一。"童话思维"是儿童文化的重要构成,也是儿童文化的独特价值之所在。把它看作儿童成长过程中需要告别的一种精神状态,是对儿童、童年、儿童文化、儿童文学的一种根本性误识。

"人被客观化,从童话思维中走出来,是人走向现实走向真实的世界必须具备的条件。"吴其南的这种观点明显是"现代性的后果",是对后现代精神的背离。

---

① [德]福禄培尔:《人的教育》,孙祖复译,人民教育出版社,2001年,第16—17页。

总之，在吴其南这里，我看到的是，在看似最新的"后现代理论"外衣下，包装着的却是陈旧的反现代的、同时也是反后现代的思想。看来，儿童文学、儿童文化研究界极其需要像哈贝马斯那样，将"现代性"视为"一项未竟的事业"。

在中国，对儿童文化应该如何建构？应该建构什么？

我认为，在建构现代儿童文化时，在现代性思想和后现代理论之间，不应该作非此即彼的二者择一的选择，即不能因为出现了质疑、批判现代性的后现代理论，就不假思考地、毅然决然地要"走出现代性"，而是对现代性思想和后现代理论一视同仁地细加辨析，充分借鉴、汲取并反思这两种理论话语的价值和局限。现代性与后现代理论是相互依存的存在，两者都各有所长，各有所短。像杜传坤和吴其南这样，对儿童文化进行"后现代"式建构时弃现代性如敝屣，则显然是缺乏建设性的。

借鉴式、反思式运用现代性理论和后现代理论，还有一个重要的"语境"问题。这两种理论均起源于西方，如果置中国这一特殊的"语境"于不顾，就会生出邯郸学步、东施效颦的窘态。不能食洋不化，而是要借鉴西方理论，结合中国现实，进行理论的再创造。比如，当下的西方已经不再执着于"儿童本位""成人本位"的讨论，但是，在当下的中国，是"儿童本位"还是"成人本位"，这依然是一个不该消解的现实问题。在这个问题上，我们需要依照后现代哲学家理查德·罗蒂继承自杜威的实用主义的"真理"观进行思考。我在《论"儿童本位"论的合理性和实践效用》一文中就是这样做的。"绝对真理已经遭到怀疑。但是，真理依然存在，我是说历史的真理依然存在。'儿童本位'论就是历史的真理。'儿童本位'论在实践中，依然拥有马克思所说的'现实性和力量'。不论从历史还是从现实来看，对于以成人为本位的文化传统根深蒂固的中国，'儿童本位'的儿童文学观，都是端正的、具有实践效用的儿童文学理论。它虽然深受西方现代思想，尤其是儿童文学思想的影响，但却是中国本土实践产生的本土化儿童文学理论。它不仅从前解决了，而且目前还在解决着儿童文学在中国语境中面临的诸多重大问题、根本问题。作为一种理论，只有当'儿童本位'论在实践中已经失去了效用，才可能被'超越'；反之，如果它在实践中能够继续发挥效用，就不该被超越，也不可能被超越。至少在今天的现实语境里，'儿童本位'论依然是一种真理性理论，依然值得我们以此为工具去进行儿童文学以及儿童教育的实践。"①

吴其南曾说："儿童年龄小，无论是在实际生活中还是在精神上，都没有形成自己的世界。"②我对这一"成人本位"的儿童文化研究立场持明确的反对态度。我在多种论著中强调过"儿童是独特文化的拥有者"这一观点，并在《儿童文学概论》一书中对儿童生命的文化特质进行了具体建构，将其主要归纳为艺术性、游戏性、生态性这三个方面。在我的心目中，儿童所拥有的文化不仅独特而且珍贵，所以我在书中指出："我们的社会是一个以成人为中心的社会，因此，我们仅仅认定儿童的成长依赖于成人，却看不到事情的另一面真实，即成人必须与儿童携起手来，也从儿童那里获得创造新的、健全的生活的智慧和力量。"③

在结束这篇序文时，我想申明一点的是，我虽然批评了杜传坤、吴其南的论文中的观点，但是对两位学者积极汲取后现代理论资源的姿态却怀着尊重，并且认为，这样的研究能够把对问题的讨论引向深入，具有重要的学术价值。我从他们的研究中悟出的道理是，在儿童文化建设方面，现代思想和理论依然富含着建设性的价值，可以在当下继续发挥功能，而后现代理论也可以照出现代性视野的"盲点"，提供新的建构方法，开辟广阔的理论空间。

2014 年 4 月 7 日

中国海洋大学儿童文学研究所

（载于《当代儿童文化新论》，复旦大学出版社，2014 年 7 月第 1 版）

---

① 朱自强：《论"儿童本位"论的合理性和实践效用》，《中国海洋大学学报》2014 年第 3 期。
② 吴其南：《20 世纪中国儿童文学的文化阐释》，中国社会科学出版社，2012 年，第 159 页。
③ 朱自强：《儿童文学概论》，高等教育出版社，2009 年，第 18 页。

论"儿童本位"论的合理性和实践效用

一、问题的提起：关于"超越""儿童本位"论

"儿童本位"论是贯穿于中国儿童文学百年历史的最重要的儿童文学观，它产生于五四时期，经过当代的理论诠释和创作实践，已经成为儿童文学创作和研究中最有影响力的儿童文学思想。近年，儿童文学学术界有学者提出了以"主体间性"来超越"儿童本位"论这一理论主张。这是一个非常有讨论价值的学术方案，尽管我本人对其可能性、合理性深为怀疑。我说其有学术价值，是因为试图超越"儿童本位"论的努力，触及的是一个中国儿童文学理论研究的重大学术问题，而这一问题一直没有得到足够深入的研讨，它尤其需要在后现代语境下，正反双方进行对话和讨论。提出"超越""儿童本位"论的人是出自怀疑精神，而我对他们对"儿童本位"论的质疑的质疑，也是出自怀疑精神。对于中国儿童文学理论而言，怀疑精神是需要大力提倡和发展的。没有怀疑精神，就没有探索、论辩和求证，因而也就难有理论的建构。

有两本运用后现代理论话语的著作可以被视为超越"儿童本位"论这一提案的代表。杜传坤在《中国现代儿童文学史论》一书中指出："联系当代儿童文学的现状，走出本质论的樊笼亦属必要。对当代儿童文学的发展而言，五四儿童本位的文学话语是救赎，也是枷锁……'儿童性'与'文学性'抑

或'儿童本位'似乎成了儿童文学理论批评与创作的一个难以逾越的迷障。如同启蒙的辩证法,启蒙以理性颠覆神话,最后却使自身成为一种超历史的神话,五四文学的启蒙由反对'文以载道'最终走向'载新道'。儿童本位的儿童观与儿童文学观,同样走入了这样一个本质论的封闭话语空间。"①

"'中心'或'本位'是一个尖锐的立场,它总是以排除'对象'的存在价值为前提和标志。相比之下,我们似乎可以追求儿童文学或儿童与成人(社会)之间的'主体间性'关系,不是主体/客体或我/他的二元对立,而是主体/主体或我/你的平等主体关系。它体现了二者之间的互相尊重、互为主体,以及基于平等基础上的对话关系。"②

吴其南的《20世纪中国儿童文学的文化阐释》一书,"结语"的题目就是"走出现代性"。他说:"现在要做的就是从这种现代性的世界观中走出来。把自己的理解、建构当作儿童文学的普遍性,不仅独断,而且虚幻,是现实的集权意识在儿童文学中的一种投影,和现代社会的民主意识是不相融的。无论就创作还是理论而言,都是一种误区。走出这一误区首先就要消解成人/儿童、客观/主观、教育者/被教育者等一系列二元对立模式,尤其是从20世纪儿童文学中争论不已的成人本位/儿童本位的思维中超越出来,还世界以建构性,将儿童文学变成成人与儿童两个平等的主体间的对话,把握儿童的成长节律,儿童想要的正是成人想给的,使社会成为一个自由平等的社会,使人成为民主社会一个和谐发展的公民。而这,或许就是进入21世纪的儿童文学创作和理论的最重要的任务。"③

杜传坤和吴其南在主张"走出现代性",超越"儿童本位"论时,不约而同提出以"主体间性"来替代"儿童本位"论。但是他们同样像某些只管解构不管建构的激进的后现代理论一样,推倒了"儿童本位"论,却并没有建构起属于自己而不是照搬西方后现代概念的"主体间性"理论。

---

① 杜传坤:《中国现代儿童文学史论》,中国社会科学出版社,2009年,第340—341页。
② 杜传坤:《中国现代儿童文学史论》,中国社会科学出版社,2009年,第344页。
③ 吴其南:《20世纪中国儿童文学的文化阐释》,中国社会科学出版社,2012年,第286页。

他们不约而同地在其著作结尾的"余论"和"结语"中，虚晃一枪式地亮出了"主体间性"这一武器，然后就鸣金收兵了。

现在，我想接过话题，面对杜传坤和吴其南提出的以"主体间性"来超越"儿童本位"论这一理论计划进行反思。我认为，现代性理论和后现代理论在阐释儿童文学时，都具有有效性，也都具有局限性，因此，我所采取的立场不是如吴其南、杜传坤那样，在现代性理论与后现代理论之间作非此即彼的选择，而是对二者进行整合，取其可以有效阐释儿童文学的那部分理论，进行有机的融合。

在本文中，我要做的主要工作是回到历史的现场，对"儿童本位"论的内涵尽可能进行现场还原式的揭示，指出"儿童本位"论批判者对这一理论的误识，并采用实用主义哲学方法，论述"儿童本位"论作为一种"真理"，在历史和现实中所具有的实践效用。

二、对"儿童本位"论内涵的阐释

中国儿童文学史上，出现过两个"儿童本位"论的高潮期：一个是二十世纪二十年代，一个是二十世纪八十年代末至今。在本文中，我把前者称为"现代'儿童本位'论"，把后者称为"当代'儿童本位'论"。由于社会、历史语境的变化，这两个时期的"儿童本位"论自然呈现出不尽相同的面貌。不论是想超越"儿童本位"论的杜传坤和吴其南，还是想思考"儿童本位"论与"主体间性"是否存在融通性的我本人，首先应该做的都是回到历史中去，对现代"儿童本位"论和当代"儿童本位"论的真义进行现场还原式的再检讨。

现代"儿童本位"论的真义是什么？对此要看首倡者、集大成者周作人自己的论述。

周作人在《苦茶——周作人回想录》中说："以前的人对于儿童多不能正当理解，不是将他当作小型的成人，期望他少年老成，便将他看作不完全的小人，说小孩懂得甚么，一笔抹杀，不去理他。现在才知道儿童在生理心理上虽然和大人有些不同，但他仍是完整的个人，有他自己内外两面的生活。这是我们从儿童学所得来的一点常识，假如要说救救孩子，大概都应以此为出发点的。"①（本文着重号均为本文作者所加。）上述引文的前两句话，正是出自周作人的被视为中国儿童文学的宣言的《儿童的文学》一文。从这段话可以清楚地了解到，周作人的儿童本位的儿童观是他要"救救孩子"的出发点。需要注意的是周作人用了"我们"这一复数代词，这是实指周作人和鲁迅。五四时期，周氏兄弟一起从事了"救救孩子"这一事业。

周作人终其一生都关怀妇女和儿童这两个弱势群体。他在《人的文学》里论述两性的爱，提出的是"男女两本位的平等"这一主张，并没有选择以妇女单方面为本位的立场。值得深思的是，对于儿童与成人之间，周作人却并不主张、并不提倡"儿童成人两本位的平等"，而是要以儿童为本位。这其中的缘由可以从周作人下面的话里索解一二。"人类只有一个，里面却分作男女及小孩三种；他们各是人种之一，但男人是男人，女人是女人，小孩是小孩，他们身心上仍各有差别，不能强为统一。以前人们只承认男人是人，（连女人们都是这样想！）用他的标准来统治人类，于是女人与小孩的委屈，当然是不能免了。女人还有多少力量，有时略可反抗，使敌人受点损害，至于小孩受那野蛮的大人的处治，正如小鸟在顽童的手里，除了哀鸣还有什么法子？"②可见，儿童是最为弱小的存在，他们的命运完全掌握在大人的手里。儿童无法像妇女发动一场女权运动那样，为自己发动一场童权运动。也就是说，儿童与成人之间，有着其他任何人际关系都没有的特殊关系。

因为生命的不同存在形式，儿童的解放并不能由儿童自己，而要由成

---

① 周作人：《苦茶——周作人回想录》，敦煌文艺出版社，1995年，第539页。
② 周作人：《小孩的委屈》，钟叔河编订：《周作人散文全集》（第2卷），广西师范大学出版社，2009年，第388页。

人来帮助其完成。成人社会要完成这一解放儿童的事业，唯有以儿童为本位，这是由迄今为止的历史所充分证明了的。

以上所讲的是儿童要获得做人的权利，实现做人的平等，需要成人树立以儿童为本位的儿童观，那么涉及儿童文学的创造，是否也必得以儿童为本位呢？

1914年，周作人在《玩具研究（一）》一文提出："故选择玩具，当折其中，即以儿童趣味为本位，而又求不背于美之标准。"①"美之标准"显然出自成人的世界。所以，这句话里，实际上蕴藏着融合儿童与成人的思想。周作人曾经翻译柳泽健原的《儿童的世界》一文，其中有这样的话："……大人在本质上不能再还原为儿童，是当然的了。……大人所见的儿童的世界必不会是儿童所见的儿童的世界。这样的纯粹的儿童的世界的事情，只一切交与儿童的睿智与灵性便好了；大人没有阑入其间的必要，也没有这个资格。大人对于儿童应做的事，并不是去完全变成儿童，却在于生出在儿童的世界与大人的世界的那边的'第三之世界'。"②周作人在译后附识中说，"这篇小文里有许多精当的话"。我想这"许多精当的话"，就应该包括这一段。就在翻译《儿童的世界》的同一年，周作人在与赵景深就童话作书信讨论时，使用了"第三之世界"这一用语："安徒生与王尔德的童话的差别，据我的意见，是在于纯朴（Naive）与否。王尔德的作品无论哪一篇，总觉得很是漂亮，轻松，而且机警，读去极为愉快，但是有苦的回味，因为在他童话里创造出来的不是'第三的世界'，却只在现实上覆了一层极薄的幕，几乎是透明的，所以还是成人的世界了。安徒生因了他异常的天性，能够复造出儿童的世界，但也只是很少数，他的多数作品大抵是属于第三的世界的，这可以说是超过成人与儿童

---

① 周作人：《玩具研究（一）》，钟叔河编订：《周作人散文全集》（第1卷），广西师范大学出版社，2009年，第322页。

② 周作人译：《儿童的世界》，钟叔河编订：《周作人散文全集》（第2卷），广西师范大学出版社，2009年，第505—506页。

的世界，也可以说是融合成人与儿童的世界。……我相信文学的童话到了安徒生而达到理想的境地，此外的人所作的都是童话式的一种讽刺或教训罢了。"[①]

主张"儿童的文学只是儿童本位的，此外更没有什么标准"[②]的周作人，将安徒生童话视为"儿童本位的"儿童文学的"理想的境地"，而将王尔德的童话看作"成人的世界"。也许正是因为拿着这样的"儿童本位"标准，周作人才对叶圣陶的《稻草人》、冰心的《寄小读者》未赞一词。对童话集《稻草人》，连叶圣陶自己也知道"太不近于'童'"[③]。郑振铎虽然赞同《稻草人》表现成人的悲哀，但是对《稻草人》的艺术表现给予赞赏并加以引用的却都是"儿童本位"的文字，说明郑振铎潜意识深处的矛盾状态。冰心自己曾说《寄小读者》"是个不能避免的失败"[④]，"因为刚开始写还想到对象，后来就只顾自己抒情，越写越'文'，不合于儿童的了解程度，思想方面，也更不用说了"[⑤]。相比之下，周作人所赞赏的"儿童本位"的安徒生，在波尔·阿扎尔那里就获得了这样的评价："在安徒生诗情充沛的童话里，浸透着梦想更加美好的未来的坚强信仰。这一信仰使安徒生的灵魂和孩子们的灵魂直接融合在一起。安徒生就是这样倾听着潜藏于儿童们心底的愿望，协助他们去完成使命。安徒生和儿童们一起，并依靠儿童们的力量，防止着人类的灭亡，牢牢地守护着导引人类的那一理想之光。"[⑥]

"儿童本位"论既是周作人的儿童观，也是他为一种理想的儿童文学所设计的方案。这一方案的要点在于能够创造出"融合成人与儿童的世界"的"第三的世界"。可见"儿童本位"论所主张的并不是放弃"成人"

---

① 周作人：《童话的讨论四》，钟叔河编订：《周作人散文全集》（第2卷），广西师范大学出版社，2009年，第593页。
② 周作人：《儿童的书》，钟叔河编订：《周作人散文全集》（第3卷），广西师范大学出版社，2009年，第77页。
③ 叶圣陶于1922年1月14日致郑振铎信中语。
④ 冰心：《〈冰心全集〉自序》，范伯群：《冰心研究资料》，知识产权出版社，2009年，第128页。
⑤ 冰心：《〈小桔灯〉初版后记》，卓如编：《冰心和儿童文学》，少年儿童出版社，1990年，第47页。
⑥ ［法］波尔·阿扎尔：《书籍·儿童·成人》（日文版），纪伊国屋书店，1986年，第154—155页。

这个世界，只要"儿童"这一个世界。不仅如此，在周作人的叙述里，这"第三的世界"之中，"儿童"与"成人"只有"融合"，而并无主次之分。在这一点上，"儿童本位"论并非如杜传坤所说，是"以排除'对象'的存在价值为前提和标志"，它并不与"主体间性"相龃龉。

在二十世纪二十年代，郭沫若也曾倡导"儿童本位"论。他的《儿童文学之管见》是目前我所见到的最早用"儿童本位"字样来论述儿童文学创作的文献。直到四十年代，郭沫若依然不改"儿童本位"论之初衷，而且论述上还有所深化。他在《本质的文学》一文中说："人人都有过儿童时代的，一到成了人，差不多每一个人都把儿童心理丧失得非常彻底。人人差不多都是爱好儿童的，但爱好的心差不多都是自我本位，而不是儿童本位。大概就是因为这些原故，所以世界上很少有好的儿童文学，而在我们中国尤其是这样。中国在目前自然是应该尽力提倡儿童文学的，但由儿童来写则仅有'儿童'，由普通的文学家来写也恐怕只有'文学'，总要具有儿童的心和文学的本领的人然后才能胜任。"[①]为获得"好的儿童文学"，郭沫若提出的"儿童本位"这一方案，蕴含的依然不是单一的"儿童"或单一的"文学"，而是融合了"儿童的心"和"文学的本领"这两个世界。

接下来我们探讨当代"儿童本位"论的理论内涵。客观地说，我本人是"儿童本位"论的当代倡导者、阐释者和建构者之一。我的《儿童文学的本质》，建构的是当代"儿童本位"的儿童文学观；《中国儿童文学与现代化进程》是持着"儿童本位"这一价值标准，检验百年中国儿童文学在演化中的起落消长、成败得失；《儿童文学概论》是以"儿童本位"思想为灵魂来建构儿童文学的知识体系。

在《儿童文学的本质》中，我这样阐释我所主张的"儿童本位"论："作家既不能做居临儿童之上的教训者，也不能做与儿童相向而蹲的教育

---

① 郭沫若：《本质的文学》，盛巽昌、朱守芬编：《郭沫若和儿童文学》，少年儿童出版社，1990年。

者，而只能走入儿童的生命群体之中，与儿童携手共同跋涉在人生的旅途上。因此，作家的儿童观应该以儿童为本位。何为儿童本位的儿童观？不是把儿童看作未完成品，然后按照成人自己的人生预设去教训儿童（如历史上的教训主义儿童观），也不是仅从成人的精神需要出发去利用儿童（如历史上童心主义的儿童观），而是从儿童自身的原初生命欲求出发去解放和发展儿童，并且在这解放和发展儿童的过程中，将自身融入其间，以保持和丰富人性中的可贵品质，我将这种形态的儿童观称为儿童本位的儿童观。儿童文学作家在这种儿童观的观照下创作的儿童文学就是儿童本位的文学。"①

在《儿童文学概论》中，作为对"儿童文学=儿童+文学"和"儿童文学=儿童+成人+文学"这两个公式的否定，我提出了"儿童文学=儿童×成人×文学"这一儿童文学成立的公式。对这一公式，我做了这样的阐释："在儿童文学的生成中，成人是否专门为儿童创作并不是使作品成为儿童文学的决定性因素（很多不是专为儿童创作的作品却成为儿童文学就说明了这个问题），至为重要的是在儿童与成人之间建立双向、互动的关系，因此，我在这个公式中不用加法而用乘法，是要表达在儿童文学中'儿童'和'成人'之间不是相向而踞，可以分隔、孤立，没有交流、融合的关系，而是你中有我、我中有你的生成关系，儿童文学的独特性、复杂性、艺术可能、艺术魅力正在这里。"②"一旦儿童和成人这两种存在，通过文学的形式，走向对话、交流、融合、互动，形成相互赠予的关系，儿童文学就会出现极有能量的艺术生成。"③

也许有人会问，你所说的"你中有我、我中有你"与杜传坤和吴其南主张的"我／你"关系的"主体间性"，你所说的"对话、交流、融合、互动，形成相互赠予的关系"与杜传坤所说的"基于平等基础上的对话关

①　朱自强：《儿童文学的本质》，少年儿童出版社，1997年，第16—17页。
②　朱自强：《儿童文学概论》，高等教育出版社，2009年，第22—23页。
③　朱自强：《儿童文学概论》，高等教育出版社，2009年，第23页。

系"、吴其南所说的"主体间的对话关系"不是一样吗？既然如此，为什么不统一到"主体间性"理论上来呢？不错，我所主张的"儿童本位"论与（西方的）"主体间性"理论之间存在着融通性，但是，却与杜传坤和吴其南的"超越""儿童本位"论的"主体间性"说（目前还只是一说，尚未成为理论）根本不同。因为在我看来，在儿童文学这里，离开了"儿童本位"这一立场，所谓"主体间性"是难以成立的。理由很简单：儿童的精神世界与成人的精神世界不同，儿童文化与成人文化存在着深刻的矛盾，在现实生活中，成人是儿童的压迫者，用卡尔·波普尔的话说，"我确定孩子们是最大的贫苦阶级"①。在这种情况之下，不以儿童为本位，平等、对话的"我／你"关系将无法成为可能。在历史上，在不以儿童为本位的状态下，儿童正是像周作人所说的那样，是被成人"一笔抹杀"的。不以儿童为本位，儿童文学这个世界就必然缺少一个维度即"儿童"世界，而只剩下了"成人"世界，"第三的世界"就不可能被创造出来。

不以儿童为本位，会出现儿童文学世界里"儿童"的丧失，儿童文学会失去存在的依据。那么，接下来的一个问题就是，以儿童为本位，会不会导致儿童文学世界里"成人"主体的丧失呢？我认为，这是不必要的担心。因为在儿童文学创作中，纯然表现儿童的世界是不可能的。这样说，是基于儿童文学是语言创造出来的，而凡是语言世界，就必然呈现语言使用者的主观精神本相，不管其作为文学有多么隐蔽。为儿童创作的文学作品，只可能存在两种形态：表现了成人的世界；表现了融合儿童和成人这两个世界的"第三的世界"。表现成人精神世界的文学，也可能被儿童所阅读，但是，这些文学难以作为一种范式被称为儿童文学。表现了融合儿童和成人这两个世界的"第三的世界"的文学，才更有可能成为儿童文学的范式。

综合上述对现代"儿童本位"论和当代"儿童本位"论的代表性观点

---

① ［英］卡尔·波普尔：《二十世纪的教训》，王凌霄译，上海三联书店，2012年，第64页。

的评述，可以看出，"儿童本位"论的具体内涵与"主体间性"并没有发生矛盾、冲突，而是存在着内在的融通性的。杜传坤、吴其南认为只有"超越"了"儿童本位"论，才能走向"主体间性"这一观点是缺乏事实和理论的依据的。

三、对"儿童本位"论的批判及其误识

历史真是意味深长。以周作人为代表的现代"儿童本位"论在八十年代开始，伴随着思想解放而被重新评价，更被当代"儿童本位"论者发扬光大，但是，与此同时，对现代"儿童本位"论的新的批判也开始了。

1984年，吴其南发表了《"儿童本位论"的实质及其对儿童文学的影响》一文。吴其南在该文中说："我们既要坚决地、有根有据地批判'儿童本位论'的错误及反动实质，又要根据历史条件，肯定其某些进步作用，在历史上给予它应有的地位。"他认为，"儿童本位"论在促进中国儿童文学的诞生方面具有重要作用，但是，它有着"反动的实质"："'儿童本位论'的突出错误，在于它割断儿童生活和整个社会的联系，把儿童生活臆想成一个与外界无涉的封闭体。""'儿童本位论'的另一个错误就是夸大了儿童心理的共同性，把儿童看成某种抽象的、超阶级的存在，这就必然陷进资产阶级人性论，反对用无产阶级思想指导儿童文学创作，对儿童进行革命的教育和影响。……如果一味鼓吹超阶级的'童心'，那只能取消儿童文学的党性原则，最终成为毒害儿童的东西。"吴其南还探讨了八十年代批判"儿童本位"论的现实意义："由于种种原因，其中包括受'儿童本位论'影响"，有些作品"以为有了儿童情趣就有了一切，津津乐道地描写超阶级的童心、母爱、热爱小动物的天性，看不出和旧读物有什么区别"[1]。吴其南在堪称其儿童文学批评的"原点"式的论文中，显露

---

[1] 吴其南：《"儿童本位论"的实质及其对儿童文学的影响》，《浙江师范学院学报》1984年第4期。

出了一种强烈的"成人本位"的思想。这种"成人本位"思想，一直根深蒂固地存在于他的儿童文学理论之中，只不过是后来从政治立场、阶级立场的"成人本位"，变成了文化立场的"成人本位"，即以"儿童文学的读者年龄小，审美能力普遍偏低"①，儿童"没有形成自己的世界"②，"人无疑是要经过整合和框范的，儿童尤其是这样"，所以儿童文学要"按成人的价值观对少年儿童的情感进行规范"③等观点为代表。吴其南是新时期以来的重要的儿童文学批评家，他的上述儿童文学观给我们带来的启示是：中国儿童文学克服成人本位，走向"儿童本位"之路，必然是漫长而艰难的。

与吴其南的这种赤裸裸的"成人本位"立场不同，方卫平在批判现代"儿童本位"论时所持的"成人本位"立场则较为隐蔽。

方卫平于1988年发表了《儿童文学本体观的倾斜及其重建》一文。正如题目所示，他在文中将以周作人为代表的现代"儿童本位"论视为"倾斜"的儿童文学本体观，认为"在这里，儿童心理不仅成了儿童文学活动的唯一出发点和归结点，而且被看成是儿童文学观念性本体的唯一构成物，或者说，它成了唯一制约、统摄儿童文学活动的力量。"④方卫平对"儿童本位"论的这种判定，完全不符合周作人的"儿童本位"论的实际内涵。

如方卫平在文中所指出的，周作人是说过儿童文学创作"非熟通儿童心理者不能试，非自具儿童心理者不能善"⑤，说过"迎合儿童心理供给他们文艺作品"⑥这样的话，但是，如前所述，对儿童文学的构成，周作人规划、设计的理想状态是安徒生童话那样的拥有"融合成人与儿童的世

①　吴其南：《"热闹型"童话漫议》，《儿童文学研究》1989年第2期。
②　吴其南：《20世纪中国儿童文学的文化阐释》，中国社会科学出版社，2012年，第159页。
③　吴其南：《评"复演说"——兼谈儿童文学和原始文学的比较研究》，《温州师院学报》1990年第1期。
④　方卫平：《儿童文学本体观的倾斜及其重建》，《儿童文学研究》1988年第6期。
⑤　周作人：《童话略论》，钟叔河编订：《周作人散文全集》（第1卷），广西师范大学出版社，2009年，第281页。
⑥　周作人：《儿童剧》，钟叔河编订：《周作人散文全集》（第3卷），广西师范大学出版社，2009年，第47页。

界"的"第三的世界"的作品,而并非如方卫平所说的把儿童心理"看成是儿童文学观念性本体的唯一构成物"。方卫平的这一误解,可能是失之于没有对周作人全部儿童文学论述进行整体性梳理、考察和辨析。

更深层的问题还不在于方卫平把周作人的"儿童本位"论的局部当成了整体,而是在于他对周作人的"儿童本位"论的思想神髓是比较隔膜的。我的意思是说,他不能像主张"儿童本位"论的周作人那样,看到儿童心性("儿童心理")所蕴含的珍贵的人性价值。比如,周作人说:"世上太多的大人虽然都亲自做过小孩子,却早失了'赤子之心',好像'毛毛虫'的变了蝴蝶,前后完全是两种情状:这是很不幸的。"①可是,方卫平却认为"成人世界是儿童世界延伸和发展的结果"②;周作人把儿童游戏的沙堆看作与成人的"圣堂"一样③,把三岁的侄儿的游戏,看作"不但是得了游戏的三昧,并且也到了艺术的化境。这种忘我地造作或享受之悦乐,几乎具有宗教的高上意义,与时时处处拘囿于小主观的风雅大相悬殊:我们走过了童年,赶不着艺术的人,不容易得到这个心境,但是虽不能至,心向往之……"④可是,方卫平却认为,由于"顺应儿童","于是,儿童文学的创作视野狭小了,意蕴肤浅了;胸中块垒,无以抒发,深沉博大,何敢奢求!"⑤1990年,方卫平在《憧憬博大——对一种儿童文学现象的描述和思考》一文中树立的"深沉博大"的样本,就是冰心的《寄小读者》这样的严重背离"儿童世界",一味表现"成人世界"的作品。方卫平的这篇论文对《鱼幻》《长河一少年》等八十年代的探索作品寄予厚望,认为它们"与《寄小读者》的博大情怀有着某种血缘上的联

---

① 周作人:《阿丽思漫游奇境记》,钟叔河编订:《周作人散文全集》(第2卷),广西师范大学出版社,2009年,第528页。
② 方卫平:《儿童文学本体观的倾斜及其重建》,《儿童文学研究》1988年第6期。
③ 周作人:《〈土之盘筵〉小引》,钟叔河编订《周作人散文全集》(第3卷),广西师范大学出版社,2009年。
④ 周作人:《〈陀螺〉序》,钟叔河编订《周作人散文全集》(第4卷),广西师范大学出版社,2009年,第211页。
⑤ 方卫平:《儿童文学:在创作者与接受者之间》,《文艺报》1987年5月16日。

系"，"这一切，是否意味着《寄小读者》所暗示的艺术可能已经成为一种艺术现实，而那个迟迟未能兑现的谶语也终于应验了呢？"①我在博士论文《中国儿童文学与现代化进程》中曾经对冰心的《寄小读者》的思想性和艺术表现都做过批判（出版时这些内容删去了），1990年，我在《新时期少年小说的误区》一文中，对《鱼幻》《长河一少年》等探索作品也作了否定。今天，我依然认为，冰心的《寄小读者》这样的传统以及《鱼幻》《长河一少年》等探索作品是没有发展出路的，原因盖在于其偏离了"儿童本位"这条大路。

　　我在《儿童文学概论》中说："在我的阐释中，'儿童本位'是以'儿童'为思想资源的一种关于儿童的哲学思想。在西方，自进入现代社会，'发现'儿童以后，'儿童'就成为社会思想的宝贵资源。从'发现儿童'的卢梭到吟咏'儿童是成人之父'的华兹华斯，从在'快乐原则'与'现实原则'间作犹疑、痛苦选择的弗洛伊德，到将儿童命名为'本能的缪斯'的布约克沃尔德，再到通过'童年'立'梦想的诗学'的巴什拉……每当这些思想者面对人类的根本问题时，总是通过对'儿童'的思想，寻找着走出黑暗隧道的光亮。如果所谓'儿童本位'的观点中，不包含从'儿童'（儿童文化）中汲取思想资源的立场，就不是真正的当代意义的'儿童本位'理论。"②可是，方卫平、吴其南等反"儿童本位"论者持着机械进化论的观点，只把"儿童心性"看成是未完成态，把儿童的成长只看作舍弃幼稚走向成熟，而不能认识到成人拥有的文化，往往遗失了"儿童心性"中的珍贵的人性资源，因而放弃向儿童学习的愿望，把儿童文学理解成了成人给予儿童的一种单向度的文学。这样的儿童文学观，必然使儿童文学失去"主体间性"，导致儿童的主体性的丧失。

　　对周作人的现代"儿童本位"论，方卫平还认为周作人"较少关注儿童生活与现代生活之间艺术联系的必然性和合理性。在某些情况下，他甚至强烈地排斥和否定时代对儿童文学的要求和儿童文学对时代的回应。

---

① 方卫平：《憧憬博大——对一种儿童文学现象的描述和思考》，《文艺评论》1991年第3期。
② 朱自强：《儿童文学概论》，高等教育出版社，2009年，第24页。

一个著名的例子是，1923年8月，他在《关于儿童的书》中说：'近来见到《小朋友》第七十期'提倡国货号'，便忍不住要说一句话，——我觉得这不是儿童的书了。无论这种议论怎样时髦，怎样得庸众的欢迎，我以儿童的父兄的资格，总反对把一时的政治意见注入到幼稚的头脑里去。''总之我很反对学校把政治上的偏见注入于小学儿童，我更反对儿童文学的报刊也来提倡这些事。'"①方卫平认为，"在这里，'儿童本位论'的儿童文学观把儿童文学看作一片远离尘世喧闹的儿童的净土，容不得半点社会文化因素的浸染。……这里已不单是一个儿童文学观念的问题，而是周作人人生理想和趣味的一个综合的反映。我们理解周作人的苦心，但不能苟同周作人的立论基础。在我看来，一定儿童文学、儿童文化的特性不仅受制于儿童特点，而且从根本上说也是被一定的社会历史文化存在所现实地规定了的。"②

方卫平对周作人的"儿童本位"论的这一批评，再一次显露出他对周作人所处的时代和周作人思想的隔膜。其实，周作人并不在儿童教育、儿童文学问题上反对社会作用。他在五四前论教育时说："彼以儿童属于家族，而不知外之有社会；以儿童属于祖先，而不知上之有民族。"③"教育之效在养成国民性格，事甚繁重，范围至大。……盖人自受生以来，与世相接，即随在无不受教育，内而家庭，外而社会……外缘之影响，今古同揆，此社会教育所由为今务之急。"④五四时期论儿童文学时则说："少年期的前半大抵也是这样，不过自我意识更为发达，关于社会道德等观念，也渐明白了。"⑤可见，周作人并非反对儿童成为社会的人。周作人论述到的儿童文学作品的确很少

① 周作人：《关于儿童的书》，钟叔河编订：《周作人散文全集》（第3卷），广西师范大学出版社，2009年。
② 方卫平：《中国儿童文学理论批评史》，江苏少年儿童出版社，1993年，第187—188页。
③ 周作人：《儿童问题之初解》，钟叔河编订：《周作人散文全集》（第1卷），广西师范大学出版社，2009年，第247页。
④ 周作人：《家庭教育一论》，钟叔河编订：《周作人散文全集》（第1卷），广西师范大学出版社，2009年，第253页。
⑤ 周作人：《儿童的文学》，钟叔河编订：《周作人散文全集》（第2卷），广西师范大学出版社，2009年，第276页。

现实主义作品，但这与当时整个世界的现实主义儿童文学尚未发达有关，在儿童文学的现实主义桥头堡尚未建成之前，周作人当然也无法到达彼岸。但在当时，周作人还是对描写儿童现实生活的作品予以关注的。他在《新青年》上译出的日本作家国木田独步的小说《少年的悲哀》就是描写十二岁的富家少年通过结识一个妓女，了解到她的不幸生活，而体会到了人生的悲哀。周作人特地在译文后介绍国木田独步，说他的艺术以屠格涅夫为师，而对屠格涅夫，周作人是知道他是批判现实主义作家的。另外，周作人在《新青年》上译介安徒生的童话时，也并没有选择自己以前论述到的《打火匣》一类民间童话风格的作品，而是选择了表现儿童悲惨现实生活的《卖火柴的女儿》。

至于方卫平对周作人在《儿童的书》一文里批判《小朋友》"提倡国货"的指责，是把周作人的"反对把一时的政治意见注入到幼稚的头脑里去"这一观点误解成了周作人"容不得半点社会文化因素的浸染"。"一时的政治意见"与"社会文化因素"之间，并不能画等号。在这个问题上，方卫平没有认识到周作人作为思想家的远见卓识——洞察了中国社会发展的巨大隐忧。其实，在儿童与成人政治的关系上，周作人还说过比方卫平批评过的观点更辛辣的话："可怜人这东西本来总难免被吃的，我只希望人家不要把它从小就'栈'起来，一点不让享受生物的权利，只关在黑暗中等候喂肥了好吃或卖钱。旧礼教下的卖子女充饥或过瘾，硬训练了去升官发财或传教打仗，是其一，而新礼教下的造成种种花样的信徒，亦是其二。我想人们也太情急了，为什么不能慢慢的来，先让这班小朋友们去充分的生长，满足他们自然的欲望，供给他们世间的知识，至少到了中学完毕，那时再来诱引或哄骗，拉进各派去也总不迟。现在却那么迫不及待，道学家恨不得夺去小孩手里的不倒翁而易以俎豆，军国主义又想他们都玩小机关枪或大刀，在幼稚园也加上战事的训练，其他各派准此。这种办法我很不以为然，虽然在社会上颇有势力。"[①]这不是对二十世纪中国的成人

---

① 周作人：《〈长之文学论文集〉跋》，钟叔河编订：《周作人散文全集》（第6卷），广西师范大学出版社，2009年，第413—414页。

社会将成人的政治生活强加于年幼儿童的做法的一针见血的揭露和批判吗？这种深刻的批判至今依然值得我们深思。周作人的这一批判恰恰来自他于1913年就认定的"儿童本位"思想："顺应自然，助长发达，使各期之儿童得保其自然之本相，按程而进，正蒙养之最要义也。"①

　　论述到这里，另一位反"儿童本位"论者杜传坤所犯的错误就不言自明了。在批判包括"儿童本位"论在内的"现代性中的中国儿童文学"时，杜传坤说："现代性中的中国儿童文学'为了儿童'而写作的宣称不是谎言胜似谎言。……说它是个谎言，因为它'为了他者'而写作的良苦用心只是对于儿童的一种别出心裁的意志强加。与其说是'为了他者'不如说是为了自身，与其说是对业已存在的具有本质规定性的儿童的承认，不如说是对尚未具有本质规定性的儿童的剥夺——成人将这种剥夺视为自然——成人（中的知识分子）天生是立法者，而儿童天生适于被立法强制。"②

　　杜传坤的这段话出现在《中国现代儿童文学史论》一书的"发生论辨正：中国儿童文学起源的现代性批判"一节之中。先有理论，后有创作，这是中国儿童文学发生的特异性。因此，杜传坤的上述批判当然也是对以周作人为代表的现代"儿童本位"论的批判。可是，杜传坤对"现代性中的中国儿童文学"的"强加""强制"性的描述，显然是把对象搞错了。她所描述的"强加""强制"哪里是周作人的"儿童本位"论所蕴含、揭示的儿童与成人的关系。杜传坤如果针对的是周作人所反对的封建性中的儿童教育，她的这种描述倒是恰如其分。对周作人以"儿童本位"论进行"思想革命"时所拥有的"现代性"，即使是"以今衡古"，都是依然具有价值的。所以我认为，杜传坤应该反思，她运用后现代理论进行的"现代性"批判的盲目性这一问题。

――――――――――

① 周作人：《童话略论》，钟叔河编订：《周作人散文全集》（第1卷），广西师范大学出版社，2009年，第279页。
② 杜传坤：《中国现代儿童文学史论》，中国社会科学出版社，2009年，第41页。

四、"儿童本位"论的历史真理性：实用主义考察

在对"儿童本位"论与"主体间性"所具有的融通性这一真义以及批判者对"儿童本位"论的误识进行了理论上的辨析之后，我想将"儿童本位"论置于实践的层面上作另一种视角和方法的考察。

马克思在《关于费尔巴哈的提纲》中曾经提出检验真理的标准这一问题："人的思维是否具有客观的真理性，这不是一个理论的问题，而是一个实践的问题。人应该在实践中证明自己思维的真理性，即自己思维的现实性和力量，亦即自己思维的此岸性。关于离开实践的思维是否具有现实性的争论，是一个纯粹经院哲学的问题。"①马克思的这一观点，让我们想到实用主义哲学的真理观。威廉·詹姆士说："实用主义的方法是试图探索其实际效果来解释每一个概念"②，"实用主义的方法……不是去看最先的事物、原则、'范畴'和假定是必须的东西，而是去看最后的事物、收获、效果和事实"③。詹姆士还说：在实用主义哲学这里，"理论成为我们可以依赖的工具，而不是谜底的答案"④。理论既然是一种工具，就要使用，使用就会现出实际效果的好与坏，所以，"实用主义对于或然真理的唯一考验，是要看它在引导我们的时候是不是最有效果，是不是和总体的生活的各个部分最合适，是不是毫无遗漏地和经验所要求的总体密切结合"⑤。可见，在实用主义哲学这里，实践中的有效性成了检验真理的标准。

从历史的实践来看，以周作人为代表的"儿童本位"论无疑是催生中国儿童文学的最大的思想力量。在中国古代社会，儿童文学所以不能产

---

① 马克思：《关于费尔巴哈的提纲》，《马克思恩格斯选集》（第1卷），人民出版社，1995年。
② ［美］威廉·詹姆士：《实用主义》，陈羽纶、孙瑞禾译，商务印书馆，1979年，第26页。
③ ［美］威廉·詹姆士：《实用主义》，陈羽纶、孙瑞禾译，商务印书馆，1979年，第31页。
④ ［美］威廉·詹姆士：《实用主义》，陈羽纶、孙瑞禾译，商务印书馆，1979年，第30页。
⑤ ［美］威廉·詹姆士：《实用主义》，陈羽纶、孙瑞禾译，商务印书馆，1979年，第44页。

生，是因为存在着"父为子纲"（成人本位）的儿童观和文言文这两大桎梏，而周作人的"儿童本位"的儿童观在打破这两个桎梏的过程中，居功至伟。"儿童本位"论还对小学校施行儿童文学教育产生了深刻影响，比如，由魏寿镛、周侯予这两位小学教师撰写的中国第一部《儿童文学概论》，就在核心理论部分引用了周作人和郭沫若关于"儿童本位"的观点。

由于根深蒂固的"成人本位"的教训主义传统，中国儿童文学在其艰难发展的路途上，始终背负着与教训主义抗争的宿命。对儿童文学中教训主义的因子，因为持着"儿童本位"论，周作人具有超出常人的本能一般的敏感性。他在《读〈童谣大观〉》《读〈各省童谣集〉》《关于儿童的书》《童话与伦常》《〈长之文学论文集〉跋》等文章中，对各种各样的"教训"和"读经"不遗余力地进行批判。周作人自五四新文学运动起至三十年代中期止，在儿童学、儿童文学领域，一直在坚持启蒙精神，没有改变自己的思想者这一形象。他所警惕和批判的"专为将来设想，不顾现在儿童生活的需要"的成人本位的社会思想，延续到后来，在中国历史上是产生了严重危害的：文化大革命里的中学生红卫兵的政治狂热和"批林批孔"一类政治儿歌的泛滥便是明证。

"儿童本位"论不仅发挥了思想的解毒和批判的力量，在儿童文学的艺术判断上也提供了十分恰切而有效的价值标准。周作人说："大抵在儿童文学上有两种方向不同的错误：一是太教育的，即偏于教训；一是太艺术的，即偏于玄美。教育家的主张多属前者，诗人多属后者；其实两者都不对，因为他们都不承认儿童的世界。"①周作人独具慧眼所指出的这两种错误，在中国儿童文学创作史上曾经不断发生并被人们所努力克服。

依据"儿童本位"论的上述实践，我们完全有理由这样设想：中国儿童文学如果一直接受"儿童本位"论的引导，按照"儿童本位"论所

---

① 周作人：《〈儿童的世界〉附记》，钟叔河编订：《周作人散文全集》（第2卷），广西师范大学出版社，2009年，第506页。

设定的方案来实践，将少受很多挫折，少走不少歧途。因为历史上的那些挫折和歧途，正是"儿童本位"论所竭力批判的"教训"和"读经"所造成的。

从现实的实践来看，"儿童本位"论依然符合当下的客观现实，与"和经验所要求的总体密切结合"着，具有"引导我们"的"效果"。我们试举两例。

比如，有一位叫黎鸣的哲学家，他在《为什么现代中国儿童多不听话》一文中说："我认为教育危机的最深层的根源之一应在道德沦丧。丧失了道德的孩子，不要说'水'浇（教）不入，恐怕'针'也难以插入。现在城市里尤其大城市里的孩子，不听大人话的多。为什么不听话？他们缺乏对大人深深爱的情感。缺乏爱的情感是丧失道德的开始。""解放孩子！不错，但决不能过早解放他们的本能欲望；尊重孩子！不错，但必须首先让孩子们懂得尊重父母、教师，爱父母、教师。"作为疗治"教育危机"的药方，黎鸣开出了"命名'爱父母'（孝）为中华民族第一教义"①。

在看待儿童教育问题的立场上，黎鸣显然是站在"成人本位"之上的。教育的最高境界当然是"爱的教育"，但是，以"孝"为"中华民族第一教义"却恰恰不是爱的教育。周氏兄弟早就批判过孝道，认为维系长幼的不应该是"孝道"，而是"亲子之爱"。如果孩子们"缺乏对大人深深爱的情感"，是不是首先要探究大人是否缺乏对孩子的深深爱的情感？以我对当前中国儿童教育的认知来看，恰恰是大人缺乏对孩子的深深爱的情感，他们对孩子缺乏真正的爱、无私的爱。道德出现问题，教育出现问题，就把原因推到孩子的身上，这是典型的"成人本位"的霸权。

再比如，主张超越"儿童本位"论的吴其南在二十世纪九十年代之初主张"人无疑是要经过整合和框范的，儿童尤其是这样"②，所以儿童文

① 黎鸣：《为什么现代中国儿童多不听话》，《中国人为什么这么"愚蠢"》，华龄出版社，2003年，第155—160页。
② 吴其南语，见蒋风主编：《儿童文学教程》，希望出版社，1993年，第241页。

学要"按成人的价值观对少年儿童的情感进行规范"①。这种作为儿童文学观的"规范""框范"论，其根基显然是"成人本位"的儿童观。我对吴其南的这一"框范"论、"规范"论进行批判以后，他依然表示坚持这一立场。②另外，对遭到我批判的"儿童的审美能力处于低水平"这一观点，吴其南也依然固执地继续坚持。我所不能理解的是，当吴其南不放弃"按成人的价值观对少年儿童的情感进行规范"这一儿童文学观时，他想"将儿童文学变成成人与儿童两个平等的主体间的对话"又怎么可能。

结　语

绝对真理已经遭到怀疑。但是，真理依然存在，我是说历史的真理依然存在。"儿童本位"论就是历史的真理。"儿童本位"论在实践中，依然拥有马克思所说的"现实性和力量"。不论从历史还是从现实来看，对于以成人为本位的文化传统根深蒂固的中国，"儿童本位"的儿童文学观，都是端正的、具有实践效用的儿童文学理论。它虽然深受西方现代思想，尤其是儿童文学思想的影响，但却是中国本土实践产生的本土化儿童文学理论。它不仅从前解决了，而且目前还在解决着儿童文学在中国语境中面临的诸多重大问题、根本问题。作为一种理论，只有当"儿童本位"论在实践中已经失去了效用，才可能被"超越"；反之，如果它在实践中能够继续发挥效用，就不该被超越，也不可能被超越。至少在今天的现实语境里，"儿童本位"论依然是一种真理性理论，依然值得我们以此为工具去进行儿童文学以及儿童教育的实践。

（载于《中国海洋大学学报》2014年第3期）

---

① 吴其南：《评"复演说"——兼谈儿童文学和原始文学的比较研究》，《温州师院学报》1990年第1期。
② 吴其南：《张天翼童话的反欲望叙事》，《浙江师范大学学报》2005年第6期。

佩里·诺德曼的误区

——与《儿童文学的乐趣》商榷

中国俗语里有句话叫作"远来的和尚会念经"。作为比喻，这话有一定道理，因为远来的和尚会带来异质的、新鲜的东西。就中国的儿童文学而言，西方儿童文学创作和理论就是"远来的和尚"，而且一直都很会"念经"。历史已经证明，中国儿童文学的发展，离不开对西方儿童文学的学习和借鉴。

近些年来，儿童文学理论研究出现了十分可喜的现象，那就是一些学者积极汲取来自西方的后现代理论的资源，对儿童文学理论和历史进行新的、具有深度的探究，使儿童文学的学术出现了新的可能性。在那些被汲取的后现代理论中，知名儿童文学学者佩里·诺德曼的理论观点备受中国热衷后现代理论的儿童文学研究者的追捧，产生了深广的影响。

十多年前，我读到佩里·诺德曼著述的《阅读儿童文学的乐趣》（第二版，2000年台湾繁体字版），感到其观点和论述方式都比较新鲜，不过，坦白地说，因为当时自身对后现代理论了解不够，对于诺德曼的后现代话语阐释（再加上翻译的问题），我也有不少阅读中的困惑。近年来，随着对后现代理论有了更多的认识，特别是看到国内有的搬用后现代理论的儿童文学研究者，用与佩里·诺德曼相似的理论观点，批判儿童文学的"现代性"①，这时，再读佩里·诺德曼、梅维丝·雷默合著的《儿童文学的

---

① 杜传坤：《中国现代儿童文学史论》，中国社会科学出版社，2009年；吴其南：《20世纪中国儿童文学的文化阐释》，中国社会科学出版社，2012年。

乐趣》(第三版，2008年大陆简体字版)，就有了新的认识和评价。

佩里·诺德曼、梅维丝·雷默合著的《儿童文学的乐趣》运用各种文学理论，特别是后现代理论，将关于儿童文学的讨论引向复杂化，使其更具有理论性，这是非常值得称道的。但是，我对有的研究者将这部著作奉为"儿童文学的极致"，却不以为然。"儿童文学的极致"是该著作第三版的译者陈中美的译后记的题名。陈中美说："不管是书的内容，还是书中所体现的精神，本书均可称得上是一本巨著，是儿童文学思考的'极致'，面对'极致'，我们不由会心生崇敬。"①当我不是用仰视的目光，而是以平视的目光去凝视、谛视、审视《儿童文学的乐趣》的理论观点的时候，它的某些局限甚至是陷入的误区就逐渐显露了出来。其实，对比于我们的某些学者的仰视姿态，诺德曼本人却是谦虚和清醒的，他说，在《儿童文学的乐趣》一书中存在着"我们可能会想当然的一些偏见，我们必须尽力让读者认清这些偏见以及它们潜在的意义"②。诺德曼的这种学术心态是令我尊敬的。《儿童文学的乐趣》是鼓励探讨的(书中列出了大量的"探讨"问题)，《儿童文学的乐趣》也热衷于批判和争论(这是理论的品格之一)。所以，我愿意回应这样的学术研究方式，对《儿童文学的乐趣》中的一些重要理论观点，进行讨论、辨析、质疑，以期将所涉及的重要学术问题的讨论引向新的可能性。

本文针对及引用的文本是佩里·诺德曼、梅维丝·雷默合著的《儿童文学的乐趣》一书，如果我所依据的译文与两位学者的原意存在出入，我只能先在这里对佩里·诺德曼和梅维丝·雷默表示十分的歉意。本文标题之所以是"佩里·诺德曼的误区"，是因为本文所质疑的观点，大都在佩里·诺德曼独撰的《阅读儿童文学的乐趣》(台湾繁体字版)一书中提了出来。

---

① 陈中美：《〈儿童文学的乐趣〉译后记》，[加]佩里·诺德曼、梅维丝·雷默：《儿童文学的乐趣》，陈中美译，少年儿童出版社，2008年，第544页。
② [加]佩里·诺德曼、梅维丝·雷默：《儿童文学的乐趣》，陈中美译，少年儿童出版社，2008年，"前言"。

一、儿童"缺乏经验"：儿童观、儿童文学观上的偏见

在《儿童文学的乐趣》之"儿童到底有什么不同"一节里，诺德曼说："而且，不管意识形态如何变化，我们相信他们始终会有不同，原因仅在于关键的一点：他们活得还不够长，因此——这才是真正的问题所在——较少有机会接触能引导他们获得知识和理解的种种经验。"① "我们的文化把儿童作为一个群体划分开来，其主要原因正是意识到他们缺乏经验——这点却是对的，从而成人对儿童需要承担两个义务。一是有义务保护他们，不让他们接触他们尚未理解从而无法处理的经验；二是有义务教育他们，培养他们的理解力，让他们有能力照顾自己。我们之前说过，首先正是这些义务导致了儿童文学的发展——一种专门为缺乏语言和生活经验的读者而写的文学。"② "……阅读这些文本的儿童可能会错失其中的复杂性，因为他们还不懂得如何思考阅读对象，所以可能注意不到或无法理解其中的复杂性。普遍的意识形态假设就是通过这种方式发挥政治作用的：让儿童无知，从而处于成人的控制之下。如果成人愿意放宽控制，那成人与儿童之间就只有一个差别需要成人注意：儿童缺乏必要的经验，因而无法发展出成人所能达到的那种理解力。就像我们在第三章节中提到的，如果我们注意到这个差别，就会考虑如何为儿童提供经验才能帮助他们发展这种理解力。"③

上述引用的几段话，较为清晰地呈现了佩里·诺德曼的儿童观和儿童文学观。他的这种关于儿童和儿童文学的假设，与我三十几年来建构的"儿童本位"的儿童观和儿童文学观分歧很大。按照后现代哲学家理查

① ［加］佩里·诺德曼、梅维丝·雷默：《儿童文学的乐趣》，陈中美译，少年儿童出版社，2008年，第154页。
② ［加］佩里·诺德曼、梅维丝·雷默：《儿童文学的乐趣》，陈中美译，少年儿童出版社，2008年，第154—155页。
③ ［加］佩里·诺德曼、梅维丝·雷默：《儿童文学的乐趣》，陈中美译，少年儿童出版社，2008年，第155页。

德·罗蒂的真理观，真理是存在的，但真理不是一个"实体"，不能像客观世界一样"存在那里"，真理只能存在于"对世界的描述"之中。正是"对世界的描述"，存在着真理和谬误之分。这样就值得也应该思考、辨析，我和诺德曼对儿童和儿童文学的假设中，哪些是真理，哪些是谬误。以下，我就对诺德曼的上述假设进行辨析乃至批判，我个人的观点也将呈现于辨析和批判过程之中。

在上述引用的表述里，其实诺德曼也认为儿童是无知的。他与"普遍的意识形态假设"的不同只是在于，后者是继续"让儿童无知，从而处于成人的控制之下"，而诺德曼却"愿意放宽控制"，想通过"为儿童提供经验"，从而"发展出成人所能达到的那种理解力"。也就是说，他想通过成人的帮助，使儿童摆脱"无知"的状态。

如果仅仅从经验，特别是诺德曼在书中运用的"各类阐释性策略和语境"的经验这一个维度来定义儿童，自然就会产生儿童是无知的这一假设，但是，有很多人并不像诺德曼这样，仅仅从"经验"这一维度来假设儿童，假设儿童文学。比如，周作人就不认为没有成人的那种经验的儿童不能欣赏文学。周作人很看重《阿丽思漫游奇境记》这样的"有意味的'没有意思'"的荒诞作品，他说："文学家特坤西（De Quincey）也说，只是有异常的才能的人，才能写没有意思的作品。儿童大抵是天才的诗人，所以他们独能鉴赏这些东西。"[1]在周作人这里，鉴赏"有意味的'没有意思'"这种"只是有异常的才能的人，才能写"出来的高级文学，并不需要成人的经验。他反而对"相信给小孩子的书必须本于实在或是可能的经验，才能算是文学"[2]这一观点不以为然。

小说家张炜对儿童的心灵感动之易与成人的心灵感动之难深有感慨：

---

① 　周作人：《阿丽思漫游奇境记》，钟叔河编订：《周作人散文全集》（第2卷），广西师范大学出版社，2009年，第529页。
② 　周作人：《阿丽思漫游奇境记》，钟叔河编订：《周作人散文全集》（第2卷），广西师范大学出版社，2009年，第530页。

"麻木的心灵是不会产生艺术的。艺术当然是感动的产物。最能感动的是儿童，因为周围的世界对他而言满目新鲜。儿童的感动是有深度的——源于生命的激越。……感动实在是一种能力，它会在某个时期丧失。童年的感动是自然而然的，而一个饱经沧桑的人要感动，原因就变得复杂了。比起童年，它来得困难了。它往往是在回忆中，在分析和比较中姗姗来迟……人多么害怕失去那份敏感。人一旦在经验中成熟了，敏感也就像果实顶端的花瓣一样萎缩。所以说一个艺术家维护自己的敏感就是维护创造力。"①在张炜对艺术的评价标准里，"经验"似乎更属于负面选项。

评论家吴亮同样在赞扬儿童的艺术能力："由于概念的侵蚀，我们的感觉渐渐地衰退了，至少也显得迟钝起来——我们装得像一个洞明一切的旁观者，仅仅启动自己的判断力，对眼前发生的这一艺术事实持一种自以为是的态度，却忘记了艺术之所以被缔造出来，主要不是供判断的，而是为了纠正判断的。我们洋洋自得于日益变得老练的判断能力，却把那种与生俱来的感觉能力悄悄地放逐。应当把感觉拯救出来，应当恢复儿童式的对大千世界的最初新鲜感，这样才能使我们的眼光保持常新，免使我们面对着的艺术品在概念判断的冷观下黯然失色。"②

具有真正艺术气质的艺术家丰子恺说："我企慕这种孩子们的天真，艳羡这种孩子们的世界的广大。或者有人笑我故意向未练的孩子们的空想界中找求荒唐的乌托邦，以为逃避现实之所；但我也可笑他们屈服于现实，忘却人类的本性。"③

美国学者希利斯·米勒在《文学死了吗》一书中，以儿童文学作品《瑞士人罗宾逊一家》为例，将儿童对它的"天真的方式"的阅读和成人的"去神秘化的方式"的阅读进行比较分析，从而探讨文学理论（成人的

---

① 张炜：《秋日二题》，《忧愤的归途》，华艺出版社，1995年。
② 吴亮：《思想的季节》，海天出版社，1992年，第281页。
③ 丰子恺：《谈自己的画》，王泉根评选：《中国现代儿童文学文论选》（改题为《儿童的世界》），广西人民出版社，1989年，第145页。

修辞阅读和文化研究）促成了文学的死亡这一问题。米勒指出："要想正确阅读文学，必须成为一个小孩子。"①法国学者保罗·阿扎尔说："他们不具备组织运用理念的能力，但这对他们来说却绝非是一种缺陷。"②

从上述引用的观点可以看出，"实在或是可能的经验""经验""概念""判断""现实"这些成人所拥有的能力，在鉴赏文学艺术时，并不是一种优势，而"感动""敏感""对大千世界的最初新鲜感""天真""空想""天真的阅读"这些儿童所拥有的能力，却与文学艺术的本源密切相关。

"我们相信好的儿童文学是假设读者缺乏经验"，所以，儿童文学是"一种专门为缺乏语言和生活经验的读者而写的文学"——这只是诺德曼自己对儿童以及儿童文学的假设。在这个问题上，他的偏见或者说误区有三点：一是只关注"知识和理解"之来源的"经验"，却没有把具有"超验"性的感受性、感动和想象力这些对文学艺术来说更重要的能力纳入视野和考量；二是没有意识到儿童有其独特的经验世界，这个经验世界与我们大人颇为不同；三是把儿童文学偏狭而又矮小化地定义为"一种专门为缺乏语言和生活经验的读者而写的文学"，而完全把英国浪漫派诗人、德国浪漫主义童话作家、刘易斯·卡洛尔、马克·吐温、凯斯特纳、林格伦等所代表的儿童文学的伟大传统一笔抹杀了。

需要强调的一点是，诺尔曼所看重的经验，主要指的是成人的与"知识和理解"相关的经验，这种经验儿童的确"缺乏"，可是事实上，儿童也拥有着成人所失去（已经忘记）的属于童年生活的经验，比如游戏的经验、幻想的经验、与大自然进行"交感"的经验，而儿童的这些经验对于欣赏儿童的文学，则发挥着十分重要的作用。因此，诺德曼的"我们相信好的儿童文学是假设读者缺乏经验"这一关于儿童文学的假设就应该修正为：我们相信，好的儿童文学是假设儿童读者也有着丰富而独特的人生

---

① ［美］希利斯·米勒：《文学死了吗》，秦立彦译，广西师范大学出版社，2007年，第176页。
② ［法］保罗·阿扎尔：《书，儿童与成人》，梅思繁译，湖南少年儿童出版社，2014年，第205页。

"经验"而创作出来的。耐人寻味的是，越是给离成人世界遥远的年幼儿童创作的文学，越是假设年幼读者的人生经验很丰富。这一点，是由洛贝尔的《青蛙和蟾蜍》、笛米特·伊求的《拉拉与我》、桑贝和葛西尼的《小淘气尼古拉》等儿童文学经典所充分证明了的。

由于以"经验"作为欣赏文学的首要的甚至有时是唯一的条件（《儿童文学的乐趣》一书似乎极少讨论感受力、想象力），诺德曼得出了儿童的审美能力低于成人的审美能力这一观点。"许多理论家都认为儿童文学文本的特殊之处就在于它们拥有两种隐含读者……儿童文学文本拥有'一真一假两种隐含读者。儿童作为儿童文学文本的法定读者，并不能完全理解文本，对文本来说，儿童更多的是一种借口，而不是其真实的读者'。换句话说，儿童文学文本隐含的真正的成人读者比法定的儿童读者懂得更多；文本要求成人读者所掌握的知识和策略库，是法定的儿童读者无法拥有和达到的。"①那么，怎么才能使儿童读者像成人读者一样"懂得更多"呢？诺德曼给出的办法是："成人应该把他们自己理解文学文本并从文学经验中获得乐趣的所有方式都告诉孩子。"②因为"儿童文学所提供给大人和孩子的乐趣大多来自对话，即与别人一起谈论、思考甚至是争辩。在表述这些信念的时候，我们描述了文学，尤其是儿童文学，所带来的种种乐趣，从徜徉于虚构世界的基本乐趣，到通过各类阐释性策略和语境（context）所获得的深层思考和理解的满足，这些乐趣是所有年龄阶段的读者都能体会到的。之所以强调所有年龄阶段的读者，是因为我们相信即便是很小的孩子，都能够而且应该学会分享这些阐释性策略和语境"③。

诺德曼所说的"儿童文学文本隐含的真正的成人读者比法定的儿童读

① ［加］佩里·诺德曼、梅维丝·雷默：《儿童文学的乐趣》，陈中美译，少年儿童出版社，2008年，第30页。
② ［加］佩里·诺德曼、梅维丝·雷默：《儿童文学的乐趣》，陈中美译，少年儿童出版社，2008年，第45页。
③ ［加］佩里·诺德曼、梅维丝·雷默：《儿童文学的乐趣》，陈中美译，少年儿童出版社，2008年，"前言"。

者懂得更多"这一假设未必是真的。儿童听《大萝卜》这个故事，站起身来应和着"嘿哟，嘿哟"的号子，与故事人物一起去拔萝卜这种身心合一的审美表现，与成人儿童文学研究者理性地将《大萝卜》的主题归纳为"团结力量大"（未必合理）相比，却是儿童对故事"懂得更多"，因为他们比成人体会更深，更知道拔出这个"萝卜"的意义和价值。当成人陶醉、满足于《猜猜我有多爱你》里大兔子的爱的表达时，孩子们却感受到了自己的爱的情感遭大人贬抑的委屈。一个孩子就质疑大人拿他的优势比自己的劣势这种比爱的方式："我的手臂本来就没有你的长嘛！"当很多成人读者对《安的种子》里的安大加赞赏时，儿童读者却能够发出疑问：安明明知道了种莲花的方法，可为什么不把它告诉本和静呢？在儿童文学阅读里，这种儿童读者比成人读者"懂得更多"，懂得更好的事实不胜枚举。可是，诺德曼却认为，阅读儿童文学的"大多"乐趣，要靠成人这方面来给予，单靠儿童自己是无法获得的，究其原因，盖在于以成人的"经验"——文学专业知识作为欣赏文学的首要的甚至是唯一的条件。

诺德曼这样做，是不是剥夺了儿童用自己的方式，即"天真的阅读"而获得儿童文学的乐趣这一权利？希利斯·米勒这样描述自己童年时的"天真"的阅读方式："小时候我不想知道《瑞士人罗宾逊一家》（*The Swiss Family Robinson*）有个作者。对我而言，那似乎是从天上掉到我手里的一组文字。它们让我神奇地进入一个世界，其中的人们和他们的冒险都已预先存在。文字把我带到了那儿。……在我看来，我通过阅读《瑞士人罗宾逊一家》所到达的世界，似乎并不依赖于书中的文字而存在，虽然那些文字是我窥见这一虚拟世界的唯一窗口。我现在会说，那个窗口通过各种修辞技巧，无疑塑造了这个世界。那扇窗并非无色的、透明的。但无比荣幸的是，我当时并未意识到这一点。我通过文字，似乎看到了文字后的、不依赖于文字存在的东西，虽然我只能通过阅读那些文字到达那里。我不乐意有人告诉我，标题页上的那个名字就是'作者'的名字，这些都是他编出来的。……那难道不过是孩子的幼稚，还是我（虽然以幼稚的形

式）回应着文学的某些基本特质？现在我年纪大了，也聪明多了。我知道
《瑞士人罗宾逊一家》是一个叫约翰·大卫·威斯（Johann David Wyss，
1743—1818）的瑞士作家在德国写的，我读的是英译本。但我相信我的童
年经历是真切的。它可以为回答'何为文学'提供一条线索。"①作为一个
出色的文学理论家，一个解构主义批评的代表人物，希利斯·米勒对儿童
阅读的"天真的方式"的欣赏和守护的姿态是发人深思的。在获得儿童文
学的乐趣这件事上，不仅应该允许"天真的阅读"存在，而且要保护其不
受《儿童文学的乐趣》一书所津津乐道的那些"阐释性策略"的伤害。我
的阅读感觉里，《儿童文学的乐趣》这本书的字里行间，弥漫着一种拥有
经验、拥有文学的"阐释性策略"的成人的优越感，这是不是也是诺德曼
所批判的那种"殖民"和"霸权"呢？

　　阿扎尔早于米勒肯定着儿童的"天真的方式"的阅读："他们没有任
何疑问，任由阅读的快感引领着他们。他们不再自问，笛福有没有亲自去
过他所叙述的那场旅行，或者他们可以跟着他书里的那张地图一起出发，
他们就这样信服着他的讲述。孩子们甚至分不太清楚究竟谁是这本书的作
者，因为写《鲁滨孙漂流记》的那个人，不正是鲁滨孙自己吗？也许他们
比成年人更智慧，他们把作者当成那个被虚构出来的肉身，满怀趣味地看
着他在书里存在游走着，研究他的爱和他的苦难遭遇，忘记了真正的作者
其实是他们永远无法见到的。"②

　　阿扎尔在评论《格列佛游记》时还说："这本书的某些特点，他们
既没有看见，也暂时不具备发现它们的能力。但这一切对他们来说都
不重要。"③

　　事实上，诺德曼所列出的那么多阅读"儿童文学的乐趣"，大都是成
人的"修辞阅读""文化阅读"的乐趣。这种来自"读者—反应理论""精

---

① 　［美］希利斯·米勒：《文学死了吗》，秦立彦译，广西师范大学出版社，2007年，第23—24页。
② 　［法］保罗·阿扎尔：《书，儿童与成人》，梅思繁译，湖南少年儿童出版社，2014年，第69页。
③ 　［法］保罗·阿扎尔：《书，儿童与成人》，梅思繁译，湖南少年儿童出版社，2014年，第80页。

神分析理论""原型理论""结构主义理论""解构主义""意识形态理论"
"文化研究"的"阐释性策略",里面有很多不仅非儿童所能理解,而且也
不是普通成人读者所能做到,而是文学批评家才能做到的事情。我在给一
年级研究生(9人)上课时做过一次试验,让他们去做《儿童文学的乐趣》
中的一个探讨题——"看下述列表或其中任何一条时,脑海中想想你所喜
欢的一个文本(或者让孩子想想)。想想这个文本为你提供了下述哪种
'乐趣',是以何种方式提供的,或者你如何才能从这个文本中得到那
些乐趣。"①我拿出"下述列表"中的一条:"运用知识库和理解策略的
乐趣——体验自己熟练掌握文本的乐趣"②,让研究生们就此在"脑海中
想想你所喜欢的一个文本",结果没有一个人想得出来。他们说,不理解
"运用知识库和理解策略的乐趣"指的是什么。连儿童文学研究生进行诺
德曼式的儿童文学乐趣的"探讨"都困难重重,诺德曼却要"让孩子想
想",实在是太心急了。这种急于把成人在文学上的专业知识即"通过各
类阐释性策略和语境"来"理解文学文本并从文学经验中获得乐趣的所有
方式都告诉孩子"的做法,对儿童的文学审美能力的健全发展,会产生拔
苗助长的危害。

　　我认为,《儿童文学的乐趣》在大多数情况下,研究的是成人(而且
还是具有文学批评资质的成人)阅读儿童文学的乐趣,而不是在研究儿
童阅读儿童文学的乐趣,因为一般的儿童读者无法进行这样的"批评式
阅读"。

　　当然可以教儿童阅读儿童文学的策略,而且适当的策略也的确能够给
儿童带来与"天真的阅读"所不同的乐趣,但是,我认为这种阅读需要特
殊的条件和环境,比如像是学校语文阅读的课堂。教儿童阅读儿童文学的

---

① 　[加]佩里·诺德曼、梅维丝·雷默:《儿童文学的乐趣》,陈中美译,少年儿童出版社,
　　2008年,第36页。
② 　同上。

"各类阐释性策略"时，必须注意三个问题：一个是必须采取能为儿童理解和接受的独特方法，这种方法需要对一般文学理论进行有效转化，而不能对其照本宣科，就像诺德曼在《儿童文学的乐趣》一书所常常做的这样；二是需要清醒地认识到，这种运用"阐释性策略"的阅读并不是儿童阅读儿童文学的常态，即不是像诺德曼所说的，"……儿童文学所提供给大人和孩子的乐趣大多来自对话，即与别人一起谈论、思考甚至是争辩"，我们绝对不能要求儿童在"大多"的情况下，都要进行这种在成人的知识和经验"控制"之下的阅读；三是教儿童阅读儿童文学的"各类阐释性策略"时，不能像诺德曼那样把"所有年龄阶段的读者"，把"很小的孩子"都囊括进来。对年幼的儿童，不能用"各类阐释性策略"伤及其"天真的阅读"的审美心理。

《儿童文学的乐趣》一书中出现的一些重大失误的根本原因，都来自于诺德曼的儿童观上的假设：儿童与成人的"关键的"不同，在于他们"缺乏经验"——"获得知识和理解的种种经验"。诺德曼的这一假设是一种作了遮掩的成人本位思想，它以"成人所能达到的那种理解力"为儿童的唯一和最高的发展目标，却没有看到儿童的"天真的方式"的阅读所具有的珍贵价值，没有反思具有"理解力"的成人在审美能力方面会出现的退化。诺德曼就是这样，通过儿童缺少成人的经验，需要获得"成人所能达到的那种理解力"这一假设，赋予成人以不可撼动的权力。诺德曼说，"儿童文学代表了成人对儿童进行殖民统治的努力"①，我在他的理论中，的确看到了这种努力。

但是以儿童为本位的人们对儿童，对儿童文学却有另外一种假设："我们的社会是一个以成人为中心的社会，因此，我们仅仅认定儿童的成长依赖于成人，却看不到事情的另一面真实，即成人必须与儿童携起手来，也从儿童那里获得创造新的、健全的生活的智慧和力量。……对儿童

---

① ［加］佩里·诺德曼、梅维丝·雷默：《儿童文学的乐趣》，陈中美译，少年儿童出版社，2008年，第149页。

文学而言，继承童年的文化传统，珍视儿童心性中不可替代的人生价值，守护儿童不丧失自己特别的眼光，这正是儿童文学肩负着的任重而道远的使命，这正是儿童文学在人类发展进程中所作的独特的历史性贡献。"①

二、"相似比差异更为重要"：方法论的倾斜

在对儿童的认识方面，诺德曼质疑了"成人总是根据儿童的行为与他们自己的行为之间的区别，来解释儿童的行为"②这一假设方式之后，提出了一种"更好的"假设方式："一定还有其他可供选择的方式，可以更积极更正面地思考儿童，我们相信这样做会创造出一种不一样的、也更好的真实。具体说，如果聚焦于儿童与成人相似而非相反的一面，可能会更有成效。"③"本书的书名，《儿童文学的乐趣》，暗示本书的焦点问题应是文学的乐趣。在这里，我们讨论儿童文学与其他文学的区别，是因为我们认为相似比差异更为重要，儿童文学的乐趣从本质上讲就是所有文学的乐趣。"④

我在前面指出，《儿童文学的乐趣》在大多数情况下，不是在研究儿童阅读儿童文学的乐趣，这是有根据的，而根据之一就来自诺德曼自己的交代——"《儿童文学的乐趣》，暗示本书的焦点问题应是文学的乐趣"。一本研究儿童文学的乐趣的书，当然可以研究其中蕴含着的普遍的"文学的乐趣"，但是，当诺德曼将"相似比差异更为重要"作为方法论时，失误就出现了——诺德曼认为"儿童文学的乐趣从本质上讲就是所有文学的乐趣"。

无论是在逻辑上，还是在事实上，儿童文学的乐趣不可能"就是所有

---

① 朱自强：《儿童文学概论》，高等教育出版社，2009年，第18页。
② [加]佩里·诺德曼、梅维丝·雷默：《儿童文学的乐趣》，陈中美译，少年儿童出版社，2008年，第147页。
③ [加]佩里·诺德曼、梅维丝·雷默：《儿童文学的乐趣》，陈中美译，少年儿童出版社，2008年，第151页。
④ [加]佩里·诺德曼、梅维丝·雷默：《儿童文学的乐趣》，陈中美译，少年儿童出版社，2008年，第31页。

文学的乐趣"。在逻辑上，被定义项"儿童文学"的外延小于下定义项"所有文学"的外延，因此，诺德曼这是犯了定义过宽的逻辑错误。在事实上，毫无疑问，儿童文学作为文学的一个门类，与成人文学之间，共同拥有着很多相同的乐趣，但是，儿童文学作为一个与成人文学存在着"差异"的文类，拥有很多成人文学所没有的乐趣，这也是不争的事实。读列夫·托尔斯泰的《三只熊》《高加索的俘虏》《傻瓜伊万》等儿童故事所获得的那种乐趣，从同一作者的《战争与和平》《安娜·卡列尼娜》《复活》这些成人小说中，肯定是得不到的。

儿童文学的出现，给文学阅读增添了新的乐趣，而这些弥足珍贵的新乐趣主要是一种"差异"性的存在，而不是"相似"性存在。因此，诺德曼认为研究"儿童文学的乐趣"，"相似比差异更为重要"这一方法论的功效是非常令人怀疑的。更严重的问题在于，在实际操作中，当诺德曼说出"儿童文学的乐趣从本质上讲就是所有文学的乐趣"这一观点时，这已经不是"认为相似比差异更为重要"了，而是用"相似"取消了"差异"。事实上，正如诺德曼自己所说的，他的确把"本书的焦点"，由"儿童文学的乐趣"置换成了"文学的乐趣"。

《儿童文学的乐趣》一书，为取消"差异"而作了种种努力。诺德曼和雷默曾说："认为儿童的想象力与成人的想象力有质的差别，这种看法与其他任何对于儿童的一般化看法一样，都是没有根据的。"[①]他们反对皮亚杰关于儿童的发展存在着一些不同（差异）的阶段这一理论，认为"成人以这种方式剥夺孩子的机会的确非常普遍。因为基于发展理论的假设正控制着当前的教育观念"[②]。我认为，不能因为皮亚杰等人立足于"差异"性的儿童的发展理论研究存在不足，就否定儿童不同的发展阶段之间存在

---

① ［加］佩里·诺德曼、梅维丝·雷默：《儿童文学的乐趣》，陈中美译，少年儿童出版社，2008年，第450页。

② ［加］佩里·诺德曼、梅维丝·雷默：《儿童文学的乐趣》，陈中美译，少年儿童出版社，2008年，第146页。

着"差异"，就像不能因为小儿医科常常出现误诊，就取消小儿医科一样。诺德曼和雷默不承认不同年龄段儿童的心智能力存在"差异"这一观点，比如，他们说："近来的科学研究显示，孩子并不一定以自我为中心，不一定不能进行抽象思维，也不一定不能经由系统的教导进行学习。"①这段话是很暧昧的。"并不一定以自我为中心"，"不一定不能进行抽象思维"，到底是能还是不能呢？看来还是得区别对待。儿童是可以进行抽象思维，但是儿童的抽象思维和大人没有质的"差异"吗？比如小学儿童阅读儿童文学时的抽象思维和大学文学教授（比如诺德曼）的抽象思维能是一样的吗？诺德曼举马修斯与儿童讨论哲学为例，来证明儿童与成人的哲学思维的相似性，其实这恰恰是个反例，因为马修斯在《哲学与幼童》《与小孩对谈》《童年哲学》等著作中，与儿童讨论哲学的内容和方式与成人自己讨论哲学的内容和方式是不同的，这说明"差异"依然是客观存在的。

重视"差异"是二十一世纪最重要的思想概念之一，也符合后现代理论的反对权威、去中心化的多元思想。重视差异并不一定导致二元对立思维。正是因为重视儿童与成人之间存在的差异，所以，我才主张成人与儿童通过儿童文学，形成相互赠予的人际关系。不重视差异只重视相似，就谈不到相互赠予。蒙台梭利认为，"在与儿童的关系上，成人是一个自我中心主义者，不是利己，但是以自我为中心，他总是从自己的角度出发来考虑一切，因此常常会误解儿童"②。重视成人与儿童之间的相似，成人就更容易成为蒙台梭利所说的"自我中心主义者"，更容易自觉地通过儿童文学把成人拥有的知识和经验一股脑地灌输给儿童，而不管儿童是否需要、是否能够接受这些经验。卡尔·波普尔说，"我确定孩子们是最大的贫苦阶级"。面对最没有能力维权

---

① ［加］佩里·诺德曼、梅维丝·雷默：《儿童文学的乐趣》，陈中美译，少年儿童出版社，2008年，第48页。
② ［美］波拉·波尔克·里拉德：《现代幼儿教育法》，刘彦龙、李四梅译，明天出版社，1986年，第97页。

的孩子，更重视差异性而不是更重视相似性，才有助于保障儿童的儿童文学权益，也有助于成人与儿童通过儿童文学来相互学习。

在儿童文学与成人文学的关系上，在儿童和成人的关系上，把"相似比差异更为重要"这一观点普遍化，甚至绝对化，是一件非常危险的事情，会不停地犯错误。诺德曼、雷默的《儿童文学的乐趣》已经提供了这方面的教训，而在方法论上与诺德曼如出一辙，即同样"弱化差异"的杜传坤的论文《"捍卫童年"：必要的界限与弱化差异》①也正在提供这方面的教训。

三、"搜寻中世纪的儿童文学"：本质主义的思维方式

把儿童文学看作不以人的意志为转移的客观存在的"实体"，是一种本质主义的观点。儿童文学不是一个像石头一样，可以拿在手里的"实体"，而是进入现代社会以后，由人的语言建构出的一个新的文学"观念"。如果用这一建构主义的儿童文学本质论来研究儿童文学的历史起源，就应该对儿童文学这一观念的建构过程进行"知识考古"，而放弃寻找作为"实体"的儿童文学这块"石头"的努力。

在《儿童文学的乐趣》一书中，诺德曼和雷默认为中世纪存在着儿童文学："亚当斯进一步论证了中世纪的确存在儿童文学的观点，并认为那时的儿童文学不仅仅包括教科书，还应该包括那些献给孩子的虚构文本和诗歌，比如直接面向儿童读者或以儿童为中心人物的文本，还有同一个作者写的语言较为简单的文本。'我希望，'她说，'年轻的学者们如果尚未接受某些观念误导，认为孩子无人爱或是缩小的成人……将会跟我一起搜寻中世纪的儿童文学'。这句话最具启发性的是文学需要搜寻——意思是它们并未明确标志是专门给儿童看的文学，而且不像现在大多数人所认为

---

① 杜传坤：《"捍卫童年"：必要的界限与弱化差异》，陈世明、马筑生主编：《当代儿童文化新论》，复旦大学出版社，2014年。

的儿童文学那样容易辨别。过去人们认为儿童所需要的文学——也许是他们的真正需要——跟现代的儿童文学观念很不一样。"①

诺德曼所支持的亚当斯显然是认为,人们之所以说中世纪没有儿童文学,是因为受了"某些观念误导",这种观念认为,中世纪把孩子看作"无人爱或是缩小的成人"。那么,从逻辑上讲,诺德曼要想"搜寻中世纪的儿童文学",是不是就得能够证明——中世纪的孩子有人爱,在成人眼里,他们不是"缩小的成人"?但是,我相信诺德曼不会去作这样的证明,因为他这样说过:"哈沙不赞同阿里耶的说法,她认为在中世纪'童年实际上已被视作生命周期的一个明确的阶段,因而童年观也是存在的'。不过她的说法较有说服力,那时的童年跟现在的不一样,童年观也跟现在不一样。"②

诺德曼特意在"不一样"下面加了着重号。这很好,它提醒了我:如果"儿童文学"是在现代的童年观影响下建构起来的一个文学观念,那么,与现代的童年观"不一样"的中世纪的童年观一定建构不出与现代"儿童文学"观念一样的文学观念出来。既然如此,将与现代"儿童文学"观念"不一样"的文学观念,也称为"儿童文学"是说不通的。

"搜寻中世纪的儿童文学"是没有意义的,同时也是不可能的,因为没有一个"中世纪的儿童文学"这样一个"实体"等着我们去"搜寻"。可能的只是对中世纪是否存在"儿童文学"这一观念进行"知识考古"。中世纪存在"儿童文学"这一观念吗?如果存在,中世纪的"儿童文学"观念是什么样子?诺德曼和雷默显然没有对此进行"知识考古",而是说了一句"过去人们认为儿童所需要的文学""跟现代的儿童文学观念很不一样"③就走开了。但是,诺德曼和雷默的论述却透露了他们在无意识之

---

① [加]佩里·诺德曼、梅维丝·雷默:《儿童文学的乐趣》,陈中美译,少年儿童出版社,2008年,第127—128页。
② [加]佩里·诺德曼、梅维丝·雷默:《儿童文学的乐趣》,陈中美译,少年儿童出版社,2008年,第126页。
③ [加]佩里·诺德曼、梅维丝·雷默:《儿童文学的乐趣》,陈中美译,少年儿童出版社,2008年,第127—128页。

中，也是承认中世纪没有"儿童文学"观念的。比如他们论述说：民间故事的"其他一些特征——让许多成人感到不安的特征，也同样被保留下来，比如狼在威胁小红帽和三只小猪时使用的可怕暴力，再比如继母、狼在故事中一成不变总是邪恶的。这些故事不仅表达了以往时代的传统假设，而且正如我们在第五章提到的，过去人们并没有把儿童单独对待，也没有考虑他们需要与成人不同的故事"①。中世纪的人们"没有考虑他们需要与成人不同的故事"，而现代的人们则认为儿童"需要与成人不同的故事"，这就是这两个时代的根本差异。但是，诺德曼和雷默似乎认为，儿童文学是不以中世纪的人们"没有考虑他们需要与成人不同的故事"这一主观愿望为转移的客观存在，即一个"实体"，所以，他们认为，"中世纪的儿童文学"这块"石头"可以"搜寻"得到，哪怕"它们并未明确标志是专门给儿童看的文学"。问题正在这里——因为中世纪的人没有"儿童文学"这一观念，所以他们无法把某一类作品"明确标志是专门给儿童看的文学"。现代社会与中世纪的不同就在于，它持着"儿童文学"这一观念，将大量的作品"明确标志是专门给儿童看的文学"。

作为中世纪存在儿童文学的证据，诺德曼和雷默介绍了法夸尔的观点。法夸尔把"那些教孩子阅读、写作、计算和文明行为的教科书"也视为儿童文学，认为"这些同样存在于中国古代的书正是现代儿童文学的雏形"②。诺德曼和雷默赞同法夸尔的观点，即他们也认为，中国古代的儿童教科书即蒙学读物"正是现代儿童文学的雏形"。我对这一观点深表质疑。西方的"中世纪的儿童文学"我没有研究，所以不敢说，可是，中国的蒙学读物，《三字经》《百家姓》《千字文》《弟子规》与"现代儿童文学"在思想内容和艺术形式上，却明明是背道而驰的。在中国现代教育史

---

① ［加］佩里·诺德曼、梅维丝·雷默：《儿童文学的乐趣》，陈中美译，少年儿童出版社，2008年，第497页。
② ［加］佩里·诺德曼、梅维丝·雷默：《儿童文学的乐趣》，陈中美译，少年儿童出版社，2008年，第127页。

上，自民国初年起，现代小学校正是为了克服这种传统的蒙学教材，才拿儿童文学做了语文教材的核心。

并不是儿童可以读的文学就一定是儿童文学，也不是用于启蒙教育的教材就一定是文学，更不一定就是儿童文学。中世纪的儿童观也能催生儿童文学观念这也是需要证明的。诺德曼和雷默像现在这样，对此不加证明，而是拿着现代社会产生的儿童文学理念去"搜寻中世纪的儿童文学"，是试图完成一项不可能完成的任务。

《儿童文学的乐趣》还有一个需要解释的问题。诺德曼和雷默声称过去时代也有"儿童文学"，并且认为，"很难说那些沉浸于成人价值观的孩子根本没有从这些书中得到多大乐趣"①。但是，他们在论述"儿童文学的乐趣"时，运用的"儿童文学"文本，无一例外的都是现代的作品，即运用的都是在他们曾质疑的关于儿童的假设——现代儿童观的影响下创作的作品。即使是列举引起读者广泛争议的作品，还有列举他认为应该进一步讨论和思考的文本，也都是《哈利·波特》和《在我的坟上跳舞》这样的现代社会的作品。这是为什么呢？是因为过去的，比如中世纪的儿童文学文本不容易找到吗？如果是，它们为什么找不到了呢？彼得兔的故事也是一百年前的作品，按说也不容易找到，它们容易被找到，是因为它们被现代的"儿童文学"观念所认同。诺德曼不是说"很难说那些沉浸于成人价值观的孩子根本没有从这些书中得到多大乐趣"吗？可是这本谈论"儿童文学的乐趣"的书，怎么对这些中世纪的所谓儿童文学的乐趣完全回避掉了呢？我想，实用主义哲学的"工具"论可以解释这一现象——诺德曼的手里根本没有"中世纪的儿童文学"观念这一"工具"。他也不可能获得这一工具，因为"中世纪的儿童文学"观念只能由中世纪的人来建构，现代社会的任何人都不能越俎代庖。

---

① ［加］佩里·诺德曼、梅维丝·雷默：《儿童文学的乐趣》，陈中美译，少年儿童出版社，2008年，第128页。

结　语

《儿童文学的乐趣》所存在的上述儿童观、儿童文学观上的偏见，儿童文学理论的方法论的倾斜以及本质主义的思维方式这几个问题，都对这部著作的学术品质造成了负面的影响，而其中最为突出的负面结果是，诺德曼和雷默拉远了与儿童文学之间的距离，从而很多儿童文学所特有的乐趣都从他们的视野中消失了。正是由于这一点，在我眼里，这部颇为娴熟地运用既成的文学理论著作的学术价值打了相当大的折扣。因为说到底，儿童文学理论不仅要看到自己与既成的文学理论（包括后现代理论）的相似性，而且还要在运用、借鉴所有既成的文学理论的基础上，再向前迈进一步，进行更属于自己的"差异"性创造。这种"差异"性创造正是儿童文学理论的难度所在，然而也是价值所在、魅力所在。

我曾在批判当代中国儿童文学中的成人本位倾向时指出："不论从历史还是从现实来看，对于以成人为本位的文化传统根深蒂固的中国，'儿童本位'的儿童文学观，都是端正的、具有实践效用的儿童文学理论。它虽然深受西方现代思想，尤其是儿童文学思想的影响，但却是中国本土实践产生的本土化儿童文学理论。它不仅从前解决了，而且目前还在解决着儿童文学在中国语境中面临的诸多重大问题、根本问题。"[1]而现在，辨析佩里·诺德曼在儿童观上的偏见，面对其成人本位色彩十分强烈的意识形态立场，让我感到，在当下西方的儿童文学语境里，"儿童本位"论同样是一种真理性理论，依然值得人们以此为工具去进行儿童文学以及儿童教育的实践。

（载于《朱自强学术文集》（第6卷），二十一世纪出版社，2015年）

---

[1]　朱自强：《论"儿童本位"论的合理性和实践效用》，《中国海洋大学学报》2014年第3期。

西方影响与本土实践
——论中国"儿童本位"的儿童文学理论的主体性问题

儿童文学不是一种如石头一样的实体，而是一种观念。在人类文明史上，儿童文学这一观念是社会转型的过程中思想启蒙带来的成果。在中国，正如传统社会向现代社会的转型是在西方的影响下发生的一样，儿童文学观念的发生，也是"西学东渐"过程中的一个历史事件。

在中国儿童文学的"启蒙"问题上，我在总体上是赞成接受"西方"的"现代性"的，认为因接受西方的"现代性"而产生中国的儿童文学是历史的一个进步。

在中国的儿童文学启蒙的历史评价上，我本人坚持两个立场。第一，拒绝绝对真理这一幻想，而主张采用实用主义真理观的方法。历史是一种选择的结果。历史中没有理想的乌托邦，有的只是相对合理的实践性选择。在儿童文学的启蒙上，彻底的反传统就是相对合理的选择。因为对儿童文学的"启蒙"来说，与继承中国传统相比，借鉴与中国传统异质的西方的"现代性"更有效。这已经是由历史所证明了的事实。由这一问题，就引出了我的第二个立场，即拒绝假设历史。所谓假设历史，就是假设我们即使不决然否定传统的"三纲"主义，照样可以实现儿童文学的启蒙。但是，这是无法通过历史实践来证明其确实可行的一个假设。历史能够证明的只是，我们在借鉴西方的学术和思想，实践西方的现代性的过程中，实现了儿童文学的启蒙。

接下来的问题在于，中国儿童文学在借鉴西方的现代性的过程中，是造成了自身主体性的迷失还是促成了主体性价值的实现。本文论述、探究的就是这一问题。

一、西方影响下的两股儿童文学脉流

我在《"儿童文学"的知识考古——论中国儿童文学不是"古已有之"》一文中指出:"如果对'儿童文学'这一词语进行知识考古,会发现在词语上,'儿童文学'是舶来品,其最初是先通过'童话'这一儿童文学的代名词,在清末由日本传入中国(商务印书馆1908年开始出版的《童话》丛书是一个确证。我曾以'童话词源考'为题,在《中国儿童文学与现代化进程》一书中作过考证),然后才由周作人在民初以'儿童之文学'(《童话研究》1913年),在五四新文学革命时期,以'儿童文学'(《儿童的文学》1920年)将儿童文学这一理念确立起来。也就是说,作为'具有确定的话语实践'的儿童文学这一'知识',是在从古代传统社会向现代社会转型的清末民初这一历史时代产生、发展起来的。"①

上述论述透露出,中国儿童文学的最初实践是在经济和学术这两个领域开展起来的。以《童话》丛书为代表的将儿童文学作为商品的出版和周作人所进行的学术研究,代表了西方影响所带来的两大方面:一是资本主义经济,一是现代性思想。这两股儿童文学脉流既有交汇,亦有分离。

所谓交汇之处便是教育,而且是"新教育"。无论是孙毓修、沈德鸿(茅盾)等人编辑的《童话》丛书,还是周作人所做的学术研究,都具有明确的教育意识。

孙毓修为《童话》丛书所作的《序》开篇即说,"儿童七八岁,渐有欲周知世故、练达人事之心,故各国教育令,皆定此时为入学之期,以习

---

① 《中国文学研究》2014年第3期。

普通之智识。吾国旧俗，以为世故人事，非儿童所急，常俟诸成人之后，学堂所课，专主识字。自新教育兴，此弊稍稍衰歇，而盛作教科书，以应学校之需。"作为学校语文教育的缺欠的弥补，孙毓修介绍西方"乃推本其心理之所宜，而盛作儿童小说以迎之"这一经验，并论述说：儿童小说"说事虽多荒诞，而要轨于正则，使闻者不懈而几于道，其感人之速、行世之远，反倍于教科书"①。应该说，孙毓修的培养"周知世故、练达人事之心"的阅读优于"专主识字"的传统教育这一应用儿童文学的认识体现的是现代教育理念。

周作人儿童文学研究的一个重要出发点是"教育"。不仅儿童文学，就是整个文学研究，周作人也导入了教育的视野。周作人于1908年发表的《论文章之意义暨其使命因及中国近时论文之失》一文，是对他的文学观的最早梳理。从儿童文学维度来看，周作人的这篇文章的重要之处，在于其初步形成的具有变革意志的文学观念里，已经包含着儿童文学这一要素："以言著作，则今之所急，又有二者，曰民情之记（Tolk-novel）与奇觚之谈（Marchen）是也。盖上者可以见一国民生之情状，而奇觚作用则关于童稚教育至多。"②"奇觚作用则关于童稚教育至多"一语所显示出的儿童教育意识，此后一直是周作人儿童文学研究的着眼点。

自1912年起，有五年的时间，周作人先后做过浙江省视学、绍兴县教育会会长和中学教师，这种经历，强化了他的儿童文学研究的教育意识。我在《论周作人的"儿童文学"观念的发生——以美国影响为中心》一文中曾论述美国的以斯坦利·霍尔为代表的儿童学对周作人的儿童观的影响，其实，细加分析，可以看到儿童学这一资源也启发了周作人对儿童文学的教育功能的认识。比如，在写于1913年的《童话略论》一文中，周作人就认定，"童话研究当以民俗学为据，探讨其本原，更益以儿童学，以

---

① 孙毓修：《〈童话〉序》，《教育杂志》1909年第2期。
② 周作人：《论文章之意义暨其使命因及中国近时论文之失》，钟叔河编订：《周作人散文全集》（第1卷），广西师范大学出版社，2009年，第115页。

定其应用之范围，乃为得之。""……治教育童话，一当证诸民俗学，否则不成为童话，二当证诸儿童学，否则不合于教育……"[①]

以《童话》丛书和周作人的儿童文学研究为代表的两种脉流的分离主要表现在思想层面上。

首先，是对待"教训"的态度方面的不同。

在《童话》丛书中，有着明显教训意味。我们将编译、编撰"童话"最多的孙毓修与沈德鸿的文章各举一段——

> 大男为着金砖，一心走到京城弄得几乎讨饭，幸遇富人收留，免了冻饿，已是满心知足。不料意外得了这注大财，真可称为奇遇。你看他有钱之后，安心读书，要做个上等之人。这才算受得住富贵了。

> ——孙毓修《无猫国》

> 海斯这段故事，编书人讲完了。编书人却有几分感触，不晓得看官们有否，姑且说来与诸位一听：第一，编书人不怪海斯愚笨，只怪他贪心不足，见异思迁。第二，天下的事，终没有十全十美的。只要自己有见识，有耐心，无事不可做到。这两层意思，不知看官们以为怎样？

> ——茅盾《海斯交运》

从以上两节可以看出，孙毓修和茅盾都在故事的后面赘上教训的尾巴。赵景深对《童话》丛书的这种教训性颇不以为然，他在与周作人讨论童话的通信中说："儿童对于儿童文学，只觉他的情节有趣，若加以教训，或是玄美的盛装，反易引起儿童的厌恶。我幼时看孙毓修的《童话》，第一二页总是不

---

① 周作人：《童话略论》，钟叔河编订：《周作人散文全集》（第1卷），广西师范大学出版社，2009年，第281页。

看的，他那些圣经贤传的大道理，不但看不懂，就是懂也不愿去看。"①而赵景深的有感而发，恰恰是因为读了周作人为译文《儿童的世界》写的附注里的这段话——"大抵在儿童文学上，有两种方向不同的错误：一是太教育的，即偏于教训；一是太艺术的，即偏于玄美。教育家的主张多属前者，诗人多属后者；其实两者都是不对，因为他们都不承认儿童的世界。"②

是否"承认儿童的世界"，是周作人的"儿童本位"论的一个评价标准，而上述孙毓修、沈德鸿编撰的"偏于教训"的童话，显然不合于周作人的标准。

其次，是对待"幻想"的态度上的不同。

孙毓修在《〈童话〉序》中说："书中所述，以寓言、述事、科学三类为多"，而"神话幽怪之谈，易启人疑，今皆不录"③。我在《现代儿童文学文论解说》一书中指出，这种选择"显然偏重的是教育性、现实性和科学性，而对带有幻想精神的神怪故事则是疏远的。虽然由于取'欧美诸国之所流行者'这一编辑方针，《童话》丛书也收入了《大拇指》《红帽儿》《海公主》等世界著名童话，但是，在'刺取旧事'编撰中国古代书籍时，则对写实故事情有独钟。中国儿童文学这种扬现实而抑幻想的发轫，对中国儿童文学的日后命运具有耐人寻味的暗示性和象征性"④。

我们再来看看周作人对待幻想的态度。孙毓修编撰的《童话》丛书里收入了《玻璃鞋》（即周作人所云"灰娘式"童话的《灰姑娘》），并在故事开头说"《无猫国》要算中国第一本童话，然世界上第一本童话要推这本《玻璃鞋》"，周作人在1914年撰写的《古童话释义》一文中，对孙毓修的这一说法，却认为"实乃不然"，"中国虽古无童话之名，然实固有成

---

① 赵景深、周作人关于童话的讨论，见王泉根评选：《中国现代儿童文学文论选》，广西人民出版社，1989年，第233页。

② 周作人译：《儿童的世界》，钟叔河编订：《周作人散文全集》（第2卷），广西师范大学出版社，2009年，第506页。

③ 孙毓修：《〈童话〉序》，《教育杂志》1909年第2期。

④ 朱自强：《现代儿童文学文论解说》，海豚出版社，2014年，第5页。

文之童话，见晋唐小说，特多归诸志怪之中，莫为辨别耳"。并举出唐段成式的《酉阳杂俎》续集《支诺皋》中的《吴洞》一篇，认为它"在世界童话中属灰娘式"①。问题不在于孙毓修不能辨识《吴洞》为中国最早的童话，而在于其所编撰之丛书名为"童话"，却将"神话幽怪之谈"的中国童话排除在外。

周作人能发现《吴洞》这样的童话，不仅在于对于中外典籍的熟稔，更在于其肯定童话的幻想所具有的价值这一立场。他曾说："我们姑且不论任何不可能的奇妙的空想，原只是集合实在的事物的经验的分子综错而成，但就儿童本身来说，在他想象力发展的时代确有这种空想作品的需要，我们大人无论凭了什么神呀皇帝呀国家呀的神圣之名，都没有剥夺他们的这需要的权利，正如我们没有剥夺他们衣食的权利一样。"②

对于儿童文学的幻想精神，中国儿童文学自发生以来就有很多人持暧昧、怀疑甚至否定的态度。现在所论孙毓修的《〈童话〉序》所表现出的否定"神话幽怪之谈"这种怀疑甚至否定幻想精神的态度，是中国文化传统中的一种负面思想的积习。这种负面思想是什么？鲁迅举出日本的中国文学研究者盐谷温的观点说："中国神话之所以仅存零星者，说者谓有二故：一者华土之民，先居黄河流域，颇乏天惠，其生也勤，故重实际而黜玄想，不更能集古传以成大文。二者孔子出，以修身齐家治国平天下等实用为教，不欲言鬼神，太古荒唐之说，俱为儒者所不道，故其后不特无所光大，而又有散亡。"③

克服中国"重实际而黜玄想"这一文化传统，是中国儿童文学在发展中必须承担的一种宿命，它是中国儿童文学创作史、理论批评史的主线之一。

---

① 周作人：《古童话释义》，钟叔河编订：《周作人散文全集》（第1卷），广西师范大学出版社，2009年，第342页。
② 周作人：《阿丽思漫游奇境记》，钟叔河编订：《周作人散文全集》（第2卷），广西师范大学出版社，2009年，第530页。
③ 鲁迅：《中国小说史略》，《鲁迅全集》第9卷，人民文学出版社，1981年，第21页。

再次，是对待传统的伦理道德的态度上的不同。

在《童话》丛书里，孙毓修不仅在"编译"外国童话时，加入许多教训在其中，而且更是在面对中国传统读物"刺取旧事"时，表现出了陈腐的封建道德。在《童话》丛书第一集第十编《女军人》中，孙毓修说，"须知女子出名的不外三种，一是才，二是节，三是勇"，并向儿童读者介绍有名的"节女"刘兰芝的故事。焦仲卿与刘兰芝本来夫妻十分恩爱，可是，"无奈仲卿之母有些左性，稍不如意，便要责骂。兰芝愈加下气柔声，曲尽子妇之道。无奈婆婆终是嫌恶于他"。"为母亲所逼"之下，焦仲卿为尽孝道，休了刘兰芝。而被休回了娘家的刘兰芝又被太守请人提媒，此番又"为哥哥所逼"，而"兄是一家之长，凡事只可凭他作主"，刘兰芝"欲嫁则伤了丈夫之心，不嫁则违了哥哥之命。想来想去，除却一死，更无两全之策。未到太守家，在半路上，见个清池，投水而死，以完其节。从今可知，罕才是才女，兰芝是节女，皆是出色女子"。

周作人曾说："我曾武断的评定，只要看他关于女人或佛教的意见，如通顺无疵，才可以算作甄别及格，可是这是多么不容易呀。"[1]在周作人眼里，认为"兰芝是节女""是出色女子"的孙毓修肯定是不及格的。那么周作人本人呢？

早于孙毓修编撰《女军人》三年的1907年，周作人即撰写了《妇女选举权问题》一文，介绍英国一妇女杂志刊载的几位妇女就"妇女应得选举权否"所撰写的"提倡"文章。周作人特别译出这一段文字："男子之所欲于妇人者，初非求其灵智英特，自强不倚，勇敢急公，而与己并也；惟乐其巧慧温柔，平凡羞怯，依赖性成，循循守礼法而已。男士自喜，非欲于一家为其主宰，盖且并法令之出亦归诸一身，而成威福尊严毗于天帝也。"（着重号为本文作者所加。）周作人指出，这正是"女权论者所欲力斥之要点，其最要之处，则以男子意见，乃欲占有妇女，如其家奴，与为

---

① 周作人：《我的杂学》，止庵校订：《苦口甘口》，河北教育出版社，2002年，第76—77页。

欢娱之物。"①周作人显然是在为妇女主张与男子平等的人权。

周作人有诗云："平生有所爱，妇人与小儿。"这是周作人作为新文化运动、新文学运动领袖所特有的强烈情感。1918年，他的新文学理念宣言式的文章《人的文学》要解放的，不是"神圣的父与夫"，而是"妇人和小儿"；同年的译文《贞操论》为妇女问题讨论投进了最大一块石头，震动了中国的思想界。我感到，周作人倡导包括儿童文学在内的新文学，最大的动力源自解放妇女和儿童的强烈愿望。周作人的现代性思想展开的过程中，其独特性就在于反对男子中心主义思想。

在妇女的道德这一立场上，孙毓修的《童话》丛书与周作人的"儿童本位"论的分离，显示了两者所具有的根本性的矛盾。这种矛盾是古代传统伦理思想与现代性思想水火不容的冲突，它将持续地出现于中国儿童文学的历史过程之中。

二、"思想革命"：现代"儿童本位"理论的本土实践的主体性

1919年，周作人写下了《思想革命》一文，指出："文学革命上，文字改革是第一步，思想改革是第二步，却比第一步更为重要。"②这是点到了包括儿童文学在内的新文学运动的关键所在。

以周作人为代表的"儿童本位"的儿童文学理论是在西方影响下发生的，但是在本土实践的过程中，"儿童本位"理论是具有主体性的，这种主体性的最大特质就是面对"三纲主义"这一传统所进行的思想革命。

郑振铎认为："儿童文学是儿童的——便是以儿童为本位，儿童所喜

---

① 周作人：《妇女选举权问题》，钟叔河编订：《周作人散文全集》（第1卷），广西师范大学出版社，2009年，第56页。
② 周作人：《思想革命》，钟叔河编订：《周作人散文全集》（第2卷），广西师范大学出版社，2009年，第133页。

看能看的文学。"①持"儿童本位"立场的郑振铎对中国古代教育类儿童读物，作出这样的分析和评价："以养成顺民或忠臣孝子为目的，而以注入式的教育方法为一成不变的方法。对于儿童，旧式的教育家视之无殊成人，取用的方法，也全是施之于成人的，不过程度略略浅些而已。""他们根本蔑视有所谓儿童时代，有所谓适合于儿童时代的特殊教育。他们把'成人'所应知道的东西，全都在这个儿童时代具体而微的给了他们了；从天文、历史以至传统的伦理观念，无不很完整的给了出来。""如果把科举未废止以前的儿童读物作一番检讨，我们便知道中国旧式的教育，简直是一种罪孽深重的玩意儿。"②表现出的是对传统的决绝的批判态度。

郭沫若也是"儿童本位"论的倡导者。在《儿童文学之管见》中，作为浪漫主义作家，他有重视想象和情感这一独特的阐发角度，不过，他依然说出了"是故儿童文学底提倡对于我国彻底腐败的社会，无创造能力的国民，最是起死回春的特效药"③这样的话，表现出了一种批判精神。饶有意味的是，1949年以后出版的《沫若文集》将这句话改成了"是故儿童文学的提倡对于我国社会和国民，最是起死回春的特效药"，删去"彻底腐败的""无创造能力的"这两个分别对当时的中国社会和国民定性的定语，郭沫若所主张的儿童文学"起死回春"的作用，便没有了依据，更重要的是，这篇文章的具有重要价值的现实批判性就被消除了。

"儿童本位"理论的集大成者当然是周作人。在儿童文学的"思想革命"方面，也是周作人来得最为坚决、彻底、持久。

在周作人的著述里，最早质疑"成人本位"的儿童观的是写于1912年的《儿童问题之初解》一文，可以将此文看作周作人的"儿童本位"论的出发点。"中国亦承亚陆通习，重老轻少，于亲子关系见其极致。原父子

---

① 郑振铎：《儿童文学的教授法》，王泉根评选：《中国现代儿童文学文论选》，广西人民出版社，1989年，第213页。

② 郑振铎：《中国儿童读物的分析》，王泉根评选：《中国现代儿童文学文论选》，广西人民出版社，1989年。

③ 郭沫若：《儿童文学之管见》，《民铎》月刊第2卷第4号。

之伦，本于天性，第必有对待，有调合，而后可称。今偏于一尊，去慈而重孝，绝情而言义，推至其极，乃近残贼。……中国思想，视父子之伦不为互系而为统属。儿童者，本其亲长之所私有，若道具生畜然。故子当竭身力以奉上，而自欲生杀其子，亦无不可。"①周作人在人格权利上为儿童主张与成人的平等。可以说，周作人主张的"儿童本位"理论，基因里就带有解决中国的"父为子纲"这一问题的预设。

在周作人儿童文学的"思想革命"里，有两个重要的贬义语汇，一个是"读经"，一个是"教训"。作为自由主义知识分子，周作人反对各种各样的"读经"和"教训"。面对吕坤所编《演小儿语》，周作人批评道："如吕新吾作《演小儿语》，想改作儿歌以教'义理身心之学'，道理固然讲不明白，而儿歌也就很可惜的白白的糟掉了。"②读《各省童谣集》，周作人表示，"我真不解'哴哴哴，骑马到底塘'何以有尚武的精神，而'泥水匠烂肚肠'会'教小儿知道尊卑的辈分'。"由此现象，周作人敏锐地指出与"旧教育"如出一辙的"现代"的教训主义："中国家庭旧教育的弊病在于不能理解儿童，以为他们是矮小的成人，同成人一样的教练，其结果是一大班的'少年老成'——早熟半僵的果子，只适合做遗少的材料。到了现代，改了学校了，那些'少年老成'主义也就侵入里面去。在那里依法炮制，便是一首歌谣也还不让好好的唱，一定要撒上什么爱国保种的胡椒末，花样是时式的，但在那些儿童可是够受了。"③

周作人思想的深刻之处在于，他的"儿童本位"论不仅反对读古代之旧"经"，而且也反对读现代之新"经"。他看出"中国是个奇怪的国度，主张不定，反复循环，在提倡儿童本位的文学之后会有读经——把某派经

---

① 周作人：《儿童问题之初解》，钟叔河编订：《周作人散文全集》（第1卷），广西师范大学出版社，2009年，第246—247页。

② 周作人：《歌谣》，钟叔河编订：《周作人散文全集》（第2卷），广西师范大学出版社，2009年，第548页。

③ 周作人：《读〈各省童谣集〉》，钟叔河编订：《周作人散文全集》（第3卷），广西师范大学出版社，2009年，第148—149页。

典装进儿歌童谣里去的运动发生，这与私塾读《大学》《中庸》有什么区别。"①在《关于儿童的书》里，他反对《小朋友》杂志出"提倡国货号"，反对"让许多小学生在大雨中拖泥带水地走"，去参加"对外'示威运动'"，"反对把一时的政治意见注入到幼稚的头脑里去"②。在《〈长之文学论文集〉跋》中，他辛辣地嘲讽说："可怜人这东西本来总难免被吃的，我只希望人家不要把它从小就'栈'起来，一点不让享受生物的权利，只关在黑暗中等候喂肥了好吃或卖钱。旧礼教下的卖子女充饥或过瘾，硬训练了去升官发财或传教打仗，是其一，而新礼教下的造成种种花样的信徒，亦是其二。我想人们也太情急了，为什么不能慢慢的来，先让这班小朋友们去充分的生长，满足他们自然的欲望，供给他们世间的知识，至少到了中学完毕，那时再来诱引或哄骗，拉进各派去也总不迟。现在却那么迫不及待，道学家恨不得夺去小孩手里的不倒翁而易以俎豆，军国主义又想他们都玩小机关枪或大刀，在幼稚园也加上战事的训练，其他各派准此。这种办法我很不以为然，虽然在社会上颇有势力。"③这些观点不仅在当时切中时弊，而且在今天依然发人深省。

我在《中国儿童文学与现代化进程》一书中，在讨论周作人的"主体的现代性"时，连引带评，写下过这样一段话："周作人在《日本近三十年小说之发达》中，反对'中学为体，西学为用'这一'勉强去学'的'老主意'，认为'要想救这弊病，须得摆脱历史的因袭思想，真心的先去模仿别人。随后自能从模仿中蜕化出独创的文学来'。周作人在与友人讨论'国民文学'时说：'我不知怎地很为遗传学所迫压，觉得中国人总还是中国人，无论是好是坏，所以保存国粹正可不必，反正国民性不会消

① 周作人《〈儿童文学小论〉序》，钟叔河编订：《周作人散文全集》（第6卷），广西师范大学出版社，2009年，第18—19页。
② 周作人：《关于儿童的书》，钟叔河编订：《周作人散文全集》（第3卷），广西师范大学出版社，2009年，第192页。
③ 周作人：《〈长之文学论文集〉跋》，钟叔河编订：《周作人散文全集》（第6卷），广西师范大学出版社，2009年，第413—414页。

失，提倡欧化也是虚空，因为天下不会有像两粒豆那样相似的民族，叫他怎么化得过来。'此语虽然说得有些无奈，但也确是洞察文化影响结果的周作人的放松姿态。周作人下面这句话可以说明他学习西方文化的立场：'中国日下吸收世界的新文明，正是预备他自己的"再生"。'"[1]

我认为，以周作人为代表的具有"思想革命"特质的"儿童本位"理论，就是中国儿童文学的"自己的'再生'"。

三、"思想革命"：当代"儿童本位"理论的本土实践的主体性

自1978年起，中国进入改革开放的"新时期"。1980年代，也是儿童文学的"思想解放"的时代。其中一个重要事件是对于1949年以后一直招致批判的周作人的"儿童本位"论的重新评价。

1984年，吴其南发表了《"儿童本位论"的实质及其对儿童文学的影响》一文。吴其南在该文中说："我们既要坚决地、有根有据地批判'儿童本位论'的错误及反动实质，又要根据历史条件，肯定其某些进步作用，在历史上给予它应有的地位。"他认为，"儿童本位"论在促进中国儿童文学的诞生方面具有重要作用，但是，它有着"反动的实质"："'儿童本位论'的突出错误，在于它割断儿童生活和整个社会的联系，把儿童生活臆想成一个与外界无涉的封闭体。""'儿童本位论'的另一个错误就是夸大了儿童心理的共同性，把儿童看成某种抽象的、超阶级的存在，这就必然陷进资产阶级人性论，反对用无产阶级思想指导儿童文学创作，对儿童进行革命的教育和影响。……如果一味鼓吹超阶级的'童心'，那只能取消儿童文学的党性原则，最终成为毒害儿童的东西。"[2]

---

[1] 朱自强：《中国儿童文学与现代化进程》，浙江少年儿童出版社，2000年，第271—272页。
[2] 吴其南：《"儿童本位论"的实质及其对儿童文学的影响》，《浙江师范学院学报》1984年第4期。

1985年，王泉根所编《周作人与儿童文学》出版。在当时，儿童文学界对周作人的儿童文学研究著述还较为生疏，该书具有十分重要的文献价值。在该书中，作为"代前言"，收入了王泉根撰写的论文《论周作人与中国现代儿童文学》。在论文中，王泉根一方面肯定了周作人的儿童文学研究所具有的历史功绩，但是，在论述"周作人的儿童文学观也存在着明显的历史局限性"时，却得出了"由于他片面强调儿童心理个性，强调儿童文学'务在顺应自然'，这就从一个极端走向另一个极端，陷入了'儿童本位论'的消极因素的泥沼"，"周作人的这些论调，显然对现代儿童文学的发展方向是极其有害的"[1]这一结论。

1988年方卫平发表了《儿童文学本体观的倾斜及其重建》[2]一文。正如题目所示，他在文中将以周作人为代表的现代"儿童本位"论视为"倾斜"的儿童文学本体观，主张"重建"与现代"儿童本位"论不同的儿童文学本体观。1993年，方卫平出版《中国儿童文学理论批评史》一书。在书中，方卫平引用了周作人的两段话——"近来见到《小朋友》第七十期'提倡国货号'，便忍不住要说一句话——我觉得这不是儿童的书了。无论这种议论怎样时髦，怎样得庸众的欢迎，我以儿童的父兄的资格，总反对把一时的政治意见注入到幼稚的头脑里去。""总之我很反对学校把政治上的偏见注入于小学儿童，我更反对儿童文学的报刊也来提倡这些事。"然后加以反对，认为"在这里，'儿童本位论'的儿童文学观把儿童文学看作一片远离尘世喧闹的儿童的净土，容不得半点社会文化因素的浸染。……这里已不单是一个儿童文学观念的问题，而是周作人人生理想和趣味的一个综合的反映。我们理解周作人的苦心，但不能苟同周作人的立论基础。"[3]

上述对周作人的"儿童本位"论的重新评价，修正了此前的全盘否定论，但是，对"儿童本位"论依然或认为是有着"反动的实质"（吴其

① 王泉根编：《周作人与儿童文学》，浙江少年儿童出版社，1985年，第15页。
② 《儿童文学研究》1988年第6期。
③ 方卫平：《中国儿童文学理论批评史》，江苏少年儿童出版社，1993年，第187—188页。

南)，或认为"是极其有害的"(王泉根)，或认为是"倾斜"的儿童文学本体观(方卫平)，总之是认为，在当代，周作人的"儿童本位"论是需要抛弃的儿童文学观。

对周作人的"儿童本位"论还有与抛弃论不同的另一种评价立场，那就是接受、继承"儿童本位"论的内核，然后加以扩充和发展，建构当代的"儿童本位"理论。我本人就是当代"儿童本位"理论的倡导者和建构者。

1989年，我发表了论文《鲁迅的儿童观：儿童文学视角》，在文中说道："'儿童本位论'从五四时期产生到新中国成立，在我国儿童文学理论界的影响很大。但是，应该看到，它一直作为空洞的理论被束之高阁，儿童文学创作并没有按照这一理论图式营造工程，而到了建国后的50年代，'儿童本位论'随着文艺界对胡适、周作人的批判，就被彻底否定了。大约从1985年起，有人开始重新评价'儿童本位论'，但仍认为它有着很大消极性，认为鲁迅是'儿童本位论'的批判者。其实鲁迅作为伟大的思想家、文学家，曾对我国现代文学史上出现的各种反动文艺思潮流派进行过批判，但是对'儿童本位论'却是采取承认和同意的态度的，这是否该引起我们的深思：在反对封建主义的时代，儿童本位论作为吸取了资产阶级教育思想而形成的一种理论，就一定是谬误的吗？"①

1997年，我出版了《儿童文学的本质》一书，明确坚持儿童文学是"'儿童本位'的文学"，显示出全面继承周作人的"儿童本位"论的姿态。在2000年出版的《中国儿童文学与现代化进程》一书中，我提出了中国儿童文学现代化的五个坐标，第一个坐标就是"走向儿童本位的儿童观"，不仅如此，我还以题为"周作人：中国儿童文学的普罗米修斯"的专章来论述周作人的"儿童本位"理论，认为"周作人的儿童文学理论决不仅仅是属于文学史的"，并联系"建国后的十七年将儿童文学归属为教育甚至政治的工具，并将教训注入儿童文学创作"，"新时期的新潮探索

---

① 朱自强：《鲁迅的儿童观：儿童文学视角》，《东北师大学报》1989年第5期。

派……片面强调儿童文学是'文学的'","近年来出版界纷纷将《三字经》一类古代蒙学读物，面向今天的儿童出版"，以及"近十年来，个别颇有成绩和影响的儿童文学理论家、评论家一再鼓吹儿童文学是'前艺术'，儿童读者的审美能力处于低水平的理论"等现象，指出"历史和现实都在告诉我们，周作人的许多儿童文学思想仍然属于我们今天这个时代"①。

如果真正继承周作人的"儿童本位"的思想，"思想革命"当然就是题中之义。我在1988年发表的《论中国当代儿童文学的儿童观》②一文，对上个世纪五六十年代的中国儿童文学的教训传统的批判，2000年发表的《解放儿童的文学：新世纪的儿童文学观》③对新生代儿童文学理论家主张儿童文学是"现世社会"对儿童进行"文化规范"的文学（王泉根），是"按成人的价值观对少年儿童的情感进行规范""框范"的文学（吴其南）这些观点的批判，都具有"思想革命"的性质。

我想特别一提的是收入我的10卷本学术文集中的《佩里·诺德曼的误区——与〈儿童文学的乐趣〉商榷》④一文。这是一篇与西方儿童文学知名学者之间的"批判与辩驳"的文章。我不懂英文，只能根据中译本来讨论问题。依我的学术理念，这是我不愿意写的文章。但是，它又是我不得不写的文章，因为中国大陆和中国台湾的一些学者将这部著作奉为了"儿童文学的极致"。也许是出于这样的"崇敬"心态，有的大陆学者对佩里·诺德曼的"儿童文学代表了成人对儿童进行殖民统治的努力"这一观点照单全收，用以阐释中国儿童文学的"现代性"，甚至把"枷锁"这顶帽子扣在了"儿童本位论"的头上。所以，这篇论文与其说是针对佩里·诺德曼的，不如说更是针对那些盲目崇拜佩里·诺德曼的《儿童文学的乐

---

① 朱自强：《中国儿童文学与现代化进程》，浙江少年儿童出版社，2000年，第286页。
② 《东北师大学报》1988年第4期。
③ 《中国儿童文学》2000年第4期。
④ 朱自强：《朱自强学术文集》（第6卷），二十一世纪出版社，2015年。

趣》一书的中国学者的。当然，它也是我运用受西方影响而产生的"儿童本位论"这一本土理论话语，与西方儿童文学话语对话的一次尝试。

我将论文《论"儿童本位"论的合理性和实践效用》中的一段话作为本文的结语——"绝对真理已经遭到怀疑。但是，真理依然存在，我是说历史的真理依然存在。'儿童本位'论就是历史的真理。'儿童本位'论在实践中，依然拥有马克思所说的'现实性和力量'。不论从历史还是从现实来看，对于以成人为本位的文化传统根深蒂固的中国，'儿童本位'的儿童文学观，都是端正的、具有实践效用的儿童文学理论。它虽然深受西方现代思想，尤其是儿童文学思想的影响，但却是中国本土实践产生的本土化儿童文学理论。它不仅从前解决了，而且目前还在解决着儿童文学在中国语境中面临的诸多重大问题、根本问题。作为一种理论，只有当'儿童本位'论在实践中已经失去了效用，才可能被'超越'，反之，如果它在实践中能够继续发挥效用，就不该被超越，也不可能被超越。至少在今天的现实语境里，'儿童本位'论依然是一种真理性理论，依然值得我们以此为工具去进行儿童文学以及儿童教育的实践。"①

（载于《中国海洋大学学报》2017年第4期）

---

① 朱自强：《论"儿童本位"论的合理性和实践效用》，《中国海洋大学学报》2014年第3期。

『儿童本位』论的批评实践

第 三 辑

论少年小说与少年性心理

必须承认，近年来的少年小说创作在题材上正在冲破过去的观念所划定的狭隘樊篱，开拓着崭新的土地。我们欣喜地看到，少年小说创作应该与时代同步，与少年儿童的生活同步，而不能以政治观念去筛选生活，被已有的理论束缚手脚，这已经成为许多锐意求新的作者觉醒起来的当代意识。如果把《祭蛇》《我要我的雕刻刀》称为"出格"的作品，那么，《今夜月儿明》（丁阿虎，《少年文艺》1984 年 1 月号）、《柳眉儿落了》（龙新华，上海《青年报》1728 期，1984 年 11 月 23 日）可以说是举起了对传统彻底反叛的旗帜。这两篇描写中学生爱情的小说立即在读者和评论界中掀起了大波。争论虽然明确了一些问题，但是，儿童文学理论界对两篇小说的冲击，并没有给予足够的回应。迄今为止，对少年的朦胧爱情和性心理这一少年生活及其在少年小说中的客观反映，还没有人站在儿童文学理论建设的层次上加以研究。本文试图提出几点不成熟的看法，希望能成为引"玉"之"砖"，就教于儿童文学理论者。

一

在儿童文学理论研究中，将文艺学与心理学联姻，已是早已被运用的行之有效的方法。这一方法常常使我们对儿童文学这一现象的认识，避免偏差与失误，从而更趋近真理。但是，少年期的性发育，这一儿童走向成人的重要成熟过程，多年来，却被少年小说作者和儿童文学理论研究者有意或无意地置于脑后。究其原因，主要有两点。一是我国青少年心理学研究的落后。根深蒂固的封建文化的影响，政治凌驾一切之上的压制，使我国的青少年心理学研究，在性成熟这一课题上，战战兢兢，不是视而不见，就是轻描淡写。这种局面，助长了儿童文学工作者对此问题的忽视。二是我国长期"正统"思想教育的影响。科学方面，对少年的性知识教育在很长的历史时期无人敢于问津；文学方面，曾几何时，连成人文学中的爱情描写都被打上资产阶级的"黄色"印记，谁还敢在少年小说中写少年爱情和性心理。于是，儿童文学理论界自己就把"爱情"划为了禁区。

然而，少年性心理是不依人的意志为转移的客观存在。宋任穷同志曾指出："孩子长到十二三岁，心理、生理和思想都开始发生重要的变化，他们的好奇和模仿性强，可塑性大。抓好十二三岁至十六七岁这个年龄阶段孩子的教育，对巩固少年儿童阶段思想教育的成果，特别是对他今后形成革命的世界观有很重要的作用。"[①]这段切中青少年教育要害的话里提到的心理、生理和思想变化，当然包括性心理和爱情的产生。

我们说十四五岁是危险的年龄，主要就是因为这个时期少年的性成熟给自身的思想意识和行为方式带来了很大的摧变能量。因此，被称为"教育儿童的文学"（鲁兵语）的儿童文学，就不能不对此给以关注。因害怕而闭上眼睛是无济于事的，而声称为了少年的思想"健康"，时刻准备着"棍棒"，一等少年们有了"不轨行为"就扑上去的做法更不足取。因为心理学研究证明，少年男女之间的交际在受到社会方面严厉压制的时候，他们相互间的对异性的好奇心便会不正当地强化，产生逆反心理。据《中国青年》（1985年第10期）所刊载某学校高一（1）班团支部的来信反映，班上的老师就采取严加防范的方法，不准男女同学分在同一学习小组，互

---

① 《关于青少年思想教育工作的几个问题》，《红旗》1984年第15期。

相不得问学习问题，甚至春游也要男女同学分开，不能同行。对此，这个团支部在信上发出了不满的呼喊："难道还要我们回到'男女授受不亲'的封建时代？"当然，那位老师是有其苦衷的，那就是怕少年们"早恋"。的确，只要是了解中学情况的人就都知道，少年学生暗递纸条，"月上柳梢头，人约黄昏后"的现象是有的。而班主任知道了，不少是在班上大批特批，甚至辱骂、恐吓一顿了事。这种消极做法的结果呢，孩子们不是不买这个账，就是从此变得孤僻、呆滞，心理开始畸形发展。

我认为少年小说创作，不能充当站在少男少女之间的手持戒条和一发现"早恋"就挥舞棍棒的角色。必须首先澄清一个问题，主张少年小说可以写少年性心理，可以表现少年的"朦胧爱情"，既不等于提倡和鼓励少年的"早恋"，也不等于要求所有的少年小说都得写性心理。我认为，在少年小说中，少年性心理和少年爱情的描写如果得当的话，对少年的性心理卫生和思想健康是有积极意义的。

文学是人学，它所重点表现的对象，是人的灵魂，人的心态。最近有人撰文提出了"心态小说"的概念，可以说是准确地抓住了当代成人小说的一个重要特质。少年小说当然也要表现少年的心态。近几年的少年小说创作越来越重视心理描写，正是基于当代少年主观感知更加丰富的现实。

我们说少年小说中健康的性心理描写具有积极意义，是因为它疏通了少年郁结的心胸，使其感情得到发泄和引导。郭沫若说："我们知道文学的本质是始于感情终于感情的。文学家把自己的感情表现出来，而他的目的——不管是有意识的或无意识的——总是要在读者的心中引起同样的感情作用的。"[1]日本白桦派作家有岛武郎认为："简而言之，艺术创作是艺术家的爱的过剩，是了不起的事业。"[2]与艺术家因为爱的过剩要创作一样，读者也是因为爱的过剩才阅读作品的。两者的目的都是为了发泄感

[1] 郭沫若：《革命与文学》，《郭沫若论创作》，上海文艺出版社，1983年，第33页。
[2] ［日］有岛武郎：《自我的考察》，西本鸡介：《儿童文学的创造》（日文版），第164页。

情。少年尽管在思春期存在着一时的对性的抵触，但一经思春期发育完成，就会感到对异性的向往，愿意对异性表示好感，之后便希望得到异性的爱。但是，由于恋爱在学校中是被禁止的，他们会受到老师、家长和朋友的牵制，也会顾忌社会舆论对自己的评价，因此，绝大多数的少年男女并不把自己的欲求付诸实际行动，而是通过其他途径和方式发泄和满足自己的性冲动。很多少年同龄人聚在一起，讨论一些犯禁的问题，这些问题不仅和性欲有关，而且也涉及许多其他的肉体体验。生活中这样的事例到处可见。这里我们有两段现成的文字："世界上每个男宿舍在有一点上是相同的，这就是语言和行为的赤裸。又特别是山区，又特别是正在发育旺盛期的少年时代。山区使男孩从成年男女在田间地头开的粗鲁的玩笑中，过早地培养了对性的兴趣，而年轻人生理和心理的发育又使他们对异性的关注达到人生的第一次高峰。飞龙中学晚上的男宿舍是花样百出的。有时正襟危坐地讨论班上布置的毛主席语录思考题，有时集体扯掉某一好汉的内裤，打得他的屁股啪啪响，再不就是脸上飞红地攻击某男与某女在伙房买饭时碰了一下手，进而升级成对漂亮女生的五官、胸脯和最不该谈的地方进行细致周到的品评。"①"然而在旧时的中学里，当许多同学闲谈下流的话题时，总是粗鲁地把任何爱情都说成是性行为。年轻的斯米多维奇默不作声，他把自己的爱情藏在心里，但是却'专心地倾听那些笑话和下流的歌曲……'"②少年人的这种行为，成年人一定会认为是厚颜无耻的。但是，心理学认为，这些问题的谈论，可以减轻性本能发动所引起的精神紧张，说说笑话也可以部分地缓和这种紧张状态。也有少数少年靠秘密阅读《少女之心》等低级下流的手抄本以及偷看黄色录像、照片，满足自己的性需求。这些下流的东西与前面提到的少年们的"悄悄话"在作用上有质的不同。这些毒品往往成为少年性罪错的直接诱因。还有一种发泄方式，就是阅读成人文学中描写爱情的作品。这是最常见和普遍的一种方

---

① 谭力、昌旭：《蓝花豹》，《十月》1985年第5期。
② ［苏］B.B.韦列萨耶夫：《回忆录》，真理出版社，1961年。

式。虽然成人文学中对爱情的许多描写，特别是对性爱的描写，是不完全适宜少年性心理健康的，但是，与前两种发泄方式相比，毕竟副作用小得多。据调查表明，我国少年性罪错者，学习成绩坏的与学习成绩好的，农村的与城市的，辍学的与求学的，两者之间的比例，前者比后者大得多。这也证明，在对性发动的反应上，文化教养起着极大的规范作用。凡是长期受缺乏文明的、低级的人生观影响的少年，最有可能陷入动物性的人生观。

因此，给少年以正确的性知识，就不仅是自然科学的任务，而且也是文学的任务。因为性知识不仅是关于自己的知识，同时又是关于人际关系的人类的知识。少年们从单纯的自然科学知识里是不会产生自我洞察的。处在思春期的少年可以说是遇到了一次人生观的考验，那就是在自己的生活中，应该把性置于一个什么样的位置。

面对以上情况，儿童文学不能无动于衷了。我认为，少年小说与其把有着性方面感情满足欲求的少年推给成人文学，甚至黄色手抄本、录像、照片，不如把他们拉拢到自己身边，对少年的性发动甚至早恋现象，给以正确的引导，使其文明地看待自己的身心变化，把性置于人生的一个合适的位置。不是把少年想要得到异性爱的渴望变为追求爱的行动，而是把这种感情升华为对人生的美妙憧憬，对体现着生命更高价值的知识、艺术等的追求。这一人生第一个十字路口的指示任务，少年小说除了义不容辞地担在自己的肩上，还有别的选择吗？

二

前面以心理学的观点说明性心理是少年身心发育过程中的客观存在，并阐述了少年小说的性心理描写在少年教育方面具有的积极意义。那么从文学的立场出发，如何评价少年爱情，少年小说中的性心理描写是怎样的面貌，它在人物形象的塑造上起什么作用呢？

少年是人生的黄金时期，是充满诗意的年龄。我们礼赞青春，讴歌爱情时，不能忘记，正是在少年期，青春开始觉醒，爱情的种子播入了人类的心田。"青年男子谁个不善钟情？妙龄女郎谁个不善怀春？"盛行于世的《少年维特之烦恼》的作者歌德赞美"这是人性中的至清至纯"。少男少女的朦胧爱情，在许多成人作品中，一直被赞美、歌颂着。但是，在我国的少年小说创作中，不仅没有人敢站出来肯定它，就是有人敢正面写一写，也是担着风险的。我们的儿童文学理论应该站在公正、人道的立场上承认——不管少年对这一问题曾采取过什么不理智的做法，产生过哪些不如人意的后果，少男少女的朦胧爱情本身是美丽纯洁的，是无可指责无可非议和不可侵犯的。

我觉得我们有必要像读亚米契斯的《爱的教育》那样，读一读安妮·弗兰克的《一个少女的日记》。在国外一些报刊上，这部小说被誉为当代名作。我认为这是一部少年小说。这部真实的笔录，记下了第二次世界大战期间，荷兰被纳粹德国占领时，安妮·弗兰克和她的父母、姊姊以及其他几个犹太人在一个"密室"里过的两年多避难的隐匿生活。安妮在"密室"中度过她十三到十五岁的岁月。这是一个少女身心迅速变化的时期。日记记下了这个有着顽强的生之意志的少女对反法西斯斗争的胜利始终不渝的信心，对美好未来的憧憬。她还以大量篇幅记下了自己起初萌发的爱情和对待爱情的一丝不苟的严肃。安妮这个坚强的姑娘，不仅战胜了身边那些世俗的成年人对自己爱情的冷嘲热讽和压制，而且对爱情，"经过一番艰苦努力，已经战胜自己，能把握住自己一点"了。①在那门窗紧闭，足不出户，几近与世隔绝的日子里，悄然来临的爱情成了安妮热爱生命的重要精神支柱。然而，安妮年仅十五岁，就病逝在纳粹的集中营里。是法西斯扼杀了她年轻的生命和爱情。当我们面对安妮那纯洁向上的爱情时，还有人能站出来向其泼污水吗？在美国，少年图书

① ［德］安妮·弗兰克：《一个少女的日记》，刘舒译，湖南人民出版社，1983年，第294页。

俱乐部分发了这部作品，学校里把这部作品作为学生读物。我们是否也应该拿出点勇气来把它推荐给少年读者呢？

不过是由于我们过去从"正统教育"所规定的距离看去，少年爱情和少年性心理才成了少年小说创作，尤其是理论研究的"马略特盲点"。实际上，只要稍稍调整一下思维角度，冲破"正统教育"的阻隔，少年爱情和少年性心理就会清晰地呈现于视野。世界优秀的少年小说已经有过对少年爱情和性心理的生动描写。马克·吐温的《汤姆·索亚历险记》里穿插了不少汤姆与小姑娘贝奇的恋爱描写。当然，这种爱情在一定程度上具有游戏的性质，但它的确是汤姆性格刻画的有机整体的一部分，给汤姆这一形象增加了现实感和丰富感，舍此便不能完成对汤姆的多侧面、全角度的刻画。试举一例。在第二十章，贝奇偷看并撕坏了校长的书，校长大发雷霆在追查，贝奇在劫难逃。这时，汤姆"猛一下站起来，大声嚷道——'是我干的！'"结果汤姆遭到一顿最无情的毒打。汤姆替贝奇挨惩罚固然是出自想讨好贝奇的心理，但是在这一心理的背后我们又可以看到做梦都想成为英雄的汤姆，得到了保护弱者的满足。班台莱耶夫的《表》也是得到公认的优秀少年小说，其中也有一段渗透着性心理描写的少年男女的交往。少年教养院的彼奇卡和米罗诺夫向院长请好假，去逛复活节集市。他俩结识了两个女孩子。彼奇卡在娜塔莎面前表现得很拘谨。当娜塔莎问起他在哪儿住的时候，他张皇失措，回答得吞吞吐吐，还有意地掩饰、美化教养院的性质。这些都出于少年彼奇卡希望给女友留下好印象的心理。这种心理的萌生对彼奇卡后来的思想转变，不是一点作用都没有的。

在我国的少年小说里，少年爱情和性心理描写当然不是名正言顺的，但还是在遮遮盖盖之下，偶尔闪露出来。刘心武的《班主任》虽然不是专门写给少年看的，但是，小说却在中学生读者中引起很大反响。小流氓宋宝琦给《牛虻》插图中的琼玛一律添上了八字胡须；团支部书记谢惠敏看了这插图如见洪水猛兽——"哎呀！真黄！"这反映了两种变态的性心理。仍然是这位作家，《我可不怕十三岁》也轻描淡写地提到"我"变得爱照镜子这一心理变化所外现的行动。罗辰生的《"大将"和美妞》写的小学四年级男女同学之间的深深的"沟",是思春期到来之前性意识的朦胧觉醒。余通化的《生理特点》、杜风的《少女的尊严》都较细致地写了少女生理和心理的变化,以及由此而引起的生活态度的变化。这些描写逼近了少女的真实心态。可贵的是,两篇小说所描写的少女们内心的自省和对自己行为的把握,对少女读者将产生自我观照的积极影响。程远的《弯弯的小河》、陈丽的《花苞的秘密》描写了少男少女之间的友谊。这两篇小说的友谊有一个共同的模式,就是少女都身处不幸,而少年挺身相助,从而友情加深,其结局都是友谊夭折,又都是社会原因造成的。在少年小说中,写异性友谊是难题。因为男女之间友谊与爱情本来就界限模糊,而少年爱情的朦胧感,尤其使作者难于把握。《弯弯的小河》里侯超与张秀萍的友谊就显得比较复杂暧昧,《花苞的秘密》中的夏杰和雪花的友谊则显得单纯明朗。

1984年,丁阿虎的《今夜月儿明》,第一次大胆地站出来描写少年爱情,引起了儿童文学史上罕见的轰动。继此之后,一位中学生的《柳眉儿落了》又以当事人的身份来写爱情,使人不敢对其真实性发生怀疑。对这两篇小说的评价,留待下文着重论述。

以上只是触及性心理的少年小说中的一部分。既然少年性心理是少年小说中的一个存在,那么研究这一存在的文学价值则是必要的了。

近两年,在当代文学研究的"新方法热"中,弗洛伊德的精神分析学理论被经常运用。弗洛伊德认为,人的精神分为"伊特"(本我)、"自我""超我"三个层次。其中,"伊特"代表人的各种欲望和冲动的性本能,是潜意识,在人的精神活动中起决定作用。不能认为弗洛伊德的观点全部正确,但是,人的某些性格、行动受潜意识制约这一点还是应该认可的。中学里,学习差的男生为什么热衷于打仗?其中一个原因,恐怕就是潜在的性意识在起作用。不能从智力上显示自己的优势,便在暴力方面证明自己的强大,以此来吸引女生的注意,建立自己的威信。由于一部分女学生特有的需要保护的依赖性，这种做法也确实能收到一点效果。另外，在课堂上以机智幽默的语言接老师话茬儿，对异性态度粗野，恶作剧等行为，也往往可以从少年想吸引异性目光，在异性面前有强烈的表现欲上找到性心理方面的原因。

可以断言，性心理与人物性格的真实性是有密切关系的。有些特定的少年形象，性心理是其性格中不可摘取的逻辑链条。他们行动时，性心理在暗中起着调节作用。少年小说如果忽视少年的性心理，在某些情况下，就会在对人物性格的把握上出现失误。下面是一正一反的两个例子。

《心头飘过一朵云》（严振国，上海《少年文艺》1984年第12期）写了一个"长得黑而且鼻子有点扁，嘴唇又嫌厚"的小姑娘。她在班里排舞蹈时争抢角色，文娱委员就派她扮演非洲朋友，同学中哧哧的笑声使她觉得受到了嘲弄和侮辱。后来，老师以大作家安徒生和配音演员向隽殊为例子，教育她不要为自己的短处自卑，要发挥自己的长处。我们知道，处于思春期的少年男女对自己的身体是非常注意的。少女最注意自己的长相，男子更重视身材。有这方面缺陷的少年，往往会陷于自卑之中，变得不愿参加集体活动，孤独起来。《心头飘过一朵云》里的丑姑娘还是一个小学生，她从前对自己长得丑俊是不很在意的，因此在排节目时，她才争抢角色。如果换上十五六岁的少女，将不会有这种举动，反而会"识相"地低头走开。我们说小说准确地刻画出一个丑小姑娘的形象，就是因为作者准确地把握住了一个小学女生的心理特点。

《再见了，我的星星》（《儿童文学》1985年第3期）是一位创作上很有成就的青年作家的作品。这篇小说意境深邃，语言很美。但是，读这篇小说时总叫人感到有点不自然，仔细想想，原来作者忽视了一个十四五岁的少年在与十八九岁的女青年交往时，心理上的障碍。尤其是乡下的少年和城里的女青年之间，这种心理上的障碍对少年的行动制约力更大。小说写晓雅和一群女知青刚到星星他们村子的时候，星星和伙伴们非常迫切地希望能分到自己家里一个。星星因为没有女知青分到他家而掉泪，甚至因此和三鼻涕打仗。我认为，处于性反感期的十二岁男孩子绝不会全体对十七岁的可以称为少女的知青表示那样大的兴趣，至少不会那样公开化地表露感情。晓雅以后在星星家里生活的几年，星星正处于十三至十五岁这一危险的年龄阶段，可是我们看不到星星生理和心理的变化。如果作者写的不是一个十八九岁的女青年与他的友谊，这些当然可以不写。但是，星星在这个年龄必然产生性意识，是不会不影响到他和雅姐的友谊的发展的。连亲生姐弟都会疏远的年龄，作者却仍然让他们耳鬓厮磨。心理学上写道："崇拜年长者对于思春期的不安定心情具有相当程度的补偿作用"，"对年长异性的崇拜和敬爱，一般被称为'童年时的恋爱'。这往往是从对方所不注意的远处，着迷地倾倒于所向往对象的一举一动，并由于将对象偶像化而苦恼地折磨着自己"[①]。如果星星像小说写的那样具有农村的"一般孩子所没有的灵性和对美的感受力"，那么，雅姐自然而然地就是他最理想的敬爱者。两个人年龄的如此接近，那种拉着手、轻拍脸蛋儿、吻额头式的交往，就没有点燃爱的火花的危险吗？日本一位精神医学学者说："所谓持有性意识，就是从性这一视点，重新看待世界和他人。正像在思春期性荷尔蒙充满了年轻人的周身血液一样，性的意识支配着年轻人的心和所有的行动。年轻人连皮肤都变得极敏感，被他人，特别是异性稍稍触碰，身体就惊得缩成一团。这种情况在儿童期是没有的。"[②]因此，在《再见了，我的星星》里，不是作者把那种亲密的交往错安在了星星与晓雅的身上，便是人为地使十四五岁的星星对异性的爱在晓雅的爱抚下仍然保持着零度。尽管作品也写了星星对晓雅的感情是很深的，但是，由于这种感情超越了性意识范畴，而显得不真实。作者的失误就在于小说所描写的十四五岁的少年与十八九岁的女青年之间交往方式的不真实性，或者说，对在这种交往下产生的感情所作的评价的不正确性。从《再见了，我的星星》这篇小说在对生活进行虚构，或曰艺术上的深度加工上出现的败

① ［日］依田新主编：《青年心理学》，知识出版社，1981年版，第22—23页。
② ［日］石田春夫：《思春期的人类学》（日文版），第70页。

笔看，有一个问题是否值得引起我们的少年小说作家们的注意呢？那就是，写少年生活，尤其是写到他们与异性的感情纠葛时，性心理描写是不可忽视的，它与人物的性格以及与异性关系的程度、性质都有相当密切的关系。

三

少年性心理描写，在以爱情为题材的少年小说中密度最大，质感最强，把握最难。1984年出现的《今夜月儿明》《柳眉儿落了》（以下简称《今》《柳》）是我们研究少年性心理描写时，最应该重视的客体。

虽然国外的少年小说中有一些对爱情的正面描写，但是，完全描写爱情，并以此来表现作品主题的少年小说，孤陋寡闻的笔者还没有见到。我国少年小说创作在表现爱情上的突然超前现象，当然与作者的标新立异有关。不过还有没有更深刻的社会原因呢？别林斯基说过："如果一个诗人决心从事创作活动，那么，这就是意味着，有一股强大的力量，一种不可克服的情欲，在推动着他，驱策着他做这件事。"①文学创作成了一件骨鲠在喉，不吐不快的事。丁阿虎在《今夜月儿明》发表时附的"作者的话"中说："这是个很敏感的题材，也较难处理。"作者知难而上，是有骨鲠在喉的。目前，性发育的早熟现象，已经成为世界性趋势。以女子初潮为例，在日本是十二岁半左右，在我国，也比建国初提前了至少两年。性早醒必然唤起爱情的早日觉醒。目前，"早恋"现象骤增，成为学校教育者回避不开而又头疼的问题。教育者们（包括家长）采取的往往是强制压服的教育方法。正像有过一个时期，人们提到爱情就不自觉地与资产阶级低级趣味联系在一起一样，在今天的"传统"教育思想根深蒂固的人们眼里，"早恋"是不光彩的，可耻的。认为"早恋"至少是表现了思想意识复杂的人更是普遍存在。正是"早恋"的应运而生和教育者们对早恋进行

---

① ［俄］别林斯基：《普希金作品集》，第五篇论文（1844），张耀辉编：《文学名言录》，湖南人民出版社，1985年，第113页。

强硬压制的矛盾的现实使《今》的作者要一吐为快。因此，可以说丁阿虎是以《今》对传统教育思想进行了一次小小的反叛和挑战。不过是由于作者自觉到这种题材的"很敏感""较难处理"，因而小心谨慎地进行试探性描写，这种反叛动机的锋芒被遮蔽起来，不容易被觉察罢了。

少年小说要不要写少年爱情，在《今》引起的争论中，意见虽不统一，但从大量来信的反映看，赞成者（特别是中学生）似乎占了压倒的优势。但是对如何写这个问题，争论时讨论得不够，值得进一步探讨。

首先就有一个如何看待少年爱情的问题。初恋作为少年人生的一个觉醒，像太阳初升一样是非常美好的。谁要是曾经怀着美好而又温暖的感情怀恋自己少年时代的爱情，谁就会承认这一点。少年对人生最初冲动期的热爱，往往是与对爱情的憧憬同时莅临并交融在一起的。少年小说仅仅承认这种爱情存在是不够的。我们即使不来赞美她，至少也该尊重她。那种认为没有早恋的少年便"天真烂漫，幼稚可爱，心灵纯洁"，有了解丽萍那样的行为就是"荒唐事"①的观点背后，实在是封建伪道德在作祟。但是在现实生活中，这种观念的影响还是很大的。即使是思想比较解放的丁阿虎在如何看待少年爱情的问题上，认识也很模糊，甚至使《今》在客观上给少年读者带来了消极影响。请看广西一位十四岁少女致作者信里的一段话："这几篇日记真使我十二万分的激动。当然也有惊讶和羞耻之感。惊讶的是：您作品中的解丽萍怎么竟与我一模一样。但更可悲的是，我比解丽萍要傻，要愚蠢得多！羞耻的是：我处在那种感情的状态中，自己怎么不觉得害臊？（我与我们班的一位同学通信了一段时间，但还是他明智，截止了这层感情的发展。）"②读了这些话，我感到担心。虽然由于有些少年对自己产生的"朦胧爱情"缺乏理智的清醒的认识，往往给学习和身体带来消极影响，甚至顺乎情感造成一些不合理乃至悔恨终生的事情，但是

---

① 《一篇引起强烈反响和争论的小说——〈今夜月儿明〉读者来信选录》，《儿童文学选刊》1984年第4期。

② 同上。

这与早恋这种感情本身没有必然的因果联系。我们要否定的不是早恋这种感情，而是少年们处理这个问题时自身的幼稚和软弱。同水到渠成、瓜熟蒂落一样，少年爱情是自然而然如期来临的，是无法躲避和堵截的。因而讨论"早恋"应该不应该产生已毫无意义，倒是对这种感情所采取的态度和行为方式是可以控制和调解的。后者正是少年小说应担负的责任。看来那位少女在倒她的那些"对学习兴趣就会日益淡薄，而热衷于追求打扮，吃喝玩乐"①的"脏水"时，把可爱的"娃娃"——初恋也倒掉了（否定了！）这一现象应该引起我们的警觉。表现爱情题材的少年小说绝不能向少年们灌输早恋是不纯洁的、可耻的这些否定人生的思想。《今》的作者的主观动机以及作品的社会效果基本是好的，但是从那位少女读了《今》之后对初恋产生的否定态度，我们有必要检视一下作品的副作用。

从小说看，解丽萍在回忆自己十五岁的初恋时，在主观上似乎是否定当年的感情的。她认为当时是"做了许许多多的傻事"，"现在回过头去想想，自己也不禁觉得好笑。可是，在那个时期，这一切却显得那么神秘、庄严、认真"。（着重号为本文作者所加。）在我看来，当年解丽萍所萌生的感情是纯真美好的，值得尊重和珍视。毕竟是自己人生中的第一次爱情，怎么那样轻松地就否定了呢。其实，从解丽萍夹在日记中的那片至今"似乎还散发着淡淡的清香"的迎春花瓣和她紧锁在秘密地方的那张表达爱情的纸条来看，她还是怀恋并珍惜自己的初恋的。在这里，作品的客观描写便与解丽萍前面的内心独白产生了矛盾。客观描写常常是没有明确意识的，因而往往是真实的。而解丽萍的内心独白，实际上是作者借人物之口发的议论，则带有明确的教训目的，包含着作者的主观认识，因此未必是真实的。二者相比，我更相信那个迎春花和那张纸条。可是那位少女读者相信了作品的说教，把美好的"花瓣"和信扔掉了，自己却没有觉察。我认为《今》的副作用不在于像有人认为的那样，会使无爱情意识的少年

---

① 《一篇引起强烈反响和争论的小说——〈今夜月儿明〉读者来信选录》，《儿童文学选刊》1984年第4期。

读了产生爱情意识，而是在于作品中解丽萍的反省无意中造成了少年们对初恋的否定意识。处于思春期的少年，其精神世界有两个重要支点：一个是由于性意识的产生对世界和他人从性的方面重新修正看清；另一个就是由于自我意识的产生，检验分析自己，并把自己重新组合。而且性意识和自我意识并不是彼此孤立的，而是无处不相互交织在一起。①因此，"产生早恋这种感情是不应该的，可耻的"这种想法，最有可能使少年对自己的品质发生怀疑，从而导致对自己的否定。对于正处于寻找自我、建立人格的少年来说，这是很可怕的。

《今》里面的宋老师在教育解丽萍时讲的话，更容易把少年的思考引向"产生早恋是不对的"这一方向。"人总有那么一段时期，能够早点认识，早点避免掉，更好。产生了，也不必过分紧张，认识了，改了就好。"应该承认，在教育者们对待"早恋"的态度上，相比之下，宋老师的做法还是比较令人满意的。作者也是把宋老师作为楷模来塑造的，以此来宣扬自己的教育思想。但是正像有的研究者在争论中分析的那样，小说对解丽萍的"沉溺"与宋老师的"引导"这两方的分量未能掌握好。我认为小说中宋老师的"引导"所以给人以无力的感觉，是因为宋老师在思想深处（或曰作者的思想深处）还是认为"早恋"这种感情是不应该产生的。宋老师的"引导"是换了一种方式的软压服，不可能彻底解决"早恋"的难题。由于这种"软化"手段在一定程度上保护了少年男女的自尊心，因此与"强硬"手段相比得到了一些少年的欢迎。

从作品在中学生读者中的反响看，《柳》比《今》更受欢迎。这篇小说发表后的短短两个月里，作者就收到了三百余封表示赞佩和感谢的读者来信，而且写信的绝大多数是作者的同龄人。为什么《柳》受到这样的欢迎？一位读者坦率地说："我更喜欢《柳》。大概你是一位中学生的缘故吧，你比《今》的作者更能理解中学生的心情。"当然这话里有一定偏颇，

---

① ［日］石田春夫：《思春期的人类学》（日文版），第96页。

但是，说《柳》的作者龙新华更能理解中学生的心情，却道破了两篇小说思想倾向上的差异。正如作者所在学校的语文教师过传忠所评价的那样，龙新华"凭着对生活的敏感，本着对自己切身经历的严肃思索与对同龄人共同命运的深挚关切，以纯洁的感情和优美的文笔，首次在文学作品中捕捉到了这些少男少女心灵深处的点点闪光，又令人信服地为'感情与理智'作着斗争的同伴们指出了正确而又可行的答案"①。问题的关键就在于对"早恋"这种感情本身是肯定还是否定。《柳》发掘了少年爱情的积极力，优美地描写了初恋对少年"他"的人格的净化和陶冶。"他"原来是一个被同学们认为"可敬不可亲"的"孤僻"的人。但是自从"他"对"她"产生感情之后，心灵与性格发生了极大变化："随着与她的接触，他发觉自己的感觉渐渐变得敏锐了。雨后的大树，阳光下的草地，微风中的泥土味儿，还有那舒展的云，辉煌的落日……所有这一切都深深震动着他，使他感到有种不可言传的美。周末回家，他注意到母亲眼角又添了几道皱纹，鬓边又多了几根白发，立刻，他的心缩紧了。他真想为母亲拢一拢头发，并轻轻地拥抱一下瘦小的母亲。同学病了，他会骑着自行车从学校所在的郊区跑到市中心去买营养品，去耐心地安慰同学，陪着同学闲聊。他的心中洋溢着温情。"可见少年"他"对人类的热爱，对美好生活的理解，对人生的思索都是伴随着初恋产生的。《柳》是少年们的知心朋友，它懂得如何爱护和珍惜初恋这份人生的美好感情，如何把握住这种感情使其成为生活的动力。而《今》虽然在表现爱情题材上发了先声，也有改良的积极思想意义，但是作品中对早恋的隐隐否定倾向，以及"沉溺—教育—改悔"的模式化所含藏的淡淡的"回头是岸"的说教意味，降低了作品的各方面的价值。

实际上，《柳》中的"她"并不是第一个能够用充满理性的人生思索的目光看待初恋，从而把握住自己的感情，找准它在生活中的位置的少女

---

① 过传忠：《三百多封来信说明了什么？——一位中学生的习作（柳眉儿落了）引起强烈反响》，《文学报》1985年。

文学形象。铁凝的中篇小说《没有纽扣的红衬衫》中的女中学生安然，在与刘冬虎的感情交往中表现出的坚强与清醒，与《柳》中的"她"何其相似。《没有纽扣的红衬衫》在成人文学中被视为优秀作品，改编成电影的《红衣少女》还登上了领奖台。上述两篇作品毕竟一篇是成人文学，一篇出自中学生之手。可是少年爱情题材到了儿童文学作家之手，就好像非进入"沉溺—教育—改悔"的程式则不能对少年进行正面教育。这不能不引起我们的思索：我们的教育观念难道脆弱得如此碰不得吗？我们的少年小说创作难道命定该背负因袭理论的重压吗？

四

前面讲过，面对少男少女寻找各种途径和手段来发泄性成熟所引起的冲动这种情况，少年小说不能无动于衷。但是必须看到，少年们有两种冲动要发泄。一是性方面（肉体）的，二是情感方面的。我们的少年小说创作，也需要像《今》《柳》这样的作品，来满足少年们的感情需求。不过这种满足不仅是迎合，而且还担负着使其感情趋于纯洁，日益向上的使命。如果我们的少年小说成功地进行了高尚的纯爱的教育，那么就会在一定程度上松弛少年们性方面的紧张感，把他们对性的注意吸引到对美好感情的向往这种心灵的完善上来。

我们知道成年人的爱情，是两方面因素的融合，即所谓"身心交融"。精神和肉体缺了一个方面，则感情不完满。可是少年们"在思春期，性的感觉和心理的异性爱并不是马上结合在一起的情况极多。前者常常是作为自己的一个隐秘世界，可以说是表现为色情的自我爱，后者是与前者完全不同的心理的活动。肉的世界和灵的世界还是各自分开的体验，未必融合成一体"[1]。正是少年们对异性关心的双层间壁性，决定了纯爱教育的

---

① ［日］桂介编：《青春期意识与行动》（日文版），第13页。

可能性。

排斥性爱（肉体），抒写纯爱，是少年小说与成人文学在爱情描写上质的区别。西方一些少年小说在爱情描写中有少年男女拥抱、接吻的场面，我国的少年小说则不宜这样写。因为在爱情和性方面，我国与西方有着各自不同的民族文化传统。"发乎情，止乎礼义"是应该遵循的一个尺度。

总之，在人类的思春期中，对爱情的憧憬是少年独特而又重要的情感。在从儿童期向成人期过渡的过程中，如果没有这种情感就突然跨入现实生活，那么，精神生活的丰富和发展是难以期待的。使少年爱情的憧憬之泉不至于污染、枯竭，使这种感情上升到对人类、艺术、生活的更广阔更深沉的爱的更高层次，这就是以爱情为题材的少年小说努力的方向。

这两年，少年小说的创作虽然并不尽如人意，但毕竟是跟在生活洪流的后面前进了。令人遗憾的是，儿童文学理论对创作的冲击仍然比较麻木。人类史上，许多重大理论的创立，都是以惊异现象为契机的。《今》《柳》以及由此而引起的讨论，可以说是儿童文学领域里的一大"惊异现象"，已经促使我们不能不重新认识和探索儿童文学理论。运用溯因法，我们是否有创立"少年小说可以而且应该描写少年爱情"这一新理论的可能性呢？也许历史将证明这一努力是徒劳的，但是，在未有定论之前，探索就有希望！

1985年12月于东北师大校园

（载于《当代文艺思潮》1986年第4期）

用"生命气息吹嘘过的"《早恋》

——兼谈变革儿童文学观念的紧迫性

一

拿起肖复兴的长篇小说《早恋》（《长篇小说》总第12期，北京十月文艺出版社，1986年），首先跳进头脑里的念头竟是："肖复兴，这回该看你的了！"像是跟什么怄气作对，我近乎怀着一种从鸡蛋里挑骨头的刻薄心理。

事出有因。肖复兴并非令人望而生畏的中学生早恋题材领域的第一个探险者。在他之前，已经相继有几位作家涉足于此，但是，几乎一个个都败下阵来。儿童文学作家丁阿虎，第一个大胆"吃螃蟹"，他于1984年初发表的少年小说《今夜月儿明》，虽然造了不准描写少年早恋的传统儿童文学创作理论的反，但是却被更为传统的封建道德观念所招安，因为小说否定了少年纯洁的早恋感情；另一位儿童文学作家罗辰生于1986年初发表的《少年的心》，更是向传统的封建道德躬身致敬的作品。毫不夸张，丁、罗两位作家的作品，骨子里是"存天理，灭人欲"的"禁欲"工具。再看史蜀君这位思想解放的电影编导，1986年她推出了争议很大的影片《失踪的女中学生》，这部在传统道德观念那里怨声载道的作品，在我看来，充其量不过是折中调和的温情主义影片。它以同情美化少年的早恋感情始，以牺牲少年的独立人格和尊严终，本质上，还是与人性压迫的封建教育观念握手言和了。唯一差强人意的，有一位儿童文学界的小人物陈丹燕，她的少年小说《上锁的抽屉》《男生寄来一封信》，倒是对封建道德和人性压迫教育喊出了"童心不可污"的第一声。但是，短篇体裁，难以对早恋这个重大社会问题，鞭辟入里，闳中肆外，加上儿童文学评论界的愚钝，她的作品几近自生自灭了。

在这种情况下，突然站出来一个有名气的成人文学作家肖复兴，而且他一家伙甩出来一部沉甸甸的近三十万言的长篇《早恋》，不能不叫人的周身神经昂奋起来："看他怎么说！"

二

我国目前在少年早恋问题上已经形成了尖锐深刻的矛盾，一方面是教育者（教师、家长），他们否定、棒杀少年早恋感情；另一方面则是中学生们，他们要求自我感情得到合理的保护，维护着自己的人格尊严。肖复兴就站在矛盾中间，何去何从，维系着他的《早恋》的命运。

《早恋》的表层，是教师、家长与中学生们在早恋问题上的矛盾斗争，深层却在于揭示传统的封建道德教育观念对少年人格和个性的重压，发出的是深沉的人道主义的呼唤。

《早恋》有了对中学生的理解和爱，就不是单摆浮搁地把推行封建的压制教育的教育者与中学生的矛盾展览出来，而是要揭开教育者腹中的"小"来，让他们丑态毕露，把他们推到"被告席"上去接受诘问。我们看看几位压制教育者的"尊容"吧：建安里中学教导处的邱凯老师时常抽冷子对学生搞搜身检查；教导处石老师在诸位老师面前念那些搜来的情书，"故意用了尖尖的嗓音"，"带有一股子既欣赏又嘲讽的口吻"，听的老师们"像在听什么奇闻逸事"，"哈哈大笑"；高二（5）班班主任容桂棠老师，不仅收学生的日记看，把学生不愿意交的日记称为"黑日记"，而且竟然私自拆看了女同学章薇的信。

《早恋》对建安里中学的一部分教师的这些行为的大胆描写，深刻地揭露了我们学校教育中存在着的不尊重少年人格尊严的人性压迫教育的封建儿童观。本来在教育者和被教育者之间，应该是一种充满坦诚信任和友爱的人际关系。但是《早恋》中的邱老师、容老师等人却总是把教师与学生对立起来。邱老师认为："学生们胜利了，要看我们老师的笑话了。"他们心目中的师生关系就应该是教师为学生之"纲"的上下尊卑关系。容老师"动不动就发脾气，像训小孩一样训同学，总想把同学训得笔管条直的"。当高二（5）班的同学不满容老师的人格压迫，起来反抗时，她便甩出了最后一个"杀手锏"："不要以为你们马上就要毕业了，翅膀硬了，就可以不把老师放在眼里，你们的毕业鉴定还都要由我来写！"

这种教育者压迫学生的权威，在我国教育领域保持了几十年，但是，八十年代的中学生们不买账了。伴随着爱情意识，觉醒起来的是现代个性意识，他们要求自己的独立人格和尊严受到保护。《早恋》以赞赏的目光注视着同学们的反抗——与班长覃峻暑假游历了敦煌的范爱君为容老师画了一幅漫画：容老师"双手支撑着讲台，脚后跟因为够不着地面踮着，双肩高耸，嘴里还喷出一股烟来。烟圈上写着几个字：'你给我写检查！'"以此对容老师的无端猜疑和污蔑作无言的抗议。容老师擅自拆章薇的来信，引起全班同学的愤怒："这还像什么话！""通信自由，受宪法保护。"公开与容老师、邱老师抗争。给章薇写信的外校高三学生张力还投书《青年报》："请老师和家长尊重我们的人格，保障我们的通信自由。"班长覃峻主编班内刊物《最后的玫瑰》，受到容老师的镇压后，照例我行我素，办起第二期，向"伤害学生感情，有损学生人格"的容老师提出抗议。容老师盛怒之下，撤了覃峻班长职务后，高二（5）班彻底造反，向校方提出调换班主任的要求。《早恋》中的这些对现实生活中的中学生与教师（包括家长）之间的尖锐矛盾冲突进行了深度艺术加工后的典型化描写，几乎可以说是全国每一所中学的一面镜子。

显然，肖复兴并不满足于仅仅以《早恋》提出深刻的社会问题，他的主观介入愿望太强烈了，他要尽力回答、解决问题。《早恋》中作家刻意安排、刻画的钟林老师便担负着这一使命。二十九岁的钟林接替休产假的容老师，担任高二（5）班的班主任。他对邱老师、容老师的压迫教育反感、不满，以及对中学生人格的尊重和理解，赢得了学生们的信任和爱戴。容老师认为班级乱都是早恋引起的，但是她越是压制、扼杀早恋，班级却越乱。然而钟林理解尊重学生们的早恋感情，与学生们一道探讨爱情的奥秘与真谛，帮助他们把爱情置于人生的合理位置。高二（5）班在钟林老师手里，成为一个团结友爱、奋发向上的集体。

钟林这一人物，清晰地打着作家肖复兴这一代人的印记。从教育思想和儿童观方面看，钟林便是作家本人的替身。作家把自己对生活的爱憎和思索，交付钟林来表达和宣泄。钟林个人生活的不幸、对事业的艰难追求，以及他对少年思想感情的理解、尊重和关怀，对人生的少年时代的崇尚和赞美，都给作品吹嘘进了活泼、强烈的生命气息。

《早恋》作为少年小说，在艺术上最成功之处，在于摆脱了儿童文学创作中惯有的观念的束缚。《早恋》创造出的艺术的"第二自然"保持着生活的原生态。《早恋》中的芸芸众生，不管是丑陋的、端庄的、成熟的、稚嫩的，都在生命的原生力驱使鼓动下活动着。《早恋》中的人物形象，特别是中学生形象，脸上找不到这个那个观念涂抹上去的油彩。《早恋》是"由一种生命气息吹嘘过的"①。

肖复兴以《早恋》表现的儿童观是"真"和"美"的。肖复兴说："我从内心里知道，千万不要小瞧这些中学生。在有些方面，他们是走在了我们的前面。从某种意义上讲，理解当代青年，也就会理解当代社会的主要动向。"②

我们对《早恋》的分析，恐怕是已经落入了这几年大大贬值的社会学批评的窠臼。但是，无论如何，我认为《早恋》作为问题小说，它的思想

---

① 《歌德谈话录》，人民文学出版社，1978年，第247页。
② 肖复兴：《〈早恋〉创作琐记》，《长篇小说》1986年总第12期。

倾向绝不仅仅是政治的，而与艺术毫无因缘，因为不进入"真"的层次，审美是不会开始的。尤其是在《早恋》前面的许多作品在如何评价认识早恋这一问题上"马失前蹄"的情况下，《早恋》的思想倾向便自然成了评论的兴奋点，成了判断真伪文学的先决条件。

三

我有一种预感，长篇小说《早恋》无论对肖复兴本人还是对整个儿童文学创作，都将具有深刻的意义。

近年来，肖复兴的小说创作处于低潮，在读者眼里，他的身份更多的是报告文学作家。但是，他偏偏在与小说怄气，于是便有不尽的苦恼。突破自己，来个飞跃，这是把他困得寝食难安的欲望。他认真清理了自己的生活储藏库，发现自己库存中的主要东西还没有动用过，其中就有粉碎"四人帮"前后几年的中学教师生涯。经过一番秣马厉兵，肖复兴开始了他的《早恋》创作。的确，肖复兴的长篇小说《早恋》为自己在文学世界立起了一个新的支点。《早恋》获得成功的效应，显示了肖复兴在中学生生活这个创作领域里的优势。这个信号希望作家能储存进头脑中。

也许，《早恋》对儿童文学（少年小说）的创作和理论的影响和意义将更大！

第一，我们的少年小说创作，长期以来把十六七岁的高中生冷落在一边。这些对文学有着特殊需求的"亚青年"处于少年小说、成人小说两不管的夹空地带，他们对少年小说感到肤浅、味同嚼蜡，因而不屑一顾；而拿成人小说作为补偿，又时时陷于深奥难解的困惑，其中与少年距离太远的生活缺乏亲切感。肖复兴的《早恋》成功地完成了一次远征，把儿童文学的版图扩大到了高中生读者层。这个重大收获，值得儿童文学理论总结经验，把对高中生的文学需求的研究，提到理论建设的日程上来。第二，肖复兴的《早恋》的成功，将促使我们的儿童文学作家反思自己的儿童文学观念。作为一个成人文学作家，肖复兴本来就不怎么受理论观念的束缚，创作中的审美意识自然不受儿童文学中的与传统的道德观念盘根错节在一起的教育观念的束缚。这就大大地拓展了《早恋》的审美区域：对成人世界的大胆介入，对学校错误的教育观念赤裸裸地揭露，对性意识的坦然，对早恋感情的赞美……但是，儿童文学理论对儿童文学教育性能的过分强调，使儿童文学作家明于教育观念而陋于知少年的心。"水至清则无鱼"，把教育目的搞得太清了，就把生活中观念解释不了的活生生的东西过滤掉了。观念的"增白剂"洗褪了生活的色彩。我们绝不想取消儿童文学理论，但是理想的理论应该是帮助作家自在地放开手脚，而不是用教育观念什么的把作家的审美视线遮挡住，把作家的手脚捆绑起来。

肖复兴这位成人文学作家，头一次涉足儿童文学就爆出了冷门，使儿童文学作家陷入了窘境。我并不认为这是他们的才气不够，根本原因，应该从儿童文学作家受理论框框的束缚去找，应该从束缚着儿童文学作家的理论模式的可靠性中去找。无论如何，儿童文学观念的变革势在必行而且迫在眉睫。如果儿童文学继续蜗居于旧的理论模式之中，继《早恋》之后，第二次、第三次嘲讽便会接踵而至！

（载于《当代文坛报》1988年第10期）

张天翼童话创作再评价

国内评价张天翼解放前后的儿童文学创作时，我们听到的总是："张天翼继叶圣陶、冰心等儿童文学先驱之后，把我国现代儿童文学提高到一个新的水平"，解放后，他成为"新中国社会主义儿童文学的开山祖"，"我国的儿童文学至今还未超越他的水平"[①]等等高度评价。在国外，中国儿童文学得以被人了解和认识，也大都离不开张天翼的童话《大林和小林》《宝葫芦的秘密》，张天翼成为中国最具世界影响的儿童文学作家。然而，当我为中国儿童文学的寂寞星空有了这颗灿然星辰而稍感安慰并颇怀感激之时，依然压抑不住心底一股叹惜之情——这位童话中不乏埃·拉斯伯《吹牛大王历险记》式的奇妙夸张、刘易斯·卡洛尔《艾丽丝漫游奇境记》式的天马行空的幻想、阿·林格伦《长袜子皮皮》式的捧腹幽默的天才童话作家，终因其对中国儿童文学道德教训传统的归顺，未能自由自在、淋漓尽致地发挥自己的才气。本文站在以往的张天翼儿童文学论的不同立场上，重新考察和评价张天翼童话创作的性质，揭示这位中国儿童文学的象征性作家的悲剧命运，从而对传统的中国儿童文学观念从根本上提出质疑。

---

① 刘再复：《高度评价为中国现代文学立过丰碑的作家》，吴福辉等编：《张天翼论》，湖南文艺出版社，1987年，第27页。

一

张天翼在解放前创作了《大林和小林》（1932年）、《秃秃大王》（1936年）、《金鸭帝国》（1942年）三部长篇童话。分析、比较这三部童话，我认为张天翼的童话创作走了一条向后退化的道路。

《大林和小林》堪称中国现代儿童文学史上，继叶圣陶的《稻草人》之后的第二块里程碑。这篇童话主要塑造了两个鲜明对比的人物大林和小林，描写他们不同的生活道路和命运，反映了旧中国上层社会与下层社会、资产者与无产者、压迫者与被压迫者之间的矛盾斗争，被誉为杰出的现实主义童话。二十六岁的张天翼初操童话之笔，便充分显示了他作为儿童文学作家的卓然超群的才华。在这部童话里，有相当多的精彩处，因为对张天翼童话成就的论述非本文的目的，这里只好割爱。总之，"他创造出一个接一个的幻想，又将它巧妙地与现实的悲剧以及阶级斗争结合起来，产生有趣的效果"①。尽管如此，这篇成功的童话表明，张天翼从一开始便遵循了主题先行、观念先行的创作方法，而这种方法始终降低着他的创作水平。

张天翼创作《大林和小林》正值中国的人民大众在被剥削、压迫的苦难生活中挣扎之时。当时在少年儿童中却流行着这样的童话故事："从前有兄弟俩，哥哥富，弟弟穷，哥哥欺负弟弟。后来因为有神仙菩萨保佑，弟弟变成了富翁，哥哥穷了……""从前有一个孩子，爸爸妈妈都死了，没有钱，还受人欺负，后来这孩子得到了神仙送的宝葫芦，就变成了富翁。"张天翼认为："这些故事诉诸小读者的，就是做一个不劳而获的大富翁最幸福，而且用不着念书，用不着干活做事，受了欺负也不要反抗，只等着神仙来帮助就是。""为了反其道而行之，我在《大林和小林》以及

---

① ［日］伊藤敬一：《张天翼的小说和童话》，沈承宽等编：《张天翼研究资料》，中国社会科学出版社，1982年，第459页。

《秃秃大王》等童话中就是专门告诉小读者做富翁的'好处',求神仙的'好处'。"①他还说过:"只要不是一个洋娃娃,是一个真正的人,在真的世界上过活,就要知道一点真的道理。"②《大林和小林》超越了"从前有一个国王……"式的一个次元(幻想世界)的童话,而是构筑了幻想世界与现实世界两个次元交汇的童话世界。张天翼让大林和小林的种种梦幻离奇的故事发生在一个现在时的时间和比较现实的环境里,就是为了让孩子明白"真的世界"上的"真的道理"。《大林和小林》毋宁说是对民间童话幻想方式的一大突破,已经接近了本世纪在欧美出现的让幻想真的发生在真实环境里的一种幻想小说式童话。但是作家要说明固定观念的欲望过于强烈,使作品出现了一些败笔。比如,要把成人认识中的阶级关系、阶级斗争告诉儿童,便夸大了儿童的能力去写童工们的反抗;为了说明剥削阶级的丑恶,便无限度地去夸大唧唧少爷(即大林)的懒惰、空虚,从而使夸张失于虚假和油滑;为了让孩子打消当"富翁"的念头,便拿穷人家十来岁的孩子大林做靶子,让他饱尝"富贵"之苦后饿死在"富翁岛"。作品叫人最不舒服之处就是对大林这一形象的描写,作家不是把孩子看作牺牲品和受害者,而是怀着极大的憎恶,把大林作为剥削阶级的一位代表人物来讽刺、讥笑、惩罚,表现了作家对儿童世界认识上的失误。这一失误显然是作家用头脑中固定观念取代活生生的生活的结果。以上这些败笔,给《大林和小林》涂上了些许图解概念和简单化色彩。

早在三十年代,胡丰(即胡风)就在指出张天翼的小说创作中的人物简单化的毛病时说:"当然,作者底目的是想简明地有效地向读者传达他所估定了的一种社会样相,但他却忘记了,矛盾万端流动不息的社会生活付与个人的生命决不是那么单纯的事情。艺术家底工作是在社会生活底河流里发现出本质的共性,创造出血液温暖的人物来,在能够活动的限度下面自由活动,

① 张天翼:《为孩子们写作是幸福的》,沈承宽等编:《张天翼研究资料》,中国社会科学出版社,1982年,第216页。
② 张天翼:《〈奇怪的地方〉序》,沈承宽等编:《张天翼研究资料》,中国社会科学出版社,1982年,第155页。

给以批判或鼓舞，他没有权柄勉强他们替他自己的观念做'傀儡'。"①我不知道也用这话来评论《大林和小林》胡风是否同意，但他确实在同一篇文章中又指出："他的熟悉儿童心理和善于捕捉口语，使他在儿童文学里而注入了一脉新流，但我们还等待他去掉不健康的诙谐和一般的观念（着重号系引者所加。），着眼在具体的生活样相上面，创造一些实味浓厚的作品……"②

在胡风说了上述话大约一年，张天翼出版了《秃秃大王》。这部童话不但没有克服《大林和小林》的缺点，反而弄掉了《大林和小林》中的许多优点，降低为缺少灵气、光彩的平庸之作。《秃秃大王》将成人社会里被压迫阶级的暴动这一主题幻想化，意在教育儿童在压迫之下不要求助于"神仙"而要自己起来反抗。张天翼的概念化在这部童话里更加严重。为了说明统治阶级的可憎恶，出现了许多极不严肃、极其简单的描写，比如："秃秃大王只有三尺高，脑顶上光溜溜的，一根头发也没有。眼睛是红的，脸上还长着绿毛，原来他脸上发了霉。耳朵附近还生出了几个小菌子。苍蝇可最喜欢秃秃大王了，常常是几千几百的拥在秃秃大王身上，爬来爬去。"这种夸张不仅庸俗浅薄、毫无本质的真实，而且引起读者生理上的呕吐感，难以进入艺术欣赏的状态。为了揭露剥削阶级的吃人本质，《大林和小林》中资本家四四格把童工变成鸡蛋吃掉的巧妙幻想，在这里已经换成了地主秃秃大王坐在人骨头做成的椅子上，喝人血、吃人肉丸子、啃娃娃手指头这种浅薄的直接述说。那场闹剧一样的"暴动"的描写，就仿佛作家俯在儿童读者耳边说：你们受秃秃大王的压迫吗？不要紧，你们只要手中拿着肥皂、牙刷，为秃秃大王洗洗脸，刷刷牙，然后杀掉便是。作家原来那个告诉儿童"真的道理"的欲望，在这里已经由《大林和小林》的急切变为急躁。

张天翼以童话图解观念的极致便是他在新中国成立前写的最后一部

---

① 胡丰（胡风）：《张天翼论》，沈承宽等编：《张天翼研究资料》，中国社会科学出版社，1982年，第279页。
② 胡丰（胡风）：《张天翼论》，沈承宽等编：《张天翼研究资料》，中国社会科学出版社，1982年，第295页。

"童话"《金鸭帝国》。这部"童话"意在通过资产阶级暴发户"大粪王"的发迹史，揭示出资本主义由原始积累向垄断资本进而向帝国主义发展的历史进程。作家当年曾说："我自己很喜爱这部稿子，觉得可以破童话界的记录。"①用童话这种艺术形式来图解马克思主义理论，这在世界童话史上确属罕见，但是唯其如此，《金鸭帝国》才成了彻头彻尾失败了的作品。姑且不谈作家揭露资本主义罪恶的主观意图与作品中多处对资产阶级给人类社会历史发展作出的贡献的客观描写之间存在着无法解释的矛盾，单从童话体裁特征的角度审视，已经实在无法将《金鸭帝国》称为童话，它不过是一个没有一丝幻想的虚构的现实故事（连小说也称不上）。

综上所述，张天翼解放前的童话创作走了一条由"柳暗花明"至"山穷水尽"的道路——他出于让儿童明白"真的世界"上的"真的道理"这种表达观念的动机，凭着他天生的童话文学的幻想、幽默的才气，创作了《大林和小林》并基本上获得了成功。然而同时，作家用童话的幻想来图解观念这一概念化倾向及产生的弊害，也在处女作中露出了端倪。接下来，作家没有意识到空灵的幻想与凿实的观念之间水火相克的宿命，反而在《秃秃大王》中进一步强化固定观念的表白而压抑幻想，并在观念的驱使下滥用讽刺、夸张，使作品失去幽默流于油滑、庸俗，作品中已难以看到他的才气的灵光。表现观念这一欲望的恶性膨胀终于使《金鸭帝国》彻底丢弃幻想，径直扑向现实和概念，于此，张天翼的童话创作便走到了死胡同的尽头。我总感到作家本人似乎也意识到自己童话创作的退化，因为尽管张天翼不太爱谈论自己，但在有限的几次谈起自己的童话时，总是多讲《大林和小林》，少讲《秃秃大王》，而对《金鸭帝国》则似乎羞于提起。

1942年，张天翼因病停止了文学创作，在《文艺杂志》上连载的《金鸭帝国》也没能收束。因病辍笔这一突发的偶然事件，掩盖了张天翼在表达固定观念的创作方法下，童话才气枯竭的窘况。不否认，如果没有病魔

---

① 张天翼：《致叶以群》，沈承宽等编：《张天翼研究资料》，中国社会科学出版社，1982年，第176页。

缠身,张天翼有将《帝国主义的故事》写下去的可能(《金鸭帝国》据张天翼讲是《帝国主义的故事》之第一部)①,但是,如果他不改变《金鸭帝国》的创作方法,在童话创作上要起死回生是绝难指望的。

二

张天翼新中国成立前的成人讽刺小说创作与童话创作有一个共同的底蕴,即讽刺与幽默。这是他的创作优势。然而"1949年以来,当他的讽刺和幽默的才能已经不受欢迎,再也没有以那种态度对待生活的勇气了,在创作上也就失去这种优越性,再也看不到像《华威先生》那样的讽刺佳作了"②。饶有意味的是,张天翼在不得不告别成人小说创作的时候,却拿起了放下十来年的儿童文学创作之笔,从1952年至1957年为儿童创作了三篇短篇小说,两个儿童短剧,短篇童话《不动脑筋的故事》,中篇童话《宝葫芦的秘密》。张天翼得以继续从事儿童文学创作,当然是得益于他未泯天真的童心,富于生动的幻想力,了解儿童心理,熟悉儿童语言。不过还有另外两个原因,第一,他那因不能创作成人小说而遭压抑的讽刺、幽默的才能和欲望,在儿童文学创作中却能够得到一定程度的宣泄释放。把讽刺的矛头从成人调转向儿童(虽然程度和感情上有很大不同),对儿童的缺点讽喻规过,社会以及教育者们就能报以欢迎和赞赏,这一点是否也表明了中国儿童的低下地位呢? 第二,也是最根本的原因,就是新中国成立后的儿童文学与现代儿童文学"文以载道"的传统是同出一辙的。这里似乎发生了矛盾,即前面我已经断言张天翼的童话创作被《金鸭帝国》领入了死胡同。但是不应忘记的是从解放前到解放后,尽管张天翼的童话创作"文以载道"的传统是一脉相承的,不过作家以童话来表达的具体思想

① 张天翼:《致叶以群》,沈承宽等编:《张天翼研究资料》,中国社会科学出版社,1982年,第176页。
② 林曼叙、海枫:《中国当代文学史稿》(节录),沈承宽等编:《张天翼研究资料》,中国社会科学出版社,1982年,第424页。

观念却发生了变化，那就是放弃了童话难以图解的马克思主义理论观念，不再继续写"帝国主义的故事"，而是走向儿童教育观念，写起了儿童"不动脑筋的故事"。正是这一变化使张天翼的童话创作走出"山穷水尽"，又见"柳暗花明"。

但是仍然不能乐观，因为以童话来表达固定的观念（不管是马克思主义理论观念，还是儿童教育观念）其本身便有走火入魔的危险，更何况，如果说解放前作家所表达的那个固有观念本身是正确的话，那么张天翼解放后所信奉的儿童教育观念已是令人怀疑的了。在这里我想引用我在其他文章中关于中国儿童文学的儿童观的观点："五六十年代的'教育儿童的文学'，给人的总体感觉是：作家为儿童之'纲'，君临儿童之上进行滔滔不绝的道德训诫甚至政治说教，仿佛儿童都是迷途的羔羊，要等待着作家来超度和点化。在儿童文学中得到满足的常常不是儿童的合理欲望和天性，倒是儿童文学作家的说教欲。儿童文学作家十分虔诚地相信自己遵奉的教育观念的正确性，一心坚决而又急切地要把儿童领入成人为他们规定好的人生道路。这是一种带有强制和冷酷色彩的儿童观。历史已经令人沮丧地证明了两点：一是我们的作家们过去所信奉的许多教育观念是错误的，二是在作家们高高在上的道德训诫和说教之下，遭到压抑甚至扼杀的是儿童们合理的欲望和宝贵的天性。""五六十年代的相当数量的儿童文学从总体上看，给儿童带来的不是解放而是压抑。我国五六十年代的儿童文学所以没有产生具有世界影响的作品，就是因为太小看儿童，太压抑儿童。"[1]我看张天翼所信奉的儿童观与此只有量的不同，没有质的差异。

张天翼曾谈到过自己的儿童文学作品的形成："我在跟孩子们的接触当中，发现有一些个问题"，"有的孩子往往有点懒，有的不爱动脑筋，有的看见好玩的东西就忘了学习，有的孩子在学校里肯劳动，可是回到家里就要大人帮做这做那……我写的《罗文应的故事》《不动脑筋的故事》《宝

---

① 朱自强：《论中国当代儿童文学的儿童观》，《东北师大学报》1988年第4期。

葫芦的秘密》《蓉生在家里》等作品，就是针对孩子们这种种问题"①。张天翼的作品的确在写问题儿童：贪玩的罗文应，不帮妈妈做家务的蓉生，不动脑筋的赵大化，还有幻想得到宝葫芦（不劳而获的资产阶级思想）的王葆。这几篇作品有一个共同的模式——有缺点毛病的孩子经过教育有了进步，改正了缺点毛病。作家自己曾说："有时我直接或间接知道有的孩子因读了我的某些东西而得了些益处（能进步，能变得更好，或是能改正自己的缺点，等等），那真是我的最大快慰，最大喜悦，也是给予我这项劳作的最大酬报。"②说句心里话，如果张天翼创作儿童文学就是为了让孩子们改正那些在成长中无关紧要（除了对赵大化缺点的夸大，对王葆幻想的歪曲）的缺点，我看不出这项工作有什么重要。因为儿童文学不应变成学校教师手里的道德教科书和行为规范手册，就像别林斯基对儿童文学作家所期冀的那样："望大家莫把自己的注意力花在消除孩子们的缺点和恶习上，重要的是多费点心血，用富有生命力的爱来充实孩子们的心灵，因为有了爱，恶习就会消除。"③

　　张天翼教育孩子改正缺点的儿童文学是缺少"富有生命力的爱"的。我们看看孩子们从中得到的是什么。"罗文应在解放军叔叔、老师、同学们热情帮助下，光荣入队了。我想：我是少先队员，我为什么不能改掉贪玩、不珍惜时间的坏毛病呢？""当前全国人民正在为使我国在本世纪内——二〇〇〇年——实现四个现代化而努力奋斗，如果谁都想要个宝葫芦，靠偷、靠摸，怎么能实现'四化'呢？"④看不见感情的波澜，听不见心灵的搏动，有的是冷静和理性。没有什么比孩子不能用感情去感受生活，却能用理性去分析、议论生活更不幸了。"凡事各有其序。勉强的、过早成熟

---

① 张天翼：《为孩子们写作是幸福的》，沈承宽等编：《张天翼研究资料》，中国社会科学出版社，1982年。
② 同上。
③ 转引自周忠和编译：《俄苏作家论儿童文学》，河南少年儿童出版社，1983年，第16页。
④ 张天翼：《为孩子们写作是幸福的》，沈承宽等编：《张天翼研究资料》，中国社会科学出版社，1982年。

的儿童——是精神上的畸形儿。""一个爱发议论的小孩，一个明理智的小孩，一个爱说教的小孩，一个时时刻刻小心谨慎，从不淘气，接人待物温文尔雅，谨小慎微的小孩，而且所有这些行为都是经过仔细盘算的……你若把小孩培养成这副模样，那将是你的不幸！"[①]张天翼的童话正是如此，向孩子灌输的是教育者的观念（理性），漠视的是儿童生命欲求的冲动（感情）。

张天翼的童话孩子们爱读。"有趣"是孩子们的热烈反映，让儿童"爱看"也是作家所追求的重要标准。但是，我们认真分析一下作家对"爱看"的解释，仔细品味一下阅读作品的心理感受过程，也许这一点也不那么靠得住。

张天翼曾说明他创作儿童文学的两个标准："（一）要让孩子看了能够得到一些益处，例如使孩子们能在思想方面和情操方面受到好的影响和教育，在他们的行为和习惯方面或是性格品质的发展和形成方面受到好的影响和教育，等等。这是为孩子们写东西的目的。为了要达到这个目的，那么还要——（二）要让孩子们爱看，看得进，能够领会。"[②]（着重号系引者所加。）显而易见，张天翼的"趣味性"不过是作为实现教育目的的一种手段。但是，真正优秀的儿童文学作品，其"趣味"都是作品之核心或曰目的。"目的""手段"这种二元论的儿童文学创作标准，把儿童文学分离成两层皮。张天翼的作品就是用趣味给枯燥无味的主题思想包上一层糖衣，而孩子们吮尽了外面的甜滋味之后，便尝到了药的苦涩。当然孩子们是不能清楚地觉察或清晰地说出那苦涩感觉的。张天翼的童话不是真正的富有坦诚宽厚之爱的文学，因为其本质中没有快乐的游戏、自由的幻想以及来自成人的充满信任和鼓励的温暖感情，而这些恰恰是儿童在成长中所真正需求的东西。张天翼的"有趣"的背后不过是以说教来劝善，以教训来规过的成人算盘。张天翼写罗文应喜欢快乐健康的游戏，最终却让罗

---

① ［俄］别林斯基：《新年礼物》，周忠和编译：《俄苏作家论儿童文学》，河南少年儿童出版社，1983年，第12页。

② 张天翼：《为孩子们写作是幸福的》，沈承宽等编：《张天翼研究资料》，中国社会科学出版社，1982年。

文应"管住自己"不去玩耍；张天翼在《宝葫芦的秘密》里写了王葆的幻想（孩子们最入迷之处）最后却惩罚了王葆的幻想。

我们听听小读者怎样讲读了《宝葫芦的秘密》的感受。有的小读者说："宝葫芦的故事是真的吗？如果不是真的，讲这个故事是什么意思？"还有人说："可惜宝葫芦的故事不是真的，要是真的，我有那么一个宝葫芦该有多好！王葆干吗又砸它，又烧它？"①这些话也令我回味起小时候读《宝葫芦的秘密》，最初为王葆得到宝葫芦而喜悦激动（将自己与王葆同化了），最后为宝葫芦的偷窃而失望懊丧的心情。《宝葫芦的秘密》吸引儿童的趣味便在于"宝葫芦"这一幻想，但是作家描写了它（作为手段）却又最终否定了它（为了目的）。难怪第一位小读者的话里流露着隐隐怀疑和不满，而第二位小读者干脆仍和作家唱着反调。孩子们是不能够像作家那样出色地理清和表达自己的思想的，他们单是凭着感情和直觉，发现了作品与他们的精神需求的抵牾之处。必须承认，感情和直觉往往更为真实可靠，看来《宝葫芦的秘密》这部被誉为张天翼童话创作最高成就的中篇童话，成了分析评价张天翼童话创作的关键。

宝葫芦是什么？童话中写得很明白，它专门从别人手里偷东西；作家也说得很明白，"实质是剥削阶级不劳而获的思想意识"②。这么坏的宝葫芦，为什么孩子们读了《宝葫芦的秘密》后还想得到它？我认为原因就在于孩子们幻想得到的宝葫芦根本就不是作家制造出并硬塞给王葆的那个宝葫芦。王葆得到宝葫芦后，先让它变出金鱼，解决了玩的问题；再让它变出熏鱼、卤蛋，解决了饿的问题；然后就想为自己的学校变出一座正需要的三层楼房。多么美好的愿望！如果作家按照孩子心中的所有善良愿望去变，没准王葆也像国际安徒生奖获得者林格伦创造的那个力大无比的女孩子长袜子皮皮，成了给全世界小读者带来快乐的小英雄。但是作家不让王

---

① 张天翼：《为〈宝葫芦的秘密〉再版给小读者的信》，《张天翼童话选》，湖南人民出版社，1981年，第426页。
② 张天翼：《为孩子们写作是幸福的》，沈承宽等编：《张天翼研究资料》，中国社会科学出版社，1982年。

葆的愿望实现，若是实现了，还怎么教育他改正缺点？自觉比孩子高明的成人的优越感不就失去了吗？所以作家只让王葆得到一个偷东西的宝葫芦，尽管这恰恰不是王葆想要的！

作家有自己的逻辑推理。儿童幻想得到宝葫芦，这就等于什么也不用干，却要什么有什么，而不劳而获的剥削阶级正是什么也不用干就要什么有什么。哈哈！数学定理：等于第三个量的两个量相等。于是儿童幻想得到宝葫芦就等于追求剥削阶级的不劳而获生活。"因此，对王葆式的孩子要好好教育，不能让他发展下去。"[1]

问题是张天翼歪曲了儿童想要得到宝葫芦这一幻想的本质。我认为儿童幻想得到宝葫芦是儿童天然而合理的欲望。的确如作家所指出的，王葆幻想得到宝葫芦会有"有点懒"的因素，但是富于讽刺意味的是，这个"有点懒"有时却与追求人类社会的进步有着联系。我也许是在胡猜，汽车没准是人在"懒"得走路时发明的，全自动洗衣机没准也是"懒"得亲自动手洗衣服的人发明的。我们的作家大可不必担心，王葆幻想得到宝葫芦便导致真的什么都不做了。他不会幻想得了宝葫芦为自己作解不开的算术题便真的放下笔，因为他是忘不了若完不成作业时老师的批评的；而且王葆若在考试时抄袭别人的试卷，那也不是他平时幻想宝葫芦的过错，也许当时他的脑海中出现的不过是父母发怒的面孔。也许是不敬的比较，作家对王葆幻想得到宝葫芦的担心，使我想起1931年有人咨请教育部查禁儿童读物中的"鸟言兽语"时，鲁迅对其荒谬言论的驳斥："但我以为这似乎是'杞天之虑'，其实例并没有什么要紧的。孩子的心，和文武官员的不同，它会进化，决不至于永远停留在一点上，到得胡子老长了，还在想骑了巨人到仙人岛去做皇帝。"[2]

在王葆对宝葫芦的幻想里，其实也包含着孩子求胜上进的心理和愿

---

① 张天翼：《为孩子们写作是幸福的》，沈承宽等编：《张天翼研究资料》，中国社会科学出版社，1982年。
② 鲁迅：《〈勇敢的约翰〉校后记》，《鲁迅全集》（第8卷），人民文学出版社，1982年，第315页。

望。他种的向日葵和同学们的相比又瘦又小时，他想到了宝葫芦；和同学下象棋输了时，他想到了宝葫芦；在科学小组做电磁起重机不成功时，他又想起了宝葫芦。他总想比别人做得更好，比别人更出色，而这也可以说正是所有儿童的愿望。王葆在幻想宝葫芦之后，最大的可能是为实现自己的愿望而行动。

那么张天翼是怎样将儿童对宝葫芦的幻想歪曲的呢？这还是因为他那个帮助儿童改正缺点的创作童话的目的。他在生活中发现了孩子们"有点懒"的缺点，于是就把它拿到童话里来"小题大做"。应该承认，孩子们有时确实在"懒"了的时候幻想宝葫芦，作家就抓住宝葫芦幻想中这点"懒"的因素，把它偷换成一般教育观念上的"懒惰"，然后把这个一般观念的"懒惰"与资产阶级"不劳而获"思想联系起来。作家抓出一个"破绽"来尽情地描写，他在《大林和小林》特别是《秃秃大王》中夸大事物的那个老毛病又犯了。王葆想让宝葫芦给学校变出楼房时，作家不让，作家只让宝葫芦为王葆去偷。并且王葆早就应该从《科学画报》等事件中察觉出宝葫芦的偷窃行为，但是作家有意让王葆装糊涂，好让偷窃一直进行下去，即让事情恶化下去，直到让王葆因宝葫芦而失去所有的朋友，陷入孤独的痛苦，并与小偷杨栓交上朋友——宝葫芦比杨栓偷得更高明。好不容易作家让王葆发现宝葫芦的本领原来是偷窃，并决心与宝葫芦一刀两断，就是所谓的"又砸"，"又烧"，但作家不让王葆"断"成——与根深蒂固的"不劳而获"的剥削阶级思想决裂哪有这么容易，王葆得当着学校领导、老师、同学和自己爸爸的面，"打兜里刷地抽出了那个秘密的宝葫芦"，坦白自己和宝葫芦的一切。作家把王葆逼到这么困窘的地步，为的是让孩子们接受教训。在作家所做的文章的背后，我们仿佛听到一个声音——事情已经严重到这个地步，难道你们还不承认我的意思吗？你们还不放弃对宝葫芦的幻想从而改正自己的缺点吗？但是正像前面讲的那样，孩子们幻想的宝葫芦与作家硬塞给王葆的那个宝葫芦根本不是一回事，所以孩子们还是想要宝葫芦。就连作家自己在作品中也不小心露了点破绽。

王葆坦白了宝葫芦的事以后，除了要归还宝葫芦偷来的物品、钱款，"还有一个麻烦——虽然没那么严重，可也不好对付。这就是同学们都乐意研究宝葫芦的故事，向我提出了许多问题。尤其是姚俊，他只要一有空就钉上了我，跟我讨论宝葫芦为什么会说话，为什么还会知道我心里想的什么，为什么会去偷别人的东西——这是由于一种什么动力？那辆自行车打百货公司里那么飞出来，要是撞上了电线杆可怎么办？……净是这些。"

孩子们读了《宝葫芦的秘密》，对宝葫芦的兴趣却有增无减，这实在是张天翼始料未及的。作家自己把原因归咎为"批判那种总想不劳而获的错误思想，这个思想意图表现得不够充分"[1]。其实作家的思想意图表现得再充分不过了。问题是幻想这种儿童的生命欲求是难以压抑的，而作家为了增强教育主题的明确性和针对性，而让宝葫芦出现在充分真实具体的现实之中，这一表现手法对于孩子们想要得到宝葫芦的幻想，不是火上浇水，反倒成了火上浇油。因为如果说孩子们对遥远的民间童话里的宝葫芦还将信将疑的话，那么对和自己一模一样的小学生王葆得到的这个宝葫芦几乎就信以为真了。概观世界童话史，大致经历了从民间童话（以格林兄弟为代表）、创作童话（以安徒生为代表）到幻想小说式童话（阿·林格伦《长袜子皮皮》式的作品）这样三个阶段，其趋势是幻想与现实结合得越来越紧密，幻想由虚幻缥缈变得越来越真实可信。张天翼的《宝葫芦的秘密》略去思想倾向不谈（如果能够的话），几乎距登上世界童话艺术形式的新高峰幻想小说式童话只差一步了，但是非常遗憾，张天翼功亏一篑了——他在童话的最后让王葆从梦中醒来！那前面发生过的一切不过是一个梦。这种处理既受着中国传统文化对幻想的暧昧态度的影响，也受到作家本人要表达的固定观念的控制。很明显，作家用梦来象征儿童对宝葫芦的幻想不可能成为现实。这个梦对作品的幻想意境是极大的损害，它压抑了儿童的幻想。有位德国学者曾说："我在儿童时和小朋友们在谷场里捉

---

[1] 张天翼：《为〈宝葫芦的秘密〉再版给小读者的信》，《张天翼童话选》，湖南人民出版社，1981年，第428页。

迷藏，总觉得场上每捆草后面都一定藏着什么奇怪的东西。但是我始终没有起过不虔敬的念头，要把那捆草翻过来，看看后面有什么没有。"如果这个孩子起了不虔敬的念头，把那捆草翻过来看看，他所幻想的奇妙世界就会在"不过如此"的失望中坍塌。"不过如此"是幻想的死敌，是探寻和追求的结束。是否可以说张天翼已经用一个"梦"把"那捆草"翻过来了呢？张天翼从没有在童话里鼓励过儿童去幻想，而且从他有关儿童文学的文章、谈话里，也难找到对儿童的幻想的赞扬和鼓励，相反倒是常见对儿童幻想的批评，当然批评时，他是把儿童的缺点与幻想联系在一起的。

对《宝葫芦的秘密》的分析已经有些冗长了。总而言之，这是一部以幻想的方式引起儿童读者的兴趣开始，以教训来压抑儿童的幻想而结束的童话。它从本质上不是把幻想当作人的精神世界中必不可少的因素来加以赞颂，不是以发展儿童的幻想力为目的。是的，任何一位以寻找儿童的缺点，教导儿童要这样做，不要那样做为目的的作家是不会鼓励儿童去进行真正的幻想的。因为幻想是无拘无束的自由，是对束缚和压抑的冲破！

《宝葫芦的秘密》是张天翼儿童文学创作的顶峰，同时也是结束。张天翼仅仅五十一岁，仅仅写下屈指可数的数篇童话便再没有创作出童话。作家曾说："给孩子们写东西，在我是一件很吃力很艰苦的工作，比写给成人看的东西要多花几倍到几十倍的时间和精力，而且总是写了又重新写过，改了又改。"①我总是从这话里听出另一种滋味，仿佛是张天翼在自己的儿童文学气质和才华遭到所信奉的儿童文学观念压抑时发出的一声叹息。这是时代的悲剧！

我深知张天翼对中国儿童文学作出了很大的不可磨灭的贡献，就个人感情而论，在我国七十年代以前的童话作家中，张天翼是我最为推崇和喜爱的作家。但是现实是无情的，只要把目光投向世界儿童文学历史发展的几个浪潮，我们就会大吃一惊，并不得不羞怯地承认，中国儿童文学远远

---

① 张天翼：《为孩子们写作是幸福的》，沈承宽等编：《张天翼研究资料》，中国社会科学出版社，1982年。

地落在了世界潮流的后面，即使成就最大的张天翼的童话创作，也不过处于十八世纪儿童文学的初萌时，将儿童文学作为教育的手段和工具的水平。张天翼的童话传统已经陈旧了、过时了。任何将张天翼的传统封闭在中国这块儿童文学尚未完全开化的土地上所作出的评价，都将成为中国儿童文学走向世界的障碍。

不能否认，八十年代的儿童文学作家，特别是一批青年童话作家，儿童观、儿童文学观正在悄然变化，但是，如果不从根本上否定被认为代表中国儿童文学最高水平的张天翼的童话创作，整个中国在儿童观、儿童文学观上的彻底的、根本的变革是十分艰难的。不是追赶而是超越，不是继承而是叛逆，不是润物无声的细雨，而是摧枯拉朽的疾风，这才是面对中国儿童文学传统所应该也是必须采取的行动！

1989 年 4 月 4 日东北师大新三舍

（载于《中国现代文学研究丛刊》1990 年第 4 期）

新时期少年小说的误区

一、"少年小说变得越来越像小说了"
——无视少年读者的班马们

　　被日本的中国儿童文学评论家河野孝之先生称为"在创作了众多的优秀儿童小说的同时，作为评论家也是中国儿童文学的先导"[①]的曹文轩，于1989年在为1988年《全国优秀少年小说选》写的代序文《在平静中走向自己》[②]中，不无兴奋和自豪地说道："我们的少年小说变得越来越像小说了。"（着重号为本文作者所加。）曹文轩这句话也精到地阐明了我对新时期少年小说发展的一个大趋向的感受。当然，明眼的读者，尤其是与我在后文所阐述的问题上持同样观点的读者，已经能从我所加的着重号里看出，我的心境与曹文轩截然不同。其实，要想更明确地表达我的意思得换一种说法，那就是——我们的一些少年小说变得越来越不像少年小说了！

　　我不是在挑起争议，因为争论早已经开始。围绕着新时期少年小说创作，儿童文学作家和评论家们有过种种不同意见的讨论，但是最尖锐、最多的争议还是集中在"儿童化"和"成人化"这个问题上。也很自然，因

---

① ［日］河野孝之：《中国儿童文学的现状》，《中国儿童文学》，第8号。译文见《佳木斯师专学报》1989年第6期。
② 见《儿童文学选刊》1989年第3期。

为它直接涉及儿童文学的本质这一根本问题；而什么是儿童文学的本质，我们过去又没能很好地交出答案。这个事实也证明了新时期里，我们的少年小说是作出了十分认真而又艰苦的努力。

应该说，从新时期之初，儿童文学界便从总结历史经验教训的基点起步，比较迅速地逼近了对创作来说至关重大的儿童文学本体意识这一问题。在培养少年儿童健全成长的过程中，如何发挥儿童文学所特有的作用，是许多儿童文学工作者从那时起便开始的思索。结论几乎是共同的——"儿童文学首先是文学"。这个命题的提出，可以说带来中国新时期儿童文学的质变，具有十分重大的文学史意义。但是，正如一位名人所说的，再往前一步，哪怕只是一小步，真理就会变成谬误。当我们把儿童文学置于诸如儿童心理学、儿童教育学等非文学的儿童文化形态的参照系里思考儿童文学的本体意义时，"儿童文学首先是文学"这一命题无疑是正确的。这个命题也正是在这种参照中提出来的。然而，当我们把儿童文学置于文学这个大系统中思考儿童文学的本体意义时，"儿童文学首先是文学"这个命题则无疑是错误的。正确的则应该是"儿童文学就是儿童的文学"，即是说在儿童文化大系统里强调文学性，在文学大系统里强调儿童属性，这才能把握住儿童文学的本体意义。

但是，一些少年小说作家，包括一些评论者，（我也曾一度）不加节制地强调、使用了"儿童文学首先是文学"这一本来是正确的命题。在他们的头脑中文学性大大膨胀，儿童化被挤到了角落。一般来说在儿童文学中追求文学性不仅没有错误，而且应该是有抱负的儿童文学作家的执着追求。但是在特殊的条件下，这项工作却面临着步入远离儿童文学的歧途的危险。比如，不是如安徒生、卡洛尔、张天翼那样极具儿童文学作家天赋的人，在对儿童文学的知识不甚了然的情况下，就当起了儿童文学作家，并且把文学性作为坚定的追求，这时候就极易发生上述危险。

在我们少年小说作家中，就有几位三四十岁的青年作家走入了误区。这是有着深刻的历史原因的。他们的童年、少年时代正处于文化荒芜的时期，不可能更多地从儿童文学作品，尤其是儿童文学名著中获得一种根深蒂固的感性体验。当他们长成青年，因种种原因拿起了创作儿童文学之笔时，又因为我们儿童文学毕竟只有六七十年的历史，理论研究自是十分薄弱，何况又处于对既有理论的反思之中，所以他们无论是年少时还是成年后，都没有条件获得深厚的儿童文学修养。然而，他们却偏偏是极有志向、极有文学才华的人，于是只好在粮草未足的情况下，便开始了出征。

毋庸赘言，"儿童文学首先是文学"正是引路的旗帜。他们和前辈儿童文学作家以及其他同代儿童文学作家们一起，在这一旗帜指引下，成功地在儿童文化的大系统中寻找到了自己应有的位置。但是，当他们痛感过去许多儿童文学作品文学品位低下，要提高儿童文学的文学性时，他们仍然打着这面旗帜，而没有建立"儿童文学就是儿童的文学"这一命题。因此必然不是以《汤姆·索亚历险记》《哈克贝利·费恩历险记》《宝岛》《爱的教育》《表》等世界少年小说名著，以及中国五六十年代的一些文学性较高的少年小说，如《小兵张嘎》《长长的流水》《微山湖上》等为参照系，来提高儿童文学的文学性。那么，离开这个参照系，去提高儿童文学的文学性，就只有向一般文学即成人文学去寻找参照系，其结果便是向成人文学靠拢，提高的已经不是儿童文学的文学性了。这种情况下，文学性越高，作品便离儿童文学越远。班马的《鱼幻》（《当代少年》1986年第8期）便是最为典型的例子。所以曹文轩说道："我们的少年小说变得越来越像小说了。"这些少年小说作家写得越像小说，也就越是方便了那些颇具一般文学批评修养的评论家，因为他们用不着去重新创造破译真正儿童文学的特殊密码，就可以就这些少年小说高谈阔论。来自评论界的鼓励，刺激了这些少年小说作家的不正常的求新求奇的欲望。于是由"是儿童小说，但不典范"[1]的《独船》（常新港，上海《少年文艺》1984年第11期）

---

[1] 梅子涵：《是小说，但不典范》，《儿童文学选刊》1986年第2期。

开始，发展到成人化越来越浓，已经无法将其称为少年小说的作品，比如，《月光下的荒野》（金逸铭，《当代少年》1986年第5期）、《迷人的声音》（鱼在洋，《当代少年》1986年第6期）、《鱼幻》（《班马，《当代少年》1986年第8期）、《一岁的呐喊》（金逸铭，《儿童文学》1986年第9期）、《渴望》（董宏猷，《芳草》1987年第6期）、《"女儿潭"边的呐喊》（董宏猷，《少年世界》1988年第2期）等等。事实上，在《鱼幻》发表之后，便有不少评论者指出其不仅少年读者看不懂，就连作为儿童文学工作者的成人都难看懂。然而令人不解的是，不仅有评论家仍然为这篇根本不是依据儿童文学创作方法写出的作品诡辩："我认为班马的这些未必成功的作品，其真正的价值，恰恰在于从题材到描写都打破了旧有的陈套，为儿童文学开拓了新的天地。"①而且继续不断地冒出少年儿童读者明显读不懂的作品。我无意就班马的《鱼幻》展开评论，甚至无意对《鱼幻》这类少年读者读不懂的小说展开评论，因为我怕喋喋不休地对这些儿童读不懂的"儿童文学"进行争论，会遭到后人的耻笑。我要说的只是，我国有三亿多嗷嗷待哺的少年儿童，相比之下，儿童文学读物的出版发行数量却少得可怜，又值此出版业的低谷，再不能给此类"探索"开绿灯了！

真正的危险并不来自班马们和《鱼幻》一类的作品，而是隐蔽在目前在少年小说中影响很大，被评论为质量高，认为创作成就大的常新港、曹文轩、刘健屏等作家的少年小说创作之中！将评论界对这三位少年小说作家的评价与他们的一些代表作品加以对照、衡量，我的总体感觉是，盛名之下其实难副！下文将对这三位作家的少年小说代表作进行具体的分析和评价。

---

① 刘绪源：《我与周晓波的分歧——关于班马小说的几点补充意见》，《儿童文学选刊》1988年第5期。

二、"趣—情—理"
——从面向儿童转而面向成人的刘健屏

正如曹文轩"在平静中走向自己"这一命题所显示的那样，在提高少年小说的文学性的过程中，全身心地投入创作，在作品中表现自我，加强作家的主体意识，是包括曹文轩、刘健屏、常新港在内的许许多多少年小说作家的艺术追求。

纵观世界儿童文学发展史，儿童文学作家自我表现意识的出现，确实提高了儿童文学的文学性，给儿童文学创作带来了新的生机和历史阶段性的变化。具有划时代意义的长篇童话《艾丽丝漫游奇境记》所创造的非现实的幻想世界，对处于重视体面、形式主义横行的英国维多利亚时代的大学教授刘易斯·卡洛尔来说，是一个得以休憩的世界，他在这里获得了精神的平衡；斯蒂文森一生苦于病弱，疾病枷住了他行动的自由，所以他创作了描写少年航海寻宝，与海盗们进行惊心动魄的生死搏斗的《宝岛》，以此作为对自己的不幸生活的慰藉；而马克·吐温的《汤姆·索亚历险记》《哈克贝利·费恩历险记》则被称为他对自己在那里度过少年时代的密西西比河流域的回归之心的产物。对马克·吐温来说，密西西比河西部，并不单是怀旧的寄托，更是与欧洲文明的对立，是对美国资本主义勃兴期的价值观、人类观进行批判的源泉。他以这两部成功的少年小说，向世人显示了自己的人生观。他的《哈克贝利·费恩历险记》甚至被誉为美国近代文学的发轫之作。

似乎可以说，自我表现意识苏醒，使少年小说作家们创作文学价值很高的少年小说成为可能。事实上，也确有相当数量的作家创作出了比较出色的少年小说。但是，十分遗憾，在儿童文学评论界得到高度赞誉的曹文轩、刘健屏、常新港三位作家却在表现自我的路途上，出现了程度不同的偏颇与失误。

同样是表现自我，为什么或有成功或有失败？众所周知，儿童文学是成人作家写给儿童读者的。那么，要在儿童文学中表现自我，而作品又不失其儿童文学属性，就要求作家使自我意识与儿童心性、儿童生活形态达到契合。这种契合的程度越高，作品的完成度越高，获得高品位文学性的可能性越大。也许是不甚贴切的比喻，如果儿童的心性、儿童的生活形态好比水，那么作家的自我意识应该是一粒盐，而不是一滴油。当作家的自我是一滴油时，不仅它不能溶于儿童生活，而且更多的时候，是在作品中连真正的儿童生活都难以找到。

刘健屏的《我要我的雕刻刀》（《儿童文学》1983年第1期）就是一篇这样的作品。

小说的情节梗概是，老教师"我"因为学生章杰酷爱雕刻不参加集体活动，躲在教室里搞雕刻，而没收了他的雕刻刀。"我"回忆了章杰与众不同的几件事。为了教育章杰，"我"去找了章杰的父亲，而章杰的父亲二十多年前恰好是"我"的学生，还是得意的班长，后因写了暴露大炼钢铁时饿死人的独特作文，失去了"我"的信任，不再当班长，直到下乡后变得平庸麻木，失去了棱角。"我"从章杰爸爸那儿回来后，醒悟到自己像把锉刀，又将会锉去章杰的棱角，于是把雕刻刀还给了章杰，并说："祝你在雕塑上取得成就！但也不要忘了集体。"

很显然，这篇小说旨在提出并回答如何看待孩子身上的个性这样一个教育领域中的比较尖锐深刻的问题，发表后引起轰动并获得很高赞扬，其原因也在这里。作品强烈地显示出作家的自我意识。但是由于这种自我意识不是与真实的儿童生活和儿童人物形象水乳交融于一起写入作品，从而使小说的主题不过沦为图解的概念，而且是图解得极不高明的概念。

这篇小说通篇是"我"的叙述。既然"我"直到小说结尾才意识到自己的"过错"，那么在此之前，"我"自然应该站在批评的立场上，向读者叙述章杰那与众不同的个性。但是从小说中我们看到"我"流露出的更多的却是对章杰的欣赏。比如，"眼睛是心灵的窗户。从我面前这一双不大但很明亮的眼睛里，显露出了他的与众不同"，"活泼而又沉静，热烈而又冷漠，倔强而又多情，竟是那么奇妙地糅合在他的眼神里"，"对一个初二的学生来说，他实在是太成熟了，太与众不同了"。对直接和章杰与众不同的个性有关的雕塑之事，"我"如此讲道：

> 我记得很清楚，那天看了女排战胜日本女排而获得世界冠军的电视后，同学们都在操场上蹦跳着、欢呼着，有的敲起锣鼓，有的放起鞭炮，有的奔跑追逐，有的互相厮打……以此来表达内心的狂喜。
>
> 而他，却一个人默默地坐在电视室里，一动不动——他在哭，眼泪顺着他的脸颊淌下来，淌得很猛……
>
> "章杰，你怎么了？"
>
> 我走上去问。我第一次看见他的眼泪。
>
> "我，我要做世界第一流的雕塑家！"
>
> 那时，他就轻轻地说了这么一句话……

我们不去说写十三四岁的孩子以这种方式对女排胜利表达这样的感情是否真实，从"我"的讲叙中，已经十分明显地袒露出对章杰的赞扬。可是在叙述了章杰如此热爱祖国之后，"我"却对他还有这样的担心："能合群吗？能成为集体中积极的一员吗？"简直是不合逻辑。

"我"心口不一的叙述，实在是太多了。这里无法一一列举。因为出现这么多失误，只有一个解释，那就是作家性急地要把他的主观意念告诉给读者，所以总是忘记作家笔下的"我"与作家的教育观念本来是对立的。作家的心态浮躁到如此地步，笔下缺少的必然是真实的生活，多余的则是作家的思想观念。而抽去生活，思想也无以附着。从小说来看虽然老师"我"把雕刻刀还给了章杰，但看似解决的问题并没有真正解决，因为，"我"既然为没收了章杰的雕刻刀而悔过，那么为什么在祝章杰雕塑上取得成就后，仍然要求他"但也不要忘掉了集体"？须知，章杰正是因为"忘了集体"才被"我"没收了雕刻刀的呀。归根结底，没有生活的逻辑来整理，思想主题必然会陷入一片混乱和矛盾之中。

刘健屏曾说过，自己在初学写作时，"比较偏爱马克·吐温的作品，所以在人物上致力塑造富有幽默特点的角色，情节结构上追求喜剧色彩，语言上努力写得诙谐活泼一点。《漫画上的渔翁》等一组比较幽默轻松的小说发表之后，小读者比较喜欢……后来我就写了一些格调比较深沉的小说，又用散文笔调写了比较抒情的小说，还写了《我要我的雕刻刀》这样不同于其他作品的小说"①。刘健屏上述对自己创作变化的总结，后来被有的评论者概括为三个阶段："趣—情—理"，并充分地肯定了第三阶段的创作："从内容和形式的统一上看，刘健屏一直在寻求着表达自己思想，抒发自己感情的最和谐的形式。"②

然而，我为刘健屏的这种变化感到遗憾和惋惜。尽管第一段的作品并非那么完美，但却是站在了真正儿童文学的基点上。比如《交了"倒霉运"的人》中的"我"，有个活泼泼的性格。小说写得极为自然流畅，得心应手，看出作家对儿童的行为、语言、心态、思维逻辑的熟知。其讲述风格令人想起马克·吐温对汤姆·索亚的刻画。但是刘健屏不满意这些"幽默轻松"的小说，而向格调"深沉"的小说发展，即去思考追求深刻重大的主题。这些"深沉"的主题，没有一个是错误的，相反，都相当正确而及时。不过它们并没有艺术地凝结成儿童生活形象，在作品中，它们仅仅是一个"理"——是作家的深沉的自我。

刘健屏的变化实质上是一种创作立场的变化。在第一阶段的《交了"倒霉运"的人》里，作家的倾诉对象是儿童。第三个阶段的《我要我的雕刻刀》《脚下的路》等，正如赞扬者所说："作品所要表现的，是对扼杀儿童个性的教育的愤懑和对尊重、理解儿童个性的疾呼，作品正如曹文轩

① 见《儿童文学选刊》1983年第3期。
② 唐代凌：《从婉约到豪放——刘健屏作品讨论会发言》，《儿童文学研究》1989年第3期。

所评论的那样，带着'挑战性'。"①很明显，"愤懑""疾呼""挑战性"，都说明作家倾诉的对象是成人和社会，这时作家与儿童的关系仅仅是儿童利益的代言人。刘健屏用写给儿童看的作品来向成人"挑战"，真有些像是在空中走钢丝。因为对成人说话时，选择的问题，采取的讲述方式，与对儿童说话时所选择的问题和采取的讲述方式是难以一致的。

由"趣""情"到"理"，意味着作家的读者意识的变化。虽然作家们仍然想写儿童生活，但是，将《交了"倒霉运"的人》与《我要我的雕刻刀》比较，不难发现，作家切入儿童生活的角度变了。前者是写儿童在生活面前的变化、成长，后者是提出需要成人教育者们应该反省的问题，前者的主人公"我"是一个活泼顽皮的孩子，后者的主人公"我"是一位有三十年教龄的老教师；前者，作家是化为一个孩子去行动，后者，作家是化为一个老师去思考；作品中的儿童生活，在前者是"我"的亲身经历，在后者是"我"的道听途说。至于讲述方式，更是截然不同——

> 看来这一架是非打不可了。在这种场合我当然是不会退阵的，别的不说，王立国就在旁边，如果我对这么一个瘦小子还让步，让他那张碎嘴皮到处去瞎说，我在伙伴中间还抬得起头？
> ——打！
> ——《交了"倒霉运"的人》

> 对于他，是很难从心理学的角度来考察他的个性气质的，说他是活泼好动的多血质不尽其然，说他是沉稳喜静的黏液质也不准确；当然，他既非急躁鲁莽的胆汁质，更非脆弱多愁的抑郁质。
> ——《我要我的雕刻刀》

---

① 唐代凌：《从婉约到豪放——刘健屏作品讨论会发言》，《儿童文学研究》1989年第3期。

少年儿童读者喜欢哪篇作品，我想是再明白不过了。像《我要我的雕刻刀》这样的题材并非不能写成既让孩子爱读，又能对成人具有警醒作用的作品。如果刘健屏听从"我要我的雕刻刀"这一孩子的呼声的指引，将"我"化身为章杰而不是教师，直接深入章杰的生活写他的行动和心理上的经历，作品恐怕就不会像现在这样，成为编造的生活与主观意念的分裂体。但是，这样做无疑面向成人和社会的"挑战性"就会大大减弱，作家深沉的思想就要收拾到作品后面去，这对性急地要表现自我的刘健屏却是不情愿的。

当主题思想不是在深入儿童生活时体验到的，而是在思考教育问题时认识到的时候，作品便容易陷入对生活的编造，而编造的作品是极易雷同的。《我要我的雕刻刀》便与《脚下的路》（《儿童文学》1985年第8期）相似得像孪生兄弟。除了主题不同之外，少年都是由老师介绍出来的，都有为了解决学生问题去家访，家访之后进入结尾的语言都惊人地一样，前者是"晚风吹拂着我滚烫的脸颊"，后者是"晚风习习，吹拂着我滚烫的脸颊"。然后，前者的"我"这样反省："我难道真的还像一把锉刀，在用自己的模式'锉着'他们？……"后者的"我"这样思考："面对严峻的生活，究竟应该怎么办呢？我默默地寻思着……"

必须匆匆地结束对刘健屏的评论了——刘健屏的少年小说创作道路，是一个因为走向成人"深沉"的思想，却背离了儿童生活的过程。其结果，当然是不但没提高反而却降低了他的少年小说的文学性。

三、"我根本不想去了解现今的中学生"
——架空儿童与真实生活的曹文轩

所创作的少年小说被高度地评价为"对民族灵魂的真诚的呼唤"[1]的曹文轩，曾经激奋地振臂高呼："儿童文学，请你清醒地意识到你塑造民

---

① 徐长宁：《对民族灵魂的真诚的呼唤——评曹文轩的儿童小说创作》，《儿童文学研究》1988年第6期。

族个性的天职!"此语虽然显得有些夸大其词,但毕竟没有错。不过我们评价一个作家,不光要听他的理论口号,更要考察他的创作实践。说实话,对这位在北京大学执教,以儿童文学进行如此恢宏博大追求的学者型作家,我是怀着期待的目光阅读他的少年小说代表作的。我很失望,我感觉到,他的那些小说大而空洞,华而无实。

试以《古堡》(江苏《少年文艺》1985年第1期)为例。这篇小说,写的是山儿、森仔两个少年去探寻老人讲的一座高山上的古堡。他俩忍着饥渴、疲劳,战胜山势的险峻,终于攀上了山巅,但却不见什么古堡,只有一堆乱石。当他们沮丧哭泣的时候,初升的朝阳使"他们心里生出一个新的意识:他和他是这个世界上第一个知道山顶上没有古堡的人!"平心而论,就其构思上,不无新颖和想象力。如果作家实实在在地写两个少年在这个经历中的行动、心理、感受,将会成为一篇很有新意的作品。但是,作家对自己所能"编造"的故事期望值太高,结果赋予作品以实际生活形象所无法承受得了的一种过于博大的感情和思想,引用赞扬它的评论,就是:"《古堡》则更富有开拓未来的雄心和魄力。两个少年对传说中的古堡的探寻,无疑象征着新的人生追求。……在那纯美的情境中,两个少年终于感悟到了真正的人生。"

我认为,山儿和森仔这两个十四岁的少年,在小说中总的性格是虚假的。比如,作品有这样的描写——

他们还在七岁那年,就瞒着大人往这迷人的山巅爬过,可是失败了——只爬了十三分之一,就灰溜溜地滚了回去,叫山下的全体居民使劲地嘲笑了一顿。于是他们年复一年地仰脸望着这在云雾里变得似有似无的山巅,攥紧拳头,在心里发狠:大山呀,你等着!

现在他们十四岁,长高了,壮实了,有力了,于是,他们想起了七岁那年的失败,又开始往山巅攀登——他们坚决要成为今天这个世界上第一个看到古堡的人！（着重号为本文作者所加。）

　　这段文字有明显的矛盾之处。七岁时"瞒着大人"却又被"全体居民使劲地嘲笑了一顿"；七岁时能爬十三分之一的大山，到了十四岁，却要爬到天黑不算，还要在山上露宿，五更天出发爬到天亮才能登上山巅。写十四岁时爬山这样艰难，作家是要说明少年的"开拓未来的雄心和魄力"；写"叫山下的全体居民使劲地嘲笑了一顿"，作家是要说明少年是如何的超凡脱俗。因此这是实际生活与作家夸大的思想感情的矛盾。

　　上述描写给我的感受是，有些不像生活中的十四岁农村少年为好奇心和冒险精神驱使去探寻高山上的古堡，而有点像是神话传说中的夸父去追日，少年之举动，不是带着游戏性，而有些像哥伦布为发现新大陆去进行伟大的探险。作家创作时是有意识这样写的。不然，为什么写上是"这个村子上第一个看到古堡的人"就已经足够表明两少年的勇敢探求精神，却偏偏一定要换上"这个世界上"呢！为什么写十四岁攀登这样险峻的山就已经足够艰难的了，却偏偏还要写从七岁起就攀这山，失败了还要"年复一年"地"在心里发狠"呢？显然是想将少年的行为夸大成一种久蕴的抱负和崇高的壮举，造成一种激动人心的气氛和效果。后来人们的评论恐怕也正是从曹文轩这种写法中提炼出来的。这种夸大其词的写法在曹文轩的代表作中已经形成一种风格。

　　还好，作家后来总算在具体描写爬山过程中想起了他们还是十四岁的孩子：当山势险峻，少年又饥又渴时，"森仔开始埋怨山儿"，"山儿歉疚地看着森仔，站起来，跟着他。是的，是他首先提出去看古堡的。不是他，森仔这会儿也许正和伙伴们在山脚下的那条凉快的小溪里惬意地游水或抓鱼。他忽然觉得欠了森仔点什么似的，并且对自己的行动有点懊悔"。在这里，作家罩在少年身上的耀眼光环暂时消失了，他们成了可信、可感的生活中的普通少年。但是，一到作家想表达点什么的时候，他就又要夸张地激动起来。写到少年失望地发现，山巅根本没有古堡时，

"眼泪从他们因疲倦、饥渴而变得黄巴巴的小脸上，一滴抢着一滴地滚下。这两个孩子忽然双腿一软，扑倒在石头上，好久，他们才爬起来——两副沮丧的面孔。失败了还是胜利了？"后来，他们看到太阳初升的美丽景色，"两个孩子心情突然好转"，"心里猛然间生出一个新的意识：他和他是这个世界上第一个知道山顶上没有古堡的人！说：失败了，还是胜利了？"

我注意到，曹文轩的少年小说有一种不适宜的脱离少年生活的大而空洞的和华而无实的诗化现象。《古堡》中的山儿和森仔就有时是生活中的少年，有时又成为一种哲理的替身和诗化的对象。他们的身上缺少的是少年生活中的泥土，多余的是成人作家主观意念的光环。这种失误也同样发生在他的其他代表作中的少年主人公身上。如《弓》（《儿童文学》1982年第4期）中的黑豆儿，《手套》（《东方少年》1984年第9期）中的莎莎，《再见了，我的星星》（《儿童文学》1985年第5期）里的星星，后两者，从名字上就可以感到与农村少年的隔膜，而星星，作家明确地交代他具有农村"一般孩子所没有的灵性和对美的感受力"。可以说，这些十三四岁的少年不仅缺少那个年龄孩子的特点，而且还缺少农村少年（莎莎虽说生于都市，但成长于农村）的质朴、踏实，过多地带有都市里的早熟的文学少年的灵气和浪漫的气质。像《再见了，我的星星》里的女知青晓雅"按照城里一个文化人家的标准塑造这个有着天分的捏泥巴的男孩儿"一样，从本质上讲，富于浪漫气质和诗歌精神的作家曹文轩在按照自己的审美标准在头脑中想象塑造着这些农村少年。

在《弓》中，曹文轩为了造成一种感人的充满诗意的效果，先是让十四五岁的进城做工的农村少年黑豆儿遭受所有的不幸：父母双双离世，收养他的伯母向他"甩脸色"，与伯父到城里做工又遭火灾，全部家当钱财以至顾客的十床棉絮付之一炬。然后再让几乎所有的人向他伸出援助之手，而对这些，黑豆儿一一拒绝，拒绝不了的则知恩必报。当小提琴家要留下将回乡下的黑豆儿，让他继续读书时，"'我不嘛。'孩子说，'我要回到老家去，清明我要给妈妈上坟。我能养活自己……'"于是，一种"开朗的、充满生气的、强悍的，浑身透着灵气和英气"[①]的性格似乎就塑造完成了。

然而，黑豆儿实在不过是作家观念和理想的并不高明的图解。他的善良，即阻止伯父给瞎眼老奶奶的被套偷工减料，是小说中的小提琴家路过小工棚时听来的（注意，不了解儿童真实生活，又急于表达主观意念的作家常常省力地运用这种方法）；他在困苦中的坚韧不屈是，虽然在伯父回乡后遭受火灾落入无居无食的困境，但既不接受小提琴家的暂留居住，也不跟随一位老人去饭店吃顿饭，他认为这是"莫大的耻辱"，"自己就是饿死，他也不低头折腰的！""我要自己挣饭吃，自己挣饭吃！"然后便开弓弹棉花，然后便有"城里的许多人像心慈的小提琴家一样，纷纷向孩子伸出热情的手"。

令人不可思议的是，这时黑豆儿却"低头折腰"，接受了这些援助。十四岁的黑豆儿的这些性格没有真实性，它们在作品中是架空的。因为作家仅仅写黑豆儿是这样，却不写为什么是这样，即作家只写结果，不写过程。仿佛在作家看来，有了结果能得出结论就足够了。但是他忘了过程的重要。过程是什么？是一连串的事件，是事物间的联系，是生活的逻辑。有了过程，结果自会产生；没有过程，结果便是无本之木，令人难以置信。作家在《弓》里，想要表现的重大的主题所必须的过程，实在又是短篇小说所难以承受、容纳得了的。我说曹文轩的小说大而空洞、华而无实，原因之一也在这里。

曹文轩曾就塑造民族性格说过："我说宁可要一个狡猾一点但品质不坏的孩子，也不要一个单纯得如同一张白纸的孩子，好孩子。"[②]但曹文轩的《弓》里的黑豆儿、《手套》里的莎莎、《再见了，我的星星》里的

---

① 曹文轩：《觉醒、嬗变、困惑：儿童文学》，《曹文轩儿童文学论集》，二十一世纪出版社，1998年，第112页。
② 见《儿童文学选刊》1986年第1期，曹文轩的发言。

星星，却个个是"通体透明"的好孩子。比如写黑豆儿，小提琴家被黑豆儿感动，为他创作了独奏曲《一个从乡下来的孩子》，并在自己的独奏音乐会上作为压台节目来演奏，"小提琴家向人们倾诉一个孩子的不幸遭遇，一个天使般纯洁的少年，似乎在橘黄色的柔光中出现了。迷人的音乐（不如说是黑豆儿——本文作者注）将人们引向了一个崇高、圣洁、美好的境地"。再比如写懂事的莎莎，为保护爷爷干活儿的双手去城里收购手套；她呼买手套时，"这声音是那样纯洁，那样真挚，人们听到这带着一丝企求、渴望的声音，仿佛不把多余的手套卖给她，就觉得心里不踏实似的"。

曹文轩就是这样用童心主义的主流观念将儿童与他们真正面临的真实社会生活隔离开来。他在与少年主人公的关系中常常是一个旁观者、评价者、欣赏者的角色。《弓》中的小提琴家便是他的绝妙象征。动辄激动一番：听到黑豆儿不让伯父骗老奶奶，"小提琴家扶着白杨树，低着头，内心里思潮翻滚。他真想跑进去好好亲一亲这个心地纯洁的好孩子，这是一个多么令人喜爱的孩子！"动辄赞扬一番："豆儿，好孩子，他要悄悄地、让人觉察不出地偿还社会和人们所给予他的一切！沉思、沉思……小提琴家神情激动地突然蹦出了这么一句话：'豆儿，是你手中的那把弓，才在这把提琴上拉出了这支好听的曲子。'"曹文轩并没有真诚地与黑豆儿一起去经历、体验父母双亡，衣食无着，奔波糊口这些灾难和艰辛，因此也就不可能为我们塑造一位有血有肉的坚韧少年。我很不理解有的评论者所说的曹文轩的作品中"洋溢着一股恢宏、阳刚之气"①。对曹文轩的主人公我的感觉不过是，他们有时像小提琴家（当然也是曹文轩的感情）"真想跑进去好好亲一亲"的"令人喜爱"的孩童，有时又像《古堡》中那两个故作成熟的"坚决要成为这个世界上第一个看到古堡的人"的夸张的"大人"。

---

① 徐长宁：《对民族灵魂的真诚的呼唤——评曹文轩的儿童小说创作》，《儿童文学研究》1988年第6期。

总之，曹文轩笔下，没有生活中的儿童，只有他自己观念中的想象中的儿童。所以我对曹文轩的《在平静中走向自己》一文中的话心领神会——"我根本不想去了解现今的中学生，因为我就是中学生。"报告文学的"任务就应该是注目第一层面：现实和现实中的人物。而小说应该注目的层面是在下面，更下面——最下面则是普遍的、相对稳定的基本人性。……从这一层面说，中学生是永远的。每一个注意到并能有力量地把握这一层面的人都可以自信地说：我最熟悉中学生"①。

曹文轩的少年小说大而空洞、华而无实的原因就在于他"根本不想去了解现今的中学生"——不去写现实生活中的少年。

其实作为"普遍的、相对稳定的"意义的少年，他又何尝了解呢？他的少年小说里没有少年。就像他的《弓》中所描写的小提琴家拉完那支《一个从乡下来的孩子》的曲子说是你的那把弓才在这把提琴上拉出了这支好听的曲子，"黑豆儿疑惑不解地瞪起眼睛：'叔叔，我的弓也能拉出曲子吗？'"曹文轩的"少年小说"也只能是让少年读者们疑惑不解地瞪起眼睛："叔叔，我们真的像您写的那样吗？"

四、"直抒悲哀""令我获得了大大的快感"
——陷入褊狭、自私心理的常新港

似乎与刘健屏、曹文轩相比，稍晚些冲入少年小说文坛的常新港在评论界获得了更高的赞美和荣誉。的确，常新港的少年小说有独特的取材、独特的人物和个性化的语言。他的出现给少年小说文坛带来了一股"新鲜"的气息，有多少人的心灵因常新港的成名作《独船》而深深的战栗。可以说尽管也有小异议，《独船》还是震惊了、俘虏了评论界。但是，此后常新港没有很好地巩固和发展《独船》里那些具有很高的儿童文学价值

---

① 见《儿童文学选刊》1989年第3期。

的东西，而是走入了发泄对个人命运怨天尤人的死胡同。

关于《独船》，我非常赞同梅子涵所作出的评价，在是以石牙还是以父亲作为切入角度这方面，《独船》是有些颠倒。虽然由于不是以石牙来切入，因而写得并不是那么充分，但是，我们还是看到在生活的沉重压迫下，石牙默默地咬紧牙关，用少年人所能够作出的全部努力去争得自己应该从生活中得到的那份欢乐，即伙伴们的尊重和友谊。人的生存环境是一种社会关系，对少年人来说，伙伴们的尊重和友谊，几乎是他们生存环境中的最重要最必需的条件。因而，石牙才能为获得这一切而置生死于度外。需要特别注意的是，石牙身处困境，但他从没有抱怨命运和任何人。对造成自己的不幸应负一定责任的父亲，他虽然"恨父亲做事太绝"但又"同情父亲"，对侮辱他自尊和人格的伙伴，并没有陷入一己的怨恨。《独船》之所以具有很高的儿童文学价值，就在于石牙使少年读者感悟到在生活的困苦磨难面前，自身的崇高尊严和成长的力量，从而产生自尊、自强的精神。正因如此，描写了不幸甚至死亡的《独船》的美学价值才是高层次的，即不是一种悲哀，而是一种悲壮。

有人断定常新港儿童文学最显著的审美特征是悲壮。[1]但是，在我所读过的常新港少年小说中，能够获此殊荣的实在只有《独船》一篇。因为在此后的常新港那些表现生活艰辛和磨难的小说中，他的少年主人公失去了石牙默默地坚忍和顽强地超越人生的艰辛磨难这种自尊、自强的精神，而是程度不同地带着一种抚摸自己的创伤时而产生的对个人不幸命运的不平和对生活的怨恨之气，而这种不平和怨恨之气，有时甚至不公正地撒向那些比自己的命运好一些的同龄人。

《十五岁那年冬天的历史》（《东方少年》1986年第2期）是这种倾向的突出代表。作家想表现的是北方少年"我"即雷加在"中国与一江之隔的国家发生了冲突"，班主任老师和一些同学离开可能发生战争的家乡前

---

① 李福亮：《艰辛的人生苦涩的童年——略论常新港少儿小说的底层意识》，《儿童文学研究》1989年第3期。

后的日子里，雷加的"坚强成长"，和他身上的爱国主义精神品质。后来，评论者也从这两方面对小说作了高度的评价。但是，我却从小说中看到作家这两方面的努力都完完全全地失败了。下面是小说的情节线索。

当即将发生战争的消息广播后，班长刘征"把头抵在桌子上，两只手抱着自己的脖子，好像在拒绝听一种声音"。这时，雷加感到轻蔑："他平时那气宇轩昂的神气劲哪里去了？""我动了一点恶念"，用左手写了一张讥讽嘲笑刘征的纸条。在此之前，雷加就因为刘征曾在他入团问题上说过"再考验一年吧！雷加这个人，我们一直看不透，不好接近"的话，而认为刘征是"小人"。听说刘征回老家的消息，正在挖防空洞的雷加"心里涌出一股说不出的愤怒"，"一镐头竟砸在自己的脚上"。后来他的好朋友丁维也回了老家，这时雷加的心情是："丁维也走了！丁维也走了!! 丁维也走了!!! 都走吧！都走吧!! 都走吧!!! 我哭了，蹲在没人的防空洞里哭了。我感到了孤独。"雷加问自己的爸爸："同学们一个个都走了。我们的老家在哪里？我是不是也要回老家？"当爸爸告诉："傻儿子！你爸爸的爸爸的爸爸就生在这里，这就是老家"时，"我低着头，咽掉了自己脆弱的眼泪"。

战争终于没有在这里发生。夏老师、刘征和同学们都返回来了。在学校通知开学的第一天，刘征在教室里嘲讽了雷加（必须说明，刘征的嘲讽举动在作品中并不能找到什么性格依据）。于是雷加将刘征一拳打倒在地，满脸是血。夏老师严厉地批评他："难道同学不是你的兄弟姐妹吗？"这时雷加心底的积愤爆发了——

　　跟我谈兄弟！谈姐妹?! 我这个土生土长的孩子挖防空洞的时候，我的班长兄弟上哪去了？那时候我多么希望听见班长好听的声音！我成了跛子蹲在防空洞里时，我的教师姐姐上哪里去了？是不是漫步在上海豫园里看金鱼？

后来，夏老师取消了雷加代理班长的职务，班长仍然由刘征担任。

我在描述小说情节和雷加形象时尽力保持冷静和客观，我注意寻找雷加"坚强"性格的形成及其成长，但是很遗憾，我无法找到。夏老师和一些同学离开学校后，雷加做了什么与其他留下来的同学特别不同的事情吗？在关于这些描写的数百字里，我能找到的有利于雷加的就是"我拼命挖防空洞，家里的挖好了，学校里的也挖好了。学校还进行隐蔽演习。我时刻等待飞机从我们的头顶上掠过"，"有一天，我哪里也不想去，一个人蹲在防空洞里，想起了好多好多的事情，想起了好多好多的人"这样空洞的带着作家意图的文字。

如上所述，作品的矛盾线索主要表现在雷加与被评论者称为是"临阵脱逃"者的夏老师和班长刘征之间，不，更准确地说是没走的人与离开的人之间。小说在雷加打倒刘征之后写道："几位同学在斥责我，我没听见，我的身后也站着一群理解我的同学，这些同学，是跟我一起度过那个严峻冬天的朋友。"的确，夏老师率先离开学校回上海，是有些不大光彩，班长刘征一反常态，也是性格上的弱点。但是我认为事情远远没有严重到"临阵脱逃"的性质，尤其对十四五岁的刘征们来说。然而雷加把这些行为看作"临阵脱逃"，而且其心态简直到了势不两立的地步。如果雷加是由于幼稚（但作家常新港不该幼稚）产生了这种看法，倒也罢了，但从上所述，可以明显感到雷加对待夏老师、刘征等人的心态里，显然是怀着过多的怨尤甚至仇恨。雷加的心理不能不说有些褊狭、自私和阴暗。这与石牙受到同学的侮辱后的心态和行动是多么截然不同！想想雷加大爆发时的那段自白吧。在那里我看到的恰恰不是雷加的坚韧而是脆弱，不是刚烈而是卑怯，当需要别人而不得便产生这么深的怨恨，这不是真正的脆弱、卑怯又是什么？

一个表现崇高爱国主义精神的题材，在常新港的笔下竟然写成了少年间的怨恨。正是由此，我开始注意到常新港作品中对所谓"上层孩子""下层孩子"的处理，以及这种处理后面作家所特有的心态。

有评论者指出："常新港，就是那底层孩子的代言人。"①在常新港塑造的"底层孩子"身上，"诚实、直率、友爱，善良、勤劳、俭朴、剽悍、倔强、勇敢、刚毅、同情弱者、见义勇为……这些底层劳动者所具有的素质与美德开始在他们身上滋长"②。"值得注意的是，这些对底层孩子的礼赞，往往是通过对城里人或'上层人'的对比实现的。文友、文楠、刘征、童洁、赵琼……命运给这些出身优越的孩子带来的却是并不优秀的人格和品德。在以阴柔为主要特征的性格中，已经令人不安地滋生着浅薄轻飘、孱弱无能、骄纵虚伪、自私自利、薄情寡义等足以最终窒息人类自身的菌瘤。"③

我这里不想谈论把我们今天的社会里处于生活条件优越和低劣的不同处境中的孩子分为上层人和下层人是否合适，甚至不想谈论像常新港那样一律将美德都赋予所谓"下层孩子"，将丑行都塞给"上层孩子"这一观照生活的立场是否符合复杂生活的本质，我只想指出，常新港笔下的这两类少年形象大都缺乏生活的依据，他们没有复杂的性格，只有简单化的脸谱。常新港与曹文轩一样，不描述其性格成长的过程，只满足于给其一种结果。

更重要的问题还在于，常新港并没有真正像评论者所说的那样，描写出"底层孩子"所处的"艰难困苦的环境"。作家曾说过："我写《白山林》《在雪谷里》《十五岁那年冬天的历史》，还有长篇《青春的荒草地》，让自己在艰涩的苦河里沉浮漂流。"④但是正如前面所作出的分析那样，《十五岁那年冬天的历史》贯穿始终的不是少年成长的艰辛，而不过是雷加的一种怨恨。在《白山林》（上海《少年文艺》1986年第6期）里，写的是"文革"中爸爸被批斗，"离开我们后，学校再没给家里拉一车柴火"，"我"和弟弟只好"每天去白山林砍些树条子"。砍来的湿柴火冒烟，弟弟拾干柴又被几个孩子认为"离人家的柴垛太近，没安好心"，结果打起架来，鼻子被打得流血，于是，

---

① 李福亮：《艰辛的人生苦涩的童年——略论常新港少儿小说的底层意识》，《儿童文学研究》1989年第3期。
②③ 同上。
④ 常新港：《关于"悲哀"》，《儿童文学研究》1989年第3期。

"我"便"心变硬了","什么都敢干",去偷别人的干柴。结果遭到了车老板"无情的鞭打":"你爸!是个好样的!儿子,不是好儿子!"这篇小说使人感到"我"家的生活的沦落,这沦落之苦也不过是普通农村孩子的普通生活。在常新港的其他小说,《冬天里的故事》(《文学少年》1985年第2期)、《儿子·父亲·守林人》(江苏《少年文艺》1985年第4期)、《沼泽地上的那棵树》(江苏《少年文艺》1986年第2期)、《一个普通少年的冬日》(江苏《少年文艺》1988年第2期)等里面,我们也找不出真正的生活困苦。常新港为了造成一种生活艰辛以及少年坚韧不拔的效果,经常使用一些空泛的、与作品内容没有必然的、深刻的联系的语言。比如,"我觉得自己已经懂事了。""当爸爸被关进学校那座破旧的仓库里时,我已学会像个男子汉一样说话,干活了。""不!我没有怕过。不管是鞭子抽在爸爸的背上、我的脖子上,还是抽在山谷的胸膛上,我没怕过。我记着它。白山林记着它。"(《白山林》)"我总想跟爸爸说一句话:我要自己自由自在地生活了。"(《一个普通少年的冬日》)"我的背挺得直直的,不管什么时候,我的腰也不会轻易弯下来。""在我的血肉里,却有更多的东西滋长着。""这就是我们十五岁的历史。十五岁冬天的历史。"(《十五岁那年冬天的历史》)这些话给我的感觉也不是评论者所说的什么"阳刚之气",实在不过是虚张声势,它们大而无当,造作异常。这些孩子也并非什么"小硬汉"。

在常新港小说中,"上层孩子"总是不明不白地就有了一张讨厌的脸孔(性格)。干部子弟、城里孩子、班级干部,干净斯文的、聪明伶俐的,无一不成为作品的"反面人物",作家嘲讽、指责的对象,雷加式的"下层孩子"的陪衬,可以说,常新港的小说总是明显流露出对"上层孩子"的一股怨恨之情。为什么?我一直想从常新港的身世中寻找一些原因。但是,我只能从"初去北大荒时,他是一个不足十岁的孩子"这一点点线索猜想他曾像《白山林》里的"我"经历过生活的落魄。不过后来常新港自己道出了他的"不幸"——

因为我的童年和少年是悲哀的，所以我要倾吐灵魂里盛满了的悲哀。

我喜欢甜美的日子，可我很是不幸，甜美有眼，与我无缘。

我感谢文学。（注意说的是文学，为什么不说儿童文学？——本文作者）

它允许人类去直抒悲哀。它令我获得了大大的快感。①

（着重号为本文作者所加。）

恕我直言，他的这些话令我大惊失色，因为我还从未听到过任何一位儿童文学作家如此谈论自己以及儿童文学创作。也恕我愚钝，我并没有从常新港的少年小说中感受到那"灵魂里盛满了的悲哀"，相反，我倒是因为他的"令我获得了大大的快感"这句话，深切地回味起他小说中对"上层孩子"的那股怨恨不平之气，而且想起他在少年小说文坛上令人瞩目的"成功"。

事实上，在与常新港同龄的儿童文学作家中，也有童年和少年很不幸的人。我曾在一篇论陈丹燕少女文学的文章中，在谈到陈丹燕度过了暗淡无光、不得梦想的少女时光，以及她对新时期少女的羡慕和对自己少女时代的痛惜之情时写道："这里，我想为陈丹燕的人格说几句话。我们知道心理学曾指出，对他人幸运的羡慕和对自身不幸的痛苦，如果发生在一个人格平平的人身上，也许会出现心理上的失重，导致人格的畸形发展。但是陈丹燕是属于鲁迅所说的'自己背着因袭的重担，肩住了黑暗的闸门，放他们对宽阔光明的地方去'的那种人。……在歌唱八十年代少女的活泼和自由的时候，陈丹燕的青春也仿佛沾染上少女生命的圣水，第二次复活了。"

即使常新港的童年和少年真正像他说的那样"很是不幸"，但是他的少年小说的那股怨恨不平之气，是否还是使人感到他的心理有些褊狭、自私、阴暗呢？这样一种少年小说，又谈何"悲壮"和"阳刚"呢？

---

① 常新港：《关于"悲哀"》，《儿童文学研究》1989年第3期。

到了该结束这篇拉杂文章的时候了。概而言之,在上述三位作家追求儿童文学性、表现自我的过程中,刘健屏为表现自我的深刻思考,创作立场由面向儿童而转为面向成人;曹文轩为表现自我"根本不想去了解现今的中学生";常新港为表现自我的一己不幸,以格调低下的文学"获得了大大的快感"。严格地讲,他们创作的上述作品都难说是成功的儿童文学,至少不能说是如评论者所赞美的那样,是优秀的儿童文学。

至此,我是将目前在评论界呼声很大,载誉极高的刘健屏、曹文轩、常新港的创作基本否定了。但是我绝没有一丝想否定新时期少年小说创作的巨大成绩的意思。我只是认为赞誉绝不该给予这三位走进误区的作家。依我寡陋所见,有许多作家在新时期少年小说追求儿童文学性的努力中进行了有益的探索,取得了一定的成功。虽然本文已无暇对其进行评论,但我愿备忘录式地记在这里。这就是,梅子涵的《课堂》《走在路上》等,陈丹燕的《上锁的抽屉》《灾难的礼物》等,夏有志的《我听见了我的声音》《普列维梯彻公司》等,葛冰的《我们头上有一片绿云》《一只神奇的鹦鹉》等,金曾豪的《小巷木屐声》《笠帽渡》等,程玮的《白色的塔》《孩子、老人和雕塑》等,此外任大星的《三个铜板豆腐》、汪晓军的《把大王的故事》、苏纪明的《"滑头"班长》等,都是儿童文学性较高且很有个性的作品。当然还有许多作家的作品显示出了新时期少年小说的进步,这里已无法一一列举。这些作家和作品对儿童文学的文学品位的追求,明显地区别于曹文轩等作家之处的,便是始终没有忘记,没有背离儿童读者。仅凭此一点,我也愿意将敬意和赞誉献给这样的作家和作品。因为儿童文学无论到了什么时代,也永远是儿童文学。

1990年4月于长春

(载于《儿童文学研究》1991年第2期,删节稿发表于《当代作家评论》1990年第4期)

程玮少年小说创作论

一、"生就的"少年小说作家

别林斯基确实是说过：儿童文学作家是生就的，而不是造就的。其实何止儿童文学作家，从某种意义上说，成人文学作家也是生就的而非造就的。我们不是"天才论"者，重视后天的努力，但是确有无数的青年勤奋地努力之后，怅然怀恨地没有成为一名作家，相反有少数人稍作尝试便声震文坛。儿童文学作家除了要具有一般的文学素质外，还有特殊的素质要求。

日本著名的儿童文学学者鸟越信先生曾在一次讲演中说过，成为一名儿童文学作家曾是自己梦寐以求的理想，但是很遗憾，自己缺少作为儿童文学作家的天生的素质。什么是儿童文学作家的天生素质，鸟越信先生引用西德的世界著名少年小说作家凯斯特纳的话说，所谓天生的素质就是能够清晰地回忆起自己孩提时代所经历的最为微末细小的事情。有了这种天生的素质，再加上后天的努力，就可能成为一流的儿童文学作家。我们理解这番话并非仅仅指的记住了的儿童时代所经历的事情，可以成为儿童文学作品的生动题材，更重要的是，具有这种天生素质的人，有可能保持用儿童的方式来感受、体验和认知生活的能力，因而，他所创造的儿童生活、儿童形象能够保持儿童世界的原生态，而这正是真正儿童文学的第一要义。

我想用程玮自己的话来证明她是否具有作为儿童文学作家的天生素质。

程玮为短篇小说集《山那边的世界》写的《后记》，几乎全部篇幅用来如数家珍地讲述她童年、少年、青年时代的经历。那些遥远年代的细小微末的事情，在她的记忆中清晰得如同昨日一般。比如："我一闭上眼睛，就能想起我小时候的模样。小翘嘴，塌鼻子，两根辫子只有小手指那么粗。""我常常梦见我们家以前住过的那个大院。我的整个少年时代，便是在那儿度过的。""我常常想，假如把大院里发生过的一切写下来，一定是一篇有趣的小说。但是我现在还不舍得写。我想，得有一个安静的环境，坐下来，慢慢地想，慢慢地写，让我愉快地，从容地重温一次我那不可复得的少年时代。""我不也是从中学生过来的吗？我也经历过那多梦的、失望与希望交织的年龄，我不会忘记那一切，我也一直想写一写那些人、那些事。"（着重号为本文作者所加。）

不必多加解释，恐怕我们就会承认程玮具有那种天生素质，而且更为可贵的是，程玮对自己的童年少年时代是如此珍视并一往情深。可以说这种情感是程玮成为儿童文学作家的原动力的重要部分。程玮儿童时代的经历中，还有一件不容忽视的事情，就是她阅读了一系列中外儿童文学作品并深深地为之感动，产生了对文学的向往。基本可以断言，程玮从创作之初便具备了作为儿童文学作家的内部和外部条件。她走上儿童文学之路是自然的和必然的，命中注定了她是一位"生就的"儿童文学作家。

我们说过，具有天生素质的儿童文学作家保持着用儿童的方式来感受、体验和认知生活的能力，因而能创作出栩栩如生的少年儿童形象。程玮的少年小说中就随处可见对少年心理、行为的准确把握和传神刻画。比如："姨妈临走时，妈妈把高小娟拉到洗脸间，悄悄地告诉她姨妈没有孩子，她很喜欢高小娟。小娟先头还没有领会到妈妈的意思，但看一眼妈妈的眼睛，她立刻明白了。每当妈妈算计爷爷的钱时，她的眼睛就是这样闪闪发亮的"（《中学生三部曲》）。没有少年那种不是以理性而是以敏锐的感性来把握生活事物的能力，是写不出如此文章的。在程玮的少年小说中，越是面向年龄小的读者的作品，少年形象越是生动鲜活、呼之欲出。"我想去搬个凳子，小嘉说：'嘻，干吗要去搬呢，你不能当凳子吗？'我就脸冲着地趴下来，说：'看到什么新鲜的东西可得告诉我。''那当然，连只蚊子也不会放过。'小嘉说着，就踩到我背上来了。我才知道，在世界上做一张凳子也真不容易。""我坐在地上，手撑着地说：'你真把我当凳子啦？''蹬一下算什么呢？'小嘉马上举例子说，他看到有个杂技演员，背上叠十几个人呢。"（《交朋友》）这样的例子不胜枚举。程玮笔下的少年儿童一举手，一投足，一个眼神，一个微笑，都让我们感到这是真实生活中的孩子。那些事情未必是程玮经历过的，但她具有想象出处于任何境地的孩子的感受方式和行动方式的能力。

需要说明的是，具有这种天生素质的人经努力可以成为出色的儿童文学作家，绝非是说没有这种天生素质的人就不配来从事儿童文学创作，相反我们认为热爱儿童，热爱生活，又肯于踏踏实实去了解儿童的人，经过刻苦努力也能成为儿童文学作家。

二、抒写真实的心灵力量

程玮面对生活有着一种令人感动的踏实和真诚——"我相信，我们大多数人的生活是平平常常的。但这平常的生活中很多更为平常的现象，却往往会令我感动，令我忍不住想笑，或是想哭。比如，一树嫩绿的白杨叶儿，在清风中快活地抖动着，突然会一齐转过身去，变成银白色的一片；比如，一个不相识的穿着红裙子的小女孩，攥着一把零钱，那么从容、自信地去买她的花脸雪糕；再比如，一个坐在马路边晒太阳的老奶奶津津有味地眯着眼，久久地看着路上来来往往的不相干的人们……逢到这时候，我的鼻子突然会变得酸酸的，眼睛也热热的，会有一种强烈的愿望促使我去写些什么。"程玮的小说便是这样从生活的泥土中生长出来的。因此，在她的笔下大都是一些普普通通的人（少年）和普普通通的事。题材与人物的"普普通通"，加上程玮对少年儿童生活有准确生动的儿童式感觉，因而，她的作品，使读者感到真实可信，并且温暖亲切。

由于题材与人物的普通性，又由于程玮叙述文体的轻松、活泼和幽默，许多人觉得程玮的小说，尤其是早期小说比较"浅"。程玮的小说难以在追求"深刻"的少年小说评论界获得轰动，原因就在于这种"浅"的误解。有人会反驳说，评论界对程玮的《白色的塔》《孩子、老人和雕塑》《贝壳，那白色的贝壳》不是给予了一定赞誉吗？应该说《白色的塔》等在含蓄的韵味、作品的结构等方面是作了有效的追求，但作品成功的关键仍然在于程玮对少年形象的逼真刻画上。就是说这些小说的所谓成功探索离开了程玮一以贯之的刻画少年形象的真本领，就会像失去栋梁的房屋一样坍塌。我认为有的评论者对《白色的塔》的舍本逐末的评价，给了作家一个错误的信号——仿佛追求象征意味、打破情节流程的写法，才能使程玮修成正果："这篇小说的作者的本意并不在于讲一个动人的故事，或是在我们面前立起一个典型形象，而是尝试着从抽象的层次上来俯视生活。"[1]

如果谈到新时期少年小说的失误，其中一个很重大的失误便是对情节的否定。情节是生活的过程，是人物性格的逻辑链条。尤其对儿童文学，便更加举足轻重，这是为整个儿童文学史所证明了的。

程玮的优势正在于她的童年记忆和儿童式感受生活的能力，使她有取之不尽的生动情节和呼之即出的儿童人物形象。不能不说"反情节"理论，有使程玮放弃自己优势的危险。幸好，程玮是一个把声名看得很淡的朴实的人，这在儿童文学仍然未受到应有尊重的今天，是一个儿童文学作家的可贵品质。虽然对那些"热闹"也"可以凑一凑"，虽然她完全有才华像有些人一样转身走向成人文坛，但是她终于没有忘记那些喜欢她的作

---

[1] 俞非：《开放式的当代儿童小说结构》，《儿童文学选刊》1986年第2期。

品，在她走在路上时从后面追上她叫一声"程玮姐姐"或者"程玮阿姨"的小读者们，她终于没有一味去迎合某些潮流，也终于没有背弃小读者。

还是回到程玮小说是否"浅"这个问题上。如果抛却题材决定论的影响，如果怀着一颗少年人的心灵去品读程玮的那些看似轻浅的少年小说，你会感到它们对处于成长期的少年都是那样重要而及时，你会感到一种沉甸甸的感动留在了心头。

《我和足球》写的是处于贪玩年龄无法抑止自己的玩的欲望而影响学习的男孩子，是经历了哪些事情而获得了控制欲望的毅力，摆好学习与玩的关系的。这样概括容易使人联想到"品德教育"一类作品。但是"教育"不正是少年成长所需要的吗？问题在于采取何种方式。《我和足球》完全是生活式的，少年的心理、行动的变化都来自生活的逻辑。

《邮票事件》中的小嘉正在集邮，因为喜欢姚明阿姨的信上的邮票，在揭下时把信撕破了。当小嘉的朋友"我"的姐姐说偷拆别人信件是犯法时，两个孩子吓坏了，想把信藏起来。但后来小嘉又决定交出信："小秋，不能把信藏起来，我已经签过名了，签的是我的名，最后不是还要找到我头上吗？而且，而且更重要的是，这封信叫姚明阿姨后天到上海去，参加一个外国的画展。"当他俩把信交出后，明白了缘由的姚明阿姨没有责怪他们，他们成了朋友，并从姚明阿姨所集的邮票中丰富了知识，"我"也成了集邮爱好者。

《那不是欢送会》里的菁菁的好朋友俞小娜要去美国读书了，秦老师让菁菁在欢送会上发言，这可把菁菁难住了。她怎么也写不好欢送自己好朋友的发言稿。原来菁菁心里有一个隐情：上幼儿园时的老师曾送给她和俞小娜一本数学参考书，菁菁想到俞小娜数学总是全班第一，而自己搞得好才得个第二或第三名，便偷偷把书留下一个人用了。现在要与好朋友分别时，她感到了内疚。在她处于苦恼之中时，俞小娜拿来外公从美国寄来的学习材料，让菁菁挑选，菁菁慢慢把书推到一边，突然转过身，抽抽搭搭地哭起来。在欢送会上，菁菁终于讲出了真情……

《淡绿色的小草》中的娟娟因为自己好朋友的妈妈或是钢琴家，或是去国外讲学的大学教师，她开始为自己的妈妈是个卖菜的售货员而感到难为情。和同学们一起走过妈妈的菜场时，她要借故躲开；同学们要到家里做作业，她要把妈妈支出去看电影。但后来，同学们还是在镜框中认出了娟娟的妈妈就是菜场的那位售货员。但她们不但没有蔑视，反而都夸"丁阿姨真是个好人"。的确，娟娟的妈妈在家是个好妈妈，在外面是热情助人受人尊敬的好售货员。娟娟终于明白，"有这样一个好妈妈，是值得骄傲的"。她奔出门去找回自己的妈妈……

不能一一介绍了。需要说明的是，我是怀着十分不安和沮丧的心情，写下上述作品情节梗概的。因为程玮的作品绝对不适宜概括，一概括便寡然无味（相反有些观念型作品则适宜概括），而只适宜阅读（越是优秀的文学作品越是如此）。为了本文的评论有所依附，这种无味的概括实乃万不得已。程玮的中篇小说《来自异国的孩子》里的方芸芸说了一句意味深长的话："大家都在变，我觉得我也变了。"我们注意到并非仅是上述作品，几乎程玮的所有小说都有一个共同的东西，那就是少年主人公们在普通的生活中遇到了困难，遇到了一个必须跨越过去的障壁，这些困难有的表面看起来很小，比如《邮票事件》中藏起一封信，但其实，对少年的心灵来说却事关重大。正如作品中写的："要是不把邮票事件告诉姚明阿姨，他这一辈子恐怕永远也画不好画了。"跨越了这个障壁，少年便获得了心灵的成长，即方芸芸所说的"变了"。那么少年们是如何跨越那些障壁的呢？程玮令人信服地向我们展现了少年超越障壁的生活根据。

在《我和足球》中，如果罗老师也像"我"的爸爸一样将足球没收锁入柜子里了事，那么由于"我"和小灵通的正常欲望受到了压抑，学习恐怕永远是个苦差事。但是，罗老师让学习成为一种乐趣："上罗老师身边补课可有意思哪！当然对我和小灵通来说，做数学题暂时还不是一件很快活的差使。可是一小时以后，你们猜怎么着？罗老师把书和本子往抽屉里一放，三下两下脱掉他身上的外套，露出一件绿色的运动衣。没等我们脑瓜转过弯来，他像变魔术一样从办公桌的小柜子里拿出一个足球，使劲往上一抛，又用头一顶，高声说：踢球半小时！哈，我和小灵通当时的高兴样儿，以及后来又怎样约了很多小球迷上那儿补课的情景，你们大概也能想象出来了吧！"少年身上存在的问题，并非踢球本身，而是缺乏适度的欲望平衡能力。罗老师教他们一种控制方法，虽然最初的补课还带有强制性，但少年们却马上心甘情愿地接受了。解决问题的钥匙其实在少年的自身成长力中，罗老师不过是帮他们找到这把钥匙而已。

《邮票事件》中小嘉和"我"交出挂号信件，看似因为小嘉签了名不交出也会被查出，其实根本原因在于少年身上潜在的诚实、良知和责任感。少年能不能跨越这一"事件"，更重要的取决于姚明阿姨的态度："我们像两个真正的罪犯一样低着头，站在她面前，我的手里拿着那本《刑法》，小嘉手里拿着那封拆开的信。怎么回事？啊？姚明阿姨奇怪地问。我们很严肃、很认真地把这一事件的经过告诉了她。我们是那么紧张地看着她，好像她是个法官，嘴唇一动就能立刻决定我们命运似的。姚明阿姨突然大笑起来，那种笑一点都不符合她的年纪，只有我姐她们才笑得出来，又快活又放肆，把我和小嘉都笑愣了。'不要紧，不要紧，这跟《刑法》上说的性质不一样。'她好不容易才忍住了笑，'不过，下回可不能这样了，啊！'她把这句话讲得又快又轻，好像怕吓坏我们似的。她突然眯起眼睛看看小嘉，说：'你也喜欢集邮吗？去，把你的邮集拿来让我看看。'"过错是由于无知和欲望的一时冲动造成的，少年的内心是诚实并富于责任感的，对这一切姚明阿姨洞若观火，她用一个大笑，一声轻语，解放了少年心灵的负担和压抑，并保护了少年正处于萌芽生长期的诚实、良知和责任感。

《淡绿色的小草》里的娟娟对自己妈妈感觉和情感的变化，其实是这个少女内心的自我正在悄悄地觉醒。妈妈这一与娟娟最为亲密的骨肉联系，对娟娟建立一个什么样的自我至关重要。很明显，最初娟娟是建立了一个自卑的封闭的自我，因为她觉得自己有一个在工作、衣着、发式上都不如别人妈妈的妈妈。但是后来她从同学们以及同学们的妈妈们对自己妈妈的尊敬，从妈妈养育自己的辛劳里，意识到自己原来有一个值得骄傲的妈妈。娟娟对妈妈意识的转变，意味着对人的工作、衣着、发式等外在价值的重视转向了对人的心灵、品格这一内在价值的重视。这种人格尊严的建立，才能帮助娟娟建立起一个自尊、自信的自我，建立起多元价值的现代人生观。

在程玮的所有小说中，你能清晰地感受到少年人的成长。这不是一种体力的成长，而是心灵的成长。少年期是心理变化、性格建立的时期，在这个过程中，少年人将遇到一个又一个心理障壁，这种障壁更多时候不过是生活中普普通通的事情，如上述作品所显示的那样，但是它们在少年成长的过程中却至关重大，超越不过去，心灵、性格便会出现一些畸形。程玮少年小说的真正价值就在于，不仅描写了这些障壁，而且在作品中创造出一个个契机（罗老师、姚明阿姨、尊重娟娟妈妈的人），帮助少年人超越那些障壁。虽然在这超越的过程中，起决定作用的是少年自身心灵内部的强大的成长力量，但发现引导解放这一力量的罗老师、姚明阿姨们也极为重要。程玮的小说中少年的成长，是在具体的现实环境中的成长。离开了这个环境（罗老阿、姚明阿姨等），少年的成长是难以想象的。这个环境，深刻地反映着作家的自我意识——主要是儿童教育思想。这个环境具有"向日性"，而这"向日性"正与理想主义的儿童文学观念灵犀相通。程玮的少年小说所表现的障壁和对障壁的超越，深得儿童文学的神髓。但是这似乎对程玮并非苦练修来的，而是深悟儿童生活本质，而又真实地描写儿童生活所带来的必然结果。

我们前面说程玮是一个仍然保持着以儿童的方式感受、体验和认识生活的人，这决不是说程玮缺乏作家的自我意识，对人生的认识处于儿童的水平。相反，在少年小说作家中，很少有人能像程玮那样轻松自如地让作家深沉的自我与儿童生活的本质达到近乎完美的契合，也很少有人能像程玮那样在儿童的生活、儿童的世界里发掘出儿童们在成长过程中迫切需要的人生道理。程玮的少年小说对人生的认识是沉重而深刻的。

三、如嚼橄榄的生动文体

如果说对主题、题材的挖掘上，在人物性格的塑造上，程玮已经是一流的话，那么在文体上，程玮的才华则是超一流的。我们这里试举几例——

> "怎，怎么办呢？"小嘉慌慌张张地对我说，"我以前撕邮票，可从来没有发生过这种事件。"
> 我们语文老师说过，"事情"和"事件"这两个概念是不大相同的。"事情"是指平时发生的小事，"事件"是指不平常的大事。小嘉用了"事件"这个词，马上使我觉得情况严重起来了。
>
> ——《邮票事件》

上面的内容，如果让我们来写，恐怕会写成"小嘉不小心把信也撕坏了，我们吓得够呛，事情闹大了"。同样的内容，不同的表现靠的就是文体。文体并非神秘的东西，就是作家文学语言表现的方式，程玮抓住了"事情"与"事件"做文章，幽默地写出了两个淘气顽皮又聪明伶俐的少年的困窘，特定年龄的孩子特点及生活情趣出来了。

程玮的《走向十八岁》是一部十分成功的长篇小说，限于文章篇幅，我们只有忍痛割爱了。这里只想举一段作为文体的例子。高一学生姚小禾（山里来的）与曹咪咪（南京城里的）去冷饮店吃冷饮。

> "怎么了，不喜欢？"曹咪咪大口大口地吃着菠萝块。
> "我……"姚小禾的脸突然红了。
> 曹咪咪眼珠一转，笑了，压低着声音说："我明白啦，你正'倒霉'呢！活该你不能吃。不过，少吃一点，没有关系。我常常在'倒霉'的时候吃冰淇淋，'圣诞'，一点事儿都没有。"她

把冰淇淋朝姚小禾面前推了推。

姚小禾不好意思地笑笑，一小口一小口地吃起冰淇淋来了。

曹咪咪突然碰碰她，"哎，你知道不，高晓晓为什么个儿矮矮的，脸黄黄的？"

姚小禾摇摇头。

"她呀，还没有'倒霉'过呢！"曹咪咪很得意地说，"我偷看过我们班女生的体检表，就她一个人没有！她要是不'倒霉'，可就要倒霉啦！"

"是呀，'倒霉'了就好，不'倒霉'不好的。"姚小禾也一本正经地说。

生动的、角色化的语言感觉和把握，把处于青春期的少女生活和心态写得惟妙惟肖。

哎，说起来真伤心，开学第一天，爸爸就把我的足球没收了，虽说他是爸爸，是大人，可办事也得讲理呀，整整一个早上，我脖子上套着书包，像尾巴似的跟在他后面走来走去，大声抗议着："为什么没收足球呢？你把理由讲出来，你讲出来嘛！"

他在房间里转来转去，大概想找一个合适的地方放足球，听我嗓子越来越高，就不耐烦地开口了："理由？你以为我讲不出理由吗？告诉你，我可以讲出一百条呢！"

接着，他像个七十岁的老太婆一样，唠唠叨叨地开始讲起来了。

……

总之，爸爸说的一条都不算理由。他要真的说上一百条，我可没耐心一一讲给你们听。其实他也没说满一百条，因为才说到第三条，他就找到了存放足球的地方。

——《我和足球》

化身为一个孩子，使用孩子日常生活中所使用的语言，以给小读者讲故事（读者意识）的口吻，"我"和爸爸的心理和动态历历在目。必须指出，以"我"（儿童）的口吻来叙述故事时，程玮驾驭语言的才华发挥得最为淋漓尽致。

以上三段文字，两段是写小学生的，一段是写高中生的，各具特点和神韵。而且越是给年龄小的孩子看的作品（这类作品最难写），程玮的语言表现越生动。熟悉了程玮的语言表现的人，甚至不用看作者是谁，就能根据语言表现认出程玮来。程玮的这种轻松、流畅、活泼、幽默并富于表现力的语言，几乎达到一种出神入化的自由境界。她说自己"缺乏搞文学所必须具备的刻苦、坚韧的毅力"，这是因为写少年小说在程玮是很轻松的一件事，她用不着为文体表现去冥思苦想，她说"我几乎常常一气呵成"。在这一气呵成的语言表现里，你几乎感觉不到作家的存在，你眼前只有少年们生动真实的心理、语言和行为。你不是在"读"一篇小说，而仿佛是真真切切地走进了儿童的生活世界，与作品中的人物一同经历了那所有的一切。这种语言表现当然是儿童文学的上乘佳品。有了这种文体，程玮拥有那么多的儿童读者便丝毫也不奇怪了。

在新时期少年小说的文体追求中，许多作家付出了极大的努力并取得了不同程度的成功。不过，有的在文体追求中呼声很高，也确有成绩的作家，多少给我以写得太苦太累之感。并且这种感觉是从文章的雕琢痕迹中产生的。我们是否可以学学程玮面对文体的放松态度，松弛一下自己的紧张心理。另外，有的作家认为"扩建儿童文学语言系统"一要加大单词量，二要提高语言层次，以加强文学色彩。而这种主张实施于作品中的结果是"雅姐爱太阳、爱月亮、爱土地和河流，爱那轻风和雨滴，爱春天似乎流动着的绿色。她是那样温柔、那样恬静、那样优雅、那样含情脉脉，微微忧戚里含着高贵的神情"（《再见了，我的星星》）。"爸爸幸福地将美丽的小婷婷举到肩上，然后朝大家点点头，挺着胸脯，骄傲地走了。"（《红枣》）这种文体构成的少年小说，曾获得了很高的赞誉。但是，我觉得，这种文体空泛而缺乏表现力。许多辞藻看似很美，但不过只具有词典上的那种固定含义，在作品中并没有活起来。

程玮则不然，她决不空泛地滥用"恬静""优雅""勇敢地""骄傲地"等等形容词——"'夏老师，我的腿青了。'是姜莉莉的声音。'我手上擦破了皮。'高晓晓苦着脸。刚才这场祸，就是她引起的。'我的手也破了！'有个男生喊。话音未落，其余男生一起讥笑他。"（《走向十八岁》）不直白地道出，一切意义都包蕴于场面（形象）之中。

程玮的语言又极为朴实，但却化"腐朽"为神奇。"爬窗子根本就是不对的，根本不对的！她边说边扭着身子，粉红的裙子甩来甩去，活像条金鱼。"（《交朋友》）认真地面对小学生"管闲事"的幼儿园大班的小头头，在这里已是活灵活现了。

程玮的语言是活的语言。她的语汇超越了词典上的意义，蕴藏着更丰富的内涵。这种语汇与整个作品结成生命一体，离开了作品便失去活力、失去意义。比如："夏丽觉得那不是在下雨，是下雾。可妈妈姐姐她们都说：'唉！还在下雨，讨厌！'"（《傍晚时的雨》）下雨还是下雾，都不是超然作品之外的感觉，而是作品中的特定人物处在特定心态下的复杂感觉。在夏丽，因为觉察出姐姐的男朋友有隐匿的残忍之心，所以在姐姐要出嫁时，"暗暗巴望这雨下得大些"，"夏丽不愿意姐姐到那人家里去"。拿出作品外，"下雾"就是下雾，放入作品中，"下雾"包蕴着人物的心理、感情，牵动着作品的整个神魂。这种语汇才是真正出色的文学语言，显示出一流作家的才华。

如果考虑到有些少年小说作家得到的过多的注意和过高的赞誉，相比之下，程玮的少年小说创作的成就则似乎没有获得应有的重视、研究和评价。造成这种现象有诸多复杂的原因值得探寻，而本文已到了该结束的时候。我最后想说的是：探寻那些复杂的原因，显然有益于总结新时期少年小说创作和评论的经验和教训，有益于今后少年小说创作和评论的长足发展。

（载于《语言文学集》，东北师范大学出版社，1991 年）

王淑芬儿童文学创作论

当我读过王淑芬几乎全部的儿童文学作品，并想就此写一篇评论时，我突然产生了心理上的不安。

我想起了意大利美学家克罗齐的一个观点。克罗齐认为，艺术创作是一种纯感性的直觉的表现，它先于概念而不依存于概念，而批评乃是一种理性的概念活动，它是跟艺术截然对立的。克罗齐根本否认文艺批评的必要性，他甚至讥讽地说："诗人死在批评家里面。"

作为从事文学研究和文学批评的人，我当然维护文学批评的存在权益，但是，克罗齐的观点的确使人产生一种警觉：作家创造出的鲜活、灵动的感性化"自然"，不会在批评家的理性思考和概念判断下水土流失甚至沙化吗？

我又想到接受美学的一个比喻：作家创造的文本像一部管弦乐谱。如果真是如此，那么在一个批评家的艺术造诣一开始就难以将文本这一乐谱再造成美妙的乐曲的情况下，他的理论诠释又有多大的可靠性和有效性呢？

面对王淑芬的儿童文学世界，我的阅读经验、阅读习惯受到很大的冲击和挑战。这种冲击和挑战主要不是来自某一部或几部作品，而是来自其作品的整体。我大略统计了一下，我读过的王淑芬的二十多本儿童文学作品有六十几万字。坦率地说，这并不是一个庞大的数字。但是，令人吃惊的是，王淑芬像魔术师一样，凭借这不多的文字，为读者构建了一个丰富而广大的艺术世界。一会儿是震动人心的现实主义小说（《我是白痴》《地图女孩 VS 鲸鱼男孩》），一会儿是幽默横生的生活故事（《新生"鲜"事多》等）；一本散文刚叙述过童年趣事（《童年忏悔录》），另一本散文又真情抒发"十四岁"的"心事"（《我的左手笔记》）；放下写作报告文学的写实的笔（《红柿子小孩》），又描绘起空灵的童话（画）（《绿绿公主》等）；刚刚还在优雅地吟诗作赋（《如何谋杀一首诗》），转身就跑到厨房大快朵颐（《女主角的秘密厨房》）；既可开怀大笑，又能掩卷沉思；一个故事以两种文本讲述（《地图女孩 VS 鲸鱼男孩》《罗蜜海鸥与小猪丽叶》），两种文体在一本书里合成（《如何谋杀一首诗》）……王淑芬的作品世界犹如变幻莫测的万花筒，给读者以目不暇接之变化的乐趣。

然而，王淑芬从多方位尽情显露出的儿童文学才华，也可能给评论者造成一种压力。欣赏和驾驭多种文体的能力、幽默的心性、细腻而敏锐的感受力、明察秋毫的智慧、深刻而有力的哲思……在阅读王淑芬的儿童文学作品时，我强烈感受到对自己目前还欠缺的这些能力的渴求。

当然，事情往往是辩证的，也许我对丰富、变幻又有一些陌生的充满艺术魅力的王淑芬的儿童文学世界的探寻，也能给我的理论思维的神经带来新鲜的刺激。

一、天性型儿童文学作家

儿童文学与成人文学的一个根本区别是，作为儿童文学作家的成人不是像成人文学创作那样，是成人为成人创作，而是成人为儿童创作。在成人文学生成中，成人（作家）所以能为成人创作，是因为成人（作家）对成人的生活世界和心灵状态具有体验、理解和认识；同样，在儿童文学生成中，成人（儿童文学作家）所以能为儿童创作，也是因为成人对儿童的生活世界和心灵状态具有体验、理解和认识。儿童文学作家对儿童生命的体验、理解和认识程度，决定了他所创作的儿童文学作品的质地的优劣程度。

我曾经将儿童文学作家分为天性型和技艺型两种类型。所谓天性型即是别林斯基所说的"生就"的儿童文学作家，而技艺型则是别林斯基所说的"造就"的儿童文学作家。尽管别林斯基说儿童文学作家"不应是造就的"，但是，在任何时代都会有"造就"的儿童文学作家存在。鲁迅说过："孩子在他的世界里，是好像鱼之在水，游泳自如，忘其所以的，成人却有如人的凫水一样，虽然也觉到水的柔滑和清凉，不过总不免吃力、为难，非上陆不可了。"[①]"造就"的儿童文学作家就有如鲁迅所讲的进入儿童世界凫水的成人，其创作总是显露出"吃力"和"为难"，而"生就"的儿童文学作家在进入儿童的生命世界时，则也如鲁迅所说，"是好像鱼之在水，游泳自如，忘其所以的"。

王淑芬的各种文体的儿童文学创作，犹如蚕之吐丝，没有半点"吃力"和"为难"，可以毫无疑问地说，她是一位"生就"的天性型儿童文学作家。

作为天性型儿童文学作家，王淑芬主要有以下表现。

1. 表现"内在的儿童时代"

出生于荷兰的美国作家迈因德特·狄扬是美国第一位获国际安徒生奖的优秀儿童文学作家，他的儿童文学杰作《校舍上的车轮》曾获1955年美国纽伯瑞儿童文学奖。在受奖演说中，狄扬讲了这样一番话："我想回到儿童时代，走进儿童时代的本质和美之中。创作儿童书籍的时候，谁都必须这样做。为了唤回儿童时代的本质，我们只有深入而又深入地穿过神秘的本能的潜意识层，重返自己的儿童时代。我想，如果能够到达最为深层、最为根本的地方，重新成为从前的那个孩子，就会经由潜意识，与具有普遍性的儿童相逢。这时，只有在这时，才可以开始为儿童写书……为

---

① 鲁迅：《看图识字》，《鲁迅全集》（第6卷），人民文学出版社，1981年，第35页。

儿童创作时，理所当然的应该以自己内在的儿童时代为本，而不是以成人的记忆为本，这是单纯而又明快的逻辑。"①

王淑芬的创作姿态与狄扬的主张是一脉相通的。她在少年散文集《我的左手笔记》的自序《与你同行》中写道："这本书里的字字句句，并不是我'模仿'少年朋友的情绪来写的，是那个住在我身体里，未曾遗弃我的年少时的心灵在说话。"我理解，王淑芬所说的"'模仿'少年朋友的情绪来写"与"未曾遗弃我的年少时的心灵在说话"这两种创作姿态的区别，就是儿童生活现象与儿童生命本质的区别。也可以换句话说是拟似的儿童本位立场与真正的儿童本位立场的区别。

由于葆有一颗"年少时的心灵"，王淑芬无论是创作小说、散文，还是创作童话、故事，都使儿童的生活和生命形态得到了原生态式的表现，都让作品的艺术表现形式和艺术情趣与儿童读者的审美需求达到了紧密的契合。

2. 以儿童为本位的价值观

拙著《儿童文学的本质》中表述过这样的观点：与只有一元价值观即成人价值观的成人文学不同，儿童文学具有二元价值系统，即儿童自身的价值观和儿童文学作家的价值观。儿童文学作家的"自我表现"与成人文学作家的"自我表现"的根本不同，就是儿童文学作家必须能够将自己的价值观与儿童自身的价值观统一、融合到一个共同的根基上。儿童文学是成人作家与儿童两者间生命形态和审美意识相撞击和融合的结晶。在优秀的儿童文学这里，这两种生命形态和审美意识，在本质上不是对立的，而是统一的。当然，儿童的生命形态和审美意识与成人作家的生命形态和审美意识并不完全重合，但是，不完全重合并不意味着就是对立。成人作家的价值观和审美意识与儿童的价值观和审美意识像两个大小有别的同心圆，两者立于一个共同的根基。儿童文学作家应该持着以儿童为本位的儿

---

① ［日］濑田贞二、猪熊叶子、神宫辉夫：《英美儿童文学史》（日文版），研究社，1986年，第374—375页。

童观，走进儿童生命的空间，在认同和表现儿童独特的生命世界的同时，引导着儿童进行自我生命的扩充和超越，并且在这个过程中将自身融入其间，以保持和丰富自身人性中的可贵品质。

王淑芬的儿童文学创作成功的最大秘诀就是将自己的生命根基与儿童的生命根基融合在了同一个原点上。她以与儿童的精神需求并行不悖的立场为自己创作的出发点，她的作品持着以儿童为本位的价值观。

自1993年至1999年，王淑芬创作了《新生"鲜"事多》《二年仔孙悟空》《男生女生配》《小四的烦恼》《11岁意见多》这五本校园生活故事系列。这些故事让人联想到尼·诺索夫的儿童故事和桑贝、葛西尼合著的"小淘气尼古拉"系列故事，充满儿童情趣，是体现王淑芬儿童本位价值观的代表作。

好奇、古怪、精力充沛、令大人难以掌握以至于头疼，这就是儿童。王淑芬的校园生活故事系列，在为读者展示这样的儿童的各种生活和心理样相的时候，一再流露出对其接受、承认乃至信任、鼓励的目光。

在《童年忏悔录》《肉包与鳄鱼》《女主角的秘密厨房》等散文、故事作品中，王淑芬不厌其烦地表现着令一般大人皱眉的孩子"吃"和"玩"这两个题材，尤其对"吃"，王淑芬津津乐道，表现出远远超出一般儿童文学作家的执着性关心，这一点突出地表明了她取向于儿童的价值观。

和很多描写"吃"的儿童文学名著一样，王淑芬的作品对"吃"的关注也是具有人文性和文学性的。她在《女主角的秘密厨房》的序《肚皮与心情》中写道："不论日子过得如何，总是要吃吧，'吃'与我们的生活是如此息息相关。真实的世界里，温饱是最实在又最基本的需求。女主角们的心事，借着一道道食物发抒、解放。肚皮与心是如此接近，每一道食物也许是最了解心情的配方。"王淑芬将"吃"与心情（精神世界）联系在一起是有道理的。在我看来，与儿童相比，成人食欲的减弱是生命力衰退的反映，而儿童的"贪吃"则是生命力旺盛勃发的表现。我认定作家本人也是像儿童一般"贪吃"的，因而也具有儿童般的旺盛的生命泉水，否则她的笔下绝对不会涌出"生命中许多记忆都是有味道的""我喜欢水果茶那种与世无争的味道"(《女主角的秘密厨房》)、"我用心爱的巧克力来对付星期一哀愁……巧克力是糖果中的贵族,最有资格打击沮丧"(《我的左手笔记》)等富于生命感性的诗一般语句。

这里,我们再列举一些王淑芬作品中表现出的以儿童为本位的价值观:

> 校长是不是把上下课的时间弄颠倒了。
>
> ——《新生"鲜"事多》
>
> 一个蒸得暖烘烘的便当,对一个十岁的小孩子来说,是很重要,很珍贵的。
>
> ——《童年忏悔录·笋干与萝卜干》
>
> "这是一次成功的生日宴会;因为我们不但吃得饱,玩得好,而且把陈汶家的玻璃打破两块。"
>
> ——《男生女生配》

在《白痴》这本小说里,老师说:"彭铁男,你真的很可怜。"但是,具有哲学家气质的"跛脚"不这样看:"其实,聪明人未必比白痴快乐。"

在《二年仔孙悟空》里,妈妈给买的香铅笔可以与妹妹一起迅速削光,可是,老师送的香铅笔妹妹连碰都不能碰。

3. 儿童的"自己人"

《11岁意见多》中的"绝不外借"这个故事描写暴龙老师常常以数学课取代美劳课和体育课,孩子们"心里有说不出的痛苦",可是张君伟的妈妈却大加"赞许",于是作家借张君伟之口这样叙述:"从这件事可以知道,大人就是大人,儿童就是儿童,总之,就是不同。"

"大人就是大人,儿童就是儿童"——在王淑芬的作品世界里,儿童与成人是有着鲜明区别的存在。当大人与儿童这两个不同的人群之间发生矛盾、冲突时,王淑芬往往是站在孩子们这一边的。自称"脾气不算好,对很多大人常是不耐烦"的王淑芬，并不满足仅仅隐身在作品中做儿童的"自己人"，所以她很乐意写"序"，直接在作品之外，面向大人们一吐为快。面对不能理解孩子的大人，她大声提醒："您有'这样'健忘吗？"（《新生"鲜"事多·作者的话》）面对有违儿童心性的学校教育，她表示出"诚恳的、良性的焦虑"："为什么参加比赛就一定要得奖？为什么要有比赛？为什么老师'怕'校长、主任？为什么大人总是规定'不行、不可以'，却没有令小孩信服的理由？为什么……"（《二年仔孙悟空·作者的话》）她公开承认自己那些好笑的故事是"笑里藏刀"，藏着一把"解剖教育现状"的"手术刀"。（《男生女生配·作者序》）当她谈论自己创作的"因为最笨所以当了总统的故事"《"卡"过敏总统》时说："事实上，谁都需要一位英明领袖，但是，理想和现实差距多大啊，我们只能把希望放在下一代。"（《猪大王·分享小站》）

作为儿童的"自己人"，创作着儿童本位的儿童文学时，王淑芬没有忘记自己肩上的责任。她倾听着发自儿童心底的呼声，抚慰着儿童的"不被原谅的哀愁"，以自己在生活中磨炼出的智慧之眼，帮助儿童寻找着理想的教育和成长之路。

二、多彩的文体、多姿的艺术风格、高超的语言功力

我在前面说过，我要写这篇评论时产生过怕难以胜任的心理上的不安；还说过，王淑芬凭借不多的文字，为读者构建了一个丰富而阔大的艺术世界，我这样讲都是因为王淑芬的儿童文学世界，展示着多彩的文体、多姿的风格，并显示出高超的语言功力。

1. 全能型的文体探险家

自1993年出版《新生"鲜"事多》以来，王淑芬在八年的短短时间里，举凡儿童小说、少年小说、儿童散文、少年散文、少年诗、生活故

事、童话、图画书、传记、报告文学，儿童文学所包含的文体她不仅几乎都创作过，而且她对这些文体心有灵犀，且屡试不爽，几乎没有在读者面前露出初试之怯。从我的阅读视野看去，在这样短的时间里就遍历近十种文体，并大都保持很高创作水准的华文作家，恐怕还只有王淑芬一人。

王淑芬在儿童文学文体方面进行广泛耕耘的时候，显示出很高的驾驭文体的艺术才力和悟性。她的创作，在娴熟地把握文体特征的基础上，敢于大胆探险，独具匠心地进行创新尝试。

《地图女孩 VS 鲸鱼男孩》是我读到的第一本王淑芬的儿童文学作品，正是这部具有独到创意的作品引起了我对她的创作的关注。作品讲述的是一个少男少女的友情加爱情的故事，作家以第一人称的叙述方式，建立了由故事主人公女孩张晴和男孩戴立德各自叙述的两个文本，每个文本都具有完整性，可以独立地构成作品。但是，由于两个文本都是主人公以与对方的关系为主线来叙述，所以又有一个向心力统合着，形成"互文"的两个文本。作家大胆而巧妙地设计的这种文本形式，产生了奇特的阅读效果：本来每个文本都只有主人公这一个视角，但是读者却可以通过两个文本的阅读得到两个视角，然后自觉或不自觉地像音乐和声一样，将自己从两个视角得到的信息组合成近似于全知全能视角下的第三个文本。《地图女孩 VS 鲸鱼男孩》调动着读者的能动性，给读者以新鲜、丰富的阅读乐趣，是挖掘小说文体的可能性的成功之作。

在《如何谋杀一首诗》一书中，作家不仅将少年诗与散文点评文字融合于一处，而且以非诗化点评来"谋杀"诗歌，收到了诗人萧萧所指出的通过"误读"走向"悟读"这种"置之死地而后生"[1]的艺术效果。

《女主角的秘密厨房》颠覆流传久远的《灰姑娘》《白雪公主》《小红帽》《海的女儿》等故事，甚至大胆地做翻案文章，既为读者提供了新的故事，又提出并鼓励了另类思考。

---

[1] 萧萧：《谋杀果实是为了让种子落地（代序）》，《如何谋杀一首诗》，民生报社，1999 年，二十世纪中国儿童故事片发展概述。

《二年仔孙悟空》设置的留言板、《男生女生配》的读后感、《11岁意见多》里的意见栏，都为作品平添了新的情趣和意味。

王淑芬的儿童文学作品充满了新奇、变化，时时可以让读者领略到她的灵动的想象力和活跃的创造精神。她所具备的这些资质，尤其是儿童文学作家的看家功夫。

2. 丰富多姿的艺术风格

在我所知道的儿童文学作家里，王淑芬是创作上最富于变化和色彩的作家之一。其作品变化之大，色彩反差之大，常常给我以"判若两人"之感。

比如，雅与俗共赏。

高雅文学和通俗文学都是文学，两者本来没有高低之分，也并非井水不犯河水。但是，在很多作家那里，高雅文学和通俗文学是很难相互融合的，有的作家甚至偏执一端，扬此抑彼。而多才多艺的王淑芬却能雅俗共赏，显示了她的艺术包容性。

在《我的左手笔记》和《如何谋杀一首诗》里，作家既选取着青春、友情、孤独、迷惑、梦想等高雅的题材，也采用着优雅的文笔来抒写散文和诗歌的句子；在《童年忏悔录》《肉包与鳄鱼》等作品里作家则大量地书写着吃、玩这两个"俗气"的题材，文笔也十分通俗；写《女主角的秘密厨房》时，作家干脆完全打通雅与俗，将精神世界与"饮食"紧密联系起来，作家让木兰"用冰凉的酸梅茶，来洗涤自己的乡愁"，并借木兰之口说着这样的"吃心话"："我不认为'饮食'中没有人生哲理，平民百姓为生命基本温饱所作的努力，并不亚于关在象牙塔里闭门造车的学者。"

又比如，既生动地叙述故事，又优美地抒写心情。

毫无疑问，王淑芬是一位具有高超的叙述故事才能的儿童文学作家。《罗蜜海鸥与小猪丽叶》里的两位主人公在"小儿科魔法师"那里的推门相遇，让人感觉到作家在设计故事情节上所具有的巧妙匠心；《地图女孩

VS鲸鱼男孩》里讲述了一个故事主线的两个文本，并不给人以重复之感，也是因为作家的叙述精到地把握住了少男少女的不同心态。《新生"鲜"事多》等校园系列故事的生动性、趣味性，与其说来自生活事件，不如说来自大巧若拙的叙述。

热闹地讲完系列校园生活故事的王淑芬又静下来抒写心情。从外向走向内敛，她就像改变电视频道一样，没有留下任何转变的痕迹。《我的左手笔记》中的那些散文，《如何谋杀一首诗》中的那些诗，证明王淑芬有着与其叙述故事的水准难分伯仲的诗人气质和风度。

再比如，幽默与哲思兼备。

在王淑芬儿童文学创作的风格中，幽默最为耀眼，可以说是一块金字招牌。王淑芬的作品在读者（包括儿童和成人）中最有影响、获得最大支持的恐怕就是她按年级创作的校园生活故事，这些作品是名副其实的幽默文学。

在中国，"幽默"这一概念最早大概是由林语堂于1924年提倡出来的。林语堂的幽默观的精神实质是主张幽默是一种人生观，文学上的幽默则是人生观的体现，是"心灵舒展的花朵"。我体会王淑芬的校园生活故事中的幽默应该与林语堂提倡的幽默主张相一致，即不是简单的"搞笑"，而是蕴含着一种乐观的、健全的人生态度。这些作品的幽默品质既产生于作家通过经生活磨炼出的智慧之眼来孩子式地看待事物的方式，也产生于孩子的生活态度本身。有人说，这些故事是"笑里藏刀"，作家本人说，"细心的大人将可在字里行间嗅到些许'酸苦'味"，这都反映出王淑芬的作品的幽默背后，还隐藏着对人生问题的思考和启示。

正是由于王淑芬笔下能创造出不是简单的"搞笑"，而是包含着人生况味的幽默，所以，当王淑芬创作比较严肃的作品时，笔下才会又出现凝重的哲思。她写道，"一个男人加一个女人，等于一堆麻烦""一个中学教师加一个中学生，等于零或无限""爱像个水桶，唯有先倾倒出来，才能有别的水源继续注满"。王淑芬是一个喜欢思考、勤于思考人生问题的作家，这一点在《我的左手笔记》《如何谋杀一首诗》这两本集子中一目了然。另外，《王淑芬妙点子故事集》（10种）在很大意义上，也是她哲思的结晶。

3. 高超的语言功力

我总是隐约感到：社会上还存在着一种集体无意识，即把儿童文学看作创作难度不大的文学，以为儿童文学作家用不着深厚的文学功底。其实，儿童文学是大巧若拙、大智若愚、举重若轻、以少少许胜多多许的独特艺术，创作好的儿童文学需要作家有真正的文学修炼。

我感到，王淑芬是虔诚地看待儿童文学这门艺术的。她在《童年忏悔录》（作者手迹）中说："因为喜爱孩子，所以，写给孩子看的作品，都是绞尽脑汁，字句再三斟酌。我可不想把一些'劣等品'送给自己真正在乎的人。"

文学是语言的艺术，王淑芬以她全力以赴的创作，有力地证明了儿童文学也同样是语言的艺术。

王淑芬的作品语言往往传达着细腻、周到的感受和独特的想象力。"烛泪一滴滴往下，往往半路就凝结，仿佛走到半路，忽然忘了为什么要伤心。""樱花一瓣一瓣打着梦的节拍，轻轻掉落下来。""钢琴中躲着精灵，他们有着长长的耳朵，癖好收集声音。待白键与黑键启动，他们便将平生收藏一一展现。""仙度拉被月光吵得睡不着；皎洁明月，在她床头喋喋不休。""看她们嗑瓜子的架势，似乎对'光阴'这玩意儿毫不在乎。"相信这样的语言，会使轻视儿童文学艺术性的人刮目相看。

读王淑芬的诗歌，也能感受到她在语言表达上的堂堂风度——"朴拙的小家碧玉／老让人在脚下踩着／对钢琴那种大户人家／不是没有过想望／但又能怎么样／虽然也懂得贝多芬／甚至肖邦／嘴一张／嗓音却如此苍凉／一排黄牙／有冷风在齿间嘶嘶作响"（《风琴》）

王淑芬具有语言的独创力。她这样写一年级小朋友背《论语》："只只喂只只，不只喂不只，四只也。"她这样写乐器行老板作推销："……有一个好消息要告诉大家，本公司正在周年庆，买钢琴送风琴，请大家告诉大家。"她给自己写的可爱的爱情童话故事取名为"罗蜜海鸥与小猪丽叶"。夏日教室"窗子打开，微风和路上的噪音一起飘进来；窗子关上，教室内是一屋子闷臭"。她套用著名的"哈姆雷特命题"写道："关与不关，真是本班的人生难题。"这些语言给人幽默，促人联想，有着独特的表现力。

在我表达了对王淑芬的儿童文学创作的欣赏之意后，最后想说的是，王淑芬的儿童文学创作才华目前应该是在表现现实这一方面发挥得比较淋漓尽致，我的意思是，王淑芬虽然也创作了不少童话作品（多为拟人体童话），而且这些作品有的也不乏精巧的构思、独特的想象和一定的趣味性，但是，终于因为没有有力度的长篇作品，没有本色的幻想世界的表现，这些童话作品难以与她的小说、生活故事、散文作品平分秋色。不过，想到金无足赤、尺有所短一类话，我这样讲，也许已是苛求。

〔载于台湾《儿童文学学刊》2001年第6期（下卷）〕

儿童与成人：冲突的两种文化
——评影片《看上去很美》

日本儿童文学作家古田足日有一本在三十年间再版了一百多次的儿童故事《壁橱里的冒险》，其开篇第一句话就是："樱花幼儿园有两样可怕的东西，一个是壁橱，另一个是老鼠外婆。"壁橱是关犯了错误孩子禁闭的地方，老鼠外婆是为孩子演出的布偶戏里，幼儿园老师扮演的会魔法的妖怪。读者可能知道我下面要说什么了。没错，根据王朔同名小说改编，由张元导演的电影《看上去很美》里的幼儿园，同样也有两样可怕的东西，一个是关孩子禁闭的黑屋子，一个是孩子们传说的李老师变的妖怪。但是，两部作品的结局完全不同，《壁橱里的冒险》的最后一句话是："樱花幼儿园有两样使人十分快乐的东西，一个是壁橱，另一个是老鼠外婆。"而《看上去很美》的最后一个镜头是，被孤立"出队"的方枪枪，走进三面高墙的角落，无依无靠，偎着冰冷的大石块儿睡去。

很明显，王朔的小说《看上去很美》不是儿童文学，张元拍的电影也不是儿童电影。里面的"儿童"是经过成人阐释的，作为一种叙事策略，用以表达成人意识的作品。我认为，在中国当代文学艺术领域，一流小说家倾尽才力写儿童，一流导演拉足架势拍儿童，但是，作品又都是诉诸成人社会，这应该是一个具有重要意味的事情，令人想起鲁迅在新文学之开端写《故乡》和《社戏》。

影片沿用了小说的题目。我以为，"看上去很美"的意思，是"看上去很美"，而不是"看上去很美"，因此，这部电影应该是对一种假象的揭露，或者说是对一种真相的揭示。那么，是"什么"东西"看上去很美"呢？

小说中的主要人物进入影片时，角色发生了重要的变化。我指的是小说里的"李阿姨"到了影片里俨然成了"李老师"。"师者，所以传道、受业、解惑也。""一日为师，终身为父。"影片里方枪枪的父亲虽然出现过，但是，导演连他的脸都不给人看。在影片里，真正担当父亲角色的其实是李老师，李老师身兼教师、父亲双重角色。变"李阿姨"为"李老师"，电影《看上去很美》比小说更直截了当地把题旨指向了教育。

挪威的音乐学教授罗尔·布约克沃尔德在《本能的缪斯》一书中，说了一句石破天惊的话："我认为，问题的焦点在于，在充满缪斯天性的儿童文化和毫无缪斯情趣的学校文化之间，存在着强烈的冲突。学校是一种从事系统地压抑儿童天性活动的机构。"王朔在《不是我一个跳蚤在跳——〈王朔自选集〉自序》一文中也有相似表述，可与上述观点互为印证："我曾经立誓不做那个所谓的知识分子。这原因大概首先出于念中学时我的老师们给我留下的恶劣印象。他们那么不通人情、妄自尊大，全在于他们自以为知识在手，在他们那儿知识变成了恃强凌弱的资本。"

在影片《看上去很美》中的方枪枪（也包括其他孩子）和李老师之间，很遗憾，我们看到的正是这种"强烈的冲突"以及"恃强凌弱"的关系。

"儿童反儿童化"是儿童在成长过程中普遍存在的心理欲求，这一欲求在年幼儿童的游戏中便已露出端倪。儿童们在"过家家""开诊所"等种种游戏中复演真实生活给他们留下的深刻印象，他们以游戏发泄印象的力量，使自己成为某种事情的主宰。十分明显，儿童许多游戏都是由于一种愿望的影响，这种始终支配着他们的愿望就是快快长大成人，以便能做大人所做的事情。在影片中，列队的孩子们学着像眼前的解放军一样敬礼，表露的就是孩子们想走进成人文化的愿望。刚进幼儿园时的方枪枪渴望得到小红花，也是希望得到成人文化的认同。在这样的时候，一切都

"看上去很美"。

但是，成人主宰的幼儿园生活逐渐摧毁了方枪枪的愿望。在影片的结尾，已经不屑得到"小"红花的方枪枪，看着从自己眼前经过的成人队伍人人胸前佩戴的"大"红花，心里想着什么我们无从知道，但是，我们听到的锣鼓声是变了声的，很怪异，看到的是方枪枪被困在三面高墙的角落，在冰冷的石头上睡去。方枪枪选择了睡眠，而睡眠的符号意义是关闭通往现实世界的大门，含有拒绝成长的意味。

麦克卢汉说，媒介即信息。文字媒介与电影媒介在传达信息方面具有不同的功能和表意效果。毫无疑问，电影的图像、音乐媒介更直观。在小说里，王朔写李阿姨"是个爱憎分明的人"，"方枪枪是她不喜欢的一个"。在影片里，导演不设这样的旁白，但是，他让李老师用表情和说话的语气语调，不加遮掩地更为强烈地把李老师对方枪枪的"不喜欢"表现出来。

幼儿园一开始就是方枪枪的危险之地。李老师手握大铁剪子，要剪去方枪枪脑后的小辫子。李老师要剪去方枪枪与别人相区别的标志，要把他变得和别人一样。在这一情节中，影片运用特写突出强调了李老师手中的那把铁剪子。与刀相比，剪子更容易对人造成伤害。李老师与方枪枪的关系，一开始就由剪子和辫子规定了下来。

在影片中，李老师的哨子也是一个功能性符号。幼儿园的孩子每晚都要在众目睽睽之下，把屁股撅向李老师，让她擦一下屁股。这件事的问题不在于不卫生，而是像王朔在小说中所说的，"方枪枪每在李阿姨面前，莫名恐惧，自惭形秽，怕是与这每晚的浣臀仪式有关。那差不多和哺乳动物表示臣服的雌伏姿势一模一样。"更有意味的是，李老师不是喊小朋友的名字来洗屁股，而是"嘟"地吹一声哨子。孩子们一一失去个人的标记，都被同一个没有生命气息的符号取代了。

儿童是与成人完全不同的人，儿童是独特文化的拥有者。在儿童教育中，教育者应该尊重儿童所拥有的文化的特性，不能用自己文化的标准来看待儿童的文化。影片中，方枪枪与北燕做游戏，先是北燕喂枪枪吃药，然后，枪枪从地上捡起小树枝给北燕打针，被李老师看见。李老师大怒，训斥方枪枪："你干什么呢！知不知道害臊！"接着又骂北燕："让男孩子脱你裤子，你傻呀！"李老师要么对"天真无邪"一词闻所未闻，要么智商还不足以理解。总之她用自己不洁的思想解释并处理了孩子的纯洁的游戏。李老师发现枪枪睡在南燕的床上，不仅神经兮兮地检查南燕的裤衩和两腿之间，还把枪枪抱到值班室的桌子上大加展示。这种行为也是同一性质。把大人的价值观强加在孩子身上，实在是一种罪过。

由于对儿童的心理世界缺乏认知，我们的教育常常在做似是而非的事情。比如，孔融让梨这个对四岁儿童匪夷所思的道德故事就在影片里的幼儿园大行其道。当幼儿园唱这个故事的翻版儿歌时，方枪枪表示了反对，他唱的是，"大的留给我自己，小的留给张小弟。"教育不能违反儿童心灵成长的阶段性规律。在孩子四五岁这一自我中心主义阶段，大人应该做的，恰恰是满足孩子的"私心"，如果不给以满足，幼儿很难超越"自我中心"这个阶段，长大后很可能会因为童年的饥渴变成一个极端自私的孩子。道理其实很简单，既然我当弟弟时，把大梨让给了哥哥，那我当哥哥时，弟弟也得把大梨让给我。哥哥要吃大梨，这不是自私是什么？

幼儿园似乎处处与方枪枪作对（教育不能与孩子的天性作对！），打击他的自尊心。不会穿衣服、脱衣服（因为脑袋大），不能得小红花；早上拉不出来屎（因为没有屎），不能得小红花；吃饭没洗手（因为被逼拉屎，没时间了），不能得小红花。小红花已经成了幼儿园使孩子们乖乖就范的惩罚工具。方枪枪受的惩罚还在后面：当众脱衣服、被关禁闭、被禁止和小朋友玩。

身体力行自由教育的夏山学校校长尼尔说得好，"处罚永远是一种恨的行为。处罚的行为表示老师或父母在恨孩子，而孩子也会感觉到。""有多少被罚的孩子元气受到损伤而一辈子没有活力，有多少孩子因反抗而变成害群之马。"

在影片中，与以李老师为代表的成人文化发生冲突的绝非方枪枪一个，只不过，强烈主张自我的方枪枪采取了不作妥协的立场。在李老师这个幼儿园，绝大多数孩子感受到的不是爱和自由，而是冷酷和压迫。所以，他们都相信方枪枪的传言：李老师是妖怪变的，她专吃幼儿园的小朋友。说李老师是妖怪，表达的是孩子们的真实心理，对这个年龄的孩子来说，心理世界的体验比现实世界更具有真实性。

作为教育者的成人，很可能在什么时候，在孩子的心目中，变成吃人的妖怪——这就是影片《看上去很美》对成人文化敲响的一声警钟！

（载于《出版人》2006年第13期）

儿童的"再发现"

——评秦文君的《一个女孩的心灵史》

儿童是一个历史的概念。毫无疑问，从有人类的那天起便有儿童，但是，在漫长的历史时期里，儿童却并不能作为"儿童"而存在。在某些历史时期，儿童被看成小猫、小狗似的存在；在某些历史时期，欧洲人对于孩子的误解，是以为成人的预备，中国人的误解，是以为缩小的成人。儿童作为"儿童"被发现，是人类进入现代社会以后才完成的划时代创举。由于儿童的发现，人类在认识自身方面取得了质的飞跃。

正如人的本质是一个没有止境的建构过程一样，儿童也需要不断地被"再发现"。我们读一读美国人写的《童年的消逝》《失去童年时代的孩子们》等著作，听一听日本人鼓吹的"儿童解体论"，就会清晰地看到，在二十世纪后半期，西方社会出现了儿童的"再发现"的一个不小的浪潮。

正是在这样一种"语境"中，秦文君的长篇小说《一个女孩的心灵史》（江苏文艺出版社2000年版）犹如一座冰山，虽然只有一角浮出海面，却令人实实在在地感到了它的根基的厚重。

秦文君是目前中国儿童文学界的一位重量级作家。她的儿童文学创作，因为其一心要成为儿童的"自己人"的姿态，而获得了众多儿童读者的认同和支持。在《十六岁少女》《男生贾里》《心香·可人》《少女罗薇》《四弟的绿庄园》等大量长短篇作品的背后，站立着一个竭其全力想洞察并揭示儿童隐秘的心灵世界的作家，其执着、真诚的精神令人感动。《一个女孩的心灵史》并不是儿童文学。这一次，秦文君没有将"自我"融入儿童生活的表现的背后，而是将"自我"直接推到了作品的前沿；以往，尽管写到成人形象，作品的隐含读者也主要是儿童，但是，这一次秦文君分明是急切地想把成人们拉到作品的面前。面对从幼年就开始的遮蔽、扭曲儿童本性的某些教育行为，秦文君公开挺身出来，呼吁成人社会重新发现、认识儿童。

《一个女孩的心灵史》以第一人称视角，描述了名叫莘莘的女孩从出生到小学毕业这十二年间的生活经历。秦文君以莘莘的生活中的大事小情为经线，以莘莘的母亲"我"的思考、议论、抒情为纬线结构的这部作品，具有比较突出的"手记"特征。对这部非一般意义上的小说作品，我称之为《爱弥儿》式的"教育小说"，因为从读它的第一章起我就时而联想到卢梭的这部论教育的名著。我没有半点将秦文君的《一个女孩的心灵史》举到发现儿童的《爱弥儿》在教育史、思想史、儿童文学史上所具有的高度的意思，而只是在说，秦文君在创作这部作品时，不仅是在关注、探讨教育的问题，而且还具有重新发现和阐释"儿童"的强烈意识。"大自然不需要早熟的果子，因为那是生涩的、不甜美的；人类需要渐渐长大的儿童，揣着童心的儿童样子的儿童，那才是长久的、健康的、醇美无比的。"在秦文君众多的这类议论中，从观念到语体，我们不难看到《爱弥儿》的影响。

近几年，对儿童教育存在的问题的批判潮落又潮起，不过，作为优秀的儿童文学作家，秦文君切入教育问题的角度是十分独到的。正如小说的题目所示，秦文君通过展示个体儿童的心灵成长、变化的历史，从文学的立场探究着儿童的心性与教育的本质问题。

秦文君对儿童的"再发现"是与她对学校教育的审视同时进行的。本来，现代学校制度的出现曾经帮助过成人社会确立"儿童"这一概念，但是，随着升学竞争的日趋激烈、残酷，学校教育步入应试教育的误区，学校终于在相当程度上变成了"儿童"概念的对立面。对今天儿童与学校之间的关系，挪威的音乐学教授布约克沃尔德说出了一个惊世骇俗的观点：

"我认为，问题的焦点在于，在充满缪斯天性的儿童文化和毫无缪斯情趣的学校文化之间，存在着强烈的冲突。学校是一种从事系统地压抑儿童天性活动的机构。"秦文君笔下的莘莘的小学生活仿佛在印证着这位挪威教授的说法："学校生活对于怀揣美妙遐想的莘莘是迎头一棒。""一进入小学，莘莘那鲜活的个性就神秘地消失掉大半。""渐渐地，所有她心灵中有关学习是美丽的想法都中断了。"面对繁重而又枯燥的课业，束手无策的莘莘怨恨地问"我"："妈妈，为什么要那样?""为什么一定要那样? 我心里纠缠着莘莘稚嫩发甜的声音。小孩是我们的至爱、至亲，而我们却不能将她往幸福之路上领，而是推着她的小身体，强行走另一条路，她还能找到回来的路么?"秦文君就是在母亲"我"(其身上显然有着作家本人的体验和经历)与女儿莘莘之间的生命的交流与互动的状态中，向读者传达了畸形的学校教育给儿童以及关爱儿童的人们造成的切肤之痛。与众多的理性批判相比，《一个女孩的心灵史》对教育弊端的感性化揭露，显然具有别一种撼动人心、发人深省的力量。

除了揭示应试教育必然带来的课业压迫，《一个女孩的心灵史》还思考着直接关系到儿童的心灵能否健全成长的学校的教育观念和教师的素质问题。在"我要做坏孩子"一章，作家采用特写式的描写，将强制而压抑个性的教育观念支配下的粗暴教育行为对儿童稚嫩心灵的伤害，触目惊心地展示于读者面前。当一心向善的莘莘遭受罗老师错误而粗暴的惩罚后，悲愤交加地说出"我要做坏孩子"的话时，我们知道了教育会走向它的反面。"教师是不能由普通人来担当的，因为除了良知、道德、智慧、学养，他们还得有历史的使命感，他们手下有整整一代人，一代人的灵魂出处。"秦文君郑重写下的这段灼人的话，已经让人难以判断是"我"的诉说，还是作家自己的思想。在这部不事雕饰的小说中，艺术的力量直接就表现为情感的力量、思想的力量。

《一个女孩的心灵史》在批判学校教育时，并没有作全盘或者感情用事的否定，而是注意到了问题的多面性和复杂性，比如高老师在学习上对学生的要求就像对自己的儿子一样苛刻，这是另一种形态的无私精神，而且是出自她对学生的爱。正是这样的人物刻画，才更能激发人们对教育问题的深入思考。

秦文君所"再发现"的儿童就像一面镜子，往往照出大人的丑陋，从"小孩拯救大人""每个人都是不可替代的奇迹"这样的章节，我们不难感受到她持有的与英国浪漫派诗人相似的崇尚童心的儿童观。这样的儿童的"再发现"于中国的特殊的儿童状况有着重要的意义。

《一个女孩的心灵史》还刻画了围绕在莘莘周围的儿童群像，其中的一些形象相当生动，尤其是将莘莘和常戚推下深水池的庄文，作为一个"有毒的人"，一定会像法国作家勒纳尔的《胡萝卜须》中的"恶童"一样，给儿童文学作家留下深刻的印象和创作上的一种启发。

《一个女孩的心灵史》是中国二十世纪八九十年代的儿童心灵生活的一个写照，我们只看一眼"小孩是累不死的吧？"这种章节标题，就会知道它是属于我们身处的这个时代的。这是一个发人深思和应该记取的时代。中国的教育正从应试教育向素质教育转型，这项事关国家前途的改革的完成必得依靠整个社会对儿童的"再发现"。现在，秦文君以其儿童文学作家特有的对儿童概念的敏感，以《一个女孩的心灵史》放出了重新发现儿童的目光。如果这种重新诠释"儿童"这一预言着人类未来的概念的问题意识能够成为所有关怀儿童的人们的共识，我们就有理由对前途寄予莫大的希望。

（载于朱自强：《童书的视界——文学·文化·教育》，接力出版社，

2010年）

"足踏大地之书"

——张炜的《半岛哈里哈气》的思想深度

一、张炜：对自然和儿童怀着虔敬

我看成人文学作家有个私家标准：一是看他对自然的态度，二是看他对儿童或童年的态度。除非对这二者不表态，但一旦表态，在我这里，就会因为他的态度而见出其思想和艺术境界的高下。我钦佩的是对自然和儿童怀着虔敬的态度，与之产生交感并勉力从中获得思想资源的作家。因为自然和儿童最能揭示生命的本性，而任何不去探寻生命本性、人类本性的文学，都是半途而废的。

这样的作家在当代并不多见，而张炜则是其中的佼佼者。我在《儿童文学概论》一书中曾表达过我对他的钦佩："在我眼里，中国作家张炜是一位深蕴现代性的作家，因为他在心灵深处对'儿童'和'自然'有着需求。"①

"城市是一片被肆意修饰过的野地，我最终将告别它。我想寻找一个原来，一个真实。这纯稚的想念如同一首热烈的歌谣，在那儿引诱我。市声如潮，淹没了一切，我想浮出来看一眼原野、山峦，看一眼丛林、青纱帐。我寻找了，看到了，挽回的只是没完没了的默想。辽阔的大地，大地

---

① 朱自强：《儿童文学概论》，高等教育出版社，2009年，第93页。

边缘是海洋。无数的生命在腾跃、繁衍生长，升起的太阳一次次把它们照亮……当我在某一瞬间睁大了双目时，突然看到了眼前的一切都变得簇新。它令人惊悸，感动，诧异，好像生来第一遭发现了我们的四周遍布奇迹。"（《融入野地》）读他的《融入野地》等散文，其笔墨让我想到梭罗的《瓦尔登湖》。

多年以前，我撰写《儿童文学的本质》一书，就引述过张炜的话："麻木的心灵是不会产生艺术的。艺术当然是感动的产物。最能感动的是儿童，因为周围的世界对他而言满目新鲜。儿童的感动是有深度的——源于生命的激越。"[①]可以看出，在张炜的眼里，儿童是距艺术最近的人。

对自然和儿童怀着虔敬的态度并勉力从中获得思想资源的作家，是与儿童文学的世界相通的人。因为知道张炜是这样的人，对他创作儿童文学的《半岛哈里哈气》（我首先把《半岛哈里哈气》看作儿童文学），我并没有感到多么意外。另外，因为刚刚获得茅盾文学奖的《你在高原》是四百五十万字的皇皇巨著，所以，对张炜写儿童文学，一出手就拿出了一个五卷本的系列作品，我也并没有过于吃惊。可是，读完了《半岛哈里哈气》，我着实吃了一惊：这部作品太好看了！而且这部作品在中国儿童文学原创作品中具有重要的意义和价值——作为顽童小说，不论是从规模还是艺术表现，《半岛哈里哈气》都是十分成功的，这是原创儿童文学所欠缺的顽童作品这一重要领域里的一项重大突破，在一定程度上，优化了原创儿童文学的版图结构，很可能成为划时代的作品。

有感于我们这个社会对儿童文学的无知式的轻视甚至蔑视，我还想说，儿童文学的《半岛哈里哈气》不仅对于张炜的小说创作是一部非常重要的作品，它对于一般文学也具有特殊重要的意义。我们应该像对待萧红的《呼兰河传》、林海音的《城南旧事》一样，重视这部小说对童年的书写。而且，如果我们想一想顽童汤姆和哈克贝利的文学价值以及给马

---

① 　张炜：《秋日二题》，《忧愤的归途》，华艺出版社，1995年。

克·吐温带来的巨大声誉，是不是该好好掂量一下顽童小说《半岛哈里哈气》的分量——它是不是给奇缺顽童小说这一文类的中国文坛的一份珍贵礼物呢？

至少在我眼里，因为写了《半岛哈里哈气》，张炜的小说创作又增添了一种喜人的样式和风格，显示出别一种艺术灵性，并因此而超越了很多人。

二、"足踏大地之书"——《半岛哈里哈气》的顽童精神和思想深度

在中国的历史上，质变式的"儿童的发现"只有一次，其标志性"事件"就是民国初年，特别是五四时期，新文化、新文学领袖周作人、鲁迅提出了"以儿童为本位"的思想。"儿童本位"这一思想的提出深刻地影响了中国现代文学的开展（尽管很少有人注意到这一点）。仅举周氏兄弟为例，离开"儿童本位"这一思想根基和资源，不仅周作人的"人的文学"这一新文学最为重要的理念不能成立，而且鲁迅文学中的名篇《狂人日记》《故乡》《社戏》《孔乙己》以及散文集《朝花夕拾》等作品也将失去支撑。但是，五四落潮以后，在"儿童"问题上，中国社会在不停地退化，发生了一次一次的、或大或小的对被发现的"儿童"的遮蔽。近些年，随着儿童文学思想的变革、儿童教育和小学语文教育理念的变革（以秦文君的《一个女孩的心灵史》、朱自强等人的《小学语文教材七人谈》为代表），似乎正在出现"儿童"的"再发现"的态势。

在我看来，今日之"儿童"的"再发现"，要从思考童年生态面临的巨大危机开始。我在2004年发表的《童年的诺亚方舟谁来负责打造——对童年生态危机的思考（一）》一文中说过，"给童年生态造成最为根本、最为巨大的破坏的是功利主义的应试教育。一个孩子，一个生气勃勃的生命来到这个世界，本来应该是为了享受自由、快乐的生命，体验丰富多彩

的生活的，但是，孩子的生命的蓝天，却竟然被几本教科书给遮黑了。"
"我不相信压抑儿童生命力、剥夺儿童生命实感的功利主义的应试教育能
承诺给我们的民族一个生气勃勃、创造无限的未来。这并非耸人听闻——
被破坏的童年生态里，潜藏着我们这个民族将面临的严重的精神危机。"①
如何解放儿童的生命力，给予儿童以生命的实感，我在《童年的身体生态
哲学初探——对童年生态危机的思考之二》一文中，提出了"身体生活和
身体教育"这一思考："中国目前的儿童教育的危机最根本的症结是童年
生态的被破坏。其中的一个主要表现就是童年的身体生活的被挤压甚至被
剥夺，从而造成了儿童生活中的身体不在场。出于功利主义的打算，成人
（家长、教师们）对书本文化顶礼膜拜，却抽取掉在儿童成长中具有原点
和根基意义的身体生活。这种无源之水、无本之木的教育，不仅难以使儿
童成材，甚至难以使儿童成'人'。""反思当前的童年生态和儿童教育，
我们不能不坚决地说，关于儿童的一切教育必须回到原点上来。这个原点
毋庸置疑地是童年的身体生活和身体教育。生态学的教育就是使童年恢复
其固有的以身体对待世界的方式。身体先于知识和科学，因此，在童年，
身体的教育先于知识的教育，更先于书本知识的教育。身体行动是人性存
在的原型，如果遭到异化，后果不堪设想。要让孩子们在童年时代，建立
和保持身体与自然的交感，建立和保持对生命的身体体验。……让孩子们
对世界的认识通过身体来完成。让身体感知成为世界延展的基础和起点。
让孩子们对世界的表达也以身体来进行。让孩子的面部表情、手势、笑
声、哭泣成为生命对外部世界的表达。让岁月不仅镌刻在孩子的心灵中，
也显现于他们的身体上。"②

　　就在我这样思考着的时候，张炜的《半岛哈里哈气》出现在我的视

① 朱自强：《童年的诺亚方舟谁来负责打造——对童年生态危机的思考（一）》，方卫平主编：
《中国儿童文化》（第1辑），浙江少年儿童出版社，2004年，第9—10页。
② 朱自强：《童年的身体生态哲学初探——对童年生态危机的思考之二》，方卫平主编：《中国
儿童文化》（第2辑），浙江少年儿童出版社，2005年，第8—20页。

野。不用说，它给我带来了巨大的精神震撼和深深的心灵共鸣。多年以前，我在评论儿童文学作家秦文君的《一个女孩的心灵史》时，题目就是"儿童的'再发现'"。这部作品和《半岛哈里哈气》是一反一正来重新发现儿童的重要著作。秦文君是审视、批判当下的学校教育对儿童天性的压抑，而张炜则立足于对儿童的解放，以鲜活的文学表达告诉我们，什么才是本真的、健全的、快乐的、成长的儿童生活！张炜显然认同顽童们的生活状态、精神状态，因此张炜笔下的"顽童"既是一个文学形象，也是一个思想意象，里面大有深意，隐藏着作家的精神密码。《半岛哈里哈气》不是简单、肤浅的"儿童文学"，而是一本精神上的"大书"，是别种风格的《麦田里的守望者》。

说到"大书"，我想到了《从文自传》里的一个章节标题，"我读一本小书同时又读一本大书"。小书是指私塾里、学校里读的书；大书是指生活（包括大自然和人生两部分）。沈从文在自传中详尽地描写了不断地逃学，用身体去读自然和生活这本"大书"的乐趣。他明确说，"逃避那些枯燥书本去同一切自然相亲近"的"这一年的生活形成了我一生性格与感情的基础"。"我的心总得为一种新鲜声音、新鲜颜色、新鲜气味而跳。""我的智慧应该从直接生活上得来，却不须从一本好书一句好话上学来。"我相信，正是童年的这种身体生活，正是身体教育先于书本教育这种人生观造就了沈从文这位被称为"人性治疗者"的小说家。由"大书"我还想到了法国作家法郎士的人文教育。他在《开学》一文中，充满深情地回忆了自己儿时在闲逛的"街道"上的学习。他说，"要让孩子理解社会这架机器，什么也比不上街道。""街道""这座风雨学校教给我高超的学问"，"就这样，我完成了我的人文教育"。

与今天被禁锢在应试教育的牢笼中的少年不同，而与沈从文和法郎士的童年相同，《半岛哈里哈气》里的少年在读大自然和人生这本大书。作为张炜的同龄人，我不难想象，张炜的童年是在读这样的"大书"中成长的。

文学是人学。张炜一直在用文学来思考、探究健全人性的根本并持着独具思想的文学观。他不满当下文学创作的非身体的虚拟性："这种生命活动过程中地理空间的缩小，引起的后果也许是很致命的，它将会影响文学的品质，一代一代影响下去。这样的文学会是轻飘无力的，其中的表述变得越来越不靠谱，使我们读了以后没有痛感，觉得读不读都差不多。"①我赞同这一观点，也曾做过一个对比，"那就是没有读过几天书的小说家王朔、童话家郑渊洁和80后作家郭敬明的作品之间的区别。我有一个直觉，那就是，在郭敬明的作品中，显示出的书本知识的确比王朔、郑渊洁多了，但是，生活的底蕴，却是比他们少了。我相信，这不是年龄的差距造成的。我以为，这与童年的身体生活之不同有关。"②

"我当时想写一部很长的书，它的气质要与自己以前的作品有些区别。如果在现代，一个写作者力图写出一部'足踏大地之书'，那种想法对我是有诱惑力的。我想找到一种不同的心理和地理的空间，并将这种感受落实在文字中。这是过于确切的目标，但是也许值得努力……"③有人评论，张炜的大河小说《你在高原》是"一部足踏大地之书"。在我眼里，书写童年的身体生活和精神生活的《半岛哈里哈气》，同样是具有广阔的心理和地理空间的"足踏大地之书"。张炜在具有生命景深的大自然中和与少年有着肌肤摩擦的成人生活中，表现着顽童们的成长。我说《半岛哈里哈气》属于顽童小说，并不是因为五部小说中描写了逃学、抽烟、喝酒、打架、偷果子、掏鸟、捉鱼、捉弄人等淘气顽皮的生活事件，而是因为作品表现出了努力挣脱成人社会，特别是正统教育的规约，在大自然和游戏中获得了身心的自由和解放的少年世界。

说到顽童小说，儿童文学界的人会想到林格伦的《长袜子皮皮》《小飞人卡尔松》，成人文学界的人恐怕想起的则是马克·吐温的《汤姆·索

---

① 张炜：《地理空间和心理空间》，《午夜来獾》，作家出版社，2011年。
② 朱自强：《童年的身体生态哲学初探——对童年生态危机的思考之二》，方卫平主编：《中国儿童文化》（第2辑），浙江少年儿童出版社，2005年，第8—20页。
③ 张炜：《地理空间和心理空间》，《午夜来獾》，作家出版社，2011年。

亚历险记》《哈克贝利·费恩历险记》。在《半岛哈里哈气》中，我看到了很多与《汤姆·索亚历险记》《哈克贝利·费恩历险记》同质的东西，比如对成人文化的批判，对自然本性的坚守，对儿童价值观的认同。

刘绪源在《儿童文学三大母题》中认为，顽童母题体现的是"儿童自己的眼光"，我深表赞同。张炜的《半岛哈里哈气》体现的当然也是"儿童自己的眼光"："其实我那会儿想的是：我和老憨就要带起一支队伍了，这事儿可不能耽搁，因为我们绝不甘心让这个夏天白白溜过去。"（《抽烟和捉鱼》）这是写少年们拉帮结伙打架的事，在大人眼里是件不好的事情，可是，不打架，这个夏天会"白白溜过去"，这就是少年人的价值观，这也是张炜认同的一种生活，但是，他在描写中，揭示了这种生活向成长的转化。

从这部系列作品的思想倾向来看，张炜持着儿童本位的儿童观。儿童本位的儿童观具有赞美童心的倾向。在他的巨著《你在高原》中，《人的杂志》里有一节的题目就是"给我童心"。在《半岛哈里哈气》里，他多次让少年"我"（老果孩儿）直接说出这样的话："我有一句话一直没有说出来，就是：凭自己长期的观察，大人们是非常愚蠢的。当然只有少数人不是这样，比如妈妈；爸爸嘛，那还要另说。除了个别人，我总觉得人一长大就变得比较愚蠢——我真的试过一些，几乎很少有什么例外。"（《美少年》）小说对儿童的赞美也有一些内在的表现。我觉得，唱拉网号子这么重要的工作让两个少年完成，让鱼把头对这两个少年言听计从，这恐怕不是偶然的（可以想一想《鹿眼》里是谁在领喊拉网号子）。让玉石眼和"狐狸老婆"这两不共戴天的仇敌，最终化干戈为玉帛，也是"老憨"们努力的结果。这些情节设定，都是张炜的儿童本位的儿童观在起作用。

张炜说，"儿童的感动是有深度的——源于生命的激越。"这恐怕是张炜创作《半岛哈里哈气》的本源动机。而张炜选择顽童小说这一文类，是因为他看重自然、野性、自由、游戏对于儿童心灵成长的重要价值。在儿童的精神成长的过程中，融入大自然和现实生活的身体生活是极为重要、不可或缺的。它是生命的根基，也是教育的根基。在《半岛哈里哈气》中，少年生命与"哈里哈气"的"野物"是同构的。醉心于这种生命同构的艺术表现的张炜，其儿童文学思想是深刻的，是具有人类精神的高度的。

三、"大自然是儿童思想的发源地"

让我们看看在《半岛哈里哈气》中，大自然中的身体生活是如何"教育"儿童的——

> 我们常常在书里看到许多有气节的英雄人物，他们至死不背叛不投降，那么坚强！这曾经让我们多么感动多么敬佩啊！可是小野兔在这方面真是毫不逊色，它们简直就是近在眼前的、活生生的英雄……
>
> 而我们这些捉它们的人，就成了十恶不赦的坏蛋。
>
> "我们是坏蛋。"我对老憨说。
>
> ——《养兔记》

> 我和老憨那时都惊得一声不吭。我们从来没有在四月的夜晚、在月亮大明的艾草地边待上这么久，也不知道兔子们会高兴成这样！原来它们在这样的夜晚一刻也不得安闲啊，原来它们在尽情地闹腾啊……
>
> 怪不得啊，四月里就是不同凡响！这会儿，整个海滩到处开满了槐花，这时候谁要闷在屋里，那会是多么傻的人啊！那就连兔子也不如了！
>
> 不声不响的老憨正在低头想事，也许这会儿和我一样：想当一只野兔！
>
> ——《养兔记》

这两段话，证明了苏霍姆林斯基的论断："大自然是儿童思想的发源地。"这两段话也证明，张炜在哈佛大学的讲演中，对那只"午夜来獾"的生命想象，已经植根于《半岛哈里哈气》的文学自然之中。

在英文中，"自然"一词除了指大自然，还指"本性"。在《半岛哈里哈气》中，张炜写"我"和"老憨"们在自然中发现动物的本性，进而体会自身的本性，是深有意味的——

> 说实在的，我们的品质远远比不上它们。我们长大了，坏心眼儿一天多似一天，整个人却会变得更加愚蠢。大人们总是很蠢——想一想真难过，我们自己也在一天天长大啊！
>
> ——《养兔记》

读这样的文字，我会想起张炜在香港浸会大学讲演时说过的话——"我们的人类社会是一个极其残缺的、不完善的、相当低级的文明。我们的生存有问题。所以当我们表述对动物情感的时候，很多时候并非从文学的角度来谈，而是带着对生命的深深的歉疚、热爱、怀念等等情愫跟它们对话。"并以此确认主要是写给儿童的《半岛哈里哈气》其实是具有厚重的思想根基的作品。

为儿童创作的作家，应该与儿童结成一个谋求生命成长、发展的秘密团伙，成为儿童的"自己人"。"夏天的海边故事最多，最热闹，如果谁到了夏天还要一直坐在教室里，那才是最傻的人呢。"(《美少年》)张炜在《半岛哈里哈气》中热情满怀地描写野孩子的疯玩，是因为他童年时有这种体验，成年后又在其中发现了有珍贵价值的东西。他在散文《回眸三叶》中就写道："上学后，童年就被约束了。但走出校门的时间总多于规规矩矩做学生的时间。我们撒腿在林子里奔跑，欢乐享用不尽，留做滋养一生。"所以，《半岛哈里哈气》让人看到，人生的智慧，心灵的成长，对事物的认知，都在疯玩中得以实现。在《抽烟和捉鱼》中，"我"和老憨拉起一支队伍，是要和别的村的野孩子打仗玩的，可是，当他们了解了玉石眼与"狐狸老婆"之间的恩怨，以孩子的直觉悟出："他们天天想同一个人，又想得一样厉害，怎么会是仇人？"再"接着议论下去，都以为我们应该设法让两个老人和好，这才是我们最该干的一件事——这事远比教师布置的那些暑假作业重要得多"。张炜用非常扎实的描写让我们看到，"我"和老憨们在生活里学到了很多书本里学不到的东西，他们在探寻着大人的世界的过程中，"足踏大地"般坚实地成长着。

《半岛哈里哈气》里的故事在今天读起来尤为可贵。今天的孩子们被关在逼仄的应试学习的栅栏里，就像王朔所说的，即使知道自己在浪费青春也无计可施。尽管《半岛哈里哈气》会让我联想到马克·吐温的顽童小说，但是，《半岛哈里哈气》依然是独创的，它既来自王朔在《动物凶猛》中所说的，孩子们获得了空前解放的那个特殊的时代，也来自这个孩子们被关在"牢笼"的当今时代。《半岛哈里哈气》是"我"们这些顽童的生活史、心灵史，也是一个时代的珍贵的历史记录。我相信，这部作品随着那个时代渐行渐远、一去不返，将不断显示出它的珍贵价值。

这五部系列小说是一座小小的但是很了不起的博物馆，它珍藏和展示着不算十分遥远，但是却在迅速消失的一种独特的童年。这种生活注定价值永存，令人怀念。

（载于《当代作家评论》2015年第1期）

论文化产业的双重评价尺度

——以"淘气包马小跳"为案例

一、关于评价文化产业的双重尺度

众所周知，"文化"在任何语言里都是含义十分复杂、含糊的词。英国的泰勒在《原始文化》中说："文化，或文明，就其广义的民族学意义来说，是包括全部的知识、信仰、艺术、道德、法律、风俗以及作为社会成员的人所掌握和接受的任何其他的才能和习惯的复合体。"①在这个有名的、广为认同的定义中"文化"是一个中性的事物。

另一位英国学者阿诺（Arnold）将文化定义成精英的产品，他认为文化是人们能够想到并知道的最好事物。对于知识分子和一般消费者而言，这种"高级"文化的意义仍是文化这个词的重要意义所在。

但是，也有许多人对文化持着警惕乃至批判的态度。卢梭说，人是生而自由的，却又无往不在枷锁之中。这个枷锁是文明。弗洛伊德认为，人类制造出文化、制度来压抑自己。挪威音乐教育家布约克沃尔德更是径直指出，儿童与学校是冲突的两种文化，他说："我认为，问题的焦点在于，在充满缪斯天性的儿童文化和毫无缪斯情趣的学校文化之间，存在着强烈的冲突。学校是一种从事系统地压抑儿童天性活动的机构。"②创办夏山学

---

① ［英］爱德华·泰勒：《原始文化》，连树声译，广西师范大学出版社，2005年，第1页。
② ［挪威］让-罗尔·布约克沃尔德：《本能的缪斯——激活潜在的艺术灵性》，王毅等译，上海人民出版社，1997年，第121页。

校，奉行自由教育的教育家A.S.尼尔说，有一天人类会把他们所有的痛苦、仇恨和疾病的根源追溯到他们违反生命的文化。

文化是否也有负面因素？我认为一定有。因为文化是人制造出来的，凡是人制造出来的东西都可能出错，文化也不例外。

这就涉及了衡量文化产业水平的标准问题了。法兰克福学派的批判质疑到文化产业本身的存在合理性。虽然在当前，即使是后发国家，文化产业也是方兴未艾，愈演愈烈，但是，还不能证明当年法兰克福学派对文化产业可能导致的人类文化前景的担忧是多余的。对文化产业的合理批判、矫正，正是文化产业健康发展的必要动力。

文化产业生产的商品是"文化"，消费者消费的也是"文化"。文化产业的效用应该用人文精神和市场经济规律这两个向度来衡量，评估文化产业应该建立双重尺度。因此，人文立场的批判意识是文化产业研究的题中之义。这一批判意识不是简单否定文化产业本身，而是对文化产业的商品"内容"保持一种审视的目光。

在文化产业的运作中是否有一种倾向，就是过度地强调了文化产业的经济学属性，将利润最大化作为文化产业的追求目标？这种倾向是否过于关注文化产业的"产业"二字，而对文化产业的"文化"有所忽略所造成的呢？强调文化产业的"利润"不应该只是经济数字所体现的金钱，是不是也应该包括所生产和消费的人文精神这一文化的价值？这是不是文化产业这一特殊产业的特有的"经济学"问题？

二、"畅销"是否就是儿童出版产业的硬道理？

以一般的通论，儿童文学的商业化出版起源于十八世纪的英国，约翰·纽伯利是其创始人。纽伯利是一个商人，他一开始就是把图书出版作为一桩生意经营，而且图书出版只不过是他众多生意中的一笔。但是，纽伯利无师自通，他那时就深谙"文化产业"应该以内容为王这个道理。一方面他采取了一些促销手段，比如在读者购书时，只要多付一点钱就可以得到一份划算的赠品，比如在报纸和书籍上刊登广告；另一方面，纽伯利在书籍的内容上也煞费苦心。用今天的话说，这位书商素质很高，他在教育理念上是约翰·洛克的信徒，他出版的儿童图书教育和娱乐并重，其中最有影响的《鞋子先生的故事》表达了珍视简朴、勤劳这一品德的中产阶级的精神，抓住了时代的灵魂。当时的时代风潮成为儿童图书出版产业的肥沃土壤。

纽伯利的出版儿童图书的姿态在今天依然有启示意义。他的儿童文学的畅销是抓住时代心灵的"文化"的畅销。查尔斯·兰姆曾在给柯勒律治的信中慨叹，如今已经缺少这样的书了。

在中国，由于经济的落后，教育的不发达，特别是计划经济体制的制约，儿童文学的出版一直缺乏商业运作。1990年代，市场经济体制开始建立，儿童文学明确承认了自己的商品属性。表现在创作和出版上，就是出现了通俗（大众）儿童文学与艺术儿童文学的分化。

阿多诺和霍克海默在1947年出版的《启蒙的辩证法》一书中，首先使用了"文化工业"（Culture Industry）一词。开始写作时阿多诺用的是"大众文化"一词，后来又改为"文化工业"。由此可见，文化产业是与大众文化有密切关系的。在人们的意识中，"小众"的文化恐怕是难以产业化的。比如，在出版产业中，学术著作、学术刊物一般很难获得大众读物那样的经济效益。

通俗（大众）儿童文学的分化，是中国儿童文学走向成熟的必经之路。通俗儿童文学创作一经出现，就显示了强大的市场号召力。近些年，在整个图书市场中，儿童图书的码洋占有率超过了10%，是所占份额较大的一个门类。有统计数字表明，2006年度，儿童文学的码洋占有率为36.98%，超过第二位少儿科普读物22个百分点，2007年度，儿童文学的码洋占有率为38.31，超出第二位少儿卡通25个百分点，由此可见儿童文学出版的良好市场业绩。如果进一步分析，儿童文学的市场业绩，很大一部分来自畅销书。高居畅销书榜首的主要是"哈利·波特"系列、"冒险小虎队"系列、"淘气包马小跳"系列。这三个系列，除对"哈里·波特"系列是艺术的还是通俗的文学看法有别之外，另两个系列应该就是通俗（大众）儿童文学。

我在六七年前曾经说过，在中国，创作、出版通俗（大众）儿童文学，追求儿童文学出版产业的利润最大化时，更需要出版社和作家对艺术的坚守。"汝果欲学诗，功夫在诗外。"我认为，对中国儿童出版而言，走向商业化的最重要一步并不是走向商业化的一些运作本身，而是要参悟和坚守童书的艺术性。我的意思是说，在中国童书的历史尚浅、社会化水平尚低这一基本条件下，如果眼里只盯着商业化，忽视了艺术性，结果可能是欲速则不达。所以，我们应该从"哈利·波特"制造的"神话"中，体察出支撑其商业化的身外功夫：深厚的儿童文学艺术传统、广大的读书社会及其很高的艺术鉴赏力。不练参悟和坚守艺术性这一内功，我们很可能只学来西方儿童出版商产业运作的一些花拳绣腿，终究难以打造真正优秀的"文化"商品。

不管是艺术的儿童文学，还是通俗的（大众的）儿童文学都是艺术，都有一流二流之分，而没有谁优谁劣之分。认识这一点很重要，它可以防止两种错误倾向：一是以为只要写的是艺术儿童文学就一定高过通俗儿童文学，从而降低艺术追求；二是认为通俗（大众）儿童文学只要拥有大众就是好作品，从而不把大众化的东西当作艺术来虔敬地对待。

现在看来，我们的儿童图书出版产业已经开始在犯第二种倾向的错误。下面，我将以最为畅销的杨红樱的"淘气包马小跳"为案例，说明畅销并不是文化"商品"的质量保证。

三、案例分析：畅销书"淘气包马小跳"思想和艺术的问题

杨红樱的作品畅销到什么程度呢？2008年前6个月，少儿畅销图书前180个席位中，杨红樱一个人独占71席。至今为止，杨红樱作品总销量已

经达到3000万册，而其中的"淘气包马小跳"系列，估计已经超过1000万册。单向度地从经济学的尺度来衡量，"淘气包马小跳"的商业运作显然是极其成功的。但是，以人文尺度衡量其"文化"质量，又是一种什么情况呢？

儿童出版产业界人士郑重非常自信地说："事实上，在职业的出版人看来，如果作品不具备内在的特质，即使花十倍以上的推广力量，也不可能获得畅销；即使内容尚可的作品，在推广上不惜血本可让其畅销三五月，但绝不可能像杨红樱作品那样，畅销三五年甚至整个2000年代。"①按照这个逻辑，只要作品能够畅销三五年乃至十年以上，就已经不是推广的力量，而一定是"作品具备内在的特质"，作品的品质超越了"内容尚可"。

果然，我们也看到了出版人对杨红樱作品内容作出的高度评价。买走了"淘气包马小跳"系列的全球多语种版权的哈珀·柯林斯集团的中国市场发展部总经理周爱兰认为："杨红樱作品所反映出的中国儿童生活现实与心理现实，能够打破东西方的文化障碍。书中表现出的张扬的孩子天性、舒展的童心童趣、成人世界与儿童世界之间的隔膜能打动全世界的儿童。"②郑重则说："杨红樱作品巧妙地融会了西方近现代儿童心理学和儿童教育学的先进理念，堪称'作家中的儿童教育家和心理学家'。""我们的原创儿童文学作家应当探究当代童年生态的危机现状及其深层原因，并且以'儿童本位'的创作立场来解决这场危机。杨红樱正是一位深深扎根于现实土壤中去书写儿童纯真、正直、善良、乐观、自信的优秀品质和人类关于'爱'、关于'成长'、关于'和谐'等永恒的价值观的作家。这或许既是杨红樱作品畅销不衰的原因之一，也是杨红樱现象提供给当代的重要意义。"③

---

① 陈香：《杨红樱引发书业界反思童书评价体系》，《中华读书报》2008年10月15日。
② 同上。
③ 郑重：《杨红樱作品的出版意义和童年阅读价值——简析杨红樱作品畅销与儿童文学评价维度》，《中国图书商报》2008年10月28日。

认真阅读了"淘气包马小跳"系列之后，我认为，上述评价可以用在曹文轩的《草房子》上，用在秦文君的《天棠街3号》上，用在陈丹燕的《我的妈妈是精灵》上，用在张之路的《非法智慧》、梅子涵的"戴小桥和他的哥们儿"系列、汤素兰的《阁楼精灵》、彭学军的《你是我的妹》等数量众多的作品上，但是唯独不能用在杨红樱的"淘气包马小跳"系列上。

首先，我们以一个事例，看一看"淘气包马小跳"在思想性、价值观上存在的问题。

在《漂亮老师和坏小子》里，我就曾经发现其思想性问题。杨红樱塑造的"经常穿牛仔裤、超短裙到学校来的"，动不动就让男孩子"扑上去抱住"的女教师米兰，竟然教授受欺负的孩子李小俊练拳击来殴打同学。两个男生仅仅叫了一声"李小妹"，就一个被李小俊的直拳打倒在地，一个被打得鼻子流血。这时，教师米兰竟然鼓励见了血害怕的李小俊："李小俊感到身后有只手撑住了他。同时，他听见了米老师低而有力的声音：'挺住！'"我认为，这部作品在性和暴力方面，存在不当的信息和描写，有违儿童文学的教育立场。

现在，在"淘气包马小跳"里，我们看到了更为严重的思想性问题。

《笨女孩安琪儿》是"淘气包马小跳"系列中的一部作品。作家这样来写"笨女孩安琪儿"："安琪儿三岁还不会讲话，看见人就傻乎乎地笑。她的两只眼睛分得很开，塌鼻子，厚嘴唇，是个笨女孩的长相。"这段话，不是作品里人物的话，而是作家的话。"是个笨女孩的长相"，这已经不是客观的叙述、交代，而是主观评论，反映的是作家的思想立场和情感倾向。这里面分明表现着杨红樱对所谓的"笨"孩子的人格歧视，对长得丑的孩子的人格歧视。

因为杨红樱内心对"笨"女孩、"丑"女孩的歧视，她的笔下出现了大量取笑甚至侮辱安琪儿的故事情节。最典型的就是"浇水"事件。马小跳与智障儿童安琪儿是同班同学，上三年级时，老师组织去植树，马小跳就给安琪儿设圈套，说你长得全班最矮就是因为你妈妈不给你浇水，你看给树浇水，树就会长高。安琪儿问，我每天洗淋浴，算不算浇水？马小跳说，不算，必须浇凉水才行。安琪儿就说："马小跳，我想让你给我浇水。"接着作家写道——

> 马小跳巴不得给安琪儿浇水。看桶里还剩大半桶水，马小跳举起来，哗啦一声，水从安琪儿的头上淋到脚底下。
>
> 当时还是初春的天气，安琪儿还穿着厚毛衣。她的头上、衣服上、鞋上全是水，像只可怜的落汤鸡。
>
> "好冷啊！"
>
> 安琪儿浑身颤抖着，她的嘴唇已经冻紫了。

对三年级的孩子来说，马小跳应该完全了解这样做的后果，所以，这种行径已经不是淘气，而是近于歹毒了。更为关键的是，做了这样的事，马小跳没有任何反省。爸爸批评他，他还狡辩，说是安琪儿让他浇的。爸爸不信，说"天底下没有这么傻的人"，"马小跳把嘴凑近马天笑先生的耳边，'安琪儿就有这么傻'"。

非但不反省，反而继续嘲笑安琪儿。爸爸要带他去安琪儿家认错，马小跳就提醒爸爸买"礼物"，结果买的都是他自己喜欢吃的东西，进了门就跑进安琪儿的房间大吃起来，道歉的却是马天笑。到此，作家就让这个故事结束了。

《笨女孩安琪儿》中对智障儿童安琪儿的取笑、嘲笑、侮辱的情节实在太多了，过分之处令人不忍卒读。智障儿童、长相丑的孩子应该受此待遇吗？评论者所盛赞的杨红樱的"纯真""正直""善良""关于'爱'""关于'成长'""关于'和谐'"等"永恒的价值观"跑到哪里去了？一个儿童文学"作家中的儿童教育家和心理学家"就是这么引导和教育孩子的吗？说"淘气包马小跳"存在着严重的思想错误，并不是冤枉它。

除了含有错误思想的《笨女孩安琪儿》，整个"淘气包马小跳"系列在思想性上都有低俗的问题。对这方面的分析，我们暂且不展开了。

接下来，我们再来看"淘气包马小跳"的艺术劣质问题。

《暑假奇遇》里的"宝贝孙子和宝贝罐子"这个故事的主要情节涉嫌抄袭林格伦的儿童小说《淘气包艾米尔》的故事"艾米尔怎么把头卡在汤罐子里"一事，已经广为人知。这两个故事实在太像了，像一对孪生兄弟：都是煲汤的罐子；两个都叫作"淘气包"的孩子都没有喝够，都把头钻进罐子去喝剩的那点儿汤；都把头卡在了罐子里；为了把罐子拿下来，都被人连罐子带人提了起来；都有人要把汤罐子敲破；都被人阻止；都去找人帮忙（一个看医生，一个看"神仙"）；都要收费；都要对人鞠躬（艾米尔"鞠了个大躬"，马小跳"鞠了一个大躬"）；都把罐子碰到了桌子上；罐子都碰破了。出现了这么多的完全相同，还是构思的"巧合"能够解释得了的吗？

最早读杨红樱的《那个骑轮箱来的蜜儿》，我就联想到特拉弗斯的《乘风而来的玛丽·波平斯阿姨》，感到两者有相似之处。在"淘气包马小跳"里，我更是对其故事、描写常常有似曾相识之感。比如：

"乌龟也有脾气"和闫振国的《真正的朋友》，都写了一个一条腿短的桌子，一只乌龟主动爬到底下，把桌子腿垫平，而且都是为了报答桌子主人从前对自己的帮助。

"啃过书的老鼠不轻易上当"和周锐的《老鼠送牛奶》，老鼠为了拿走东西（前者是腊肠，后者是奶瓶），都是一只老鼠把东西抱住，躺在地上，让另一只老鼠拉着它的尾巴，把它和东西一起拖走。

"马小跳当爸爸"和杨向红的《今天我当妈妈》都是写孩子和大人互换角色，都是到故事最后，主人公感到了当大人的难处（外国也有换当爸爸的电影）。

《四个调皮蛋》里有张达"在脑门上敲鸡蛋"的行为，林格伦的长袜子皮皮也有往脑袋上敲鸡蛋的举止。

"淘气包马小跳"里有"蛋糕上的樱桃树",《吹牛大王历险记》里也有"鹿头上长起的樱桃树",而且原理都是把樱桃埋进去。

卡洛尔的《爱丽丝漫游奇境记》里有一只会笑的柴郡猫,杨红樱也写了一个故事,名字就叫"那只会笑的猫"。

除了和别人的作品相像,杨红樱自己也和自己相像。《漂亮女孩夏林果》的开头和《五·三班的坏小子》之"同桌冤家"、《女生日记》之"选择同桌"都在写换同桌的事,也都在写某人想和或者不想和某人同桌;《漂亮老师和坏小子》《漂亮女孩夏林果》《五·三班的坏小子》,不仅书名像,有些地方内容也有相像之处。

作品内容有这么多的似曾相识,不禁让人质疑杨红樱作品的原创性的不足。我们也读过外国畅销的通俗儿童文学,有哪部作品是像"淘气包马小跳"系列这样像来像去的呢?

我曾经有文章批评杨红樱的"淘气包马小跳"系列的"电视图像化写作"里出现的艺术性问题,比如,性格不统一和失真的问题,构思上缺乏创作含量的问题,故事对性格、心灵缺乏影响力的问题。在此,姑且再作一点补充。

文不对题或逻辑不通。篇幅关系,仅举一两例。在《漂亮女孩夏林果》中"个性的中国娃"一节里,无论你怎么睁大眼睛,也找不到"个性的中国娃"在哪里,是谁。《笨女孩安琪儿》里有"小孩子为什么不像小孩子"一节,写的是记者到学校做问卷调查,问孩子们,"聪明""漂亮""有钱"三者,你最想要的是什么。结果马小跳班里,除了他选择"有钱",安琪儿选择"漂亮",其他同学都是选择的"聪明",于是"女记者写了一篇题为《一次调查活动引发的思考》的文章,并在社会上引起了轰动,许多人都在思考这个女记者提出的一个问题:现在的小孩子为什么不像小孩子?"我真的不明白,都选了"聪明"就不像小孩子,难道都选了"有钱"就像小孩子了?

在语言把握上犯下低级的错误。《轰隆隆老师》之"和秦老师打笔仗"里,秦老师在家庭联系本上写道:"当家长的要客观地看待自己的孩子,这样才有利于孩子健康成长。"马小跳就去问代写字的老头儿:"什么叫'客观地看'?"老头说:"'客观地看'就是要看到事物的这一面,也要看到事物的那一面。一言以蔽之,就是要看事物的方方面面。"于是,马小跳懂了:"客观地看待孩子,就是要看到这个孩子的缺点,也要看到这个孩子的优点。"他就让老头儿帮他代爸爸写给老师:"老师看孩子也要客观,不能偏心。"这里,不论是秦老师、老头儿,还是马小跳,哪一句话是把"客观"这个词用对、解释对了的呢?在语言使用上,不准确、太随意、缺乏表现力的问题在"淘气包马小跳"系列中的确很多。

四、"淘气包马小跳"畅销背后的深层社会问题

一定有人要问:既然"淘气包马小跳"系列在思想和艺术上存在这么多严重的问题,它怎么竟然这样畅销呢?

"淘气包马小跳"系列所以取得不合理、不正常的畅销"业绩",主要有以下几个原因。

1. 迎合了"电视儿童"的低下的阅读能力

"淘气包马小跳"之所以如此受到儿童的欢迎,是因为它的读者是看电视长大的"电视儿童"。

我们正处于文字印刷媒介影响力衰退,以电视为代表的电子图像媒介日益获得统治力的时代。对于这两种媒介的不同特性,尼尔·波兹曼在《娱乐至死》一书中作过详细论述。他认为这是两种对立的文化:"电视无法延伸或拓展文字文化,相反,电视只能攻击文字文化。"①波兹曼怀念"印刷机时代",他说:"对于印刷机统治美国人思想的那个时期,我给了它一个名称,叫'阐释年代'。阐释是一种思想的模式,一种学习的方法,

---

① [美]尼尔·波兹曼:《娱乐至死》,章艳译,广西师范大学出版社,2004年,第110页。

一种表达的途径。所有成熟话语所拥有的特征，都被偏爱阐释的印刷术发扬光大：富有逻辑的复杂思想，高度的理性和秩序，对于自相矛盾的憎恶，超常的冷静和客观以及等待受众反应的耐心。到了19世纪末期由于某些我急于解释的原因，'阐释时代'开始渐渐逝去，另一个时代出现的早期迹象已经显现。这个新的时代就是'娱乐业时代'。""在印刷机统治下的美国，话语和现在有很大不同——清晰易懂，严肃而有理性"，而"在电视的统治下，这样的话语是怎样变得无能而荒唐"①。

我相信儿童是本能的缪斯。但是，缪斯天性如果得不到良好阅读的激发，不但不能发展，反而会退化。改革开放三十年，儿童文学是在发展，但是依然需求大于供应，加上应试教育对非功利的文学阅读的阻碍甚至剥夺，绝大多数儿童并没有经历过优质的文学阅读的体验，缺乏对优劣作品的比较、鉴别能力。正是在这种阅读能力低下的状况下，"淘气包马小跳"的电视图像式文本特征迎合了电视儿童被电视培养的"阅读"习惯，同时因为打着"书籍"的幌子，也欺骗了想让孩子少看电视多读书的家长和老师——本以为孩子是在读书，其实却是在看"电视"。

我坚持在《论中国儿童文学的后现代和产业化问题》一文中提出的观点："电子图像媒介（如电视）却使观众变成一个难以进行生成性想象的受动者，没有'闲暇'停下来思想的匆匆过客。杨红樱的'淘气包马小跳系列'作品采用的这种与电视图像'语言'十分相似的语言，不能养成儿童的'阅读'能力，更不能由此生成自我意识、想象力和批判能力，一句话，不能帮助孩子们成长。"②

至今为止的人类社会的发展历程已经证明，阅读可以改变社会、改变人。众多的中国孩子的"淘气包马小跳"式的阅读是一个令人担忧的社会问题，说它事关国家、社会的未来应该不是夸大其词。

---

① ［美］尼尔·波兹曼：《娱乐至死》，章艳译，广西师范大学出版社，2004年，第83—84页。
② 载于《中国海洋大学学报》2008年第3期。

2. 瞒过了一个不读书的社会

儿童文学的阅读往往需要成年人作为书籍与儿童读者之间的中介。"淘气包马小跳"的阅读推广在中介这个环节也出现了严重问题。

思考"淘气包马小跳"的这种不正常的畅销，需要审视当前中国社会整体的阅读水平。八年前我曾经在《中国儿童文学5人谈》里呼吁、期待读书社会的到来，是因为我当时判定中国是非读书的社会。现在看来，媒体、教师、家长不读书，或不懂怎样读书，尤其是不与孩子一起读孩子看的书，依然是一个普遍的、严重的问题。如果媒体、教师、家长有丰富的阅读，并且关心孩子的阅读，具有判别书籍适宜与否的能力，媒体上绝不会出现赞赏"淘气包马小跳"的信息轰炸，教师、家长也不会让"淘气包马小跳"有这么多的机会跑到孩子手里。

"淘气包马小跳"这种质量的作品能够取得销售上的天文数字，这在一个阅读社会是匪夷所思的事情。我们只举两个事例。据某报纸报道，在英国，一位家庭主妇发现儿童文学畅销书作家杰奎琳·威尔逊（该作家至少有八种作品在中国翻译出版，思想和艺术均堪称上乘）的一部作品用了一个不堪入耳的咒骂词，于是提出抗议，希望消除其可能存在的负面影响。兰登书屋尽管认为这个词准确再现了作品中的孩子之间的对话方式，但是，还是决定在重印时予以删改。德国汉学家顾彬说，他与他的同学、同事、学生看过《狼图腾》，体会都一样：它写的东西让人想起希特勒的时代来。他认为，在德国，没有一个书评人会赞扬这本书。

"淘气包马小跳"已经卖出了版权，"走向世界"，我倒想看看，被哈珀·柯林斯集团有关负责人赞誉为"已成为真正的国际性少儿作家"的杨红樱对"又丑又笨"的孩子进行人格歧视、侮辱这一思想问题，破绽百出的低下艺术水准（指通俗艺术）能不能在英国、德国、美国获得通过。

3. 被经济利益驱动的出版产业的责任

2000 年 11 月，包括我在内的五个儿童文学研究者就中国儿童文学做过一场对谈，后来根据对谈录音整理出版了《中国儿童文学 5 人谈》一书。当时我说过这样的话："……有很多作品给我的感觉是，我们的儿童文学作家似乎对儿童文学这种纯粹的艺术缺乏足够的虔敬和敬业之心。这就是你创作的应该是真正的艺术品，就是所谓的该出手时你才能出手，不该出手时不能出手太早。……所谓十年磨一剑，老百姓讲慢工出细活。……中国今后儿童文学精品的出现，需要艺术上的深加工，需要比较足够周期的这样一种等待。"

我当时主要是针对儿童文学作家讲这番话的，现在，这番话则应该主要讲给出版社。现在出版社的策划往往盯着大部头、系列作品，而且要速度快。从经济学角度看，大部头、系列作品的码洋大，快出书就有早回报，这些都会降低成本，增大利润。这样的操作与文学的生产规律是矛盾的。据说，"淘气包马小跳"写得最快时，不到一个月就写一本。我统计了一下，"淘气包马小跳"在 2003 年 7 月出版三种，8 月出版三种，2004 年 2 月出版三种，6 月出版三种。仅仅一年多的时间，就写完了全部十二本，这就不难理解它为什么会出现像了别人像自己，故事缺乏构思，甚至抓来脑筋急转弯、变魔术、念地下儿歌来敷衍成篇，人物性格不统一，语言欠推敲等等问题了。而日本的畅销书，通俗儿童文学"三个快乐的伙伴"（活宝三人组）系列每本的字数与"淘气包马小跳"大致相同，可是出版二十种却用了十二年的时间。作家那须正干说自己掌握的写作速度和节奏，就是一年只写两本。就我阅读到的作品而言，这套写作时间为"淘气包马小跳"的六倍还多的"三个快乐的伙伴"系列的思想和艺术的质量也应该至少是"淘气包马小跳"系列的六倍以上。

对以这样快速度完成的作品，心知肚明的出版社是如何把质量关的？对此，我们不得而知，但是，摆在我们面前的作品的质量低下是一个客观事实。只拿"淘气包马小跳"对"又丑又笨"的孩子的人格歧视、侮辱这一个问题来说，如果出版社的编辑没有看出来，是职业水平太低；如果是睁一只眼闭一只眼，是职业操守太差。

文化产品企业一方面要追求文化产品生产的利润最大化，一方面还要同时对艺术品的质量、文化资源的质量这些凭市场的经济数字难以定价的"文化资本"进行评估，以保证文化产品的质量。

"淘气包马小跳"的经济效益是极其巨大的，但是经济效益与作品的艺术质量、思想价值存在着很大的"逆差"。这也是一个"神话"，一个特定时代的荒诞"神话"。我不知道这个文化产业创造的"神话"何时破灭，当它破灭时，我们的相关文化产业将如何面对这一段历史，并且为它负责。

在物质产品生产中，通过不正当的手段，如以造假来冒充名牌也可以实现产品利润的最大化，但是，成熟的市场和完善的法律将监督、规范、制止这种经济行为。对文化产品如何进行有效的质量调控和监督？这是不是文化产业的必有过程？从目前中国的文化产业发展状况来看，除了盗版产品、违法产品、黄色产品，似乎对其他文化产品的有效的质量调控和监督过程还没有建立起来。

总而言之，"淘气包马小跳"能瞒天过海、欺世盗名、名利双收，深刻地反映了中国文化产业的不成熟性，反映了深层的社会问题，启示我们，中国社会的现代化建设、文化产业的健康发展还有很长的、艰难的路要跋涉。

（载于《朱自强学术文集》（10卷）第6卷，二十一世纪出版社，
2015年）

林良与周作人的神似之处

开头的联想——

2002 年，我去台湾参加一个研讨会，其间的一天晚上，是研讨曹文轩的小说《根鸟》。研讨结束时大约是九点钟。会议主办方怕与会者夜里饥饿难睡，贴心地为每人准备了一盒点心。就在我们等车回酒店的大约半小时的光景里，林良先生坐在沙发里，旁若无人地打开点心盒子，将点心全部吃光了。看着林良先生意犹未尽的样子，我一下子想起了周作人的"馋相"："我在东海道中买过一箱'日本第一的吉备团子'，虽然不能证明是桃太郎的遗制，口味却真不坏，可惜都被小孩们分吃，我只尝到一两颗，而且又小得可恨。"（《济南道中》）

后来，读林良的《纯真的境界》一书，发现了林良的生活与周作人也有间接的交集。在童年时代，林良是上海的儿童书局的热心读者（儿童书局在厦门设立了分店），他的父亲因为认同儿童书局为孩子们出书的理想，还认购了儿童书局发行的股票。在回忆上述生活的《自己的书房——儿童书局》一文中，林良写道："儿童书局的经理张一渠，是散文大家周作人的学生。周作人有一本讨论儿童文学的专书《儿童文学小论》，也交由这家出版社出版。"

因为有这些联想的经验，便动了将林良和周作人的著作进行一番比较的念头。这一比较，还真的发现了林良与周作人的很多相似乃至神似的地方。下面的比较是从儿童文学理念这一大处看过去的。

一、林良和周作人都有童心崇拜这一倾向

周作人说："世上太多的大人虽然都亲自做过小孩子，却早失了'赤子之心'，好像'毛毛虫'的变了蝴蝶，前后完全是两种情状：这是很不幸的。"（《阿丽思漫游奇境记》）林良说："小孩子跟大人的不同，在于他心中的纯真没遭受破坏。大人跟小孩子的不同，在于他受到生活的煎熬，心中的纯真所剩已经不多。"（《纯真的境界》）

周作人把儿童游戏的沙堆看作与成人的"圣堂"一样（《〈土之盘筵〉小引》），把三岁的侄儿的游戏，看作"不但是得了游戏的三昧，并且也到了艺术的化境。这种忘我地造作或享受之悦乐，几乎具有宗教的高上意义，与时时处处拘因于小主观的风雅大相悬殊：我们走过了童年，赶不着艺术的人，不容易得到这个心境，但是虽不能至，心向往之……"（《〈陀螺〉序》）林良说："常常和儿童亲近，或者常常和儿童文学亲近，所得的报酬是摆脱束缚，享受自由，找回童心，回归善良。"（《纯真的境界》）

二、林良和周作人对儿童文学作家的资质有着非常相似的认知和领悟

周作人认为，"文学的童话到了安徒生而达到理想的境地"（《关于童话的讨论》），而这位安徒生"天禀殊异，老而不失童心，故绌于常识而富于神思。其造童话，即以小儿之目，观察庶类，而以诗人之笔写之。故美妙天成，殆臻神品。词句简易，如小儿语"（《〈域外小说集〉著者事略》）。林良则说道："'爱文学'的一切作家，如果天性中也'爱儿童'，两种美质兼具于一身，就会成就一个一个的儿童文学作家。儿童文学作家

为孩子写诗或写故事，因为彼此的互动，或者说因为受到孩子的影响，作家的心灵就会达到一种跟孩子一样纯真的境界。这也就是说，作家往往会因为孩子的引领而找回自己的童心。"（《找回自己的童心》）

在两个人看来，诗人之心加上孩童之心，就是儿童文学作家的心。

三、林良和周作人有着相同或相近的文体主张

周作人在多篇文章中都对"小儿说话一样的文体"给予极高的评价。他曾说："安徒生童话的特点倘若是在'小儿说话一样的文体'，那么王尔德的特点可以说是在'非小儿说话一样的文体'了。因此他的童话是诗人的，而非是儿童的文学……"（《王尔德童话》）周作人显然是认为，"儿童的文学"必须是"小儿说话一样的文体"。

林良则说："儿童所使用的，是国语里跟儿童生活有关的部分，用成人的眼光来看，也就是国语里比较浅易的部分。换一句话说，儿童所使用的是'浅语'。这'浅语'，也就是儿童文学作家展露才华的领域。每一个儿童文学作家，都要具备运用'浅语'来写文学作品的能力。"（《儿童文学是"浅语的艺术"》）

在主张"小儿说话一样的文体"和"浅语"时，两个人都反对文言文。

周作人批判用文言文翻译安徒生童话："误译与否，是别一问题，姑且不论；但Brandes所最佩服，最合儿童心理的'一二一二'，却不见了。把小儿的言语，变了大家的古文，Andersen的特色就'不幸'因此完全抹杀。"（《安德森的十之九》）林良也虚拟出"熟读古文，能够运用文言文写作的人"写的"一夕，人静矣，纽约某小屋中，一少年凭窗远眺，忽见一流星倏然下坠……"认为应该放弃这种语言。

两个人都认为白话文和"浅语"的写作比文言文要难。在周作人眼里，用艰深的文言翻译"这类译法似乎颇难而实在并不甚难，以我自己的经验说，要比用白话文还容易得多，至少是容易混得过去，不十分费力而

文章可以写得像样……"（《谈翻译》）林良也说过："运用'浅语'来写作，并不是一件简单的事。有时候你会觉得，干脆用文言文来写痛快些，何必受这个苦。"（《儿童文学是"浅语的艺术"》）

更进一步，两个人还都看重白话文和"浅语"的艺术价值。

对白话文与古文的性质，周作人有一个形象的比喻——"白话如同一条口袋，装入那种形体的东西，就变成那种样子。古文如同一个木匣，它是方圆三角形，仅能置放方圆三角形的东西。"所以，"古文的文字是死的，所以是死文学。……国语白话文是活的，所以是活文学。活文学能适应环境，发生感应作用……"（《死文学与活文学》）周作人还说，"据我说来白话文也自有其雅，不过与世俗一般所说不大同，所以平常不把他当作雅看，而反以为是俗。"（《谈翻译》）林良则这样看待"浅语"："而这'浅语'又具有无限的表达能力，不至于成为平凡单调，像一杯淡而无味的白开水。我们认为运用浅语作活泼生动、多彩多姿的表达，也是一种价值。"（《十九世纪是儿童文学的黎明时代》）用"浅易的语言"创作的儿童文学，在思想和艺术上是不"浅易"的。林良的创作实践是有力的证明。

在与儿童文学的文体观相联系的翻译观方面，林良与周作人也有相似之处。

在与赵景深进行童话的讨论，回答赵景深"若介绍童话给儿童看，究应怎样译法（直译、意译或其他）才算合适"这一问题时，周作人说："尽中国语的能力所及的范围以内，保存原文的风格，表现原语的意义，换一句话就是信与达。""我所主张的翻译法是信而兼达的直译。"（《关于童话的讨论》）很显然，在上述话语中，周作人是对他所熟悉的严复的"信达雅"翻译原则的有意识的纠正。

然而在谈论一般文学的翻译时，周作人却并不完全排斥"雅"——"正当的翻译的分数似应该这样打法，即是信五分，达三分，雅二分。假如真是为书而翻译，则信达最为重要……"（《谈翻译》）完全可以推测，周作人对待儿童文学的翻译和对待一般文学的翻译，价值立场是有所不同的。回答赵景深的问题时，周作人避"雅"而不谈，也许是认为"雅"这一审美风格与儿童的审美存在着隔膜。

林良也有谈翻译的文章。他在《熟悉语言的新颖运用》中，阐释了他对严复所说的"信""达"的理解，但是说到"雅"，林良却说："'雅'字实在应该用'得体'或者'生动'来代替。"林良认为，"'信''达''得体'这三个要求"，"同样也可以作为儿童文学工作者从事翻译工作的工作信条"。

颇有意思的是，并不创作儿童文学的周作人却也是能运用"小儿说话一样的文体"（"浅语"）写作的人。请看他的《儿歌》——

　　　　小孩儿，你为什么哭？
　　　　你要泥人儿么？
　　　　你要布老虎么？
　　　　也不要泥人儿，
　　　　也不要布老虎。
　　　　对面杨柳树上的三只黑老鸹，
　　　　哇儿哇儿的飞去了。

其实在本质上，周作人那首著名的诗歌《小河》何尝不是一种"浅语"的写作。

林良与周作人还有其他的相似、神似之处，比如两人都用"写话"而不是"作文"的方式写散文，都拒斥"好为艰深之词，以文浅显之说"的文风，都能写出一流的幽默作品，都重视儿童文学的教育功能，但是都主张用文学的方式，而反对"说教"和"教训"等等。

最后，说到底，林良和周作人的神似在于，都属于"儿童本位"的儿童文学一派。

结尾的联想——

从林良的儿童文学观与周作人的"儿童本位"的儿童文学观的神似，我联想到的是在两岸儿童文学的走势中，两者所得到的不同的待遇。

在台湾，林良有"台湾现当代儿童文学之父""儿童文学泰斗"之誉，其"儿童文学是'浅语的艺术'"这一主张广为流传、深入人心、影响巨大。

但是，在大陆，周作人的"儿童本位"论却是命运多舛、历经沧桑。在1949年以前，因为各种历史的原因，中国现代儿童文学的创作与为中国儿童文学奠基的"儿童本位"理论之间，出现了重大错位，即"儿童本位"理论并没有在创作园地催开同根的花朵。在1949年以后的十七年中，"儿童本位论"不仅一直名声不佳，而且在极"左"思潮盛行之时，还曾被冠以"反动"的罪名而横遭批判。到了1980年代，依然有学者认为"儿童本位"论虽然在促进中国儿童文学的诞生方面具有重要作用，但是，它有着"反动的实质"，有的学者将以周作人为代表的现代"儿童本位"论视为"倾斜"的儿童文学本体观。近年，也有学者盲目依附激进的后现代理论，否定儿童文学的现代性，发出了超越"儿童本位"论的呼声（参见拙文《论"儿童本位"论的合理性和实践效用》）。

如果我们对林良和周作人不采用双重标准的话，对于周作人的"儿童本位"论就有再认识、再评价的必要。重新接通而不是割断历史，是大陆儿童文学研究者必须面对的思想和学术的重要课题。

2014年9月17日

中国海洋大学儿童文学研究所

（载于《朱自强学术文集》（10卷）第7卷，二十一世纪出版社，

2015年）